HEYNE

Das Buch

Mandera, im Nordosten Kenias: In der von Terrorattacken gebeutelten Stadt werden drei Männer (zwei Amerikaner, ein Brite) ins Hospital eingeliefert. Sie zeigen Ebola-ähnliche Symptome: die X1-Mandera-Pandemie ist ausgebrochen ...
Berlin: Ein Mann erwacht in seinem Zimmer im Concord Hotel und hat das Gedächtnis verloren. Laut einer Zimmerservice-Quittung lautet sein Name Desmond Hughes. Mit ihm im Raum befinden sich die Leiche eines anderen Mannes sowie ein Zettel mit einem seltsamen Code darauf. Hughes gelingt es, den Code zu entschlüsseln. Es ergibt sich eine amerikanische Telefonnummer, der Anschluss der Epidemiologin Dr. Peyton Shaw ...
Atlanta: Peyton Shaw wird kontaktiert, um sich als international renommierte Expertin der mysteriösen, verheerenden Seuche anzunehmen. Vor Ort findet sie heraus, dass eine geheimnisvolle Organisation für den Beginn der Pandemie verantwortlich ist. Der Countdown zum Untergang der Menschheit scheint unaufhaltbar ...

Der Autor

A.G. Riddle wuchs in North Carolina auf. Zehn Jahre lang beschäftigte er sich damit, diverse Internetfirmen zu gründen und zu leiten, bevor er sich aus dem Geschäft zurückzog. Seitdem widmet Riddle sich seiner wahren Leidenschaft: dem Schreiben. Seine ebenfalls bei Heyne erschienene *Atlantis*-Trilogie ist in Amerika schon jetzt ein Phänomen. Riddle lebt in Parkland, Florida.

A. G.
RIDDLE

PANDEMIE

ROMAN

Aus dem Amerikanischen
von Marcel Häußler

WILHELM HEYNE VERLAG
MÜNCHEN

Die Originalausgabe PANDEMIC erschien 2017
bei Riddle Inc., Raleigh, North Carolina

MIX
Papier aus verantwortungsvollen Quellen
FSC® C014496

Verlagsgruppe Random House FSC® N001967

Vollständige deutsche Erstausgabe 03/2018

Redaktion: Lars Zwickies
Printed in Germany
Umschlaggestaltung: Johannes Wiebel | punchdesign, München
Umschlagabbildung: Johannes Wiebel
unter Verwendung von Motiven von Shutterstock.com
(Peter Gudella, Bildagentur Zoonar GmbH, kzww, I'm friday,
Svetlana Turchenick, GCapture, sandyman, d1sk,
somkanae sawatdinak)
Satz: Buch-Werkstatt GmbH, Bad Aibling
Druck und Bindung: GGP Media GmbH, Pößneck
ISBN: 978-3-453-43940-5

www.heyne.de

Dieser Roman ist einem Kreis von Helden gewidmet, von dem wir selten hören. Nach Hurrikans und anderen Naturkatastrophen gehören sie zu den Ersten, die kommen, und den Letzten, die gehen. Sie arbeiten in Kriegsgebieten überall auf der Welt, und trotzdem tragen sie keine Waffen, um sich zu schützen. Auch jetzt gerade riskieren sie ihr Leben im Kampf gegen Bedrohungen, die jeden Menschen in jedem Land der Erde betreffen.

Sie leben unter uns; sie sind unsere Nachbarn und Freunde und Familienangehörigen. Es sind die Männer und Frauen, die in den USA und anderswo im Gesundheitswesen arbeiten. Ihre Taten zu recherchieren war eine große Inspiration beim Schreiben dieses Romans. Sie sind die wahren Helden einer Geschichte wie *Pandemie*.

Anmerkung zum Thema Fakten und Fiktion

Pandemie ist ein fiktives Werk, das auf Tatsachen beruht. Ich habe versucht, die Reaktionen des CDC und der WHO auf einen tödlichen Ausbruch in Afrika so genau wie möglich zu schildern. Mehrere Experten auf diesem Gebiet haben dazu beigetragen. Jegliche Fehler sind jedoch mir allein zuzuschreiben.

Die wissenschaftlichen Hintergründe sind größtenteils real. Vor allem die Darstellung der Forschung zum M13-Phage und GP3-Protein entspricht hundertprozentig den Tatsachen. Therapien, die daraus entwickelt wurden, werden gegenwärtig in klinischen Studien getestet und zeigen vielversprechende Ansätze, Alzheimer, Parkinson und Amyloidose zu heilen.

Auf meiner Internetseite (agriddle.com) gibt es eine Rubrik *facts vs. fiction* und weiteres Bonusmaterial zu *Pandemie*.

Danke fürs Lesen.

Gerry
A. G. Riddle

PROLOG

Das Schiff der US-Küstenwache hatte seit drei Monaten den Arktischen Ozean durchkämmt, ohne dass die Crew wusste, wonach genau sie suchte. Im letzten Hafen hatte der Eisbrecher ein Team aus dreißig Wissenschaftlern und ein dutzend Kisten mit seltsamen Apparaten an Bord genommen. Die Crew wurde über ihre Gäste und die geheimnisvolle Ausrüstung im Dunkeln gelassen. Tag für Tag pflügte sich der Bug der *Healy* durchs Eis, während die Männer und Frauen an Bord ihren Pflichten nachgingen und wie befohlen Funkstille hielten.

Die Geheimhaltung und die Eintönigkeit der täglichen Arbeiten lösten einen endlosen Strom von Gerüchten aus. Die Crew spekulierte bei den Mahlzeiten und in ihrer Freizeit, wenn sie Schach, Karten oder Computerspiele spielte. Am wahrscheinlichsten schien es, dass sie ein U-Boot oder ein gesunkenes Kriegsschiff suchten – vermutlich amerikanischer oder russischer Herkunft – oder vielleicht ein Frachtschiff mit gefährlicher Ladung. Einige glaubten, sie sollten Atomsprengköpfe aufspüren, die vor Jahrzehnten im Kalten Krieg abgeschossen worden und in den Arktischen Ozean gestürzt waren.

Um vier Uhr morgens nach Anchorage-Zeit summte das Telefon an der Wand neben der Koje des Kapitäns. Der Mann nahm den Hörer ab, ohne das Licht einzuschalten.

»Miller.«

»Halten Sie das Schiff an, Captain. Wir haben es gefunden.« Dr. Hans Emmerich, der leitende Wissenschaftler des Einsatzes, legte ohne ein weiteres Wort auf.

Nachdem er die Brücke angerufen und den sofortigen Stopp befohlen hatte, zog Miller sich schnell an und begab sich auf den Weg zum größten Forschungsraum des Schiffs. Wie der Rest der Besatzung war er neugierig, was dieses *Es* war. Aber vor allem wollte er wissen, ob das, was unter ihnen lag, eine Gefahr für die 117 Männer und Frauen darstellte, die auf dem Schiff dienten.

Miller nickte den Wachen an der Luke zu, bückte sich und trat ein. Einige Wissenschaftler diskutierten vor einer Reihe von Monitoren miteinander. Er ging zu ihnen und warf einen Blick auf die grünstichigen Bilder, die den felsigen Meeresgrund zeigten. Auf manchen davon war ein dunkles längliches Objekt in der Mitte zu sehen.

»Captain.« Dr. Emmerichs Stimme war wie eine Leine, die Miller zurückhielt. »Wir sind leider gerade äußerst beschäftigt.« Emmerich trat vor den Offizier der Küstenwache und versuchte, ihn von den Bildschirmen wegzudrängen, aber Miller wich nicht von der Stelle.

»Ich wollte sehen, ob wir Ihnen helfen können«, sagte er.

»Wir kommen sehr gut allein zurecht, Captain. Bitte bleiben Sie auf der momentanen Position – und halten Sie Funkstille.«

Miller zeigte auf die Bildschirme. »Sie haben also nach einem U-Boot gesucht.«

Emmerich entgegnete nichts.

»Ist es amerikanisch? Russisch?«

»Wir glauben, das Boot ist ... unter multinationaler Trägerschaft.«

Miller kniff die Augen zusammen und fragte sich, was das bedeuten sollte.

»Sie müssen mich jetzt wirklich entschuldigen, Captain. Wir haben eine Menge Arbeit. Wir lassen bald das Tauchboot zu Wasser.«

Miller nickte. »Verstanden. Viel Glück, Doktor.«

Sobald der Kapitän gegangen war, beauftragte Emmerich zwei der jüngeren Wissenschaftler, sich an der Tür zu postieren. »Lasst niemanden mehr rein.«

An seinem Computerterminal verschickte er eine verschlüsselte E-Mail.

Vermutlich Wrack der RSV Beagle geortet. Setzen Suche fort. Koordinaten und erste Bilder angehängt.

Dreißig Minuten später saßen Dr. Emmerich und drei weitere Wissenschaftler in dem Tauchboot und steuerten auf den Meeresboden zu.

Auf der anderen Seite der Erde fuhr das Frachtschiff *Kentaro Maru* vor der somalischen Küste durch den Indischen Ozean.

Im Besprechungsraum neben der Brücke hatten zwei Männer den ganzen Nachmittag so heftig gestritten, dass die Besatzung immer wieder unter ihren Schreien zusammenfuhr.

Ein nautischer Offizier klopfte an der Tür und wartete nervös. Sie ignorierten ihn und brüllten sich weiter an.

Er klopfte erneut.

Stille.

Er schluckte und schob die Tür auf.

Ein großer Mann namens Conner McClain stand hinter dem langen Konferenztisch. Durch den wütenden Ausdruck wirkte sein stark vernarbtes Gesicht noch abschreckender. Er redete schnell mit australischem Akzent und in einer Lautstärke, die man fast als Schreien bezeichnen konnte.

»Ich hoffe für Sie, dass mich das jetzt vom Hocker reißt, Lieutenant.«

»Sir, die Amerikaner haben die *Beagle* gefunden.«

»Wie?«

»Sie setzen eine neue Technik zur Vermessung des Meeresbo ...«

»Sind sie auf einem Flugzeug, einem U-Boot oder einem Schiff?«

»Auf einem Schiff. Der *Healy.* Das ist ein Eisbrecher der Küstenwache. Sie lassen gerade ein Tauchboot zu Wasser.«

»Wissen sie schon, was auf der *Beagle* ist?«

»Vermutlich nicht.«

»Gut. Versenken Sie den Eisbrecher.«

Der andere Mann im Besprechungsraum meldete sich zum ersten Mal zu Wort. »Tu das nicht, Conner.«

»Wir haben keine Wahl.«

»Doch. Das ist eine Gelegenheit.«

»Eine Gelegenheit wozu?«

»Der Welt zu zeigen, was sich an Bord der *Beagle* befindet.«

Conner wandte sich dem jungen Offizier zu. »Sie haben Ihre Befehle, Lieutenant. Wegtreten.«

Als sich die Tür schloss, sprach Conner ruhig mit dem anderen Mann. »Wir stehen kurz vor dem wichtigsten Ereignis in der Geschichte der Menschheit. Wir werden die unzivilisierten Massen nicht darüber *abstimmen* lassen.«

Dr. Hans Emmerich hielt den Atem an, als sich die äußere Luke des U-Boots öffnete.

Hinter ihm sah Dr. Peter Finch auf den Bildschirm eines Laptops. »Alles klar. Abgedichtet.«

»Strahlung?«, fragte Emmerich.

»Vernachlässigbar.«

Emmerich und die drei Wissenschaftler stiegen die Leiter ins U-Boot hinab. Die LED-Lampen an den Helmen ihrer Anzüge warfen weiße Strahlen in die dunkle Gruft, während sie sich langsam und vorsichtig durch die engen Gänge bewegten, um mit ihren Anzügen nirgendwo hängen zu bleiben. Ein Riss hätte den Tod bedeuten können.

Als sie die Brücke des U-Boots erreichten, richtete Emmerich seine Helmlampe auf eine Bronzeplakette an der Wand. »Prometheus, hier Alpha eins. Empfangen Sie das?«

Ein Wissenschaftler auf der *Healy* antwortete sofort. »Verstanden, Alpha eins, ich empfange Ton und Bild.«

Auf der Plakette an der Wand stand:

RSV Beagle
Hongkong
1 Mai 1965
Ordo ab Chao

Emmerich verließ die Brücke und begann, die Kabine des Kapitäns zu suchen. Wenn er Glück hatte, befanden sich dort die Logbücher und gaben endlich preis, wo die *Beagle* gewesen war und was die Besatzung entdeckt hatte. Falls er sich nicht täuschte, enthielt das Schiff Beweise für eine wissenschaftliche Offenbarung, die den Lauf der Menschheitsgeschichte ändern würde.

Dr. Finchs Stimme knisterte in Emmerichs Ohrstöpsel. »Alpha eins, hier Alpha zwei, hören Sie mich?«

»Ich höre, Alpha zwei.«

»Wir haben die Laborebene erreicht. Sollen wir reingehen?«

»Positiv, Alpha zwei. Machen Sie vorsichtig weiter.«

Emmerich wartete in dem dunklen Gang.

»Alpha eins, wir sehen zwei Untersuchungsräume mit Metalltischen, vielleicht drei Meter lang. Die Räume sind gegen den Austritt von biologischen Stoffen gesichert. In dem Rest des Bereichs stehen lange Reihen von Aufbewahrungsboxen. Sie sehen aus wie große Schließfächer in einem Tresorraum. Sollen wir eine aufmachen?«

»Negativ, Alpha zwei«, sagte Emmerich schnell. »Sind sie nummeriert?«

»Positiv«, sagte Finch.

»Wir müssen die Ladeliste finden.«

»Moment. An jedem Behälter ist eine Metallscheibe.« Eine Pause entstand. »Hinter der Scheibe ist ein Guckloch, wie bei einem Türspion. In dem Behälter hier sind Knochen. Menschlich. Nein, warten Sie. Das kann nicht sein.«

Ein anderer Forscher meldete sich. »In diesem hier ist ein Säugetier, katzenartig. Spezies unbekannt. Es muss lebendig eingefroren worden sein. Es liegt immer noch in Eis.«

Emmerich hörte die Metallscheiben klicken wie den Verschluss einer Kamera, als sie vor und zurück geschoben wurden.

»Alpha eins, Sie sollten hier runterkommen. Es ist wie bei der Arche Noah.«

Emmerich schritt durch die engen Gänge. »Prometheus, hier Alpha eins. Zeichnen Sie Bild und Ton von Alpha zwei, drei und vier auf?«

Als niemand antwortete, blieb Emmerich abrupt stehen. »Prometheus, hier ist Alpha eins, hören Sie mich?«

Er rief ihn ein zweites und drittes Mal. Dann hörte er ein lautes Wummern, und der Boden wackelte unter seinen Füßen.

»Prometheus?«

TAG 1

320 Infizierte

0 Tote

1

Dr. Elim Kibet saß in seinem weiß gestrichenen Büro und sah zu, wie die Sonne über der felsigen Landschaft des nordöstlichen Kenias aufging. Das Mandera Referral Hospital war ein heruntergekommenes Krankenhaus in einer der ärmsten Gegenden der Welt, und vor Kurzem hatte er die Leitung übernommen. Manche an seiner Stelle hätten das als Bürde betrachtet. Für ihn war es eine Ehre.

Hinter seiner geschlossenen Tür durchdrangen Schreie die Stille. Auf dem Flur waren eilige Schritte zu hören, und eine Schwester rief: »Doktor, kommen Sie schnell!«

Es gab keinen Zweifel, welcher Doktor gemeint war. Elim Kibet war der einzige verbliebene Arzt. Die anderen waren nach den Terroranschlägen abgereist. Viele Schwestern hatten sich ihnen angeschlossen. Die Regierung hatte sich geweigert, bewaffnete Wachmänner zu dem ländlichen Krankenhaus zu schicken. Und sie hatte sich nicht an die Vereinbarung gehalten, das medizinische Personal anständig und pünktlich zu bezahlen. Das hatte dazu geführt, dass eine weitere Welle von Angestellten aus der zerfallenden Einrichtung floh. Das Krankenhaus arbeitete jetzt mit einer Rumpfbesetzung. Die Übriggebliebenen hatten entweder keinen Ort, an den sie gehen konnten, oder waren zu engagiert, um abzureisen. Auf Elim Kibet traf beides zu.

Er legte seinen weißen Kittel an und lief durch den Flur auf die Hilferufe zu.

Mandera war eines der ärmsten Countys in Kenia. Das

Pro-Kopf-Einkommen betrug 267 Dollar im Jahr – weniger als 75 Cent am Tag. Die staubige, von unbefestigten Straßen durchzogene Provinzhauptstadt lag nahe dem Dreiländereck von Kenia, Somalia und Äthiopien. Die Menschen in Mandera lebten von dem, was das Land hergab, kamen oft nur mühsam über die Runden und erfreuten sich an dem wenigen, das sie hatten. Es war ein Ort von atemberaubender Schönheit und unfassbarer Brutalität.

Die tödlichsten Krankheiten der Welt waren in der Region verbreitet, aber sie stellten dort bei Weitem nicht die größte Bedrohung dar. Al-Shabaab, eine islamistische Terrorgruppe, die zur al-Qaida gehörte, griff regelmäßig Dörfer und Regierungseinrichtungen an. Ihre Erbarmungslosigkeit war erschütternd. Vor weniger als einem Jahr hatten al-Shabaab-Kämpfer vor Mandera einen Bus angehalten und allen Muslimen befohlen auszusteigen. Sie weigerten sich jedoch und umringten stattdessen die christlichen Passagiere. Daraufhin zerrten die Milizionäre alle aus dem Bus – sowohl Christen als auch Muslime –, stellten sie in einer Reihe auf und erschossen sie. Siebenunddreißig Menschen starben an diesem Tag.

Als Elim den schäbigen Flur entlanglief, war das sein erster Gedanke – wieder ein al-Shabaab-Angriff.

Zu seiner Überraschung fand er zwei junge weiße Männer im Untersuchungszimmer vor. Ihr dunkelbraunes Haar war lang und struppig, und aus den dichten Bärten tropfte Schweiß. Der erste Mann stand an der Tür und hielt eine Videokamera in der Hand. Der zweite lag auf dem Untersuchungstisch und wälzte sich mit geschlossenen Augen von einer Seite auf die andere. Ein überwältigender Gestank von Durchfall und Erbrochenem hing in der Luft.

Zwei Schwestern beugten sich über den Mann und führten die Aufnahmeuntersuchung durch. Eine zog ihm das Fieberthermometer aus dem Mund und wandte sich zu Elim. »Vierzig Grad, Doktor.«

Der junge Mann an der Tür ließ die Videokamera fallen und packte Elim am Oberarm.

»Sie müssen ihm helfen!«

Elim riss sich los und schob ihn in die Ecke, weg vom Untersuchungstisch.

»Ja. Halten Sie bitte Abstand.«

Elims erste Diagnose lautete Malaria. Die Krankheit war in tropischen und subtropischen Regionen weit verbreitet, besonders in verarmten Gegenden wie Mandera, das nur vierhundert Kilometer vom Äquator entfernt lag. Weltweit gab es über zweihundert Millionen Infizierte, und jedes Jahr starben fast eine halbe Millionen Menschen an der Krankheit. Neunzig Prozent dieser Todesfälle ereigneten sich in Afrika, wo jede Minute ein Kind an Malaria verstarb. Auch Besucher aus dem Westen fingen sich in Kenia häufig Malaria ein. Aber die Krankheit war behandelbar, und das machte Elim Hoffnung, als er sich blaue Handschuhe überstülpte und mit der Untersuchung begann.

Der Patient war kaum bei Bewusstsein. Sein Kopf rollte von einer Seite zur anderen, während er vor sich hin murmelte. Als Elim das Hemd des Manns hochzog, änderte er seine Diagnose sofort. Ein Ausschlag überzog Bauch und Brust.

Typhus passte besser zu den Symptomen. Die Krankheit war in der Gegend ebenfalls verbreitet. Sie wurde von einem Bakterium hervorgerufen – *Salmonella Typhi* –, das in offenen Wasserstellen gedieh. Typhus war heilbar. Fluorchinolon – eines der wenigen Antibiotika, die sie vorrätig hatten – würde helfen.

Elims Hoffnung löste sich auf, als der Mann die Lider aufschlug. Gelbe Augen starrten ihn an. Im linken Augenwinkel sammelte sich Blut und rann dem Mann übers Gesicht.

»Treten Sie zurück.« Elim breitete die Arme aus und schob die Schwestern fort.

»Was ist los mit ihm?«, fragte der Freund des Kranken.

»Verlassen Sie den Raum«, sagte Elim.

Die Schwestern zogen sich sofort zurück, aber der junge Mann wich nicht von der Stelle. »Ich lasse ihn nicht allein.«

»Sie müssen.«

»Nein.«

Elim musterte ihn. Irgendwas stimmte hier nicht. Die Kamera, sein Verhalten, die Tatsache, dass die beiden ausgerechnet hier auftauchten.

»Wie heißen Sie?«

»Lucas. Turner.«

»Was machen Sie hier, Mr. Turner?«

»Er ist krank ...«

»Nein, was machen Sie in Kenia? Was wollen Sie hier in Mandera?«

»Ein Geschäft aufziehen.«

»Was?«

»CityForge. Dabei geht es um eine Art Crowdfunding für Stadtregierungen«, sagte Lucas wie auswendig gelernt.

Elim schüttelte den Kopf. *Wovon redet er?*

»Wissen Sie, was er hat?«, fragte Lucas.

»Vielleicht. Sie müssen den Raum verlassen.«

»Auf keinen Fall.«

»Hören Sie mir zu. Ihr Freund hat eine sehr gefährliche Krankheit. Sie ist wahrscheinlich ansteckend. Sie gehen ein hohes Risiko ein.«

»Was ist es denn?«

»Ich weiß nicht ...«

»Sie müssen doch eine Idee haben«, beharrte Lucas.

Elim sah sich um und vergewisserte sich, dass die Schwestern gegangen waren. »Marburg«, sagte er leise. Da Lucas nicht reagierte, fügte er hinzu: »Möglicherweise Ebola.«

Aus Lucas' verschwitztem Gesicht wich die Farbe, wodurch der Kontrast zwischen seinem dunklen Haar und der hellen Haut noch stärker wurde. Er sah zu seinem Freund auf dem Tisch, dann schlurfte er aus dem Zimmer.

Elim ging zum Untersuchungstisch und sagte: »Ich rufe

Hilfe. Ich werde alles für Sie tun, was in meiner Macht steht, Sir.«

Nachdem er die Handschuhe abgestreift und in den Mülleimer geworfen hatte, zog er sein Smartphone hervor. Er fotografierte den Ausschlag, bat den Mann, die Augen zu öffnen, schoss ein weiteres Foto und schickte die Bilder an das kenianische Gesundheitsministerium.

Vor der Tür beauftragte er die Schwester, die auf dem Gang wartete, niemanden außer ihn in den Raum zu lassen. Ein paar Minuten später kehrte er mit einem Schutzkittel, Gesichtsmaske, Schuhüberziehern und Schutzbrille zurück. Außerdem hatte er die einzige Behandlung dabei, die er dem Patienten bieten konnte.

Auf einem schmalen Holztisch in dem schäbigen Zimmer reihte er drei Plastikeimer auf. Jeder Eimer trug einen braunen Klebestreifen, auf dem ein einziges Wort stand: Erbrochenes, Kot, Urin. Elim war nicht optimistisch, dass er bei dem Zustand, in dem der Mann sich befand, die austretenden Körperflüssigkeiten voneinander trennen konnte, aber das war die Standardprozedur bei Ebola und ähnlichen Krankheiten, und er hatte die Absicht, sich daran zu halten. Obwohl er kaum Material und wenig Personal hatte, war der afrikanische Arzt entschlossen, dem Patienten die bestmögliche Behandlung zukommen zu lassen. Das war seine Pflicht.

Er reichte dem Mann einen kleinen Pappbecher mit Tabletten – Antibiotika, um Sekundärinfektionen zu bekämpfen – und eine Flasche mit der Aufschrift ORL: orale Rehydratationslösung.

»Schlucken Sie die, bitte.«

Mit zitternder Hand kippte der Mann sich die Tabletten in den Mund und nahm einen kleinen Schluck aus der Flasche. Der Geschmack entlockte ihm ein Stöhnen.

»Ich weiß. Es schmeckt fürchterlich, aber es muss sein. Sie dürfen nicht dehydrieren.«

Im Durchschnitt starb die Hälfte aller Infizierten an Ebola.

Selbst wenn das Immunsystem die Krankheit besiegte, führte der Durchfall in der akuten Phase häufig durch Dehydratation zum Tod.

»Ich komme bald zurück«, sagte Elim.

Draußen zog er vorsichtig seine PSA – die Persönliche Schutzkleidung – aus. Er wusste, dass es nicht genügend PSA im Krankenhaus gab, um das ganze Personal, das für die Betreuung des Manns benötigt wurde, zu schützen. Sie brauchten unbedingt mehr Ausrüstung – und Hilfe. In der Zwischenzeit musste Elim den Kranken isolieren und Lucas in Quarantäne halten, bis sie festgestellt hatten, ob er ebenfalls infiziert war.

Der Arzt mittleren Alters erwog gerade seine nächsten Schritte, als die Schwester erneut nach ihm rief.

Er rannte in den Triage-Raum des Krankenhauses, wo er einen weiteren Ausländer vorfand, einen großen weißen Mann, der am Türrahmen lehnte. Er war älter als die anderen beiden, aber wie der Kranke war er blass und verschwitzt und roch nach Durchfall und Erbrochenem.

»Gehört er zu den anderen?«, fragte Elim.

»Weiß ich nicht«, antwortete die Schwester. »Er wurde vom Flughafen hergeschickt.«

»Sir, bitte ziehen Sie Ihr Hemd hoch.«

Der große Mann hob sein Hemd und entblößte einen großflächigen Ausschlag.

Elim machte ein Foto, um es ans Gesundheitsministerium zu schicken. Zu der Aufnahmeschwester sagte er: »Bringen Sie ihn in Untersuchungsraum zwei. Berühren Sie ihn nicht. Halten Sie Abstand. Verlassen Sie den Raum. Niemand darf zu ihm rein.«

Er wählte die Nummer der Notfallzentrale des kenianischen Gesundheitsministeriums. Als die Verbindung zustande kam, sagte er: »Ich rufe aus dem Mandera Referral Hospital an. Wir haben hier ein Problem.«

2

Er war verprügelt worden. Das war sein erster Gedanke beim Aufwachen. Seine Rippen strahlten Schmerz aus. Die Beine taten weh. Er betastete die empfindliche Beule an der linken Seite seines Kopfs und zog schnell die Hand zurück.

Er lag ausgestreckt auf einem frisch gemachten Doppelbett. Die Morgensonne schien durch die dünnen Vorhänge, blendete ihn und fachte den Schmerz in seinem pochenden Kopf weiter an.

Er schloss die Augen und wandte sich ab.

Nach einigen Sekunden öffnete er sie langsam wieder. Neben der silbernen Lampe auf dem Nachttisch lag ein kleiner Schreibblock. Der Briefkopf lautete: *Concord Hotel, Berlin.*

Er versuchte sich an das Einchecken zu erinnern, aber es gelang ihm nicht. Schlimmer noch, er wusste nicht einmal, welcher Tag es war. Oder warum er in Berlin war. Oder wie er hieß. *Was ist passiert?*

Er stand auf und humpelte zum Bad. Bei jedem Schritt schmerzten seine Rippen. Er zog sich das blaue Hemd aus der beigefarbenen Hose. Ein Bluterguss bedeckte seine linke Seite; in der Mitte dunkelblau bis schwarz, an den Rändern rot.

Er betrachtete sich im Spiegel. Das Gesicht mit den hohen Wangenknochen war schlank und straff. Dichtes blondes Haar fiel ihm bis auf die Augenbrauen und lockte sich an den Spitzen ein wenig. Er war leicht gebräunt, aber seine Haut und die weichen Hände ließen auf einen Bürojob schließen. Er sah sich die Beule an seinem Kopf an. Sie war groß, aber der Schlag hatte die Haut nicht aufgerissen.

Als er in die Hosentaschen griff, fand er nur einen dünnen Zettel von der Größe einer Visitenkarte. Er zog ihn hervor und untersuchte ihn: eine 20-Prozent-Rabattmarke von einer Trockenreinigung.

Auf die Rückseite hatte er – oder jemand anders – drei Zeilen gekritzelt.

Die erste lautete: ZDUQH VLH
Die zweite: 7379623618
Die dritte Zeile bestand lediglich aus einer Klammer
mit drei Diamanten. (<><><>)

Irgendein Code.

Sein Kopf tat zu weh, um sich mit Codes zu beschäftigen. Er legte den Zettel auf den Waschtisch und ging durch das Schlafzimmer in den Wohnbereich, wo er abrupt stehen blieb. Ein Mann lag auf dem Boden. Sein Gesicht war blass und grau. Er atmete nicht.

Ein einzelnes weißes Blatt lag neben dem Mann vor der Eingangstür. Es war eine Rechnung für die Suite, die offenbar vor einer Woche angemietet worden war. Darin waren mehrere Lieferungen des Zimmerservice, aber nichts aus der Minibar aufgeführt.

Oben auf der Rechnung stand der Name des Gastes. *Desmond Hughes.* Er erkannte sofort, dass es sein Name war. Aber die Flut von Erinnerungen blieb aus.

Der Mann auf dem Boden war schlank und groß. Sein kurz geschnittenes graues Haar dünnte sich schon aus. Er trug einen dunklen Anzug und ein weißes Hemd ohne Krawatte. Um seinen muskulösen Hals verlief ein Ring aus Blutergüssen.

Desmond kniete neben der Leiche nieder und wollte in die Hosentaschen des Manns greifen, doch dann hielt er instinktiv inne. Er zog den kleinen Mülleimer unter dem Schreibtisch hervor, nahm den Plastikbeutel heraus und stülpte ihn sich über die Hand, um keine Fingerabdrücke oder DNS-Spuren zu hinterlassen.

Der Mann hatte ein Portemonnaie und einen Plastikausweis der Firma Rapture Therapeutics in der Tasche. Auf der ID-Karte war keine Berufsbezeichnung angegeben, nur ein Name: Gunter Thorne. Das Foto passte zu dem bleichen Gesicht, das mit der Wange auf dem dünnen Teppich lag. Sein deutscher Personalausweis und die Kreditkarten waren alle auf denselben Namen ausgestellt.

Desmond schob die Gegenstände wieder in die Taschen und schlug vorsichtig das Revers des Anzugs zurück. In einem Schulterholster steckte eine schwarze Pistole.

Als Desmond sich auf den Hintern sinken ließ, verstärkte sich der Schmerz in seinen Beinen. Er stand auf, dehnte sie und sah sich im Zimmer um. Es war makellos sauber. Eindeutig vor Kurzem gereinigt worden. Er durchsuchte es, fand aber keinerlei weitere Hinweise. Es gab kein Gepäck, und im Schrank hingen keine Kleidungsstücke. Der kleine Safe stand offen und war leer. Nicht einmal Toilettenartikel lagen herum.

Er überprüfte noch einmal die Rechnung. Keine Anrufe.

Was hatte das alles zu bedeuten? Es schien, als wäre er nur hergekommen, um zu essen. Oder um sich zu verstecken. Wohnte er in Berlin? Wenn Gunter Thornes Leiche nicht im Wohnzimmer gelegen hätte, hätte Desmond schon den Empfang angerufen und sich ein anständiges Krankenhaus empfehlen lassen. Aber das war jetzt unmöglich, solange er nicht mehr Informationen hatte. Es gab nur einen einzigen Hinweis.

Er ging zurück ins Bad und holte den Coupon mit den Buchstaben und Zahlen auf der Rückseite. Als er ihn ansah, kam ihm ein Gedanke bezüglich der Klammern. In Geschäftsberichten bezeichneten sie eine negative Summe – einen Verlust. Einen Abzug von einer Bilanz.

Woher wusste er das? Arbeitete er im Finanzwesen?

Er setzte sich aufs Bett und nahm den Block vom Nachttisch.

Also minus drei. Ja – die untere Zeile musste der Schlüssel sein, die ersten beiden die Nachricht. Plötzlich tauchte der Name des Codes in seinem Kopf auf: eine einfache monoalphabetische Substitution. Und mehr noch, es war eine Caesar-Verschlüsselung, die Methode, die Julius Caesar für seine geheime Korrespondenz verwendet hatte.

Desmond ging bei jedem Buchstaben drei Stellen im Alphabet zurück und zog von den Zahlen jeweils drei ab. Das ergab:

WARNE SIE
4046390385

Er setzte Striche hinter die dritte und sechste Ziffer.

404-639-0385

Warne sie. Und eine Telefonnummer. Wovor sollte sie gewarnt werden? Durch den Durchgang zwischen Schlafzimmer und Wohnbereich betrachtete er Gunter Thornes Leiche. Vielleicht war Rapture Therapeutics – oder wer auch immer Gunter in das Hotelzimmer geschickt hatte – auch hinter »ihr« her. Oder vielleicht gab es gar keinen Zusammenhang. Oder *vielleicht* hatte Desmond all das arrangiert, um Gunter in die Falle zu locken. Sie könnte eine Komplizin von ihm sein. So oder so wusste sie vielleicht etwas.

Desmond nahm den Hörer ab und wählte.

Beim dritten Klingeln meldete sich eine Frau mit benommener Stimme. »Shaw.«

»Hallo. Hier ist ... Desmond. Hughes.«

»Hallo.« Sie klang jetzt wacher.

»Hi.« Er hatte keine Ahnung, wie er anfangen sollte. »Haben Sie ... meinen Anruf erwartet?«

Sie seufzte in den Hörer. Er hörte ein Rascheln, vielleicht setzte sie sich auf.

»Was soll das, Desmond?«

»Kennen wir uns?«

Ihr Tonfall war jetzt traurig. »Das ist nicht lustig, Des.«

»Hören Sie, ich ... können Sie mir einfach sagen, wer Sie sind? Wo Sie arbeiten? Bitte.«

Eine Pause entstand.

»Peyton Shaw.«

Als er nichts sagte, fügte sie hinzu: »Ich arbeite jetzt beim CDC. Ich bin Epidemiologin.«

Aus dem Wohnzimmer ertönte ein Pochen – jemand klopfte dreimal fest an der Tür.

Desmond dachte nach. Die Uhr auf dem Tisch zeigte 7:34. Zu früh für die Zimmerreinigung.

»Hallo?«, sagte Peyton.

Wieder klopfte es dreimal, dieses Mal lauter, dann sagte eine tiefe Männerstimme auf Deutsch: »Polizei.«

»Hören Sie, Peyton. Ich glaube, Sie sind in Gefahr.«

»Was? Wovon redest du?«

Weiteres beharrliches Klopfen an der Tür, so laut, dass es die Gäste in den Nebenzimmern wecken musste. »Polizei! Herr Hughes, bitte öffnen Sie die Tür.«

»Ich rufe Sie später wieder an.«

Er legte auf und rannte zur Tür, ohne auf den Schmerz in seinem Bein zu achten. Durch den Spion sah er zwei uniformierte Polizeibeamte neben einem Mann in dunklem Anzug – wahrscheinlich vom Sicherheitsdienst des Hotels.

Der Hotelangestellte hielt eine Schlüsselkarte vor das Schloss.

3

In Atlanta setzte sich Dr. Peyton Shaw mit dem schnurlosen Telefon am Ohr im Bett auf. »Desmond?«

Die Verbindung war unterbrochen.

Sie legte auf und wartete, dass Desmond erneut anrief.

Es war 1:34 Uhr am Samstagmorgen, sie war allein zu Hause und hatte seit über drei Stunden geschlafen. Aber jetzt war sie hellwach. Und beunruhigt.

Sie verspürte den Drang, sich in der Zwei-Zimmer-Eigentumswohnung umzusehen, um sich zu vergewissern, dass wirklich niemand sonst da war. Seit sie mit Mitte zwanzig nach Atlanta gezogen war, hatte sie die ganze Zeit allein gewohnt, und bis auf wenige Ausnahmen hatte sie sich immer sicher gefühlt.

Sie nahm das Handy, stand von dem niedrigen Bett auf und trat wachsam aus ihrem Schlafzimmer. Alle paar Sekunden quietschten die kalten Holzdielen unter ihren nackten Füßen. Die Wohnungstür war geschlossen und der Riegel vorgelegt. Die Tür zum zweiten Zimmer, das sie als Büro benutzte, war ebenfalls zu, sodass man von dem offenen Wohn-Ess-Bereich aus nicht hineinsehen konnte. Sie hatte festgestellt, dass Fotos von Pandemien überall auf der Welt sowohl für ihre Freundinnen als auch für Herrenbesuch ein echter Stimmungskiller waren, deshalb ließ sie die Bürotür immer geschlossen.

Aus dem deckenhohen Fenster im Wohnzimmer sah sie auf die Peachtree Street, die zu dieser Stunde fast verlassen war. Sie fröstelte vor der Scheibe; es war kälter als Ende November üblich.

Sie wartete und hoffte noch immer, dass das Festnetztelefon klingeln würde. Schon oft hatte sie überlegt, den Anschluss zu kündigen, aber ein paar Leute hatten immer noch die Nummer, und aus unerfindlichen Gründen waren Kabelfernsehen und Internet billiger, wenn man einen Festnetzanschluss besaß.

Sie strich sich durch das schulterlange braune Haar. Ihre Mutter war halb Chinesin, halb Deutsche, und Peyton hatte die gleiche porzellanartige Haut. Sie wusste nicht genau, was sie von ihrem englischen Vater geerbt hatte, der gestorben war, als sie sechs war.

Sie ließ sich auf das graue Stoffsofa fallen und zog die kalten Füße unter den Po. Mit ihrem Handy tat sie etwas, das sie schon lang nicht mehr gemacht hatte – und mit dem aufzuhören sie sich geschworen hatte: Sie öffnete Google und suchte nach Desmond Hughes. Desmonds Stimme zu hören hatte sie erschüttert. Seine Warnung – *Sie sind in Gefahr* – ging ihr nicht aus dem Kopf.

Der erste Treffer war die Website von Icarus Capital, einer Risikokapitalgesellschaft. Desmond war auf der Seite *Unser Team* als Gründer und geschäftsführender Teilhaber an erster Stelle aufgeführt. Sein Lächeln wirkte selbstsicher, fast arrogant.

Sie klickte auf die Seite *Investments* und las die Einführung:

> *Es heißt, die Gegenwart sei das Maß aller Dinge. Wir bei Icarus Capital sind anderer Meinung. Wir glauben, die Zukunft ist das Entscheidende. Das ist es, worin wir investieren: die Zukunft. Genauer gesagt investieren wir in Menschen, die die Zukunft erfinden. Hier ist eine Auswahl dieser Menschen und ihrer Firmen. Wenn Sie die Zukunft erfinden, kontaktieren Sie uns. Wir wollen Ihnen helfen.*

Peyton überflog die Liste der Firmen: Rapture Therapeutics, Phaethon Genetics, Rendition Games, Cedar Creek

Entertainment, Rook Quantum Sciences, Extinction Parks, Labyrinth Reality, CityForge und Charter Antarctica.

Sie kannte keine davon.

Sie klickte in den Suchergebnissen auf den nächsten Link, der zu einem Video von Desmond bei einer Konferenz führte. Ein Moderator stellte aus dem Off eine Frage: »Icarus hat in einen sehr breit gefächerten Mix von Start-ups investiert, Pharma, Biotechnik, Virtual Reality, Grid-Computing und sogar Extremtourismus an Orten wie der Antarktis. Was ist die Verbindung zwischen all diesen Feldern? Können Sie den Unternehmern im Publikum sagen, was Sie an einem Start-up interessiert?«

Desmond hob in seinem Sessel das Mikrofon und antwortete ruhig, aber mit ansteckender Begeisterung. Seine Mundwinkel waren zu einem leichten Lächeln hochgezogen. Er sah konzentriert und ohne zu blinzeln in die Kamera.

»Nun, wie Sie schon sagen, es ist schwierig, genau zu definieren, nach welcher Art von Firma Icarus sucht. Ich kann Ihnen aber verraten, dass jede Einzelne unserer Investitionen Teil eines größeren, koordinierten Experiments ist.«

Der Moderator zog die Brauen hoch. »Interessant. Was für ein Experiment?«

»Es ist ein wissenschaftliches Experiment – eines, das eine sehr wichtige Frage beantworten soll.«

»Und zwar?«

»Warum existieren wir?«

Der Moderator tat überrascht und wandte sich an die Zuschauer. »Sonst nichts?«

Das Publikum lachte, und Desmond schloss sich an.

Er beugte sich in seinem Sessel vor, warf dem Moderator einen Blick zu, dann sah er wieder in die Kamera. »Okay, ich nehme an, dass viele von Ihnen – im Publikum und zu Hause – sagen würden, die Antwort auf diese Frage ist einfach: Wir existieren, weil die physikalischen Eigenschaften dieses Planeten die Entstehung von Leben begünstigen. Die Umweltbedingungen auf der Erde haben uns sozusagen zwangsläufig hervorgebracht. Das stimmt, aber die eigentliche Frage ist *warum*? *Warum* begünstigt das Universum die Entstehung von Leben? Zu welchem Zweck? Was ist die Bestimmung der Menschheit? Ich glaube, darauf gibt es eine Antwort.«

»Wow. Sie klingen fast wie ein gläubiger Mensch.«

»Das bin ich auch. Ich glaube fest daran, dass um uns herum ein gewaltiger Prozess abläuft, dass es ein größeres Bild gibt, von dem wir bisher nur einen winzigen Ausschnitt gesehen haben.«

»Und Sie glauben, die Technologie, die Icarus finanziert, wird diese ultimative Wahrheit hervorbringen?«

»Ich würde mein Leben darauf verwetten.«

Peyton war gerade wieder eingeschlafen, als ein Geräusch vom Nachttisch sie weckte. Sie lauschte starr, aber es endete plötzlich.

Dann setzte es von Neuem ein: Etwas rüttelte am Tisch.

Eine Vibration.

Hinter der Lampe tauchte ein Licht auf, das zur Decke strahlte.

Peyton atmete aus, nahm das summende Handy und sah auf die Uhrzeit – 3:55. Sie erkannte zwar die Nummer nicht, aber die Vorwahl. 41. Die Schweiz.

Sofort meldete sie sich.

»Peyton, Entschuldigung, dass ich dich wecke«, sagte Dr. Jonas Becker.

Der deutsche Epidemiologe leitete ein Notfallteam zur Seuchenbekämpfung für die WHO. Peyton ging bei der amerikanischen Seuchenschutzbehörde einer ähnlichen Tätigkeit nach. Die beiden hatten oft in den Krisengebieten der Welt zusammengearbeitet, und im Laufe der Zeit hatte sich eine besondere Beziehung zwischen ihnen entwickelt.

»Schon gut«, sagte sie. »Was ist passiert?«

»Ich habe dir gerade eine Mail geschickt.«

»Warte kurz.«

Peytons nackte Füße tapsten über den Holzboden, als sie ins Arbeitszimmer lief. Sie setzte sich an den billigen Ikea-Schreibtisch, weckte ihren Laptop auf und startete die VPN-Software, die eine sichere Verbindung zu ihrem Server beim CDC herstellte.

Sie betrachtete die Fotos in der E-Mail und ließ sich kein Detail entgehen.

»Ich sehe es«, sagte sie.

»Das kenianische Gesundheitsministerium hat uns das vor ein paar Stunden geschickt. Ein Arzt in einem Krankenhaus in Mandera hat die Fotos gemacht.«

Peyton hatte noch nie von Mandera gehört. Sie öffnete Google Maps und sah, dass es im äußersten Nordosten Kenias lag, gleich an der Grenze zu Somalia und Äthiopien. Es war der schlimmstmögliche Ort für einen Ausbruch.

»Es ist offensichtlich ein hämorrhagisches Fieber«, sagte Jonas. »Riftalfieber ist in der Gegend verbreitet. Und Ebola und Marburg. Nach dem Ebola-Ausbruch in Westafrika nehmen das hier alle sehr ernst. Ich wurde schon vom Büro des Generaldirektors angerufen.«

»Sind das die einzigen bekannten Fälle?«

»Im Moment ja.«

»Was wissen wir über sie?«, fragte Peyton.

»Nicht viel. Alle drei Männer sagen, sie wären Ausländer, die nur zu Besuch im Land sind.«

Das weckte Peytons Interesse.

»Die beiden jüngeren Männer sind Amerikaner. Sie haben vor Kurzem ihren Abschluss an der UNC-Chapel Hill gemacht. Sie sind als Mitarbeiter eines Start-ups nach Kenia gekommen. Der andere Mann stammt aus London. Er arbeitet für eine englische Firma, die Radarsysteme installiert.«

»Was für Radarsysteme?«

»Zur Luftüberwachung. Er hat am Flughafen von Mandera gearbeitet, als er krank wurde.«

»Da gibt es einen Flughafen?«

»Nichts Besonderes. Bis vor ein paar Monaten war es nur eine Landepiste aus Lehm. Die Regierung hat die Landebahn asphaltieren und neues Equipment anschaffen lassen. Er wurde letzte Woche neu eröffnet.«

Peyton massierte sich die Schläfen. Ein funktionierender Flughafen in einem Seuchengebiet kam einem Albtraum gleich.

»Wir holen Erkundigungen über den Flughafen ein – über den Verkehr, wer bei der Eröffnungsfeier war und welche Ausländer noch an dem Projekt gearbeitet haben. Wir haben auch schon die Gesundheitsbehörden in England kontaktiert, und sie bearbeiten den Fall. Da ist es jetzt acht Uhr vierzig, also werden sie sich bald mit der Familie und den Arbeitskollegen des Manns in Verbindung setzen. Wenn wir wissen, wie lang er schon in Kenia ist, entscheiden wir, ob sie in Quarantäne müssen.«

Peyton überflog die E-Mail und fand die Namen der beiden jüngeren Männer. »Wir fangen an, die Kontakte der Amerikaner zu überprüfen, und stellen einen Plan auf, wann die beiden wo gewesen sind. Was können wir sonst noch tun?«

»Das wär's erst mal. Die Kenianer haben noch nicht darum gebeten, aber wenn es so läuft wie in Westafrika, kann man davon ausgehen, dass sie eine Menge Hilfe brauchen.«

Hilfe bedeutete Geld und Ausrüstung. Während des Ebola-Ausbruchs in Westafrika hatte das CDC Hunderte von Leuten entsandt und Equipment zur Verfügung gestellt, unter anderem PSA, Tausende von Leichensäcken und zahllose Testsets.

»Ich rede mit Elliott«, sagte Peyton. »Wir informieren das Außen- und das Entwicklungshilfeministerium.«

»Eine Sache noch. Wir hatten hier gerade unser Sicherheitsbriefing. Mandera County ist ein sehr gefährlicher Ort. In der Gegend operiert eine Terrororganisation namens al-Shabaab. Sie ist genauso brutal wie der IS und kein Freund der

Amerikaner. Wenn ihr in der Gegend seid, könnte es noch gefährlicher werden. Wir kommen heute Nacht in Nairobi an, aber ich dachte mir, wir warten auf euer Team. Wir können eine kenianische Militäreskorte nehmen und zusammen nach Norden reisen.«

»Vor Sonntag können wir wahrscheinlich nicht da sein.«

»In Ordnung, wir warten. Es gibt in Nairobi eine Menge für uns zu tun.«

»Gut. Danke, Jonas.«

»Gute Reise.«

Peyton legte das Handy auf den Schreibtisch, stand auf und betrachtete die Weltkarte an der Wand. Bunte Stecknadeln sprenkelten die Kontinente. Jede Nadel markierte einen Ausbruch, bis auf eine. Im Osten Ugandas, an der Grenze zu Kenia, steckte mitten im Mount-Elgon-Nationalpark eine silberne Reversnadel. Sie stellte einen von einer Schlange umwundenen Stab dar – das traditionelle Symbol der Medizin, den Äskulapstab, den man auch im Star of Life auf Krankenwagen sah. Die Nadel hatte Peytons Bruder Andrew gehört. Andrew war derjenige, der sie inspiriert hatte, Epidemiologin zu werden, und sie trug die Nadel auf allen Auslandseinsätzen bei sich. Sie war alles, was ihr von ihm geblieben war.

Sie zog das silberne Andenken aus der Karte, steckte es in die Tasche und markierte das Dreiländereck von Kenia, Äthiopien und Somalia mit einer roten Nadel als Ausbruchsort eines viralen hämorrhagischen Fiebers.

Sie hatte immer zwei gepackte Reisetaschen bereitstehen: eine für die Erste und eine für die Dritte Welt. Sie nahm die Dritte-Welt-Tasche und packte die nötigen Stromadapter für Kenia dazu.

Sobald die Lage sich etwas beruhigte, würde sie ihre Mutter und ihre Schwester anrufen müssen, um ihnen mitzuteilen, dass sie einen Einsatz hatte. In vier Tagen war Thanksgiving, und Peyton hatte das Gefühl, sie würde es verpassen.

Auch wenn sie es nur ungern zugab, war Peyton auf

gewisse Weise erleichtert. Außer Madison hatte sie nun keine Geschwister mehr. Durch den Tod ihres Bruders waren sie sich nähergekommen, aber in letzter Zeit hatte jede Unterhaltung mit ihrer Schwester damit geendet, dass Madison sie fragte, warum sie sich nicht mit Männern traf, und darauf herumritt, dass ihre Chancen, eine Familie zu gründen, rapide sanken. Da sie schon achtunddreißig war, musste sie ihr in diesem Punkt recht geben, aber sie war sich nicht einmal sicher, ob sie überhaupt eine Familie *wollte*. In Wahrheit wusste sie nicht einmal genau, was sie von ihrem Leben neben dem Beruf überhaupt erwartete. Die Arbeit war zu ihrem Leben geworden, und sie glaubte, etwas Wichtiges zu tun. Es gefiel ihr, mitten in der Nacht angerufen zu werden. Sie mochte das Rätsel, das jeder Ausbruch mit sich brachte, und das Wissen, dass sie mit ihrer harten Arbeit Menschenleben rettete, dass jede Sekunde zählte.

Und jetzt tickte wieder die Uhr.

Unten auf der Straße saß ein Mann im Auto und beobachtete, wie Peyton aus der Tiefgarage fuhr.

Während er den Lenker einschlug, sprach er über die offene Leitung. »Zielperson verlässt das Haus. Keine Besuche. Keine SMS. Nur ein Anruf – von ihrem Kontakt bei der WHO.«

4

Desmond sah durch den Spion, wie der Mann vom Sicherheitsdienst des Hotels die Schlüsselkarte vor das Schloss hielt. Die beiden Polizeibeamten neben ihm hatten die Hände auf die Hüften gestützt.

Desmond verriegelte die Tür. »Einen Moment bitte«, sagte er auf Englisch und versuchte, möglichst verärgert zu klingen. »Ich bin nicht angezogen.«

»Beeilen Sie sich bitte, Mr. Hughes«, sagte der Wachmann.

Desmond sah zu dem toten Mann auf dem Boden.

Im Kopf spielte er seine Möglichkeiten durch.

Option eins: aus dem Fenster fliehen. Er ging zu der hohen Scheibe und blickte hinaus. Er befand sich mindestens zehn Stockwerke über dem Boden, und es gab keine Feuerleiter und keine andere Möglichkeit unbeschadet nach unten zu gelangen. Außerdem sah es aus, als ließe sich das Fenster nicht öffnen.

Option zwei: wegrennen. Dabei gingen die Erfolgschancen gegen null. Er war nicht in der Verfassung, sich an den drei Männern vorbeizudrängen, geschweige denn, vor ihnen wegzulaufen.

Damit blieb nur noch Option drei: die Leiche verstecken und die Sache durchstehen.

Aber wo?

Im Wohnzimmer standen ein Schreibtisch, ein Bürostuhl, ein Sofa, ein zusätzlicher Stuhl und ein Fernsehschrank. Unter dem Fenster und den bodenlangen Vorhängen befand sich die Heizung. Ein breiter Durchgang mit Schiebetür führte ins

Schlafzimmer, in dem ein Doppelbett mit zwei Nachttischen, ein weiteres Fenster mit Heizkörper darunter und ein Schrank waren. Das kleine Bad konnte man nur vom Schlafzimmer aus erreichen.

Schnell traf Desmond eine Entscheidung.

Als er den Mann vom Boden hob, schoss Schmerz durch seinen Körper. Es fühlte sich an, als bohrten sich Stacheln aus seinen Rippen ins Fleisch, und beinahe hätte er sich übergeben. Der Mann war ungefähr so groß wie Desmond, etwa einen Meter achtzig, und schlank. Wahrscheinlich wog er nur 75 Kilo, aber es fühlte sich an wie 300. Die Leichenstarre war bereits eingetreten. Gunter Thorne musste schon seit Stunden tot sein.

Während er die Leiche über den Boden schleifte, fragte sich Desmond, woher er wusste, wann Leichenstarre einsetzte. Aber am meisten besorgte ihn, dass er nie in Erwägung gezogen hatte, einfach die Tür zu öffnen, die Polizei einzulassen und die Situation zu erklären. Tief im Inneren schien er zu wissen, dass er der Polizei aus dem Weg gehen musste – dass er etwas zu verbergen hatte. Dass es schlecht für ihn wäre, wenn die Wahrheit ans Licht käme. Er musste auf freiem Fuß bleiben. Er musste herausfinden, was geschehen war.

Als es erneut klopfte, war er verschwitzt und außer Atem. Er trocknete sich das Gesicht ab, lief zur Tür, öffnete sie einen Spalt und spähte misstrauisch in den Gang.

»Ja?«

»Dürfen wir reinkommen, Mr. Hughes?«, fragte der Wachmann.

Wenn er ablehnte, würde das Verdacht erregen, und er konnte sie ohnehin nicht daran hindern einzutreten. Wortlos stieß er die Tür auf.

Die drei Männer kamen mit den Händen an den Hüften herein und sahen sich um. Einer der Beamten ging ins Schlafzimmer und näherte sich den geschlossenen Türen des Schranks und des Bads.

»Worum geht es?«, fragte Desmond.

»Jemand hat wegen einer Ruhestörung angerufen«, sagte der Polizeibeamte im Wohnzimmer, ohne ihm in die Augen zu sehen. Der Mann warf erst einen Blick hinter das Sofa, dann zum Fernsehschrank. Er schien das Kommando zu haben.

Durch die Tür zum Schlafzimmer beobachtete Desmond, wie der andere Beamte zum Schrank sah. Er streckte den Arm aus, öffnete die Tür und hielt inne. Sein Blick schweifte vom Boden zur Decke. Schließlich wandte er sich zu Desmond um.

»Kein Gepäck?«

»Ich habe es schon nach unten geschickt«, sagte er in einem Tonfall, der ihnen zu verstehen geben sollte, dass sie seine Zeit verschwendeten. Er musste in die Offensive gehen, um sie aus seinem Zimmer zu befördern. »Was für eine Ruhestörung? Sind Sie sicher, dass Sie im richtigen Zimmer sind?«

Der Beamte im Wohnzimmer schien seine Suche beendet zu haben. Er richtete seine Aufmerksamkeit auf Desmond.

»Sind Sie geschäftlich oder zum Vergnügen in der Stadt, Mr. Hughes?«

»Von beidem ein bisschen.«

»Was machen Sie beruflich?«

»Technologie«, sagte er herablassend. »Hören Sie, bin ich in Gefahr? Soll ich die amerikanische Botschaft anrufen?« Er ließ seine Stimme mit jedem Satz höher klingen, um seine Empörung zu betonen. »Können Sie mir sagen, was hier los ist?«

Der Polizist ließ nicht locker. »Wie lang sind Sie schon in der Stadt?«

»Eine Woche. Was spielt das für eine Rolle?«

Der Polizist blieb unbeeindruckt. Es funktionierte nicht.

Aus dem Augenwinkel sah er, wie der andere Beamte sich links von der Badezimmertür postierte, eine Hand an der Pistole, die andere an der Türklinke.

Desmond änderte die Strategie. Er konzentrierte sich auf den Wachmann und sagte schnell: »Ihnen ist doch klar, dass ich das in meiner Online-Bewertung erwähne?«

Die Augen des Wachmanns weiteten sich.

»Darauf können Sie sich verlassen«, fuhr Desmond fort. »Die passende Überschrift wäre: Steigen Sie hier ab, wenn Sie auf Gestapo-Verhöre und beschissenes WiFi stehen.«

Der Wachmann sah zu dem Beamten. »Sind Sie fertig?«

Desmond hörte, wie knarrend die Badezimmertür geöffnet wurde. Eine Sekunde später ging das Licht an. Der Polizist sah sich zu seinem Kollegen und dem Wachmann um. Mit der Hand an seiner Pistole schüttelte er den Kopf.

»Ja. Wir sind hier fertig«, sagte der andere Beamte. »Tut mir wirklich leid, dass wir Sie belästigen mussten, Mr. Hughes. Genießen Sie Ihre Zeit in Berlin.«

Die drei Männer versammelten sich an der Tür. Der Wachmann hatte gerade nach der Klinke gegriffen, als ein Geräusch ertönte: Haut, die über Glas rutschte. Das Quietschen endete, und alle drei Männer blieben stehen und wandten sich zu Desmond um. Hinter ihm hatte die Schwerkraft gesiegt und ließ Gunter Thornes Leiche zu Boden sinken. Desmond hatte den Toten in der Ecke gegen das Fenster gelehnt und mit dem Vorhang verdeckt – aber jetzt kam er zum Vorschein. Das Gesicht rutschte noch einmal über die Scheibe, bevor der Leichnam erst auf den Heizkörper und schließlich mit einem Rumpeln zu Boden fiel.

Desmond zögerte nicht. Er stürmte nach vorn und überbrückte die Entfernung zu den drei Männern in weniger als einer Sekunde. Mit aller Kraft schwang er die rechte Faust. Sie traf den rechts stehenden Polizisten am Wangenknochen unter dem linken Auge. Der Kopf des Manns flog nach hinten und prallte gegen den Metalltürrahmen. Er verlor auf der Stelle das Bewusstsein.

Desmond drehte sich und drückte seinen Körper gegen den Wachmann, der zwischen den beiden Polizisten eingeklemmt war. Der verbliebene Polizist zog seine Pistole und hob sie, aber Desmond vollendete schnell seine 180-Grad-Drehung und knallte ihm den Ellbogen gegen die Stirn. Der Mann wurde gegen die Holztür geschleudert, dann taumelte er bewusstlos nach vorn und ließ die Waffe fallen. Desmond schnappte sich die Pistole und richtete sie auf den Wachmann.

»Halt die Hände so, dass ich sie sehen kann. Geh weg von der Tür.«

Die Hände des Wachmanns zitterten, als er sie hob.

»Ich will dich nicht verletzen, aber wenn du schreist, bleibt mir nichts anderes übrig. Verstanden?«

Der Mann nickte.

»Warum ist die Polizei gekommen?«

»Es ist so, wie sie gesagt haben – ein Anruf.«

»Wer hat angerufen?«

Er schüttelte den Kopf. »Ich weiß nicht ...«

»Wer?«

»Sie haben gesagt, es wäre ein anonymer Hinweis.«

»Sind da unten noch mehr?«

»Weiß ich nicht ...«

»Lüg mich nicht an!«, sagte Desmond und hob die Pistole.

Der Mann schloss die Augen. »Es sind zwei Autos gekommen. Ich weiß nicht, ob sie dageblieben sind oder nicht.«

»Dreh dich um.«

Der Mann rührte sich nicht.

»Los.«

Langsam wandte sich der Wachmann um. Seine Hände zitterten jetzt stark. Desmond drehte die Pistole um und schlug dem Mann mit dem Griff auf den Kopf, sodass er bewusstlos zu Boden sank.

Er schleifte den Wachmann von der Tür weg, zog das Magazin aus der Pistole und vergewisserte sich, dass keine Patrone in der Kammer und die Waffe gesichert war. Er zerrte am Rücken das Hemd aus der Hose und schob sich die Pistole in den Hosenbund, dann sammelte er die Ersatzmagazine beider Polizisten ein. Er nahm den Polizeiausweis des jüngeren Beamten und das Funkgerät des Wachmanns. Nachdem er sich den Hörer ins Ohr gesteckt hatte, lauschte er eine Weile.

Es waren knappe Sätze auf Deutsch, aber er verstand das meiste davon.

Er musste sich entscheiden: Treppe oder Aufzug. Vorn oder hinten.

Beide Wege hatten Vor- und Nachteile. Aber wenn er die Treppe hinunterrannte und zum Hinterausgang lief, würde er Verdacht erregen, falls jemand die Überwachungskameras beobachtete. Also entschied er sich für den Aufzug und die Vordertür.

Desmond nahm sämtliches Geld, das die drei Männer bei sich trugen – insgesamt 312 Euro. Er brauchte es für die Flucht, und da man ihm ohnehin schon Widerstand gegen die Festnahme und Angriff auf Polizeibeamte und möglicherweise sogar Mord zur Last legen würde, nahm er an, dass der Raub seine Situation nicht wesentlich verkomplizierte.

Im Flur schlenderte er lässig zum Aufzug und drückte den Knopf. Nach wenigen Sekunden öffnete sich die Tür, und eine weißhaarige Frau, die ihn keines Blicks würdigte, stand vor ihm.

Während er nach unten fuhr, herrschte auf dem Kanal des Sicherheitsdienstes Stille. Die Tür ging wieder auf, und Desmond trat zur Seite, um die Frau zuerst in die Lobby treten zu lassen.

Über Funk sagte eine Stimme auf Deutsch: »Gerhardt, bist du noch in 1207?«

Desmond folgte der Frau.

»Gerhardt, bitte kommen.«

Neben der Glasdrehtür standen zwei uniformierte Polizisten und unterhielten sich grinsend. Sie waren knapp zehn Meter entfernt. Als sie Desmond bemerkten, verstummten sie und sahen ihn an.

5

Peyton kam um kurz vor vier am CDC-Hauptquartier an. Das Gelände, das man allgemein mit Atlanta in Verbindung brachte, lag tatsächlich knapp außerhalb der Stadtgrenze im wohlhabenden Druid Hills im gemeindefreien DeKalb County. Die Vorläuferorganisation des CDC war aus einem einfachen Grund in Atlanta aufgebaut worden: um Malaria zu bekämpfen. Damals, im Juli 1946, war die Krankheit Amerikas größtes Gesundheitsproblem, besonders im heißen und feuchten Südosten. Die Lage mitten in der amerikanischen Brutstätte der Malaria war ein bedeutender Vorteil gewesen.

Als Peyton am CDC anfing, hatte sie nur ihre Karte durch das Lesegerät ziehen müssen, um ins Gebäude zu gelangen. Jetzt war das Verfahren strenger, und jeder wurde durchleuchtet und abgetastet. Sie wusste, dass die Sicherheitsmaßnahmen wichtig waren, aber sie hatte es eilig, ins Gebäude zu gelangen und anzufangen. Jede Sekunde zählte.

Sobald das Wachpersonal sie eingelassen hatte, begab sie sich zum Emergency Operations Center, der Kommandozentrale zur Seuchenbekämpfung. Der Hauptraum des EOC sah aus wie der Kontrollraum der NASA bei einem Raketenstart: Reihen von miteinander verbundenen Schreibtischen, alle mit Flachbildmonitoren ausgestattet. Ein Bildschirm, der die komplette Stirnwand einnahm, zeigte eine Weltkarte und Statistiken zu den aktuellen Operationen. Im EOC konnten 230 Leute in Acht-Stunden-Schichten arbeiten, und bald würde dort Hochbetrieb herrschen. Schon zu dieser frühen

Stunde saßen über zehn Angestellte an ihren Schreibtischen, nahmen Anrufe entgegen und tippten an ihren Computern.

Peyton begrüßte die Mitarbeiter, die sie kannte, und fragte, ob es Neuigkeiten gebe. Der große Konferenzraum des EOC war dunkel, aber ein Schild an der Tür kündigte ein Meeting für alle um acht Uhr zum Mandera-Ausbruch an.

Eine farbige Tafel an der Wand zeigte die gegenwärtige Alarmstufe des CDC. Es gab drei verschiedene Level: Rot bedeutete Stufe eins – die höchste und gefährlichste Warnstufe. Gelb war Level zwei, und grün war Level drei. Die Tafel zeigte gelb, was bedeutete, dass das EOC und die Abteilung für Notfalleinsätze des CDC Personal einberiefen und Unterstützung zur Bekämpfung des Ausbruchs anboten. Peyton war froh darüber.

In ihrem Büro begann sie, sich auf den Einsatz vorzubereiten. Ihre Reisetasche enthielt die wichtigsten Dinge für die Erforschung eines Ausbruchs: Kleider, Toilettenartikel, ein GPS-Navigationssystem, Sonnencreme, Kittel, Handschuhe, Schutzbrillen, einen kleinen Beamer und EPas – Einmannpackungen. Die Fertigessen waren bei Ausbrüchen in der Dritten Welt besonders wichtig, denn oft enthielten Nahrungsmittel und Wasser vor Ort genau den Erreger, den sie bekämpften.

Peyton gab Eilbestellungen für die anderen Dinge auf, die das Team in Mandera benötigen würde, unter anderem ortsspezifische Medikamente, Moskitonetze, Insektenschutzmittel und SatSleeves – Adapter, mit deren Hilfe sich Smartphones über Satellit mit dem Internet verbinden konnten. Durch die SatSleeves konnten die Teammitglieder ihre normale Telefonnummer behalten und auf E-Mails und andere Daten zugreifen. Wenn man in der Lage war, während des Einsatzes ein Foto aufzunehmen und sofort hochzuladen, konnte das die Strategie der Seuchenbekämpfung ändern – und Leben retten.

Als Nächstes bereitete sie Pakete für das Team vor. Sie

druckte Karten von Mandera und der Umgebung aus und fertigte Listen der Kontaktpersonen beim kenianischen CDC-Büro, der US-Botschaft, dem EOC, der WHO in Kenia und dem kenianischen Gesundheitsministerium und der Hygienebehörde an. Sie rief einen Fragebogen auf, den sie beim Ebola-Ausbruch in Westafrika verwendet hatte, passte ihn ein wenig an die Region an und druckte Hunderte von Exemplaren aus. Manche Epidemiologen drangen darauf, im Feld papierfrei zu arbeiten, aber Peyton bevorzugte die guten alten Ausdrucke; sie stürzten nicht ab, sie hatten keine Akkus, die den Geist aufgaben, und Straßenräuber interessierten sich deutlich weniger für Aktenordner als für Tablets. Papier funktionierte gut.

Danach gab es noch eine wichtige Entscheidung zu treffen: das Personal.

Jemand klopfte sanft an die offene Bürotür, und als sie sich umdrehte, sah sie ihren Vorgesetzten Elliott Shapiro am Türrahmen lehnen.

»Hallo«, sagte sie.

»Wie schaffst du es, immer so schnell hier zu sein?«

»Ich schlafe mit einem offenen Auge.«

Er lächelte. »Klar. Woran arbeitest du?«

»Am Personal.«

»Gut. Hast du die Fotos gesehen?«

»Ja.«

»Sieht schlimm aus.«

»Allerdings. Wir müssen sofort hin«, sagte Peyton. »Wenn es nach Nairobi gelangt, haben wir ein Problem.«

»Das glaube ich auch. Ich mache ein paar Anrufe und sehe, ob ich dich schneller hinschaffen kann.«

»Danke.«

»Ruf mich an, wenn du mich brauchst.« Er trat aus dem Büro.

»Mach ich.«

Peyton suchte im Intranet nach der Nummer eines Kollegen,

dem sie noch nie begegnet war. Joseph Ruto leitete die Einsätze des CDC in Kenia. Sie hatten dort 172 Mitarbeiter, eine Mischung aus entsandten Amerikanern und Kenianern. Die meisten befanden sich im CDC-Büro in Nairobi, wo sie eng mit dem kenianischen Gesundheitsministerium zusammenarbeiteten.

Peyton nahm sich Zeit, Rutos interne Lageberichte zu lesen. Sie wollte ihn gerade anrufen, als ihr eine Idee kam, die einem oder beiden Amerikanern das Leben retten könnte. Durch eine kurze Recherche fand sie heraus, dass es möglich war. So könnte sie vielleicht auch die Ausbreitung des Erregers nach Nairobi verhindern.

Elliott tauchte noch einmal an ihrer Tür auf. »Ich hab Glück gehabt. Die Air Force nimmt dich mit nach Nairobi.«

»Seht gut«, sagte Peyton.

»Das ist nicht gerade wie in der Ersten Klasse. Es ist ein Truppen- und Frachttransport, aber er bringt dich hin. Du kannst um ein Uhr dreißig an der Dobbins Air Reserve Base zusteigen. Das ist in Marietta. Nimm einfach die I-75/85, bleib auf der 75, wenn sie sich teilt, und fahr an der Ausfahrt 261 runter. Du kannst es nicht verfehlen.«

Elliott lieferte ihr immer eine Wegbeschreibung, selbst in Zeiten des Smartphones und zu Orten, an denen Peyton schon gewesen war, wie zum Beispiel Dobbins. Sie unterbrach ihn nie; sie nickte nur und machte sich Notizen. Vermutlich war es eine Generationenfrage, und er gehörte eben zu denen, die noch nicht mit einem Handy in der Hand aufgewachsen waren oder jederzeit mit einem Klick Google Maps aufrufen konnten. Es war eine von Elliotts vielen Eigentümlichkeiten, die Peyton erst akzeptiert und dann zu mögen begonnen hatte.

»Apropos Flugzeuge«, sagte sie. »Ich würde gern deine Meinung zu einer Sache hören. Einer der Amerikaner, Lucas Turner, war symptomfrei, als er in Mandera angekommen ist. Wenn man davon ausgeht, dass er mit dem anderen Mann in engem Kontakt stand und es sich um ein virales hämorrhagisches

Fieber handelt, wird die Krankheit wahrscheinlich bei ihm ausbrechen.«

»Vermutlich.«

»Ich möchte einen Therapieplan für ihn entwickeln. In Mandera können wir ihn nicht behandeln. Das Dani Beach Hospital und das Kenyatta National in Nairobi wären geeignet, aber ich sehe beide skeptisch – wir würden riskieren, dass die Infektion sich unter dem Personal und in der Region ausbreitet.«

»Du willst ihn hierher zurückholen.«

»Ja.«

Elliott zog die Brauen hoch. »Wie stellst du dir das vor?«

»Ich möchte, dass der Luftrettungsdienst uns nach Nairobi begleitet und dann nach Mandera fliegt und sich dort bereithält. Wenn Turner hohes Fieber hat, will ich ihn ins Emory bringen.«

Das Emory University Hospital befand sich neben dem CDC an der Clifton Road – so nah, dass man zu Fuß hinübergehen konnte. Dort gab es eine spezielle Isolationsabteilung, in der Patienten behandelt werden konnten, die mit Ebola und anderen Pathogenen der biologischen Schutzstufe vier infiziert waren; es war eine von nur vier solcher Einrichtungen in den USA. Bei dem Ebola-Ausbruch 2014 waren infizierte Amerikaner dort mit großem Erfolg behandelt worden.

»Ich weiß nicht, Peyton. Einen Patienten mit einer unidentifizierten tödlichen ansteckenden Krankheit zurück in die USA bringen? Wenn das rauskommt, jagt die Presse den Leuten eine Höllenangst ein.«

»Aber es könnte ihm das Leben retten. Und wir könnten Blut-, Speichel- und Gewebeproben von allen anderen Infizierten mitnehmen. Wir könnten sie hier untersuchen, in unserem BSL-4-Labor. Dann müssten wir die Proben nicht zur Untersuchung nach Nairobi bringen, und die Kenianer hätten die Möglichkeit, den Ausbruch geheim zu halten – was sie garantiert wollen. Wir würden vielleicht ein Menschenleben retten und könnten schneller rausfinden, womit wir es zu tun haben.«

Elliott nickte und atmete tief aus. »Okay, aber ich muss die Zustimmung des Direktors einholen – er muss sich mit den negativen Konsequenzen und der Presse auseinandersetzen, wenn es schiefgeht. Aber ich werde es voll und ganz unterstützen.«

»Danke.«

»Was ist mit dem anderen Amerikaner?«, fragte Elliott.

»Das ist ein schwierigerer Fall. Er kam schon in kritischem Zustand in Mandera an, und ich bin nicht dafür, dass wir ihn zurück in die USA fliegen – wir reden über mindestens achtzehn Stunden in der Luft. Er könnte unterwegs sterben. Vielleicht ist es seine einzige Chance, vor Ort mit der Infektion fertigzuwerden. Ich möchte etwas ZMapp mitnehmen.«

ZMapp war das einzige wirksame Mittel gegen Ebola; es hatte Erfolge bei der Behandlung mehrerer Ärzte gezeigt, die sich 2014 mit der Krankheit infiziert hatten, aber es musste noch in klinischen Studien am Menschen getestet werden. Über seine Wirkung war wenig bekannt.

Elliott nickte. »Soll ich die Zustimmung der gesetzlich Bevollmächtigten einholen?«

»Bitte. Die Patienten sind vielleicht nicht mehr in der Lage, ihr Einverständnis zu erklären.«

»Ich versuche, die Bevollmächtigten zu kontaktieren.« Elliott warf einen Blick auf die über dem Schreibtisch verteilten Papiere. »Hast du dein Team schon zusammengestellt?«

»Bin grad dabei«, sagte Peyton. »Bist du bereit für die Besprechung?«

»So viel Kaffee kann ich gar nicht trinken.«

6

Als er über den Marmorboden der Lobby ging, begriff Desmond, warum die beiden Uniformierten ihn ansahen: weil er sie ansah. Es war eine normale menschliche Reaktion, jemanden, der einen anstarrte, ebenfalls anzublicken, und bei Polizisten war dieser Instinkt besonders ausgeprägt. Sie hatten beinahe einen sechsten Sinn für Bedrohungen.

Trotz ihres stoischen Benehmens im Aufzug war die weißhaarige Frau ziemlich gebrechlich. Sie schlurfte langsam und schwer atmend durch die Lobby.

Desmond löste den Blick von den Polizisten und überholte sie. Sie steuerte nicht auf die Glasdrehtür zu, sondern auf eine Schwingtür mit silberner Griffstange. Der Page sah zum Schlüsselbrett und nahm seine Gäste gar nicht wahr.

Desmond schwang die Tür auf und stand in der kalten Novemberluft. Ohne die alte Dame anzusehen, die sich langsam näherte, hielt er ihr die Tür auf.

»Vielen Dank«, flüsterte sie im Vorbeigehen.

Er öffnete ihr eine Taxitür und rutschte auf den Rücksitz des nächsten Wagens in der Schlange.

Die Polizisten waren noch im Hotel, aber der Funkverkehr wurde hektisch; bald würde der Sicherheitsdienst jemanden losschicken, um nach Gerhardt zu suchen. Und dann würde er vier Bewusstlose finden, von denen nur drei noch lebten.

Der Fahrer fragte auf Deutsch nach Desmonds Ziel, woraus er schloss, dass das Hotel kein Tummelplatz für ausländische Touristen oder Geschäftsreisende war, sondern hauptsächlich von Deutschen besucht wurde. Es war ein weiterer Hinweis, ein Puzzleteil, das ihm verraten könnte, wer er war und warum er sich in Berlin befand.

Desmond hätte beinahe »zum Bahnhof« gesagt, aber er hielt sich im letzten Moment zurück. Wenn die ohnmächtigen Polizisten und die Leiche gefunden wurden, würde er in der ganzen Stadt gesucht werden. An den Bahnhöfen und Flughäfen und vielleicht auch an den Autobahnen und Flüssen würden die Sicherheitsvorkehrungen verschärft werden.

Er musste nachdenken. Er musste mehr über das erfahren, was geschehen war. Die Antworten lagen vielleicht noch in Berlin verborgen.

Er sagte dem Fahrer auf Deutsch, er solle einfach losfahren.

Das Auto rührte sich nicht von der Stelle. Der Fahrer, ein Mann mittleren Alters, musterte ihn im Rückspiegel. »Ich brauche ein Ziel«, sagte er auf Englisch.

»Bitte fahren Sie einfach. Ich hatte gerade Streit mit meiner Freundin, und ich muss eine Weile raus. Ich will mir die Stadt ansehen.«

Desmond stieß erleichtert den Atem aus, als der Fahrer das Taxameter startete und losfuhr.

Jetzt musste er sich allmählich entscheiden, wo er hinwollte. Das Wichtigste war, von den Straßen Berlins wegzukommen. Die Polizei hatte offenbar keine Beschreibung von ihm, als sie ins Hotel geschickt wurde – die Beamten in der Lobby hatten ihn nicht erkannt. Anscheinend war es so, wie der Wachmann gesagt hatte: ein anonymer Hinweis wegen Ruhestörung. Aber wer hatte angerufen? Hatte jemand nach Gunter Thorne sehen wollen? Oder war sein Tod so laut gewesen, dass ein Gast nebenan erschrak und die Polizei rief?

Während er durch die Straßen Berlins kutschiert wurde, kam Desmond eine Erinnerung. Er ging durch ein Lagerhaus, und seine Schritte hallten vom Betonboden wieder. Hoch über ihm schwebte ein Metallgestänge, von dem milchig-weiße Plastikfolie herabhing und zu beiden Seiten des Mittelgangs

Waben abtrennte. Er hörte das leise rhythmische Piepsen von EKG-Geräten und konnte in den isolierten Kabinen Krankenhausbetten erkennen. Neben den Patienten jeglicher Herkunft, jeden Geschlechts und Alters hingen Plastikbeutel mit klarer Flüssigkeit. Warum waren sie dort, in diesem provisorischen Krankenhaus?

Arbeiter in Schutzanzügen gingen in den Kabinen der Patienten ein und aus. Weiter vorn stand eine Karre, auf der sich schwarze Leichensäcke stapelten. Zwei Arbeiter trugen einen weiteren Sack aus einer Kabine und warfen ihn auf den Haufen.

Desmond trug ebenfalls einen Schutzanzug. Es war warm im Inneren. Er fühlte sich darin gefangen und konnte kaum erwarten, ihn sich vom Leib zu reißen.

Die Erinnerung machte einen Sprung, und jetzt stand er in einem Büro, durch dessen Glasscheiben man auf die Reihen von Kabinen herabblicken konnte. Der Raum war voller Menschen, die ihm den Rücken zugewandt hatten und zu einem riesigen Bildschirm mit einer Weltkarte sahen. Rote Punkte markierten die größten Städte. Gebogene Linien, die Flugverbindungen darstellten, spannten sich zwischen den Punkten. Ein Mann mit Narben im Gesicht und langem blondem Haar stand vor ihnen und sprach langsam.

»Bald wird die Welt sich ändern. Halten Sie durch. Die kommenden Tage werden die schwierigsten Ihres Lebens sein. Aber wenn es vorbei ist, wird die Welt die Wahrheit wissen: Wir haben die gesamte Menschheit vor dem Aussterben bewahrt.«

So plötzlich, wie sie gekommen war, verschwand die Erinnerung wieder, und Desmond saß in dem Taxi, hinter dessen Fenstern die Stadt vorbeirauschte.

Desmond musste unbedingt seinen nächsten Schritt planen. Er brauchte Informationen, besonders über die Umgebung. Er zog einen Zwanzig-Euro-Schein aus der Tasche und reichte ihn nach vorn.

»Könnten Sie mir vielleicht ein bisschen über Berlin erzählen? Ich bin zum ersten Mal hier.«

Der Fahrer zögerte erst, aber dann begann er zu reden. Während er durch den dichten Verkehr fuhr, berichtete er mit großem Stolz von einer Stadt, die in der europäischen Geschichte fast tausend Jahre lang eine wichtige Rolle gespielt hatte.

Desmond bat ihn zu erzählen, wie die Stadt aufgebaut war, wie man hinein und hinaus kam und welche die wichtigsten Stadtteile waren. Der Mann geriet jetzt in Schwung und redete fast pausenlos, ohne sich darum zu kümmern, wohin sie fuhren.

Berlin erstreckte sich über 890 Quadratkilometer und war somit größer als New York City und neunmal so groß wie Paris. Zugleich gehörte es zu den sechzehn Bundesländern Deutschlands. Berlin bestand aus zwölf Bezirken, die jeweils von vier Stadträten und einem Bürgermeister regiert wurden.

Desmond betrachtete das als gute Nachrichten. Berlin war eine große Stadt – also ein guter Ort, um sich zu verstecken.

Der Fahrer erzählte ihm, der neue Hauptbahnhof sei der größte Turmbahnhof Europas und es gebe in der Stadt mehrere Flüsse und über 1700 Brücken – mehr als in Venedig. Es wurden zahlreiche Schiffstouren angeboten, und viele Orte in der Stadt waren mit dem Boot erreichbar.

Desmond erkundigte sich nach dem Tourismus. Der Fahrer, der in Ost-Berlin gelebt hatte, bis die Mauer 1989 fiel, berichtete begeistert, Berlin sei das beliebteste Touristenziel in Deutschland und gehöre auch in Europa zu den Top drei. Im vergangenen Jahr hätten fast dreißig Millionen Menschen Berlin besucht, das nur dreieinhalb Millionen Einwohner habe. Der Touristenstrom belaste den Immobilienmarkt, wodurch es für Berliner schwierig geworden sei, eine anständige Wohnung zu finden. Viele Immobilenbüros und geschäftstüchtige Privatleute mieteten Wohnungen, um sie auf Internetseiten wie Airbnb an Touristen unterzuvermieten. Der Senat habe kürzlich ein Gesetz erlassen, das Mieter verpflichtete, ihre Vermieter zu informieren, wenn sie untervermieteten. Trotzdem seien fast zwei Drittel der Untervermietungen nicht gemeldet und somit illegal.

Desmond ließ sich die Informationen durch den Kopf gehen, bis ein Plan Gestalt annahm.

Er zog den einzigen Hinweis, den er auf seine Identität hatte, aus der Hosentasche, den Coupon der Reinigung. Kurz überlegte er, den Fahrer zu bitten, ihn dorthin zu bringen, aber er wusste, dass es nur eine Frage der Zeit war, bis die Polizei den Mann aufspüren und erfahren würde, wo er ihn abgesetzt hatte. Er musste seine Spur verwischen.

»Was ist die belebteste Touristenattraktion in Berlin?«

»Das Brandenburger Tor«, sagte der Fahrer. »Oder vielleicht der Reichstag. Ist aber auch egal, sie liegen dicht nebeneinander.«

»Würden Sie mich bitte da absetzen?«

Eine Viertelstunde später bezahlte Desmond den Fahrer und stieg aus.

»Passen Sie auf sich auf«, sagte der Mann, bevor er neue Fahrgäste aufnahm und davonfuhr.

Vom Brandenburger Tor ging Desmond schnell zum Tiergarten, Berlins ältestem Park und mit 210 Hektar einer der größten Stadtparks in Deutschland. Früher war er das Jagdgebiet der Berliner Kurfürsten gewesen, und sein naturbelassener Charakter war weitgehend erhalten geblieben. Desmond folgte einem Spazierweg und verließ den Park an der Tiergartenstraße, wo er eine Rikscha heranwinkte. Er fuhr zwanzig Minuten, bis er eine andere Rikscha sah, deren Passagiere gerade ausstiegen. Sofort bezahlte er seinen anscheinend unermüdlichen Fahrer und wechselte das Gefährt. Er wiederholte das Wechselmanöver noch einmal, dann nahm er ein Taxi und zeigte dem Fahrer den Coupon der Reinigung.

»Wissen Sie, wo die ist?«

Der Fahrer nickte. »In Wedding, in Mitte.«

»Und wo liegt das?«

»Im Zentrum.«

»Perfekt. Fahren wir.«

Zwanzig Minuten später stand Desmond vor dem Schaufenster einer kleinen Reinigung. Die Häuser in der Straße wirkten heruntergekommen, aber die Gegend war belebt; junge Berliner und Immigranten aus aller Welt bevölkerten die Bürgersteige. Über ihnen hing eine Wolke aus Zigarettenrauch, und noch weiter oben reihten sich Satellitenschüsseln auf den Dächern. Aus den offenen Fenstern hörte Desmond Radio- und Fernsehsendungen in fremden Sprachen – Arabisch und Türkisch, vermutete er.

Hinter der Theke der Reinigung stand ein kleiner glatzköpfiger Asiat mit runder Brille und flickte ein Hemd. Der Ladeninhaber legte Nadel und Faden zur Seite, stieg von seinem Hocker und nickte Desmond zu.

»Ich möchte etwas abholen.«

»Abholschein?«

»Ich habe keinen Abholschein.«

Der Mann schlenderte zu dem Computer auf der Theke. »Name?«

»Desmond Hughes.« Er buchstabierte es.

Während er tippte, sagte der Ladenbesitzer: »Ausweis?«

Desmond gab keine Antwort und überlegte, was er tun sollte.

Der Ladenbesitzer musterte ihn. »Kein Ausweis, keine Abholung.«

Desmond hielt den Polizeiausweis hoch, den er dem Beamten im Hotelzimmer abgenommen hatte. »Das ist eine polizeiliche Ermittlung. Wir suchen nach Desmond Hughes.«

Der Asiat hob ein wenig die Hände. »Okay, okay.« Er sprach jeden Buchstaben bedächtig aus, während er den Namen zu Ende eintippte. Dann schüttelte er den Kopf.

»Nichts. Kein Desmond Hughes.«

Desmond fragte sich, ob er die Spur falsch interpretiert hatte. Vielleicht sollte er jemanden hier treffen, statt seine Wäsche abzuholen. »Wie viele Leute arbeiten hier?«

Die Frage schien den Mann zu beunruhigen. »Niemand. Nur ich.«

»Hören Sie, es geht hier nicht um Ihr Geschäft oder Ihre Angestellten. Ist hinten noch jemand, mit dem ich sprechen kann?«

»Nein. Niemand.«

Desmond blickte sich um und sah, wie vor dem Schaufenster ein Streifenwagen vorbeirollte. Er wandte sich ab und wartete, bis er weg war.

Von dem Ladeninhaber würde er nichts mehr erfahren. Vielleicht hatte der Coupon nichts damit zu tun, wer er war oder was sich abspielte. Schließlich sagte er: »Okay, danke. Sie haben mir sehr geholfen.«

Auf dem Bürgersteig schwamm er so im Strom der Menschen mit, dass er aus den vorbeifahrenden Autos nicht gesehen werden konnte. Zwei Häuserblocks weiter entdeckte er einen Handyladen, in dem er ein billiges Smartphone kaufte. Das Handy und die Prepaid-SIM-Karte kosteten ihn einen guten Teil seines Geldes. Das würde bald zu echten Schwierigkeiten führen. Er nahm sich vor, das Handy nur im Notfall zu benutzen, bis er das Geldproblem gelöst hatte.

Er kaufte in einem Imbiss einen Döner Kebab, schlang ihn hinunter und ging in ein belebtes Café mit kostenlosem WiFi. Dort schloss er sich in der einzigen Toilette ein, um sicherzugehen, dass er nicht von einer Überwachungskamera gefilmt wurde. Sein erster Gedanke war, sich selbst im Internet zu suchen, dem Geheimnis seiner Identität nachzugehen – und Peyton Shaw zu googeln. Aber zuerst musste er sich um die lebenswichtigen Dinge kümmern. Er musste so schnell wie möglich von der Straße herunterkommen.

Der Taxifahrer hatte recht. Es gab massenhaft Wohnungen in Berlin, die man für eine Nacht mieten konnte, aber auf vielen der Internetseiten, wie Airbnb, musste man sich registrieren und mit Kreditkarte zahlen. Das funktionierte nicht. Er fand eine Seite, auf der die Vermieter für das Angebot zahlen mussten, und markierte geeignete Unterkünfte. Die meisten waren heruntergekommen, aber billig.

Er wählte die Nummer für eine vielversprechende Wohnung in der Nähe. Ohne darüber nachzudenken, verfiel er in einen aufgeregten New-England-Akzent, der sich stark von seinem weitgehend neutralen Akzent aus dem Mittleren Westen unterschied.

»Hallo, vermieten Sie die Wohnung an der Amsterdamer Straße?«

»Ja, das stimmt.« Die Stimme der Frau klang emotionslos.

»Ist sie die nächsten drei Tage frei?«

»Ja.«

»Prima, prima. Hören Sie, ich bin geschäftlich in Berlin, und ich brauche dringend Hilfe. Ich bin mit dem Zug gekommen, und als ich aufgewacht bin, war alles weg – wirklich alles: Koffer, Laptop, Brieftasche, Pass, Geld, Kreditkarten und so weiter, alles weg. Die Gauner haben mir sogar den Ehering vom Finger gezogen!«

»Das ist ja schrecklich«, sagte die Frau mit ein wenig mehr Mitgefühl.

»Meine Frau hat mir Geld überwiesen, und ich suche eine Wohnung. Können wir uns treffen? Dann sehen Sie, dass ich ein ehrliches Gesicht habe!« Desmond stieß ein albernes nervöses Lachen aus, das zu dem aufgebrachten Tonfall passte, den er eingeschlagen hatte.

»Hm, ja, okay.« Die Frau sagte, sie könne erst in drei Stunden an der Wohnung sein. Desmond erklärte sich einverstanden und beendete das Gespräch. Wenn alles funktionierte, wäre er bald von der Straße herunter.

Er öffnete einen Browser und überflog die wichtigsten deutschen Nachrichtenseiten. *Bild* brachte nichts über ihn, aber auf *Spiegel Online* war eine Eilmeldung: *Berliner Polizei fahndet nach Amerikaner wegen Mordes und Angriffs auf zwei Polizeibeamte.*

Desmond klickte auf den Link und las den Artikel. Die Suche wurde vom Landeskriminalamt geleitet, das verschiedene Polizeieinheiten koordinierte. Als er die Aufzählung las, zweifelte er an seinem Entschluss, in der Stadt zu bleiben.

Zum einen standen Spezialeinsatzkommandos bereit, um den Zugriff durchzuführen. Dann gab es mobile Einsatzkommandos, die entsandt wurden, um die Fahndung zu leiten. Die Wasserschutzpolizei überwachte sämtliche Wasserwege. Der Zentrale Verkehrsdienst hatte die städtische Polizei und die Autobahnpolizei beauftragt, nach ihm zu suchen. Sie waren sogar mit Polizeihunden zum Concord gekommen, um seine Fährte aufzunehmen.

Sie würden die ganze Stadt auf den Kopf stellen.

In dem Artikel stand zwar sein Name, aber weder, wer er war, noch sonstige Hintergrundinformationen. Das war eine Erleichterung und Enttäuschung zugleich. So würden sie mehr Mühe haben, ihn zu finden, aber er erfuhr auch nichts über sich.

Desmond öffnete auf dem Handy den Stadtplan und fand, was er brauchte. Trotz der stadtweiten Fahndung sah Wedding wie ein perfekter Ort zum Verstecken aus. Aber Desmond hatte das Gefühl, etwas zu übersehen – und dass die Reinigung ein wichtiges Puzzleteil war.

Drei Straßen weiter saß Desmond in der Umkleidekabine eines Secondhandladens. Zwei Garnituren Kleidung hingen an der Innenseite der Tür, beide in der Türkei gefertigt und zwangloser als sein Hemd und die Anzughose.

Als er seine alte Hose auszog, sah er etwas, das ihm den Atem verschlug. Brandnarben überzogen die Beine von den Füßen bis zu den Knien. Das fleckige Fleisch sah aus, als würden cremeweiße Baumwurzeln darauf wachsen. Es waren alte Narben, Überbleibsel eines schrecklichen Ereignisses. Desmond empfand es als belastend, sich nicht an das Feuer zu erinnern, das seine Beine versengt hatte. Er suchte den restlichen Körper ab. Über der rechten Hüfte entdeckte er eine runzlige runde Narbe. *Eine verheilte Schusswunde?* Die Arme und der Oberkörper waren von kleineren geraden Narben übersät, wahrscheinlich ehemalige Schnittverletzungen. Im Hotelzimmer war er so auf den schmerzhaften Bluterguss an der linken Seite konzentriert gewesen, dass er nichts anderes bemerkt hatte. Jetzt sehnte er sich danach, zu wissen, wo er herkam und was für ein Leben er geführt hatte – was für ein Mensch er war. Oder zumindest gewesen war.

Als er zu Boden sah, erregte etwas in der zerknitterten Anzughose seine Aufmerksamkeit: ein rosafarbener Zettel, der an die Pflegehinweise geheftet war. So ähnliche Zettel hatte er erst vor wenigen Stunden gesehen, an Reihen von durchsichtigen Plastiksäcken ... in der Reinigung.

Er hatte den Abholschein gefunden.

Er löste ihn ab und durchsuchte sorgfältig Hemd und Hose, ohne noch etwas Interessantes zu finden. Die alten Kleider verkaufte er an den Secondhandladen – er brauchte Geld, und die Polizei überall in der Stadt hatte wahrscheinlich mittlerweile Fotos, auf denen er sie trug. Auf einem Schild an der Wand stand, alle Gegenstände würden gründlich gereinigt, bevor sie in den Verkauf gingen, und er hoffte, dass es stimmte, denn ansonsten könnten die Polizeihunde seinen Geruch in dem Laden erschnüffeln. Von einem Teil des zusätzlichen Geldes erstand er eine Baseballkappe, eine Sonnenbrille und einen Rucksack. In der Umkleidekabine packte er seinen gesamten Besitz – die Kleidung zum Wechseln und das Reservemagazin für die Polizeipistole – in den Rucksack.

Zehn Minuten später stand er wieder vor der Reinigung. Der ältere Asiat war gegangen; ein junger Mann, ebenfalls aus Asien, saß jetzt mit einem Stift in der Hand über ein Lehrbuch gebeugt an der Theke und machte sich Notizen.

Desmond ging hinein und legte wortlos den Abholschein auf die Theke.

Der junge Mann durchsuchte die Reihen von aufgehängten Kleidern und sah mehrmals auf den Zettel. Nach einer Weile schüttelte er den Kopf und kam zurück zur Theke.

»Sie kommen zu spät. Das kostet eine Gebühr.«

»Wie viel?«

»Drei Euro pro Tag.«

»Und wie viel zu spät bin ich?«

Desmond war jetzt schon alarmierend knapp bei Kasse; er hatte gerade noch genug, um die Miete für die schäbige Wohnung für drei Tage zu bezahlen, und in weniger als einer Stunde sollte er die Vermieterin treffen.

Der Angestellte suchte am Computer die Nummer des Abholscheins. »Vierzehn Tage zu spät. Zweiundvierzig Euro plus Reinigung. Fünfundfünfzig insgesamt.«

Wenn Desmond bezahlte, hatte er nicht mehr genug für die Miete. Er überlegte, ob er wieder den Polizeiausweis zücken sollte, aber das würde nur Probleme heraufbeschwören. Deshalb gab er dem jungen Mann das Geld und wartete, während dieser im Hinterzimmer herumwühlte. Es kam ihm vor, als dauerte es Stunden. Er hoffte, dass die Sache es wert war – dass das, was er oder jemand anders hier deponiert hatte, ihm irgendwie aus der Klemme helfen würde.

Der Junge kam mit einem teuer aussehenden Anzug in einem Plastiksack zurück. Desmond konnte sich kaum beherrschen, die Folie aufzureißen und den Anzug sofort zu untersuchen. Aber seine Verabredung mit der Vermieterin nahte, deshalb machte er sich mit dem Anzug über der Schulter auf den Weg zum Treffpunkt.

Eine Frau Mitte zwanzig erwartete ihn mit einer Zigarette in der Hand vor einem heruntergekommenen dreistöckigen Haus. Vier Jugendliche aus dem Mittleren Osten saßen auf den Stufen vor der Tür und debattierten in einer Sprache, die Desmond nicht erkannte.

»Sind Sie Ingrid?«, fragte er mit demselben New-England-Akzent wie zuvor.

»Ja.« Sie drückte die Zigarette aus und ergriff Desmonds Hand, als er sie eifrig ausstreckte.

»Ich bin Peter Wilkonson. Wir haben telefoniert. Danke, dass Sie mich so spontan treffen konnten.«

Sie ließ ihn ins Haus und führte ihn über eine enge gewundene Treppe in die winzige, aber saubere Wohnung.

»Perfekt«, sagte Desmond. »Hören Sie, der Anzug ist buchstäblich das Einzige, was sie mir gelassen haben. Wahrscheinlich wussten sie nicht, dass er mir gehört!« Er lächelte verlegen. »Ich brauche ihn für mein Meeting morgen«, sagte er seufzend. »Und ich habe kaum noch Geld.«

Die Frau schüttelte den Kopf. »Wenn Sie nicht bezahlen können, können Sie nicht hierbleiben.«

»Ich habe genug für eine Nacht.« Er reichte ihr die zusammengefalteten Euroscheine. »Den Rest besorge ich noch.«

Ingrid zögerte.

»Wenn ich morgen nicht bezahlen kann, gehe ich. Versprochen. Meine Frau überweist mir noch was. Wirklich. Okay?«

Ingrid wandte den Blick ab. »Na gut. Ich komme morgen mit meinem Freund zurück. Bitte verschwinden Sie vorher, wenn Sie nicht bezahlen können.«

»Kein Problem. Vielen Dank noch mal.«

Sobald sie die Tür hinter sich schloss, riss Desmond den Plastiksack von der Reinigung auf und durchsuchte den Anzug. Auf einem Etikett im Jackett standen Name und Adresse des Herstellers: Richard Anderson, Savile Row 13. Er fragte sich, ob das ein weiterer Hinweis war. Er strich mit den Fingern über das Futter – und ertastete eine Beule.

Sein Herz schlug schneller. Etwas war in den Anzug eingenäht.

7

Im CDC-Hauptquartier in Atlanta informierte Peyton sich über den entscheidenden Faktor des Ausbruchs in Mandera: die Patienten. Sie glaubte, dass sie gerade einen Durchbruch erzielt hatte.

Die beiden jungen Amerikaner hatten eine Non-Profit-Organisation namens CityForge aufgebaut. Ihr Ziel war, Dörfern wachsen zu helfen, indem sie ihnen Mittel für die Infrastruktur und Patenschaften mit den Stadtregierungen der entwickelten Welt vermittelte. CityForge finanzierte sich über Einzelpersonen, die auf der Website spendeten. Die Investitionen wurden wie Kommunalobligationen behandelt, wodurch die Geldgeber finanziell profitierten, wenn die Dörfer gediehen. Die Dörfer verwendeten das Geld, um ihre Bürger mit Elektrizität, Bildung, besseren Straßen, Gesundheitsfürsorge, Internet, Hygiene, Polizeikräften und anderen lebenswichtigen Diensten zu versorgen.

Es gehörte zum CityForge-Modell, dass die örtlichen Führungspersönlichkeiten dafür ausgebildet wurden, die allmähliche Umgestaltung filmisch zu dokumentieren. Fast in Echtzeit konnten Ratsherren, Bürgermeister, Polizeichefs und andere sehen, wie sich die Dörfer veränderten, und Empfehlungen geben. Einzelspender konnten die Fortschritte ebenfalls wie in einer Reality-Show verfolgen und sehen, wie das Geld, das sie zur Verfügung stellten, das Leben der gegenwärtigen Einwohner verbesserte und Grundlagen für künftige Generationen schuf.

Die CityForge-Gründer hatten die Idee entwickelt, als sie an der UNC-Chapel Hill studierten, und nachdem sie im vergangenen Mai das Examen abgelegt hatten, fingen sie an, ihr Konzept umzusetzen. Den Sommer hatten sie damit verbracht, Werbung für ihr Start-up zu machen und Geld von Freunden, Verwandten und leidenschaftlichen Unterstützern einzusammeln. Sie verwendeten die Mittel für ihre Reise nach Kenia, wo sie jeden Zwischenstopp dokumentieren und die ersten »CityForge-Dörfer« ausfindig machen wollten. Und aus Gründen, die Peyton verborgen blieben, hatten die beiden Jungen vereinbart, sich während der Reise weder das Haar zu schneiden noch sich zu rasieren.

Sie klickte auf die *Unterstützer*-Seite und las die Namen. Icarus Capital befand sich unter den Firmensponsoren. Sie hatte den Namen schon einmal gelesen – vor Stunden, in ihrer Wohnung. Es war Desmond Hughes' Investmentfirma. Hatte er irgendwas damit zu tun? Es wäre ein merkwürdiger Zufall, aber sie wusste nicht, ob und wie sie darauf reagieren sollte.

Schon der Gedanke an Desmond brachte sie durcheinander. Sie gab sich Mühe, sich zu konzentrieren.

Ein Reiter auf der CityForge-Seite führte zu einer Karte, auf der jede Station der beiden jungen Männer verzeichnet war. Zu den meisten gab es ein oder mehrere Videos, in denen die beiden durch das Dorf spazierten und Interviews mit den Einwohnern führten. Größtenteils wurde darin geschildert, wie bessere Infrastruktur das Leben der Dorfbewohner verändern würde. Aus einigen Dörfern gab es auch Videos, nachdem die Amerikaner weitergereist waren. Die neueren Filme waren von führenden Persönlichkeiten im Dorf hochgeladen worden, in der Hoffnung, finanzielle Unterstützer anzuziehen.

Das digitale Reisetagebuch war ein Traum für jeden Epidemiologen. Peyton fragte sich, ob in einem der Filme der Ort des ursprünglichen Ausbruchs zu sehen wäre. Vielleicht könnte sie sogar den Ausbreitungsweg nachverfolgen.

Der Schlüssel, um eine Seuche zu stoppen, lag in der

Eindämmung. Der erste Schritt bei der Eindämmung bestand darin, jeden Infizierten zu isolieren, und der zweite Schritt, alle Patienten zu befragen und eine Liste der Personen zu erstellen, mit denen sie in Kontakt gekommen waren – eine Methode, die als Contact Tracing bezeichnet wurde. Bei diesen Kontaktpersonen würden Peyton und ihr Team den Vorgang wiederholen. Sie würden nach weiteren Kontakten suchen. Wenn die betreffenden Personen krank waren, würden sie sie isolieren und alle aufspüren, mit denen *sie* in Kontakt gewesen waren; wenn sie symptomfrei waren, würden sie sie auf die Krankheit testen und in Quarantäne bringen, bis sie sicher waren, dass sie nicht infiziert waren. Bei Ebola dauerte die Quarantäne einundzwanzig Tage. Schließlich, wenn es keine weiteren Kontakte mehr aufzufinden gab, blieben zwei Gruppen übrig: die Infizierten und die in Quarantäne befindlichen.

Aber diese Kontaktlisten verlängerten sich schnell. Mit jeder Stunde, die verstrich, erreichte ein Erreger mehr und mehr Menschen. Zeit war das Entscheidende; in den meisten Fällen bestimmten die ersten paar Tage nach dem Ausbruch seinen gesamten Verlauf.

Auf einem Block hatte Peyton die Namen der beiden Amerikaner, Steven Cobb und Lucas Turner, sowie des englischen Patienten, Andrew Blair, geschrieben. Dazwischen hatte sie ein großes X gezeichnet. Das war die Variable, das Unbekannte, das sie finden musste. An irgendeinem Punkt war der Engländer einem oder beiden Amerikanern begegnet. Oder alle drei hatten einen gemeinsamen Kontakt – jemanden, der noch herumlief und die Krankheit verbreitete. Es war zwingend erforderlich herauszufinden, wo die drei gewesen waren und mit wem sie Umgang hatten. Das Reisetagebuch würde der Schlüssel dazu sein.

Wenn Peyton und ihr Team ihre Arbeit gründlich machten, würden sie eine Infektionskette bekommen, die sich auf einen Menschen zurückführen ließ: die erste erkrankte Person, oft auch Patient null oder Indexpatient genannt.

Das war die Detektivarbeit vor Ort: den Erreger zu seinem Ursprung zurückzuverfolgen, jede Person, die mit ihm in Berührung gekommen war, zu isolieren und die Patienten entweder zu behandeln oder einfach zu warten, bis die Krankheit von allein abebbte.

Aber selbst mit dem Video-Reisetagebuch würden Peyton und ihr Team in Kenia reichlich Hilfe brauchen.

Sie griff zu ihrem Bürotelefon und rief Joseph Ruto, den Leiter des CDC-Büros in Kenia an. Ruto beendete gerade ein spätes Mittagessen in Nairobi, wo es acht Stunden später war als in Atlanta.

Sie unterrichtete ihn von ihren Plänen, unter dem Vorbehalt, dass sie sich nach der morgendlichen Besprechung ändern könnten. Der Mann wirkte auf sie kompetent und konzentriert, was sie als gutes Zeichen wertete.

Als sie auflegte, war es kurz vor sechs. Den nächsten Anruf hatte sie absichtlich hinausgezögert; sie wollte, dass ihre Leute so ausgeruht wie möglich waren. In den nächsten Tagen würden sie vielleicht nicht viel Schlaf bekommen.

Sie rief den Schichtleiter des EOC an und bat, alle Einsatzkräfte des epidemiologischen Dienstes zu informieren.

»Alle?«, fragte der Mann.

»Alle, die dem CDC-Hauptquartier zugeteilt sind. Sagen Sie ihnen, dass sie um sieben zu einem Briefing vor der Besprechung im Haus sein sollen. Sie sollen ihr Gepäck mitbringen und bereit sein, in ein paar Stunden abzureisen. Wenn sie entsendet werden, arbeiten sie entweder in Nairobi oder in Kenia auf dem Land. Sagen Sie ihnen, sie sollen entsprechend planen.«

»Verstanden, Dr. Shaw.«

Das EIS-Programm war ein zweijähriges Stipendium, das 1951 am CDC eingeführt wurde. Im Kalten Krieg konzentrierte es sich auf biologische Waffen. Jetzt war es eines der angesehensten und gefragtesten Stipendien in der angewandten Epidemiologie und brachte die weltbesten

Seucheninspektoren hervor. Wer sich für das Stipendium bewarb, musste entweder Arzt mit einem Jahr Praxiserfahrung, Tierarzt, promovierter Wissenschaftler auf dem Gebiet des Gesundheitswesens oder Angehöriger der Gesundheitsberufe mit zumindest einem Masterabschluss sein. Zurzeit gab es 160 EIS-Offiziere, von denen siebzig Prozent Frauen waren.

Während des Stipendiums arbeiteten EIS-Offiziere oft im Feld, an vorderster Front der Seuchenbekämpfung. Beim Ebola-Ausbruch 2014 wurden alle 158 EIS-Offiziere eingesetzt. Sie leisteten ihren Dienst in siebzehn Ländern, acht US-Bundesstaaten, Washington, D.C. und der CDC-Notfallkommandozentrale. In dieser Zeit sammelten sie gemeinsam 6903 Arbeitstage an – zusammengerechnet fast neunzehn Jahre. Peyton hoffte zum Wohl aller, dass der gegenwärtige Ausbruch viel schneller beendet werden könnte.

Peyton war die leitende Epidemiologin des CDC im Feld und arbeitete auch als EIS-Ausbilderin. Beide Aufgaben nahm sie sehr ernst. Die EIS-Offiziere, die sie ausbildete, könnten durchaus beim nächsten großen Ausbruch das Sagen haben oder die ersten Gegenmaßnahmen im Land oder anderswo leiten. Zu den Absolventen des Programms gehörten der gegenwärtige CDC-Direktor, ehemalige und aktive Leiter der Gesundheitsbehörden, Abteilungsleiter im CDC und Epidemiologen im ganzen Land.

Peyton hatte keine Gelegenheit gehabt, mit jedem Stipendiaten der aktuellen Ausbildungsklasse zu arbeiten, aber das könnte sich jetzt ändern. Sie blätterte in den Personalakten und begann, ihr Team zusammenzustellen.

Um sieben Uhr stand Peyton auf dem Podium des Auditorium A in Gebäude 19 auf dem CDC-Gelände. Ein Viertel der EIS-Offiziere war an lokalen und staatlichen Gesundheitsbehörden eingesetzt; sie waren per Videokonferenz zugeschaltet. Die Offiziere, die im CDC-Hauptquartier arbeiteten, hatten sich im Saal versammelt. Einhundertzwanzig Gesichter sahen auf Peyton herab.

»Guten Morgen. Ich werde Sie über einen Ausbruch in einem kleinen Ort in Kenia informieren, bei dem es sich vermutlich um ein virales hämorrhagisches Fieber handelt. Hören Sie bitte gut zu. Einige von Ihnen werden heute entsandt; wir fliegen am Nachmittag nach Kenia. Andere werden den Einsatz vorläufig vom CDC-Hauptquartier aus unterstützen. Je nachdem wie die Lage sich entwickelt, werden Sie vielleicht zu einem späteren Zeitpunkt ins Feld geschickt. Machen Sie sich Notizen, stellen Sie Fragen und prägen Sie sich so viel wie möglich ein. Ihr Leben kann davon abhängen. Und das Leben anderer.

Okay. Folgendes wissen wir bisher ...«

8

Um acht Uhr war der Konferenzraum des EOC überfüllt. Angestellte aus mehreren CDC-Abteilungen und Vertreter des Außenministeriums und des Entwicklungshilfeministeriums waren vor Ort.

Peyton saß neben Elliott Shapiro am Tisch. Die EIS-Agents, die sie für den Einsatz ausgewählt hatte, verfolgten die Besprechung auf einer Leinwand in Auditorium A.

Nach der Vorstellungsrunde gab Elliott einen Überblick über die momentane Lage. Danach sprach Derek Richards, der Vertreter des Außenministeriums.

»Aus unserer Sicht ereignet sich der Ausbruch am ungünstigsten Ort zum ungünstigsten Zeitpunkt. Beginnen wir mit ein paar Hintergrundinformationen.«

Richards klickte mit der Maus, und das Bild eines Gebäudes mit starken Brandschäden erschien.

»August 1998. Autobomben sind vor den US-Botschaften in Nairobi und Daressalam explodiert. In Nairobi gab es 213 Tote. Viertausend Menschen wurden verletzt. Hinter dem Anschlag steckte al-Qaida. Das hat das FBI veranlasst, bin Laden zum ersten Mal auf die Liste der zehn meistgesuchten Verbrecher zu setzen. Keine vierzehn Tage später beschoss die Clinton-Regierung im Rahmen der Operation Infinite Reach Ziele im Sudan und Afghanistan mit Cruise Missiles. Der Militärschlag gegen bin Laden scheiterte. Im Gegenzug erneuerten die Taliban ihre Zusage, ihm Unterschlupf zu gewähren, und der Rest ist Geschichte.

Das Außenministerium beschloss, die zerbombte Botschaft in Nairobi nicht wieder aufzubauen. Aus Sicherheitsgründen haben wir eine neue Botschaft direkt gegenüber dem UN-Gebäude errichtet.

In den Jahren seit den Anschlägen von Nairobi hat sich die Sicherheitslage in Kenia verschlechtert. Überall im Land herrscht Kriminalität. Besonders schlimm ist es in den großen Städten: Nairobi, Mombasa, Kisumu und den Feriengebieten an der Küste. Allein in Nairobi gibt es jeden Tag zehn Autoentführungen. Im Mai 2014 haben die USA, Großbritannien, Frankreich und Australien Reisewarnungen für Kenia ausgesprochen. Die USA sind sogar noch weiter gegangen und haben das Personal an der Botschaft in Nairobi reduziert. Großbritannien hat das Konsulat in Mombasa geschlossen. Die Auswirkungen der Reisewarnungen waren desaströs für die kenianische Tourismusbranche. Der Reiseverkehr aus Europa ist zum Erliegen gekommen.

Aber unsere Hauptsorge ist al-Shabaab. Das ist eine islamistische Terrororganisation in Somalia, die Zellen und Kämpfer überall in Kenia hat. Sie will Somalia in einen fundamentalistischen islamischen Staat umwandeln. Al-Shabaab ist sozusagen der IS Ostafrikas. Die Gruppe ist brutal und gut organisiert. Die Afrikanische Union hat zweiundzwanzigtausend Soldaten nach Somalia entsandt, um sie unter Kontrolle zu bekommen. Es gelingt nicht.«

Richards klickte wieder mit der Maus, und eine Karte von Somalia und Kenia erschien. Die Regionen, in denen die Terroristen aktiv waren, waren markiert.

»Im März 2016 haben wir Geheimdienstinformationen erhalten, dass al-Shabaab einen großen Angriff auf Truppen der USA und der Afrikanischen Union in der Region plant. Die Air Force hat mit bemannten Flugzeugen und MQ-9-Reaper-Drohnen ein Ausbildungslager von al-Shabaab in Nordsomalia angegriffen. Wir haben über 150 Kämpfer getötet, einschließlich des stellvertretenden Kommandanten. Es gibt keinen Zweifel, dass al-Shabaab nach einer Gelegenheit sucht, Rache zu üben. Jeder Amerikaner, der in Kenia arbeitet, ist ein Ziel für sie. Deshalb muss das Botschaftspersonal Erlaubnis einholen, wenn es außerhalb Nairobis reist oder in bestimmte Stadtviertel will.

Ihr Status als Nichtkombattanten interessiert al-Shabaab nicht. Im April 2015 hat die Gruppe Studenten an der Garissa University angegriffen. Sie hat die Christen aussortiert und erschossen. Bei dem Anschlag wurden 147 Menschen getötet.

Abschließend möchte ich Ihnen die jüngsten Entscheidungen von medizinischen und humanitären Organisationen vorstellen, von denen ich weiß, dass sie Ihren Respekt genießen.«

Richards blätterte in seinen Unterlagen; offenbar hatte er diesen Teil seiner Präsentation nicht auswendig gelernt.

»Im Mai 2015 hat Ärzte ohne Grenzen sein Personal wegen Sicherheitsbedenken aus dem Flüchtlingslager in Dadaab abgezogen. Insgesamt wurden zweiundvierzig Mitarbeiter nach Nairobi gebracht und zwei der vier Krankenstationen geschlossen.

Im Juli 2014 hat das Friedenscorps alle Aktivitäten in Kenia eingestellt und das gesamte Personal aus Sicherheitsgründen abgezogen.«

Richards sah von seinen Unterlagen auf und blickte Elliott an. Sein Tonfall war entschlossen, beinahe schon aggressiv.

»Uns im Außenministerium ist bewusst, dass es sich um einen schwerwiegenden Ausbruch handelt, der das Potenzial hat, sich auszubreiten. Unsere offizielle Empfehlung lautet, dass das amerikanische Personal in Nairobi bleibt und von dort Unterstützung leistet und die Aktion koordiniert. Das kenianische Personal und die Leute von der WHO setzen sich im Feld einem wesentlich geringeren Risiko aus, und die Anwesenheit von Amerikanern könnte sie sogar in Gefahr bringen.

Falls Sie beschließen, sich aus Nairobi hinauszuwagen, empfehlen wir eine kenianische Militäreskorte mit Kampferfahrung und schweren Waffen. Wir möchten Ihnen außerdem raten, sich zu gedulden, bis das NRO einen Satelliten über dem Einsatzgebiet in die Umlaufbahn gebracht hat. Und wir empfehlen dringend zu warten, bis die Navy ein Schiff mit einer schnellen Eingreiftruppe in Schlagdistanz positioniert hat.«

Peyton kaute auf ihrer Unterlippe. Sie wusste, dass die Empfehlungen vernünftig waren, aber sie würden auch Zeit kosten – besonders die Anfrage beim National Reconnaissance Office, das für seine Bürokratie berüchtigt war.

»Wie lang würde das alles dauern?«, fragte Elliott.

»Unbekannt. Das Verteidigungsministerium müsste die Schnelle Eingreiftruppe und die Navy informieren; wir wissen nicht, wo sich die Flotte befindet, aber man kann davon ausgehen, dass es geeignete Schiffe im Golf von Aden, dem Arabischen Meer und dem Indischen Ozean gibt. Das NRO müsste über die Satellitenanforderung benachrichtigt werden.«

»Können Sie eine Schätzung abgegeben?«

»Vielleicht zweiundsiebzig Stunden«, sagte Richards, »aber ich möchte Sie noch einmal ermahnen, überhaupt nicht nach Mandera zu gehen, und falls Sie es doch tun, zu warten. Somalia ist ein failed state. Wir haben dort seit 1991 keine Botschaft mehr. Sie wurde zwei Jahre vor der Schlacht von Mogadischu geschlossen – das war die Sache mit Black Hawk Down. Ehrlich gesagt, werden Sie genau so einen Zwischenfall erleben, wenn al-Shabaab-Kämpfer Sie finden und die kenianische Armee angreifen. Wir haben ein paar Hundert US-Soldaten am Flughafen Mogadischu, aber ich kann nicht sagen, ob sie Ihnen im Notfall helfen könnten. Ich weiß, dass die CIA Agenten in Somalia hat. Status unbekannt.«

Elliott sah zu Peyton. Sie arbeiteten schon so lange zusammen und kannten sich so gut, dass sie spürte, was er dachte. Mit einem kurzen Nicken signalisierte sie ihm: *Wir wissen beide, was wir tun müssen.*

»Gut«, sagte Elliott, »wir möchten, dass Sie die Anfragen an das NRO und das Verteidigungsministerium stellen und auf schnelle Bearbeitung drängen. Ich werde den Direktor ein paar Anrufe machen lassen.«

»Sie werden warten?«, fragte Richards.

»Nein. Wir reisen so schnell wie möglich nach Mandera.«

Richards schüttelte ungläubig den Kopf.

Elliott hob die Hände. »Hören Sie, wenn wir den Ausbruch nicht in Mandera stoppen, müssen wir ihn in Nairobi und Mombasa und dann in Kairo und Johannesburg und Casablanca bekämpfen. Wenn wir ihn nicht in Afrika besiegen, müssen wir uns hier in Atlanta, Chicago, New York und San Francisco damit auseinandersetzen. Zweiundsiebzig Stunden können entscheiden, ob es ein lokaler Ausbruch bleibt oder eine globale Pandemie wird, ob es ein Dutzend oder eine Million Tote gibt. In diesem Augenblick könnten infizierte Personen in Busse, Züge und Flugzeuge steigen. Wir wissen nicht, wer sie sind und wo sie hinwollen. Sie könnten Städte überall auf der Welt infizieren – Städte, die nicht vorgewarnt sind und keine Ahnung haben, dass gerade ein tödlicher Erreger eingeschleppt wurde. Unsere einzige Chance, den Ausbruch zu stoppen, ist Eindämmung. Das muss sofort geschehen, nicht in drei Tagen. Unsere Leute gehören zu den bestausgebildeten auf der Welt. Sie müssen dorthin – sofort. Wir sind die Centers for Disease Control and Prevention. Wir können diese Krankheit nicht übers Telefon bekämpfen.«

Als die Besprechung zu Ende war, redete Peyton allein mit den EIS-Offizieren, die sie für den Auslandseinsatz ausgewählt hatte.

»Sie haben gehört, wie die Sicherheitslage ist. Wenn jemand von Ihnen ein schlechtes Gefühl hat, muss ich es jetzt wissen. Ich schreibe nichts in Ihre Akte. Ich wähle einfach jemand anders aus und verliere nie mehr ein Wort darüber.«

Um ein Uhr ging Peyton nach unten und durchquerte nervös die Lobby, weil sie nicht wusste, wie viele der Offiziere sie antreffen würde.

Vor der Tür brauchten ihre Augen ein paar Sekunden, um sich an das Sonnenlicht zu gewöhnen.

Als sie alles deutlich sehen konnte, standen alle EIS-Offiziere, die sie ausgewählt hatte, mit ihren Reisetaschen vor den Vans. Sie nickte ihnen zu, und sie stiegen ein und fuhren zur Dobbins Air Reserve Base.

Weniger als eine Stunde später waren sie auf dem Weg nach Nairobi.

Von dem Maschendrahtzaun, der die Luftwaffenbasis umgab, beobachtete der Mann, der Peyton gefolgt war, wie das Transportflugzeug abhob. Sobald es außer Sicht war, schrieb er eine Nachricht an seine Vorgesetzten:

Zielperson ist auf dem Weg ins Zielgebiet.

9

In der kleinen Wohnung in Wedding trennte Desmond vorsichtig die Nähte auf, mit denen der Aufnäher im Jackett befestigt war. Das Etikett von Savile Row löste sich und enthüllte den Inhalt der verborgenen Tasche: zwei Prepaid-Visa-Kreditkarten.

Die Karten kamen zur rechten Zeit – Desmond ging das Geld aus –, aber er hatte sich mehr erwartet. Vor allem hatte er auf einen Hinweis gehofft, wer er war, warum er sich in Berlin aufhielt und was ihm zugestoßen war, bevor er an diesem Morgen ohne Erinnerung im Concord Hotel aufgewacht war.

Etwas an den Karten kam ihm seltsam vor: Beide hatten einen kleinen senkrechten Kratzer hinter der zehnten Ziffer. Auf den ersten Blick sah es nach Zufall aus, aber dass beide Karten diesen Kratzer aufwiesen, erregte seinen Verdacht. Neben der Markierung auf der ersten Karte waren vier kleinere Kratzer. Auf der zweiten Karte befanden sich zwei kleinere Kratzer rechts der vertikalen Linie, knapp über der Kartennummer.

War das wieder ein Code? Wenn ja, dann funktionierte er wahrscheinlich nach demselben Prinzip wie der auf dem Reinigungscoupon – ein simpler Substitutionscode. Er musste jeweils vier zu den ersten zehn Ziffern der ersten Karte addieren und zwei zu den ersten zehn Ziffern der zweiten Karte. Die zehnstelligen Zahlen ergaben amerikanische Telefonnummern.

Desmond nahm sein Smartphone und errechnete die Zahlen beim Wählen im Kopf. Er lauschte beklommen dem ersten

Rufton. Zweimal. Dreimal. Dann meldete sich die Mailbox. Zu seiner Überraschung hörte er seine eigene Stimme.

»Wenn du diese Nummer gewählt hast, dann weißt du, was zu tun ist. Wenn nicht, dann solltest du es besser schnell rausfinden.«

Als das Piepsen ertönte, dachte Desmond fieberhaft nach. War die Mailbox eine Art digitaler toter Briefkasten, um Nachrichten zu hinterlassen? Oder sollte er versuchen, die Mailbox abzuhören? Er beschloss, beides zu tun.

»Hier ist Desmond. Ich brauche Hilfe.« Beinahe hätte er seine Telefonnummer gesagt. Aber die Mailbox könnte von demjenigen, der Gunter Thorne ins Hotelzimmer geschickt hatte, gehackt oder mittlerweile von der Polizei gefunden worden sein. Seine neue Nummer zu verraten wäre, als malte er sich ein Fadenkreuz auf den Rücken; die Polizei konnte sie zum nächsten Funkmast zurückverfolgen und seine ungefähre Position orten. Er brauchte einen eigenen digitalen toten Briefkasten – etwas Öffentliches, auf das man leicht zugreifen konnte.

Er überlegte kurz, dann sagte er: »Hinterlass eine Nachricht auf Craigslist Berlin unter Dienstleistungen – eine Anzeige für einen Stadtführer. Benutz die Wörter ›highway man‹ in der Anzeige. Beeil dich.«

Der Anruf warf mehr neue Fragen auf, als er Antworten gab. In der Hoffnung auf solche Antworten wählte er die Nummer von der zweiten Kreditkarte. Wieder hörte er seine eigene Stimme.

»Sie sind mit Labyrinth Reality verbunden. Wenn Sie uns kennen, wissen Sie, dass wir glauben, dass Sie mit Ihrem Smartphone interessantere Dinge tun können als zu reden. Ich meine, hey, Sie halten einen Computer mit Standorterkennung in der Hand. Machen Sie was Cooles damit.«

Nach dem Piepston ignorierte Desmond seine eigene Ansage und hinterließ die gleiche Nachricht wie bei der ersten Nummer.

Labyrinth Reality. Er suchte im Internet nach dem Namen und fand die Website eines Start-ups. Auf der *Kontakt*-Seite stand eine Adresse in San Francisco und eine andere Nummer als die, die er gerade angerufen hatte. Er klickte auf die *Team*-Seite, erkannte aber keines der dort abgebildeten Gesichter. Die Mitarbeiter waren alle Anfang dreißig oder jünger, und manche trugen Warby-Parker-Brillen oder waren tätowiert. Alle Fotos waren Schnappschüsse: beim Tischtennis, am Schreibtisch, mit halb verdeckten Gesichtern auf dem Flur. Die Berufsbezeichnungen waren ebenso sonderbar wie die Lebensläufe.

Desmond klickte auf die *Investoren*-Seite und las die Firmenliste: Seven Bridges Investments, Icarus Capital, Pax-Humana Fund, Invisible Sun Securities und Singularity Consortium. Die Namen kamen ihm bekannt vor, aber es tauchte keine konkrete Erinnerung auf.

Das Produkt von Labyrinth Reality war eine App mit Standorterkennung, die für Anwendungen der Augmented Reality benutzt werden konnte. Die Nutzer hielten an bestimmten Orten ihr Smartphone hoch, und die App zeigte eine digitale Ebene mit Bildern und virtuellen Gegenständen, die mit bloßem Auge nicht wahrgenommen werden konnten. Die App ergänzte das Erlebnis außerdem mit Videos und Texten zur Umgebung. Sie wurde für Schnitzeljagden und Spiele sowie Geocaching verwendet. In Chicago und San Francisco wurde sie bei Stadtführungen eingesetzt. Die App war als Plattform angelegt, die Spieleentwicklern, Unternehmen, Konferenzorganisatoren und Einzelpersonen ermöglichte, eigene virtuelle Labyrinthe zu erschaffen, um ihre Angebote zu verbessern.

Ein Banner oben auf der Website drängte ihn, die Labyrinth-Reality-App herunterzuladen. Er klickte auf den Link und wartete, während die App installiert wurde. Als er sie startete, wurde er gefragt, ob er einem privaten Labyrinth oder dem öffentlichen Raum beitreten wolle. Als er auf »privat« klickte, wurde er aufgefordert, ein Passwort einzugeben. Er dachte kurz nach, dann tippte er die zweite Telefonnummer ein, die er gewählt hatte.

Auf dem Display leuchtete eine Nachricht auf: *Willkommen in der Eingangshalle von Shadows privatem Labyrinth.* Zwei Icons tauchten auf. Das linke stellte eine Bestie mit dem Kopf eines Stiers und dem Körper eines Manns dar, das rechte einen Krieger mit Rüstung, Schild und Schwert. Der Text darunter lautete:

Entscheide dich: Minotaurus oder Held.

Desmond dachte darüber nach. In gewisser Weise spukte ihm diese Frage im Kopf herum, seit er aufgewacht war: Was war er? War er ein Ungeheuer, das in dem Hotelzimmer getötet hatte? Er hatte die Polizisten und den Wachmann des Hotels ohne zu zögern angegriffen. Und er hatte seine Sache gut gemacht; wahrscheinlich war es nicht das erste Mal, dass er um sein Leben und seine Freiheit gekämpft hatte. Sein vernarbter Körper unterstützte diese Theorie. Und irgendwo tief in seinem Inneren wusste er, dass er schlimme Dinge getan hatte, auch wenn er sich nicht daran erinnern konnte.

Trotzdem hatte er das Gefühl, ein guter Mensch zu sein. Oder vielleicht wünschte er es sich nur.

Der Gedanke brachte ihm Klarheit: Er würde das Labyrinth als das betreten, was er sein *wollte*, nicht als das, was er war oder gewesen war.

Er klickte auf das Heldenbild. Die Seite verschwand, und ein Kästchen wurde eingeblendet: *Suche nach Eingang ...*

Nach einer Minute leuchtete eine neue Nachricht in roten Buchstaben auf: *Kein Eingang gefunden. Suche weiter, Theseus. Gib niemals auf.*

Desmond fragte sich, was das alles zu bedeuten hatte. Er recherchierte im Internet und versuchte, die Zusammenhänge zu erkennen. Das Labyrinth war erstmals in der griechischen Mythologie aufgetaucht. Daidalos und sein Sohn Ikarus bauten ein Labyrinth, um das Mischwesen Minotaurus darin gefangen zu halten. Daidalos war ein hervorragender

Baumeister und Künstler, und seine Konstruktion war so raffiniert, dass er selbst beinahe nicht mehr hinausgefunden hätte.

In diesem Moment begriff Desmond, was er schon vermutet hatte, seit er seine eigene Stimme auf der Mailbox gehört hatte: Wie Daidalos war er in einem Labyrinth gefangen, das er selbst konstruiert hatte. Aber warum? Hatte er einen Minotaurus – ein Monstrum oder Geheimnis, das er vor der Welt verstecken oder vor dem er die Welt schützen musste? War er selbst das Ungeheuer, das er fürchtete?

Und ihm wurde noch etwas anderes klar. Falls er dieses Labyrinth erschaffen hatte, musste er gewusst haben, dass er es irgendwann betreten würde, dass er sein Gedächtnis verlieren würde – entweder aus freien Stücken oder durch jemand anderen. War das Labyrinth ein ausgeklügelter Notfallplan? Würde es ihn zu dem führen, was er brauchte? Würde es ihm ermöglichen, sein Gedächtnis wiederzuerlangen?

Er stand auf und klappte das Wandbett hoch. So hatte er Platz, um durch die Wohnung zu laufen, die gerade einmal drei mal sechs Meter maß. An der Wand gegenüber dem Bett stand eine einfache Küche: eine Spüle, ein kleiner Kühlschrank, ein Herd, eine Mikrowelle sowie ein Fernseher. Das Bad war eine Nasszelle, die keinen Zentimeter größer war als nötig.

Desmond ging zum Fenster und sah nach unten. Es war früher Abend, und die Straßen waren voll. Zigarettenrauch mischte sich mit Auto-, Bus- und Motorradabgasen. Die giftige Wolke stieg nach oben und hing wie ein Schleier über allem. Die Sonne stand tief am Novemberhimmel und würde bald untergehen.

Er wandte sich um. Der Wohnungseigentümer hatte einen großen Spiegel an der Unterseite des Bettgestells montiert, sodass das Zimmer bei hochgeklapptem Bett größer wirkte. Desmond sah sich an: Das straffe Gesicht und das blonde Haar, das bis zu den Augenbrauen reichte, gehörten einem Mann, der ihm völlig fremd war. Er erregte in Berlin keine Aufmerksamkeit – als Flüchtiger wäre er in Shanghai oder

Ägypten stärker aufgefallen –, trotzdem würde er sein Äußeres ändern müssen. Sobald die Nacht hereinbrach, war das seine erste Aufgabe.

Erst einmal musste er jedoch das Geschehene enträtseln. Er konnte das Gefühl nicht abschütteln, dass es etwas gab, das er tun musste.

Er konzentrierte sich auf das, was er wusste: Er hatte die Telefonnummern vorbereitet und die Nachricht auf der Mailbox hinterlassen, weil er gewusst oder vielleicht auch nur gehofft hatte, dass er darauf stoßen würde. Die zweite Mailboxansage hatte ihn zu seinem eigenen privaten Labyrinth geführt. Wohin führte ihn die erste Telefonnummer? Die Ansage hatte ihn verspottet und behauptet, er wisse, was er tun müsse. Was wusste er?

Er vermutete, dass er zuerst die Kreditkarten beschafft und dann die Telefonnummern passend zu den Kartennummern eingerichtet hatte. Als er im Internet recherchierte, fand er heraus, dass die ersten drei Ziffern der Telefonnummern zu Google Voice gehörten. Der Service war kostenlos und beinhaltete ein Programm, mit dem die Anwender online auf ihre Nachrichten zugreifen und die Anrufe zu anderen Nummern weiterleiten konnten und vieles mehr.

Das war es: Mit der Google Voice App konnte er auf seine Mailbox zugreifen. Er lud sie auf das Smartphone und probierte vergeblich einige Passwörter aus.

Was übersehe ich?

Er durchsuchte noch einmal den Anzug, aber es gab keine weiteren versteckten Taschen und auch sonst nichts Bemerkenswertes. Er setzte sich auf den kleinen Holzstuhl am Fenster, um nachzudenken. Der Plastiksack aus der Reinigung lag zusammengeknüllt in der Ecke. Durch die Folie entdeckte Desmond einen rosafarbenen Zettel.

Er sprang auf, zerriss die Folie und untersuchte den kleinen Papierstreifen. Es war die Durchschrift der Reinigungsquittung. Der Name auf dem Zettel lautete Jacob Lawrence.

Desmond nahm das Handy und gab den Namen als Passwort in die Google Voice App ein. Zu seiner Erleichterung funktionierte es.

Die Anwendung zeigte die Seite der Mailbox, auf der drei Nachrichten gespeichert waren, alle von derselben Telefonnummer. Die erste war zwei Tage alt. Er klickte darauf und las die Abschrift:

Ich glaube, jemand folgt mir. Bin nicht sicher. Ruf nicht zurück. Wir treffen uns, wo wir uns beim ersten Mal getroffen haben. Morgen. Zehn Uhr morgens.

Desmond klickte auf die zweite Nachricht, die am Vortag gegen Mittag hinterlassen worden war.

Wo warst du? Sie haben meine Wohnung durchsucht. Ich bin sicher. Ich gehe zur Polizei, wenn du mich nicht anrufst.

Die letzte Nachricht war von heute – um elf Uhr.

Du bist in allen Nachrichten. Hast du ihn getötet? Ruf mich an oder ich gehe zur Polizei – ich meine es ernst. Ich erzähle ihnen alles, was du mir gesagt hast, und alles, was ich über dich weiß. Ich habe einer Kollegin einen Ordner mit meinen ganzen Notizen gegeben. Wenn mir etwas zustößt, landen sie innerhalb einer Stunde bei der Polizei.

Desmonds Gedanken überschlugen sich. War derjenige, der die Nachrichten hinterlassen hatte, ein Verbündeter oder ein Feind? Eines stand fest: Diese Person wusste, wer er war.

Er stellte das Handy so ein, dass es die Google-Voice-Nummer verwendete und vergewisserte sich, dass er mit dem WLAN in der Wohnung verbunden war; er wollte seinen nächsten Anruf über die Server von Google laufen lassen. Die Nummer, mit der die Nachrichten hinterlassen worden waren, gehörte zu einem Berliner Anschluss. Er klickte in der App darauf und lauschte dem Rufton.

Eine Männerstimme meldete sich auf Englisch mit deutschem Akzent. »Was ist passiert?«

»Wir müssen uns treffen«, sagte Desmond.

»Nein. Ich will Antworten – sofort. Hast du den Mann getötet?«

»Nein«, sagte Desmond automatisch, ohne zu wissen, ob es stimmte.

»Hat das was mit dem Spiegel-Projekt zu tun?«

Das Spiegel-Projekt. Die Wörter lösten etwas in ihm aus. Das Spiegel-Projekt – er kannte den Begriff, aber er konnte sich nicht erinnern, was er bedeutete.

»Bist du noch dran?«

»Ja«, sagte Desmond. »Ich erkläre es dir, wenn wir uns treffen.«

Der Mann schwieg eine Weile, bevor er sagte: »Jemand verfolgt mich. Ich bin bei einer Freundin, und ich habe ihr alles erzählt. Sie hat die Aufzeichnungen unserer Gespräche. Wenn du das warst – wenn du meine Wohnung durchsucht hast und wenn mir was zustößt, geht sie zur Polizei.«

»Ich verstehe. Glaub mir, ich will dir nichts tun. Ich bin selbst ein Opfer.«

Eine Pause trat ein. Dann fragte der Mann schnell: »Wo? Wann?«

Desmond erwog einige Möglichkeiten. Er war erschöpft und musste sich auf das Treffen vorbereiten. »Morgen Mittag. Vor dem Brandenburger Tor. Halte ein Schild hoch, auf dem ›Spiegel-Touren, Preis verhandelbar‹ steht. Zieh einen Marine-Mantel, Jeans und eine schwarze Kappe ohne Aufschrift an.«

»Du willst, dass wir uns in der Öffentlichkeit treffen?«

»So ist es sicherer. Lass dein Handy zu Hause. Komm allein. Unbewaffnet.«

Er schnaufte verärgert. »Sagt der Mann, der wegen Mordes gesucht wird.«

»Nur weil ich wegen Mordes gesucht werde, heißt das noch nicht, dass ich schuldig bin. Wenn du Antworten willst, triff dich morgen mit mir.«

»Okay.«

Sobald er aufgelegt hatte, begann Desmond das Treffen zu planen, um auf jede Eventualität vorbereitet zu sein. Wenn er sein Blatt richtig ausspielte, würde er bald wissen, was los war.

10

An diesem Abend machte Dr. Elim Kibet seine Visite im Mandera Referral Hospital, dann zog er sich in sein Büro zurück, legte seinen verschlissenen weißen Kittel ab und schrieb eine E-Mail an das kenianische Gesundheitsministerium:

Sehr geehrte Damen und Herren,

die Situation hier hat sich verschlimmert. Ich bitte Sie erneut, so schnell wie möglich Hilfe zu schicken.

Der Amerikaner, der heute Morgen eingetroffen ist und Symptome eines noch nicht identifizierten hämorrhagischen Fiebers zeigte, ist gestorben. Wir sind zu schlecht ausgestattet, um eine Autopsie durchzuführen oder uns um seine sterblichen Überreste zu kümmern. Ich habe sein Zimmer versiegelt und allen den Zutritt untersagt.

Sein Tod hat seinen Kollegen schwer verstört. Aber schlimmer noch, der junge Mann namens Lucas Turner hat Fieber bekommen, bei der letzten Messung 38,9 Grad. Ich fürchte, dass es weiter steigen und er bald ähnliche Symptome wie sein gerade verstorbener Kollege entwickeln wird. Wenn das geschieht, erleidet er möglicherweise das gleiche Schicksal.

Ich bemühe mich, seine Entwicklung genau aufzuzeichnen, und habe das Personal angewiesen, stündlich Fotos zu machen.

Ehrlich gesagt ist die Dokumentation des Krankheitsverlaufs vielleicht das einzige Nützliche, das ich tun kann. Ich habe auch viel Zeit darauf verwendet, aufzuschreiben, welche Orte die beiden Amerikaner bereist haben und mit wem sie Kontakt hatten. Außerdem habe ich Lucas bezüglich des Krankheitsverlaufs seines Freundes befragt. Ich glaube, das könnte hilfreich sein, wenn Epidemiologen den Ausbruch untersuchen. Ich werde meine Aufzeichnungen senden, sobald ich Zeit habe.

Der englische Patient, der vom Flughafen hergebracht wurde, ist weiterhin in kritischem Zustand. Ich bin nicht zuversichtlich, dass er die Nacht überlebt.

Außerdem haben wir eine neue Krise hier am MCRH: Personal. Als ich heute Morgen kam, war über die Hälfte der Angestellten nicht zur Arbeit erschienen. Ich kann ihnen keinen Vorwurf machen. Wie gesagt, wir sind schlecht ausgestattet, um mit diesen Patienten umzugehen. Ich habe das Pflegepersonal angewiesen, Kittel, Schuhüberzieher, Gesichtsmasken, Schutzbrillen und doppelte Handschuhe anzulegen, aber ich fürchte, diese Maßnahmen sind nicht ausreichend, und unsere Vorräte an Schutzausrüstung gehen sehr bald zur Neige.

Ich bitte Sie erneut:

Vor seinem Büro rief ein Pfleger: »Dr. Kibet!«

Wenige Sekunden später flog die Tür auf. Der Mann stützte die Hände auf die Knie und rang um Atem. »Weitere Infizierte«, brachte er keuchend hervor.

Elim schnappte sich seinen Kittel, und die beiden Männer rannten zum Triageraum. An der Tür blieb Elim entsetzt stehen.

Zehn Menschen, alle aus den umliegenden Dörfern, alle schwer krank. Schweiß und Erbrochenes durchtränkten ihre

Kleider. Einige starrten ihn aus gelblichen, blutunterlaufenen Augen an.

Eine Schwester zog ein Fieberthermometer aus dem Mund eines Manns und drehte sich zu Elim. »Vierzig Komma fünf.«

Es hatte sich auf die Dörfer ausgebreitet. Elim fragte sich, ob die Hilfe zu spät kommen würde – für sie alle.

11

Als die Air-Force-Transportmaschine Reiseflughöhe erreichte, streckte sich Peyton über mehrere Sitze aus, schnallte sich an und schloss die Augen.

Sie hatte in der letzten Nacht nur vier Stunden geschlafen und den ganzen Tag hart gearbeitet. Trotzdem hatte sie den Wecker an ihrem Handy auf nur dreißig Minuten später gestellt. Sie wollte für das, was als Nächstes kam, ausgeruht, aber nicht träge von zu viel Schlaf sein.

Das vielleicht Nützlichste, was sie sich bei ihrer Arbeit beim CDC angeeignet hatte, war die Fähigkeit, nahezu überall zu schlafen. Sie hatte Jahre gebraucht, um sie zu beherrschen. Für sie waren die Gedanken der schlimmste Feind des Schlafs. Wenn sie einen Ausbruch bekämpfte, hörte ihr Gehirn nie auf zu arbeiten; das Denken wurde zwanghaft. Aber während ihres zweiten Jahrs im Feld hatte sie eine Technik gelernt, die sie seitdem anwendete. Wenn sie sich ausruhen musste, schloss sie die Augen und konzentrierte sich auf ihren Atem statt auf die Gedanken. Zuerst zwang sie sich, die Luft nicht mit dem Brustkorb einzusaugen, sondern indem sie ihren Bauch ausdehnte. Bei jedem Ausatmen konzentrierte sie sich darauf, wie die Luft über die Nasenspitze strich, und zählte die Züge. Sie kam selten über vierzig hinaus.

Als das Handy in ihrer Tasche summte, stand sie auf, streckte sich und machte ein paar leichte Übungen.

Sie hätte in dem Sanitätsflugzeug fliegen können statt in der Transportmaschine. Dort wäre es komfortabler gewesen, aber sie wollte bei ihrem Team bleiben. Für Peyton war das eine prinzipielle Frage. Außerdem hatte sie Arbeit zu erledigen. Sie hatte darauf bestanden, dass drei der älteren CDC-Angestellten die Sitze im Sanitätsflugzeug bekamen. Sie würden in Nairobi arbeiten, in unterstützenden Tätigkeiten, und alle drei hatten ihr für den bequemeren Transport gedankt.

Elliott hatte sich ebenfalls für das Transportflugzeug entschieden. Es verfügte über ein großes Frachtabteil und einen abgetrennten Bereich für Passagiere. Im Passagierabteil gab es in der Mitte zwölf Reihen mit jeweils fünf Sitzen sowie an beiden Wänden jeweils eine Längsreihe. Am Kopf befanden sich zwei enge Durchgänge links und rechts einer Wand mit einem Whiteboard.

Peyton vermutete, dass das Whiteboard normalerweise benutzt wurde, um Soldaten zu briefen und Einzelheiten über den bevorstehenden Einsatz darzulegen. Sie hatte vor, das Gleiche zu tun. Für einen außenstehenden Beobachter hätte die Szene tatsächlich ausgesehen wie eine Einsatzbesprechung der US-Navy.

Viele Männer und Frauen in ihrem Publikum trugen dieselbe kakifarbene Uniform wie die Soldaten der Navy und ähnliche Rangabzeichen. Ihre Truppe bestand jedoch nicht aus Marineoffizieren. Es waren Offiziere eines anderen uniformierten Dienstes, der genauso wichtig war.

Peyton war Angestellte des CDC, aber sie war auch Commissioned Corps Officer des Public Health Service. Das Commissioned Corps war ein Eliteteam aus hochqualifizierten Mitarbeitern des Gesundheitswesens und einer der sieben uniformierten Dienste der USA (bei den anderen sechs handelte es sich um Army, Navy, Air Force, Marines, Coast Guard und National Oceanic and Atmospheric Administration Commissioned Corps). Mehr als sechstausend Männer und Frauen dienten im Commissioned Corps des Public Health Service, und wie bei der Navy trugen sie blaue, weiße und kakifarbene Uniformen. Die Korpsoffiziere bekleideten auch dieselben

Ränge wie die Angehörigen von Navy und Küstenwache: vom Leutnant bis zum Admiral.

Korpsoffiziere dienten bei der EPA, der FDA, dem DOD, dem NIH, der USDA, der Coast Guard, dem CDC und vielen anderen Organisationen. Sie standen bei nationalen Katastrophen oft an vorderster Front und wurden bei Hurrikans, Erdbeben und Seuchenausbrüchen eingesetzt. Im Jahr 2001 wurden nach den Anschlägen vom 11. September über tausend Korpsoffiziere des Public Health Service nach New York geschickt. 2005, nach den drei Hurrikans Katrina, Rita und Wilma, errichteten mehr als zweitausend PHS-Offiziere Feldhospitale und halfen den Opfern.

Über achthundert Korpsoffiziere arbeiteten in Vollzeit beim CDC. Besucher hielten sie oft fälschlicherweise für Navy-Offiziere.

Peyton bekleidete den Rang eines Commanders im Commissioned Corps, Elliott den eines Admirals. Von den 160 EIS-Offizieren waren 102 auch Mitglieder des Commissioned Corps.

Das Korps war auch in der Gruppe, die vor Peyton saß, gut vertreten: Von den 63 Männern und Frauen waren 51 Korpsoffiziere. Wie Peyton trugen sie am linken Revers ihrer Uniform das PHSCC-Abzeichen und am rechten das Rangabzeichen.

Peyton band sich das schulterlange schwarze Haar zum Pferdeschwanz und strich die zerknitterte Uniform glatt. Sie rückte das silberne Eichenblatt zurecht, das ihren Rang anzeigte, und ging zum Whiteboard.

Dreiundsechzig Gesichter wandten sich ihr zu. Sie sah Nervosität, Aufregung und vor allem Vertrauen – absolutes Vertrauen in ihre Fähigkeit, sie durch den bevorstehenden Einsatz zu führen, für ihre Sicherheit zu sorgen und ihnen beizubringen, was sie wissen mussten. Sie spürte die Verpflichtung, dieses Vertrauen zu erfüllen, und die Last ihrer Verantwortung. Sie war Epidemiologin, aber ihre wichtigste Aufgabe war die einer Lehrerin. Als EIS-Ausbilderin musste sie ihre Studenten auf das vorbereiten, was nach dem Stipendium kam. Die Männer und Frauen vor ihr waren die nächste Generation von Führungskräften im Gesundheitswesen. Und eines Tages würde wahrscheinlich einer von ihnen eine ähnliche Position wie sie innehaben und eine CDC-Mission oder ein städtisches Gesundheitsamt leiten oder wichtige Forschungsarbeiten für die nationalen Gesundheitsbehörden durchführen.

Sie nahm die Rolle der Lehrerin gern ein, weil es so wichtig war und weil sie während ihrer eigenen Karriere glücklicherweise gute Lehrer gehabt hatte. Vor fünfzehn Jahren hatte Peyton selbst in einer Gruppe wie dieser gesessen. Sie war eines dieser Gesichter gewesen, und Elliott hatte vorn gestanden und eine ähnliche Ansprache gehalten. Sie erinnerte sich, wie nervös sie bei ihrem ersten Einsatz gewesen war. Einen Hauch dieser Anspannung spürte sie immer noch. Manchmal fragte sie sich, ob auch eine freudige Erregung dabei war – der Nervenkitzel, den es mit sich brachte, nach dem Ursprung des Ausbruchs zu fahnden und ihn zu stoppen, bevor es zur Katastrophe kam. Inzwischen genoss sie diese Tage. Sich inmitten einer Krise zu befinden erschien ihr mittlerweile natürlicher als in Atlanta zu sein und frei zu haben.

Da es ein langer Flug war und sie sich an die acht Stunden Zeitunterschied zwischen Ost-Kenia und Atlanta gewöhnen mussten, hatte Peyton beschlossen, das Briefing in zwei Teilen abzuhalten. Im ersten würde es um Hintergrundinformationen gehen, die die meisten erfahrenen Vollzeitkräfte des CDC schon kannten. Auch viele EIS-Offiziere wussten schon Bescheid, aber eine Auffrischung war sinnvoll, und es erschien ihr als eine gute Methode, um das Eis zu brechen. Für viele der Offiziere war es der erste Auslandseinsatz, und Peyton wusste, dass sie nervös waren. Es würde ihr Selbstvertrauen stärken, wenn sie Sachen wiederholte, die sie schon wussten.

Sie nahm einen blauen Marker von der Ablage des Whiteboard. »Okay, fangen wir an. Wie Sie aus dem vorigen Briefing wissen, teilen wir uns in Nairobi auf. Elf von Ihnen werden den Einsatz von dort aus unterstützen; die Übrigen kommen mit mir nach Mandera und reisen wahrscheinlich in die angrenzenden Gebiete. So oder so möchte ich, dass Sie alle mit unseren PSA-Vorschriften für den Einsatz vertraut sind und die nötigen Hintergrundinformationen bekommen. Die einsatzspezifischen Richtlinien besprechen wir kurz vor der Landung.«

Sie handelte schnell die PSA ab, die Kittel, Overalls, Kapuzen, Schutzbrillen, Schuhüberzieher, Handschuhe und anderes Material zum Schutz vor infektiösem Material umfasste.

»Jeder von Ihnen läuft Gefahr, mit dem Erreger in Kontakt zu kommen. Die, die in Nairobi sind, könnten später ins Feld geschickt werden. Zuerst sollten Sie wissen, dass es in den Anzügen heiß ist. Kenia liegt in der Tropenzone. Nairobi ist nur knapp hundertfünfzig Kilometer vom Äquator entfernt. Selbst im November werden Sie in Kenia in der Mittagssonne schmoren. Sie werden schon schwitzen, bevor Sie Ihren Anzug überhaupt angezogen haben, und wenn Sie ihn tragen, werden Sie noch mehr schwitzen.

Zweitens werden Sie von dem, was Sie sehen, beunruhigt sein. Manche von uns gewöhnen sich nie an das Leiden, dem wir bei diesen Einsätzen begegnen. Das ist keine Schande. Sie werden Menschen sehen, die in Armut und unter unvorstellbaren Umständen leben. Wenn Ihnen das zu viel wird, ist es in Ordnung, eine Pause einzulegen. Sagen Sie einfach einem Teammitglied Bescheid, bevor Sie zurücktreten und durchschnaufen. Was auch immer Sie tun, *ziehen Sie niemals Ihren Anzug aus*. Den Anzug zu überprüfen und anzulegen ist wichtig, aber beim Ablegen Vorsicht walten zu lassen ist noch wichtiger. Nachdem Sie Kontakt mit Patienten hatten, tragen Sie vielleicht Viruspartikel oder Bakterien an der Außenseite von Anzug, Kapuze, Schutzbrille, Handschuhen und Schuhen. Falls Sie sich einfach irgendwelche Teile Ihrer PSA vom Leib reißen, setzen Sie Ihr Leben aufs Spiel. Wenn es so weit ist, dass

Sie Ihren Anzug ablegen: *Lassen – Sie – sich – Zeit.* Es wird nicht leicht werden; länger als eine Stunde hält es bei dieser Hitze niemand im Anzug aus, und danach werden Sie alles geben, um da rauszukommen. Aber noch einmal, lassen Sie sich Zeit. Ihr Leben hängt davon ab.

Okay, was ist das Ziel unseres Einsatzes?«

Die EIS-Agents, von denen die meisten Ende zwanzig oder Anfang dreißig waren, saßen vorn. Die festangestellten Mitarbeiter des CDC bei diesem Einsatz waren ein wenig älter, und viele von ihnen hatten schon ein Dutzend Ausbrüche miterlebt. Sie saßen hinten und hielten sich während der Frage-Antwort-Runde zurück, damit die jungen EIS-Offiziere Gelegenheit hatten, etwas daraus zu lernen.

Eine Frau namens Hannah Watson, die in der zweiten Reihe saß, antwortete. Ihr rotblondes Haar war zum Pferdeschwanz gebunden, und sie trug wie Peyton die Uniform des Commissioned Corps.

»Eindämmung und Behandlung.«

»Gut.« Peyton schrieb die Wörter in großen Blockbuchstaben an die Tafel. »Was noch?«

»Identifizierung«, rief Millen Thomas. Er war ein indischstämmiger Tierarzt, der einige Reihen hinter Hannah saß.

Peyton nickte, während sie es aufschrieb. »Ja, es wäre gut, irgendwann zu wissen, womit genau wir es zu tun haben. Was noch?«

Ein EIS-Offizier in Zivilkleidung sagte: »Hilfe zur Selbsthilfe.«

»Sehr gut. Wir sind dort, um die Krankheit zu identifizieren, zu behandeln und einzudämmen, aber wir müssen auch den Kenianern helfen, eigene Fähigkeiten zur Seuchenbekämpfung aufzubauen. Das CDC hat Millionen Dollar nach Kenia gepumpt, um ein System zur Erkennung und Überwachung und Bekämpfung von Ausbrüchen aufzubauen. Im Kampf gegen Pandemien gibt es nur eine Hoffnung, nämlich die Krankheiten dort zu stoppen, wo sie ausbrechen. Deshalb müssen wir den Kenianern die Möglichkeiten dazu geben. Für diejenigen, die im Feld arbeiten, bedeutet das, die kenianischen Epidemiologen zu schulen. In Nairobi bedeutet es, das Personal des Gesundheitsministeriums und des Notfallstabs auszubilden und zu unterstützen.«

Peyton drehte sich zur Tafel und umkreiste das Wort *Identifizierung.* »Okay, wie identifizieren wir den Erreger?«

»Labortests«, rief eine schwarzhaarige Frau.

»Ja. Wir haben einen Feldtest für Ebola: den ReEBOV-Schnelltest. Mit ReEBOV haben wir das Ergebnis in fünfzehn Minuten. Die Spezifität liegt für die positiven Ergebnisse bei 92 Prozent und für die negativen bei 85 Prozent. Was noch?«

»Symptome. Krankheitsverlauf«, sagte ein dunkelhäutiger Mann in der ersten Reihe.

»Richtig. Wenn wir ein einheitliches Muster von Symptomen feststellen, können wir daraus schließen, womit wir es zu tun haben. Wir werden an mehreren Orten Patientenanamnesen aufnehmen. Ihre Aufgabe in Nairobi ist es, diese Daten zu sammeln und ein Muster herauszuarbeiten. Wir suchen nach Tendenzen und Gemeinsamkeiten. Nehmen wir einmal an, es wäre Ebola, was sind die Symptome?«

Mehrere Leute meldeten sich zu Wort.

»Hohes Fieber.«

»Starke Kopfschmerzen.«

»Durchfall.«

»Erbrechen.«

»Magenschmerzen.«

»Müdigkeit und Schwäche.«

»Blutungen.«

»Schwellungen.«

Peyton schrieb schnell mit. »Gut. Die Patienten in Mandera haben die meisten dieser Symptome gezeigt. Der Arzt dort berichtete auch von Hautausschlag. Wir wissen also nicht genau, ob es sich um Ebola handelt. Es könnte auch ein völlig neues Filovirus oder Arenavirus sein. Wir wissen, dass die Krankheit tödlich ist und dass Menschen vermutlich an zwei verschiedenen Orten erkrankt sind. Es dauert beim Menschen zwei bis zwanzig Tage, bis sich Ebola-Symptome zeigen. Durchschnittlich entwickeln die Infizierten acht bis zehn Tage nach dem Kontakt mit dem Virus Symptome. Okay. Noch mal, falls es Ebola ist, wie behandeln wir es?«

»Gar nicht«, sagte ein Arzt in der dritten Reihe.

»Mit ZMapp«, sagte eine rothaarige Frau.

»Sie haben beide recht. Es gibt keine Ebola-Behandlung mit FDA-Zulassung. Es gibt keinen Impfstoff. Wenn die Krankheit bei einem Patienten ausbricht, verabreichen wir ihm einfach Flüssigkeit und Elektrolyte und behandeln die Sekundärinfektionen. Kurz gesagt, der Patient ist auf sich allein gestellt. Man kann nur hoffen, dass das Immunsystem das Virus bekämpft und besiegt. Ungefähr bei der Hälfte der Patienten funktioniert es; die durchschnittliche Letalität liegt bei fünfzig Prozent.

Es ist auch wichtig zu wissen, dass fünf verschiedene Virusspezies bekannt sind: Zaire, Côte d'Ivoire, Sudan, Bundibugyo und Reston. Das Reston-Ebolavirus ist der einzige Stamm, der über die Luft übertragen wird. Es heißt Reston, weil es in Reston in Virginia entdeckt wurde, nur ein paar Kilometer vom Weißen Haus entfernt. Möglicherweise ist es der größte Glücksfall in der Geschichte der Menschheit, dass an dem Reston-Stamm nur nichtmenschliche Primaten erkranken. Bei dem Reston-Ausbruch, der sich in einem Tierversuchslabor ereignete, haben sich zwar mehrere Wissenschaftler infiziert, aber sie blieben alle symptomfrei. Wenn das Reston-Ebolavirus für Menschen tödlich wäre, gäbe es heute deutlich weniger von uns. Die anderen vier Stämme gehören zu den tödlichsten Erregern der Welt. Das Zaire-Ebolavirus ist am schlimmsten, es tötet bis zu neunzig Prozent der Infizierten.

ZMapp ist das einzige Medikament, das bei der Behandlung von Ebola Wirkung gezeigt hat. Bei Versuchen mit Primaten hat es gut abgeschnitten. Während des Ausbruchs 2014 in Westafrika haben wir sieben Amerikaner mit ZMapp und einer RNA-Interferenz-Substanz namens TKM-Ebola behandelt. Leider sind zwei der Patienten gestorben, aber fünf Überlebende bei sieben Erkrankten sind trotzdem mehr als gewöhnlich. Wir haben ZMapp im Frachtraum, aber es ist nur eine sehr kleine Menge, und ich möchte noch einmal betonen, dass es keine FDA-Zulassung hat und bei Menschen gemischte Ergebnisse zeigte.

Kann mir jemand sagen, was für ein Medikament ZMapp ist?«

Jemand rief: »Es sind monoklonale Antikörper.«

»Genau. ZMapp besteht aus drei monoklonalen Antikörpern. Seltsamerweise werden sie in einer Tabakpflanze erzeugt. Sie binden das Ebola-Protein, als wären sie Antikörper aus dem Immunsystem des Patienten. Wie könnte sich das auf zukünftige Behandlungen auswirken? Weiß das jemand?«

Peyton ließ den Blick über die Gruppe schweifen. Als niemand antwortete, fuhr sie fort. »Überlebende. Wenn man die Antikörper untersucht, die Überlebende produzieren, kann das Hinweise auf neue Behandlungsmöglichkeiten geben. Deshalb ist es unglaublich wichtig, dass wir die Überlebenden dokumentieren. Tatsächlich gibt es im Moment Forschung, die sich genau damit beschäftigt: Die Immunsysteme von Menschen zu untersuchen, die den Marburg-Ausbruch vor Jahren überlebt haben. Im schlimmsten Fall könnten wir auch versuchen, das Blut von Genesenden oder das Plasma von Überlebenden zu verwenden, um wichtiges Personal in Kenia zu behandeln.

Die Untersuchung von Überlebenden könnte auch helfen, einen Impfstoff zu entwickeln. Merck führt schon Studien zu einem Ebola-Impfstoff durch. Bisher scheint er sehr wirksam zu sein, aber wir glauben nicht, dass er lebenslange Immunität verschafft. Er wurde noch nicht zugelassen und schützt nicht vor jedem Ebola-Stamm. Trotzdem, falls es sich wirklich um Ebola handelt, könnte der Merck-Impfstoff beschleunigt zugelassen werden und in der nicht infizierten Bevölkerung viele Leben retten.

Zusatzfrage: Kann mir jemand sagen, wie der andere Therapieansatz heißt, mit dem versucht wird, Marburg und Ebola zu behandeln?«

Peyton ließ ihren Blick über die Zuhörer wandern. Als wieder keine Antwort kam, sagte sie: »Small interfering RNA. Sehr vielversprechend, aber noch weit von der Marktreife entfernt.

Gut, reden wir über Eindämmung. Was ist das Entscheidende?«

»Contact Tracing«, sagte Hanna.

»Genau. Unser Ziel ist es, den Indexpatienten zu finden und ein Schema zu erstellen, mit wem er Kontakt hatte und mit wem diese Leute wiederum Kontakt hatten. Es kann einen fertigmachen. An manchen Tagen werden Sie losziehen und das Gefühl haben, dass die Kontaktliste explodiert – Sie werden jeden Tag Hunderte hinzufügen. Aber seien Sie zuversichtlich und arbeiten Sie weiter. Schließlich wird die Liste wieder schrumpfen – falls wir siegen.

Okay. Was wissen wir über die Übertragung von Ebola?«

»Es verbreitet sich durch Körperflüssigkeiten«, sagte ein Arzt in der zweiten Reihe.

»Gut. Was noch?«

»Es ist zoonotisch«, sagte Millen.

»Ja. Sehr gut. Ebola und andere Filoviren sind alle zoonotisch – sie springen vom Tier zum Menschen und wieder zurück. Zoonotische Infektionen sind ein riesiges Problem in Zentralafrika. Dort sind fünfundsiebzig Prozent der Infektionskrankheiten zoonotisch. Wir dürfen uns nicht nur auf die Übertragung von Mensch zu Mensch konzentrieren, wenn wir die Ausbreitung stoppen wollen.

Und jetzt bitte ich alle Tierärzte, die Hand zu heben.«

Vier aus der Gruppe meldeten sich. Drei waren Mitglieder des Commissioned Corps, der vierte trug Zivilkleidung.

»Sie werden jeweils einem der Teams zugeordnet, die im

Feld Contact Tracing durchführen. Wonach halten Sie Ausschau?«

»Fledermäuse«, sagten sie wie aus einem Munde.

»Richtig. Und was sind Fledermäuse?«

»Säugetiere«, sagte einer der Tierärzte.

»Reservoirwirte«, sagte ein anderer.

»Beides richtig. Das natürliche Reservoir der Ebolaviren konnte bisher nicht zweifelsfrei gefunden werden, aber wir sind fast sicher, dass Flughunde das Virus ohne Symptome beherbergen. Wenn es von der Fledermaus zum Menschen springt, richtet es schweren Schaden an. Wir suchen also nach jedem, der mit Fledermäusen oder ihren Ausscheidungen in Kontakt gekommen ist. Vielleicht ist jemand in eine Höhle gegangen oder hat Buschfleisch gegessen oder ein anderes Tier verspeist, das Kontakt mit Flughunden hatte. Wenn wir unseren Indexpatienten finden, wird sich wahrscheinlich herausstellen, dass er sich das Virus von einem Fledertier zugezogen hat.«

Peyton fragte die ganze Gruppe: »Was tun wir mit Menschen, die Symptome der Krankheit zeigen?«

»Isolieren«, sagten alle gemeinsam.

»Und mit Menschen, die mit Erkrankten Kontakt hatten, aber keine Symptome zeigen?«

»In Quarantäne bringen.«

»Richtig. In diesem Fall beträgt die Quarantänezeit einundzwanzig Tage ab dem ersten Kontakt mit dem Virus. Wenn sie danach symptomfrei sind, lassen wir sie gehen.«

Sie blickte über die Versammlung. »Irgendwelche Fragen?«

Als sich niemand meldete, legte sie den Marker zurück auf die Ablage. »Gut. Teilen wir uns in Gruppen auf. Wir haben noch eine Menge zu tun, bevor wir ankommen.«

12

In Berlin bereitete sich Desmond auf das Treffen am nächsten Tag vor.

Kurz nach Sonnenuntergang, als die Straßen voller Menschen waren, hatte er die Wohnung verlassen. Er trug die Kappe und die gebrauchten Kleider, die er gekauft hatte, ging schnell und vermied jeden Augenkontakt. In einer Drogerie erwarb er die Dinge, die er am dringendsten benötigte.

Jetzt stand er in dem winzigen weiß gefliesten Bad und sah zu, wie sein blondes Haar ins Waschbecken fiel, während die Haarschneidemaschine summte. Er ließ nur einen halben Zentimeter stehen. Nachdem er die schwarze Farbe aufgetragen hatte, setzte er sich auf das Klappbett.

Während der Einwirkzeit nahm er das Smartphone und suchte im Internet nach sich selbst – das hatte er schon tun wollen, seit er das Gerät gekauft hatte.

Der erste Treffer war ein Artikel auf *Spiegel Online*. Die Polizei hatte den Taxifahrer ermittelt. Und sein Haus bei San Francisco war von der amerikanischen Polizei gestürmt worden. Er war also Amerikaner – oder hatte dort zumindest einen Wohnsitz.

Das zweite Suchergebnis war die Seite von Icarus Capital, auf der er als Gründer und geschäftsführender Teilhaber aufgeführt war. Er las schnell seine Biografie, aber sie betraf nur sein Berufsleben: erfolgreiche Investitionen, öffentliche Vorträge, gesellschaftliches Engagement. Er war Förderer der California Symphony. Keine der aufgeführten Organisationen löste etwas in ihm aus.

Er klickte auf die *Investments*-Seite und las die Namen: Rapture Therapeutics, Phaethon Genetics, Rendition Games, Cedar Creek Entertainment, Rook Quantum Sciences, Extinction Parks, Labyrinth Reality, CityForge und Charter Antarctica.

Rapture Therapeutics. Den Namen hatte er am Morgen schon gelesen – auf dem Arbeitsausweis des toten Manns in seinem Hotelzimmer.

Er öffnete die Website von Rapture Therapeutics.

Es war eine Biotech-Firma, die auf neurologische Medikamente spezialisiert war. Ursprünglich lag der Schwerpunkt auf Depressionen, Schizophrenie, bipolaren Störungen und anderen psychischen Erkrankungen. Das neuste Angebot, Rapture Transcend, zielte auf senile Plaques ab und beseitigte sie mithilfe eines genetisch veränderten Proteins.

Desmond fragte sich, ob die Arbeit der Firma etwas mit dem zu tun haben könnte, was ihm zugestoßen war. Seine Firma hatte in Rapture Therapeutics investiert. Hatte er etwas entdeckt, das er nicht wissen sollte? Oder könnte er an einer klinischen Studie teilgenommen haben, die schiefgegangen war?

Fasziniert las er weiter auf der Website. Die Firma schien kurz vor einem großen Durchbruch zu stehen. Vor zwei Jahren hatte Rapture die Zulassung für eine Therapie bekommen, die der Schlüssel zur Heilung von Parkinson, Huntington, Amyloidose und einer Menge anderer neurodegenerativer Krankheiten sein könnte.

Der entscheidende Baustein zu diesem Behandlungsansatz war angeblich zufällig entdeckt worden. Im Jahr 2004 führte eine israelische Forscherin namens Beka Solomon Studien zu Alzheimer durch, als sie über einen neuen Wirkstoff stolperte, der die damit verbundenen senilen Plaques um erstaunliche achtzig Prozent reduzierte. Das war viel mehr als jedes Medikament auf dem Markt erreichte.

Aber Solomon hatte sich zu Beginn ihrer Versuche auf einen völlig anderen Wirkstoff konzentriert. Sie hatte das Erbgut von

Mäusen manipuliert, damit sie Alzheimer entwickelten, und behandelte die Tiere mit menschlichen Antikörpern, die sie ihnen durch den Nasengang verabreichte. Das Problem war, dass der Stoff die Blut-Hirn-Schranke nicht effektiv überwand und die Plaques in den von Alzheimer betroffenen Gehirnregionen nicht erreichte. Solomon beschloss, den Antikörper an ein Virus namens M13 zu koppeln, um ihn durch die Blut-Hirn-Schranke zu transportieren, und das könnte als einer der größten wissenschaftlichen Glücksfälle in die Geschichte eingehen.

M13 war ein spezieller Virustyp, der als Bakteriophage bezeichnet wurde – ein Virus, der nur Bakterien infizierte. Und M13 infizierte nur eine Bakterienart: Escherichia coli, kurz E. coli. Zu Solomons Überraschung zeigte der Antikörper, wenn er mit M13 verbunden war, großen Erfolg in den Versuchen. Aber noch überraschender war, dass die Mäuse, die nur mit dem M13-Virus behandelt wurden – ohne Solomons Antikörpertherapie – ebenfalls unglaubliche Verbesserungen aufwiesen. Offenbar waren die positiven Ergebnisse ausschließlich auf M13 zurückzuführen.

Nach einem Jahr Behandlung hatten die Mäuse, die M13 bekamen, durchschnittlich weniger als ein Viertel der Plaques der Mäuse in der Kontrollgruppe. Anschließende Experimente zeigten, dass M13 auch andere Amyloidablagerungen auflösen konnte – unter anderem die Tau-Proteine, die man bei Alzheimer vorfand, das Alpha-Synoclein (Parkinson), das Huntingtin (Huntington) und die Superoxid-Dismutase (Amyotrophe Lateralsklerose). Der M13-Phage wirkte auch gegen die Amyloidablagerungen bei Prionerkrankungen, zu denen zum Beispiel Creutzfeldt-Jakob gehörte. Es war eine verblüffende Entdeckung, die einen großen Durchbruch bei der Bekämpfung neurogenerativer Erkrankungen bedeuten konnte.

Damit begann der lange Prozess herauszufinden, *wie* M13 seine wundersame Wirkung entfaltete. Nach Jahren der

Forschung entdeckten Wissenschaftler, dass eine Ansammlung von Proteinen – als GP3 bezeichnet – an der Spitze des M13-Virus der Schlüssel zu seinen Fähigkeiten war. Das GP3-Protein ermöglichte es dem M13, sich an E. coli anzuheften, die Zellwand des Bakteriums zu durchdringen und seine eigene DNS zu injizieren, um sich zu replizieren. Und glücklicherweise löste das GP3-Protein auch die fehlgefalteten Proteinklumpen auf, die man bei Alzheimer, Parkinson, Huntington und anderen Krankheiten vorfand.

Desmond ließ sich diese Informationen durch den Kopf gehen. Er war überzeugt, dass Rapture Therapeutics ein wichtiger Baustein zur Lösung des Rätsels war. Schließlich war es ein Angestellter dieser Firma gewesen – Gunter Thorne –, den er tot in seinem Hotelzimmer gefunden hatte.

Vielleicht würde er bei dem Treffen am nächsten Tag Antworten erhalten.

Er schloss die Website und widmete sich wieder den Ergebnissen, die die Suche nach seinem eigenen Namen ausgespuckt hatte. Aber die übrigen Links halfen ihm nicht weiter. Er war nicht in den sozialen Medien vertreten, und die Links führten nur zu Artikeln über Firmen, an denen er beteiligt war, oder Videos, auf denen er auf Konferenzen sprach; oder Interviews mit ihm. Sein Leben schien nur aus dem beruflichen Engagement in High-Tech-Start-ups zu bestehen.

Anschließend suchte er im Internet nach Peyton Shaw. Als er sie am Morgen angerufen hatte, wusste sie, wer er war. Wenn er herausfand, wer sie war und woher sie ihn kannte, könnte ihm das einen Hinweis auf seine eigene Identität geben.

Er erfuhr, dass sie als leitende Epidemiologin am CDC arbeitete. Das war interessant. Hatte sie irgendetwas mit Rapture Therapeutics zu tun? Es schien unwahrscheinlich, denn ihr Spezialgebiet waren Infektionskrankheiten.

Er rief ein einige Monate altes Video von Peyton Shaw auf, in dem sie eine Rede auf einer Konferenz amerikanischer Gesundheitsorganisationen hielt. Sie stand auf einer breiten Bühne vor einem weißen Hintergrund. Ihre helle Haut war glatt wie Seide, ihr dunkelbraunes Haar schulterlang. Sie war eindeutig europäischer Abstammung, aber Desmond vermutete auch ostasiatische Einflüsse. Sie war dünn und bewegte sich auf der Bühne mit der Eleganz einer Frau, die Yoga machte oder regelmäßig tanzte.

Aber es waren ihre Augen, die Desmonds Blick auf sich zogen. Sie waren groß und hell und strahlten etwas Unbeschreibliches aus, das ihn sofort fesselte. Obwohl sie keine Frau war, nach der sich die Männer auf der Straße umdrehen würden, fühlte er sich unwiderstehlich zu ihr hingezogen. Sie besaß einen gewissen Charme, der sich aus Selbstvertrauen speiste, und man sah ihr an, dass sie sich in ihrer eigenen Haut wohlfühlte. Desmond wusste nicht, mit welchem Typ Frau er sich bisher getroffen hatte, aber wenn er sich in diesem Moment hätte entscheiden müssen, wäre es jemand wie Peyton Shaw gewesen.

Auf der Leinwand hinter ihr erschien das Bild eines Feldhospitals in ländlicher tropischer Umgebung – vermutlich irgendwo in der Dritten Welt.

»Die Menschheit führt einen Krieg«, sagte sie zu dem nicht sichtbaren Publikum. »Es ist ein weltweiter Krieg – ein Krieg, der tobt, seit unsere Vorfahren ihre ersten Schritte gemacht haben. Vielleicht wird er niemals enden. Dieser Krieg kennt keine Grenzen, keine Abkommen, keine Waffenruhe. Unser Feind lebt unter uns. Er ist unsichtbar, unsterblich und anpassungsfähig – und sucht nach Schwächen in unserer Verteidigung.

Er schlägt zu, wenn wir es am wenigsten erwarten. Er tötet und verstümmelt wahllos. Er greift Menschen aus jedem Land, jeder Rasse und jeder Religion an. Unser unsterblicher Feind befindet sich in diesem Saal. Er ist in Ihnen. Und in mir. Es sind die Krankheitserreger, die wir alle mit uns tragen.

Meistens leben wir in einem fragilen Gleichgewicht mit Bakterien und Viren, sowohl mit denen in uns als auch mit denen außerhalb, in der Natur. Aber immer wieder flackert der

Krieg auf. Ein alter Erreger, der lang inaktiv war, kehrt zurück. Eine neue Mutation taucht auf. Diese Ereignisse sind die Epidemien und Pandemien, mit denen wir konfrontiert werden. Es sind die Schlachten, die wir schlagen.

Wenn die Menschheit dauerhaft Erfolg haben will, muss sie *jede einzelne* Schlacht gewinnen. Es steht viel auf dem Spiel. Krankheiten sind der einzige Feind, der die Menschen aller Rassen und Nationen vereint. Wenn eine Pandemie ausbricht, betrifft es die ganze Spezies.

In der Geschichte unseres Kampfs gegen die Pandemien hat es Flauten und Flächenbrände gegeben, Täler und Berge. Die Flächenbrände kennen wir gut; sie wurden von der Geschichte überliefert. Es sind die Zeiten, wenn wir die Schlacht verloren haben. Es sind die dunklen Jahre, in denen es unzählige Tote gab. Als unsere Bevölkerung schrumpfte. Als wir den Kopf eingezogen und abgewartet haben.«

Auf der Leinwand wurde ein Gemälde eingeblendet, das Europäer zeigte, deren Körper von Beulen übersät waren.

»Im zweiten Jahrhundert hat die Antoninische Pest ein Drittel der europäischen Bevölkerung ausgelöscht. Und kaum war die Bevölkerungszahl wieder gestiegen, tötete die Justinianische Pest im sechsten Jahrhundert fast die Hälfte aller Europäer; bis zu fünfzig Millionen Menschen starben vermutlich an der Beulenpest.

In den 1340er-Jahren suchte die Pest Europa wieder heim und veränderte für immer den Lauf der Geschichte. Zu dieser Zeit betrug die Weltbevölkerung vermutlich 450 Millionen Menschen. Der Schwarze Tod brachte mindestens 75 Millionen davon um. Manche Schätzungen gehen von bis zu 200 Millionen aus. Im Zeitraum von vier Jahren starben also zwischen zwanzig und fünfzig Prozent der Weltbevölkerung.

Europa war wegen seiner großen Städte, der Bevölkerungsdichte und den ausgebauten Handelsrouten mehrmals Brutstätte von Pandemien. Aber es steht damit nicht allein da.«

Das Bild hinter ihr wurde von einer Darstellung spanischer

Konquistadoren abgelöst, die an der Küste einem indigenen Stamm begegneten, während ihre hölzernen Schiffe in der Bucht ankerten.

»Denken Sie an die Neue Welt, als die Europäer eintrafen. Wir haben so viel über die Misere der Ureinwohner in den heutigen USA gehört, aber betrachten wir einmal die Bevölkerung in Neuspanien, dem heutigen Mexiko. 1520 starben dort fast acht Millionen Menschen an Pocken. Fünfundzwanzig Jahre später forderte ein mysteriöses virales hämorrhagisches Fieber fünfzehn Millionen Todesopfer – ungefähr achtzig Prozent der damaligen Bevölkerung. Stellen Sie sich das vor: Eine geheimnisvolle Krankheit tötet acht von zehn Menschen. In den USA wären das 240 Millionen. Es ist undenkbar, aber es ist passiert, hier in Nordamerika, vor weniger als fünfhundert Jahren. Wir haben den Erreger, der die Bevölkerung Mexikos im sechzehnten Jahrhundert dezimiert hat, noch nicht identifiziert, aber wir wissen, dass er etwa dreißig Jahre später, 1576, nach einer zweijährigen Dürrezeit zurückgekehrt ist. Er tötete noch einmal zwei Millionen aus der ohnehin schon verringerten Bevölkerung. Bis heute haben wir nur sehr wenige Hinweise darauf, was diese Pandemie ausgelöst hat. Und vor allem wissen wir nicht, ob oder wann sie zurückkehren wird.«

Auf der Leinwand wurde das Schwarz-Weiß-Foto eines Feldhospitals eingeblendet. In mehreren Reihen eiserner Betten lagen Patienten unter Wolldecken.

»1918. Die Spanische Grippe. Weniger als hundert Jahre her. Schätzungen besagen, dass sich weltweit jeder Dritte den Erreger zugezogen hat. Jeder fünfte Erkrankte starb. Ungefähr fünfzig Millionen Tote. Wir vermuten, in den ersten sechs Monaten des Ausbruchs starben fünfundzwanzig Millionen Menschen.

Es gibt also ein wiederkehrendes Motiv in der Geschichte der Menschheit: Wir bekämpfen Pandemien, wir verlieren, wir sterben, die Krankheit brennt sich selbst aus, wir erholen uns wieder. Mit jedem Mal werden wir stärker. Die Menschheit setzt ihren Vormarsch fort.

Aber heutzutage sind wir stärker miteinander verbunden als je zuvor. Unsere Bevölkerung ist viermal so groß wie bei der letzten globalen Pandemie 1918. Wir haben mehr Städte. Wir dringen weiter in die Lebensräume der Tiere vor. Und vor allem stoßen wir in Gegenden vor, in denen Reservoirwirte von extrem tödlichen Krankheiten leben. Flughunde, Ratten, Eichhörnchen, Federvieh und andere Wirte zoonotischer Krankheiten kommen immer häufiger mit Menschen in Kontakt.

Jeder Epidemiologe wird Ihnen sagen, dass es nur eine Frage der Zeit ist, bis die nächste globale Pandemie beginnt. Deshalb ist Ihre Arbeit so wichtig. Sie stehen an vorderster Front im Kampf gegen Infektionskrankheiten. Ihr Handeln kann darüber entscheiden, wann die nächste Pandemie eintritt. Auf lokaler und bundesstaatlicher Ebene werden Ihre Entscheidungen bestimmen, ob der nächste Ausbruch eingedämmt wird oder sich weltweit ausbreitet. Auch wenn das übertrieben klingen mag, ich glaube, dass einer oder mehrere von Ihnen irgendwann in seinem Berufsleben über das Schicksal von Millionen oder gar Milliarden Menschen entscheidet. Aber lassen Sie sich nicht nervös machen.«

Die Menge lachte, und Peyton lächelte, als das Video endete.

Desmond dachte über Peytons Vortrag nach, während er sich die Farbe aus dem Haar spülte und sich Gesicht, Hals und Ohren mit Bräunungslotion abdunkelte. Wie passte sie ins Bild?

Er musste noch einmal mit Peyton reden. Vielleicht wusste sie etwas, das ihm weiterhalf. Es war ein Risiko, aber er glaubte, dass es sich einzugehen lohnte.

Er öffnete die Google Voice App und wählte ihre Nummer in Atlanta.

Nach dreimaligem Klingeln meldete sich ihre Mailbox. Er beschloss, eine Nachricht zu hinterlassen.

»Hallo. Hier ist Desmond. Ich habe schon mal angerufen. Tut mir leid, wenn ich dich erschreckt habe. Ich würde sehr gern mit dir reden, Peyton. Ruf mich zurück.« Er hinterließ seine Nummer und fragte sich, ob sie sich melden würde.

Sobald die Bräunungslotion eingezogen war, verließ er erneut die kleine Wohnung. Er brauchte Bargeld für den nächsten Tag. In einem Elektronikgeschäft erwarb er mit der Visa-Karte zwei iPads, die er in einem Pfandhaus wieder verkaufte. Der Ertrag löste seine unmittelbaren Geldprobleme und genügte, um seinen Plan für das Treffen am nächsten Morgen auszuführen.

In einem Sportladen kaufte er fünf Sachen, die er brauchte, falls etwas schiefging. Der Einkauf könnte Verdacht erregen, vor allem, weil er mit Bargeld bezahlte, aber er beabsichtigte, Berlin verlassen zu haben, bevor das zum Problem wurde.

Als er wieder in der Wohnung war, sank er erschöpft auf das Klappbett. Es war ein langer Tag gewesen, und der folgende könnte noch länger werden.

Er zog das Oberbett über sich und starrte die Decke an, von der der Putz blätterte. Der altersschwache Radiator sprang an und blies brummend warme Luft in die eiskalte Wohnung. Er hatte keine Chance gegen die schlecht isolierten Fenster. Langsam drang die Kälte ins Zimmer, und egal unter wie vielen Decken Desmond sich verkroch, er fror immer mehr.

Zu seiner Überraschung brachte die Schläfrigkeit in der Kälte eine Erinnerung hervor. Er sah sich selbst durch knöcheltiefen Schnee stapfen. In der Ferne stand ein kleines Haus. Eine dünne Rauchfahne stieg vom Dach auf und streckte sich nach dem Vollmond, ein graues Seil, das am Himmel ausfranste. Mit jedem Schritt wurde der Schneefall stärker, und die Rauchsäule und die Hütte darunter verschwanden hinter einem weißen Schleier.

Bald lag der Schnee knietief, sodass er kaum noch vorankam. Seine Beine brannten vor Erschöpfung. Die Lunge schmerzte von der Kälte. Er wollte sich nur noch hinlegen und ausruhen. Aber er hielt durch. Er wusste, dass das sein Ende bedeuten würde. Er musste weitergehen. Tränen stiegen ihm in die Augen, tropften auf die Wangen und gefroren dort. Er trug etwas in den Händen. Es war schwer und kalt, aber er wagte nicht, es fallen zu lassen. Sein Leben hing davon ab.

Durch die weiße Schneewand schien ein orangefarbenes Leuchten der Hoffnung: das Fenster des Hauses. Das warme Haus zu sehen gab Desmond die Kraft, weiterzugehen, obwohl er am liebsten im Schnee zusammengebrochen wäre und aufgegeben hätte.

Auf der Veranda hielt er sich keuchend an einem Holzbalken fest und versuchte sich zu zwingen, zur Tür zu gehen. Er stellte sich vor, wie die Tür geöffnet wurde, der Mann im Inneren ihn sah und zum wärmenden Feuer trug. Aber Desmond wusste, dass das nicht geschehen würde; der Dämon in der Hütte war nicht so. Er wärmte sich wahrscheinlich am Feuer und hoffte, der Junge, den er nie gewollt hatte, wäre tot, begraben in den schneebedeckten Feldern, für immer fort.

Dieser Gedanke stärkte Desmonds Lebenswillen. Er schleppte sich voran, stieß die Tür auf, ließ den Gegenstand fallen, den er getragen hatte, und sah den Mann an, der mit einer Flasche bernsteinfarbener Flüssigkeit neben sich an der großen steinernen Feuerstelle saß.

Ohne sich umzusehen, rief das Monstrum mit barschem englischem Akzent: »Mach die beschissene Tür zu, Junge.«

Desmond schlug die Tür zu, streifte seine schneebedeckte Jacke ab und lief zum Feuer. Die Hitze versengte ihn fast, und er wich zurück, sackte auf den Holzboden und zog die gefrorenen Kleider aus. Zitternd starrte er den Mann an und fragte im Stillen: *Warum hast du nicht nach mir gesehen? Bin ich dir ganz egal?*

Der Mann schnaubte verächtlich, sah ins Feuer und griff zur Flasche. Er trank einen langen Schluck und reichte sie Desmond.

»Trink. Das ist das Einzige, was hilft.«

Desmond zögerte, dann nahm er die Flasche und nippte daran. Die Flüssigkeit brannte in der Kehle wie Feuer, dann betäubte sie ihn, als er sie schluckte. Der Geschmack war schlimm, aber ihm wurde wärmer. Und der Schmerz ließ nach. Kurz darauf trank er noch einen Schluck.

Die Erinnerung verblasste und ließ den Geschmack von Schnaps in seinem Mund zurück.

Während er frierend in der Wohnung in Berlin lag, wurde Desmond klar, wonach er sich gerade am meisten sehnte: nach einer großen Flasche Whiskey. Er stellte sich vor, wie er aus der Wohnung ging, die Treppe hinabstieg und eine Flasche kaufte. Er malte sich aus, wie die ersten Tropfen seine Lippen berührten, wie warm ihm dann wäre, wie entspannt er wäre, wie viel besser er schliefe, wie viel besser alles am nächsten Tag liefe.

Aber gerade, als er aus dem Bett aufstehen wollte, fiel ihm etwas ein: Er trank nicht mehr. Und er erinnerte sich auch warum: Durch das Trinken hatte er schon zu viel verloren. Obwohl er sich an keine Einzelheiten entsann, wusste er, dass er sich vor Jahren das Versprechen gegeben hatte, nicht noch mehr an den Alkohol zu verlieren.

Und Desmond wusste auch, dass er ein Mann war, der seine Versprechen hielt, besonders wenn er sie sich selbst gegeben hatte. Er würde in dieser Nacht nicht die Wärme der Flasche suchen – und auch in keiner anderen Nacht. Er würde die Kälte und den Schmerz und die quälenden Erinnerungen ertragen müssen. Er würde sie allein ertragen. Es war nicht das erste Mal.

TAG 2

900 Infizierte

13 Tote

13

Nach seinem Morgenritual legte Dr. Elim Kibet einen undurchlässigen Kittel, Schuhüberzieher, Gesichtsmaske, Schutzbrille und zwei Paar Handschuhe an. Als er durch die Gänge lief, erkannte er das verschlafene ländliche Krankenhaus kaum wieder. Es herrschte Hochbetrieb. Alle, die geblieben waren, packten mit an.

Er öffnete eine Tür und begrüßte seinen Patienten, den Amerikaner namens Lucas Turner. Bei dem jungen Mann war die Krankheit in der Nacht ausgebrochen. Trotz seiner Beschwerden war Lucas äußerst höflich. Elim wusste, dass sein Kittel einen überwältigenden Chlorgeruch verströmte, aber Lucas beschwerte sich nicht. Er nahm die Flasche ORL, die Elim ihm reichte, trank einen Schluck und stöhnte.

»Ich weiß«, sagte Elim. »Es schmeckt schrecklich. Aber es hält Sie am Leben.«

Lucas nickte nur.

»Ich habe noch mal Hilfe angefordert. Ich bin optimistisch, dass bald jemand kommt.«

Lucas' Wangen waren gerötet, und um seine Augen begannen sich rote Ringe zu bilden. Er sprach mit heiserer Stimme. »Ich habe mich gefragt, ob Sie meinen Eltern eine E-Mail schicken könnten. Mein Handy funktioniert nicht.« Er nahm einen Zettel vom Beistelltisch und hielt ihn hoch. Darauf standen eine E-Mail-Adresse und eine kurze handschriftliche Nachricht.

Elim griff danach, aber Lucas zog den Zettel zurück.

»Ich weiß nicht, vielleicht wollen Sie ihn in eine Plastiktüte verpacken oder … mit Ihrem Handy fotografieren.«

»Ja, das ist eine sehr gute Idee, Mr. Turner.«

Elim streifte den äußeren Handschuh von der rechten Hand, zog sein Handy aus der Tasche und schoss ein Foto.

Sobald er wieder an seinem Schreibtisch saß, verfasste er eine E-Mail an Lucas' Eltern.

Betreff: Nachricht von Ihrem Sohn Lucas

Sehr geehrte Frau Turner, sehr geehrter Herr Turner,

ich bin Arzt am Mandera Referral Hospital und versorge zurzeit Ihren Sohn. Er hat mich gebeten, Ihnen folgende Nachricht weiterzuleiten.

Mit freundlichen Grüßen,
Dr. Elim Kibet

Liebe Mom, lieber Dad,
bitte macht euch keine Sorgen um mich. Ich weiß, dass ihr vor Sorge krank seid.
Seit meiner letzten E-Mail habe ich Fieber bekommen. Man weiß nicht, ob ich das Gleiche habe, was Steven hatte, aber die Ärzte und Pfleger hier tun für mich, was sie können. Ich habe keine Schmerzen.

Ihr sollt wissen, dass ich euch liebe und zu schätzen weiß, welche Möglichkeiten ihr mir verschafft habt. Ich bin sehr glücklich. Ich hatte die Chance, an einer Sache zu arbeiten, an die ich glaube, und einen Teil der Welt zu sehen, den nur wenige erlebt haben.

Ich habe das Gefühl, mein Leben hatte einen Sinn. Ich will nicht, dass ihr traurig seid oder euch Sorgen macht. Wir sehen uns bald.

Ich liebe euch beide. Bitte macht euch keine Sorgen.

Lucas

Elim schickte die E-Mail ab, dann begann er zu telefonieren – mit dem Landrat von Mandera, dem Gesundheitsdirektor, dem Nationalen Katastrophenschutzzentrum und allen anderen, die abnahmen.

Als er fertig war, lehnte er sich auf seinem Stuhl zurück und bemerkte etwas: Er hatte Fieber. Er zog sein Hemd hoch und erstarrte. Die Pusteln waren klein, aber unverkennbar. Der Beginn eines Ausschlags. Er hatte sich mit derselben Krankheit infiziert, die der erkrankte und der gestorbene Amerikaner hatten.

Der Verwaltungsleiter des Krankenhauses erschien an der Tür, und Elim zog schnell sein Hemd herunter.

»Wir haben Besuch, Elim.«

Sie gingen zum Haupteingang und hoben die Hände, um ihre Augen abzuschirmen. Drei große Laster standen dort. Sie waren gerade erst angekommen – die braune Staubwolke, die sie aufgewirbelt hatten, hüllte die Fahrzeuge ein, sodass Elim keine Aufschriften oder Abzeichen erkennen konnte.

Gestalten tauchten aus der Staubwolke auf. Sie steckten in Schutzanzügen, trugen aber Militärgewehre. Sie formierten sich um das Krankenhaus herum und warteten. Zehn Sekunden später trat eine zweite Gruppe in PSA aus der Wolke und kam direkt auf Elim zu.

Vor dem Horn von Afrika fuhr das Frachtschiff *Kentaro Maru* langsam an der somalischen Küste entlang Richtung Kenia. Es hielt sich vom Ufer fern und außerhalb der Reichweite der

Piraten, obwohl es gut ausgerüstet war, um eventuelle Angriffe abzuwehren.

Conner McClain saß in seiner Kabine am Schreibtisch und sah sich die Drohnenaufnahmen der Laster an, die auf das Mandera Referral Hospital zurollten.

Hinter ihm wurde die Tür geöffnet, und Schritte hallten vom Boden wider.

Er drehte sich nicht zu seinem Besucher um, der stehen blieb und sich einen Augenblick lang das Video ansah.

»Glauben Sie, sie bringen den Jungen zurück in die USA?«

»Ja. Allerdings.«

»Wir haben Desmond Hughes aufgespürt. Er ist noch in Berlin. In ein paar Stunden haben wir ihn.«

»Seien Sie sehr vorsichtig. Wenn Sie ihn unterschätzen, war das das Letzte, was Sie in Ihrem Leben gemacht haben.«

Als sich die Tür schloss, öffnete Conner sein E-Mail-Programm und verschickte eine Reihe von Nachrichten. Es war Zeit, Phase zwei einzuläuten.

Ein anderer Bildschirm zeigte eine Karte und die Infektionsraten überall auf der Welt.

Wie erwartet stiegen sie an.

14

SPIEGEL ONLINE
Eilmeldung

Die Berliner Polizei bittet um Mithilfe bei der Suche nach Desmond Hughes, einem Amerikaner, nach dem wegen Mordes und Angriffs auf zwei Polizeibeamte gefahndet wird. Hughes, oben abgebildet, wurde zuletzt am Brandenburger Tor gesehen. Hinweise nimmt die Polizei unter der Hotline 030-4664-8 entgegen.

Gestern Morgen gegen 7:30 Uhr wurden zwei uniformierte Beamte und ein Wachmann des Hotels zur Untersuchung einer Ruhestörung in Hughes' Zimmer geschickt. Kurz nachdem sie die Suite betreten hatten, griff Hughes die Beamten an und bedrohte den Wachmann mit einer Pistole. Anschließend raubte er das Geld der Männer, stahl die Pistole und den Ausweis eines Polizisten und floh mit einem Taxi vom Tatort. Die Polizei konnte das Taxi ausfindig machen. Der Fahrer beschrieb Hughes als ruhigen Mann, der sich als Tourist ausgab und sich für den Aufbau der Stadt sowie An- und Abreisemöglichkeiten interessierte. Die Behörden vermuten, dass Hughes sich noch in Berlin aufhält. Er ist möglicherweise bewaffnet und äußerst gefährlich.

Vor einigen Stunden haben Polizeieinheiten in den USA Hughes' luxuriöses Anwesen bei San Francisco gestürmt. Der Presse wurde lediglich mitgeteilt, dass dort vor Kurzem ein Einbruch stattfand und das Haus durchwühlt wurde.

15

Desmond hatte kaum geschlafen. Die Erwartung, mit seinem Informanten zu sprechen, und die Hoffnung, endlich zu erfahren, was ihm zugestoßen war, hatten ihn vollauf beschäftigt.

Beim ersten Morgenlicht nahm er sein Handy und recherchierte, um den Tag vorzubereiten. Er fragte sich, ob diejenigen, die Gunter Thorne in sein Hotelzimmer geschickt hatten, durch die Straßen streifen und nach ihm suchen würden. Dass die Berliner Polizei genau das gerade tat, wusste er jedenfalls. Vielleicht hatten eine oder beide Gruppen schon von seinem Treffen mit dem mysteriösen Mann erfahren, den er über Google Voice angerufen hatte. Dann würde es darauf ankommen, wer heute der Schlauere wäre und - falls sie ihn fanden - der Stärkere. Desmond wollte vorbereitet sein. Er brauchte Stunden, um sich alles zurechtzulegen, aber am Mittag war er fertig und begab sich auf den Weg ins Zentrum Berlins, wo das ausgeklügelte Spiel ablaufen würde.

Er trug eine dunkle Sonnenbrille und eine Baseballkappe, die er fast bis zu den Augenbrauen heruntergezogen hatte. Unter den Touristen und Einheimischen fiel er nicht auf. Er schlenderte die dreispurige Allee Unter den Linden entlang und hielt den Blick nach vorn gerichtet. Durch die dunklen Gläser beobachtete er jeden Passanten und jedes Fahrzeug.

Am Ende der Straße lag der Pariser Platz, der für den Autoverkehr gesperrt war, und dahinter der Tiergarten, ein üppig grüner, von zahlreichen Wegen durchzogener Park. Die amerikanische und die französische Botschaft befanden sich an dem Platz, und die britische lag in der Nähe. Falls Desmond von der Polizei oder der Organisation, die Gunter Thorne in sein Hotelzimmer geschickt hatte, in die Enge getrieben würde, würde er in eine der Botschaften fliehen – aber nur als letzter Ausweg.

Desmond blieb einen Augenblick stehen und sah über den Platz hinweg auf Berlins berühmtestes Wahrzeichen und das wichtigste Symbol der deutschen Geschichte: das Brandenburger Tor. Bei seinen Nachforschungen letzte Nacht hatte er herausgefunden, dass es in den 1780er-Jahren von Friedrich Wilhelm II., dem König Preußens, erbaut worden war. Das Sandsteinbauwerk, das den Propyläen in Athen nachempfunden worden war, diente als Zugang zur Straße Unter den Linden, die damals zum preußischen Palast führte.

Während des Zweiten Weltkriegs waren die Gebäude am Pariser Platz dem Erdboden gleichgemacht und das Brandenburger Tor erheblich beschädigt worden. Erst 1957 wurde es restauriert, aber danach war es durch die innerdeutsche Grenze weder für Besucher aus dem Osten noch aus dem Westen zugänglich. Neben der Berliner Mauer wurde es zum größten Symbol des geteilten Landes.

Vor den Säulen des Tors stand 1987 Ronald Reagan und sagte: »Mr. Gorbachev, tear down this wall.« Aber es waren die Deutschen selbst, die die Mauer niederrissen, nachdem die DDR am 9. November 1989 ihre Bürger in den Westen reisen ließ. Und eineinhalb Monate später ging Helmut Kohl durch das Brandenburger Tor, um den ostdeutschen Ministerpräsidenten Hans Modrow zu treffen und die Teilung Deutschlands nach fast fünfundvierzig Jahren zu beenden.

Während Desmond sah, wie das Tor in der Mittagssonne seinen Schatten über die Menschenmenge auf dem Pariser Platz warf, hoffte er, seine Geschichte wäre ein gutes Omen – und der Tag würde ihn in die eigene Freiheit führen.

Ein paar Hundert Meter entfernt stieg ein Mann namens Garin Meyer aus einem Taxi und begab sich auf den Weg in die Mitte des Pariser Platzes. Er trug einen Marine-Mantel, Jeans, Kappe und Fliegersonnenbrille. Aus seinem Rucksack zog er einen Spiralblock, schlug ihn auf und hielt ihn sich vor die Brust, sodass man die mit Blockbuchstaben beschriebene Seite sehen konnte:

SPIEGEL-TOUREN

Er stand ein paar Minuten ruhig da, dann sah er sich um und wurde immer nervöser.

In einem weißen Lieferwagen, der in der Nähe des Pariser Platzes parkte, beugten sich zwei Männer mit Kopfhörern zu einer Reihe von Computermonitoren, auf denen Video Feeds des Manns mit dem Schild liefen.

»Einheiten eins und zwei, Zielperson wirkt unruhig. Bereithalten, die Verfolgung aufzunehmen und zuzugreifen, wenn er flüchtet.«

Ein doppeltes Klicken aus dem Funkgerät bestätigte die Befehle.

»Einheit drei, bestätigen Sie, dass die Zielperson mit einem GPS-Tracker versehen wurde.«

Ein weiterer Klick ertönte über die Verbindung.

Sie würden genau wissen, wo Garin Meyer hinging, und wenn sie Erfolg hatten, würde er sie bald zu Desmond Hughes führen.

Ein Jogger in einem leuchtenden Trainingsanzug blieb vor Garin stehen, band sich die Schuhriemen, gab ihm eine Visitenkarte und spurtete davon.

Garin las die Karte, stopfte den Spiralblock in seinen Rucksack und lief über den Platz. Er stieg in eine Rikscha mit Leinendach, die am Platz entlang und dann auf einen Fußweg im Tiergarten fuhr.

»Zielperson ist unterwegs«, verkündete Einheit zwei über Funk.

Eine Sekunde später fügte er hinzu: »Er ist umgestiegen. Jetzt ist er in einer Rikscha mit blauem Dach.«

Die Männer in dem Lieferwagen hörten, wie die Agenten keuchten, als sie rannten.

»Ich habe ihn verloren«, sagte Einheit zwei.

»Einheiten drei und vier, Meldung machen.«

»Hier Einheit drei. Ich habe ihn. Er ist vor dem Rosengarten noch mal umgestiegen.«

Eine lange Pause, dann: »Er fährt weg.«

»Hier Einheit sechs«, sagte eine Frau. »Ich habe ihn. Er fährt am Bismarck-Denkmal vorbei.«

Ihre Schritte wurden schneller, dann blieb sie schnaufend stehen. »Zielperson hat die Rikscha verlassen. Achtung, ein ähnlich gekleideter Mann ist eingestiegen: Marine-Mantel und Jeans. Schuhe, Sonnenbrille und Kappe unterscheiden sich. Eigentliche Zielperson geht zu Fuß weiter.«

Einer der Männer im Lieferwagen sagte: »Bestätige, GPS-Tracker bewegt sich zu Fuß.«

Der Atem der Frau beruhigte sich. »Er betritt den Englischen Garten und geht auf das Teehaus zu. Bitte um Anweisungen.«

»Beobachten und folgen, Einheit sechs«, sagte der Agent im Lieferwagen. »Einheiten fünf und sieben, am Teehaus sammeln. Treffen könnte da stattfinden. Nach Hughes Ausschau halten und auf Zugriff vorbereiten.«

Im Teehaus im Englischen Garten des Tierparks drängten sich die Touristen. Garin schob sich an ihnen vorbei zur Herrentoilette. Der letzte Rikschafahrer hatte ihm eine weitere Karte gegeben:

Suche auf der Toilette nach Spiegel-Hinweisen und warte Instruktionen ab.

Garin wusste nicht genau, was das bedeuten sollte, aber er fand einen Zettel, der an die zweite Toilettentür geklebt war:

Außer Betrieb
Spiegel-Sanitär

Langsam öffnete er die Tür.

Vor dem Teehaus beobachtete Einheit sechs, wie Garin Meyer herauskam und zu einem Taxi rannte. Sie folgte ihm schnell und sagte in ihr Mikro: »Zielperson hat Gebäude verlassen und ist in Taxi mit dem Kennzeichen B-WT 393 gestiegen.«

Der befehlshabende Agent im Lieferwagen sagte: »Tracking bestätigt. Einheiten fünf und sieben folgen. Luftüberwachung eins, haben Sie Taxi im Blick?«

»Bestätige, Alpha Leader, Ziel ist erfasst. Wir folgen.«

Als das Taxi losfuhr, legten Einheiten fünf und sieben an ihren Motorrädern die Gänge ein und folgten ihm. Sie ließen ein paar Autos Abstand, um nicht bemerkt zu werden. Drei Minuten später stieg die Zielperson aus dem Wagen und betrat ein kleines Café an der Reichsstraße, einige Blocks vom Olympiastadion entfernt, das für die Spiele im Jahr 1936 erbaut worden war. Der Mann setzte sich ganz hinten an einen Tisch und zog sein Handy aus der Tasche.

Die beiden Einheiten auf den Motorrädern und die Männer im Hubschrauber warteten ab. Nach dreißig Minuten sagte einer der Agenten im Lieferwagen: »Glaubst du, wir haben Hughes verschreckt?«

»Vielleicht.«

»Willst du jetzt anrufen?«

»Nein. Lass uns noch ein paar Minuten warten.«

Sie fürchteten sich beide vor dem Anruf – und den Konsequenzen. Conner McClain würde nicht gerade begeistert sein.

Die Zielperson stand auf und ging zur Toilette. Als sie nach fünf Minuten nicht zurückgekommen war, sagte der befehlshabende Agent: »Einheiten fünf und sieben, nehmen Sie Zielperson in Gewahrsam. Wiederhole, gehen Sie ins Café und nehmen Sie Zielperson in Gewahrsam. Bodeneinheit zwei, fahren Sie den Lieferwagen vor, um sie rauszubringen.«

Die beiden Agenten betraten das Café, marschierten zur Toilette und stürmten mit gezogenen Pistolen hinein.

Die Toilette war leer.

Die beiden Agenten im Lieferwagen am Pariser Platz warfen einander einen nervösen Blick zu. Der Vorgesetzte nahm sein Handy und wählte.

Auf der *Kentaro Maru* vor dem Horn von Afrika meldete sich Conner McClain mit einem einzigen Wort. »Bericht.«

»Wir haben ihn verloren.«

Conner seufzte und lehnte sich von seinem langen Schreibtisch zurück. Er sah auf den Bildschirm an der Wand. Auf der Karte dort breiteten sich in den bedeutendsten Städten der Welt rote Punkte aus.

»Hören Sie mir jetzt sehr genau zu«, sagte er. »Desmond Hughes ist schlauer als Sie. Er ist auch schlauer als ich. Er ist schlauer als alle, denen ich je begegnet bin. Ihre einzige Chance, ihn zu erwischen, ist, etwas zu tun, womit er nicht rechnet. Und jetzt sagen Sie mir, wie Sie ihn finden werden. Sofort.«

»Warten Sie.« Der Agent in dem Lieferwagen stellte sein Headset stumm, vermutlich um sich mit seinem Kollegen zu beraten.

Kurz darauf meldete er sich wieder. »Okay, wir könnten uns die Aufnahmen unserer Einheiten vor dem Café an der Reichsstraße und vor dem Teehaus ansehen und nach verkleideten Personen Ausschau ...«

»Das hätte Hughes bedacht. Vergessen Sie nicht, er ist schlauer als Sie. Legen Sie mal die Scheuklappen ab. Was ist das Einzige, das Sie haben?«

Der Teamleiter schaltete wieder sein Mikro aus. Nach einer Minute sagte er: »Tut mir leid, wir haben keine Idee.«

»Sie wissen, mit wem Hughes sich gerade trifft.«

»Wir benutzen unsere Kontakte, um Meyers Handy zu orten …«

»Das hat Hughes auch bedacht: Meyer hat sein Handy nicht dabei. Denken Sie über das nach, was wir wissen.«

»Hmmm …«

»Sie wissen, dass Meyer Angst hat. Er hat garantiert noch ein anderes Handy, vermutlich ohne Vertrag, und er hat jemandem, den er mag und dem er vertraut, die Nummer gegeben – vorsichtshalber. Wenn Sie denjenigen finden, kommen Sie an Garin Meyer ran. Wenn Sie ihn schnell genug finden, kriegen Sie Desmond Hughes – und wir alle überleben die Geschichte. Deshalb würde ich vorschlagen, dass Sie sich beeilen.«

In der Toilette des Teehauses hatte Garin Meyer vermutet, dass Desmond Hughes ihn in der Kabine erwartete, aber sie war leer.

Garin trat ein, verriegelte die Tür und wartete.

Jemand in der Nebenkabine schob ein in braunes Papier eingeschlagenes Paket unter der Trennwand hindurch. Auf dem Zettel darauf stand:

Zieh das an. Schieb deine Kleider unter der Trennwand durch. Warte zwanzig Minuten. Dann verlass das Teehaus und steig in das Taxi mit dem Kennzeichen B-FK 281.

In dem Paket fand Garin Kleider und Schuhe. Schnell zog er sich in der engen Kabine um und schob seine eigenen Kleider unter der Trennwand durch.

Kurz darauf wurde die Tür der Nebenkabine geöffnet. Er hörte Leute flüstern, ohne etwas zu verstehen, und dann schwang die Tür zum Lokal auf. Zwanzig Minuten später verließ er das Teehaus und stieg in das Taxi. Der Fahrer fragte nicht, wo er hinwollte, sondern fuhr einfach los.

Vor dem Café Einstein, ein paar Blocks vom Pariser Platz und dem Brandenburger Tor entfernt, saß Desmond Hughes an einem Tisch an der Straße Unter den Linden und blätterte in einer Ausgabe der *Welt.* Er trug noch immer die dunkle Sonnenbrille sowie die bis zu den Augen heruntergezogene Kappe und fiel unter den vorbeiströmenden Touristen nicht auf. Sein ruhiges Benehmen verbarg die wachsende Anspannung in seinem Inneren.

Sein Blick blieb an einem Foto in der Zeitung hängen: kranke Afrikaner, die in einem großen Raum auf Matten am Boden lagen. Personal in Tyvek-Schutzanzügen beugte sich über sie. Die Schlagzeile lautete:

Wieder Ebola?

Er überflog den Artikel. Er enthielt mehrere Zitate eines deutschen Arztes namens Jonas Becker, der für die WHO arbeitete und gerade nach Kenia entsandt worden war, um den mutmaßlichen Ebola-Ausbruch zu bekämpfen. Aber es war nicht Beckers Name, der Desmond ins Auge sprang – es war Dr. Peyton Shaws. Becker arbeitete mit Shaw zusammen wie schon bei dem Ebola-Ausbruch 2014 in Westafrika. Er wurde mit den Worten zitiert: »Peyton Shaw ist die beste Seucheninspektorin der Welt. Es ist eine Ehre, mit ihr und dem kenianischen Gesundheitsministerium zusammenzuarbeiten, um den Ausbruch einzudämmen. Ich bin zuversichtlich, dass wir es schaffen, genau wie vor ein paar Jahren in Westafrika.«

Peyton Shaw – sie ist der Schlüssel zu allem, dachte Desmond.

Aber inwiefern? Die Botschaft in seinem Hotelzimmer hatte gelautet: *Warne sie.* War es der Ausbruch, vor dem er sie warnen sollte? Die Erinnerung vom gestrigen Morgen ging ihm noch einmal durch den Kopf; die Szene, in der er durch ein Lagerhaus voller mit Plastikfolie abgetrennter Isolationsräume gegangen war. Es hing alles zusammen, da war er sich sicher.

In diesem Augenblick blieb ein Mann mit Strickmütze und großer Sonnenbrille vor Desmond stehen.

»Das war wirklich raffiniert, Desmond.«

16

Auf der Allee Unter den Linden drängten sich die Passanten. Sie strömten um die Tische vor dem Café Einstein, während sie zum Brandenburger Tor und den Sehenswürdigkeiten am Pariser Platz gingen, und schenkten Desmond und dem Mann, der vor ihm stand, wenig Aufmerksamkeit.

Der Besucher setzte sich. Desmond hielt eine Hand unter dem Tisch verborgen.

»Hast du ihn getötet?«, fragte der Mann.

Desmond legte die Zeitung auf den Tisch und lehnte sich zurück. »Was habe ich dir am Telefon gesagt?«

»Ich habe dich was gefragt.«

»Ich habe unter dem Tisch eine Waffe auf dich gerichtet«, sagte Desmond. »Wenn du nicht der Mann bist, mit dem ich telefoniert habe, erschieße ich dich, und dann finde ich raus, wer dich geschickt hat und suche ihn und hole mir meine Informationen von ihm.«

Der Mann wurde sehr ruhig. »Du hast gesagt, ich soll einen Marine-Mantel, Jeans, Sonnenbrille und Kappe tragen. Und auf dem Pariser Platz ein Schild hochhalten, auf dem ›Spiegel-Touren‹ steht.«

»Wo sind die Kleider?«

Der Mann schluckte nervös. »Ich habe sie im Teehaus auf der Toilette unter der Trennwand durchgeschoben.«

»Wie heißt du?«

Verwirrung zeichnete sich in seiner Miene ab.

»Tu mir den Gefallen«, sagte Desmond.

»Garin Meyer.«

In der Nacht und am Morgen hatte Desmond sich genau überlegt, was er zu dem Mann sagen würde. Und er hatte beschlossen, kein Blatt vor den Mund zu nehmen. Er brauchte Antworten, und er hatte das Gefühl, dass ihm die Zeit davonlief.

»Garin, als ich gestern Morgen im Concord Hotel aufgewacht bin, lag der Mann tot in meinem Wohnzimmer. Ich hatte eine große Prellung an den Rippen und eine Beule am Kopf, und ich kann mich an nichts davor erinnern – wer ich bin, was mir zugestoßen ist oder wie er gestorben ist.«

Garin schüttelte skeptisch den Kopf. »Du lügst.«

»Nein. Ich habe einen Zettel in meiner Tasche gefunden. Er hat mich zu deiner Telefonnummer geführt.«

Garin kniff die Augen zusammen und wandte den Blick ab, als überlegte er, ob er Desmond glauben sollte.

»Was willst du von mir?«

»Antworten. Ich versuche rauszufinden, was mir zugestoßen ist.«

Garin sah ihn ungläubig an. »*Du* willst Antworten von *mir*?«

»Was ist daran so komisch?«

»Du schuldest mir Antworten.« Garin sah sich um. »Vergiss es. Ich steige aus.«

Er wollte aufstehen, aber Desmond beugte sich vor und hielt ihn am Arm fest. »Du hast gesagt, jemand würde dir folgen. Was, wenn es derselbe ist, der Gunter Thorne getötet hat?«

Das erregte Garins Aufmerksamkeit.

»Willst du wirklich gehen, ohne zu hören, was ich zu sagen habe?«

Garin stieß den Atem aus und ließ sich wieder auf den Stuhl sinken.

»Okay. Gut. Fangen wir von vorn an. Woher kennen wir uns? Was weißt du?«

»Ich bin investigativer Journalist beim *Spiegel*. Du hast mich vor ein paar Wochen kontaktiert.«

»Warum?«

»Um über einen Artikel zu reden, den ich geschrieben habe. Es ging um multinationale Unternehmen, die unter anderem bei Bieterabsprachen, Währungsmanipulationen und ungenehmigten klinischen Studien zusammengearbeitet haben. Du hast gesagt, ich würde auf etwas viel Größeres stoßen, ich hätte nur die Spitze des Eisbergs gesehen. Du wolltest mich treffen. Du hast mir die größte Story meiner Karriere, ›wahrscheinlich die größte Story aller Zeiten‹ versprochen.«

»Eine Story worüber?«

»Das Spiegel-Projekt.«

Diese Worte lösten Angst in Desmond aus. Aber so sehr er sich auch bemühte, er konnte sich nicht erinnern warum.

»Was ist das Spiegel-Projekt?«

»Du hast behauptet, es wäre ein Projekt, das seit über zweitausend Jahren läuft. Ein wissenschaftliches Unterfangen eines Ausmaßes, wie die Welt es noch nicht gesehen hat. Die größten wissenschaftlichen Geister der Geschichte hätten über Generationen hinweg am Spiegel-Projekt gearbeitet, und es stünde kurz vor der Vollendung. Dagegen seien das Manhattan-Projekt und der Bau der Atombombe bessere Schulprojekte.«

»Das Spiegel-Projekt ist eine Waffe?«

»Weiß ich nicht; das hast du mir nicht verraten. Wir sollten uns vor vier Tagen treffen. Dann wolltest du mir alles erzählen, und ich sollte die Geschichte schreiben und online publizieren. Du hast gesagt, das sei die einzige Möglichkeit, es aufzuhalten. Diese Leute hätten die Regierungen in aller Welt auf sämtlichen Ebenen infiltriert und man könne sie nur stoppen, indem man es öffentlich macht.«

»Wen stoppen?«

»Weiß ich auch nicht.«

»Und du hast keine Ahnung, was das Spiegel-Projekt ist oder tut?«

»Ich wünschte, ich wüsste es. Du wolltest mir am Telefon nichts verraten, nur dass die daran beteiligten Wissenschaftler es sehr bald benutzen würden, um die Menschheit zu kontrollieren und ihre Zukunft dauerhaft zu verändern.«

Desmond konnte seine Enttäuschung nicht verbergen. Als er am Morgen aufgewacht war, hatte er erwartet, Antworten auf seine Fragen zu erhalten. Und Garin Meyer war es anscheinend genauso ergangen. Der Mann hatte ebenso viele Fragen wie Desmond.

»Kannst du mir sonst noch was erzählen? Irgendwas, das ich gesagt habe, auch wenn es unwichtig erscheint?«

»Nur noch eine Sache. Du hast gesagt, das Spiegel-Projekt würde aus drei Komponenten bestehen: Rook, Rendition und Rapture.«

Rapture Therapeutics, dachte Desmond. Der tote Mann in seinem Hotelzimmer hatte dort beim Sicherheitsdienst gearbeitet. Und was *Rook* und *Rendition* anging ... er war sicher, dass er die Worte schon irgendwo gelesen hatte, aber er konnte sie nicht einordnen.

Garin griff in die Hosentasche und zog ein aufklappbares Handy heraus.

»Ich hatte gesagt, keine Handys.«

»Du wirst wegen Mordes gesucht. Das ist ein Prepaid-Handy, das ich gekauft habe, falls ich in Schwierigkeiten geraten sollte. Nur meine Verlobte hat die Nummer.«

Garin klappte das Telefon auf, hielt es sich ans Ohr und lauschte mit zunehmender Anspannung. Er sprach schnell und leise auf Deutsch, und Desmond musste sich konzentrieren, um die Worte im Kopf zu übersetzen. »Mach dir keine Sorgen. Alles kommt in Ordnung. Ich liebe dich. Wir sehen uns bald.«

Irgendetwas stimmte nicht. Desmond sah sich um und musterte jedes Gesicht, jedes Auto und jedes Motorrad; seine Sinne schärften sich wie die eines Tieres in der offenen Prärie, das einen Räuber gewittert hatte.

Garin tippte auf den Tasten seines Handys.

»Gib mir das Telefon, Garin.«

Der deutsche Journalist schluckte und tippte mit gesenktem Kopf schnell weiter.

Die Leute an den Nebentischen sahen zu ihnen herüber, als Desmond ihm das Telefon aus der Hand riss. Auf dem Display war das SMS-Programm geöffnet, in das Garin eine einzige Zeile getippt hatte:

Café Einstein.

»Tut mir leid«, sagte Garin. »Sie haben meine Verlobte. Sie haben gesagt, sie würden sie töten, wenn ich ihnen nicht sage, wo wir sind, und dich aufhalte.«

Desmond sah über Garins Schulter, wie in der Ferne ein weißer Lieferwagen gefolgt von zwei Motorrädern mit quietschenden Reifen am Straßenrand losfuhr. Alle drei Fahrzeuge schossen auf das Café zu.

»Mir tut es auch leid, Garin.«

Unter dem Tisch zog Desmond die Ringe aus drei Rauchgranaten. Qualm quoll hervor und breitete sich auf die Straße aus. Er nahm die letzten beiden Granaten aus dem Rucksack, stand auf, zog die Zünder und warf sie nach links und rechts auf die Straße. Der Rauch legte sich wie ein Vorhang über die Allee. Leute schrien und drängten, um von der Straße zu kommen.

Desmond warf Garins Handy auf den Tisch, rannte los und bedeckte mit einer Hand seinen Mund, während er in der anderen die Pistole an seiner Hüfte hielt, falls er eingeholt werden sollte. Er bog in eine Seitenstraße.

Hinter sich hörte er, wie Räder blockierten und gegen die Bordsteinkante prallten. Autos stießen zusammen. Das Röhren der Motorräder verebbte.

Einen Block von Unter den Linden entfernt, auf der Mittelstraße, sprang er in ein Taxi, das er bezahlt hatte, damit es für genau diesen Fall dort wartete. Der Araber hinter dem Steuer fuhr los, dem Ziel entgegen, das Desmond ihm genannt hatte, und warf misstrauische Blicke in den Rückspiegel.

Desmond wusste, dass er die Straßen verlassen musste.

Wenn er es zum Tränenpalast und auf das Boot schaffte, das an der Spree lag, hatte er vielleicht eine Chance.

Das Taxi bog ab.

Desmond sah den schwarzen Lieferwagen nicht, der die Fahrerseite rammte, und sein Kopf flog gegen die Scheibe.

Ihm wurde schwarz vor Augen, und er hatte Mühe, nicht das Bewusstsein zu verlieren. Er zog am Türgriff und taumelte auf die Straße. Seine Sicht war verschwommen. Er griff nach der Pistole in seiner Tasche. Er würde kämpfen müssen.

Stiefel polterten über die Straße: drei Gestalten in schwarzer Körperpanzerung und mit Sturmgewehren. Sie stürmten auf ihn zu. Er hob die Pistole, aber eine Hand packte seinen Arm. Eine andere Hand drückte ihm ein Tuch auf den Mund.

Langsam breitete sich Dunkelheit aus, bis sie ihn völlig einhüllte.

17

Die Weltgesundheitsorganisation und das kanadische Gesundheitsministerium betreiben ein Frühwarnsystem für Pandemien. Das System heißt Global Public Health Information Network, kurz GPHIN, und hat schon Millionen Menschenleben gerettet.

Im Jahr 2003 identifizierte das GPHIN in Hongkong SARS, bevor die örtlichen Gesundheitsagenturen wussten, was vorging. Dank des GPHIN und dem vorausschauenden Handeln einiger medizinischer Fachkräfte, darunter ein Arzt, der die Schlachtung von 1,5 Millionen wahrscheinlich infizierten Hühnern und anderem Geflügel anordnete, blieb SARS im Wesentlichen eine regionale Epidemie, statt sich zu einer globalen Pandemie auszuwachsen.

2012 entdeckte GPHIN wieder Warnzeichen eines Ausbruchs – dieses Mal handelte es sich um eine Atemwegserkrankung in Jordanien. Das System erkannte das Middle East Respiratory Syndrome Coronavirus – MERS-CoV –, bevor es zu einem globalen Problem wurde.

GPHIN ist in gewissem Sinn für globale Pandemien das, was Seismografen und Richter-Skala für Erdbeben sind. Jeden Tag sammelt GPHIN Daten von regionalen und staatlichen Gesundheitsbehörden und durchforstet soziale Medien und Blogs nach Anzeichen von neuen Ausbrüchen.

Stunden nachdem Peytons Team in Kenia eintraf, registrierte GPHIN etwas, das man als Beben bezeichnen könnte. Die Datenbasis für den Alarm war breit und stützte sich auf offizielle und inoffizielle Quellen überall auf der Welt. Die Symptome bildeten ein einheitliches Muster. Überall infizierten sich Menschen mit einer mysteriösen Atemwegserkrankung.

Innerhalb von Minuten überprüfte ein Analyst am kanadischen Gesundheitsministerium die Warnmeldung und schrieb folgende Mitteilung:

> *Atemwegserkrankung-Alarm Nov-22-A93 ist ein starkes Warnsignal mit breiter Datenbasis, das auf eine Infektionskrankheit hinweist, die in kurzer Zeitspanne über Kontinente hinweg übertragen wird. Der Erreger ist gegenwärtig unbekannt, aber wahrscheinlich handelt es sich um einen Grippestamm, vielleicht eine neue Variante. Weitere Überwachung und Untersuchung durch die lokalen Gesundheitsbehörden wird empfohlen.*

Angestellte beim Global Outbreak and Alert Response Network (GOARN) der WHO nahmen die Warnung mit anderen, die sie an diesem Tag aus aller Welt erhielten, zu den Akten.

18

Von seinem Büro aus beobachtete Elim, wie die Soldaten entlang der Absperrung patrouillierten. Im Gebäude liefen Gestalten in Schutzanzügen durch die Gänge. Sie hatten ihn, sein Personal und den jungen amerikanischen Patienten Lucas stundenlang befragt. Sie verhielten sich rücksichtlos.

Vor vier Stunden war der englische Patient gestorben. Sein Tod verlief ziemlich unschön. Seit er angekommen war, war er kaum bei Bewusstsein, und Fieber und Erschöpfung hatten ihn teilnahmslos werden lassen. Aber in seinen letzten Stunden versuchte er, aus dem Bett aufzustehen und aus dem Zimmer zu flüchten. Er schrie, war verwirrt und nicht zu beruhigen. Elim wollte seinen Anzug anlegen, um zu ihm zu gehen, aber sie hatten ihn daran gehindert. Stattdessen schickten sie ein eigenes Team ins Patientenzimmer. Die Männer stellten eine Kamera auf einen Tisch in der Ecke, gingen wieder, ohne dem Patienten zu helfen, und verschlossen das Zimmer, bis der Patient schließlich still wurde. Dann marschierten sie zu ihren Lastern, kehrten mit einem Leichensack zurück und legten den Mann ohne Umschweife hinein.

Als die Gruppe eingetroffen war, hatte Elim gedacht, das Krankenhaus wäre gerettet. Jetzt befürchtete er, dass sie alle Gefangene waren und das Krankenhaus auf die gleiche Art verlassen würden wie der englische Patient.

19

Zwei Stunden bevor das Transportflugzeug der Air Force in Nairobi landete, ging Peyton wieder zur Tafel. »Hören Sie. Wir landen bald, deshalb sollten wir noch mal ein paar Richtlinien besprechen. Wir wissen immer noch nicht, um welchen Erreger es sich handelt. Es könnte fünf Tage oder länger dauern, bevor wir mehr wissen. Deshalb gehen wir vor, als hätten wir es mit Ebola zu tun.

Diejenigen, die in Nairobi arbeiten, sollten spätestens eine Stunde vor Sonnenuntergang in ihrem Hotelzimmer sein. Ich schlage vor, dass Sie zusammen essen, durchzählen, ob alle da sind, und sich dann in Ihre Zimmer zurückziehen. Schließen Sie die Tür ab und schieben Sie einen Keil darunter. Falls jemand fehlt, rufen Sie ihn sofort an. Wenn er nicht erreichbar ist oder irgendwas seltsam klingt, informieren Sie die US-Botschaft und das EOC. Entführungen und Lösegeldforderungen kommen in Kenia öfter vor.

Die Sicherheitslage im Feld ist ungewiss; ziehen Sie die Einsatzmappen für die Standardvorgehensweise zurate und beachten Sie meine Aktualisierungen. Ein paar Worte zum Essen: Wenn Sie im Feld unterwegs sind, essen Sie nur Ihre EPas. Die Leute, denen Sie begegnen, sind oft sehr gastfreundlich und wahrscheinlich dankbar für Ihre Hilfe. Es könnte sein, dass sie Ihnen Essen anbieten. Vielleicht ist es das Einzige, das sie zu bieten haben. Und vielleicht ist es ungefährlich – aber Sie sind angewiesen, es abzulehnen. Sagen Sie ihnen, es tut Ihnen leid, aber Ihre Vorgesetzten verlangen, dass Sie nur die von der Regierung gelieferte Nahrung essen. Irgendwelche Fragen?«

Die Gruppe schwieg einige Sekunden, dann meldete sich eine Frau. »Gibt es an Thanksgiving irgendeine Veranstaltung?«

Die Frage erwischte Peyton unvorbereitet. Sie hatte Thanksgiving schon vergessen.

»Ähm, ja«, sagte sie. »Für die in Nairobi stationierten Mitarbeiter gibt es wahrscheinlich etwas an der US-Botschaft und/oder am CDC-Kenia. Ich erkundige mich nach den Einzelheiten und leite sie an die Teamleiter weiter. Wir müssen Sicherheitsmaßnahmen treffen. Für die Teams, die mit mir im Feld sind, überlegen wir uns was. Sonst noch Fragen?«

Ein Korpsoffizier und Arzt namens Phil Stevens meldete sich. »Heißt das, wir lockern die Buschfleischregeln und essen am Donnerstag mit den Eingeborenen?«

»Ja, aber das gilt nur für Sie, Dr. Stevens. Es wird Flughunde-Braten serviert. Ich habe gehört, manche würden ihr Leben dafür geben.«

Als das Gelächter abebbte, fuhr Peyton in ernsterem Ton fort. »Noch zwei persönliche Tipps. Wenn das einer Ihrer ersten Einsätze ist, würde ich Ihnen dringend raten, Ihre Familie anzurufen, wenn wir gelandet sind. Wer immer das auch sein mag – Ehegatte, Mutter, Vater, Geschwister –, sie werden sich Sorgen um Sie machen, egal was sie Ihnen erzählen. Sagen Sie ihnen, dass es Ihnen gut geht und es nicht so schlimm ist wie im Kino. Zweitens, eine Bemerkung zur Abendunterhaltung.«

Diese Worte hatten immer den gleichen Effekt: Die meisten Männer spitzten die Ohren.

»Besorgen Sie sich ein gutes Buch.«

Die Aufmerksamkeit der Männer ließ sichtbar nach.

»Das ist mein Ernst. Die kommenden Tage werden lang und anstrengend. Es ist gut, ein Ventil zu haben, eine Möglichkeit, diese Welt zu verlassen, sich zu entspannen und über nichts Sorgen machen zu müssen. An manchen Tagen werden Sie nur in Ihr Hotelzimmer oder Zelt zurückwollen, um sich einen ordentlichen Drink einzugießen. Ich rate Ihnen davon ab. Es ist schwer genug, da draußen nicht zu dehydrieren. Zu Ihrer eigenen Sicherheit ist es unerlässlich, einen klaren Kopf zu bewahren. Wenn Sie sich volllaufen lassen wollen, machen Sie es, wenn Sie wieder zu Hause sind. Falls Sie keinen E-Reader dabeihaben, können Sie eine App für Ihr Smartphone runterladen. Und wenn Sie zu müde zum Lesen sind, empfehle ich Ihnen, ein Hörbuch aufs Handy zu laden. Sie können sich gar nicht vorstellen, wie oft ich im Feld bei einem guten Buch eingeschlafen bin. Aber laden Sie bitte nur Bücher runter, wenn Sie über WLAN verbunden sind. Und schauen Sie nicht, ich wiederhole, schauen Sie *nicht* Netflix, Amazon Prime, YouTube oder irgendein anderes Video, solange der Satellitenadapter angeschlossen ist. Es kostet Sie ein Vermögen. Ich weiß nicht genau, wie viel, aber vor zwei Jahren hat sich ein EIS-Offizier ständig irgendeine Serie angesehen und irrsinnige Datenmengen verbraucht. Als die Rechnung kam, ist die Finanzabteilung ausgerastet. Es ist tatsächlich jemand in Elliots Büro gegangen und hat gedroht, unseren Zugriff auf die Satelliten zu begrenzen oder ein Datenlimit einzurichten. Es gab ein Riesentheater. Elliott konnte es ihm ausreden, aber wir sind noch auf Bewährung. Denken Sie dran: Wenn Sie Netflix gucken, verlieren wir den Satellitenzugang und Kinder in Afrika sterben. Verstanden? Wenn Sie über WLAN verbunden sind, können Sie sich austoben, aber nicht über die Satellitenverbindung.

Noch eine letzte Sache. Wir fliegen nach Kenia, um diesen Ausbruch zu stoppen, und einer der Gründe, warum wir gebeten wurden, Hilfe zu leisten, ist, dass viele mutige, hart arbeitende Amerikaner vor uns dort waren und Bündnisse geschmiedet und Beziehungen geknüpft haben. Einige von ihnen arbeiten immer noch für das CDC in Kenia und vertiefen diese Partnerschaften jeden Tag. Das sollten wir im Kopf behalten.

Das ist ein besonders kritischer Zeitpunkt für die Beziehungen des CDC in der Region. Ich habe mit Joe Ruto gesprochen, dem Leiter unseres Büros in Kenia. Anfang 2015 haben wir entdeckt, dass Millionen, die das CDC an das Kenya Medical Research Institut, kurz KEMRI, gespendet hat, verschwunden sind. Eine Buchprüfung hat Missmanagement und Betrug bei KEMRI-Angestellten auf allen Ebenen aufgedeckt. Weil das Geld weg war, mussten Tausende von guten Leuten entlassen werden. Vor dem KEMRI wurde tagelang demonstriert. Und obwohl das CDC für die Finanzströme nicht verantwortlich war, gaben viele Demonstranten und entlassene Angestellte uns die Schuld. Dieser Einsatz könnte einen wichtigen Schritt zur Verbesserung der Beziehungen darstellen.

Jeder von uns repräsentiert das CDC und die Vereinigten Staaten von Amerika. Unser Handeln wirkt sich auf unsere Beziehungen in der Region aus. Das kann Konsequenzen für uns haben – und für die Leute, die mit dem nächsten Air-Force-Transporter zum nächsten Ausbruch geschickt werden. Ich sage nicht, dass Sie wie auf rohen Eiern gehen oder Angst haben sollen, entschlossen zu handeln. Aber wir sollten unser Bestes geben, die Beziehungen besser zu hinterlassen, als wir sie vorgefunden haben.«

Als der Pilot ankündigte, dass sie sich im Landeanflug auf den Jomo Kenyatta Airport in Nairobi befanden, machten die meisten Mitglieder des CDC-Teams gerade ein letztes Nickerchen. Die Beleuchtung im Passagierabteil war ausgeschaltet, nur ein paar Laptopbildschirme und Leselampen glühten. Reisetaschen und zerknüllte Kleidung lagen unter den Köpfen der Schlafenden. Wolldecken bedeckten den Boden und einige Teammitglieder.

Peyton war auf einer Reihe aus fünf Sitzen eingeschlafen. Als sie aufwachte, bemerkte sie, dass ihre Beine mit denen des Manns verflochten waren, der die Sitzreihe mir ihr teilte. Sie sah auf und bemerkte, dass Phil sie ebenfalls ansah. Er setzte sich schnell auf, streckte die Hand aus und zog sie hoch. Sie blickten einander einen Moment lang an, dann sammelten sie ihre Sachen ein und bereiteten sich auf die Landung vor, die überraschend reibungslos verlief.

Peyton strich ihre Uniform glatt, hängte sich die Reisetasche über die Schulter und marschierte die Rampe des Flugzeugs hinab. Ein warmer Windstoß wehte ihr ein paar Strähnen ihres glänzenden schwarzen Haars ins Gesicht.

Zwölf japanische SUVs warteten auf dem Rollfeld. Die Beifahrertür des zweiten Wagens wurde geöffnet, und Jonas stieg aus. Sein Gesichtsausdruck ließ Peyton abrupt stehen bleiben.

Irgendetwas stimmte nicht.

20

Die schwarzen SUVs rollten durch Nairobi, zogen sich an roten Ampeln zusammen und streckten sich dazwischen aus wie eine Schlange, die sich durch ein Feld aus Wolkenkratzern windet.

Im zweiten Wagen saß Peyton mit Jonas Becker, ihrem Pendant bei der WHO, auf dem Rücksitz. Auf dem Rollfeld hatte er ihr nur gesagt, er habe wichtige Neuigkeiten. Was immer es auch war, er wollte es ihr offenbar nicht in Gegenwart anderer mitteilen.

»Wie war der Flug?«, fragte er.

»Gut. Lang.«

»Hast du geschlafen?«

»Ein bisschen.«

»Tut mir leid, dass ich dich gestern so früh geweckt habe.«

»Macht nichts. Es war gut, dass ich einen Vorsprung hatte.«

Am Hotel bot Jonas erneut an, ihre Tasche zu tragen. Erneut lehnte sie ab.

Das Hotel war nicht luxuriös, aber es lag in einem sicheren Teil der Stadt, nahe der amerikanischen Botschaft. Kenianische Soldaten hielten auf dem Parkplatz Wache, und mehrere Streifenwagen der Polizei von Nairobi standen auf der Straße.

Sobald sie die Tür von Peytons Zimmer hinter sich geschlossen hatten, sagte Jonas: »Es hat die Dörfer erreicht.«

Er breitete eine Karte auf einem der Doppelbetten aus und zeigte auf drei markierte Gegenden außerhalb von Mandera.

Peyton packte ihren Laptop aus, verband sich mit dem WLAN und rief den Reiseblog von CityForge auf. »Die beiden

Amerikaner haben Videoaufnahmen von ihrer Reise gemacht und gepostet«, sagte sie. »Wir sollten abgleichen, ob sie in diesen Dörfern waren.«

Jonas strich sich durch sein kurzes braunes Haar und wandte den Blick ab, als hätte er vor irgendetwas Angst. Peyton war einen Meter achtundsechzig und Jonas nur ein paar Zentimeter größer, sodass ihre Augen sich fast auf gleicher Höhe befanden. Er lehnte sich gegen die Holzkommode und suchte die richtigen Worte.

»Was ist los?«, fragte Peyton.

»Steven Collins, der Amerikaner, der als Erster Symptome entwickelt hat, ist gestorben, während du unterwegs warst. Der englische Flughafenangestellte ist auch tot.« Jonas zögerte. »Und bei dem anderen Amerikaner, Lucas Turner, ist die Krankheit jetzt ausgebrochen.«

Das war Peytons größte Furcht. Sie brauchte einen Moment, bis sie begriff, dass er *die Krankheit* gesagt hatte statt Ebola, Marburg oder Gelbfieber.

»Das kenianische Gesundheitsministerium hat gestern ein Team geschickt. Es hat in Mandera eine Ebola-Bekämpfungseinheit aufgestellt«, sagte Jonas.

»Haben sie jemanden getestet?«

»Sie haben alle getestet: die Amerikaner, den Engländer und die meisten Dorfbewohner. Niemand wurde positiv auf Ebola getestet.«.

»Was haben sie benutzt?«

»ReEBOV. Es gibt keinen Zweifel: Wir haben es mit einem neuen Erreger zu tun.«

Der ReEBOV-Antikörper-Schnelltest konnte bei etwa einem von zehn Patienten ein falsches positives oder falsches negatives Ergebnis zeigen, aber bei einer größeren Stichprobe lag er wahrscheinlich richtig. Da alle negativ getestet worden waren, hatten sie Gewissheit. Es war ein neuer Infektionserreger.

Das hieß, dass Peytons gesamter Plan über den Haufen geworfen worden war. Man konnte unmöglich wissen, ob

ZMapp gegen den Erreger wirkte. Und Lucas Turner zum Emory auszufliegen stellte ein viel größeres Risiko dar, wenn sie nicht wussten, was sie in die USA einschleppten.

Peyton tauschte mit Jonas ein paar Ideen aus. Sie legten das taktische Vorgehen nach ihrer Ankunft in Mandera fest und teilten Teams ein, die Kontakte am Flughafen verfolgen oder Dorfbewohner befragen sollten. Als sie einen groben Plan entworfen hatten, riefen sie die Sicherheitsberater in das Hotelzimmer, um sich von ihnen informieren zu lassen.

Ihr kenianischer Kontaktmann Colonel Magoro teilte ihnen mit, am Morgen zuvor sei eine kenianische Armeebrigade nach Mandera County aufgebrochen und beziehe schon Position. Die Regierung sei bereit, dass gesamte County in eine Quarantänezone zu verwandeln, wenn nötig.

Der Sicherheitsoffizier der UN berichtete, die Truppen der Afrikanischen Union im Süden Somalias seien in Alarmbereitschaft versetzt worden und hätten Kontrollpunkte an den Straßen aus Kenia errichtet. Die Äthiopier würden ebenfalls auf dem Laufenden gehalten und ergriffen ähnliche Maßnahmen.

Es befanden sich auch zwei Männer von der amerikanischen Botschaft im Zimmer. Einer war ein Mitarbeiter des Außenministeriums, der bei den Sicherheitsvorbereitungen zuhörte, viele Fragen stellte und Colonel Magoro ermunterte, die Einheiten aufzustocken, die Peytons Teams außerhalb von Mandera schützen sollten. Der Colonel bewilligte die Anfrage, ohne sich zu beklagen.

Der andere Amerikaner stellte sich als Sicherheitsberater der Botschaft vor, verfolgte die Besprechung aufmerksam, sagte jedoch nichts. Peyton vermutete, dass er von der CIA war. Als die Männer das Zimmer verließen, gab er ihr eine Karte mit einer Nummer in Nairobi. »Rufen Sie uns sofort an, wenn Sie in Schwierigkeiten geraten. Wir werden alles tun, was in unserer Macht steht.«

Als sie allein waren, faltete Jonas die Karte zusammen und

packte seine Sachen. Peyton dachte, er würde gehen, aber er blieb noch und wirkte ein wenig nervös.

»Dann verpasst du wohl Thanksgiving, was?«, sagte er.

»Ja.«

»Sind deine Eltern enttäuscht?«

»Eigentlich nicht. Sie wissen, dass ich nicht hier wäre, wenn es nicht wichtig wäre.«

»Ich weiß, was du meinst. Du ... hast eine Schwester, oder?«

»Ja. Eine ältere Schwester, Madison.«

»Und einen Neffen oder eine Nichte?«

»Jetzt beides. Madison hat letztes Jahr ihr zweites Kind bekommen, ein Mädchen. Olivia.«

Er nickte und fühlte sich offenbar noch immer unbehaglich. Peyton war überrascht von seinem plötzlichen Interesse an persönlichen Dingen. Jonas war all die Jahre ein hervorragender Partner gewesen, aber ihre Beziehung war rein professioneller Natur geblieben.

»Was ist mit dir?«, fragte sie, weil sie nicht wusste, was sie sagen sollte.

»In Genf vermisst mich niemand. Oder in Heidelberg. Meine Eltern sind vor ein paar Jahren gestorben. Ich habe eine Schwester in London, aber die ist ziemlich mit ihrem Beruf und ihrer Familie beschäftigt.« Er spielte einen Moment mit seiner Tasche herum. »Dann zählt kein kerniger junger Mann in Atlanta die Stunden bis zu deiner Rückkehr?«

»Nein, zurzeit nicht.« Peyton ließ den Blick durchs Zimmer schweifen und fragte sich, ob er noch etwas sagen würde. Schließlich fragte sie: »Und was ist mit dir?«

»Nein, auf mich wartet auch niemand. Schwierig bei dem Beruf.«

»Ich weiß, was du meinst.«

Jonas wirkte jetzt ein wenig heiterer und nicht mehr so nervös. Er schwang sich den Rucksack über die Schulter und ging zur Tür. »Also dann. Schließ gut ab. Bis später.«

»Okay«, sagte Peyton und sah ihm mit verwirrter Miene nach.

Sie nahm einen dreieckigen Holzblock aus ihrer Reisetasche und klemmte ihn unter die Tür. Vorsichtshalber holte sie noch den Holzstuhl vom Schreibtisch und schob ihn mit der Lehne unter die Türklinke. Sie stellte eine Dose Pfefferspray neben das Bett und versteckte ein Messer unter dem Kissen neben sich.

Sie vermutete, dass die Laken regelmäßig gewaschen, die Decken jedoch meistens nur abgebürstet wurden, sodass sich darin die Keime und Bakterien von den Hunderten Gästen sammelten, die pro Jahr hier übernachteten. Deshalb nahm sie die Decke von dem Bett, auf dem sie schlafen wollte, und legte sie auf die Kommode. Sie wollte sie auf keinen Fall in der Nähe ihres Gesichts haben. Ihre Arbeit brachte es mit sich, dass man sich der Krankheitserreger um einen herum bewusst wurde.

In ihren ersten Berufsjahren hatte sie genau das getan, was sie ihren EIS-Agenten geraten hatte: Sie hatte bei jedem Einsatz nach der Landung ihre Mutter angerufen. Als sie älter wurde, hatte sie es sich abgewöhnt, aber an diesem Abend in Nairobi saß sie auf dem leeren Bett und wählte die Nummer ihrer Mutter.

Lin Shaw meldete sich beim zweiten Klingeln, und Peyton hatte den Eindruck, dass sie geweint hatte.

»Alles in Ordnung?«, fragte Peyton.

»Ja, Schatz. Wo bist du?«

Peyton erzählte es ihr, und sie plauderten über den Flug und ihre Schwester und die Stepparbeiten ihrer Mutter. Nachdem Peytons Vater gestorben war, hatte Lin ihren Sohn und die beiden Töchter allein großgezogen. Peyton hatte ihrer Mutter immer nahegestanden, aber an diesem Abend beendete ihre Mutter das Telefonat zum ersten Mal seit Jahren mit den Worten: »Ich liebe dich sehr, mein Schatz.«

Als sie auflegte, fragte Peyton sich, ob ihre Mutter krank war. Sie hatte das unbestimmte Gefühl, dass sie ihr etwas vorenthielt.

Aus irgendeinem Grund musste sie an ihren Bruder Andrew denken. Er war 1991 in Uganda gestorben, als er bei einer

AIDS-Aufklärungskampagne der WHO und der ugandischen Regierung arbeitete. An einem heißen Sommertag im August befand er sich im Mount Elgon National Park im Ostteil des Landes, wo ein Feuer das Dorf verwüstete und Andrew sowie seine ugandische Kontaktperson und alle Bewohner tötete. Seine Identität musste anhand von Zahnarztakten und persönlichen Dingen festgestellt werden. Bei der Bestattung an einem bedeckten Tag in San Francisco war nicht viel übrig, das sie begraben konnten.

Peyton war damals dreizehn, und als die Trauerfeier endete, kam eine Frau mit lockigem blondem Haar zu ihr und stellte sich mit australischem Akzent vor. Sie war eine Freundin und Kollegin von Andrew, und Peyton hatte das Gefühl, dass vielleicht noch mehr zwischen ihnen gewesen war. Die Frau griff in die Tasche und zog einen Gegenstand hervor, den Peyton gut kannte: die silberne Anstecknadel, die Andrew vor einigen Jahren zum Abschluss des Medizinstudiums von ihrem Vater geschenkt bekommen hatte. Die Frau gab sie Peyton und sagte: »Ich glaube, dein Bruder würde wollen, dass du sie bekommst.«

Peyton drehte sie in der Hand und betrachtete die Schlange, die sich um den Stab wand. Sie war überrascht, dass die Nadel nicht verrußt war.

»Ich dachte, sie wäre verbrannt.«

»Ich habe sie reinigen und reparieren lassen. Ich wollte, dass du sie in demselben Zustand bekommst, in dem dein Bruder sie getragen hat. Man kann alles wieder in Ordnung bringen, Peyton. Für manche Dinge braucht man bloß länger als für andere.«

An diesem schattigen Tag im August, als Peyton Andrews Nadel in der Hand hielt und der Wind in ihr braunes Haar blies, wusste sie sicher, dass sie Ärztin werden wollte – um im Feld zu arbeiten und Menschen zu helfen. Vielleicht wollte sie Andrews Werk fortsetzen – er war sowohl ihr Held als auch ihr Vater-Ersatz gewesen – oder sie dachte, wenn sie Epidemiologin wäre, könnte sie ihn besser verstehen oder sich ihm näher fühlen.

Jedenfalls war sie sich schon damals sicher, dass sie Ärztin werden wollte. Und sie hatte ihre Berufswahl nie bereut. Sie kannte die Risiken, und sie waren es ihr wert.

Sie stand auf und begann, sich bettfertig zu machen. Sie putzte sich die Zähne, drehte die Dusche auf und zog die braune Uniform aus. Nackt setzte sie sich auf die zugeklappte Toilette und wartete, bis das Wasser warm wurde. Ihre Gedanken konzentrierten sich auf die bevorstehende Entscheidung: Lucas Turner, der zweiundzwanzigjährige Amerikaner. Peyton fragte sich, ob er noch leben würde, wenn sie ankamen. Und wenn ja, in welchem Zustand würde er sich befinden? Würde ZMapp gegen das unbekannte virale hämorrhagische Fieber wirken? Oder würde es ihn noch kränker machen? Und würde Lucas – mit oder ohne ZMapp – die Reise nach Amerika überleben? Falls sie sich überhaupt an den ursprünglichen Plan hielt, den sie mit Elliott besprochen und dem der Direktor des CDC zugestimmt hatte. Der Plan hatte auf bestimmten Voraussetzungen basiert, und diese Voraussetzungen hatten sich geändert. Bei dem Erreger handelte es sich nicht um Ebola.

Im Emory-Krankenhaus gab es die modernen medizinischen Einrichtungen, die Lucas benötigte – aber wenn sie ihn nach Atlanta flogen, würden sie einen unbekannten tödlichen Erreger in die Vereinigten Staaten einschleppen und dreihundert Millionen Menschen in Gefahr bringen. Alles, um einen jungen Mann zu retten. Aber wenn sie Lucas in Afrika ließ, war er im Wesentlichen auf sich selbst gestellt; entweder er besiegte die Infektion oder er starb, und das gefiel Peyton nicht.

Während sich das Bad mit Dampf füllte, begann ein Plan in ihrem Kopf Gestalt anzunehmen.

TAG 3

32.000 Infizierte

41 Tote

21

Reuters-Eilmeldung

Die Behörden in Hongkong und Singapur haben einen Einreisestopp für alle verhängt, die Symptome einer unbekannten Atemwegserkrankung aufweisen. Angehörige beider Regierungen sagten unter Zusicherung von Anonymität, bei der fraglichen Krankheit handele es sich nicht um einen weiteren SARS-Ausbruch, sondern um eine grippeähnlichere und länger anhaltende Erkrankung. Die Anzahl der Infizierten in beiden Städten ist zurzeit unbekannt.

22

Um fünf Uhr morgens stiegen Peyton, Jonas und ihre Teams in das Air-Force-Transportflugzeug und begaben sich auf den Weg von Nairobi nach Mandera. Ein Sanitätsflugzeug und eine Maschine der kenianischen Luftwaffe folgten ihnen.

Das Passagierabteil des Air-Force-Flugzeugs war überfüllt. Insgesamt saßen siebenundachtzig Mitglieder der gemeinsamen Teams auf den Sitzen und dem Boden. Einige junge Männer standen abwechselnd, während Peyton und Jonas die gemischten Teams einwiesen und ihnen ihre Aufgaben zuteilten.

Als sie landeten, ging die Sonne über den felsigen kargen Bergen auf, die den Flughafen umgaben. Ein Konvoi aus Militärlastern mit Planen über den Ladeflächen erwartete sie. Dr. Phil Stevens versammelte das Team, das die Flughafenbeschäftigten befragen und einen Zeitstrahl und einen Kontaktbaum für den englischen Radartechniker aufstellen würde.

Nachdem Colonel Magoro sich ihnen angeschlossen hatte, entluden kenianische Soldaten ihre Ausrüstung und fuhren Peyton, Jonas und ihre Teams schnell durch Mandera. Es war eine staubige und holprige Fahrt über Straßen aus festgestampfter Erde. Durch die roten Wolken, die die Laster aufwirbelten, konnte Peyton verschwommen die ländlich geprägte Stadt erkennen.

Die meist einstöckigen Häuser waren in einem planlosen Muster angeordnet. Sie erstreckten sich zu beiden Seiten der

Mandera Road, die durch das Zentrum führte. Vieh trottete am Straßenrand entlang – Rinder, Kamele und Ziegen, die von Bauern zum Markt getrieben wurden. Einheimische schoben Schubkarren mit ihrer Ernte vor sich her. Kinder standen an jeder Ecke und starrten den Konvoi an. Manche unterbrachen ihr Fußballspiel, um ihnen nachzusehen.

Der einheimische Führer versorgte sie mit Hintergrundinformationen zu Mandera. Es war der ärmste der siebenundvierzig Countys in Kenia. Das Schulwesen rangierte auf der untersten Stufe; auf jeden Lehrer kamen hundert Schüler. Die Gesundheitsversorgung war die Schlechteste im ganzen Land. Die meisten Einwohner Manderas waren Bauern, die Subsistenzwirtschaft betrieben. Die ökonomische Lage war verheerend.

Im Jahr 2013 hatte die kenianische Regierung einen Dezentralisierungsprozess begonnen und der County-Regierung mehr Macht übertragen. Mithilfe von Nichtregierungsorganisationen wie dem Roten Kreuz und den UN sowie der kenianischen Regierung hatte das County eine Wende eingeleitet. Mehrere große Beschäftigungsprogramme waren initiiert worden, um unter anderem den Flughafen auszubauen und ein neues Regierungsgebäude, ein Stadion und einen internationalen Viehmarkt zu errichten. Der Konvoi passierte mehrere dieser Projekte, an denen noch gearbeitet wurde. Der Flughafen und der neue Regierungssitz schienen die einzigen Gebäude zu sein, die schon fertiggestellt waren.

Die Regierung hatte auch das Mandera Referral Hospital modernisiert und repariert. Die Verbesserungen hatten die Patientensicherheit erheblich gesteigert, auch wenn Terroranschläge und Geldprobleme kürzlich zu Rückschritten geführt hatten. Das County hatte seinen ersten Krankenwagen erworben und mit dem Roten Kreuz einen Vertrag über sieben weitere abgeschlossen. Aber insgesamt gesehen war das Krankenhaus noch weit von dem entfernt, was eine Regierung sich für ihr Land und ihr Volk wünschte.

Peyton lauschte aufmerksam der Geschichte eines Countys, das sich größte Mühe gab, die Situation der Einwohner zu verbessern. Der Ausbruch war zum ungünstigsten Zeitpunkt gekommen.

Der Konvoi hielt vor dem Mandera Referral Hospital, das zentral gelegen war. In der Nähe gab es zwei Bushaltestellen, das Rathaus und ein Postamt. Das Krankenhaus selbst bestand aus einer Ansammlung von heruntergekommenen einstöckigen Gebäuden, die durch überdachte Gänge verbunden waren. Ein blaugestrichenes Holzschild mit weißer Schrift hing über dem Eingang zum Hof.

Das kenianische Gesundheitsministerium hatte kurz nach der Meldung des Ausbruchs ein Team geschickt, das eine Militäreskorte mitgebracht hatte, um sich vor al-Shabaab-Terroristen zu schützen und zu verhindern, dass Anwohner in die Sperrzone eindrangen. Wie es aussah, hatten die Kenianer hervorragende Arbeit geleistet: Soldaten in PSA patrouillierten entlang der Absperrung mit Sturmgewehren. Peyton erinnerte die Einrichtung eher an ein Gefängnis als an ein Krankenhaus, aber sie wusste, dass es so am besten war, weil die Nichtinfizierten ferngehalten wurden.

Die Kenianer hatten gleich vor dem Krankenhaus einen Zeltkomplex errichtet, in den sich Peyton und Jonas jetzt begaben. An einem langen Klapptisch saß die Leiterin der Abordnung des kenianischen Gesundheitsministeriums, Nia Okeke, und erstattete ihnen Bericht. Sie war ein wenig älter als Peyton, und ihr schwarzes Haar ergraute bereits an den Schläfen. Sie schilderte die Situation emotionslos und in knappen Worten.

Peyton war beeindruckt, wie viel die Kenianer in so kurzer Zeit auf die Beine gestellt hatten. Auf Whiteboards, die an den Zeltwänden standen, breiteten sich in blauer und roter Tinte Kontaktbäume aus. Karten waren mit Markierungen, Zahlen und Zeiten versehen.

Als Nia ihren kurzen Vortrag beendet hatte, bat Peyton, Lucas Turner sehen zu dürfen.

»Natürlich. Und da ist noch jemand, mit dem Sie sprechen sollten«, sagte Nia.

Peyton legte ihren Anzug an, besprühte ihn mit Chlor und ging auf das Krankenhaus zu. Jonas und Hannah Watson, eine Ärztin und EIS-Agent im ersten Jahr, folgten ihr. Peyton hatte Hannah noch nie bei einem Einsatz dabeigehabt, aber aus ihrer Akte hatte sie erfahren, dass die junge Ärztin hoffte, nach dem EIS-Stipendium als Epidemiologin für das CDC im Feld arbeiten zu können.

Peyton beneidete Hannah nicht um das, was sie durchmachen würde. Sie konnte sich noch erinnern, wie sie zum ersten Mal an einen ähnlichen Ort wie Mandera geschickt worden war; wahrscheinlich erging das allen Epidemiologen so. Aber es musste passieren: Hannah musste lernen, Lesen und Unterricht allein genügten nicht. Sie brauchte Felderfahrung, und Mandera war die perfekte Gelegenheit.

An der Tür ließ Peyton Jonas den Vortritt.

»Wissen Sie, was Sie zu tun haben?«, fragte sie Hannah, die eine Kühlbox in der rechten Hand trug.

Die junge Ärztin nickte. Peyton sah, wie sich unter ihrer Plastikschutzbrille die ersten Schweißtropfen an den rotblonden Augenbrauen bildeten.

»Wenn Ihnen zu heiß wird oder Sie eine Pause brauchen, gehen Sie einfach nach draußen und schnappen Luft. Zögern Sie nicht. Es ist in Ordnung, sich mal kurz auszuklinken.«

Hannah nickte wieder, und Peyton hatte den Eindruck, dass ein Teil der Anspannung von ihr abfiel. Zumindest hoffte sie es.

Hannah spürte, wie sie unter dem Anzug am ganzen Leib zu schwitzen begann. Im Krankenhaus fühlte es sich doppelt so heiß an wie draußen.

Nia führte die drei – Peyton, Jonas und Hannah – in einen großen Raum, in dem mindestens vierzig Patienten auf Matten, Decken und Kissen auf dem Boden lagen. Hannahs

Pulsschlag beschleunigte sich. Sie hatte Bilder von Ebola-Bekämpfungsteams gesehen, aber das hatte sie nicht auf diesen Augenblick vorbereitet. Die Zeit schien stillzustehen, während ihr jedes Detail ins Auge sprang. Plastikeimer für Erbrochenes, Fäkalien und Urin standen in den engen Durchgängen zwischen den improvisierten Betten. Leere ORL-Flaschen übersäten den Boden. Die summenden Deckenventilatoren führten einen vergeblichen Kampf gegen die Hitze, die durch die geschlossenen Fenster drang und von den Menschen am Boden aufstieg. Gelbliche Augen starrten die Neuankömmlinge an.

Bei jedem Schritt schien sich der dünne Plastikanzug enger um Hannah zu legen, wie eine Plastiktüte, aus der die Luft gesaugt wurde. Das Gefühl der an ihren verschwitzten Armen und Beinen klebenden PSA erinnerte sie daran, wie dünn die Schicht war, die sie vor dem Erreger schützte, der diese Menschen tötete. Durch den kleinsten Riss könnte er eindringen. Sie könnte sich infizieren und wäre dazu verdammt, an diesem Ort um ihr Leben zu ringen.

Sie hörte ihren eigenen Atem im Anzug. Von außen drangen das Stöhnen und die Schreie der Patienten an ihre Ohren. Aber über die Schmerzenslaute erhob sich ein wunderbarer Klang: Gesang. Kleine Gruppen intonierten Kirchenlieder und Volksmusik. Der Gegensatz zwischen Leid und Schönheit und Mut war inspirierend – und nervenaufreibend.

Die Kühlbox, die Hannah trug, hatte sich zuerst leicht angefühlt. Jetzt schien sie einen Amboss in der Hand zu halten. Sie stellte die Box neben einer jungen Frau ab, die in einer Ecke lag.

»Ich bin Dr. Hannah Watson. Ich arbeite für das CDC. Ich muss Ihnen etwas Blut für einen Test abnehmen.«

Die Frau schlug langsam die gelben blutunterlaufenen Augen auf, sagte jedoch nichts. Eine schwarze Fliege landete auf ihrem Gesicht, und sie verscheuchte sie mit einer Kopfdrehung.

Hannah zog das ReEBOV-Testset hervor, nahm der Frau

aus dem Finger einen Tropfen Blut ab und klebte ein kleines Pflaster auf die Einstichstelle. Sie legte die Probe in die Kühlbox und hob die ORL-Flasche auf, die neben der Frau lag. Sie war halb voll.

»Wie viele Flaschen davon trinken Sie am Tag?«, fragte Hannah.

Die Frau schüttelte nur den Kopf.

»Sie dürfen nicht dehydrieren. Kann ich sonst noch was für Sie tun?«

Nach einem mühseligen Atemzug sagte die Frau: »Nein, Doktor. Danke.«

Hannah sah sich um und stellte fest, dass jemand auf eine Wand die Buchstaben von A bis F und auf eine andere die Zahlen von eins bis zwölf geschrieben hatte, um die Reihen und Spalten zu kennzeichnen. Sie prägte sich ein, dass A1 nicht genügend Flüssigkeit zu sich nahm und keine weiteren Wünsche äußerte.

Sie zog ein neues Testset heraus, nahm die Kühlbox und ging zu A2.

Zwanzig Minuten später verließ Hannah das Krankenhaus. Ihr war so heiß, dass sie sich die PSA am liebsten vom Leib gerissen hätte. Der Anzug klebte an ihrer verschwitzten Haut wie ein geschmolzener Plastikfilm. Aber Dr. Shaws Warnung war ihr noch frisch im Gedächtnis. Sie ließ sich Zeit mit dem Ausziehen, dann lief sie ins Zelt, wo ein EIS-Agent die Proben aus Reihe A testete.

Der Agent sah auf. »Alle negativ auf Ebola.«

Hannah nickte. Dr. Shaw hatte sie darauf vorbereitet. Obwohl die Kenianer die Patienten schon negativ auf Ebola getestet hatten, mussten sie es sicherheitshalber mit ihren eigenen Testsets aus einer anderen Produktionscharge überprüfen.

Hannah wusste auch, dass Dr. Shaw dies vermutlich als Teil ihrer Ausbildung betrachtete. Bald würde Hannah weitere Patienten in den Dörfern um Mandera testen müssen. Dann würde sie auf sich gestellt sein. Und sie war froh, dass sie Gelegenheit hatte, den Vorgang hier zu lernen, wo Hilfe bereitstand.

Nia führte Jonas und Peyton in die hintere Ecke des großen Behandlungsraums, wo ein Mann mittleren Alters an der vergilbten Wand lehnte. Er hatte die Augen geschlossen und trug ein schweißgetränktes Tanktop. Neben ihm lag zusammengefaltet ein weißer Kittel.

»Dr. Shaw und Dr. Becker, das ist Dr. Elim Kibet, der Chefarzt hier im Mandera.«

Dr. Kibet öffnete die Augen, sah zu seinen Besuchern auf und wischte sich den Schweiß von der Stirn. Er lächelte schwach. »Ehrlich gesagt, war ich der *einzige* Arzt im Mandera.« Er richtete den Blick auf Peyton. »Wir haben für den jungen Amerikaner getan, was wir konnten. Tut mir leid. Es war nicht viel.«

Peyton ging in die Hocke, sodass sie fast auf Augenhöhe mit Dr. Kibet war.

»Wir alle wissen Ihre Bemühungen zu schätzen, Dr. Kibet. Das CDC, die amerikanische Regierung und vor allem die Eltern des Manns.«

Dr. Kibet griff unter den weißen Kittel und zog einen Spiralblock hervor. Er reichte ihn Peyton.

»Bevor die Leute vom Ministerium gekommen sind, habe ich mich lange mit Mr. Turner unterhalten.«

Peyton vergewisserte sich, dass ihre Handschuhe trocken waren, dann blätterte sie durch den Block und überflog die linierten Seiten, die mit ordentlicher Handschrift gefüllt waren. Dr. Kibet war äußerst gründlich gewesen. Peyton hoffte, seine Aufzeichnungen enthielten eine Spur, die sie zum Indexpatienten führen würde.

»Danke, Doktor«, sagte sie. Sie sah zu Nia auf, die sie aufmerksam beobachtete. Peyton gewann den Eindruck, dass sich etwas abspielte, von dem sie nichts wusste.

»Wollen Sie jetzt Mr. Turner sehen?«, fragte die Kenianerin.

Die Temperatur in Peytons orangefarbenem Tyvek-Anzug schien schlagartig um fünf Grad anzusteigen. Sie spürte ihren Atem und die Last der Entscheidung, die sie bald treffen musste. Es war eine Entscheidung, die das Schicksal des jungen Manns bestimmen konnte – und vielleicht das Millionen anderer.

23

Lucas Turner hatte das Gefühl, schon seit Jahren im Krankenhauszimmer in Mandera zu liegen. Er wusste, dass es nur zwei Tage waren, aber diese Tage waren die längsten in seinen dreiundzwanzig Lebensjahren gewesen.

Die Krankheit hatte mit Halsschmerzen und Fieber begonnen. Ansonsten hatte er sich gut gefühlt. Aber wenige Stunden später rebellierte sein Körper. Er erbrach fast alles, was er aß. Der Durchfall entleerte seinen Darm, sobald er einen Bissen zu sich nahm, als würden seine Eingeweide mit einem Schlauch ausgesaugt.

Er war schwach und ständig müde. Es war unmöglich, sich auf etwas zu konzentrieren. Er schlief ständig ein und wachte wieder auf und wusste nicht, ob Tag oder Nacht war. Er trank die Rehydrationslösung, die mit jeder Flasche widerlicher schmeckte. Er hatte keinen Appetit, aber weil Dr. Kibet darauf bestand, zwang er sich zu essen. Er hatte Angst davor; er wusste, sein Körper würde die Nahrung auf die eine oder andere Weise wieder abstoßen. Er hatte das Gefühl, eine verlorene Schlacht zu schlagen; sein eigener Körper hatte sich gegen ihn gewandt.

Der Chlorgeruch im Zimmer war überwältigend. Dr. Kibet hatte ihm ein paar Romane und eine Bibel neben das Bett gelegt, aber trotz der Langeweile brachte er nicht die Energie auf, darin zu lesen. Er dachte an seine Eltern und seine Schwester. Sie würden erschüttert sein. Irgendwann gelangte er an einen Punkt, an dem er wünschte, er wäre nie nach Afrika gereist. Er verfluchte sich für seine Naivität. *Träumer sterben einen albernen Tod.* Sofort schämte er sich für den Gedanken. Er weigerte sich, so zu leben – mit Selbstzweifeln und Bedauern. Er hatte seinen Traum verfolgt, deshalb war er hier, so war es nun mal. *Im Leben gibt es keine Sicherheit; letztlich kontrollieren wir nur eines: unsere eigenen Gedanken.* Er nahm sich vor, seine Gedanken zu steuern. Er würde positiv bleiben, auch wenn es sein Schicksal war, an diesem Ort zu sterben.

Er wusste nicht mehr, seit wann Dr. Kibet aufgehört hatte, zu ihm zu kommen. Es gab neues Personal in besseren Schutzanzügen. Die Leute gingen äußerst vorsichtig mit ihm um. Im Gegensatz zu Dr. Kibet stellten sie ihm keine Fragen und blieben keine Sekunde länger als nötig im Zimmer. Dr. Kibet hatte ihn wie ein menschliches Wesen behandelt. Diese Leute hielten professionelle Distanz.

Die Sonne ging unter. Durch die kleinen Fenster sah Lucas, wie das neue Personal sich um ein Lagerfeuer versammelte und seine Schutzanzüge in die Flammen warf. Dichter schwarzer Rauch stieg auf, als weitere Gummiüberzüge dem Flammenmeer übergeben wurden. Lucas drehte sich zu dem schmalen Spiegel an der Wand, der seine blutunterlaufenen tränenden Augen und die bleiche Haut reflektierte. Es war das Gesicht eines Fremden. Eines Monsters.

Mit Jonas dicht auf den Fersen folgte Peyton Nia in Lucas Turners Patientenzimmer. Lucas schlief, und Peyton wollte ihn nur ungern wecken, aber es blieb ihr nichts anderes übrig. Die Uhr tickte – und sie brauchten Informationen, wenn sie die Ausbreitung des Erregers verhindern wollten.

Nia streckte den Arm aus, um den jungen Mann zu schütteln, aber Peyton legte ihr die Hand auf die Schulter und schob sich vor sie. Sie setzte sich auf die Bettkante, nahm Lucas' Hand, rüttelte sanft an seinem Unterarm und sagte seinen Namen, bis er die gelblichen blutunterlaufenen Augen aufschlug. Peyton zwang sich zu lächeln. Den jungen Amerikaner in der Blüte seines Lebens so krank zu sehen brach ihr das

Herz. Er war hergekommen, um die Welt zu verbessern. Und dieser Weg hatte ihn hierhergeführt – in dieses Zimmer, in dem er nun im Sterben lag.

Lucas sah auf ihre Hand und war sichtlich überrascht, dass sie ihn berührte. Peyton wusste, dass er Angst hatte und wahrscheinlich nur mit größter Vorsicht behandelt worden war – zu Recht. Trotzdem erstaunte sie es immer wieder, wie menschlich eine Berührung wirken konnte. Als sie die Hoffnung in seinen Augen aufleuchten sah, war sie stolz auf ihre Arbeit – und überzeugter als je zuvor, dass sie genau dort war, wo sie sein sollte, und tat, was sie tun sollte.

Sie beugte sich vor und sprach mit leiser Stimme.

»Lucas, hören Sie mich?«

Er nickte.

»Ich heiße Peyton Shaw. Ich bin Ärztin beim CDC. Wir tun alles, um Ihnen zu helfen, okay?«

»Danke«, sagte Lucas kaum hörbar.

Peyton nahm die Flasche mit der ORL vom Beistelltisch. »Trinken Sie einen Schluck. Ich weiß, dass es schrecklich schmeckt.« Sie hielt sie ihm an den Mund, und Lucas trank zögerlich.

Sie stellte die Flasche auf den Tisch zurück und wartete, bis er geschluckt hatte.

»Ich habe in Dr. Kibets Notizen gelesen, dass Steven vor sieben Tagen erkrankt ist. Können Sie mir sagen, wo Sie alle da waren?«

Lucas schloss die Augen und überlegte. Er schüttelte den Kopf. »Tut mir leid. Die Tagen verschwimmen miteinander.«

»Schon okay. Können Sie sich erinnern, wann Sie zuletzt gesund waren? Vielleicht eine Zeit, als Sie glücklich waren?«

Nach einem Augenblick antwortete er: »Mount Kenia. Im Park.«

»Was ist da passiert? Hatten Sie Kontakt mit Tieren? Einer Fledermaus? Oder einem Affen?«

»Nein.« Er zögerte. »Nein, auf keinen Fall. Es war unser

letzter Aufenthalt, bevor wir in die Dörfer gefahren sind.« Er lächelte. »Wir haben gegrillt. Und Bier getrunken.«

Peyton zog die Brauen hoch. »Gegrillt? Was für ein Fleisch? Aus der Gegend?«

»Nein. Fleisch aus North Carolina. Von zu Hause. Das Bier auch. Gebraut in Raleigh.«

»Woher hatten Sie das?«

»Ein Paket von einem Sponsor.«

»Ein Sponsor?«

»Icarus Capital. Desmond Hughes. Er sitzt in unserem Vorstand.«

Peyton verschlug es die Sprache. Es war eine erschreckende Vorstellung, dass Desmond darin verwickelt sein könnte. Sie erinnerte sich an seinen Anruf. *Ich glaube, Sie sind in Gefahr.*

Sie bemühte sich, mit ruhiger Stimme zu sprechen. »War sonst noch was in dem Paket?«

»Ja, das Essen war nur eine Zugabe. Eigentlich hat er uns die Videokameras geschickt. Wir haben beschlossen, sie nicht als Fluggepäck aufzugeben, damit sie nicht gestohlen werden – außerdem wollten wir sie nicht rumschleppen, bis wir bereit waren, in die Dörfer zu fahren. Wir wussten nicht mal genau, wie viele wir brauchen würden. Desmond hat angeboten, sie uns zu senden, sobald wir am Mount Kenia sind. Er hat das Paket zu der Lodge geschickt, wo wir kampiert haben. Das Essen und das Bier waren eine Überraschung. Desmond hat einen Zettel geschrieben, auf dem stand: Viel Glück, und hier eine kleine Erinnerung an die Heimat.«

»Das war alles?«, fragte Peyton. »Kameras, Fleisch und Bier?«

»Ja.«

Lucas hob eine zitternde Hand und massierte sich die Kehle. Peyton hielt ihm erneut die Flasche an die Lippen und ließ ihn ein wenig trinken.

»Was hat Desmond Hughes mit Ihrer Firma zu tun?«

»Er ist ein Kapitalgeber.« Lucas' Stimme klang jetzt klarer.

»Wir sind ihm nur ein paarmal begegnet. Er ist ein Technologie-Investor und Philanthrop. Ziemlich fordernd. Sehr klug. Beschäftigt sich mit seltsamen Sachen.«

»Zum Beispiel?«

»Projekte, die die Welt verändern sollen. Von künstlicher Intelligenz über medizinische Forschung bis zu Quantenphysik. Er hat gesagt, dass Einzige, was die Menschheit nicht mit einem Upgrade versehen hat, wäre sie selbst. Er glaubt, der Zeitpunkt wäre gekommen. Er hat gesagt, die nächste Version würde einen Quantensprung darstellen. Er hat sogar selbst das Versuchskaninchen gespielt.«

»Warum hat er sich für CityForge interessiert?«

»Er meinte, bessere Städte zu bauen wäre für die Dritte Welt die einzige Chance.«

»Chance wofür?«

»Zu überleben.«

Das erregte Peytons Aufmerksamkeit. »Überleben?«

»Seine Worte, nicht meine. Er glaubt, wenn die Dritte Welt nicht den Anschluss schafft, wird es eine gewaltige Katastrophe geben – ein Massensterben. Deshalb hält er unsere Arbeit für so wichtig.«

»Interessant«, sagte Peyton. »Warum glaubt er das?«

»Weil es keinen Weltraumschrott gibt.«

»Weltraumschrott?«

»Sonden von anderen Zivilisationen. Das war beim Abendessen, vielleicht war er betrunken.« Lucas dachte einen Moment nach. »Eigentlich glaube ich nicht, dass er getrunken hatte. Jedenfalls hat er gesagt, die beunruhigendste Entdeckung in der Geschichte der Menschheit wäre die Existenz von zwei offensichtlich unmöglichen Fakten: erstens, dass das Universum Milliarden von Jahren alt ist, und zweitens, dass der Mond nicht mit Wracks von Sonden anderer entwickelter Zivilisationen bedeckt ist, die vor uns da waren.«

Peyton war verwirrt. »Was hat das alles mit einem bevorstehenden Massensterben zu tun?«

»Weiß ich nicht. Er hat gesagt, er und eine kleine Gruppe würden die Wahrheit darüber wissen, warum es keinen Weltraumschrott gibt. Sie würden ihre Theorie schon bald testen. Ehrlich gesagt hat er sich ziemlich rätselhaft ausgedrückt, und wir waren überwältigt von ihm, deshalb haben wir kaum Fragen gestellt. Er ist irgendwie überlebensgroß. Und sein Scheck über 150.000 Dollar war gedeckt, deshalb haben wir zugehört und genickt.« Er hielt inne. »Warum stellen Sie die ganzen Fragen über Desmond? Hat er irgendwas damit zu tun? Ist er krank?«

»Nicht, dass wir wüssten«, sagte Peyton gedankenverloren.

»War das Essen verseucht? Haben sich Leute in North Carolina angesteckt?«

»Nein«, sagte Peyton. »Wir glauben immer noch, dass es ein isolierter Ausbruch ist. Ich will keine Möglichkeit außer Acht lassen. Hören Sie, Sie haben uns sehr geholfen, Lucas. Ich bin gleich wieder da, okay?«

Vor dem Krankenhaus spülten Peyton, Jonas und Nia ihre Anzüge ab und zogen sie vorsichtig aus. Sie gingen in das nächste Zelt, wo Peyton aus ihrem nassen T-Shirt schlüpfte und sich mit einem Handtuch den Schweiß abrieb. Als sie aufblickte, bemerkte sie, dass Nia, die ebenfalls nackt und schweißbedeckt war, sie anstarrte. Jonas hatte sich abgewandt, während er trockene Kleider anlegte.

»Werden Sie Mr. Turner ZMapp verabreichen?«, fragte Nia. Sie sah Peyton an, ohne zu blinzeln.

Peyton hielt ihrem Blick stand. »Vielleicht.«

»Ich hätte gern eine Dosis für Dr. Kibet.«

In diesem Moment begriff Peyton, warum die Vertreterin des kenianischen Gesundheitsministeriums darauf bestanden hatte, dass sie Dr. Kibet traf. Es war ohnehin schon nicht einfach, einem Kranken eine Behandlung zu verwehren, und wenn man ihn persönlich kennengelernt hatte, wurde es noch schwieriger.

»Ich kann nicht …«

»Ich gebe ihm die Dosis selbst. Ich bitte nur um das Medikament, das ihm das Leben retten könnte. Wenn wir ihn nicht retten können oder zumindest alles für ihn tun, wird es schwierig, von anderen zu verlangen, sich in Gefahr zu begeben. Außerdem ist es richtig, einem Mann zu helfen, der schon lange, bevor Ihr amerikanischer Landsmann bei ihm aufgetaucht ist, große Risiken auf sich genommen hat.«

Peyton zog ein trockenes T-Shirt an. »Ich muss erst telefonieren.«

Sie ging davon, bevor Nia noch etwas sagen konnte.

Im Hauptzelt fand sie Hannah, die an einem langen Tisch saß und auf einem Laptop tippte. Die junge Ärztin stand auf, als sie Peyton sah.

»Haben Sie die Ergebnisse?«, fragte Peyton.

Hannah nickte. »Alle negativ auf Ebola. Ich habe wie verlangt Blut- und Speichelproben genommen.«

»Gut. Ich bin gleich wieder da. Bereiten Sie die Proben zum Transport vor.«

In Mandera war es 20:37 Uhr und in Atlanta 00:37 Uhr. Peyton steckte den Satellitenadapter auf das Handy und wählte Elliott Shapiros Nummer. Es tat ihr leid, ihn so spät anzurufen, aber es musste sein.

»Ja?«, sagte Elliott im Halbschlaf.

»Entschuldigung, dass ich dich wecke.«

Peyton hörte, wie die Bettdecke raschelte, seine Füße über den Boden trapsten und eine Tür geschlossen wurde.

»Schon okay. Was gibt's?« Er sprach noch immer leise.

»Es ist kein Ebola. Die Kenianer haben alle getestet. Und wir auch.«

»Symptome?«, fragte er.

»Die klassischen Symptome eines Filovirus. Wenn ich die Ergebnisse nicht hätte, würde ich auf Ebola oder Marburg tippen. Aber diese Sache entwickelt sich schneller als Ebola. Die Mortalität scheint hoch zu sein; bis jetzt hat niemand überlebt.«

Elliott wartete ab.

Peyton bemühte sich, gelassen und professionell zu klingen. »Steven Cole ist tot. Lucas Turner ist infiziert. Sein Zustand ist kritisch.« Bei den letzten Worten verlor ihre Stimme an Festigkeit, und sie holte tief Luft. »Der Junge stirbt, Elliott.«

»Was hast du vor?«

»Ich möchte ihm ZMapp geben und ihn zum Emory ausfliegen. Zumindest würde ich das machen, wenn er mein Sohn wäre. Aber ... es ist kein Ebola. Wir wissen nicht, ob ihm ZMapp überhaupt hilft, und wir könnten einen ganzen Kontinent in Gefahr bringen.«

»Und?«

»Und wir könnten ihm das Leben retten – und rausfinden, was das für ein Erreger ist, und helfen, einen Impfstoff oder ein Medikament zu finden.«

»Genau«, sagte Elliott.

»Es ist ein bürokratischer Albtraum.«

»Du setzt ihn in ein Flugzeug und konzentrierst dich auf deine Arbeit vor Ort. Ich kümmere mich um die Bürokraten. Das ist jetzt mein Job.«

»Gut. Da ist noch etwas. Die Kenianer haben um eine Dosis ZMapp für einen Arzt hier in Mandera gebeten.«

»Wie viele Dosen hast du?«

»Genug für zwölf Patienten.«

»Das ist schwierig«, sagte Elliott. »Ich würde gern Ja sagen, aber wir brauchen das Medikament, falls unsere Leute krank werden. Wir können nicht über Nacht Nachschub produzieren.«

»Stimmt.«

»Andererseits, wenn wir zum Schluss nach Hause fliegen und noch eine Dosis übrig haben, haben wir vielleicht einen Mann zum Tode verurteilt.«

»Ja. Wie man's macht, ist es falsch.«

»Mach, was du für richtig hältst, Peyton. Ich stehe so oder so hinter dir.«

»Mein Gott, du bist keine große Hilfe. Ich hatte gehofft, du würdest die Entscheidung treffen.«

»Wichtige Entscheidungen zu treffen gehört zu deiner Arbeit, junge Frau. Und die Entscheidungen werden bald noch wichtiger. Ich kann nicht ewig da sein. Wenn ich weg bin, musst du den Laden leiten.«

»Ich will deinen Job nicht.«

»Pech. Ich werde darauf bestehen, dass sie ihn dir geben.«

»Dann gehe ich in den Ruhestand.«

»Selten so eine leere Drohung gehört. Du wirst genau das tun, was du tun musst. Schreib mir eine SMS, wenn der Junge im Flieger sitzt. Ich bemühe mich, weiteres ZMapp zu besorgen.«

Peyton fand Nia im Hauptzelt, wo sie vor einer Landkarte mit drei kenianischen Regierungsangestellten stand und diskutierte. Die große schwarze Frau verstummte und straffte sich, als Peyton näherkam.

»Wir geben Ihnen Dosen für einen Patienten«, sagte Peyton. »Unter der Bedingung, dass das Gesundheitsministerium eine Erklärung unterzeichnet, in der steht, dass das Medikament nur zu Forschungszwecken verabreicht werden darf und die kenianische Regierung nach eigenem Ermessen handelt. Das CDC weiß nicht, was mit den Dosen passiert, und wir verpflichten uns nicht, weitere Dosen zu liefern.«

Nia schüttelte den Kopf. »Für Papierkram haben wir keine Zeit.«

»Dann schlage ich vor, Sie rufen sofort an. Ich glaube nicht, dass Sie Probleme haben werden. Ich fand Sie sehr überzeugend.«

Peyton nahm eine Dosis ZMapp aus dem Vorratsbehälter, legte ihren Anzug an und ging wieder in Lucas' Zimmer. »Hallo, Lucas. Ich geben Ihnen jetzt ein Medikament, das Ihnen hilft, die Infektion zu bekämpfen. Ich bleibe eine Weile hier, um sicherzugehen, dass Sie nicht allergisch reagieren, okay?«

Er nickte.

»Wenn alles gut geht, legen wir Sie auf eine spezielle Trage und bringen Sie zum Flughafen. Sie werden nach Atlanta ausgeflogen, wo Sie die bestmögliche Behandlung bekommen. Wir tun alles für Sie, was wir können, Lucas.«

Eine Träne rann aus einem gelblichen blutunterlaufenen Auge über seine Wange. Er räusperte sich, sah sie an und sagte: »Danke.«

Peyton legte ihm die Hand auf die Schulter. »Gern geschehen.«

Lucas war eingeschlummert, als sie kamen, um ihn zum Flughafen zu transportieren. Dr. Shaw half ihm aus dem Bett und auf die Isoliertrage. Er wäre am liebsten aufgestanden und hätte sie umarmt. Bevor sie gekommen war, war er überzeugt gewesen, hier zu sterben. Jetzt war er voller Hoffnung. Zum ersten Mal seit das Fieber ausgebrochen war, glaubte er, dass er eine Überlebenschance hatte.

Er hielt sich für den glücklichsten Menschen der Welt.

Am Flughafen sah Peyton zu, wie Lucas zusammen mit den Proben, die Hannah genommen hatte, in das Sanitätsflugzeug geladen wurde.

»Glauben Sie, er kommt durch?«, fragte Hannah.

»Ich hoffe es.« Peyton sah die junge Ärztin an. »Sie haben sich heute gut geschlagen. Es geht an die Nerven, die Krankenstationen persönlich zu erleben. Man gewöhnt sich nie daran, aber es wird ein bisschen leichter.«

24

Elim Kibet versuchte gerade zu lesen, als Nia Okeke hereinkam und an den Reihen der sterbenden Dorfbewohner vorbeimarschierte. Ein Mann schob einen leeren Rollstuhl hinter ihr her.

Die beiden blieben vor Elim stehen, und Nia ging in die Hocke und sah ihm durch die Schutzbrille in die Augen.

»Wir verlegen Sie, Elim.«

Er schlug das Buch zu. »Wohin?«

»Ein Patientenzimmer ist frei geworden.«

Elim wurde das Herz schwer. Es war die Antwort, die er gefürchtet hatte. Wenn ein Zimmer frei geworden war, hieß das, der junge Amerikaner war gestorben.

Er versuchte aufzustehen, aber seine geschwächten Beine gaben nach. Hände packten ihn und setzten ihn in den Rollstuhl. Während er aus dem Raum geschoben wurde, warfen die Kranken am Boden ihm hilflose Blicke zu, aber alles um ihn herum verschwamm, als hätte er einen Albtraum.

Wie befürchtet schoben sie ihn zu dem Zimmer, in dem er Lucas Turner zuletzt gesehen hatte.

»Wann ist er gestorben?«

»Er ist nicht tot. Die Amerikaner haben ihn nach Hause geflogen.«

Elim sah überrascht auf. »Das ist gut.«

»Ja. Stimmt. Und jetzt bringen wir Sie ins Bett.«

Nia und der Mann halfen Elim auf, legten ihn ins Bett, gingen hinaus und ließen eine Chlorwolke zurück.

Als er in der Stille dort lag, dachte Elim darüber nach, wie schnell sich das Schicksal eines Menschen ändern konnte, wie wertvoll Leben und Gesundheit waren. Vor zwei Tagen noch war er als Arzt in dieses Zimmer gegangen, als ein Mann, der das Heft in der Hand hielt und der die Macht zu heilen hatte, und hatte auf den kranken Amerikaner hinabgesehen, der dort gelegen hatte, wo er jetzt lag. Er hatte nicht gewusst, wie unterschiedlich die Welt von der anderen Seite aus aussah.

Er schwor sich, jeden Tag wertzuschätzen, falls er wieder gesund werden würde. Und obwohl er nie jemandem gesundheitliche Probleme gewünscht hatte, fragte er sich, ob nicht jeder Arzt davon profitieren würde, einmal im Leben krank – *richtig* krank – zu sein. Er überlegte, ob man ein wenig fürsorglicher wurde oder härter arbeiten würde, wenn man eine Weile auf der anderen Seite gestanden und sein Leben in die Hand eines Fremden gelegt hatte. Er hatte sich immer für einen sehr gewissenhaften Arzt gehalten, aber wenn er überlebte, würde er sich noch engagierter um seine Patienten kümmern.

Während er die Decke anstarrte, erinnerte er sich an ein altes indisches Sprichwort: *Ein gesunder Mensch hat tausend Wünsche, ein kranker nur einen einzigen.*

Die Tür wurde geöffnet, und Nia kam zurück. Sie brachte die drei Eimer, die Elim so gut kannte, einige Flaschen ORL und einen Behälter mit der Aufschrift *CDC* mit.

Sie ging zu seinem Tropf und schloss etwas an.

»Was ist das?«

»Ein Geschenk von unseren amerikanischen Freunden.«

»Was für ein Geschenk?«

»ZMapp.«

Elim setzte sich auf. »Geben Sie es mir nicht.«

Sie legte ihm die Hand auf die Schulter, drückte ihn zurück aufs Bett und setzte sich neben ihn. »Zu Ihrem Glück sind Sie nicht mehr der verantwortliche Arzt hier, Dr. Kibet.«

»Geben Sie es einem Jüngeren, der das Leben noch vor sich hat.«

Zum ersten Mal lächelte Nia ihn an. »Ich hoffe, Sie haben noch eine Menge Leben vor sich, Elim. Hören Sie, wir wissen nicht mal, ob es hilft. Das ist nur ein Experiment. Es ist kein Ebola, deshalb brauchen wir ein Versuchskaninchen. Jemanden, der weiß, was eine Einverständniserklärung ist. Jemanden, den es sich zu retten lohnt.«

»Es gibt eine Menge Menschen, die es sich zu retten lohnt.«

»Stimmt. Aber wir haben uns für Sie entschieden. Ich muss jetzt wieder an die Arbeit. Rufen Sie mich, wenn Sie mich brauchen.«

Bevor Elim etwas entgegnen konnte, war sie verschwunden.

Als er die Augen schloss, wurde ihm bewusst, dass er, falls er überlebte, immun gegen diesen schrecklichen Erreger wäre. Er könnte anderen helfen. Er könnte unbesorgt wieder an die Arbeit gehen. Das war etwas, auf das man sich freuen konnte. Etwas, für das es sich zu leben lohnte.

25

Dreißig Kilometer von der kenianischen Grenze entfernt schaltete ein Mitglied des Terrornetzwerks al-Shabaab in einem Ausbildungslager in Südsomalia sein Smartphone an und ging auf die Seite von *Daily Nation*, Kenias größtem Nachrichtenportal. Er durchforstete die Artikel nach Gelegenheiten, das Anliegen seiner Gruppe voranzubringen. Die Schlagzeile sprang ihm sofort ins Auge:

Seuchenausbruch in Mandera

Er setzte sich kerzengerade auf, während er die Unterzeile las:

Ärzte der WHO und des CDC untersuchen möglichen Ebola-Ausbruch in Mandera County

Er lief zu den Barracken und weckte die Mitglieder seiner Zelle. Es gab Arbeit für sie.

Peyton und Jonas saßen auf der Rückbank eines SUV, der über die harte Erde einer unbefestigten Straße ruckelte. Der Motor röhrte, als sie durch eine Wolke orangefarbenen Staubs pflügten. Der Konvoi bestand aus sechs SUVs, zwei gepanzerten Truppentransportern – einer an der Spitze, der andere gleich hinter den SUVs – und einer Panzerhaubitze Nora B-52, die die Nachhut bildete.

Peyton und Jonas hatten mithilfe von Dr. Kibets Notizen und der Website von CityForge Lucas' und Stevens Reiseroute rekonstruiert. Durch Befragung der erkrankten Dorfbewohner im Mandera Referral Hospital und Ansicht der Videos im

Internet hatten sie den Ursprungsort des Ausbruchs identifiziert. Jetzt waren sie auf dem Weg zu diesem Dorf.

»Was hatte das im Krankenhaus zu bedeuten?«, fragte Jonas.

»Was?«

»Das ganze Gerede über Desmond Hughes. Hat er irgendwas damit zu tun?«

»Weiß ich nicht«, sagte Peyton. Sie überlegte, ob sie Jonas von Desmonds Anruf erzählen sollte, entschied sich aber dagegen.

»Kennst du ihn? Hughes?«

Peyton zögerte. »Von früher.«

Jonas musterte sie, als versuchte er, den Sinn hinter ihren Worten zu erkennen.

»Ich glaube, wir übersehen was«, sagte Peyton.

»Und zwar?«

»Das weiß ich noch nicht. Irgendwas ... fühlt sich nicht richtig an.«

»Du meinst ...«

»Ich glaube, jemand ist verantwortlich für den Ausbruch.«

»Bioterrorismus? Hier?«

»Ich weiß. Der Ort hat weder strategische noch politische oder symbolische Bedeutung.«

»Es sei denn ...« Jonas dachte kurz nach. »Es sei denn, jemand will einen Erreger testen, bevor er ihn großflächig freisetzt.«

Peyton hätte die Unterhaltung gern fortgesetzt, aber das Auto wurde langsamer, und der Motorenlärm verstummte. Als sich die Staubwolke um den Konvoi verzogen hatte, sah Peyton zum ersten Mal das Dorf.

Ihr Mund wurde trocken. »Setzen Sie zurück.« Sie hatte Mühe zu sprechen. »Sagen Sie den anderen Einheiten, sie sollen Abstand halten.«

26

ABSCHRIFT
CNN-Sendung Situation Room

Guten Morgen und vielen Dank, dass Sie uns eingeschaltet haben. Unsere Top-Nachricht heute ist ein Seuchenausbruch in Kenia. Dutzende Menschen sind schon gestorben, darunter ein Amerikaner und ein Engländer, und anonyme Quellen beim CDC und beim Außenministerium berichten, die Symptome wiesen auf Ebola hin – allerdings lägen noch keine Testergebnisse vor.

Besonders beunruhigend ist, dass ein infizierter Patient gerade in die Vereinigten Staaten eingeflogen wird, wie wir soeben erfahren haben. Experten vom CDC teilten uns mit, Lucas Turner, der vor Kurzem seinen Abschluss an der University of North Carolina gemacht hat, habe sich bei einer Reise im Nordosten Kenias angesteckt.

Wir halten Sie auf dem Laufenden, sobald wir weitere Einzelheiten erfahren, aber wir wollen wissen, was Sie darüber denken. Soll das CDC Patienten mit einer unbekannten tödlichen Krankheit zurück in die USA holen? Sagen Sie uns auf Twitter Ihre Meinung, Hashtag OutbreakInAfrica.

27

Als Desmond zu sich kam, war er mit Kabelbindern an einen Flugzeugsitz gefesselt. Die Maschine lag gerade in der Luft – offenbar befand sie sich auf Reiseflughöhe –, wurde aber von Turbulenzen ordentlich durchgeschüttelt.

Seine Hände waren an die Armlehnen gebunden, seine Füße zusammengeschnürt. Er öffnete die Augen nur einen Schlitz weit. Ihm gegenüber saß ein muskulöser Mann mit kurz geschorenem Haar und Stöpseln in den Ohren und sah auf sein Tablet.

Ein Fluchtplan nahm in Desmonds Kopf Gestalt an. Mit fast geschlossenen Augen begann er, den Kopf zu rollen und vor sich hin zu murmeln. Der Mann zog die Ohrhörer heraus und klappte den Tisch ein. Er beugte sich mit seinem massigen Oberkörper über Desmond, um zu verstehen, was er sagte.

Desmond ließ den Kopf nach vorn schnellen und rammte ihm die Stirn ins Gesicht. Der Aufpasser sackte bewusstlos zu Boden.

Desmond beugte sich vor und biss in die rechte Armlehne. Wenn er ein ausreichend großes Stück herausreißen könnte, würde er die Hand aus dem Kabelbinder ziehen, dem Mann die Pistole abnehmen und …

Jemand packte ihn von hinten am Hals, zog seinen Kopf hoch und drückte ihm ein Tuch auf den Mund. Ein süßlicher Duft drang in Mund und Nase, und ihm wurde schwarz vor Augen.

28

Beim ersten Blick auf das Dorf hatte Peyton einen Schreck bekommen. Es war zu still, zu leer. Sie befürchtete das Schlimmste.

Sie, Jonas und ihr Team gingen in PSA auf das Dorf zu. Ihre Leute hatten Probenentnahmesets, Flaschen mit ORL und Medikamente dabei. Hinter ihnen stand ein weißer Zeltkomplex. Im Licht der über der kargen roten Landschaft untergehenden Sonne sahen sie aus wie Astronauten auf dem Mars.

Vor ihnen glühten etwa zwanzig Rundhütten in den letzten Sonnenstrahlen und trotzten mit ihren lehmverkleideten Mauern und strohgedeckten Dächern der Hitze. Ziegen trotteten die Straße entlang, wo sie immer wieder von roten Staubwolken umhüllt wurden.

Die erste Hütte war leer. Aber in der zweiten fand Peyton, was sie erwartet hatte: Leichen. Zwei Erwachsene, vermutlich ein Mann und seine Frau, lagen auf dem Rücken. Getrocknetes Blut bedeckte Gesicht und Brust. Fliegen umschwärmten sie. Neben ihnen lagen drei Kinder – zwei Jungen und ein Mädchen.

Peyton gab Hannah ein Zeichen, und sie trat in die Hütte, stellte die Kühlbox ab und begann, Proben zu nehmen. Peyton kniete neben den Erwachsenen nieder, verscheuchte die Fliegen und suchte nach Hinweisen auf den ungefähren Todeszeitpunkt. So wie es aussah, waren sie schon vor mehreren Tagen gestorben. Nicht gut.

Sie fanden weitere Leichen in den anderen Hütten und auch

im Freien. Einige Dorfbewohner hatten wahrscheinlich mit der Sonne im Gesicht oder dem Sternenhimmel über sich sterben wollen. Peyton konnte es ihnen nicht verübeln.

Als sie sich umdrehte, um zurück zum Zeltkomplex zu gehen, nahm sie aus dem Augenwinkel eine Bewegung wahr. Sie hielt inne und wartete. Ja – da war jemand, knapp außerhalb des Dorfes, duckte sich und beobachtete sie.

Über Funk sagte Peyton: »Jonas, hast du das auch gesehen?«

Der deutsche Epidemiologe war schon auf dem Rückweg zu den Zelten. Er blieb stehen. »Was?«

Peyton stellte ihren Probenbehälter ab und bereitete sich darauf vor, loszurennen. In dem Anzug war das nicht so einfach, aber ihn abzulegen kam nicht infrage. Sie sprach schnell über die Funkverbindung. »Colonel Magoro, hören Sie mich?«

»Ja, Dr. Shaw.«

»Wir brauchen hier sofort ein Team. Ihre Männer sollen nicht durch das Dorf laufen, sondern es vorsichtig umgehen. Sie sollen Sichtschutz suchen und leise sein. Lassen Sie sie hundert Meter nördlich von mir Position beziehen.«

»Verstanden«, sagte der kenianische Offizier.

»Hannah, bringen Sie Ihr Team zurück zu den Zelten und ziehen Sie die Anzüge aus. Steigen Sie in die Autos und machen sich abfahrbereit.«

Jonas kehrte zu Peyton zurück und warf ihr einen fragenden Blick zu. Peyton nickte unauffällig in Richtung der Büsche. Jonas trat einen Schritt darauf zu, aber sie hielt ihn am Arm fest.

Kurz darauf meldete sich Colonel Magoro: »Wir sind in Position.«

»Die Männer sollen ausschwärmen und auf das Dorf zugehen«, sagte Peyton.

Die kenianischen Soldaten erhoben sich und schlichen mit ihren Sturmgewehren im Anschlag voran wie Großwildjäger, die sich an ihre Beute pirschten. Peyton wäre am liebsten losgerannt, aber sie konzentrierte sich auf das gelbgrüne Gebüsch. Wenn dort nicht das war, was sie vermutete, könnte sie einen tödlichen Fehler begangen haben. Schweiß rann ihr über die Stirn. Sie wünschte, sie könnte den Helm herunterreißen, sich das Gesicht abwischen und kaltes Wasser in den Anzug kippen.

Plötzlich wackelten die Büsche zwischen den kenianischen Soldaten und Peyton, und drei Gestalten sprangen heraus. Eine Frau um die dreißig, ein Junge und ein jugendliches Mädchen, alle ausgezehrt. Überlebende Dorfbewohner, vermutete Peyton. Ihre Augen blickten gehetzt, während sie auf Peyton und Jonas zustürmten, weg von den Soldaten. Sie strauchelten, und Colonel Magoro kam mit seinen Männern schnell näher. Er rief ihnen auf Suaheli etwas zu.

»Verletzen Sie sie nicht«, sagte Peyton. »Und halten Sie Abstand. Sie könnten infiziert sein.«

Eine Viertelstunde später war Peytons Team zurück im Zeltkomplex. Peyton hatte die drei Dorfbewohner für den Fall, dass noch Ansteckungsgefahr bestand, in Isolationszelten untergebracht.

Sie setzte sich auf die andere Seite der Plastikwand und sah zu, wie die Kenianer die EPas verschlangen, die sie ihnen aus ihrer Reisetasche gegeben hatte.

Colonel Magoro saß neben ihr, um zu übersetzen.

Die Jugendliche holte tief Luft, nachdem sie fertig gegessen hatte. Sie sah von der Plastikpackung auf und sprach zu Peytons Überraschung Englisch. »Danke.«

»Gern geschehen«, sagte Peyton. »Wie heißt du?«

»Halima.«

»Halima, kannst du uns erzählen, was hier passiert ist?«

Das Mädchen warf einen Blick zum Dorf hinüber. »Sie sind krank geworden. Husten, Schnupfen. Wie bei einer Erkältung. Dann hat es aufgehört, aber alle wurden noch kränker. Sie fingen an zu sterben. Es ging schnell.«

»Wer hatte Husten und Schnupfen? Nur ein paar Leute?«

Halima schüttelte den Kopf. »Alle. Wir. Und alle anderen.«

Peyton dachte über das Gehörte nach. Wenn es stimmte, mussten sie die Pathogenese umschreiben. Was auch immer der Mandera-Stamm war, es begann als Atemwegserkrankung und entwickelte sich dann zu einem hämorrhagischen Fieber weiter. Das war der ultimative Killer – ein Virus, das in den ersten Tagen nach der Übertragung hochansteckend und kurz darauf extrem tödlich war.

In der Ferne sah sie eine Gestalt in PSA auf das Dorf zugehen. Sie stand auf, um herauszufinden, was dort vorging, aber Jonas, der an einer Zeltstange lehnte, hob die Hand. »Das ist Hannah. Sie meinte, sie hätte in einer der Hütten was gesehen. Sie wollte es überprüfen.«

Peyton wandte sich an Magoro. »Schicken Sie ihr ein paar Männer hinterher. Sagen Sie ihnen, sie sollen außerhalb des Dorfs bleiben und Nachtsichtgeräte mitnehmen.«

»Ja, Doktor.«

Magoro stand auf und sprach schnell in ein Funkgerät. Wenige Sekunden später liefen zehn Männer aus dem Zeltkomplex auf das Dorf zu.

Peyton hielt ein Tablet vor die Plastikwand. »Halima, hast du einen dieser drei Männer gesehen?«

Das Display zeigte Fotos der beiden Amerikaner und des Engländers.

Das Mädchen schüttelte den Kopf.

»Kannst du die anderen fragen?«

Halima redete in einer Sprache, die Peyton nicht erkannte. Es war kein Suaheli, vielleicht ein örtlicher Dialekt.

»Nein. Sie haben sie nicht gesehen.«

»Danke. Erinnerst du dich, wann die ersten Leute krank geworden sind? Wann sie gestorben sind?«

Halima zog die beiden anderen Dorfbewohner zurate. »Vor drei oder vier Tagen vielleicht.«

»Und der Husten und Schnupfen? Wann fing das an?«

Die drei redeten in dem Isolationszelt schnell miteinander und waren sich offenbar uneinig. »Wir sind nicht sicher. Vielleicht vor einer Woche. Vielleicht ist es schon länger her.«

Peyton nickte. »Danke. Du hast uns sehr geholfen, Halima. Die Informationen, die du uns gegeben hast, könnten viele Menschenleben retten.«

Zehn Minuten später kam Hannah mit einem schwarzen Gegenstand, den Peyton nicht richtig erkennen konnte, zurück ins Zelt marschiert. Was es auch sein mochte, sie behandelte es sehr sorgfältig. Sie packte es in eine Tüte, bevor sie in die Dekontaminationskammer trat.

Kurz darauf legte Hannah die Plastiktüte auf den Besprechungstisch. Peyton, Jonas, Millen Thomas und mehrere Mitarbeiter des kenianischen Gesundheitsministeriums beugten sich vor und betrachteten den Inhalt.

Es war eine blutverschmierte Videokamera.

Hannah setzte sich an den Tisch. »Sie waren hier. Die beiden Amerikaner.«

»Gute Arbeit, Dr. Watson«, sagte Peyton.

Die junge Ärztin strahlte.

Peyton zeigte auf ein abgegriffenes Notizbuch auf dem Tisch. »Ich habe noch mal Dr. Kibets Notizen durchgesehen. Er hat die Krankengeschichte von Steven Collins genau aufgenommen, bevor er gestorben ist. Und er hat lang mit Lucas Turner gesprochen, bevor wir ihn nach Atlanta ausgeflogen haben. Beide Männer haben berichtet, dass sie unter Husten, Kopfschmerzen, Fieber und Abgeschlagenheit litten, eine Woche bevor Steven richtig krank wurde.«

»Mein Gott«, sagte Jonas.

»Wir haben es mit einem völlig neuen, unidentifizierten Erreger zu tun«, sagte Peyton. »In den ersten Tagen sieht es wie eine Grippe aus. Eine Woche später stirbt man.«

»Und wo hat es angefangen?«, fragte Jonas.

»Ich sehe zwei Möglichkeiten«, sagte Peyton. »Entweder

der Erreger kommt hier aus Kenia oder er wurde von den Amerikanern hergebracht.«

»Das Paket von Desmond Hughes«, sagte Jonas misstrauisch.

Peyton zögerte. »Vielleicht.«

Die Kenianer, Hannah und Millen warfen sich über den Tisch hinweg verwirrte Blicke zu.

Peyton richtete sich an die Leiterin der Abordnung des kenianischen Gesundheitsministeriums.

»Sie haben Teams in die Dörfer geschickt, aus denen die Patienten im Mandera Referral Hospital kamen, oder?«

»Ja. Kein Vergleich mit dem hier. Einige Tote. Aber alle sind krank.«

Peyton stand auf und legte die Hände auf die Hüften. »Okay, fassen wir mal zusammen, was wir wissen. Unser Indexpatient ist wahrscheinlich entweder Steven Collins, dessen Leichnam gerade zum CDC geflogen wird, oder einer der toten Dorfbewohner, die wir vorhin gesehen haben.«

Millen, der Tierarzt, meldete sich zum ersten Mal zu Wort. »Wenn einer der Dorfbewohner mit einem Flughund oder seinen Ausscheidungen in Kontakt gekommen ist, könnte der Reservoirwirt sich ganz in der Nähe befinden.«

Am Ende des Tischs fragte ein Mitarbeiter des kenianischen Gesundheitsministeriums den lokalen Dolmetscher, ob es in der Umgebung Höhlen oder andere Unterschlüpfe für Fledermäuse gebe.

Der Mann nickte. »Eine Menge Höhlen.«

Millen stand sofort auf. »Ich mache mich fertig.«

Peyton hob eine Hand. »Warten Sie.« Sie nickte zum Mond, der gelb am Himmel schimmerte. »Ich möchte, dass Sie morgen früh aufbrechen – wenn Sie geistig frisch sind und Ihr Team ausgeruht ist. Außerdem gibt es hier noch einiges zu tun. Bald wird es kühler, und wir können ein bisschen länger in den Anzügen arbeiten. Von dem Ebola-Ausbruch in Westafrika haben wir gelernt, dass infizierte Leichen genauso gefährlich sein können wie lebende Wirte. In Westafrika wurde Ebola oft auf Beerdigungen übertragen. Afrikanische Bestattungsrituale wie das Küssen des Toten haben dazu beigetragen, dass sich das Virus schlagartig über die Dörfer hinweg ausgebreitet hat.«

Peyton betrachtete die Karte an der Wand, dann kreiste sie die Dörfer in der Nähe und an der B9 ein, der Hauptstraße, die nach Süden führte.

»Jonas, ich glaube, wir sollten Teams in diese Dörfer schicken und unsere Standardprozedur durchführen: Isolation und Quarantäne. Es besteht eine gute Chance, dass wir hier den Ursprung des Ausbruchs gefunden haben.«

»Einverstanden«, sagte Jonas. »Ich rufe in Mandera an und teile das Personal ein.«

»Colonel, ich glaube, es wird Zeit für einen Checkpoint auf der B9«, sagte Peyton.

Der kenianische Offizier nickte.

»Und ich möchte, dass Ihre Männer eine Feuergrube ausheben.«

»Wie groß?«

»Groß genug, um unsere Anzüge von heute und alles aus dem Dorf, was den Erreger tragen könnte, zu verbrennen.«

»Leichen?«, fragte der Colonel.

»Noch nicht. Wir packen sie in den nächsten ein oder zwei Stunden in Leichensäcke. Die Entscheidung treffen wir später. Jetzt müssen wir erst mal jede Übertragung verhindern. Wenn sie schon ein paar Tage tot sind, könnten sich Fledermäuse, Vögel, Ratten und andere Tiere, die von den Leichen gefressen haben, schon infiziert haben.«

»Wann wollen Sie das Material verbrennen?«

»Am besten jeden Abend.«

»Davon würde ich abraten«, sagte Colonel Magoro. »Die al-Shabaab-Terroristen wissen wahrscheinlich schon, dass Sie in Kenia sind. Ein großes Feuer würde uns zur Zielscheibe machen.«

»Was schlagen Sie vor?«

»Wir könnten jetzt die Grube ausheben, sie füllen und mit einer Plane so gut wie möglich abdichten. Wenn wir abreisen, lasse ich zwei Männer zurück, die alles verbrennen, sobald wir ein paar Stunden weg sind.«

Peyton sah zu Jonas, der leicht nickte. »Einverstanden.«

Die drei Stunden nach Sonnenuntergang waren körperlich und seelisch zermürbend. Als sie fertig waren, war die Grube, die Colonel Magoros Männer ausgehoben hatten, mit Anzügen und allen möglichen Gegenständen aus dem Dorf gefüllt, von Zahnbürsten und Spielzeug bis zu Kleidung und Nahrungsmitteln. Die olivgrünen Planen über der Grube waren an den Kanten mit Klebeband verbunden wie ein mit silbernem Faden vernähter Plastikquilt.

Unter einem weißen Zelt in der Nähe lag ein Haufen schwarzer Leichensäcke. Von Stunde zu Stunde hatte der Geruch von Tod und Verwesung nachgelassen, bis der Nachtwind, der durch das stille Dorf wehte, schließlich wieder frisch roch.

Peyton ließ sich in ihrem Zelt auf die Pritsche fallen und rieb sich Arme und Beine mit einem schmerzlindernden Gel ein, um die überanstrengten Muskeln zu beruhigen. Ihr weißes Tanktop und die kurze Sporthose waren schweißgetränkt.

Obwohl ihr alles wehtat, fühlte sie sich so zu Hause wie schon seit Langem nicht mehr. Seit ihrem letzten Auslandseinsatz, wurde ihr klar. Dieses Zelt war ihr Zuhause, nicht die Eigentumswohnung in Atlanta. Hier empfand sie inneren Frieden – und spürte, dass ihr Leben einen Sinn hatte. Trotz der Anstrengung und der langen Tage war sie entspannter.

Seuchenausbrüche zu untersuchen war nicht nur ihre Arbeit, sondern entsprach auch ihrer Lebensweise. Viren waren berechenbar: Man konnte sie zurückverfolgen und verstehen. Bei Menschen verhielt es sich anders. Sie waren irrational und verletzend und nie da, wenn man sie brauchte. Menschen waren ein blinder Fleck für sie. Und ein wunder Punkt. Vor allem Männer.

Peyton wusste, dass sie kurz vor der wichtigsten Entscheidung ihres Lebens stand: Sollte sie sich niederlassen und eine Familie gründen oder sollte sie sich völlig ihrer Arbeit widmen? Sie war sich nicht sicher, was sie wollte, aber hier in Afrika inmitten des Ausbruchs zu sein, fühlte sich richtig an. Durch die Arbeit konnte sie ihre innere Leere zwar nicht füllen, aber zumindest für eine Weile vergessen.

Jonas hob die Zeltklappe und trat geduckt ein. Er blieb stehen und blinzelte, als er die Dämpfe des Gels einatmete. »Wow, das Zeug ist heftig.«

»Entschuldigung. Ich kann das auch draußen machen.«

»Nein. Bleib hier. Ich möchte auch was. Mein Rücken bringt mich um.«

Ohne zu fragen, nahm Jonas ihr die Tube aus der Hand. »Lass mich das machen.« Er drückte sich etwas Gel in die Hand. »Was hast du schon eingerieben?«

»Beine und Arme.«

»Dann kümmern wir uns jetzt um den Rücken.« Mit der trockenen Hand drehte er sie um. Peyton ließ sich im Schneidersitz nieder und zog die Schultern nach hinten. Jonas streckte die Beine auf dem Zeltboden aus, sodass seine Waden gegen ihre Knie drückten.

Als seine Hand mit dem Gel ihren Rücken berührte, sog Peyton scharf die Luft ein und bog das Rückgrat durch.

»Entschuldigung«, sagte Jonas.

»Schon gut. Warn mich einfach beim nächsten Mal vor.«

Langsam trug Jonas das lindernde Gel auf dem unteren Rücken auf. Sie spürte, wie er die Shorts herunterzog, als er das weiche Fleisch über ihrem Hintern massierte, und wie er das Tanktop hochschob, als er sich weiter nach oben arbeitete.

»Den Geruch kriegst du nie mehr aus den Klamotten.«

Ohne ein Wort streifte sie die Shorts ab und warf sie zur Seite. Dann zog sie das Tanktop über den Kopf und legte es auf die Pritsche. Obwohl es nicht das erste Mal war, dass Jonas sie in Unterwäsche sah, verspürte sie ein nervöses Prickeln.

Seine Finger bewegten sich nach vorn und massierten das Gel in ihre Bauchmuskeln. Als seine Hände in großen rhythmischen Kreisen über ihre Haut fuhren, streiften sie die Unterseiten ihrer Brüste.

Peyton spürte Schmetterlinge in ihrem Bauch aufsteigen.

»Das war schlau, wie du das Dorf gefunden hast«, sagte Jonas leise. »Vielleicht stehen wir kurz davor, das Ganze aufzuklären.«

»Es war nur eine Vermutung.« Peyton versuchte, ruhig zu sprechen, obwohl ihr Atem sich beschleunigte.

Er rieb ihr die Rippen ein, fast hoch bis zu den Achselhöhlen. »Wir arbeiten schon so lange zusammen, aber du hast eigentlich nie über dich selbst geredet. Ich weiß fast nichts Persönliches von dir.«

»Da gibt es nicht viel zu erzählen.«

»Das glaube ich nicht. Erzähl mir irgendwas von dir, das ich nicht weiß. Was machst du, um dich zu amüsieren?«

»Nicht viel. Ich arbeite die ganze Zeit.«

»Und wenn du nicht arbeitest?«

»Dann lese ich. Oder jogge.«

Peyton hörte, wie Jonas weiteres Gel aus der Tube drückte, und spürte, wie seine Hände an ihrem Rücken hinaufglitten und sich unter den BH-Träger schoben, sodass die Körbchen gegen ihre Brüste drückten.

»Darf ich dir eine persönliche Frage stellen?«

»Klar«, flüsterte sie.

»Ich finde, du bist eine tolle Frau. Schlau. Witzig. Du hast ein großes Herz. Warum bist du nicht verheiratet?«

Seine Hände ruhten auf ihren Schultern, während er auf eine Antwort wartete. Sie dachte kurz an ihren Bruder. Dann an ihren Vater. Und schließlich an den Mann, der sie vor all den Jahren verlassen hatte. »Ich habe nie einen Mann kennengelernt, der da war, wenn ich ihn wirklich brauchte.«

»Ich war immer da, wenn du mich brauchtest«, sagte Jonas.

»Das stimmt.«

Jonas zog seine Beine zurück und rückte vor sie. Schweigend saßen sie sich eine Weile im Zelt gegenüber. Er suchte in ihren Augen nach der Antwort auf eine Frage, auf die Peyton völlig unvorbereitet war. Als sich seine Lippen ihrem Mund näherten, empfand sie eine völlig neue Art von Angst.

Im Nebenzelt trug Hannah Watson eine entzündungshemmende Salbe auf ihre Haut auf. Sie hatte sich bis auf Unterhose und BH ausgezogen, und ihre schweißnassen Kleider hingen an einer Schnur, die sie am Zeltgestänge befestigt hatte. Vermutlich würden sie bald trocknen. Ihre übrigen Sachen hatte sie ausgepackt und ordentlich auf ihrer Seite des Zelts aufgereiht. Die Seite ihres Mitbewohners bildete einen scharfen Kontrast dazu: Millens persönliche Gegenstände lagen überall verstreut, als hätte dort eine Bärenfamilie gewütet.

Sie stand vorgebeugt und mit gespreizten Beinen in der Mitte des Zelts und rieb sich die weiße Salbe auf Ober- und Unterschenkel. Als sie hinter sich die Zeltklappe aufgehen hörte, sah sie Millen durch ihre Beine an. Seine Miene spiegelte eine Mischung aus Schreck und Faszination wider.

»Oh, Entschuldigung«, sagte er mit angespannter Stimme. Er wandte sich zum Gehen, während Hannah sich aufrichtete.

»Schon gut. Dreh dich einfach kurz um.«

Sie rieb den Rest der Salbe ein und schlüpfte unter das Laken auf ihrer Pritsche. »Okay.«

Er drehte sich wieder zu ihr, und sie streckte ihm die Tube entgegen. »Willst du? Es hilft.«

»Nein, danke. Ich bin zu müde.« Millen öffnete ein Röhrchen Ibuprofen und nahm vier Tabletten.

»Ich auch«, sagte Hannah. »Ich bin sogar zu müde zum Lesen.«

»Geht mir genauso. Aber ich habe das Gefühl, dass ich nicht einschlafen kann.«

Hannah nickte. »Ja.«

»Ich bin zu aufgedreht.«

Sie sah an die Zeltdecke. »Ich weiß. Ich bin völlig erschöpft, aber ich kann nicht aufhören, darüber nachzudenken, was morgen passiert.«

Millen hielt sein Handy hoch und zeigte Hannah die Audible-App, in der er ein Buch aufgerufen hatte. »Ich wollte mir *Die Nachtigall* anhören. Hat noch nicht angefangen.«

Hannah stützte sich auf einen Ellbogen und zog überrascht die Brauen hoch.

»Was, hast du das Buch etwa gelesen?«

»Nein. Aber es steht schon eine Weile auf meiner LL.«

»Was ist eine LL?«

»Eine Leseliste.«

»Ach so. Ich habe keine Liste«, sagte Millen. »Ich suche einfach ein Buch aus und lese es.«

Das überraschte Hannah überhaupt nicht, ganz im Gegensatz zu seiner Buchauswahl. Er schien es ihr anzumerken.

»Was ist?«

»Ich dachte nicht, dass du ... *solche* Bücher lesen würdest.«

Millen sah auf sein Handy und betrachtete den Umschlag. »Wieso, was ist das denn für ein Buch?«

»Es ist ein ... literarisches Buch.«

Er wich zurück und setzte eine beleidigte Miene auf. »Damit du es weißt, ich bin ein äußerst literarischer Mensch. Eigentlich sogar megaliterarisch.«

»Gut, du Megaliterat, wie läuft das?«

»So.« Millen steckte den Ohrhörer ins Handy ein, schob sich einen Stöpsel ins linke Ohr, ging neben Hannahs Pritsche in die Hocke und drückte ihr den anderen ins rechte Ohr. Er setzte sich auf den Zeltboden und lehnte sich so dicht neben ihr an die Pritsche, dass sie ein bisschen Bewegungsspielraum hatte. Dann tippte er auf das Handy, und Hannah hörte die Worte, die so viele gute Bücher einleiteten: *Herzlich willkommen bei Audible.*

Sie zog sich den Stöpsel aus dem Ohr und sagte: »Spiel nicht den Helden. Komm her.«

Sie rutschte auf der Pritsche zur Seite, um ihm Platz zu machen. Er zog die Schuhe aus und legte sich neben sie.

Irgendwann drehte sie sich von ihm fort auf die Seite, damit sie mehr Platz hatten. Kurz darauf spürte sie, wie er den Arm um ihren Bauch legte und sie an sich zog.

Als Jonas' Lippen fünfzehn Zentimeter von Peytons Mund entfernt waren, drehte sie den Kopf weg.

»Entschuldigung«, sagte er und sah zur Seite.

»Nein«, antwortete sie schnell. »Nicht deswegen. Ich habe was gehört.«

»Was?«

Peyton zögerte. »Hubschrauber.«

Sie stand auf, zog sich an und lief aus dem Zelt. Zwei schwarze Helikopter landeten knapp außerhalb des Dorfs. Wenige Sekunden später rannten mit Sturmgewehren bewaffnete Soldaten auf sie zu.

29

Als die Helikopter landeten, zogen sich Colonel Magoros Soldaten zum Zeltkomplex zurück und bildeten einen Verteidigungsring um Peyton, Jonas und die anderen Seuchenbekämpfer. Magoro stürmte aus seinem Zelt und brüllte Kommandos ins Funkgerät.

Nachdem der Staub sich gelegt hatte, konnte Peyton auf beiden Hubschraubern das Abzeichen der kenianischen Luftwaffe erkennen.

»Was ist passiert?«, fragte sie Magoro.

»Es hat sich ausgebreitet. Sie haben nach Ihnen beiden verlangt. Es ist dringend.«

Peyton lief zurück zu ihrem Zelt, um zu packen.

»Nehmen Sie Essen und Wasser mit«, sagte Magoro. »Es könnte eine lange Reise werden.«

Im Dunkel der Nacht flog der Hubschrauber über die dünn besiedelte Gegend im Osten Kenias entlang der somalischen Grenze. Gelegentlich tauchten Scheinwerfer eines Autos oder Lastwagens auf, sodass Peyton einen Blick auf die ausgedörrte felsige Hügellandschaft werfen konnte.

Obwohl sie todmüde war, hätte sie gern darüber geredet, was sich zwischen ihr und Jonas im Zelt abgespielt hatte. Aber sie wusste einfach nicht, wie sie anfangen sollte. Sie redete sich ein, dass es an ihrer Müdigkeit und dem tiefen Brummen des Hubschraubers lag. Außerdem hätte sie das Headset aufsetzen müssen, und dann hätten die Piloten alles mitgehört. Doch das waren nicht die wahren Gründe.

Sie ließ den Kopf gegen die Rückenlehne sinken. Die leichten Vibrationen des Helikopters hatten eine beruhigende Wirkung. Innerhalb von Minuten schlief sie ein.

Als Peyton aufwachte, lag ihr Kopf an Jonas' Schulter. Ein kleiner Speichelfleck hatte sich von ihren Lippen ausgebreitet. Sie versuchte, ihn wegzuwischen.

»Tut mir leid.«

»Schon okay.« Durch den Rotorenlärm war seine Stimme kaum zu hören.

Sie näherten sich einer weitläufigen Stadt. Lichter glitzerten unter ihnen. Dutzende Feuer brannten, einige davon ziemlich groß.

Peyton sah auf die Uhr. Sie waren seit Stunden in der Luft. Wenn die Krankheit sich so weit ausgebreitet hatte – auf dicht besiedeltes Gebiet –, dann hatte sich alles verändert.

Als der Helikopter an Höhe verlor, sah Peyton, dass die Straßen der Stadt in einem Gittermuster angelegt waren. Es fuhren sehr wenige Autos, nur Militärfahrzeuge, aber auf den Straßen hatten sich Menschenmengen versammelt, die gegen die Absperrungen drückten und etwas riefen.

Der Copilot wandte sich zu ihnen um und zeigte auf sein Headset.

Peyton und Jonas setzten die Kopfhörer auf. »Wo sind wir?«, fragte Peyton.

»In Dadaab. Über dem Flüchtlingslager«, antwortete der Copilot.

Peyton war beim Briefing des Außenministeriums über das Flüchtlingslager Dadaab informiert worden. Es lag knapp hundert Kilometer von der somalischen Grenze entfernt und war mit über dreihunderttausend Bewohnern, von denen viele ums Überleben kämpften, das größte Flüchtlingslager der Welt. Über achtzig Prozent der Bewohner waren Frauen und Kinder, und fast alle waren Somali, die vor der Dürre und den Kriegen, unter denen ihre Heimat seit Jahren litt, geflohen waren. Vor Kurzem hatte die kenianische Regierung gedroht, das Lager zu schließen, weil sie glaubte, die Terroranschläge von al-Shabaab in der Region seien von im Lager rekrutierten Anhängern verübt worden. Und letztes Jahr waren über tausend Flüchtlinge zurück nach Somalia geschickt worden.

»Wie viele sind infiziert?«, fragte Peyton.

Eine Frauenstimme, die Peyton sofort erkannte, antwortete: Nia Okeke, die Vertreterin des kenianischen Gesundheitsministeriums, die sie in Mandera kennengelernt hatte. Offenbar saß sie in dem anderen Hubschrauber. »Tausende. Mindestens zweitausend Flüchtlinge sind erkrankt. Hundert sind schon gestorben. Auch im Hilfsorganisationen-Camp gibt es Fälle, darunter Mitarbeiter des Roten Kreuzes und der UN.«

Nia erläuterte den Aufbau des ausgedehnten Komplexes, der aus vier Lagern bestand: Ifo II, Dagahaley, Hagadera und das Hilfsorganisationen-Camp.

In der Ferne sah Peyton ein Frachtflugzeug auf einer einzelnen Rollbahn landen.

»Was bringen Sie her?«

»Soldaten und Vorräte. Wir stellen Dadaab unter Quarantäne.«

»Wie können wir helfen?«, fragte Jonas.

»Wir brauchen Ihren Rat. Wie würden Sie mit der Situation umgehen? Bitte.«

Peyton und Jonas stellten noch ein paar Fragen. Als sie sich miteinander berieten, mussten sie einander fast anbrüllen, um gegen den Rotorenlärm anzukommen. Schließlich einigten sie sich auf einige Empfehlungen. Sie schlugen vor, dass die Kenianer das Lager in vier Sektoren aufteilen sollten: ein Quarantänegebiet für Verdachtsfälle, eine Isolationszone für bestätigte Fälle und zwei Versorgungslager. Das erste Versorgungslager sollte Personal beherbergen, das mit möglicherweise infizierten Personen in Kontakt gekommen war. Das zweite Versorgungslager war für Mitarbeiter, die nicht mit dem

Erreger in Berührung gekommen waren. Die Leute aus diesem sicheren Lager sollten Lieferungen ausladen und für sämtliche Interaktionen mit der Außenwelt zuständig sein.

In all den Jahren bei der Seuchenbekämpfung hatte weder Peyton noch Jonas je mit einer ähnlichen Situation wie in Dadaab zu tun gehabt; sie entwickelten ihre Vorschläge mehr oder weniger spontan. Sie empfahlen den Kenianern Garissa, die nächste Stadt, unter Quarantäne zu stellen und die A3 sowie die Straße von Habaswein nach Dadaab, die die wichtigsten Verkehrsverbindungen zum Lager darstellten, zu sperren.

Nachdem sie die Einzelheiten besprochen hatten, machte der Hubschrauber kehrt und flog zurück zu dem Dorf, wo Peyton und Jonas ihr Lager aufgeschlagen hatten.

Jonas setzte das Headset ab und beugte sich dicht zu Peyton. »Das ist übel. Es könnte die schlimmste Flüchtlingskrise seit Ruanda werden.«

»Stimmt.« Peyton sah aus dem Fenster. »Ich verstehe das nicht. Dadaab ist zu weit von Mandera und dem Dorf entfernt. Die beiden Amerikaner waren nie hier – laut ihrer Internetseite und dem, was Dr. Kibet uns erzählt hat.«

»Was denkst du?«

»Irgendwas stimmt hier nicht.«

»Und zwar?«

»Ich weiß es nicht. Ich brauche ein bisschen Ruhe. Zeit zum Nachdenken.«

Sie hatte eine vage Idee, die ihr übermüdetes Gehirn in dem vibrierenden Hubschrauber nicht zu fassen bekam. Aus irgendeinem Grund dachte sie in dieser Nacht zum zweiten Mal an ihren Bruder. Er war an der Ostgrenze Ugandas gestorben, ein paar Hundert Kilometer von hier entfernt, in einer Nacht im November 1991.

Die Sonne ging über dem Dorf auf, als die Helikopter der kenianischen Luftwaffe Peyton und Jonas absetzten. Ihr Haar wehte im Wind der Rotoren, während sie auf den im Morgenlicht leuchtenden weißen Zeltkomplex zugingen.

Peyton war erschöpft, aber sie musste Elliott anrufen – und das EOC. Die Situation hatte sich verändert. Die Seuche hatte sich viel weiter ausgebreitet, als sie gedacht hatte.

TAG 4

1.200.000 Infizierte

500 Tote

30

Als er wieder aufwachte, lag Desmond auf der Seite auf dem festgestampften Erdboden eines winzigen Verschlags. An drei Seiten befanden sich Holzwände, an der vierten ein Metallgitter. Erst dachte er, er wäre in einer verwahrlosten Gefängniszelle, aber nach genauerer Untersuchung stellte er fest, dass es sich um eine Box in einem Stall handelte.

Seine Hände und Füße waren gefesselt. Alles tat ihm weh – noch schlimmer als an dem Morgen in Berlin. Sie waren nicht gerade sanft mit ihm umgegangen, als sie ihn transportiert hatten. Mit einiger Mühe setzte er sich auf und rutschte nach vorn. Durch die Gitterstäbe konnte er den Mittelgang des Stalls entlangsehen. Draußen war es dunkel. Wie lang war er bewusstlos gewesen?

Derjenige, der den Stall zu einer Zelle umgebaut hatte, hatte gründlich gearbeitet. Die Holzwände waren mit in den Erdboden getriebenen Stahlstangen verstärkt worden. Vielleicht hätte Desmond sie ausgraben können, aber er war sich ziemlich sicher, dass ihm dazu nicht genug Zeit blieb.

Der Schmerz und das Gefühl, in einer Zelle zu sitzen, brachten eine Erinnerung hervor. Sein Gehirn spielte sie ab, als würde er sie erneut durchleben.

An dem Morgen, als es geschah, war Desmond fünf Jahre alt. Er war früh aufgewacht, in seine schmutzigen Kleider geschlüpft und aus dem Haus gelaufen. Seine Mutter erschien auf der Veranda, als er das erste Tor erreichte.

»Zum Mittagessen bist du wieder da, Des, sonst versohle ich dir das Fell!«

Er tat, als hätte er sie nicht gehört, und sprang über das Tor.

Er rannte mit seinem Hund über das braune Feld. Die Nase des Kelpie war oft rot vom Blut des Wilds, das er gejagt hatte, deshalb hatte Desmond ihn Rudolph getauft.

Desmond war überzeugt, dass Rudolph der schnellste Hund Australiens und der beste Hirtenhund der Welt war, auch wenn er sich nicht besonders mit den anderen Hunden im Land befasst hatte. Außerdem war Rudolph der beste Hütehund seines Vaters, aber heute hatte er ihn für Desmond zu Hause gelassen. Desmond war froh darüber. Sein Vater kam auch so zurecht, und Rudolph mochte ihre Abenteuer lieber.

Auf einem Hügel blieb Desmond stehen, um zurück zum Haus und zur Scheune zu blicken, die von gestrichenen Zäunen umgeben waren.

Sein Vater ritt auf seinem Pferd über einen Grat. Die Schafherde vor ihm sah aus wie eine schmutzige Wolke. Sein Vater nahm den Hut ab und schwenkte ihn, um Desmond zu sich zu beordern.

Es war eine Sache vorzugeben, seine Mutter nicht zu hören. Seinen Dad zu ignorieren war jedoch etwas völlig anderes. Desmonds Mutter war wesentlich nachsichtiger.

Desmond lief sofort zu ihm, und als er vor dem Pferd stand, sagte sein Vater: »Geh nicht zu weit weg, Des. Und komm zurück, um deiner Mutter mit dem Mittagessen zu helfen.«

»Klar, Dad«, murmelte er, als genügten die Worte seines Vaters, um ihm Fußfesseln anzulegen.

»Und bring alles mit, was Rudolph erlegt.« Er zog einen Sack aus der Satteltasche und warf ihn Desmond zu. »Gut, dann geh jetzt. Viel Spaß.«

Desmond lief mit dem Sack in der Hand und Rudolph an seinen Fersen los. Er sah sich einmal um, aber sein Vater und die Herde waren schon fast außer Sicht. South Australia litt unter der schlimmsten Dürre seit Jahren. Sein Vater musste die Schafe von Woche zu Woche weiter treiben, um Weideland und Wasser zu finden. Die sengende Sonne und der klare Himmel töteten ihren Besitz.

Eine halbe Stunde später erreichte Desmond das Dickicht, in dem er seine Festung gebaut hatte. Sofort machte er sich an die harte Arbeit, Steine aus dem fast ausgetrockneten Bach zu schleppen und mithilfe von Lehm Mauern zu errichten. Er hatte eine kleine Axt und eine Schaufel im Gebüsch zurückgelassen, um sich die Arbeit zu erleichtern. Wenn sein Vater das erführe, würde er wütend werden. Desmond nahm sich vor, sie an diesem Tag wieder mit nach Hause zu nehmen.

Er hatte keine Uhr, aber er sah gelegentlich zum Himmel auf und hoffte, es würde nie Mittag werden. Rudolph hielt pflichtschuldig Wache, während Desmond Stein auf Stein stapelte. Als er am Sonnenstand erkannte, dass es Zeit wurde, war er von Kopf bis Fuß mit Schlamm bedeckt.

Er wünschte, der Fluss würde noch ein wenig Wasser führen, damit er sich wenigstens die Hände waschen könnte, aber er war vor zwei Wochen ausgetrocknet.

Er begab sich auf den Heimweg.

Sobald er aus dem Wald trat, roch er es: Rauch.

Dunkle Wolken stiegen im Osten auf. Ein Buschfeuer, das sich aus der Richtung näherte, in die sein Vater geritten war – und sich auf ihr Haus zubewegte.

Desmond ließ Axt und Schaufel fallen und rannte los. Er musste nach Hause, um seine Familie zu warnen. Seinem Vater würde nichts passieren. Er war der stärkste Mann aller Zeiten, davon war Desmond überzeugt.

Rudolph heftete sich bellend an seine Fersen.

Mit jedem Schritt schien der Wind stärker zu wehen. Er peitschte ihm ins Gesicht. Die Böen trugen das Feuer über den Grat zu seiner Rechten, rissen es in die Luft und warfen es auf das Land dahinter. Die Flammen tanzten wie Derwische, wirbelten herum, hüpften, schlangen sich um Bäume und verwandelten sie in Rauch und Ruß.

Auf dem Hügel, auf dem er vorhin stehen geblieben war, rief Desmond um Hilfe. Rauch umgab ihn, ein schwarzer Vorhang, der immer näher kam. Und als der Wind die Wolken einen Moment lang auseinandertrieb, bot sich Desmond ein Anblick, der ihn erstarren ließ.

Flammen stiegen aus ihrem Haus auf.

Er schrie aus vollem Hals, und Rudolph winselte.

Desmond stieg ins Tal hinab und lief auf das Feuer zu. Am Rand der Flammen, die das hohe Gras verzehrten, hielt er an und dachte kurz nach. Rudolph kam schlitternd neben ihm zum Stehen und sah sich um. Schnell nahm Desmond den Sack von seinem Gürtel, riss ihn entzwei, wickelte sich die Fetzen um die Unterarme und befestigte sie mit der Schnur.

Dann zog er das T-Shirt über sein Gesicht, um sich vor dem Rauch zu schützen. Er nahm allen Mut zusammen und rannte um sein Leben – um das Leben seiner Familie – in die Flammen hinein.

Bei den ersten Schritten tat das Feuer ihm nichts zuleide. Er war voller Adrenalin. Die Flammen versengten die Haare an seinen Beinen. Schwarze Asche und rote Glut wirbelten hinter ihm auf, winzige Punkte, die ihn in den Rücken stachen.

Als seine Schuhsohlen schmolzen, wurde der Schmerz unerträglich. Er schrie und fiel beinahe hin. Das Feuer war nur hüfthoch, und durch eine Lücke zwischen den Rauchwolken sah er, wie das Dach ihres Hauses einstürzte und von den Flammen verschlungen wurde. Gleichzeitig gab auch in ihm etwas nach: eine emotionale Schutzwand, eine Hoffnung, die er aufrechterhalten hatte. Er brüllte vor Schmerz – körperlichem wie seelischem.

Er drehte um und rannte langsamer als zuvor und mit zitternden Beinen aus dem Feuer hinaus. Wieder schrie er um Hilfe und hoffte, nein, erwartete, sein Vater würde durch die Flammen geritten kommen, ihn auf den Rücken des Pferds werfen und aus dem quälenden Inferno galoppieren.

Aber er kam nicht.

Desmonds Füße gehorchten ihm nicht mehr. Er würde es nicht schaffen. Vor sich hörte er Rudolph bellen. Er lief weiter auf das Geräusch zu. In der Rauchwolke verlor er die Orientierung. Er fühlte sich benebelt, als würde er gleich ohnmächtig werden. Rauch drang in seinen Mund. Er krümmte sich hustend nach vorn, aber die Hitze der Flammen ließ ihn wieder nach oben schnellen. Er konnte nicht mehr klar denken. Seine Schritte verlangsamten sich. Er ging jetzt.

Durch eine Lücke zwischen den Flammen sah er Rudolph bellend auf dem versengten Boden tanzen. Der Anblick gab Desmond einen Energieschub. Er schleppte sich mit letzter Kraft weiter.

Er stürzte, als er aus den Flammen trat. Die Glut am verbrannten Boden bohrte sich in seine Beine. Als er weiterkroch, ersparte ihm der Sack an den Armen die Qualen, die seine Beine erlitten. Rudolph winselte und leckte sein rußverschmiertes Gesicht, um ihn anzuspornen.

Kurz bevor Desmond das Bewusstsein verlor, dachte er: *Ich habe versagt. Ich hätte sie retten können. Ich hätte sie retten müssen.*

Beim Aufwachen hatte er noch den Geruch von Rauch in der Nase – und den Geschmack im Mund. Alles tat ihm weh, und die Beine brannten, als rösteten sie noch im Feuer. Als er sich an den Schmerz gewöhnt hatte, bemerkte er, dass etwas auf seiner Brust lag: eine kalte Metallscheibe. Er schlug die Augen auf, die vom Rauch gereizt waren und tränten. Eine braunhaarige Frau, vielleicht Anfang zwanzig, beugte sich über ihn und lauschte an einem Stethoskop. Desmond fand sie wunderschön.

Sie lächelte. »Hallo.«

Desmond sah sich um. Er lag in einem großen Raum mit dicken Decken auf dem Boden. An gespannten Schnüren waren mit Wäscheklammern Laken aufgehängt, die die improvisierten Betten voneinander trennten.

Es war Nacht, das spürte er an der Luft. Dort, wo sie waren, gab es keinen Strom. Gaslampen beleuchteten den Raum.

Am Ende der Reihe aus weißen Laken sah er eine Tafel, auf der das Alphabet geschrieben stand.

Ein Klassenzimmer. In der Schule, auf die er bald gehen würde. Oder gegangen wäre.

Stöhnen und Weinen erfüllten den Raum, ohne dass man den Ursprung der Geräusche ausmachen konnte. Hin und wieder schrie jemand. Und der Geruch ... so etwas hatte Desmond noch nie wahrgenommen. Wie gegrilltes Fleisch, aber doch anders. Und er wusste auch warum. Wenn Tiere geschlachtet wurden, wurden die Innereien und die Körperflüssigkeiten entfernt, bevor man das Fleisch briet. Aber hier ... das Feuer war nicht so wählerisch. Der Geruch überwältigte ihn. Holzkohle. Süßes Parfüm. Verbranntes Fett. Kupfer. Und Verwesung, als hätte ein Kadaver ein paar Tage in der Scheune gelegen.

Als er wieder die Frau ansah, sagte sie: »Du kommst wieder auf die Beine, Desmond. Du hast großes Glück gehabt.«

Er kam sich nicht gerade glücklich vor.

»Wo ist meine Familie?«

Ihr Lächeln verschwand. Er wusste es, bevor sie es ihm sagte. Er schloss die Augen und weinte. Es war ihm egal, wer dabei zusah.

Sie kam am nächsten Tag kurz vor dem Mittagessen zurück, untersuchte ihn wie in der Nacht zuvor und wechselte die Verbände an den Beinen und einigen anderen Stellen. Er biss die Zähne zusammen und schrie kein einziges Mal. Sie sah aus, als bereitete es ihr mehr Qualen als ihm.

Sie erzählte ihm, ihr Name sei Charlotte und sie habe sich wie viele andere nach dem mörderischen Buschfeuer im Südosten Australiens als freiwillige Helferin gemeldet.

»Was passiert jetzt mit mir?«

»Wir melden uns bei deinen nächsten Verwandten. Sie werden bald kommen und dich abholen.«

»Ich habe keine Verwandten.«

Charlotte zögerte. »Hm. Mach dir keine Sorgen. Wir überlegen uns was.«

Die anderen Freiwilligen, die an diesem Morgen vorbeigekommen waren, hatten ihm mitleidige Blicke zugeworfen. Sie sahen ein verzweifeltes Waisenkind ohne Zuhause. Manche wandten den Blick ab, während sie Essen und Wasser verteilten und Laken und Bettpfannen wechselten. Als täte es ihnen weh, ihn anzusehen. Vielleicht war es tatsächlich so. Vielleicht litten sie, wenn sie solche Tragödien miterlebten. Desmond nahm es ihnen nicht übel. Und er bedankte sich immer bei ihnen. Seine Mutter hatte Wert auf gute Manieren gelegt.

Charlotte war anders. Sie sah ihn an, wie die Leute ihn vorher angesehen hatten, als wäre er ein ganz normaler Junge, dem nichts fehlte. Das gab ihm ein gutes Gefühl.

Nachdem sie gegangen war, lag Desmond da, starrte an die Decke und hörte die Nachrichten, die im Radio des älteren Manns auf der anderen Seite des Gangs liefen.

»Die Behörden sind noch dabei, die Verluste zu beziffern, die die Buschfeuer am Aschermittwoch im Südosten Australiens verursacht haben. Es gab mindestens siebzig Todesopfer und Tausende von Verletzten, und die Sachschäden betragen vermutlich Hunderte von Millionen. Allein in Victoria verbrannten gestern über zweihunderttausend Hektar. Insgesamt wird mit über vierhunderttausend Hektar gerechnet. Auch die Verluste beim Vieh sind enorm. Über dreihunderttausend Schafe und fast zwanzigtausend Rinder wurden getötet. Zum ersten Mal in seiner Geschichte hat South Australia den Notstand ausgerufen.

Feuerwehrtrupps kämpfen immer noch gegen die Flammen. Sie bekommen eine Menge Unterstützung. Freiwillige aus dem ganzen Land strömen in die Region. Über hunderttausend Menschen werden vermutlich Hilfe leisten, darunter Soldaten, Katastrophenhelfer und andere.

Die Ursache der Brände ist bisher unbekannt, aber die extreme Dürre spielt mit Sicherheit eine Rolle. Windböen und

Staubstürme haben auch ihren Teil beigetragen. Uns wurde berichtet, Straßen hätten Blasen geworfen und Feuer gefangen, Sand sei zu Glas verschmolzen und Steaks seien in Tiefkühltruhen gut durchgebraten worden ...«

Am Nachmittag kam Charlotte mit einem Geschenk zurück. Sie hatte es sogar in Zeitungspapier eingewickelt.

»Tut mir leid, besser ging es nicht.«

Desmond riss die Verpackung auf und versuchte, seine Enttäuschung zu verbergen, während er die Bücher in den Händen drehte und die Umschläge ansah.

»Was ist los?«, fragte Charlotte.

»Ich kann nicht lesen.«

Es war ihr sofort peinlich. »Oh. Ach so. Natürlich.«

»Ich bin erst fünf.«

»Wirklich?« Man hörte ihr die Überraschung an. »Ich dachte, du wärst schon älter.«

Das gefiel Desmond sehr.

»Tja, dann muss ich sie dir eben vorlesen.« Sie zögerte. »Wenn es dir nichts ausmacht.«

Wenige Minuten später war Desmond in die Welt der Geschichten eingetaucht, der Albtraum um ihn herum vergessen, der Gestank ausgelöscht. Sogar das Stöhnen der anderen im Raum verstummte – bis ein großer schwarzhaariger Mann sie unterbrach. Er war etwa in Charlottes Alter und starrte sie vom Mittelgang auf eine Art an, dass Desmond am liebsten aufgestanden wäre und ihm den Blick verstellt hätte.

»Kommst du, Charlotte?«

»Nein. Geh schon vor.«

»Du hast seit einer Stunde frei, Schatz.«

Desmond hasste es, wie er das Wort *Schatz* sagte.

»Weiß ich. Ich bleib noch ein bisschen.«

»Ich warte auf dich.«

»Nein.«

Der Mann schnaufte, so wie Desmonds Vater es immer getan hatte, wenn er mit einem störrischen Pferd arbeitete.

Als er gegangen war, las Charlotte weiter, als hätte es keine Unterbrechung gegeben.

Sie waren in der Mitte der Geschichte angelangt, als sie das Buch zuschlug.

»Schlafenszeit, Des.«

Sie deckte ihn zu, strich ihm das blonde Haar aus dem Gesicht und löschte die Kerosinlampe. Zum ersten Mal seit dem Feuer schlief er gut.

Er hatte gehofft, Charlotte würde ihm am nächsten Morgen weiter vorlesen, aber sie hatte eine weitere Überraschung für ihn. Sie brachte einen Rollstuhl mit und fragte, ob er an die frische Luft wolle.

Das musste sie nicht zweimal fragen.

Sie schob ihn aus dem Klassenzimmer, über den Flur und ins Freie. Desmond genoss den Schein der Februarsonne auf seinem Gesicht. Es war ein heißer Sommer gewesen, an den sich Australien noch lang erinnern würde. Er ließ sich den Wind ins Gesicht wehen und durch sein Haar wirbeln, während er tief Luft holte und froh war, einen Atemzug zu nehmen, der nicht vom Geruch des Todes durchdrungen war.

Danach bewegte er den Rollstuhl selbst, glücklich über die Freiheit. Seine Füße heilten noch. Die Ärzte hatten ihm versichert, er würde sich vollständig erholen.

»Es dauert nicht mehr lang, dann läufst du wieder durch die Gegend«, hatten sie versprochen. Er konnte es kaum erwarten. Bis zu diesem Moment hatte er nicht geahnt, was für eine wertvolle Gabe es war, gehen zu können.

Charlotte kam am späten Nachmittag wieder und las ihm vor, bis die Lampen gelöscht wurden. Nach diesem Schema vergingen die Tage: ein Ausflug am Morgen, Vorlesen bis zur Nachtruhe.

Eine Woche später fragte Desmond erneut, was mit ihm geschehen würde.

»Wir arbeiten daran, Des. Du brauchst dir keine Sorgen zu machen.«

Allmählich kam er wieder auf die Beine. Er begann, ohne Rollstuhl um die Schule zu streifen. Er spazierte in die Cafeteria, die anderen Klassenzimmer und sogar ins Lehrerzimmer, was er sich aufregend vorgestellt hatte. In Wirklichkeit war es ziemlich langweilig.

Er meldete sich sogar freiwillig, um bei der Zubereitung der Mahlzeiten zu helfen. Der übergewichtige Koch gab ihm eine Metallkelle und nannte ihn »Suppenmann«. Jedes Mal, wenn er es sagte, stieß er ein bellendes Lachen aus, das in ein Husten überging. Desmond mochte ihn trotzdem.

Er war auf dem Rückweg zu seinem Bett, als er Charlottes Stimme aus einem der Büros in einem anderen umgewandelten Klassenzimmer hörte. Sie klang erregt.

»Sie müssen es tun.«

Stille.

»Nein, Sir. Sie müssen ihn nehmen. Wir haben versucht ...«

Wieder eine Pause.

»Ja, das stimmt. Sie sind der einzige Verwandte.«

Er hörte, wie sie auflegte und zu weinen begann. Gerade als er ins Zimmer treten wollte, ertönte die Stimme des schwarzhaarigen Manns.

»Du nimmst es dir zu sehr zu Herzen, Charlotte.«

Desmond verstand ihr gedämpfte Antwort nicht, aber der Mann schon. Und sie gefiel ihm nicht. Sein Tonfall wurde scharf.

»Ich weiß, was du denkst.«

»Wohl kaum«, fuhr sie ihn an.

»Du überlegst, ihn zu adoptieren.«

Sie schwieg.

»Es stimmt also. Hast du den Verstand verloren?«

»Was wäre daran so schlimm?«

»Ach, ich weiß gar nicht, wo ich anfangen soll. Willst du dein Medizinstudium unterbrechen? Wie willst du für ihn sorgen? Willst du deine Eltern um Geld bitten? Soll *ich* ihn durchfüttern? Wolltest du es überhaupt mit mir besprechen?«

Sie begannen zu streiten und warfen einander schlimme Dinge an den Kopf. Desmond konnte es kaum ertragen, aber er konnte auch nicht weggehen. Die Worte brannten wie die Flammen, die seine Beine versengt hatten.

Charlotte war verändert, als sie an diesem Nachmittag zurückkehrte. Betrübt. Zurückhaltender.

Sie las das Buch vor, als zwänge sie jemand dazu, nicht so wie vorher, als ihre Stimme die Geschichten lebendig werden ließ.

Das machte ihn sehr traurig.

Am nächsten Morgen stand sie an seinem Bett, als er aufwachte.

»Wir haben geklärt, wie es mit dir weitergeht.«

Sie schluckte, sammelte sich und teilte Desmond zwei Dinge mit, die er schon wusste: Sein Vater kam ursprünglich aus England, und seine Eltern, Desmonds Großeltern, waren schon vor langer Zeit gestorben.

Dann sagte sie ihm etwas, das er nicht gewusst hatte.

»Dein Vater hat einen Bruder – Orville. Sie ... haben sich nicht besonders gut verstanden. Aber er ist einverstanden, das Sorgerecht für dich zu übernehmen.«

Da er nicht wusste, was er sagen sollte, nickte Desmond nur.

»Können wir ...« Er wollte fragen, ob sie sich wiedersehen würden.

Sie schüttelte leicht den Kopf. In ihrem Augenwinkel bildete sich eine Träne.

»Ich bringe dich übermorgen nach Melbourne, zum Flughafen. Du fliegst nach Oklahoma City. Das ist in Amerika.« Sie schluckte, zwang sich zu lächeln und versuchte vergeblich, einen unbeschwerten Ton anzuschlagen. »Hast du schon mal davon gehört?«

Desmond schüttelte den Kopf.

Er hatte erwartet, dass sie danach gehen würde, aber sie blieb. Sie las ihm weiter vor, und die Leidenschaft war zurückgekehrt. Sie sprach die verschiedenen Stimmen so, wie er es mochte, fragte ihn, was er glaubte, wie es weiterginge, als die Geschichte spannend wurde, und las die Kapitelüberschriften mit besonderem Tonfall.

Am nächsten Morgen kam sie zurück und ging erst, als das Licht ausgemacht wurde.

Den schwarzhaarigen Mann sah Desmond nie wieder, und das störte ihn nicht im Geringsten. Zum Teufel mit ihm.

Charlotte fuhr ihn zum Flughafen, küsste ihn auf die Stirn und gab ihm eine Tasche voller Kleider. Sie waren neu, und er hatte den Eindruck, dass Charlotte sie ausgesucht hatte.

»Für die Reise, Des.«

Er wollte etwas sagen, aber sie begann schon zu weinen.

»Danke«, brachte er schließlich hervor.

»Ach, komm. Ich habe es gern getan.« Nur mit Mühe gelang es ihr, Haltung zu bewahren. Sie wischte drei Tränen ab, die ihr über die Wange rannen, und legte ihm die Hand auf die Schulter. »Lauf los, Des. Sonst verpasst du noch den Flug.«

Eine Frau von der Fluggesellschaft, die über seine Situation unterrichtet worden war, nahm ihn bei der Hand und führte ihn durch die Sicherheitskontrolle. Als Desmond sich umsah, stand Charlotte immer noch da, schluchzte und winkte ihm nach.

Der Mann, der Desmond in Oklahoma in Empfang nahm, war das Gegenteil von Charlotte. Deshalb vermisste Desmond sie noch mehr.

31

Millen Thomas schlug die Augen auf und blinzelte. Die Morgensonne blendete ihn, obwohl sie durch die Zeltwand gedämpft wurde. Hannah lag neben ihm auf der Pritsche und schlief friedlich. Ihr Atem war kaum zu hören. Sie fühlte sich warm an, und er fragte sich kurz, wie sie in der Hitze noch schlafen konnte. Dann erinnerte er sich, wie erschöpft sie in der Nacht gewesen waren.

Während er vorsichtig seinen Arm von ihrem Bauch zog, hielt er zweimal inne, weil er fürchtete, sie geweckt zu haben. Aber sie rührte sich nicht. Er stand auf und deckte sie mit dem dünnen Laken zu. Er roch nach der schrecklichen Salbe, die sie letzte Nacht so großzügig aufgetragen hatte. Etwas davon war an seiner Haut haften geblieben. *Das war es wert*, dachte er. *Das war es absolut wert.*

Fünfzehn Minuten später hatte er gegessen und sich für den Tag vorbereitet. Er stand mit Kito, dem örtlichen Führer, den die kenianische Regierung bereitgestellt hatte, vor dem alten Toyota-SUV. Auf der Motorhaube hatten sie eine Karte der Region ausgebreitet.

Kito zeigte darauf. »Ich würde mit den Höhlen in der Gegend anfangen, Dr. Thomas.«

»Nennen Sie mich Millen. Warum da?«

»Weniger Löwen.«

Das klang für Millen nach einem vernünftigen Grund. Er erinnerte sich noch an den Film *Der Geist und die Dunkelheit*, der auf der wahren Geschichte zweier Löwen beruhte, die im kenianischen Tsavo um die Jahrhundertwende Dutzende Menschen getötet hatten.

»Der Weniger-Löwen-Plan gefällt mir«, sagte Millen.

Er ging zu Dr. Shaws Zelt, streckte den Kopf hinein und war überrascht, sie schlafend auf ihrer Pritsche vorzufinden. Dr. Becker saß auf der anderen Pritsche und sah auf sein Laptop. Der Deutsche legte einen Finger an die Lippen, stand auf und führte ihn vom Zelt fort.

»Was gibt's?«

»Ich breche auf.« Millen warf einen Blick zum Zelt zurück. »Geht es ihr gut?«

»Sie ist nur müde. Lange Nacht. Wissen Sie, wo Sie hinfahren?«

»Ja. Wir haben Höhlen ausgesucht und sollten wieder hier sein, bevor es dunkel wird.«

»Gut. Gehen Sie auf Nummer sicher. Lassen Sie sich da drin Zeit; ein Sturz kann tödlich enden. Wenn Sie tief in die Höhlen müssen, funktionieren die Funkgeräte nicht mehr. Sobald Sie Proben genommen haben, kommen Sie wieder raus. Besichtigungen können Sie noch unternehmen, wenn das hier vorbei ist.«

»Mach ich.«

»Viel Glück, Millen.«

Während der knapp zweistündigen Fahrt zur ersten Höhle schwiegen die vier Männer in dem SUV die meiste Zeit. Millen und Kito wechselten ein paar Worte über die Karte und die Höhlen, aber die beiden kenianischen Armeeoffiziere vorn sahen größtenteils aus dem Fenster und hielten nach Anzeichen von Ärger Ausschau.

Millen war aufgeregt. In gewissem Sinn hatte er sein ganzes Leben lang dafür trainiert. Seine Eltern waren indische Immigranten in den USA und hatten ihn ermutigt, als Kind all seine Neigungen auszuprobieren. Er hatte eine Menge verschiedener Phasen durchgemacht, von der Musik bis zum

Tanzen. Aber er war immer wieder zu seiner ersten Liebe zurückgekehrt: Tiere. Die Vielfalt und Komplexität dieser Lebewesen, die sich die Welt mit den Menschen teilten, erfüllte ihn mit Ehrfurcht. Es gefiel ihm, wie unberechenbar sie waren und dass jede Spezies eine spezielle Fähigkeit zu haben schien. Ein neues Tier zu sehen und mit ihm zu interagieren wurde niemals langweilig.

Besonders interessierten ihn exotische Tiere und ihre Lebensräume. Er las alles über sie, was er in die Hände bekam, und sah sich Tierdokumentationen mehrmals an. Er überlegte, in einem Zoo zu arbeiten, beschloss jedoch, dass er den Tieren in ihrer natürlichen Umgebung begegnen wollte. Und er wollte etwas tun, das von Bedeutung war, nicht nur für Tiere, sondern auch für Menschen.

Als er das Veterinärmedizinstudium abgeschlossen hatte, drängten seine Eltern ihn, eine Tierarztpraxis zu eröffnen – ein Beruf mit einem verlässlichen Einkommen, eine Rendite auf die beträchtlichen Investitionen in seine Ausbildung. Aber er hatte einen starken Willen und setzte sich durch. Statt eine eigene Praxis zu eröffnen, nahm er am EIS-Programm teil und widmete sich der angewandten Epidemiologie. Es war der perfekte Weg für Millen. Er würde Gelegenheit haben, die Welt zu bereisen, Seuchenausbrüche zu untersuchen und Wirtstiere aufzuspüren, die Infektionen auf Menschen übertrugen. Er versicherte seinen Eltern, er könne immer noch eine Tierarztpraxis eröffnen, falls seine Pläne nicht aufgingen, und sie gaben nach.

Als er jetzt die PSA anlegte und in den Höhleneingang sah, war er so froh darüber wie nie zuvor. Er stand kurz davor, die vielleicht wichtigste Untersuchung seines Berufslebens durchzuführen.

Kito wünschte Millen Glück, und er begann, mit einem Probenset hineinzumarschieren. Die getrockneten vergilbten Schlangenhäute, die vor dem Eingang lagen, beunruhigten ihn, aber er ließ sich nicht aufhalten. Der Anzug bot guten Schutz.

Mit jedem Schritt wurde es dunkler. Als er gar nichts mehr erkennen konnte, schaltete er das Nachtsichtgerät ein, das die Umgebung in unheimlichem grünem Licht wiedergab. Kito funkte ihn einmal pro Minute an, um die Verbindung zu testen, und Millen antwortete.

Nach zehn Minuten brach die Verbindung ab. Millen hatte jede Minute einen grünen Leuchtstab fallen gelassen, aber sobald das Funkgerät keinen Empfang mehr hatte, verschloss er die Tüte mit den grünen Stäben und ließ orangefarbene Markierungen zurück, leuchtende Brotkrumen in der Dunkelheit. Sie waren vom Militär und hatten eine Leuchtdauer von zwölf Stunden. Er wollte sie auf dem Rückweg aufsammeln, lang bevor sie erloschen.

Je tiefer er in die Höhle ging, desto steiniger und feuchter wurde der Untergrund. Zehn Sekunden nachdem er die zwanzigste orangefarbene Markierung fallen gelassen hatte, entdeckte er, wonach er gesucht hatte: Fledermauskot.

Er bückte sich und nahm mehrere Proben, notierte die Tiefe in der Höhle und kennzeichnete den Fundort mit einem nummerierten blauen Fähnchen.

Aufgeregt, weil er seine erste Probe eingesammelt hatte, ließ er das Probenset zurück und ging tiefer in die Höhle. Er hielt eine Betäubungspistole in der rechten Hand und ein großes Netz in der linken. Obwohl er spürte, wie seine Stiefel auf dem nassen Boden ausglitten, beschleunigte er seine Schritte. Die Fledermäuse mussten in der Nähe sein. Wenn sie der Überträger der geheimnisvollen Krankheit waren, wäre das ein großer Durchbruch, wahrscheinlich der Schlüssel zum Indexpatienten oder gar einem Heilmittel. Das würde die gesamte Untersuchung weit voranbringen und Tausende, vielleicht Millionen Menschenleben retten. Er ging noch schneller.

Als er eine Ecke umrundete, glitt er mit dem linken Fuß auf einem nassen Stein aus und geriet ins Taumeln. Er prallte auf den Felsboden, und die Pistole und das Netz flogen ihm aus der Hand. Der Sturz erschreckte ihn, aber er blieb unverletzt. Er stand auf und suchte nach der Pistole.

Fledermausschreie – ein Geräusch zwischen dem Ruf einer Krähe und dem Quietschen eines Nagers – ertönten aus der Nähe, gefolgt von schnellem Flügelschlagen.

Er hatte sich kaum umgedreht, da schoss ein Schwarm Fledermäuse auf ihn zu.

Die Tiere hüllten ihn ein. Er hob die Arme vor das Visier seines Helms und trat zur Seite, um aus ihrer Flugbahn zu gelangen. Er spürte, wie Klauen an der PSA rissen und knochige Flügel seine Arme und Beine streiften. Er drehte sich um und rannte mit gesenktem Kopf los. Unter seinen Füßen zerbröselte der Fels. Er rutschte aus und fiel, aber es war kein Boden mehr unter ihm.

32

Ein gelber Fleck leuchtete auf dem weißen Zeltstoff und brannte auf Peyton herab wie ein Heizstrahler. Sie blinzelte und fragte sich, was es sein könnte. Dann wurde ihr klar, dass es die Sonne war, die schon hoch am Himmel stand. Sie setzte sich schnell auf, griff nach ihrem Handy und stöhnte, als sie die Uhrzeit sah. Halb zwölf.

Jonas' Pritsche war leer. Sie lief zum Hauptzelt.

Jonas und Hannah saßen an einem Tisch vor einer großen Karte an der Wand. Die roten Markierungen hatten sich seit gestern deutlich ausgeweitet.

»Lagebericht«, sagte sie um Atem ringend.

Jonas ignorierte ihre Forderung. »Willst du Frühstück?«

»Ich will wissen, was passiert ist.«

Jonas sah zu Hannah, die nickte und sie allein ließ. »Setz dich lieber, Peyton.«

»So schlimm?«

»Ziemlich schlimm.«

Jonas informierte Peyton über die Berichte der Teams im Feld. Fünfzehn weitere Dörfer waren infiziert. Wenn man die Todesfälle im Flüchtlingslager Dadaab mitzählte, gab es mittlerweile über sechstausend Opfer.

Peyton schüttelte den Kopf. »Das ist unmöglich.«

»Was?«

»Gehen wir mal davon aus, dass sich Dr. Kibet ungefähr zu dem Zeitpunkt infiziert hat, als die beiden Amerikaner ins Krankenhaus gekommen sind.«

»Okay.«

»Dann ist die Krankheit nach zweiundsiebzig Stunden ausgebrochen.«

»Genau.«

»Aber er hatte keine Symptome einer Atemwegserkrankung. Er hat zu schnell das hämorrhagische Stadium erreicht – viel schneller als die Menschen im Dorf.«

»Stimmt«, sagte Jonas.

»Warum?«

»Vielleicht weil er sich bei jemandem angesteckt hat, der schon in der hämorrhagischen Phase war. Vielleicht hat er die respiratorische Phase übersprungen.«

»Das heißt, die Krankheit hat zwei verschiedene Verläufe, abhängig davon, bei wem man sich ansteckt – und in welchem Stadium derjenige ist.« Peyton überlegte kurz. »Da ist noch was: Das Flüchtlingslager wurde ungefähr zur selben Zeit infiziert wie dieses Dorf.«

Jonas nickte.

»Die Amerikaner können es nicht infiziert haben«, sagte Peyton. »Laut ihrem Reiseblog waren sie ziemlich weit nördlich von Dadaab.«

»Vielleicht hatten sie Kontakt mit einem Lastwagenfahrer, der nach Süden unterwegs war?«

»Könnte sein. Aber dass der Erreger sich in so kurzer Zeit so weit ausgebreitet haben soll, kommt mir seltsam vor.« Sie zeigte auf die Karte. »Die Krankheit ist überall in der Region gleichzeitig ausgebrochen. Wie ist das möglich?«

Jonas sah auf die Karte. »Ein Indexpatient, der eine große Gruppe von Reisenden infiziert hat, vielleicht Trauergäste auf einer Beerdigung oder Vertreter aus mehreren Dörfern bei einer Versammlung? Es könnten auch infizierte Nahrungsmittel gewesen sein.«

Peyton musste an Desmond Hughes denken. Er hatte den beiden Amerikanern ein Paket mit Essen geschickt. Was, wenn die Dorfbewohner ähnliche Pakete erhalten hatten? Sie erinnerte sich an Desmonds Anruf vor ein paar Tagen. Er hatte mit den Worten geendet: *Ich glaube, Sie sind in Gefahr.*

Sie vergewisserte sich, dass sie und Jonas allein im Zelt waren. Fast flüsternd sagte sie: »Ich weiß, es klingt verrückt, aber ich glaube immer noch, dass es Bioterrorismus ist.«

Jonas schnaufte. »Okay, nehmen wir mal an, du hast recht, und spielen es durch. In dieser Gegend ist die Terrorgruppe al-Shabaab zu Hause. Wenn diese Leute einen biologischen Kampfstoff in die Hände kriegen würden, würde das sicher ihrem Ziel nutzen, Kenia zu destabilisieren. Sie wollen die Macht übernehmen und einen fundamentalistischen islamischen Staat aufbauen. Ein Seuchenausbruch wäre eine ziemlich drastische Maßnahme, aber er könnte eine Chance für sie sein.«

»Ein Motiv ist also vorhanden.«

»Ja, aber machen wir uns nichts vor, das ist ein paar Nummern zu groß für sie.«

»Vielleicht hatten sie Hilfe«, sagte Peyton.

»Vielleicht. Aber von wem und warum?« Jonas betrachtete die Karte. »Es ist im Bereich des Möglichen, aber ich halte es für unwahrscheinlich. Vielleicht müssen wir nur nach einer Gruppe von fünf Leuten suchen, die sich zur selben Zeit infiziert haben. Sie könnten die Ausbrüche in Dadaab, am Flughafen, in Mandera und den umliegenden Dörfern ausgelöst haben. Das kommt mir wahrscheinlicher vor.«

Hannah kam ins Zelt und reichte Peyton eine aufgewärmte EPa und eine Flasche Wasser. Beides konnte sie gut gebrauchen. Sie bedankte sich bei der jungen Ärztin, die nickte und einen Schritt zurücktrat. Während Peyton und Jonas die Karte studierten, nahm Hannah ihr Satellitentelefon, wählte und wartete.

Erst sprach sie leise, dann hob sie die Stimme. »Wie lang?« Sie zögerte. »Bleiben Sie dran.«

Hannah hielt sich das Telefon an die Schulter. »Millen ist seit anderthalb Stunden in der ersten Höhle. Er hat sich seit über einer Stunde nicht gemeldet.«

»Wer ist in der Leitung?«, fragte Peyton.

»Kito, der Führer.«

»Stellen Sie ihn laut.«

Hannah drückte eine Taste. »Kito, bei mir sind Dr. Shaw und Dr. Becker.«

»Hallo.«

»Kito, hat Millen einen zusätzlichen Schutzanzug mitgenommen?«, fragte Peyton.

»Ja, Ma'am.«

»Wären Sie bereit, den Anzug anzulegen und in die Höhle zu gehen, um zu sehen, ob Sie Funkkontakt zu ihm bekommen oder ihn finden?«

»Ja, Ma'am«, sagte Kito sofort. »Ich gebe mein Bestes.«

»Gut. Das wissen wir sehr zu schätzen. Millen müsste den Weg mit Leuchtstäben markiert haben. Wenn die Spur endet, suchen Sie die Umgebung ab. Vielleicht hat er sich bei einem Einsturz oder einem Unfall verletzt.«

»Okay.«

»Halten Sie uns auf dem Laufenden. Danke.«

Hannah legte auf, und Peyton sah ihr in die Augen. »Wir werden ihn finden, Hannah.«

Die drei Ärzte verbrachten den Nachmittag damit, die Arbeit der Teams in den anderen Dörfern zu koordinieren und den Abbau des Lagers vorzubereiten. Sie wollten am nächsten Morgen aufbrechen, sobald es hell wurde.

Um zwei Uhr hatten sie immer noch nichts von Kito oder Millen gehört. Hannah hatte vergeblich versucht, Kito auf dem Satellitentelefon zu erreichen. Sie wurde immer besorgter. Auch Peyton und Jonas wurden unruhig, aber sie sprachen ihre Befürchtungen nicht aus. Peyton beschloss, einen weiteren SUV mit vier von Colonel Magoros Männern zur Höhle zu schicken – nur für den Fall, dass Kito Millen verletzt auffand und Hilfe brauchte, um ihn aus der Höhle zu bergen.

Um halb drei rief Peyton Elliott Shapiro auf dem Handy an.

Obwohl sie seit fünf Jahren ohne ihn im Feld unterwegs war, musste sie zugeben, dass es sie beruhigte, seine Stimme zu hören. Und mit ihm die Lage zu besprechen würde ihr helfen, die Entwicklung zu verstehen.

Sie stand vor dem großen Zelt, außer Hörweite von Jonas und den anderen Mitarbeitern.

»Was denkst du?«, fragte Elliott. »Wie kann es sich so schnell ausgebreitet haben?«

»Wir haben mehrere Theorien. Der Indexpatient könnte eine Gruppe von vier bis zehn Menschen infiziert haben, die durch die Gegend gereist sind und den Erreger verteilt haben.«

»Klingt logisch.«

»Aber mir geht einfach nicht aus dem Kopf, dass es einen anderen Übertragungsweg gegeben haben könnte.«

»Zum Beispiel? Infiziertes Blut? Eine Beerdigung?«

»Vielleicht. Ich weiß es nicht.« Peyton beobachtete die kenianischen Soldaten, die um das Lager patrouillierten. »Was gibt es bei euch Neues?« Sie wollte unbedingt wissen, wie es Lucas Turner ging, aber nicht direkt nach ihm fragen.

»Vieles«, sagte Elliott. »Die USA haben alle Reisen nach Kenia, Äthiopien und Somalia ausgesetzt. Außerdem gibt es ein Einreiseverbot für alle, die in der Region wohnen oder sie in letzter Zeit bereist haben. Wir stehen damit nicht allein: Europa, Australien und ein großer Teil Asiens haben die Maßnahmen übernommen. Es heißt, das sei der Todesstoß für die kenianische Wirtschaft.«

»Stimmt. Aber ich glaube, es ist notwendig.«

»Ich auch. Es gibt noch eine neue Entwicklung hier. Wir untersuchen einen weiteren Ausbruch.«

Peyton begann, auf und ab zu schreiten. »Wirklich? Wie sind die Symptome?«

»Ähnlich wie bei einer Grippe, aber anfangs weniger intensiv. Die Krankheit verläuft periodisch. An einem Tag sind die Symptome voll ausgeprägt – Kopfschmerzen, Husten, Fieber und Abgeschlagenheit –, und am nächsten Tag fühlen sich die Patienten fast gesund. Die Sterberate ist außergewöhnlich niedrig – bis jetzt.«

Peyton lief ein Schauder über den Rücken. Er hatte soeben genau die Symptome beschrieben, die die beiden Amerikaner aufgewiesen hatten, bevor sie das virale hämorrhagische Fieber entwickelt hatten, das einen von ihnen und den Engländer getötet hatte.

Sie bemühte sich, mit ruhiger Stimme zu sprechen. »Wie viele Fälle?«

»Über eine Million in Asien und eine weitere Million in Europa. In Südamerika bis jetzt vielleicht zweihunderttausend. Aber wir glauben, dass es noch viel mehr gibt. Hier in den USA haben wir eine halbe Million Fälle, aber wir bekommen ständig neue Daten vom Gesundheitsministerium und rechnen damit, dass die Zahlen steigen.«

Es war offiziell eine Pandemie. Peyton wollte ihre Theorie darlegen, aber zuerst musste sie alle Fakten erfahren.

»Wie konnte es sich so schnell so weit ausbreiten? Wieso hat GPHIN es übersehen? Wieso haben wir nichts mitbekommen?«

»Die Symptome unterscheiden sich nicht genug von denen einer Erkältung oder Grippe. Als den Gesundheitsämtern aufgefallen ist, dass auch gegen Grippe geimpfte Menschen erkrankt sind, haben sie es genauer untersucht. Der periodische Verlauf erschwert es auch, ein Schema aufzustellen. Aber wir haben eine Probe im Labor, die wir bald sequenziert haben. Was immer es auch für ein Virus ist, wir glauben, dass es sich gut vor dem Immunsystem tarnt. Zum Glück gibt es bei fast drei Millionen bekannten Fällen erst eine zweistellige Anzahl von Todesopfern. Die Sterberate ist erstaunlich gering.«

»Interessant.« Da am nächsten Tag Thanksgiving war, drängte sich Peyton eine Frage auf. »Überlegt der Direktor, eine Reisewarnung auszusprechen?«

»Ja, aber ich halte es für unwahrscheinlich. Das Weiße Haus hat sich schon dagegen entschieden. Lieber eine Menge Leute mit Schnupfen als die Wirtschaft schädigen – so denkt man da.

Wenn die Sterberate höher wäre, wäre die Kalkulation schwieriger.«

»Ja. Dachte ich mir schon. Hör zu, ich weiß, dass klingt abwegig, aber ich möchte es erwähnen. Der kenianische Arzt, der die Amerikaner behandelt hat, hat eine genaue Anamnese erhoben. Beide Männer hatten grippeähnliche Symptome, bevor das hämorrhagische Fieber ausgebrochen ist.«

Nach einer langen Pause sagte Elliott: »Du glaubst ...«

»Ich glaube, wir sollten die Genome beider Viren vergleichen, um zu sehen, ob sie verwandt sind – vorsichtshalber.«

Die unausgesprochene Befürchtung war, dass Millionen auf der Welt schon mit dem Virus infiziert waren, das in Kenia so viele Todesopfer forderte.

Elliotts Stimme blieb ruhig. »Das ist eine gute Idee. Ich sorge dafür, dass es Priorität hat.«

Peyton stieß den Atem aus und blieb stehen. »Gut.«

Die Neugierde überwältigte sie. »Was ist mit dem Jungen?«

Elliotts Zögern verriet ihr die Antwort, bevor er etwas sagte. »Tut mir wirklich leid, Peyton. Er ist vor ein paar Stunden auf dem Flug gestorben.«

Die Worte trafen sie wie ein Schlag in den Magen. Vor weniger als achtundvierzig Stunden war sie in Lucas Turners Krankenzimmer gegangen und hatte versprochen, alles in ihrer Macht Stehende für ihn zu tun. Sie fragte sich, ob sie das wirklich gemacht hatte.

»So viel zum Thema ZMapp.« Es gelang ihr nicht, ihre Betroffenheit zu verbergen.

»Du hast alles getan, was du konntest, Peyton. Und du hast uns Proben geschickt. Jetzt lass uns unsere Arbeit machen.«

Peyton dachte an den Brief des jungen Manns an seine Eltern, den Dr. Kibet weitergeleitet hatte. Lucas Turner war tapfer gewesen. Und selbstlos. Und zu jung zum Sterben. Dr. Kibet hatte sich gut um ihn gekümmert – so gut er konnte. Sie hoffte, Kibet würde es besser ergehen, aber sie war nicht gerade zuversichtlich.

Sie konzentrierte sich wieder auf das Telefongespräch. »Gut. Wir haben hier noch ein Problem: Ein EIS-Offizier namens Millen Thomas wird vermisst. Er hat heute Höhlen hier in der Nähe erkundet, und wir haben seit ein paar Stunden nichts mehr von ihm gehört. Ich habe einen Suchtrupp losgeschickt.«

»Verstanden. Er wird schon wieder auftauchen, Peyton. Wahrscheinlich hat er sein Handy verloren oder der Akku ist leer.«

»Ja, hoffentlich.«

»Kann ich irgendwie helfen?«

»Nein, wir kümmern uns darum.«

»Okay. Ruf mich an, wenn du was brauchst. Und lass nicht den Kopf hängen, ja?«

Als sie ins Zelt zurückkehrte, tippte Jonas dort auf seinem Laptop.

»Lucas Turner ist auf dem Weg zum Emory gestorben«, sagte Peyton möglichst sachlich.

Jonas hob den Kopf und sah sie mit seinen großen braunen Augen an. »Das tut mir wirklich leid.«

»Ja. Mir auch.«

Ein paar Stunden später kam Hannah mit dem Satellitentelefon in der Hand durch die Zeltklappen. »Das zweite Team ist an der Höhle. Der SUV ist weg. Kito hat sich über Funk nicht gemeldet.«

»Kampfspuren?«, fragte Peyton.

»Nein«, entgegnete Hannah sofort. Offenbar hatte sie sich schon danach erkundigt.

Peyton dachte einen Augenblick nach. »Vielleicht funktioniert ihr Handy nicht. Sie könnten schon auf dem Heimweg sein oder unterwegs zu einer anderen Höhle.«

»Oder sie sitzen in der Höhle fest«, sagte Hannah.

»Das ist natürlich auch möglich. Zwei Männer sollen Anzüge anlegen und reingehen. Sagen Sie ihnen, sie sollen sich nicht trennen und sich jede Minute über Funk melden. Rufen Sie das kenianische Gesundheitsministerium an. Bitten Sie darum, dass sie einen Rettungshubschrauber zur Höhle schicken; wir haben Grund zu der Befürchtung, dass einer unserer Mitarbeiter und einer oder mehrere ihrer Leute verletzt sind. Wenn wir keine Spur von Millen finden, machen wir an der nächsten Station auf ihrem Reiseplan weiter.«

Zu Colonel Magoro sagte sie: »Können Sie noch mehr Männer schicken?«

Magoro sah besorgt aus. »Ja, aber wir splitten uns zu stark auf.«

»Tun Sie es«, sagte Peyton. »Und holen Sie so schnell wie möglich Verstärkung hierher.«

»Verstanden.«

Um sechs Uhr räumte das Team einen Teil des Krempels vom Besprechungstisch und setzte sich zum Essen. Sie hatten noch immer nichts von Colonel Magoros zweitem Team gehört. Das dritte Team würde innerhalb der nächsten Stunde eintreffen.

Das Tageslicht ließ schnell nach, und im Hauptzelt waren die Lampen eingeschaltet. Die Soldaten hatten Wachablösung, und ungefähr ein Dutzend Männer kamen zum Abendessen ins Zelt.

Von draußen hörte Peyton ein leises ploppendes Geräusch wie von einem Luftgewehr. Jonas sah zu den Zeltklappen. Er hatte es auch gehört. Sie gingen zusammen zum Ausgang. Knapp außerhalb des Lagers wirbelten zwei Hubschrauber Staub auf, als sie auf dem trockenen Boden landeten.

Kurz darauf tauchten ein Dutzend Gestalten aus der roten Wolke auf. Sie trugen schwarze Körperpanzer und hielten Sturmgewehre vor sich. Zwei von Colonel Magoros Männern gingen zu Boden, als sie von Kugeln getroffen wurden.

Peyton hörte Jonas schreien: »Wir werden angegriffen!«

Im Lager um sie herum brach Chaos aus.

33

Die ersten Schüsse waren tödlich. Die kenianischen Soldaten, die Peyton, Jonas und ihr Team schützen sollten, fielen reihenweise, während die Angreifer vorrückten. Nach wenigen Sekunden war die Hälfte von Colonel Magoros Männern tot. Geschosse rissen Löcher in die weißen Zelte. Gegenfeuer zerfetzte die strohgedeckten Hütten des Dorfs.

»Lauft!«, brüllte Magoro. »Rennt zu den Autos und verschwindet!«

Aber statt den Zeltkomplex zu verlassen, lief Peyton tiefer hinein, zu dem Isolationsraum, von dem aus die drei überlebenden Dorfbewohner ängstlich zusahen. Sie öffnete den Raum und zeigte aus dem Lager hinaus.

»Verschwindet. Versteckt euch, wie vorher. Kommt nicht raus, bevor jemand von uns nach euch sucht.«

Peyton spürte, wie eine Hand sich um ihren Bizeps legte. Sie wandte sich zu Jonas um, der sie panisch ansah. »Peyton, wir müssen hier raus.«

Zusammen rannten sie zu den drei Toyota-SUVs, die am Rand des Lagers parkten. Hannah lief vor ihnen und hatte schon die Hälfte der Strecke geschafft. Peyton stürmte ins Freie, während überall um sie herum Schüsse ertönten. Das leise Knallen der schallgedämpften Waffen der Angreifer wechselte sich mit dem Feuer aus den automatischen Gewehren von Magoros Männern ab. Geschosse schlugen in die ersten beiden SUVs ein, zogen eine Spur aus Löchern über die Seiten und ließen die Scheiben zersplittern.

»Lauft zum Letzten!«, rief Jonas.

Peyton senkte den Kopf und rannte um ihr Leben. Ihr Herz schlug wild, eine Basstrommel, die nicht zum tödlichen Rhythmus des Gewehrfeuers passte.

Vor ihr schrie jemand – eine Frau. Peyton hob den Kopf und sah Hannah zu Boden gehen. Die junge Ärztin begann sofort zu bluten. Innerhalb von Sekunden war Peyton bei ihr, kniete nieder und inspizierte die Schusswunde an ihrer Schulter. In Hannahs Augen standen Tränen, aber sie biss die Zähne zusammen und kam schon wieder hoch. Peyton schlang einen Arm um sie, und sie liefen zu dem SUV, wo Jonas stand und eine der hinteren Türen offenhielt.

Sobald sie in den Wagen gesprungen waren, schlug er sie zu und rief: »Unten bleiben.«

Er schwang sich hinter das Steuer, ließ den Motor an und trat aufs Gas.

Eine Explosion erschütterte den Zeltkomplex und ließ weiße Leinwand und rote Erde in die Luft fliegen. Splitter trafen den SUV wie ein Hagelschauer.

Jonas holte alles aus dem Wagen heraus und steuerte auf die Hauptstraße zu, die aus dem Dorf führte. Jedes Mal wenn der SUV auf der zerfurchten Straße einen Satz machte, schrie Hannah auf. Peyton legte einen Arm um ihren Hals und den anderen um ihre Taille, zog sie dicht an sich und versuchte, sie abzupolstern. Ihre Gesichter berührten sich, sodass Peyton Hannahs Tränen auf ihrer eigenen Wange spürte und den salzigen Geschmack auf den Lippen wahrnahm. Ein Geschoss zerschmetterte die Heckscheibe, und Glassplitter regneten auf sie herab. Peyton bedeckte Hannahs Gesicht mit den Händen.

Weitere Kugeln trafen den SUV an der Seite, erst vereinzelt, dann als ganze Garbe.

»Festhalten!«, rief Jonas.

Der SUV fuhr eine scharfe Kurve, hüpfte zweimal und raste mit kreischendem Motor weiter.

Eine ohrenbetäubende Explosion erschütterte den Wagen

und warf ihn in die Luft. Peyton spürte, wie sie einen Moment lang schwebte. Es war ein übelkeiterregendes Gefühl, wie auf dem höchsten Punkt einer Achterbahn, kurz bevor man in die Tiefe schoss.

Der SUV prallte mit der Fahrerseite auf den Boden, und Peyton und Hannah wurden ineinander verwickelt gegen die Decke geworfen, bevor sie auf die Seitenwand fielen. Als der Lärm von sich verbiegendem Metall und berstendem Glas endete, hörte Peyton Hannah aus vollem Hals schreien.

Vorn löste Jonas seinen Sicherheitsgurt und streckte sich nach dem Handschuhfach, das sich jetzt über ihm befand. Er öffnete die Klappe, nahm eine Pistole heraus und zog den Schlitten zurück, um eine Patrone in die Kammer zu transportieren.

»Nicht, Jonas!«, schrie Peyton, aber es war zu spät. Er stellte sich auf die Fahrertür und streckte Kopf und Schultern durch das zersplitterte Fenster auf der Beifahrerseite. Er konnte drei Schüsse abgeben, bevor er von automatischem Gewehrfeuer getroffen wurde und sein Blut auf die Sitze spritzte. Als er zusammensackte, fiel ihm die Pistole aus der Hand und landete in Peytons Reichweite auf dem Rücksitz.

Hannah schrie und zitterte, überwältigt vor Schmerz. Peyton schlang die Arme um sie, während sie zur Pistole sah.

Eine Sekunde später schwang die Kofferraumklappe des SUV auf. Hände griffen in den Wagen und zogen die beiden Frauen hinaus.

34

Desmond betrachtete seine Beine. Zum ersten Mal seit er in dem Hotelzimmer in Berlin aufgewacht war, wusste er, wie er sich die Narben zugezogen hatte. Die Erinnerung hatte den Effekt, dass er mehr erfahren wollte. Aber im Moment hatte er Dringenderes zu tun: Er musste aus seiner provisorischen Zelle entkommen.

Er lag auf dem Rücken und lauschte ein paar Minuten, um herauszufinden, wo er war und wer sich in der Nähe befand. In dem Stall herrschte völlige Stille. Vermutlich waren die anderen Boxen leer.

Er sah sich nach etwas um, das er als Waffe benutzen könnte. Die beste Möglichkeit war, eine der Stahlstangen herauszubrechen. Er ging durch die Zelle, sah sich die Verankerung der Stangen an und suchte nach einer Schwachstelle. Schließlich entschied er sich für eine Stange an der linken Wand und suchte den Boden nach einem Werkzeug zum Graben ab. Er fand einen fünf Zentimeter langen Stein und begann, die Erde wegzuschaben.

Sobald er das untere Ende der Stange freigelegt hatte, stützte er sich mit den Füßen ab, packte die Stange mit beiden Händen und zog. Schmerzwellen fuhren durch seinen gequälten Körper. Abwechselnd zog er und ließ nach, in der Hoffnung, so die Schweißnaht aufbrechen zu können.

Nach zehn Minuten war er verschwitzt und erschöpft, und die Naht war noch genauso stabil wie zu Beginn.

Keuchend lehnte er sich mit dem Rücken an die Wand.

Er nahm den Stein und drehte ihn in den Händen. Spontan wandte er sich um und kratzte die Worte *Desmond Hughes war hier* ins dunkle Holz. Dann setzte er sich wieder auf den Erdboden und betrachtete seinen in krakeligen weißen Buchstaben geschriebenen Namen. Er beugte sich vor und fügte eine Zeile hinzu: *Ich bin unschuldig.*

Er hatte den Satz geschrieben, ohne darüber nachzudenken. Jetzt fragte er sich, ob es überhaupt stimmte. In seinen Erinnerungen hatte er sich selbst in einem Lagerhaus gesehen, wo Menschen in improvisierten Isolationsräumen behandelt wurden. Aber weswegen wurden sie behandelt? Er wusste, dass es einen Ausbruch in Afrika gab – wahrscheinlich Ebola – und dass Peyton Shaw dort war. Peyton, die Frau, die er von sich aus oder im Auftrag eines anderen hatte warnen wollen.

Hatte er gewusst, dass sich der Ausbruch ereignen würde?

Jemand musste es gewusst haben. In einer anderen Erinnerung hatte er einen Mann mit stark vernarbtem Gesicht gesehen, der vor einer Gruppe stand und ihr erzählte, die Welt werde sich bald ändern.

Desmond lag auf dem Rücken in seiner Zelle und ließ die Gedanken schweifen. Wo auch immer er war, es war heiß und trocken, selbst mitten in der Nacht deutlich über zwanzig Grad. Er war in den Tropen, in einer sehr trockenen Region: Afrika oder vielleicht eine Karibikinsel. Nein, eine Insel war unwahrscheinlich – er roch keine salzige Meeresluft. Allerdings wehte auch nicht die geringste Brise durch den offenen Mittelgang des Stalls.

Er begann, sich einen Fluchtplan zurechtzulegen. Er wusste, dass seine Gegenspieler Profis waren. Sie hatten ihn aus irgendeinem Grund nicht getötet, sondern nur gefangengenommen. Das bedeutete, sie brauchten ihn lebendig.

Sein schweißnasses Gesicht könnte ihm zum Vorteil gereichen. Er spuckte auf den scharfkantigen Stein und versuchte, ihn an seiner Hose zu säubern. Dann hob er das Hemd und kratzte sich über die Seite, gerade tief genug, um zu bluten.

Er verteilte das Blut und drückte sein Hemd auf die Wunde, damit es sich dunkelrot verfärbte.

Als er Schritte im Gang hörte, nahm er seine ganze Konzentration zusammen. Er drehte sich auf die verletzte Seite, atmete langsamer und versuchte, einen wehrlosen Eindruck zu machen. Seine größte Chance war, den Besucher in die Zelle zu locken. Falls ihm das nicht gelang, würde er den Mann durch die Gitter angreifen und hoffen müssen, dabei den Schlüssel zu erbeuten. Vielleicht könnte er den Stein werfen. Mit gefesselten Händen würde er nicht sehr viel Wucht aufbringen, aber vielleicht geriet der Mann ins Stolpern und kam nah genug ans Gitter, damit er ihn packen konnte.

Der Soldat blieb vor seiner Zelle stehen. Er trug eine komplette Körperpanzerung und einen schwarzen Helm mit Visier.

»Ich brauche einen Arzt«, sagte Desmond mit schwacher Stimme. »Jemand hat mir die Seite aufgerissen, als er mich hierhergeschleift hat.«

Der Schweiß in seinem Gesicht unterstützte die Lüge, aber der Soldat rührte sich nicht und gab auch keine Antwort.

»Hast du nicht gehört? Ich brauche einen Arzt.«

Die Stimme des Manns war barsch. »Sieht das hier aus wie ein Krankenhaus?«

»Nein. Offenbar ist es ein Heim für schwachsinnige Söldner. Übrigens, was glaubst du, was deine Auftraggeber tun, wenn ich kurz nach der Übergabe an Blutvergiftung sterbe?« Desmond machte eine kurze Pause. »Vermutlich sinkt deine Lebenserwartung drastisch.«

»Zeig.« Seine Stimme klang nicht mehr ganz so selbstsicher.

»Einen Arzt.«

»Du lügst.«

Desmond drehte sich um und bewegte den rechten Arm ein wenig, sodass der Mann seine blutverschmierte Seite sehen konnte. Er gab vor, nur noch mit Mühe sprechen zu können. »Ich schätze, sie töten mich sowieso. Wenigstens nehme ich dich mit.«

»Komm her.«

»Leck mich«, zischte Desmond.

Einen Moment lang dachte er, der Mann würde die Zellentür öffnen. Aber er machte auf dem Absatz kehrt und ging hinaus.

Zehn Minuten später kehrte er mit einem Tablett voller Essen und einem kleinen Koffer zurück. Desmond schöpfte Hoffnung, bis der Mann das Tablett durch die Gitter schob. Es war aus dünnem Styropor – nutzlos.

»Iss«, sagte der Mann.

»Keinen Hunger. Bin zu sehr mit Sterben beschäftigt.« Desmond hatte wahnsinnigen Hunger, aber er wusste, was in dem Essen war; kurz nach dem ersten Bissen würde er bewusstlos werden. Dann würden sie seine Wunde untersuchen, das Täuschungsmanöver durchschauen und alles, was er danach sagte, mit noch größerem Misstrauen betrachten, wodurch seine Fluchtchancen gegen null sanken.

»Du willst es wirklich auf die harte Tour?«

»Ich dachte, das wäre schon die harte Tour.«

Der Soldat stellte den Koffer ab, öffnete ihn und bereitete etwas vor. Desmond stand auf, um den Stein zu werfen und zum Gitter zu stürmen, aber der Soldat war schneller: Er zog eine Pistole aus dem Koffer, schoss einmal und traf Desmond in die Brust.

35

Millen kam erschrocken zu sich. Sein Oberkörper schmerzte, aber es war das Gefühl an seinem Bein, das ihn irritierte: Etwas glitt um seine linke Wade. Er blieb still liegen und wartete, ob es weggehen würde. Stattdessen zog es sich zusammen und quetschte sein Bein ein wie ein Schraubstock. Er vermutete, dass der Umfang nicht mehr als drei Zentimeter betrug, aber es war stark, und von Sekunde zu Sekunde schnitt es die Blutzufuhr mehr ab.

Er war in einen vertikalen Schacht gefallen; er wusste nicht, wie tief. Absolute Dunkelheit umgab ihn, nur ein einzelner Lichtpunkt leuchtete in der Ferne wie eine Taschenlampe in einem Bahntunnel.

Das Ding schloss sich noch fester um seinen Unterschenkel. Zu Millens Überraschung zog es ihn mit unglaublicher Kraft über den Boden und gegen die Wand.

Das Licht wurde heller und glitt über seinen Körper. Er sah, was ihn gefangen hatte: ein Seil, eine Schlinge, die um sein Bein geworfen worden war.

»Stopp!«, schrie er.

Das Seil zog weiter und hob ihn in die Luft. Der Druck an seinem linken Knöchel, wo die Schlinge hängen geblieben war, war äußerst schmerzhaft. Seine Schultern berührten noch den Boden, aber er wurde immer höher gehievt.

Derjenige, der an ihm zog, konnte ihn nicht hören. Er trug noch den Anzug, der seine Stimme dämpfte.

Er hatte keine Wahl. Obwohl er wusste, dass es ihn das

Leben kosten könnte, riss er den Helm vom Kopf und brüllte, so laut er konnte: »Stopp!«

Die Reaktion erfolgte unglücklicherweise sofort. Er fiel zurück auf den zerklüfteten Fels. Schmerz durchfuhr ihn. Er drehte sich um, aber das machte es nur noch schlimmer. Dann lag er still da und wünschte, es würde enden. Einen Augenblick lang dachte er, er müsste sich übergeben. Die Übelkeit verging, und allmählich drang die Stimme, die von oben herabrief, in sein Bewusstsein. »Dr. Thomas! Ist alles in Ordnung?«

»Wohl kaum«, murmelte er.

»Was?« Es war Kito, der Führer und Übersetzer.

»Einen ... einen Moment«, rief Millen.

Stück für Stück setzte er sich auf. Der Sturz hatte ihm übel zugesetzt. Es fühlte sich an, als hätte er eine Rippenprellung, und er bezweifelte, dass es irgendeinen Körperteil gab, der nicht aufgeschürft oder mit blauen Flecken bedeckt war. Es schien jedoch nichts Schlimmeres passiert zu sein. Er würde es überleben und könnte aus eigener Kraft wieder aus der Höhle steigen. Er wusste, dass er sehr großes Glück gehabt hatte. Der dicke Anzug hatte seinen Sturz gedämpft.

Aber der Schacht, in den er gefallen war, war mindestens sechs Meter tief, und mit der geprellten Rippe konnte er schlecht klettern.

Zum Glück hatte Kito im Lager angerufen und Verstärkung angefordert. Er hatte vier Männer bei sich, und gemeinsam konnten sie Millen hochziehen – auch wenn es alles andere als schmerzlos war.

Sobald er wieder zu Atem gekommen war, bedankte Millen sich ausführlich bei den Männern. Sie hatten Essen und Wasser mitgebracht, und Millen war froh darüber. Ihm war nicht klar gewesen, wie hungrig er war, bis er den ersten Bissen nahm. Als die EPa halb leer war, kam ihm eine Idee. Er setzte den Helm auf und erhob sich.

»Können Sie aus der Höhle gehen?«, fragte Kito.

»Es wird keine Rekordzeit, aber ich schaffe es«, sagte Millen. »Aber zuerst bringe ich das zu Ende, weswegen ich gekommen bin.«

Zwanzig Minuten später beobachtete Millen, wie die Fledermaus neben der EPa landete und daran zu knabbern begann. Er zielte, drückte den Abzug und schoss einen Betäubungspfeil ab. Das Tier zuckte eine Weile, dann erschlaffte es. Millen hob es auf und legte es in den Sack.

»Jetzt können wir los.«

Als die sechs Männer den ersten grünen Leuchtstab erreichten, nahmen sie Funkkontakt mit den beiden kenianischen Soldaten auf, die bei den SUVs am Eingang der Höhle warteten. Kito informierte Millen, dass die beiden Soldaten, die sie hergefahren hatten, verschwunden waren – zusammen mit dem SUV.

»Wahrscheinlich desertiert«, sagte Kito. »Sie haben Familien. Bestimmt machen sie sich Sorgen, dass das Virus sie erwischt.«

Die beiden Männer an den SUVs übermittelten weitere beunruhigende Neuigkeiten: Sobald sie an den Höhlen angekommen waren, hatten sie versucht, sich im Lager beim Dorf zu melden, aber niemand hatte geantwortet.

Millen musste sofort an Hannah denken, wie sie am Morgen friedlich auf ihrer Pritsche geschlafen hatte. Trotz der Schmerzen an Rippen und Beinen beschleunigte er das Tempo. Die fünf Afrikaner hielten mühelos Schritt, und nach weniger als fünfzehn Minuten verließen sie die Höhle.

Millen riss den Helm vom Kopf.

»Beeilen wir uns«, sagte er.

Die Fahrt zurück zum Lager war eine zermürbende Angelegenheit. Auf dem Rücksitz klammerte sich Millen an den Haltegriff am Dach und biss die Zähne zusammen.

Sobald die Scheinwerfer der SUVs die weißen Zelte erfassten, kamen die Fahrzeuge knirschend zum Stehen, und eine Staubfahne schwebte wie ein Geist von den Autos zum Lager. Als die Wolke sich verzogen hatte, wurden Millens schlimmste Befürchtungen wahr: Nichts rührte sich. Er hatte gehofft, die Kommunikation wäre nur aus technischen Gründen unterbrochen.

Die acht Männer stiegen aus den Fahrzeugen. Kito rief im Gesundheitsministerium an, um es von der Lage in Kenntnis zu setzen. Einer der kenianischen Offiziere informierte die Kommandostelle am Flughafen von Mandera. Die übrigen sechs Männer, einschließlich Millen, näherten sich vorsichtig dem Lager. Die Soldaten hielten die halbautomatischen Gewehre im Anschlag.

Das Lager war ein einziger Albtraum. Überall lagen Leichen: Soldaten, WHO-Personal, CDC-Angestellte und Mitarbeiter des kenianischen Gesundheitsministeriums. Wer auch immer das Lager überfallen hatte, hatte niemanden verschont. Von Hannah war keine Spur zu sehen – bisher. Wenn sie durch ein Wunder überlebt hatte, schrie sie nicht.

Die Männer verteilten sich und durchsuchten das Lager, fanden aber nur weitere Tote. Millens Angst wuchs mit jedem Schritt. Noch klammerte er sich an die Hoffnung, Hannah könnte überlebt haben und irgendwie entkommen sein. Er hielt den Atem an, als er die Klappe ihres Zelts zurückschlug.

Leer.

Schnell zählte Millen die SUVs. Einer fehlte. Es bestand noch die Chance, dass sie rausgekommen war.

Einer der Soldaten rief etwas von außerhalb des Lagers. Kurz darauf war Millen bei ihm und starrte entsetzt auf das, was er entdeckt hatte.

Dr. Jonas Beckers Leiche lag zusammengekrümmt in einem umgestürzten SUV.

Er ist im Kampf gestorben, dachte Millen. Aber gegen wen hatte er gekämpft? Al-Shabaab?

»Dr. Thomas«, rief der Soldat hinter dem SUV.

Die Hecktür stand offen, und eine große Blutlache bedeckte den Boden hinter dem Fahrzeug. Überall lagen Glassplitter.

Millen zog sein Satellitentelefon hervor und wählte eine Nummer in Atlanta. Während des Hinflugs hatte Dr. Shaw darauf bestanden, dass die EIS-Offiziere, wenn der schlimmste Fall eintrat, das EOC umgingen und Elliott Shapiro persönlich anriefen.

In Atlanta war es fünf Uhr nachmittags, und der Anruf wurde beim ersten Klingeln angenommen.

»Shapiro.«

»Dr. Shapiro, ich heiße Millen Thomas. Ich bin ein EIS-Offizier im ersten Jahr und wurde nach Mandera geschickt.«

»Verstehe«, sagte Elliott. Millen hörte, wie er sich von Stimmengewirr und Tastaturgeklapper entfernte. »Was kann ich für Sie tun, Millen?«

»Sir, wir haben ein Problem.«

36

Der Anruf erschütterte Elliott. Er hatte seinen letzten Rundgang machen wollen, bevor er nach Hause ging, aber jetzt saß er an seinem Schreibtisch und dachte über seine nächsten Schritte nach. Von dem, was er jetzt tat, könnte abhängen, ob seine Leute in Kenia überlebten oder starben – einschließlich einer jungen Frau, die für ihn etwas ganz Besonderes war.

Elliott und seine Frau Rose waren mit zwei Söhnen gesegnet worden. Einer war im Alter von drei Jahren in ihrem Swimmingpool tödlich verunglückt. Sie hatten das Becken zuschütten lassen und dort einen Garten als Gedenkstätte angelegt. Ihr anderer Sohn arbeitete als Anästhesist in Austin, und sie sahen ihn nur ein paarmal im Jahr. Peyton war regelmäßig bei ihnen zu Besuch, und im Laufe der Zeit hatten sowohl Elliott als auch Rose begonnen, sie als die Tochter zu betrachten – und zu behandeln –, die ihnen nicht vergönnt gewesen war.

Er wusste, dass die Stunden unmittelbar nach ihrer Entführung entscheidend waren, um ihre sichere Rückkehr zu gewährleisten, und dass schnelles und entschlossenes Handeln die einzige Möglichkeit war, sie zu beschützen und Schlimmeres zu vermeiden.

Sein erster Anruf galt dem National Reconnaissance Office, aber der Militärnachrichtendienst schaltete auf stur.

»Wir brauchen die Satellitendaten sofort, haben Sie das verstanden?«, sagte er. »Ich lege jetzt auf und rufe im Außenministerium und bei Leuten an, die weit über Ihnen stehen. Ich werde Ihren Namen erwähnen. Falls die Daten nicht zur Verfügung stehen, wenn ich Sie wieder anrufe, geht das schlecht für Sie aus.«

Er bluffte nicht; als Nächstes rief er im Außenministerium an und gleich danach bei seinem Ansprechpartner bei der CIA.

Sobald er aufgelegt hatte, klingelte sein Bürotelefon. Es war der Direktor des CDC. Elliott hatte Millen aufgetragen, sofort nach ihrem Gespräch beim EOC anzurufen, und offenbar hatte die Nachricht von der Krise jetzt die Spitze der Nahrungskette erreicht.

»Haben Sie im Außenministerium angerufen, Elliott?«

»Ja.« Elliott tippte gerade eine E-Mail an Joe Ruto, den Leiter des CDC in Kenia, in der er ihn drängte, die Kenianer zu fragen, ob sie irgendwelche Agenten in der Gegend hatten.

»Haben Sie den Leuten gedroht, Elliott?«

»Hm, ja. Kann sein, ich weiß nicht. Warum?«

Elliott klemmte sich das Telefon zwischen Kopf und Schulter, damit er schneller tippen konnte.

»Weil die mich gerade angerufen haben. Sie waren nicht gerade begeistert.«

»Aha. Genehmigt das Weiße Haus eine Schnelle Eingreiftruppe?«

Elliott glaubte, die größte Chance, Peyton und die anderen Geiseln zurückzuholen, bestünde, wenn eine Schnelle Eingreiftruppe die Gegend durchkämmte, und genau an diesem Szenario hatte er gearbeitet.

»Es gibt noch nicht einmal ein Ziel«, sagte der Direktor.

»Doch, die Terrorcamps von al-Shabaab in Somalia.«

»Seien Sie realistisch, Elliott.«

»Bin ich doch. Was glauben Sie denn, wer *realistisch gesehen* dahintersteckt? In der Region gibt es ein Terrornetzwerk: al-Shabaab. Diese Leute hassen Amerika. Wir haben sehr lohnende Ziele in der Gegend. Sie waren es. Sie haben sie.«

»Sie?«

»Unsere Leute.«

Der Direktor schnaufte. »Unsere Leute könnten in jedem der Camps sein.«

»Stimmt. Wir müssen überall gleichzeitig zuschlagen. Das ist die einzige Chance.«

»Mein Gott, Elliott. Wollen Sie in Süd-Somalia einen Bodenkrieg starten?«

»Ich will bekannte Terrorcamps stürmen, um nach amerikanischen Geiseln zu suchen. Seit wann ist das so schwierig zu vermitteln?«

Nach einer Pause sagte der Direktor: »Warten Sie kurz.« Elliott hörte, wie er mit der Maus klickte. »Okay, in fünfzehn Minuten gibt es eine Telefonkonferenz mit dem Weißen Haus ...«

»Ich will dabei sein.«

»Nein, Elliott. Nur geladene Teilnehmer. Der Präsident und der Nationale Sicherheitsberater sind dabei. Rufen Sie bitte niemanden mehr an. Ich weiß, dass Sie sich Sorgen machen. Ich mache mir auch welche. Ich rufe Sie an, sobald die Konferenz vorbei ist, okay?«

»Ja. Okay.«

Elliott knallte das Telefon auf den Tisch und lauschte eine Weile seinem eigenen Atem. Auf seinem Handy, das auf dem Schreibtisch lag, ging eine SMS ein:

Von: Rose
Nachricht: Überlege, ob wir statt ins Miller Union ins Kyma gehen. Einverstanden?

Elliott rief seine Frau an.

»Wir müssen das Abendessen ausfallen lassen.«

Rose bemerkte sofort seinen Tonfall. »Was ist passiert?«

»Es geht um Peyton.«

»Oh Gott.«

Elliott vermied es, seiner Frau Einzelheiten mitzuteilen. Er erzählte ihr im Wesentlichen, sie könnten Peyton und ihr Team nicht erreichen und versuchten herauszufinden, ob es sich um ein technisches Problem oder etwas anderes handelte. Notlügen gehörten zu seinem Beruf, besonders während der Auslandseinsätze; seit er befördert worden war und im CDC-Hauptquartier arbeitete, waren sie seltener geworden. Es wäre ihm viel lieber gewesen, Rose die Wahrheit zu sagen, aber das war nicht der richtige Zeitpunkt.

Zehn Minuten später erschien eine E-Mail in Elliotts Posteingang. Das NRO hatte die Satellitenaufnahmen zur Verfügung gestellt.

Elliott klickte auf den Link und sah zu, wie Soldaten in schwarzen Kampfanzügen in der Abenddämmerung das Lager angriffen. Am Ende der Aufnahmen zerrten sie zwei Frauen aus dem Fond eines umgestürzten SUV. Sie stülpten ihnen schwarze Säcke über die Köpfe und schleiften sie auf eine Lichtung, wo ein Helikopter landete und sie mitnahm.

Elliott nahm sein Bürotelefon und rief entgegen der Anweisung des CDC-Direktors den Analysten des NRO an. »Wo ist der Hubschrauber hingeflogen?«

»Wissen wir nicht. Das Gebiet ist riesig; wir können nicht alles überwachen.«

»Ist der Hubschrauber noch mal aufgetaucht – auf einem anderen Satellitenbild?«

»Wissen wir nicht.«

»Verdammt, was soll das heißen?«

»Es ist ein Sikorsky ohne irgendwelche Abzeichen. Wir können nicht sicher sein, ob es derselbe Hubschrauber ist.«

»Haben Sie Satelliten über den Terrorcamps von al-Shabaab?«

Der Analyst zögerte.

»Also?«

»Das ist ... geheim, Sir.«

»*Geheim?* Sie wollen mir wirklich nicht verraten, ob Sie gesehen haben, wie ein ähnlicher Hubschrauber in einem Terrorcamp landet?«

»Das könnte mich meinen Job kosten.«

»*Ihren Job?* Jetzt hören Sie mir mal gut zu. In diesem Moment foltern und vergewaltigen irgendwelche Terroristen vielleicht amerikanische Staatsbürger – Regierungsangestellte, die wie Sie und ich unserem Land dienen, Leute, die sich in Gefahr begeben, um unsere Familien und Freunde zu beschützen, damit wir heute Abend nach Hause gehen und friedlich schlafen können. Wenn Sie das auch nur im Geringsten interessiert, dann sollten Sie die Aufnahmen von allen Terrorcamps besorgen und überprüfen, ob da ein Hubschrauber landet oder sonst was vorgeht. Und dann informieren Sie *bitte* den Nationalen Sicherheitsberater oder wen auch immer man bei euch anruft. Tun Sie das?«

»Ja, Sir.«

Auf Elliotts Handy ging eine weitere SMS ein.

Von: Rose
Nachricht: Gibt's was Neues?

Elliott schrieb zurück.

Noch nicht. Alles kommt in Ordnung. Mach dir keine Sorgen.

Um sechs Uhr abends klingelte Elliotts Bürotelefon. Er riss den Hörer ans Ohr und war überrascht, als er die Stimme am anderen Ende hörte. Es war der Leiter des Bereitschaftsdienstes des EOC.

»Elliott, wir werden gerade mit Meldungen überflutet. Die Atemwegserkrankung breitet sich aus. Millionen neuer Fälle ...«

»Aha, aha«, unterbrach Elliott ihn. »Behalten Sie das im Auge. Ich rufe Sie zurück.«

»Aber ich glaube ...«

»Ich rufe Sie zurück.«

Er legte auf und erwog kurz, den Direktor anzurufen, um zu fragen, ob er ihn zu erreichen versucht hatte.

Er stand auf und wanderte durch das Zimmer. Sein Blutdruck musste durch die Decke schießen. Er war froh, dass Rose ihn nicht sehen konnte. Er nahm ein Tablettenröhrchen aus der obersten Schreibtischschublade und schluckte eine Blutdruckpille.

Elliott kam es vor, als vergingen Stunden, bis sein Telefon erneut klingelte.

»Okay«, sagte der Direktor des CDC. »Das Militär hält zwei Schnelle Eingreiftruppen bereit und schickt einen Flugzeugträger in den Golf von Aden. Die Spezialeinheiten der CIA am Flughafen von Mogadischu sind ebenfalls in Alarmbereitschaft. Sobald es verlässliche Informationen über den Aufenthaltsort der Geiseln gibt, schlagen sie zu.«

»Das ist alles?«

»Mehr können wir nicht tun, bis wir wissen, wo sie sind.«

»Sollen wir jetzt warten, bis die Entführer ihre Forderungen ins Internet stellen? Oder unsere Leute zwingen, eine Erklärung vorzulesen? Oder hoffen wir, dass sich jemand in einer Spelunke in Mogadischu besäuft und amerikanische Geiseln erwähnt?«

»Was wollen Sie, Elliott?«

»Ich will, dass Spezialeinheiten die Terrorcamps in Somalia stürmen. Wir sollten da unten alles auf den Kopf stellen.«

»Und wenn die Geiseln nicht da sind? Was, wenn sie in Äthiopien sind oder noch in Kenia? Beim Angriff auf die Camps könnten amerikanische Soldaten sterben. Und es könnte die Geiselnehmer provozieren, als Vergeltungsmaßnahme unsere Leute zu töten.«

»Die Soldaten haben sich dafür verpflichtet«, sagte Elliott. »Die Spezialeinheiten kennen das Risiko, sie wissen, dass sie sich in Gefahr begeben müssen, um Amerikaner zu retten. Das ist ihr Job. Und wenn unsere Leute ins Ausland geschickt werden, gehen sie unter einer einfachen Voraussetzung dorthin: Wenn sie in Schwierigkeiten geraten, holen die Vereinigten Staaten von Amerika sie raus. Wir halten unser Versprechen nicht. Wie sollen wir die nächsten EIS-Offiziere bitten, das Risiko auf sich zu nehmen, wenn wir nicht bereit sind, sie zu beschützen? Hm?«

»Ich halte Sie auf dem Laufenden, Elliott. Gehen Sie nach Hause. Versuchen Sie, sich zu entspannen.«

Die Verbindung wurde beendet. Elliott warf das Telefon quer durchs Zimmer. Das graue Ethernet-Kabel, das es mit der Wand verband, ließ es zurückschnellen wie ein Jo-Jo und gegen den Schreibtisch knallen.

Die Tür flog auf, und sein Assistent John sah hinein. Der junge Mann blieb immer so lange, bis Elliott nach Hause ging. Er sah auf das kaputte IP-Telefon. »Ich ... rufe bei der IT an.«

Sobald er die Tür geschlossen hatte, nahm Elliott sein Handy und wählte die Nummer eines alten Freunds.

»Ich habe eine Story für dich.«

»Offiziell?«

»Absolut vertraulich.«

»Über den Ausbruch in Kenia oder die neue Geschichte?«

»Kenia. CDC-Beschäftigte wurden entführt. Das Weiße Haus ist informiert. Sie unternehmen absolut nichts.«

37

Als Elliott nach Hause kam, goss er sich einen Drink ein und schüttete ihn hinunter. Dann schenkte er sich nach und setzte sich in den großen Sessel in der Ecke seines mit Mahagoni getäfelten Arbeitszimmers und starrte ins Leere. Irgendwann fiel sein Blick auf ein Foto, das vor sieben Jahren in Haiti aufgenommen worden war. Er hatte den Arm um Peyton gelegt, und beide sahen in die Kamera. Es war an dem Tag gemacht worden, als sie erfuhren, dass es keine neuen Cholerafälle gab. Ein fröhlicher Tag – einer der wenigen während dieses zermürbenden Einsatzes.

Er nahm die Fernbedienung und schaltete den Flachbildfernseher an.

CNN hat erfahren, dass die Entführung sich im östlichen Kenia ereignete, nahe der Grenze zu Somalia ...

Elliott sah sich den Rest des Beitrags an. Er endete mit den Worten: *Das Weiße Haus hat in einer Stellungnahme verkündet, man werde »die Situation genau beobachten und alle Optionen erwägen, um das amerikanische und kenianische Personal unversehrt zurückzuholen«.*

Er ging in die Küche, um nach Rose zu sehen, aber sie war nicht dort. Auf der Kücheninsel stand ein ganzes rohes Hühnchen in einer Glasform neben geschnittenem Gemüse. Rose hatte ihm eine SMS geschrieben, dass sie kochen werde, und er fragte sich, ob etwas dazwischengekommen war.

Seine Frau hatte ihren Beruf als Lehrerin aufgegeben, als ihr erster Sohn geboren wurde. Sie war eine wunderbare Mutter gewesen. Nach dem Tod ihres jüngsten Sohns im Swimmingpool hatte sie viel Zeit darauf verwendet, den Garten zu pflegen, den sie stattdessen angelegt hatten – und das Gemüse zu kochen, das sie dort anbaute.

Der Herd war eingeschaltet. Elliott ging in die Hocke und machte das Licht an. Der Backofen war vorgeheizt, aber leer.

»Rose?«, rief er.

Keine Antwort.

Er ging in ihr Arbeitszimmer neben der Küche. Die Post des Tages lag ungeöffnet auf dem Schreibtisch.

Er fand Rose im Schlafzimmer, wo sie angezogen auf der Bettdecke lag. Die Vorhänge standen offen. Die untergehende Sonne schien durch die Terrassentüren.

»Rose?«

Sie rührte sich nicht.

Elliott setzte sich auf die Bettkante, nahm ihre Hand und fühlte mit dem Finger ihren Puls. Sie glühte, und das Herz schlug schnell. Er legte ihr den Handrücken auf die Stirn. Eindeutig Fieber.

Als sie die Augen aufschlug und Elliott sah, wirkte sie verwirrt. Sie warf einen Blick auf die Uhr auf dem Nachttisch.

»Oh nein. Ich muss eingeschlafen sein.«

Sie richtete sich mit zitternden Armen auf, hustete, sank zurück aufs Bett und griff nach dem Taschentuchspender auf dem Nachtkästchen. Elliott hörte die Verschleimung in ihrer Brust, als sie heftig in ein Taschentuch hustete. In dem Papierkorb neben dem Bett lagen schon eine Menge benutzte Taschentücher.

»Wann hat das angefangen?«, fragte er.

»Kurz nachdem du heute Morgen gegangen bist. Nicht der Rede wert. Ich muss das Abendessen fertig machen.«

Elliott betastete ihren Hals. Die Lymphknoten waren geschwollen; ihr Körper bekämpfte eine Infektion.

Sie nieste zweimal in das Taschentuch. Elliott stellte den Spender zu ihr auf die Matratze.

»Nein, Rose. Du bleibst im Bett, und *ich* mache Essen.«

Sie sah ihn skeptisch an.

»Okay. Ich *hole* Essen.«

Sie lächelte und drückte seine Hand.

Er half ihr aus den Kleidern und deckte sie zu, dann ging er ins Bad und durchsuchte das Medizinschränkchen. Alle Tabletten gegen Erkältung und Grippe waren längst abgelaufen. Er fand ein Tütchen mit Zinkpastillen und kehrte damit zu ihr zurück.

»Bleib im Bett, Schatz. Nimm die hier – die helfen. Ich besorge was zu essen und Erkältungsmittel. Bin gleich wieder da.«

Elliott aß eine Kleinigkeit, um den Alkohol aufzusaugen, dann schaltete er den Herd aus und stellte das Hühnchen und das Gemüse in den Kühlschrank. Roses Essen fertig zu kochen überstieg seine Fähigkeiten; wenn sie nicht in der Stadt war, verpflegte er sich normalerweise an der Imbisstheke von Whole Foods. Damit würden sie sich heute Abend zufriedengeben müssen.

Der Drogerieparkplatz war komplett belegt. Elliott musste tatsächlich warten, bis eine Lücke frei wurde. Er war überrascht, was in dem Geschäft ablief. Leute drängten sich in den Gängen und stritten an der Kassenschlange.

Was ist denn hier los?

Er ging in den Gang, in dem die Medikamente gegen Erkältung und Grippe standen, aber die Regale waren leer, ausgeräumt bis auf die letzte Schachtel und Flasche.

An der Theke im hinteren Teil der Drogerie herrschte Tumult.

»Mein Kind ist krank ...«

»Wann bekommen Sie neue ...«

Eine Apothekenhelferin ging an dem Abholfenster vorbei und begegnete Elliotts Blick.

»Entschuldigung«, sagte Elliott. »Haben Sie noch irgendwelche Erkältungsmedikamente?«

Die junge Frau schüttelte den Kopf, als hätte man ihr die Frage schon oft gestellt. »Nein, und wir wissen auch nicht, wann wir Nachschub bekommen.«

Wenn es in Atlanta geschah, passierte es wahrscheinlich im ganzen Land. Die Situation war schlimmer als die Statistiken zeigten – viel schlimmer. Elliott musste zurück an die Arbeit. Sie mussten aggressiver und schneller handeln. Und sie mussten das Virus dringend sequenzieren, damit sie es mit den Proben aus Mandera vergleichen konnten. Wenn es die gleichen Viren waren ... Er wollte nicht einmal darüber nachdenken. Die USA waren nicht auf so etwas vorbereitet. Und auch kein anderes Land.

Er überlegte, Rose anzurufen, befürchtete aber, sie aufzuwecken. Sie brauchte Ruhe und hätte wahrscheinlich ohnehin nicht viel gegessen. Falls sie Hunger bekam, gab es noch Reste vom letzten Abend im Kühlschrank.

Auf dem Weg zum CDC rief Elliott seinen Sohn in Austin an. Ryan sollte mit seiner Frau und seinem Sohn an diesem Abend nach Atlanta fliegen, um bei Elliott zu Hause Thanksgiving zu feiern. Er nahm beim ersten Klingeln ab.

»Hallo, Dad.«

»Hallo. Ich wollte dich noch vor dem Flug erwischen.« Elliott hörte, wie im Hintergrund Autos hupten.

»Warum? Ist alles in Ordnung?«

»Ja«, log Elliott. »Natürlich. Ich wollte nur mal hören, wie es dir geht. Hier geht ein Virus um.«

»Hier auch. Man hat das Gefühl, die ganze Stadt wäre krank«, sagte Ryan.

»Und Adam? Und Samantha?«, fragte Elliott.

»Denen geht es gut. Wir haben Glück gehabt – bis jetzt ist es an uns vorbeigegangen. Aber in Adams Hort wurden gestern alle Kinder nach Hause geschickt.« Er zögerte. »Wir sind fast am Flughafen. Bist du sicher, dass wir kommen sollen?«

Über genau diese Frage hatte Elliott nachgedacht. Wenn alles den Bach runterging, wollte er seine Familie lieber in der

Nähe haben. Und er wollte sie nicht beunruhigen. »Klar. Wir freuen uns auf euch.«

»Okay. Bis heute Nacht.«

»Pass auf dich auf. Ich liebe dich.«

»Ich liebe dich auch, Dad.«

Am Empfang des Hauptgebäudes des CDC an der Clifton Road schob Elliott seine Karte in das Lesegerät. Es piepste, und ein rotes Licht leuchtete auf. Er versuchte es erneut. Der Wachmann hinter dem Pult kam zu ihm.

»Ich glaub, mit meiner Karte stimmt was nicht«, sagte Elliott.

»Es liegt nicht an der Karte, Dr. Shapiro. Ihre Zugangsberechtigung für das Gelände wurde aufgehoben.«

»Was? Wer hat das angeordnet?« Aus dem Augenwinkel sah Elliott, wie zwei weitere Wachmänner sich dem Drehkreuz näherten.

»Tut mir leid, Sir, das weiß ich nicht.«

Elliott trat ein paar Schritte vom Eingang zurück, damit die anderen Mitarbeiter vorbeigehen konnten. Sie sahen sich zu ihm um. Er zog sein Handy hervor und rief den Direktor an.

»Steven, ich habe Schwierigkeiten, ins Gebäude zu kommen.«

»Gewöhnen Sie sich dran. Wenn es nach mir geht, kommen Sie nie mehr rein.«

Elliott überlegte, ob er sich dumm stellen sollte, kam aber zu dem Schluss, dass es am besten wäre, an das Pflichtgefühl des Direktors zu appellieren. »Hören Sie, was immer ich Ihrer Meinung nach getan habe, es spielt jetzt keine Rolle mehr. Wir haben einen schwerwiegenden Ausbruch. Wir brauchen jeden Mann – zum Wohl des amerikanischen Volkes ...«

»Sparen Sie sich das, Elliott. Wir wissen über die Lage Bescheid. Gehen Sie nach Hause. Und wagen Sie es nicht, noch ein Wort mit der Presse zu reden.«

TAG 5

50.000.000 Infizierte

12.000 Tote

38

Desmond wachte mit neuen, noch heftigeren Schmerzen auf. Die Beule an der linken Seite seiner Brust sah aus wie ein Bienenstich – von einer Biene so groß wie ein VW.

Während seiner Bewusstlosigkeit hatten sie ihn aus dem Stall an einen anderen Ort gebracht. Seine neue Zelle unterschied sich deutlich von der alten. Auf drei Seiten war er von weiß gestrichenen Metallwänden umgeben, und eine dicke Glasscheibe trennte ihn von einem breiten Gang. Er lag auf einem schmalen Bett auf einer Matratze ohne Laken. Es war ein modern ausgestattetes Gefängnis. In der Decke befand sich ein Lautsprecher und in der Wand gegenüber der Glasscheibe ein Schlitz, durch den vermutlich das Essen geschoben wurde.

Der Pfeil, den der Soldat in dem Stall auf ihn abgeschossen hatte, musste ein starkes Betäubungsmittel enthalten haben; Desmond spürte, dass er eine ganze Weile bewusstlos gewesen war. In der Zeit hatten sie ihn ausgezogen, in einen grünen Kittel gesteckt und seine Wunden versorgt. Desmond zog das Oberteil hoch und betrachtete den Verband an seiner Seite. Er bedeckte den flachen Schnitt, den er sich zugefügt hatte.

Weder seine Hände noch seine Füße waren gefesselt. Es fühlte sich gut an, wenigstens diese Freiheit wiederbekommen zu haben.

Er wusste nicht genau wieso, aber er hatte das Gefühl, sich auf einem Schiff zu befinden. Vielleicht lag es an dem leichten Schwanken oder einfach an den Ausmaßen und der metallischen Beschaffenheit seiner Zelle.

Er hatte keine Ahnung, wie lang er auf dem Bett saß und wartete. Das Summen der Neonröhren wurde erst lästig, dann ohrenbetäubend.

Schritte auf dem Metallboden. Jemand marschierte zielstrebig auf seine Zelle zu. Ein Mann blieb vor der Glaswand stehen und sah ihn an. Desmond erkannte ihn sofort: Es war der Mann mit dem vernarbten Gesicht aus seinen Erinnerungen. Er trug sein Haar jetzt länger. Die blonden Locken hingen ihm ins Gesicht und verdeckten einen Teil der Narben. Das fleckige verbrannte Fleisch reichte von der Brust über Hals, Kinn und Wangen bis zu den Augenbrauen. Der zottelige sandblonde Bart wuchs ungleichmäßig und half kaum, die verheilten Wunden zu verbergen, die ihm schreckliche Qualen bereitet haben mussten. Er sah fast unmenschlich aus.

Desmond stand auf und ging langsam zur Glaswand.

»Warum?« Die Frage seines Entführers klang wütend und – zu Desmonds Überraschung – auch verletzt.

»Wer sind Sie?«, fragte Desmond.

Der Mann lachte höhnisch und antwortete mit starkem australischem Akzent. »Spar dir das Theater, Desmond. Ich nehme dir die Sache mit der Amnesie nicht ab.«

»Hören Sie, ich habe absolut keine Ahnung, wer Sie sind. Ich bin vor ein paar Tagen in einem Hotelzimmer in Berlin ohne Erinnerung aufgewacht. Ich wusste nicht mal, wer ich bin.«

»Das werden wir sehen.« Der Mann hob ein Funkgerät an den Mund und sagte: »Weitermachen.«

Ein leises Zischen ertönte in der Zelle. Desmond sah sich nach der Quelle des Geräuschs um: der Schlitz in der Wand, den er für eine Durchreiche gehalten hatte. Innerhalb von Sekunden wurde er ohnmächtig.

Das Bewusstsein kehrte in langsamen verschwommenen Wellen zurück. Desmonds Kopf fühlte sich schwer an. Er hörte verzerrte Stimmen, als läge er in einem tiefen Brunnen, während sich oben Leute leise unterhielten.

Über ihm leuchtete grelles Licht. Er war an eine Art Zahnarztstuhl geschnallt, die Beine ausgestreckt, den Kopf nach hinten gebunden. In seiner Armbeuge steckte eine Infusionsnadel. Irgendwo hinter ihm piepste eine Maschine.

»Was hast du mit Rendition gemacht?« Es war der Blonde mit dem vernarbten Gesicht.

»Er ist bei Bewusstsein«, sagte ein anderer Mann.

»Geben Sie ihm noch eine Dosis!«

»Das wird zu viel. Wir müssen warten, bis es abklingt.«

»Tun Sie es.«

Als Desmond erneut aufwachte, lag er auf wieder auf der schmalen Matratze in seiner Zelle aus Metall und Glas. Seine Gedanken waren noch träge und wirr von dem Betäubungsmittel.

Auf einem Metallklappstuhl gleich hinter der Glaswand saß der blonde Mann mit überschlagenen Beinen und sah auf ein Tablet. Sobald Desmond sich rührte, legte er den Computer zur Seite. Sein Benehmen hatte sich verändert: Der Hass in seinen Augen war einem gelassenen nachdenklichen Ausdruck gewichen.

Desmond setzte sich auf. »Glauben Sie mir jetzt?«, fragte er.

»Ja.« Der Mann stand auf und ging zur Scheibe.

»Wer sind Sie?«

»Ich heiße Conner McClain. Sagt dir das was?«

Desmond schüttelte den Kopf.

»Es spielen sich gerade Dinge ab, die den Lauf der Menschheitsgeschichte für immer verändern werden. Hinter den Kulissen, *hinter den Schlagzeilen,* tobt ein Krieg. Sehr bald wird er die ganze Welt erschüttern.«

Schlagzeilen, dachte Desmond. »Der Ausbruch in Kenia.«

»Ja.«

»Sie sind dafür verantwortlich. Sie haben ihn ausgelöst.«

»Nein, Desmond. *Wir* haben ihn ausgelöst.«

Die Worte trafen Desmond wie ein Vorschlaghammer. Er horchte in sich hinein, ob sie wahr sein könnten.

»Uns läuft die Zeit davon«, sagte Conner. »Ich brauche deine Hilfe. Du musst mir alles erzählen, was dir zugestoßen ist. Du musst mir helfen, die Entwicklung aufzuhalten.«

»Lassen Sie mich frei.«

»Ich kann nicht.«

»Doch.«

»Versetz dich in meine Lage, Desmond. Ich weiß nicht, was mit dir passiert ist.«

»Was *glauben* Sie denn, was mit mir passiert sein könnte?«

»Ich sehe zwei Möglichkeiten. Die erste ist, dass einer unserer Feinde dich in die Finger gekriegt hat. Und dich benutzt, um zu versuchen, uns aufzuhalten.«

»Einer *unserer* Feinde?«

»Ja. Bis vor ein paar Tagen waren wir beide Partner.«

»Wobei?«

»Bei dem größten wissenschaftlichen Unternehmen der Geschichte.«

»Dem Spiegel-Projekt.«

»Ja.«

»Was ist das?«

»Das kann ich dir nicht sagen.«

»Warum nicht?«

»Wegen der zweiten Möglichkeit, warum du dein Gedächtnis verloren haben könntest.«

»Und zwar?«

»Dass du es dir selbst angetan hast – dass du uns und unsere Sache verraten hast. Das ist das beängstigendere Szenario. So oder so kann ich nicht sicher sein, auf welcher Seite du stehst, Desmond. Aber *falls* deine Erinnerung zurückkehrt, wirst du begreifen, was uns bevorsteht. Du wirst verstehen, dass wir die einzige Hoffnung für die Menschheit sind – dass das Spiegel-Projekt unsere einzige Hoffnung ist.«

»Es sind drei Komponenten«, sagte Desmond. »Rook, Rendition und Rapture.«

»Du erinnerst dich?«

»Nein. Der Journalist hat es mir erzählt.« Desmond musste an die Angst in seinem Gesicht denken, als er gesagt hatte: *Sie haben meine Verlobte.* »Was ist aus ihm geworden?«

Conner wandte den Blick ab.

»Ich habe Sie was gefragt.«

»Wir haben ihn auf eine All-inclusive-Reise nach Disneyland geschickt, Desmond. Was glaubst du denn, was aus ihm geworden ist?«

»Was wollen Sie von mir?«

»Rendition.«

»Was ist das?«

»Dein Lebenswerk. Dein Beitrag zum Spiegel-Projekt.«

Während er auf dem schmalen Bett saß, versuchte Desmond sich an irgendetwas zu erinnern, was Rendition betraf. Ihm fiel nichts ein. Das Wort löste keine Erinnerungen aus – nur ein Gefühl: *Es muss geschützt werden.* Desmond spürte instinktiv, dass sich eine unvorstellbare Katastrophe ereignen würde, wenn Rendition in Conners Hände fiel, ein Verlust von Menschenleben, wie es ihn nie zuvor gegeben hatte.

Er sah auf. »Was ist mit den anderen Komponenten des Spiegel-Projekts?«

»Rook ist mein Projekt. Es ist fast abgeschlossen.«

»Und Rapture?«

»Das wird durch unseren Partner sichergestellt. Hör zu, Desmond, du musst dich unbedingt erinnern, was du mit Rendition gemacht hast. Die Zukunft der Menschheit steht auf dem Spiel.«

Die beiden Männer sahen einander in die Augen und versuchten, ihr Gegenüber zu durchschauen.

Die Luke zum Gang öffnete sich, und ein Mann und eine Frau kamen herein. Sie stellten einen Laptop und einen Flachbildschirm auf den Tisch, an dem Conner gesessen hatte. Den Monitor drehten sie so, dass Desmond aus seiner Zelle das Bild sehen konnte.

»Was soll das?«

»Wir versuchen, deinem Gedächtnis auf die Sprünge zu helfen.«

Die Frau tippte auf dem Laptop, und auf dem Monitor erschien ein Bild. Eine blonder Junge, vielleicht sieben Jahre alt, stand neben einem großen rotgesichtigen Mann im Overall. Hinter ihnen ragte eine Ölbohrplattform auf.

Desmond betrachtete die Gesichter. »Das bin ich, oder?«

»Ja. Erinnerst du dich an ihn?«

Desmond hatte das Gesicht des älteren Manns schon einmal gesehen – in einer Erinnerung.

Rein instinktiv log er.

»Nein.«

Conner sagte zu der Frau: »Machen Sie weiter. Rufen Sie mich an, wenn Sie einen Durchbruch erzielen.«

39

Als Conner verschwunden war, sah Desmond noch einmal auf den Monitor. Das Bild löste tatsächlich eine Erinnerung aus. Eine unangenehme.

Kurz nachdem er in Oklahoma angekommen war, erfuhr Desmond, warum Charlotte ihn nur zögerlich ins Flugzeug gesetzt hatte. Orville Hughes war zwar sein engster Verwandter, hatte jedoch keine Verwendung für Desmond oder irgendeinen anderen fünfjährigen Jungen. Der Mann war groß und muskulös, und auf seinem boshaften Gesicht lag ständig ein höhnischer Ausdruck.

Er wohnte südlich von Oklahoma City in einem kleinen Gehöft bei Slaughterville. Orville arbeitete auf den Ölplattformen, meistens in Schichten von zwei oder drei Wochen, zwischen denen er für ein paar Wochen zu Hause war. Desmond musste größtenteils allein zurechtkommen. Und er freute sich auf die Zeiten, in denen Orville weg war.

Wenn Orville zu Hause war, trank er bis spät in die Nacht Whiskey und verschlief den halben Tag. Manchmal hörte er Musik, meistens Cowboy-Songs. In der übrigen Zeit sah er sich Wiederholungen von alten Western an. *Rauchende Colts, Bonanza,* und *Have Gun – Will Travel* waren seine Lieblingsserien. Wenn ein Film mit Charles Bronson, John Wayne oder Clint Eastwood lief, durfte Desmond weder sprechen noch irgendwelche Geräusche machen. Aber es wurde von ihm verlangt, dass er kochte und sauber machte. Sein Onkel bestrafte ihn nur einmal, weil er gegen die Regeln verstieß. Das genügte Desmond.

Bald erkannte er ein Muster im Trinkverhalten seines Onkels. Die erste Hälfte der Flasche hatte kaum eine Wirkung auf ihn. Der Rest war wie ein Zaubertrank, der ihn völlig veränderte. Mit jedem Schluck wurde er gemeiner. Er redete mehr, manchmal mit sich selbst, manchmal mit Desmond, und sein englischer Akzent wurde von Minute zu Minute ausgeprägter.

Er sprach über seine Kindheit im London der Nachkriegszeit. Jede Äußerung wurde mit den Worten *nach dem Krieg* eingeleitet.

»Du glaubst, dein Leben wäre hart, Junge? Du hast keine Ahnung, was hart bedeutet. Nach dem Krieg, da war es hart. Du bist weich, Junge. Dein Vater war auch weich. Er hat die Schaf-Ranch von der Familie deiner Mutter übernommen und ein bequemes Leben gehabt. Und ein verwöhntes Balg großgezogen.«

Er redete über die Arbeit auf den Ölfeldern, erzählte, wie hart und heldenhaft sie sei. Spät in der Nacht, wenn die Flasche fast leer war, sprach er von den Unfällen: Männer, die Finger, Hände, ganze Glieder verloren. Todesfälle. Die Geschichten waren grausam. Einmal, als Desmond es nicht mehr aushielt, stand er auf und wollte gehen. Das war ein Fehler. Sein Onkel brüllte ihn an, er solle gefälligst dableiben, wenn er mit ihm rede. »Du bist so weich, du hältst es nicht mal aus, von echter Männerarbeit zu hören, oder?«

Orville trank noch einen Schluck Whiskey.

»Oder?«

Er musterte Desmond.

»Du hast sie sterben sehen, stimmt's? Dann bist du weggerannt. Deshalb hast du die Narben an den Beinen – vom Weglaufen.«

Er widersprach. Das war der schlimmste Fehler von allen. Sein Onkel brauchte nur einen verbalen Sandsack. Orville schien die Worte zu benutzen, um das Gift aus sich herausströmen zu lassen. Er wollte es nicht zurückbekommen. Desmond lernte, schweigend dazusitzen.

Einige Wochen, nachdem er in Oklahoma City angekommen war, erfuhr Desmond, warum der verbitterte Mann ihn aufgenommen hatte. Orville stand mit dem Telefon am Ohr in der Küche und beschwerte sich brummend, wie viel ihn der Anruf nach Australien kosten werde. Als die Verbindung zustande kam, fragte er, wann das Geld eintreffen würde. Desmond saß im Wohnzimmer und lauschte.

»Es ist mir egal, ob es gebrannt hat wie in der Hölle! Sie verkaufen das verdammte Grundstück und schicken mir das Geld. Das war die Abmachung.«

Eine Pause.

»Entweder schicken Sie das Geld, oder ich schicke die kleine Rotznase zurück, und Sie können sich um ihn kümmern.«

Desmond spürte, wie ihm Tränen in die Augen traten. Er konnte es nicht ertragen, dass dieses Monster ihn weinen sah, und hielt es keine Minute mehr dort aus. Er schnappte sich das Gewehr neben der Tür und rannte in den Nachmittag des frühen März hinaus. Er hatte beschlossen wegzulaufen. Er würde sich von dem ernähren, was das Land hergab, sich wieder eine Festung bauen und dort wohnen, bis er sich eine richtige Arbeit besorgen und woanders hingehen könnte.

Eine Stunde später saß er auf einem Baum und wartete. Mit dem ersten Schuss verfehlte er das Reh. Die alte Waffe bockte wie ein Esel. Desmond wäre fast vom Baum gefallen, und das Reh war verschwunden, bevor er eine neue .30-30-Patrone in die Kammer befördern konnte. Aber er hielt durch und wartete weiter. Es begann zu schneien, einzelne Flocken, die in steten Niederschlag übergingen.

Desmond hatte noch nie Schnee gesehen. In Australien hatte ihm sein Vater erzählt, es würde nur in den Bergen des Victorian High Country im Nordosten schneien.

Er beobachtete, wie die weißen Flocken im Wind trieben.

Als das nächste Reh aus dem Wald kam, war er geduldiger.

Es war kleiner als das letzte, jünger und unvorsichtiger. Er wartete, bis es herangetrottet kam, zielte, hielt den Atem an, wie sein Vater es ihm beigebracht hatte, und drückte den Abzug.

Das Tier fiel zu Boden und trat wild um sich.

Innerhalb von Sekunden war Desmond vom Baum geklettert und lief über das offene Feld. Er tötete das arme Reh schnell.

Während er seine Beute betrachtete, begriff er, wie dumm sein Plan gewesen war. Er hatte keine Möglichkeit, das Tier auszunehmen, das Fleisch zu lagern oder auch nur eine Portion zu braten, um seinen leeren Magen zu füllen.

Aber er könnte es nach Hause bringen und seinem Onkel zeigen, dass er sich seinen Lebensunterhalt verdienen konnte. Dass er ihm nicht zur Last fallen würde. Wenn er das Reh sah, würde sein Onkel seine Meinung ändern. Da war er sich sicher.

Desmond packte das Reh an den Beinen und schleifte es durch den Schnee. Er kam nicht weit. Er war ungefähr einen Meter zwanzig groß und stark für sein Alter, aber das Tier wog fast doppelt so viel wie er. Er würde zurücklaufen und seinen Onkel zu Hilfe holen müssen.

Er stapfte durch den Schnee, der ihm jetzt schon bis über die Knöchel ging. Der kalte Wind peitschte ihm ins Gesicht und fuhr durch die Jacke, die Charlotte ihm mitgegeben hatte.

Mit jedem Schritt wurde die weiße Wand dichter. Damals wusste er es nicht, aber er marschierte durch einen schnell aufziehenden Blizzard. Der Wind warf ihn hin und her und raubte ihm die Orientierung.

Es war wie bei dem Feuer in Australien: Wieder war er in einem Inferno gefangen, nur dass es diesmal aus Eis bestand.

Er wurde herumgewirbelt, bis er keine Ahnung mehr hatte, wo das Haus stand. Den Busch und die Weiden um die Farm seiner Eltern kannte er wie seine Westentasche, aber dieses Land war ihm fremd. Es gab keine Punkte, an denen er sich orientieren konnte. Er hatte sich vollkommen verirrt.

Er würde allein dort in der Kälte sterben, davon war er

überzeugt. Er hatte das Feuer überstanden, war von einem Engel zurück ins Leben geholt worden, nur um hier, im Eis, von einem Teufel dem Tod überlassen zu werden.

Seine Beine schmerzten. Er wollte sich so gern hinsetzen, um auszuruhen. Aber er wusste, dass er dann nicht wieder aufstehen würde.

Er schleppte sich weiter und umklammerte das Gewehr. Wenn er es fallen ließe – es verlöre –, wäre das sein Todesurteil. Er versuchte, in die Luft zu schießen, um Hilfe herbeizurufen, aber seine Finger waren zu steif.

Dann sah er durch eine Lücke im Schneetreiben in der Ferne den Rauch aus dem Haus seines Onkels aufsteigen. Mit letzter Kraft stolperte er darauf zu.

Als er die Veranda erreichte, erwartete er, dass die Tür auffliegen würde. Doch sie blieb zu. Der gelbe Schein des Feuers fiel durch die Fenster. Rettung.

Er stieß die Tür auf, lehnte das Gewehr an die Wand und stürmte hinein. Sein Onkel sah ihn nicht einmal an, sondern befahl ihm nur, die Tür zu schließen.

Desmond warf einen Blick auf die Flasche. Sie war fast leer. Er musste aufpassen, dem Mann nicht in die Quere zu kommen.

40

Conners Schritte hallten laut von den Wänden wider, als er den Gang vor der Zelle entlanglief. Die gesamte Besatzung der *Kentaro Maru* war eifrig damit beschäftigt, sich auf die nächste Phase vorzubereiten. Sie würden sehr schnell arbeiten müssen, um das Spiegel-Projekt abzuschließen. Jede Verzögerung konnte Milliarden Menschenleben kosten, vielleicht sogar *alles* menschliche Leben. Wenn er nicht bald herausfand, was mit Desmond geschehen war, würde ihr Vorhaben in Gefahr geraten. Desmond besaß den Schlüssel zum Spiegel-Projekt und allem, wofür sie gearbeitet hatten.

Im Besprechungsraum der Krankenstation zeigten Bildschirme an den Wänden Röntgenbilder, MRIs und andere Aufnahmen, die Conner nicht einmal kannte.

»Was haben Sie gefunden?«, fragte er die drei Wissenschaftler, die sich am anderen Ende des Tischs unterhielten.

Ein junger Arzt drehte sich mit seinem Stuhl zu ihm um. »Sein Körper ist ein einziger Albtraum. Ich habe noch nie so viele Brüche …«

»Er hatte eine harte Kindheit. Und jetzt sagen Sie mir: *Was. Haben. Sie. Gefunden?*«

Dr. Henry Anderson, ein älterer Wissenschaftler mit weißem Haar, ergriff das Wort. »Ein Implantat in seinem Gehirn. Es befindet sich im Hippocampus.«

»Was für ein Implantat?«

»Ein Modell von Rapture Therapeutics. Aber es wurde modifiziert.«

»Zu welchem Zweck?«

»Das ist unklar«, sagte Anderson, »aber das zusätzliche Bauteil sieht aus wie ein Sender und Empfänger.«

»Womit kann es Verbindung aufnehmen? Mit einem Satelliten?«

»Möglich. Aber ich halte es für unwahrscheinlich. Nicht genug Leistung. Es ist eher für kürzere Strecken geeignet. Bluetooth. Oder vielleicht WiFi.«

Der jüngere Wissenschaftler meldete sich wieder zu Wort. »Es könnte mit einem Smartphone kommunizieren, das als Verbindung zum Internet fungiert. So könnte es Instruktionen herunterladen, die die Blockade der Erinnerungen aufheben.«

»Interessant«, flüsterte Conner. Lauter sagte er: »Wie funktioniert das?«

Der ältere Wissenschaftler zuckte die Achseln. »Wer weiß? Das ist alles reine Spekulation. Ich war nie Angestellter bei Rapture und habe nicht an dem Projekt gearbeitet; ich kenne nur das, was sie veröffentlicht haben. Wir wissen, dass die Implantate von Rapture Therapeutics ursprünglich gegen Depressionen, Schizophrenie, bipolare Störungen und andere psychische Erkrankungen eingesetzt wurden. Sie überwachen die wichtigsten Substanzen im Gehirn und regen den Ausstoß von Neurotransmittern an. Im Wesentlichen helfen sie, die Neurochemie des Patienten in der Waage zu halten.

Die späteren Versionen der Implantate wie das in Hughes' Gehirn sind auf andere Gehirnareale ausgerichtet. Die Studien von Rapture konzentrieren sich auf die Auflösung von Plaques. Die Implantate lokalisieren die Plaques und geben ein Protein namens GP3 ab, das sie auflöst. Dieses Verfahren hat das Potenzial, eine breite Palette von neurodegenerativen Erkrankungen zu heilen – Alzheimer, Huntington, Parkinson und andere.«

Conner hob die Hand. »Wie passt das zu unserem Fall? Haben Sie Plaques in seinem Gehirn gefunden?«

»Nein. Wir haben es überprüft. Aber wir haben etwas

anderes gefunden: eine unbekannte Substanz in seinem Hippocampus.«

»Was glauben Sie, was es ist?«

»Ich kann nur spekulieren ...«

»Dann legen Sie los«, sagte Conner ungeduldig.

Dr. Anderson holte tief Luft. »Vor ein paar Jahren haben Forscher am MIT eine Methode gefunden, bestimmte Erinnerungen im Gehirn zu lokalisieren. Es war ein Durchbruch – die Entdeckung, dass einzelne Erinnerungen in speziellen Gruppen von Neuronen im Hippocampus gespeichert werden. Ich glaube, die Substanz in Hughes' Hippocampus bindet die Neuronen für bestimmte Erinnerungen, sodass sie nicht verfügbar sind – so ähnlich wie Plaques bei Alzheimer die Erinnerung und bei Parkinson körperliche Funktionen beeinträchtigen.«

»Und Sie glauben, Rapture Therapeutics hat die Substanz eingebracht. Und das Implantat im Hippocampus kann die Substanz auflösen und die Erinnerungen freigeben – so wie GP3 Plaques auflöst?«

»Ja, das ist unsere Hypothese. Außerdem vermuten wir, dass das Kommunikationsmodul des Implantats als Auslöser dient. Ein Handy mit Bluetooth oder ein Computer mit WiFi könnte dem Implantat befehlen, die Erinnerungen freizugeben. Das könnte nach einem festgelegten Zeitplan ablaufen oder durch bestimmte Ereignisse ausgelöst werden. Oder wenn Hughes eine bestimmte GPS-Position erreicht. Es wäre auch möglich, dass Schlüsselreize, Bilder oder Empfindungen Erinnerungen freigeben. Das Implantat könnte so programmiert sein, dass es festlegt, welche Erinnerungen gefahrlos enthüllt werden können.«

Conner legte den Kopf in den Nacken und sah zur Decke. »Also, meine Herren, es gibt eine sehr einfache Möglichkeit, diese Fülle von Annahmen zu überprüfen. Rufen Sie bei Rapture Therapeutics an. Fragen Sie dort nach. Schließlich gehört uns die Firma.«

»Wir haben gerade mit ihnen gesprochen«, sagte Dr. Anderson. »Der wissenschaftliche Leiter hat bestätigt, dass sie ein Team haben, das die Manipulation von Erinnerungen erforscht. Und das Projekt läuft noch. Oder lief bis vor Kurzem.«

Conner ahnte, dass ihn schlechte Nachrichten erwarteten.

»Das Projekt heißt Rapture Aurora. Die Forschung wurde nach den Vorschriften des Spiegel-Projekts durchgeführt: Abschottung und Need-to-know-Prinzip. Das Team war eine völlig unabhängige Zelle mit eigenem Budget und eigenen Räumlichkeiten. Zum Schutz des Spiegel-Projekts gab es nur eingeschränkten Kontakt. Rapture hat seit drei Wochen nichts mehr von der Zelle gehört.«

»Es muss einen Projektmanager gegeben haben.« In dem Moment, als er es aussprach, wurde ihm die Antwort klar. »Moment. Lassen Sie mich raten. Das Aurora-Projekt war in Deutschland angesiedelt. Und der Manager war Gunter Thorne.«

»Genau.«

Conner schüttelte den Kopf. »Was ist mit Thornes Akten? Es ist vorgeschrieben, dass es eine Sicherheitskopie gibt, falls ihm etwas zustößt.«

»Rapture sucht danach, seit er tot in Desmonds Hotelzimmer aufgetaucht ist. Die Firma hat sie nicht gefunden. Es wird vermutet, dass Desmond die Akten versteckt oder zerstört hat.«

Conner schritt eine Weile durch den Raum, dann wandte er sich wieder den Wissenschaftlern zu. »Okay, gehen wir noch mal durch, was wir wissen, und versuchen, eine Arbeitshypothese aufzustellen. Tatsache ist, vor zwei Wochen hat Desmond Hughes Rapture versteckt. Alle Wissenschaftler, die an dem Projekt gearbeitet haben, sind verschwunden. Alle Akten sind weg. Hughes taucht in Berlin auf, wo er Kontakt zu einem Journalisten vom *Spiegel* aufnimmt – Garin Meyer. Hughes will uns und das gesamte Spiegel-Projekt enthüllen.«

»Rapture Aurora – und sein Gedächtnisverlust – muss sein Notfallplan gewesen sein«, sagte Dr. Anderson.

»Stimmt. Desmond muss von Aurora gewusst haben. Icarus Capital war ein Investor bei Rapture Therapeutics – eigentlich haben wir Icarus sogar benutzt, um die meisten Spiegel-Projekte zu finanzieren.«

»Hughes hat sich also mit dem Aurora-Team in Verbindung gesetzt«, sagte Anderson, »es dazu gebracht, ihm die Technologie zur Erinnerungsbeeinflussung einzusetzen, und die Leute anschließend getötet oder versteckt. Irgendwie hat er rausgefunden, wo Gunter Thorne die Projektakten aufbewahrte, und sie ebenfalls zerstört oder verborgen, damit wir keine Chance haben zu erfahren, wie Aurora genau funktioniert.«

»Sehr clever, Desmond«, murmelte Conner.

»Aber irgendwie«, fuhr Anderson fort, »hat Gunter Thorne rausgefunden, was Hughes vorhatte. Vielleicht hat er bemerkt, dass die Akten weg waren, oder er hatte irgendein Überwachungssystem, von dem Hughes nichts wusste. Er hat Hughes zum Concord Hotel verfolgt und ihn zur Rede gestellt. Es gab einen Kampf. Desmond behielt die Oberhand. Er hat vermutet, dass Thorne uns schon gewarnt hat. Also hat er Aurora aktiviert, um seine Erinnerung auszulöschen.«

Conner schüttelte den Kopf. »Was für ein Schlamassel.«

»In gewissem Sinn ist es brillant«, sagte Anderson. »Wir können es nicht mit Folter aus ihm herausholen – die Erinnerungen sind blockiert, egal wie große Schmerzen er erleidet. Und ohne die Forschung von Rapture Aurora können wir die Blockierung vermutlich nicht aufheben.«

Conner nickte. »Er ist brillant, keine Frage.« Er setzte sich und trommelte nachdenklich mit den Fingern auf dem Tisch. »Ist Aurora ein Kernstück der Rapture-Komponente? Könnte der Verlust der Aurora-Forschung das Spiegel-Projekt scheitern lassen?«

»Nein. Rapture ist unbeschadet. Der Gedächtnis-Teil ist

schon seit Jahren fertig. Die Aurora-Forschung und der Einsatz von Implantaten scheint über das hinauszugehen, was für Rapture nötig ist.«

»Okay. Vorschläge?«

»Wir sehen nur eine erfolgversprechende Möglichkeit«, sagte der weißhaarige Wissenschaftler. »Eine Gehirnbiopsie.«

Die Idee missfiel Conner sofort. Trotzdem fragte er: »Wie?«

»Ich würde nicht empfehlen, sie an Bord der *Kentaro Maru* durchzuführen. Unsere Ausrüstung ist zwar fortschrittlich, aber angesichts der Risiken plädiere ich für ein Krankenhaus, das auf Neurochirurgie spezialisiert ist. Meine erste Wahl wären die Mayo-Kliniken oder das Johns Hopkins Hospital. Das New York-Presbyterian, das Mass General oder die Cleveland Clinic wären auch geeignet. Das Problem ist, dass die Pandemie sehr bald alle Krankenhäuser der Welt und die Ärzte, die wir für eine Biopsie brauchen, vernichten wird.«

»Angenommen, wir könnten dieses Problem lösen, was würden wir bei einer Biopsie erfahren?«

»Wir könnten uns das Implantat genauer ansehen und eine Probe der Substanz im Hippocampus nehmen. Dann könnten wir versuchen, die Substanz zu identifizieren, und testen, ob wir sie auflösen können, ohne die Neuronen darunter zu beschädigen.«

»Das ist vermutlich keine Sache von drei Tagen.«

»Nein.«

»Wie lang?«

»Unmöglich zu ...«

»Schätzen Sie.«

»Zwei Monate? Wer weiß. Ich sollte noch hinzufügen, dass jede Gehirnbiopsie Risiken für den Patienten mit sich bringt. In diesem speziellen Fall könnte es etwas geben, das uns einen Strich durch die Rechnung macht.«

»Und zwar?«

»Ein Fail-safe. Wenn das Implantat und die Gedächtnisblockade zu einem Plan von Hughes oder jemandem, der ihn manipulieren will, gehören, dann ist vielleicht eine Sicherung einprogrammiert. Ein Gegenstand, der in der Nähe des Implantats ins Gehirn eingeführt wird, könnte einen Abwehrmechanismus auslösen. Vielleicht wird das Gedächtnis dann völlig zerstört oder der Mann wird getötet. Man kann es nicht wissen.«

»Das ist sowieso alles irrelevant. Wir haben keine zwei Monate Zeit.« Conner massierte sich die Schläfen. Er spürte, dass er Kopfschmerzen bekam. »Wir haben Rook und Rapture, aber er hat Rendition. Ohne das können wir das Spiegel-Projekt nicht fertigstellen. Zweitausend Jahre Arbeit gehen den Bach runter und die gesamte Menschheit mit ihr.«

Der ältere Wissenschaftler lehnte sich auf seinem Stuhl zurück. »Wir könnten ihn freilassen und abwarten, was passiert.«

»Abwarten?«

Anderson nickte. »Hughes hat eindeutig eine Art Notfallplan. Ein bestimmtes Ereignis oder ein Ort oder ein Signal wird die Erinnerungen über das Implantat aktivieren. Was, wenn wir ihn sein Gedächtnis wiederfinden lassen und ihn dann einkassieren?«

»Das sind eine Menge Annahmen. Die größte davon ist, dass wir ihn einfach ›einkassieren‹ können, wenn es so weit ist. Das war schon beim ersten Mal kein Kinderspiel. Wenn er sein Gedächtnis wiederfindet – wenn er begreift, wozu er fähig ist –, wird es nahezu unmöglich sein.«

»Dann bleibt uns leider keine Möglichkeit.«

»Im Gegenteil. Es gibt eine sehr gute Möglichkeit, meine Herren. Und ich werde sie nutzen.«

41

Die Soldaten waren grob, als sie Peyton und Hannah aus dem Fond des SUV zerrten. Hannahs Schreie hielten sie nicht im Geringsten auf. Sie stülpten ihnen schwarze Säcke über die Köpfe, fesselten ihre Hände und brachten sie zu einem Hubschrauber, wo ihre Füße ebenfalls gefesselt wurden. In der Dunkelheit wirkte das Dröhnen der Triebwerke und Rotoren ohrenbetäubend laut. Irgendwann landete der Helikopter, und sie wurden herausgezogen, hochgehoben und auf die metallische Ladefläche eines Lastwagens geworfen.

Die Fahrt war brutal. Der Laster holperte über Rillen in der Straße, und sie prallten immer wieder auf die Ladefläche. Mit gefesselten Händen und Füßen hatten sie keine Möglichkeit sich zu schützen. Es war, als hätte man sie mit verbundenen Augen in einen Wäschetrockner gesteckt. Hannah schluchzte immer wieder auf.

Peyton verlor jedes Zeitgefühl. Der Schmerz ließ nach einer Weile nach, vielleicht reagierten ihre Nerven einfach nicht mehr auf die Stöße. Sie fragte sich, ob die Sache bleibende Schäden hinterlassen würde.

Schließlich hielt der Lastwagen an, und sie hörte, wie die Plane zur Seite geschlagen wurde. Ein Strahl Sonnenlicht drang durch den schwarzen Sack.

Jemand fasste Peyton an den Füßen, zog sie von der Ladefläche und hob sie auf, nachdem sie auf den Boden geprallt war. Ihre Beine waren schwach und gummiartig. Hände betasteten sie und berührten sie an Stellen, an denen sie es nicht durften.

Peyton wand sich, drehte schnell die Schultern und versuchte vergeblich, sie abzuwehren. Das löste lautes Gerede aus, vermutlich auf Suaheli. Gelächter brach aus.

Sie hörte Hannah schreien, als sie aus dem Laster gezerrt wurde.

»Fasst sie nicht an!«, schrie Peyton. »Sie braucht medizinische Hilfe. Einen Arzt.«

Ein Mann antwortete auf Englisch mit afrikanischem Akzent. »Bald braucht sie gar nichts mehr. Nehmt sie mit.«

Peyton wurde unter den Armen gefasst, hochgehoben und vorwärts gezogen. Ihre gefesselten Füße schleiften über den trockenen steinigen Boden. Zu ihrer Überraschung zogen ihr die Entführer den Sack vom Kopf, bevor sie sie fallen ließen. Das Licht blendete sie. Sie hörte, wie Metall auf Metall schlug und ein Schlüssel umgedreht wurde.

Als ihre Augen sich an die Helligkeit gewöhnt hatten, untersuchte sie ihre Umgebung.

Ihre Entführer hatten sie in einen Stall oder eine Scheune gebracht. Metallstangen verstärkten die Wände aus Holzlatten. Peyton drehte sich um – und erstarrte.

Zwei Sätze waren in eine Latte in der Nähe geritzt:

Desmond Hughes war hier.

Ich bin unschuldig.

Peyton starrte sie fassungslos an. *Desmond war hier? Warum?*

Sie hörte, wie Kleider zerrissen wurden und Hannah angestrengt atmete. Die junge Ärztin war in der Nähe – vielleicht in der benachbarten Zelle.

»Hannah«, rief Peyton.

»Ja.« Ihre Stimme war schwach.

»Wie geht es dir?«

Hannah sprach leise und schnell. »Ich habe die Blutung gestoppt.« Sie unterbrach sich, um Luft zu holen. »Die Schulter verbunden. Kugel ist glatt durchgegangen. Glaub ich.« Wieder schnappte sie nach Luft. »Viel Blut verloren. Kalt.«

»Halt durch, Hannah. Wir kommen hier raus, okay? Einige

sehr mutige Amerikaner werden uns holen kommen. Spar Kraft und halt dich bereit. Hast du verstanden?«

»Ja, Ma'am.«

In diesem Augenblick veränderte sich etwas in Peyton. Sie hatte immer versucht, mit ihrem Leben etwas Sinnvolles anzufangen, aber sie hatte es auf kühle, leidenschaftslose Art geführt. Nie hatte sie sich von ihren Gefühlen beherrschen lassen, nie hatte sie die Kontrolle verloren. Das hatte sie von ihrer Mutter gelernt, dachte sie. Lin Shaw war immer gefasst. Und Peyton liebte sie dafür. Diese Haltung hatte Peyton in ihrem Berufsleben gute Dienste geleistet.

Bei der Arbeit war es unerlässlich, seine Gefühle im Zaum zu halten. Emotionen trübten das Urteilsvermögen und veränderten den Blick eines Menschen auf die Dinge. Wenn man während eines Ausbruchs zu großes Mitgefühl hatte, stellte das ein Risiko dar; man war zu sehr auf einen bestimmten Patienten oder Ort konzentriert und verlor die Gesamtsituation aus den Augen oder übersah ein Detail – einen entscheidenden Kontakt oder eine Information, die Leben retten konnte. Ihre Distanziertheit hatte tatsächlich Menschenleben gerettet und ihr im Lauf der Jahre eine Menge Kummer erspart.

Aber jetzt, während sie in ihrer provisorischen Zelle auf dem Erdboden lag, stürzte die Mauer der Distanziertheit ein, die Peyton Shaw so viele Jahre lang sorgfältig aufgebaut hatte. Ihre Emotionen brachen sich Bahn. Sie nahmen die Form von rohem ungezügeltem Hass an. Hass auf diejenigen, die Jonas getötet hatten – ihren Freund und Kollegen, der noch viel mehr hätte sein können. Hass auf diejenigen, die den Ausbruch in Kenia ausgelöst hatten, der Lucas Turner und Tausende andere getötet hatte. Sie würde diese Leute finden. Sie würde sie aufhalten. Und sie würde sie dafür büßen lassen – auch wenn es das Letzte war, was sie tat.

42

Millen Thomas hörte, wie das Lager um sein Zelt herum zum Leben erwachte. Stiefel stapften über den harten kenianischen Boden. Türen wurden zugeschlagen. Leichensäcke wurden auf Ladeflächen geworfen.

Er stand von seiner Pritsche auf, schlug die Zeltklappen zurück und ging hinaus. Die kenianische Armeeeinheit, die ihn aus der Höhle gerettet hatte, durchsuchte das Lager nach ihren Habseligkeiten – und den Kameraden, die bei dem nächtlichen Angriff gefallen waren.

Millen hatte gewusst, dass sie abreisen würden, aber er hatte es nicht so schnell erwartet. Letzte Nacht hatten das CDC und die WHO ihr gesamtes Personal aus Kenia evakuiert. Ein Flugzeug mit den Feldteams war von Mandera aus gestartet; ein anderes hatte von Nairobi aus das Unterstützungspersonal ausgeflogen. Millen war angewiesen worden, den Flug von Mandera aus zu nehmen, aber er hatte sich geweigert. Auszureisen hieße Hannah und Dr. Shaw zurückzulassen. Er hatte beschlossen, zu bleiben, zu warten und zu hoffen, dass er vor Ort etwas tun konnte.

Und jetzt zogen die kenianischen Soldaten ab, und er blieb allein im Dorf zurück.

Kito kam zu ihm.

»Wir rücken ab, Dr. Thomas. Befehl.«

»Wohin?«

»Nach Nairobi. Die Regierung hat landesweit den Notstand ausgerufen. Kriegsrecht. In jeder großen Stadt werden Auffanglager eingerichtet.«

Millen nickte.

»Kommen Sie mit uns«, sagte Kito.

»Nein. Ich muss auf meine Leute warten.«

»Wenn sie gerettet werden, kommen sie nicht hierher zurück.«

Daran hatte Millen auch schon gedacht.

»Wohin wird man sie bringen?«, fragte er.

»Das weiß ich nicht genau.«

»Was ist üblich bei Entführung und Lösegeldzahlung – nach der Rettung?«

Kito dachte einen Moment darüber nach. »Hängt von den Rettern ab. Wenn sie von einem Schiff aus operieren, bringen sie die Geiseln dorthin – irgendwo im Indischen Ozean. Oder vielleicht zum nächsten Flughafen. Nach Mandera wahrscheinlich.«

Mandera – das war seine beste Chance.

Kito las seine Gedanken. »Darf ich Ihnen einen Rat geben, Doktor?«

»Und zwar?«

»Fahren Sie bei Tagesanbruch los. Das ist sicherer.«

»Ja, das ist eine gute Idee.«

»Wir lassen Ihnen ein Allradfahrzeug, Wasser und Essensrationen da.« Kito zögerte. »Und ein Gewehr.«

»Das brauche ich nicht.«

»Wir lassen es Ihnen vorsichtshalber hier. Haben Sie ein Solarladegerät für Ihr Handy?«

Millen nickte.

»Sehr gut. Viel Glück, Dr. Thomas.«

»Ihnen auch, Kito.«

Als der Kenianer wegging, rief Millen ihm nach. »Kito!«

Kito drehte sich um. »Danke noch mal, dass Sie mich aus der Höhle geholt haben.«

»Es war das Mindeste, was ich tun konnte. Sie sind hergekommen, um uns zu helfen. Das werden wir nicht vergessen.«

Nachdem sich die rote Staubwolke gelegt hatte, die der Konvoi bei seiner Abreise aufgewirbelt hatte, kehrte Millen in sein Zelt zurück, riss eine EPa auf und aß in der Stille, während er Hannahs ordentliche Seite ihrer gemeinsamen Unterkunft betrachtete.

Zum ersten Mal hatte er sie vor sechs Monaten bei der EIS-Einweisung gesehen. Er hatte sie zuerst für neurotisch und zickig gehalten. Aber als er sie besser kennenlernte, erkannte er, dass sie ihre Aufgabe nur sehr ernst nahm. Vorbereitet zu sein und einen guten Job zu machen war ihr wichtig. Sie hatte ein gutes Herz, deswegen war sie Ärztin geworden. Ihr lag so viel an den Patienten wie ihm an den Tieren. Er hatte vorgeschlagen, dass sie während des Einsatzes im selben Zelt wohnten, damit sie die humanmedizinischen und tiermedizinischen Ergebnisse ihrer Untersuchung miteinander vergleichen konnten. *Wer weiß*, hatte er hinzugefügt, *vielleicht gelingt uns in unserer freien Zeit der Durchbruch, um die Pandemie zu stoppen.* Aber in Wahrheit hatte er auf einen anderen Durchbruch gehofft.

Als er aufgegessen hatte, zog er sein Handy heraus. Die Audible-App zeigte den Umschlag von *Die Nachtigall* und ermöglichte ihm, an derselben Stelle weiterzuhören, wo er und Hannah aufgehört hatten. Millen konnte eine Ablenkung von seinen Sorgen und dem Warten gebrauchen. Er hätte gern auf Wiedergabe gedrückt, um beim Hören der Geschichte einzuschlafen, aber er beschloss, dass er sie lieber mit Hannah beenden wollte, sobald sie unversehrt zurückgekehrt war.

Er legte das Handy zur Seite und schloss die Augen. Dr. Shaw hatte recht: Das Denken war der Feind des Schlafs.

43

Elim Kibet verlor immer wieder das Bewusstsein. Tag und Nacht wechselten sich ab, als knipste jemand das Licht an und aus. Das Fieber überspülte ihn wie eine Flut, überwältigte ihn, verbrannte ihn von innen, dann zog es sich zurück, sodass er dachte, es würde nicht wiederkehren.

Mit jedem Tag wurden die Symptome schlimmer. Das Denken fiel ihm immer schwerer. Die Hoffnung auf Heilung ließ nach. Angst nahm ihren Platz ein. Erst als er die letzte Hoffnung verloren hatte, begriff er, wie sehr er sich daran geklammert hatte.

Das Feuer vor dem Fenster wurde von Nacht zu Nacht größer. Erst warfen sie nur die Anzüge und kontaminiertes Material in die Flammen. Dann auch die Leichen.

Und schließlich kam die Nacht, in der kein Feuer angezündet wurde – und Elim wusste, dass er nicht der Einzige war, der in Gefahr schwebte. Dem ganzen Krankenhaus drohte Unheil. Er wartete auf die Neuigkeiten, die bald kommen würden.

Die Tür ging auf, und Nia Okeke trat ein. Die Vertreterin des kenianischen Gesundheitsministeriums hatte ihm ZMapp verabreicht und darauf bestanden, dass er das Zimmer nahm, in dem der Amerikaner gelegen hatte. Jetzt schob sie einen Wagen hinein, der mit ORL, sauberen Eimern für Körperflüssigkeiten und Schachteln mit Antibiotika und Schmerzmitteln beladen war. Sie stellte ihn in seiner Reichweite ab und setzte sich neben seiner Brust auf das Bett.

»Wir reisen ab, Elim.«

»Das können Sie nicht tun.«

»Wir müssen.«

Er senkte den Blick und suchte in seinem vom Fieber gequälten Hirn nach einem Argument, um sie seinen Patienten zuliebe zum Bleiben zu bewegen.

Sie schien seine Gedanken zu lesen. »Es ist egal, was Sie sagen. Es sind einfach nicht mehr genug Patienten übrig.«

»Wie viele?«

»Zwei, wenn man Sie mitzählt. Der junge Mann wird wahrscheinlich sterben, bevor wir abreisen.«

Elim stieß den Atem aus und nickte. »Wohin fahren Sie?«

»Nach Dadaab. Und dann nach Nairobi. Wir errichten Lager mit Soldaten und medizinischem Personal.«

Elim sah im Geiste schon vor sich, was geschehen würde, wenn sie die Seuche nicht eindämmen konnten. Die Regierung wäre gescheitert. Warlords würden auftauchen. Ein neuer Bürgerkrieg würde ausbrechen und einen endlosen Kampf um Land und Rohstoffe entfachen. Banditen würden die Straßen kontrollieren. Die Seuche würde Kenia um hundert Jahre zurückwerfen. Und hier hatte sie begonnen, in Mandera, in diesem Zimmer.

»Bevor Sie gekommen sind«, sagte er mühsam atmend, »habe ich mich gefragt, wie lange ich das Krankenhaus am Laufen halten kann. Ich hätte nie gedacht, dass es so enden würde. Dass ich der letzte Patient wäre, der hier stirbt. Dass es mit mir sterben würde.«

»Geben Sie die Hoffnung nicht auf, Elim. Das ist die beste Medizin. Und wenn die Medikamente nicht wirken, braucht man sie noch dringender.«

44

In seinem Arbeitszimmer in Atlanta wurde Elliott Shapiro immer frustrierter.

»Das ist nicht die richtige Zeit für Politik. Wir reden über Menschenleben. Haben Sie sie gefunden? Sagen Sie es mir. Bitte.«

Er hörte zu, dann unterbrach er seinen Gesprächspartner. »Es ist mir egal, was Sie für Befehle haben, hören Sie mir zu ... Hallo? Hallo?«

Er legte das Telefon auf und rieb sich die Augenbrauen. Mit jeder Stunde, die verstrich, wurde die Wahrscheinlichkeit geringer, Peyton und ihr Team zu retten. Es kam ihm vor, als sähe er einen Verwandten in Zeitlupe sterben. Es war eine Qual.

Letzte Nacht hatte er kein Auge zugemacht. Und Rose auch nicht. Er hatte im Wohnzimmer die Nachrichtensender geschaut und auf Internetportalen nach Neuigkeiten gesucht, während Rose nieste und hustete. Gelegentlich brachte er ihr Wasser und Essen aus der Küche, setzte sich an ihr Bett und fragte, wie ihr Buch war. Ihre Symptome hatten sich stabilisiert, aber er hatte immer noch schreckliche Angst, dass das Virus, mit dem sie und so viele andere sich infiziert hatten, das gleiche war, das in Kenia schon Tausende getötet hatte.

Sie hatten im Haus eine provisorische Quarantänezone eingerichtet: Elliotts Sohn, Schwiegertochter und Enkel blieben im ersten Stock, während Elliott und Rose sich auf das Erdgeschoss beschränkten. Sein Enkel rannte in dem Hobbyraum über der Garage herum und spielte vergnügt mit seinen Eltern.

Beide Gruppen ernährten sich aus der Tiefkühltruhe und nahmen die Mahlzeiten getrennt ein. Es war nicht gerade ein perfektes Thanksgiving, aber immerhin konnte die Krankheit sich so nicht ausbreiten.

Im Wohnzimmer schaltete Elliott den Fernseher an.

»Trotz wachsender Besorgnis wegen des grippeähnlichen Virus, das sich in den USA ausbreitet, haben viele Familien beschlossen, an ihren Plänen für Thanksgiving festzuhalten.«

Ein Mann mittleren Alters, der vor einem Ziegelhaus im Kolonialstil stand, erschien auf dem Bildschirm.

»Wir dachten uns, da alle krank sind, können wir genauso gut zusammen sein. Traditionen sind uns wichtig …«

Elliott schaltete um und suchte nach weiteren Nachrichten.

»Allein in den USA gibt es mittlerweile schätzungsweise zwanzig Millionen Infizierte. Das Virus, das die Behörden X1 nennen, löst grippeähnliche, periodisch auftretende Symptome aus. Die Erkrankten berichten, sie fühlten sich ein paar Tage schlecht, dann ein oder zwei Tage gut, bevor die Symptome wiederkehrten. Das CDC und die NIH haben zu besonderer Vorsicht während der Grippesaison gemahnt, unter anderem Händewaschen und …«

Elliott wechselte erneut den Sender.

»Die American Automobile Association berichtet, dass sie trotz der Zunahme der Grippefälle an diesem Thanksgiving-Wochenende mit einer Rekordzahl von Reisenden auf den Straßen rechnet. Auch bei Flugreisen wird ein neuer Höhepunkt prognostiziert. Der Einzelhandel setzt auf hohen Umsatz am Black Friday, da Wall-Street-Analysten eine zehnprozentige Zunahme im Vergleich zum letzten Jahr …«

Es war ein biologisches Katastrophenszenario. Ein hoch ansteckendes Virus, das sich ausgerechnet in dem Moment ausbreitete, wenn der Reiseverkehr im Land am größten war.

Elliot ging zurück in sein Arbeitszimmer, schloss die Tür und wählte eine Nummer beim CDC. Zu seiner Überraschung meldete sich der Anrufbeantworter.

»Jacob, hier ist Elliott. Rufen Sie mich zurück.«

Er rief die Handynummer des Mannes an und war erleichtert, als er sich meldete.

»Jacob. Bitte sagen Sie mir, dass Sie das Atemwegsvirus sequenziert und mit den Proben aus Mandera verglichen haben.«

Elliott versteifte sich, als Jacob antwortete. »Was? ... Ich weiß, dass Thanksgiving ist ...« Er hörte eine Weile zu. »Jacob, das war das *letzte* Thanksgiving, wenn die Viren identisch sind ... Nein, Jacob. Montag ist zu spät. Sie müssen ins Labor und die Sache fertig machen. Rufen Sie Ihr Team an ... Was? Jacob ...«

Elliott war zum Heulen zumute.

Er rief noch einmal beim EOC an und hoffte, einen anderen Mitarbeiter an den Apparat zu bekommen. Die Antwort war die Gleiche: Der Bereitschaftsleiter hatte alle Mitarbeiter angewiesen, Elliott nicht über die aktuelle Lage zu informieren. Er war offiziell ausgeschlossen – zum vielleicht kritischsten Zeitpunkt in der Geschichte der Behörde.

TAG 6

300.000.000 Infizierte

70.000 Tote

45

Zuerst dachte Millen, es wäre der Wind, der durch das Lager wehte, und das Flattern der leeren Zelte und das Heulen klänge wie Stimmen. Als er allmählich wacher wurde, begriff er, dass es wirklich Stimmen waren – mehrere Leute, die in gedämpfter Lautstärke direkt vor seinem Zelt diskutierten. Er drehte sich geräuschlos um.

Die Morgensonne warf die Schatten von drei Gestalten auf die weiße Zeltwand. Sie näherten sich, hielten inne und gingen dann schnell miteinander redend an ihm vorbei. Millen hörte, wie sie das Hauptzelt betraten. Kisten wurden geöffnet und durchwühlt.

Er stand auf und zog seine Schuhe an.

Der SUV, den Kito ihm dagelassen hatte, stand nicht weit entfernt am Rand des Lagers. Das Hauptzelt befand sich auf der anderen Seite, und Millen sah, wie die drei Gestalten sich darin bewegten. Sie suchten etwas und stellten dabei alles auf den Kopf.

Offenbar dachten sie, sie wären jetzt allein. Sie unterhielten sich lauter, in einer Sprache, die Millen nicht erkannte. Er wäre am liebsten zum SUV gerannt und weggefahren, aber was, wenn sie etwas wussten? Was, wenn sie Hannah und Dr. Shaw entführt hatten?

Er zog seine Schutzweste mit dem CDC-Logo an und schnappte sich das Gewehr. Es war eine Halbautomatik mit bananenförmigem Magazin. Millen hatte in seinem Leben einmal eine Schusswaffe abgefeuert: ein Kleinkalibergewehr während seiner Pfadfinderzeit. Die Waffe in seiner Hand sah wesentlich bösartiger aus. Tödlicher.

Er vergewisserte sich, dass die Sicherung ausgeschaltet war und schlich zum Hauptzelt. Die geschlossenen Klappen boten ihm Sichtschutz. Mit jedem Schritt hielt die Angst ihn fester im Griff. Speichel sammelte sich in seinem Mund. Er schluckte und nahm seinen Mut zusammen. Das Herz hämmerte in seiner Brust. Er hatte das Gefühl, einen Herzinfarkt zu bekommen, wenn er nicht sofort losrannte.

Mit dem Gewehr im Anschlag duckte er sich und stürmte durch die Zeltklappen.

Drei Gestalten saßen an dem langen Tisch ... und schlugen sich den Bauch voll. Offene EPas lagen auf dem Boden und dem Tisch verstreut. Millen erkannte die kenianischen Dorfbewohner, die sich versteckt hatten, als das Team eingetroffen war. Sie starrten ihn mit vor Angst geweiteten Augen an, dann sprangen sie auf und stolperten über die Klappstühle, während sie zu fliehen versuchten.

Millen legte schnell das Gewehr auf den Boden und hob die Hände. »Wartet. Halt. Ich bin vom CDC.« Er zeigte auf die weißen Buchstaben an seiner Weste. »Ich war schon vorher hier. Amerikaner. Hilfe.« Er breitete die Arme aus, um den Ausgang zu versperren. Das vielleicht dreizehnjährige Mädchen blieb stehen.

»Ja, ich bin Amerikaner«, sagte Millen noch einmal. »Ich bin hier, um zu helfen.«

Millen gelang es, die drei Dorfbewohner zu beruhigen, und nach ein paar Minuten hatte er sie überzeugt, ihre Mahlzeit fortzusetzen. Die Jugendliche, Halima, war die Einzige, die Englisch sprach. Während sie aßen, berichtete sie von dem Überfall auf das Lager. Es war hart für Millen, alles von einer Augenzeugin zu hören.

Als die Schießerei begonnen hatte, hatten die drei Dorfbewohner sich unter ihren Pritschen im Isolationszelt versteckt. Peyton hatte sie aufgefordert zu fliehen. Aus den

Büschen am Rand des Dorfs hatten sie beobachtet, was weiter geschah.

»Sie sind gerannt, die dunkelhaarige Frau mit der glatten weißen Haut, ein Mann und eine Rothaarige. Sie wurde angeschossen ...«

»Wer?«

»Die Rothaarige.«

Millen lehnte sich auf seinem Stuhl zurück und brachte kein Wort mehr heraus.

»Es tut mir leid«, sagte Halima leise.

Millen starrte auf die weiße Zeltplane, die in der Morgenbrise flatterte. »Was ist dann passiert?« Seine Stimme klang hohl.

»Die Dunkelhaarige hat ihr aufgeholfen. Sie sind zum Pick-up gelaufen und weggefahren. Es gab eine Explosion. Der Wagen ist umgekippt. Dann wurde wieder geschossen. Ich konnte nicht sehen, was passiert ist. Tut mir leid.«

Millen nickte. »Danke, dass du es mir erzählt hast.«

Als sie fertig gegessen hatten, fragte er sie, wo sie hingehen würden. Halima zuckte nur mit den Achseln.

»Ich fahre nach Mandera«, sagte Millen. »Ihr drei könnt gerne mitkommen.«

Sie zögerte.

»Die kenianische Regierung wird sicher bald Lager für Überlebende einrichten. Da gibt es Wasser und Essen. Wahrscheinlich auch Arbeit. Es ist viel besser, als hierzubleiben.«

Halima besprach sich mit ihren beiden Gefährten. Schließlich wandte sie sich an Millen. »Ja, wir kommen mit.«

Während eines Auslandseinsatzes gehörte es zur Standardvorgehensweise, dass man die Einsatzleitung informierte, wenn man den festgelegten Standort verließ. Aber da die Einsatzleitung Nairobi verlassen hatte, rief Millen beim EOC in Atlanta an.

»Sie sind nicht ausgereist?«, fragte der Angestellte.

»Nein, ich bin noch hier ...«

»Bleiben Sie dran.«

Millen hörte Geschrei im Hintergrund. Es klang, als redeten hundert Leute gleichzeitig, als wäre das Parkett der New Yorker Börse ins CDC verlegt worden. Er fing ein paar Wörter auf.

»Fünfzigtausend Fälle in Kansas.«

»Die Navy bestätigt Fälle auf drei Flugzeugträgern.«

Der Angestellte kam zurück ans Telefon. »Bleiben Sie, wo Sie sind, Dr. Thomas. Wir haben hier ein Problem. Jemand wird sich bei Ihnen melden.«

»Ich kann nicht hierbleiben«, sagte Millen, aber die Leitung war tot.

Nach dem Telefonat fragte Millen sich, was in Atlanta vorging – und im Rest Amerikas. *Fünfzigtausend Fälle in Kansas?* Hatte das Virus, das sie in Kenia gefunden hatten, die USA erreicht?

Er wollte unbedingt wissen, was dort geschah – und jemandem mitteilen, wo er hinfuhr.

Es blieb nur noch eine Nummer, die er anrufen konnte.

46

Elliott erinnerte sich nicht, im Sessel eingeschlafen zu sein, aber er wachte mitten in der Nacht mit einer Decke über den Beinen und der Fernbedienung auf dem Schoß vor dem laufenden Fernseher auf.

Er hustete und tastete am Hals nach seinen Lymphknoten. Sie waren angeschwollen. Ein Schweißfilm bedeckte seine Stirn. Das Fieber war nicht hoch, aber es gab keinen Zweifel: Er hatte sich angesteckt.

Im Fernsehen sprach der Reporter eines Börsensenders, während er vor einem Diagramm stand, dessen rote Linie nach rechts stark abfiel.

»Die asiatischen Aktienmärkte haben heute über vierzig Prozent ihres Werts eingebüßt, nachdem bekannt gegeben wurde, dass Singapur seine Grenzen schließt und das Kriegsrecht verhängt und China angeblich bald seine Häfen schließt, um eine weitere Ausbreitung des X1-Virus zu verhindern. Die WHO gibt keine Schätzungen der Infektionszahlen mehr heraus und befeuert damit Befürchtungen, dass die Infektionsrate viel höher ist, als berichtet wurde. Diese Ängste greifen auf die Märkte über. In den USA schließen die Börse und der Nasdaq wegen des Black Friday um 13:00 Uhr, und es werden starke Verluste erwartet. Termingeschäfte gehen um zwanzig Prozent zurück ...«

Elliotts Telefon klingelte, und er sah leicht benommen auf die Nummer. Er kannte sie nicht.

»Shapiro.«

»Sir, hier ist Millen Thomas. Ich habe Sie vorgestern angerufen. Ich habe in Dr. Shaws Team gearbeitet.«

Elliott setzte sich auf. »Ich erinnere mich, Millen. Was kann ich für Sie tun?«

»Das EOC in Atlanta ist offenbar überlastet. Ich bin hier in dem Lager bei dem Dorf, wo der Überfall stattgefunden hat.«

Elliott war bestürzt. Das gesamte CDC-Personal war nach dem Überfall aus Kenia evakuiert worden. »Sie sind noch in Kenia?«

»Ja, Sir. Ich ... habe beschlossen zu bleiben. Ich dachte, ich könnte vielleicht irgendwie helfen.«

Elliott nickte. »Okay. Was passiert bei Ihnen?«

»Die kenianische Militäreskorte ist gestern abgerückt. Ich überlege, nach Mandera zu fahren, aber niemand kann mir einen Rat geben, ob das eine gute Idee ist.«

»Besser als in dem Dorf zu bleiben. Aber es ist schwierig für mich, Ihnen etwas zu empfehlen. Ich weiß nicht, wer in Mandera ist oder was in Kenia gerade abläuft. Tut mir leid, Millen, ich bin nicht eingeweiht.«

»Verstehe, Sir. Gut, ich bin froh, dass nun wenigstens jemand weiß, wo ich bin. Ich habe hier drei Überlebende – wir haben sie in dem Dorf gefunden, als wir angekommen sind. Ich nehme sie mit nach Mandera.«

Überlebende? Elliott sah einen Hoffnungsschimmer. Wenn sie die Krankheit überlebt hatten, könnte die Analyse der Antikörper – die das Virus bekämpft hatten – der Schlüssel zu einem Heilmittel sein.

»Hören Sie, Millen. Wir müssen die Überlebenden zur Untersuchung zum CDC bringen.«

»Wie?«

»Ich organisiere den Transport. Fahren Sie einfach nach Mandera, und passen Sie gut auf sich auf. Ich rufe Sie zurück. Achten Sie darauf, dass Ihr Handy geladen ist.«

Elliott brauchte drei Anrufe, bevor er jemanden erreichte, der Millen und die Überlebenden nach Atlanta bringen konnte. Es würde mehr als drei Tage dauern, bis sie in den USA ankamen, aber besser spät als nie.

Elliott schlief im Wohnzimmer, bis die Morgensonne durch die verglasten Terrassentüren schien. Es war noch still im Haus, und er nutzte die Gelegenheit, etwas zu erledigen, vor dem er sich fürchtete, das aber getan werden musste.

Im Arbeitszimmer schaltete er seinen Computer an und notierte sich die Namen von allen, die er warnen musste. Dann machte er eine Liste seiner Nachbarn. Er und Rose wohnten in einem gehobenen älteren Viertel knapp außerhalb Atlantas in der Nähe des CDC. Dort standen keine Villen, aber solide teure Einfamilienhäuser. In ihrer Straße wohnten Ärzte, Anwälte und Unternehmer. Elliott schrieb die Namen derjenigen nieder, auf die er sich verlassen konnte und die in einer Krisensituation Ruhe bewahren würden.

Und es stand eine Krise bevor, da war er sich sicher.

Um sieben Uhr holte er Rose, Ryan und Sam in sein Arbeitszimmer und erklärte ihnen seinen Plan. Als er geendet hatte, weinte Rose leise. Ryan und Sam nickten ernst und versicherten ihm, dass sie ihn aus ganzer Kraft unterstützen würden.

Danach rief er die Leute an, die er warnen wollte.

Um zehn Uhr saßen fünf Ehepaare in seinem Wohnzimmer.

»Tut mir leid, dass ich euch von euren Familien weghole«, sagte Elliott, »aber ich glaube, wir alle werden bald in großer Gefahr sein.«

Voller Überraschung und Verwirrung sahen sie ihn an.

»Was …«

Elliott hob eine Hand. »Moment, Bill. Ich erkläre es euch. Im Jahr 2004 hat der Kongress den Project Bioshield Act verabschiedet. Für die Öffentlichkeit war es nur ein Gesetz, das fünf Milliarden Dollar für die Bevorratung von Impfstoffen und andere Maßnahmen gegen Bioterrorismus und Pandemien bereitstellte. Aber es enthält auch geheime Vorschriften, die nur im Fall einer biologischen Katastrophe in Kraft treten.

Ich glaube, wir erleben gerade den Beginn eines solchen Ereignisses. Das Atemwegsvirus – X1 – könnte ein frühes Stadium des Ebola-ähnlichen hämorrhagischen Fiebers sein, das gerade in Kenia wütet. Falls es das gleiche Virus ist, wird Project BioShield bald in Kraft gesetzt, um den Ausbruch zu stoppen.

Wenn das passiert, verändert sich das Amerika, das wir kennen und lieben, drastisch. Was ich euch jetzt sage, darf nicht diesen Raum verlassen.«

Als Elliott zu sprechen aufhörte, beugte sich einer der Männer vor und sagte: »Nehmen wir mal an, du hast recht. Was sollen wir dann machen?«

»Deswegen seid ihr hier. Ich habe einen Plan. Und ich brauche eure Hilfe.«

47

Desmond lag in seiner Zelle aus Metall und Glas auf dem schmalen Bett und sah sich die endlose Slideshow an. Einige der Fotos stammten aus seiner Kindheit, aber die meisten zeigten ihn auf Industriemessen oder bei Geschäftsbesprechungen. Sie begannen in der Zeit, als er Anfang zwanzig war, und reichten fast bis in die Gegenwart. Entweder hatten seine Entführer keine Bilder aus seinem Privatleben oder ein solches existierte nicht. Die Leute, die vor seiner Zelle auftauchten, ihm reihenweise Fragen stellten und wieder verschwanden, waren immer darauf bedacht, nichts über ihre Absichten und Ziele zu verraten, aber gelegentlich sammelte er kleine Anhaltspunkte, die er in der Hoffnung abspeicherte, dass sie ihm bei der Flucht helfen könnten.

Nachdem sie gegangen waren, spürte Desmond seinen Magen knurren. Sie hatten ihm sehr wenig zu essen gegeben, vielleicht um ihn schwach und fügsam zu machen.

Das Gefühl rief eine neue Erinnerung hervor.

Während des ersten Jahres in Oklahoma gab sein Onkel ihn in einer Kinderkrippe ab, wenn er auf den Ölfeldern arbeitete. Die Kinder dort waren unterschiedlich alt, aber mit sechs Jahren gehörte Desmond zu den ältesten. Auch andere Ölarbeiter ließen ihre Kinder dort, und er schloss einige Freundschaften. Doch jedes Mal wenn Orville ihn abholte, stritt er mit den Betreibern über die Gebühren und beschwerte sich über die Halsabschneiderei.

Eines Tages verkündete Orville, er werde Desmond zu Hause lassen. Er legte ein bisschen Geld auf den Küchentisch und sagte Desmond, falls er nach Hause kommen müsse, um sich um ihn zu kümmern, werde es ihm leidtun.

Desmond kaufte mit dem Geld in dem kleinen Lebensmittelgeschäft im Ort ein. Der Inhaber half ihm, das Geld abzuzählen und möglichst lang damit auszukommen. Desmond ernährte sich von Bohnen und Dosenfleisch. Trotzdem ging ihm ein paar Tage bevor sein Onkel zurückkam das Geld aus. Er fragte im Laden nicht nach Kredit. Er fragte, wo er einen Job finden könne.

»Für einen Sechsjährigen?« Der dünne Mann mit der kleinen Brille lachte.

Desmond sah auf seine Schuhe.

»Ich gebe dir ein paar Sachen auf Kredit, Desmond. Du kannst bezahlen, wenn dein Onkel zurückkommt.«

»Lieber nicht«, sagte er leise.

Zum Glück ließ der Lebensmittelhändler ihn den Vorratsraum fegen und Regale aufstocken und schickte ihn mit genug Essen für die nächsten Tage nach Hause.

Als sein Onkel zurückkehrte, fragte er als Erstes: »Wie viel hast du übrig?«

»Nichts.«

»Nichts? Du hast *alles* ausgegeben? Wofür, Junge? Eine neue Barbiepuppe?«

Er murmelte, Desmond würde ihm noch die Haare vom Kopf fressen, und stürmte davon.

Der Mann war vom Geld besessen. Er arbeitete auf der Bohrplattform, die ihm am meisten zahlte. Es spielte keine Rolle, wie gefährlich es war oder wie schlecht die Unterbringung war. Er wollte das Geld. Und er behielt alles bei sich. Gegen Banken hegte er ein tiefes Misstrauen.

»Das sind alles Gauner«, sagte er eines Nachts, als er bei der zweiten Hälfte der Flasche angelangt war. »Und Idioten. Sie leihen jedem Idioten Geld – *unser* Geld, dasselbe, das wir in ihre

Tresore legen. Die Bausparkassen sind die schlimmsten. Die gehen bald pleite, wart's nur ab.«

Desmond war ziemlich überrascht, als einige Jahre später über tausend Bausparkassen der Konkurs drohte und die amerikanischen Steuerzahler über hundertdreißig Milliarden Dollar an Sicherheitsleistungen aufbringen mussten. Es war vielleicht die einzige der Vorhersagen und Verschwörungstheorien seines Onkels, die jemals wahr wurde.

Danach ließ sein Onkel ihn weiter allein zu Hause, und Desmond fand bald heraus, wie er mit dem Geld auskommen konnte: Er ergänzte seine Vorräte mit dem Fleisch von Tieren, die er erlegte. Einige schoss er in der Schonzeit, aber er nahm an, der Jagdaufseher würde keinen Sechsjährigen bestrafen, der kurz vor dem Verhungern war.

Er sorgte dafür, dass immer ein paar Dollar übrig blieben und auf dem Tisch lagen, wenn sein Onkel zurückkam – und manchmal behielt er etwas für sich.

Sobald er genug gespart hatte, ging er zu der Pfandleihe am Ortsrand. Er hatte schon oft vor dem Laden gestanden, durch die Scheibe das Fahrrad angestarrt und sich all die Orte vorgestellt, an die er damit fahren könnte.

Jetzt ging er hinein, legte das Geld auf die Glastheke und sagte: »Ich nehme das Fahrrad im Fenster.«

Der Besitzer zählte die Scheine und sagte: »Dir fehlen zehn Dollar.«

»Das ist alles, was ich habe.«

Der Mann sagte nichts.

Desmond griff nach den Scheinen. »Wie Sie meinen. Dann gehe ich eben zu dem Eisenwarenladen nebenan und mache da ein Angebot.«

Der Mann hustete rau. »Wenn du ein Erwachsener wärst, würde ich sage, verpiss dich. Aber du gefällst mir, Junge. Nimm es. Das verdammte Ding steht sowieso schon seit einem Jahr im Fenster.«

Es war Desmonds erste Kostprobe der Freiheit, das Erste,

worauf er gespart und das er sich selbst gekauft hatte. Es bedeutete ihm mehr als jedes Geschenk, das er je bekommen hatte.

Er versteckte das Fahrrad vor seinem Onkel. Es gelang ihm sechs Monate lang. Es war die beste Phase seiner gesamten Kindheit.

Mit dem Fahrrad konnte er die nächste Stadt erreichen, Noble, wo es Geschäfte an der Hauptstraße gab, eine Post, ein kleines Kino und eine Bibliothek. In der Bibliothek schlenderte er an den Regalen entlang und suchte nach den Büchern, die Charlotte ihm vorgelesen hatte. Er wollte nur die Umschläge sehen, um sich an die Wochen mit ihr zu erinnern.

Eine Frau mit grauem Haar nahm Bücher von einem Wagen und stellte sie zurück ins Regal. »Kann ich dir helfen, etwas zu finden?«

Desmond schüttelte den Kopf.

»Du kannst ausleihen, was du willst.« Sie musterte ihn einen Augenblick. »Es ist umsonst. Du bringst die Bücher einfach zurück, wenn du fertig bist.«

Es würde ihm nichts nützen; er konnte noch nicht lesen.

»Wird hier manchmal ... vorgelesen?«

Die Frau zögerte. »Hm, ja.«

»Wann denn?«

»Zu ... unterschiedlichen Zeiten. Wann würde es dir passen?«

Er sagte es ihr, und sie entgegnete, das sei in Ordnung. Sie hieß Agnes. Desmond mochte ihre Stimme. Sie klang beruhigend und neutral wie die vieler Leute in Oklahoma. Ohne die Bosheit, die in der Stimme seines Onkels mitschwang.

Als er gehen wollte, fiel Desmond ein, dass er nicht gefragt hatte, welches Buch vorgelesen werden würde. Es könnte eines sein, das ihm nicht gefiel, oder eines über Menschen, die sich ineinander verliebten.

Er gab sich Mühe, nicht unhöflich zu klingen, als er Agnes nach dem Buch fragte.

»Es gibt mehrere zur Auswahl«, sagte sie. »Was für Bücher magst du denn?«

»Abenteuergeschichten«, sagte er, ohne zu zögern. »In denen der Held davonkommt.«

»Dann wirst du nicht enttäuscht sein.«

Und sie hatte recht. Als er am nächsten Tag zurückkam, saß Agnes hinter dem Schalter und strickte. Sie legte ihre Arbeit zur Seite und hob ein Buch hoch.

»Bist du bereit?«

Er nickte. Wie er schon vermutet hatte, war er der einzige Besucher der Lesestunde. Er hatte nichts dagegen.

Er vergaß sich selbst, als ihre Worte sich in seinem Kopf in Bilder verwandelten. Die Figuren erschienen ihm so echt wie Menschen, denen er wirklich begegnet war. Die Geschichten fühlten sich an wie ein Leben, das er nur vergessen hatte – und das viel besser war als sein eigenes.

Die Wochen, in denen sein Onkel zu Hause blieb, waren eine Gefängnisstrafe. Die Vorlesestunden waren seine Flucht.

Der Sommer ging zu Ende, und es traf ein Brief vom Schulamt des County ein, der ihn einer Grundschule zuwies, wo er im Herbst mit der Vorschule beginnen sollte.

Orville warf das Schreiben entrüstet ins Feuer.

»Vorschule.« Er sprach das Wort aus, als schmeckte es nach saurer Milch. »Du brauchst nicht noch mehr zu verweichlichen.«

Desmond machte es nichts aus. Er ging viel lieber in die Bibliothek.

Nach Thanksgiving begann Agnes, ihm das Lesen beizubringen. Er lernte schnell. Sie hatte eine gute Methode: Sie las ihm den ersten Teil des Buchs vor, bis er gefesselt war, dann half sie ihm, den Rest zu lesen. Es war wie Fahrradfahren lernen, erst schwierig, aber ein Kinderspiel, sobald man den Bogen raus hatte.

An Ostern las er ihr vor.

Aber sie veränderte sich nach und nach. Sie schlief während

der Geschichten ein. Immer häufiger griff sie in ihre Handtasche, nahm eine Tablette heraus und schluckte sie.

Irgendwann in diesem Sommer kam er zur Bibliothek und stand vor geschlossenen Türen. Sie öffnete die ganze Woche lang nicht. Desmond ging zum Postamt nebenan und fragte den Mann hinter dem Schalter, ob er Agnes gesehen habe.

»Sie ist im Norman.«

»Norman?«

Der Postangestellte sah Desmond an, als wäre er schwachsinnig. »Norman Municipal. Das städtische Krankenhaus. Oder das regionale jetzt, aber ist ja sowieso egal.«

»Was macht sie da?«

»Sie hat Krebs, was denn sonst?«

Desmonds Welt brach zusammen.

»Kommt sie zurück?«

Er sah dem Mann an, dass er nicht daran glaubte.

»Wie komm ich da hin?«

»Sprich lieber erst mit deinen Eltern.«

»Welche Straße muss ich nehmen?«

»Bis zum Norman sind es fünfzehn Kilometer, junger Mann. Deine Eltern können dich hinbringen. Und jetzt verschwinde, ich muss arbeiten.«

An der Tankstelle am Stadtrand kaufte Desmond eine Karte. Das Krankenhaus war mit einem großen H markiert.

Am nächsten Morgen plante er die Route und packte Proviant in eine Tüte. Desmond wusste nie genau, an welchem Tag Orville von den Ölfeldern zurückkehrte, aber meistens kam er am frühen Nachmittag, deshalb wartete Desmond vorsichtshalber bis vier, ehe er aufbrach. Er konnte sich nicht vorstellen, was sein Onkel tun würde, wenn er mit einem Fahrrad nach Hause kam, dass er von seinem Geld gekauft hatte.

Er hatte gedacht, die Fahrt würde höchstens eine Stunde dauern, aber er brauchte fast drei. Die Sonne ging schon unter, als er die Stadtgrenze von Norman erreichte. Im Licht der Parkplatzbeleuchtung ließ er sein Fahrrad vor der Eingangstür fallen und taumelte hinein.

Die Frau an der Rezeption teilte ihm Agnes' Zimmernummer mit. Zum ersten Mal in seinem Leben fuhr er mit einem Aufzug. Im dritten Stock ging er langsam und voller Angst vor dem, was ihn dort erwartete, zu Agnes' Zimmer.

Er drückte die Klinke, und die schwere Holztür öffnete sich quietschend. Im Zimmer war das Licht gedämpft. Agnes lag auf der Seite, umgeben von leise piepsenden Apparaten.

Beim Geräusch der Tür drehte sie sich um und sah Desmond. Auf ihren Lippen zeichnete sich ein Lächeln ab, und ihre Augen füllten sich mit Tränen.

»Du hättest nicht kommen sollen, Desmond.«

Ihm fiel nichts ein, was er hätte sagen können. Er ging einfach zu ihrem Bett und streckte seine kleine Hand aus, die sie ergriff.

»Warum haben Sie nicht ...« Er beendete den Satz nicht, weil er selbst nicht wusste, was er fragen wollte. Über diese Situation hatte er nicht nachgedacht. Er hatte nicht wahrhaben wollen, was der Postangestellte gesagt hatte. Er hatte erwartet, dass sich alles als Missverständnis herausstellen würde, wenn er im Krankenhaus ankam.

Sie schnaufte. »Ich wollte dir sagen, dass ich wegziehe. Du solltest nichts von meiner Krankheit wissen. Ich wollte nicht, dass das deine letzte Erinnerung an mich ist.«

Desmond senkte den Blick auf seine Füße.

»Hat dein Onkel dich hergebracht?«

Er schüttelte den Kopf.

»Du bist doch nicht etwa mit dem Fahrrad gekommen?«

Sie fasste sein Schweigen als Bestätigung auf.

»Desmond«, sagte sie gedehnt. »Das war sehr gefährlich. Wo ist dein Onkel?«

»Auf den Ölfeldern. Er kommt erst in ein paar Tagen zurück.«

Eine Schwester tauchte an der Tür auf.

»Brauchen Sie etwas, Miss Anderson?«

»Ja, meine Liebe. Eine Decke für meinen Neffen. Er bleibt über Nacht. Und, das ist vielleicht ein bisschen viel verlangt, aber haben Sie vielleicht Kinderbücher im Krankenhaus?«

»Ja, Ma'am. Ich bringe welche.«

In dieser Nacht las Agnes Desmond zum letzten Mal vor. Erst um zwei Uhr in der Nacht schlief er in dem Sessel neben dem Fenster ein.

Am Morgen musste er Agnes versprechen, nie wieder herzukommen. Es sei zu gefährlich, und sie werde immer kränker.

»Das ist mein Wunsch, Desmond. Erfüllst du ihn mir?«

»Ja, Ma'am.«

Auf dem Rückweg fuhr er langsamer, weil er jeglichen Antrieb verloren hatte. Warum starben alle, die er mochte? Und die Menschen, die er hasste – also sein Onkel – lebten? Das Leben war ungerecht. Die Welt war grausam.

Bis Desmond nach Hause kam, war es Mittag. Sein Mund wurde trocken, als er seinen Onkel auf der Veranda sitzen und trinken sah.

»Hübsches Fahrrad, Des. Wo hast du das her?«

Desmond versuchte zu schlucken, aber es fühlte sich an, als wäre sein Mund voller Sägespäne. »Gefunden«, keuchte er.

»Also gestohlen.«

»Nein, ich habe es gefunden bei ...«

»Wenn du es gefunden hast, gehört es jemandem – jemandem, dem du es gestohlen hast. Leg es auf die Ladefläche von dem Pick-up. Ich bringe es morgen zurück in die Stadt zum rechtmäßigen Eigentümer.«

»Es ist meins.« Desmonds Wut gewann die Oberhand über seine Angst. »Ich habe es gekauft.«

»Gekauft.« Sein Onkel tat, als wäre er beeindruckt. »Von welchem Geld?«

Desmond wandte den Blick ab.

»Antworte, wenn ich dich was frage, Junge. Von welchem Geld?«

»Von dem Geld, das ich gespart habe.«

»Gespart?« Sein Onkel war jetzt stocksauer. »Nein. Du hast es von dem Geld gekauft, das du *gestohlen* hast – von mir. Ich habe dir das Geld gegeben, damit du dir was zu essen in deinen undankbaren kleinen Mund stopfen kannst. Du solltest mir den Rest zurückgeben. Aber du hast es behalten und dir ein kleines Spielzeug gekauft.«

Desmond schwieg, während sein Onkel sich darüber ausließ, wie verweichlicht und nichtsnutzig er sei. Die Tirade dauerte fast zwei Wochen, bis sein Onkel wieder zur Arbeit aufbrach. Statt Geld auf den Tisch zu legen, sagte er Desmond, er solle eine Tasche packen.

»Es wird Zeit, dir die echte Welt zu zeigen.«

Die echte Welt, die Orville Hughes ihm zeigen wollte, war ein Lager bei einer Ölbohrplattform knapp nördlich der Grenze zwischen Oklahoma und Texas. Er ließ Desmond arbeiten: Plumpsklos putzen, Wäsche waschen, Kartoffeln schälen und alles, was die Ölarbeiter nicht tun wollten. Die Arbeit war hart, aber nicht gefährlich. Sein Onkel sagte, er sei zu schwach, um ein echter Ölarbeiter zu sein, und werde es wahrscheinlich auch bleiben.

Die Arbeiter waren fassförmige Männer mit muskulösen Armen, die nie gerade nach unten hingen, sondern zur Seite abstanden. Sie erinnerten ihn an die Roboter aus *Verschollen zwischen fremden Welten*, einer Serie, die Desmond ansah, wenn sein Onkel nicht da war. Aber im Gegensatz zu den Robotern waren diese Männer ständig ölverschmiert. Jedes zweite Wort aus ihrem Mund war eine Obszönität. Die Geschichten von Prostituierten und die schlüpfrigen Witze nahmen kein Ende. Sie arbeiteten in Zwölf-Stunden-Schichten, tranken ständig Kaffee, wenn sie wach waren, und rauchten, aber nie in der Nähe der Plattformen. Es gab einen kleinen Fernseher mit folienumwickelter Zimmerantenne, um den sie sich nach jeder Schicht stritten. Meistens lief Baseball, und immer wurde in einem der Zelte Karten gespielt.

Nur ein einziger Mann las in seiner Freizeit. Desmond freundete sich mit ihm an, und er war so nett, ihm das Buch zu geben, das er gerade gelesen hatte und in höchsten Tönen lobte.

So sehr er es auch versuchte, Desmond kam einfach nicht in die Geschichte hinein, in der es um Leute ging, die ein russisches U-Boot jagten.

Seltsamerweise verbesserte sich durch seine Anwesenheit auf den Ölfeldern das Verhältnis zu seinem Onkel. Der Mann schenkte ihm weniger Aufmerksamkeit, gab ihm sogar etwas von seinem Lohn ab und ließ ihn das Fahrrad behalten. Allerdings hatte Desmond nicht das Bedürfnis, durch die Gegend zu fahren. Er war völlig erschöpft, als sie aus dem Lager nach Hause kamen.

Bevor sie wieder aufbrachen, fuhr er zur Bibliothek. Sie hatte wieder geöffnet, und eine jüngere Frau saß hinter dem Schalter, las in einem Fachbuch und machte sich Notizen. Desmond ging ihr aus dem Weg.

Er lieh fünf Bücher aus, die er während des nächsten Arbeitseinsatzes las.

Einige Tage nachdem sie wieder zu Hause waren, fuhr eine Cutlass-Limousine in eine Staubwolke gehüllt auf ihr Haus zu. Ein Mann mit Clipkrawatte und kurzärmeligem Hemd stieg aus.

»Mr. Hughes«, rief er von der Veranda aus.

Desmond beobachtete, wie sein Onkel angetrunken nach draußen ging und mit dem Mann stritt.

Der Besucher leistete mehr Widerstand, als Desmond erwartet hatte. Schließlich schüttelte er den Kopf, stieg die Stufen hinab und drehte sich noch einmal um.

»Wenn Ihr Junge nächsten Monat nicht in der Schule ist, sehen Sie mich nicht wieder. Als Nächstes kommt die Fürsorge. Dann der Sheriff. Schönen Tag noch, Mr. Hughes.«

Desmond fand die erste Klasse nicht ganz so interessant wie die Ölfelder. Dank Agnes konnte er schon lesen, und dank des

Lebensmittelhändlers, der ihn vor dem Verhungern bewahrt hatte, war er im Rechnen allen voraus.

Es schien ihm unmöglich, mit den anderen Kindern Kontakt zu knüpfen. Sie kamen ihm fast wie Babys vor. In der großen Pause spielten sie und redeten über kindische Dinge. Er fühlte sich fehl am Platz, als hätte er eigentlich mehrere Klassen höher sein sollen. Die Lehrerin bemerkte es und versuchte, ihm schwierigere Aufgaben zu geben, aber sie hatte viel zu tun. Desmond war im Wesentlichen auf sich allein gestellt. Er saß in der Ecke und las, während die anderen Schüler Gruppenarbeit machten.

Der Direktor erklärte sich einverstanden, ihn in die zweite Klasse zu versetzen, aber auch dort fühlte er sich als Außenseiter.

Als der Sommer kam, fuhr er wieder mit seinem Onkel auf die Ölfelder. Mit jedem Einsatz wurde die Arbeit härter.

Das war das Schema, nach dem sein Leben ablief: Im Sommer auf den Ölfeldern, den Rest des Jahres in der Schule, wobei sein Onkel nur die Hälfte der Zeit zu Hause war.

Er wusste nicht, ob es am Tod seiner Eltern lag oder an Agnes' Ableben oder an der Art, wie sein Onkel ihn großgezogen hatte, aber es schien ihm nahezu unmöglich, mit jemandem vertraut zu werden. Er war von einer Mauer umgeben. Und die wenigen Male, wenn er Freunde mit nach Hause brachte, beschämte ihn sein Onkel, indem er ihn vor ihren Augen herunterputzte, deshalb lernte er schnell, niemanden mehr einzuladen. Sein Onkel verbot ihm auch, zu anderen Kindern nach Hause zu gehen. Desmond war nicht so dumm, sich ihm zu widersetzen.

Als Desmond das Anmeldeformular für die Little League im Baseball mitbrachte, verbrannte sein Onkel es. Es sei Zeit- und Geldverschwendung, sagte er.

Orville erlaubte Desmond auch nicht, an den Freizeitangeboten der Schule teilzunehmen oder bei den Pfadfindern oder anderen außerschulischen Aktivitäten mitzumachen.

Desmond war völlig isoliert. Er fühlte sich nichts und niemandem verbunden. Am glücklichsten war er, wenn er las, aber im Alter von acht Jahren hatte er in der örtlichen Bibliothek schon fast alles ausgeliehen, was ihn interessierte.

Die junge Frau hinter dem Schalter erkannte ihn, wenn er ziellos zwischen den Regalen umherlief. Sie hieß Julie, war Anfang zwanzig und schien jedes Mal eine neue Frisur zu haben, wenn Desmond sie sah. An diesem Tag trug sie einen Dutt.

»Wenn wir etwas nicht haben, können wir es besorgen«, sagte sie.

»Woher?«

»Aus einer anderen Bibliothek.«

Sie zog die Tastatur zu sich. »Wir können jedes Buch in unserem System bestellen, dann bekommen wir es geliefert. Wonach suchst du denn?«

Desmond wusste nicht, wonach er suchte. Er hatte keine Ahnung, was es da draußen alles gab. »Ich ... weiß nicht genau.«

»Also, was für Bücher liest du gerne?«, fragte Julie.

Das letzte Buch, das Desmond richtig gut gefallen hatte, war *Contact* von Carl Sagan. Auf dem Umschlag hatte er gelesen, dass Sagan eine Serie auf PBS hatte. Desmond hätte sie gern gesehen, aber er wusste, dass Orville es nicht erlauben würde; er interessierte sich mehr für John Wayne als für außerirdisches Leben und die Stellung der Menschheit im Universum. Desmond hingegen war fasziniert von der Vorstellung, es könne andere Welten und Lebensformen geben. Er glaubte, es müsse überall besser sein als auf der Erde. Im Moment waren Bücher seine einzige Zuflucht.

»Ich kann auch nach Schriftstellern suchen.«

»Carl Sagan«, sagte er sofort.

Danach öffnete sich Desmond eine völlig neue Welt. Er las wissenschaftliche Bücher, historische Bücher und Biografien. Er war fasziniert davon, wie die Welt so geworden war, wie sie war – und von den Menschen, die sie geformt hatten. In gewisser Weise versuchte er zu erfahren, warum die Welt so grausam und ungerecht war.

Ein Jahr darauf begann Julie, ihm Bücher zu bringen, die nicht im Bibliothekssystem gelistet waren. Sie studierte an der University of Oklahoma, und die Bibliothek dort war viel umfangreicher. Desmond bewachte die Bücher wie Schätze.

Zu Hause ging sein Leben weiter wie bisher. In den Sommern fuhr er mit Orville auf die Ölfelder. Er erfuhr, dass sein Onkel in den letzten Jahren Aufträge angenommen hatte, die ihn nicht so weit von Slaughterville wegführten – ungefährlichere Arbeit und nah genug, um schnell nach Hause zu fahren, wenn Desmond verletzt war oder in Schwierigkeiten steckte. Bevor Desmond bei ihm gewohnt hatte, hatte Orville auf weiter entfernten Ölfeldern und manchmal auf Bohrinseln gearbeitet. Dort war die Bezahlung besser. Die Bedingungen hingegen waren oft schlechter – und gefährlicher.

Von Jahr zu Jahr wurde Desmond mehr Verantwortung übertragen und gefährlichere Arbeit zugeteilt. Mit elf brach er sich bei Abilene den rechten Arm und im Jahr darauf in der Nähe von Galveston ein Bein. Im Mai 1995 ließ ein mit Kokain zugedröhnter Ölarbeiter an einem Bohrturm bei Nacogdoches seine Schaufel auf Desmonds Fuß fallen und zerquetschte ihn. Orville prügelte den Mann fast zu Tode. Sie sahen ihn nie wieder auf einem der Ölfelder.

Als Desmond aus dem Krankenhaus kam, empfing ihn sein Onkel mit einem Pint billigen Whiskeys. Ein anderes Mittel gegen die Schmerzen gab es nicht, und Desmond trank den Schnaps. Zuerst schmeckte er ekelhaft, aber es war nicht so schlimm wie der pochende Schmerz in seinem Fuß. Nach einer Weile ging er leichter runter.

Zu seiner Überraschung ließ ihn sein Onkel nicht allein. Er brachte ihm Essen in sein Zimmer und fuhr ihn zu den Nachuntersuchungen. Danach veränderte sich ihr Verhältnis.

Mit dreizehn kam Desmond auf die Highschool. Er war groß, und durch die Arbeit auf den Ölfeldern hatte er breite Schulter und Arme, so kräftig wie die Beine eines Vollblutpferds. In der Schule war er immer noch Einzelgänger. Er passte zu keiner der Cliquen, und er hatte schon vor Jahren aufgegeben, sich anzubiedern. Er war stärker als die Bauernjungen und Footballspieler und schlauer als die Stadtkinder, deren Eltern Geschäfte besaßen und aufs College gegangen waren. Dank der Bibliotheken wusste er mehr über Geschichte als die meisten Lehrer. Und auf den Ölfeldern gab es eine Menge zu rechnen. Es war keine höhere Mathematik, aber er eignete sie sich schnell an. Er konnte nur das halbe Jahr anwesend sein und bestand trotzdem alle Tests. Die Schule war wie ein Gefangenenlager auf einem fremden Planeten. Es gab jede Menge Tratsch. Football stand über allem. Jeder freute sich immer auf das große Spiel. Desmond freute sich nur darauf, dass sein nächstes Buch eintraf – und auf den nächsten Job mit Orville. Die Orte faszinierten ihn. Louisiana und South Texas waren schillernde Welten.

Er schwänzte immer öfter die Schule. Als die Lehrer sich beschwerten, ging Orville zum Direktor und erklärte ihm, er brauche die Hilfe seines Neffen auf den Ölfeldern und der Junge werde alle Tests bestehen. Sie trafen eine Vereinbarung, und von diesem Zeitpunkt an ging Desmond nur noch oft genug in die Schule, um die maßgeblichen Prüfungen zu bestehen, damit die Aufsichtsbehörde beruhigt war, falls jemand nachsah.

Desmond und Orville hatten weder eine Vater-Sohn-Beziehung noch waren sie richtige Freunde. Sie waren eher wie die Herumtreiber in den alten Western, die Orville sich ansah, verbunden durch gemeinsame Bedürfnisse, auf der Suche nach etwas oder jemandem, auch wenn sie nicht wussten, um was oder wen es sich handelte. Sie zogen von Stadt zu Stadt, jeder Ort war wie die Folge einer Serie, in der sie einen neuen Schurken besiegen oder ein Geheimnis aufdecken mussten. Das Geheimnis war immer, wie lang sie brauchten, um die Ölquelle anzubohren, ob sie auf Öl stoßen und ob sie die Tage nach dem Einsatz überleben würden, das, was Orville als »Dampf ablassen« bezeichnete.

Für Orville bestand es gewöhnlich darin, dass er sich eine Woche lang im nächsten Ort einquartierte, in der Bar volllaufen ließ, spielte und Frauen aufgabelte. Außerdem prügelte er sich oft. Ab einem gewissen Punkt fing er mit dem ersten eine Schlägerei an, der ihm Widerworte gab. Nur Veteranen des Militärs blieben verschont, und ihre Frauen waren die Einzigen, die er nicht mit nach Hause nahm. Es gefiel ihm auch nicht, wenn andere es taten; das war immer Anlass für Schlägereien – Kämpfe, in die Desmond hineingezogen wurde, egal wie sehr er sich rauszuhalten versuchte. Schließlich mischte er mit, sobald es losging. Auf diese Art ging es schneller zu Ende.

Desmond lernte, gut einzuschätzen, ob ein Mann Ärger machen oder wegrennen würde und ob sie besser die Flucht ergreifen sollten. Er entwickelte einen sechsten Sinn dafür, ob er die Bierflasche oder den Billardqueue benutzen musste oder ob die Fäuste genügten. Er kämpfte nicht gern mit Messern, aber er lernte, sie anderen abzunehmen. Manchmal bekamen sie Schwierigkeiten mit dem Gesetz, aber Orville hatte immer eine gute Geschichte parat und ein paar Hundert Dollar für den Barbesitzer, um den Schaden auszugleichen. Desmond hatte fast ständig eine geprellte Rippe, eine gequetschte Hand, einen gebrochenen Fingerknöchel, ein blaues Auge oder eine verschorfte Platzwunde; er gewöhnte sich an den Schmerz und an das verrückte Leben nach Orvilles merkwürdiger Moral.

In den Hotels tranken sie und hörten bis zur Morgendämmerung Songs von Robert Earl Keen, The Highwaymen, Jerry Jeff Walker und Johnny Cash. Ein paar Tage vor dem nächsten Job nüchterten sie aus, und während der Arbeit tranken sie nicht. Es war zu gefährlich. Auch das gehörte zu ihrem Verhaltenskodex.

Desmond verstand schließlich, warum sein Onkel ihn so gehasst hatte, als er angekommen war. Er hatte Orville von diesem Leben abgehalten, und jetzt konnte er es endlich wieder aufnehmen. Das machte ihn glücklich, und Desmond hatte es zu Hause leichter. Gelegentlich gingen sie jetzt sogar zusammen auf die Jagd.

Für Desmond waren die Wochen bei der Arbeit fast wie eine Therapie. Wenn sie auf den Ölfeldern waren, hatten sie immer etwas zu tun. Es war harte, manchmal gefährliche Arbeit, die einen vom Denken abhielt. Wenn er arbeitete, beschäftigte er sich nicht mit seiner Familie oder Charlotte oder Agnes oder sonst etwas. Und in seiner Freizeit vertrieb er die Gedanken mit Whiskey und Bier. Es war das Einzige, das funktionierte – außer Büchern. Das wurde sein Leben: Ölfelder, Trinken und Lesen.

Sein Abschluss im Frühling 1995 hatte keine Bedeutung für ihn. Sein Leben änderte sich kaum – außer dass er jetzt keine Prüfungen mehr ablegen musste. Andere Absolventen gingen ans College oder zum Arbeiten nach Oklahoma City oder stiegen in das Geschäft ihrer Familie ein. Desmond wollte unbedingt ausbrechen und irgendwo neu anfangen. Aber dafür brauchte er Geld, deshalb begann er jeden Penny zu sparen, den er entbehren konnte. Im Januar 1996 enthielt die verbeulte Kaffeedose in seiner Matratze 2.685 Dollar. Es war alles, was er besaß, und er hatte vor, es für ein Gerät auszugeben, das hoffentlich sein Leben verändern und ihm ermöglichen würde, Oklahoma und die Ölfelder für immer hinter sich zu lassen.

48

Vor Desmonds Zelle befanden sich immer zwei Leute: einer, der den Laptop mit der Slideshow bediente und Fragen stellte, und einer, der tippte und ihn filmte.

Er war zu dem Schluss gekommen, dass er nur dann eine Chance zu fliehen hatte, wenn er einen von ihnen dazu brachte, ihm zu helfen. Die Zelle war zu stabil, um mit Gewalt etwas zu erreichen. Sein erster Schritt bestand darin, ein Persönlichkeitsbild desjenigen zu entwickeln, den er auf seine Seite ziehen wollte. Er hatte begonnen, nach Schwächen oder starken Überzeugungen zu suchen, die er ausnutzen könnte, aber bisher waren seine Versuche, an solche Informationen zu gelangen, auf taube Ohren gestoßen. Er vermutete, dass Conner seinen Leuten verboten hatte, mit ihm zu reden. Keiner von ihnen beantwortete persönliche Fragen. Sie wurden sogar nervös, wenn er sie ansprach – noch nervöser als sie ohnehin schon waren. Und mit jedem gescheiterten Versuch verringerten sich seine Fluchtchancen.

Ihm waren einige Begriffe aufgefallen, die ihm vage bekannt vorkamen:

»Erinnern Sie sich an die Zenon Society?«, hatten sie gefragt.

»Nein.«

»Den Orden von Kition?«

Wieder log er. Er kannte den Begriff, wusste jedoch nicht, was er zu bedeuten hatte.

Er bekam regelmäßige Mahlzeiten und aß sie ohne große Bedenken. Falls seine Entführer ihn unter Drogen setzen wollten, konnten sie jederzeit das Gas benutzen und ihm dann verabreichen, was immer sie wollten. Und er musste essen. Er verfiel in ein Muster: Sport, essen, Fragen beantworten, schlafen und wieder von vorn. Bald hatte er jedes Zeitgefühl verloren.

Irgendwann begannen sie, Musik abzuspielen, offenbar in der Hoffnung, damit eine Erinnerung auszulösen. Desmond erkannte die Lieder: »American Remains«, »Highwayman«, »Silver Stallion«, »Desperados Waiting for a Train«, »The Road Goes On Forever«, »Angels Love Bad Men« und zuletzt »The Last Cowboy Song«. Die Stücke wurden von einer Band namens The Highwaymen gespielt, einem Quartett, das aus Johnny Cash, Waylon Jennings, Willie Nelson und Kris Kristofferson bestand. Desmond sah ihre Gesichter auf der Hülle einer alten Kassette vor sich, die er viele Male gehört hatte. Die Lieder erinnerten ihn an Orville, aber das würde er Conner niemals verraten.

Eines wusste er mit Sicherheit: Conner hatte den Ausbruch ausgelöst. Und wenn er dazu fähig war, war er zu allem fähig. Wenn Conner etwas brauchte, würde Desmond es ihm verweigern. Er würde Widerstand leisten – bis zum Schluss.

Der Serverraum des Schiffs befand sich tief unter Deck, und der Kontrollraum lag gleich daneben. Vier Wachen saßen an einem Tisch vor dem Haupteingang und spielten Karten. Als Conner sich ihnen näherte, standen sie auf und öffneten ihm die Luke.

Conner war noch nie im Kontrollraum gewesen. Es war beeindruckend. Flachbildschirme reichten von dem langen Schreibtisch bis zur Decke. Tabellen und Grafiken, die ihm nichts sagten, wurden in Echtzeit aktualisiert. Einige davon zeigten Temperaturen. Statusbalken krochen auf hundert Prozent zu. Auf einem Monitor lief eine Folge von *Kampfstern Galactica*. Der Kontrollraum erinnerte ihn tatsächlich an ein Raumschiff, allerdings an eines, das von Chaoten gesteuert wurde.

Zerquetschte Dosen von Red Bull und Mountain Dew lagen auf dem Boden. Leere Verpackungen von Mikrowellen-Snacks waren verstreut wie Konfetti. Kekskrümel umringten die Tastaturen.

Vier Leute drehten sich gleichzeitig um und sahen Conner an: eine dünne Asiatin mit dunklem fettigem Haar, das ihr auf die Schultern hing, zwei übergewichtige weiße Männer, die Zwillinge hätten sein können, und ein Inder, der ein wenig älter und viel schlanker als die beiden war.

Der Inder stand mit verwirrter Miene auf. »Sir?«

»Ich brauche einen Programmierer.«

»Aha.« Der Mann zögerte, bevor er auf eine Luke am anderen Ende des Raums zeigte. »Die sind da drin, Sir.«

»Sie sind keine Programmierer?«

»Nein, Sir. System- und Netzwerkadministratoren.«

Conner ließ den Blick noch einmal durch den Saustall schweifen. *Diese Chaoten verwalten alle unsere Informationen?*

Er schüttelte den Kopf. »Gut. Weitermachen.«

»Sir ... vielleicht sollten Sie lieber anklopfen.«

Conner fragte sich, was das bedeuten sollte. Aber er beherzigte den Ratschlag und klopfte dreimal laut gegen die Luke. Keine Antwort.

Er sah sich zu dem indischen Systemadministrator um, der nur mit den Achseln zuckte, als wollte er sagen: *Dann müssen Sie wohl reingehen.*

Conner öffnete die Luke und spähte hinein. Verglichen mit dem engen Loch sah der Kontrollraum aus wie ein Reinraum. Papier, Verpackungen, Dosen und Pornohefte bedeckten den Boden. Drei junge Männer beugten sich mit aufgesetzten Kopfhörern über ihre Laptops und tippten hektisch, während weiße Textzeilen über die schwarzen Bildschirme vor ihnen liefen. Alle paar Sekunden fluchte einer von ihnen und lehnte sich zurück oder warf die Hände in die Luft. Es sah aus, als spielten ein paar Verrückte Whack-A-Mole.

»Hey!«, rief Conner.

Kopfhörer wurden abgesetzt. Genervte Gesichter wandten sich ihm zu.

Der Programmierer, der ihm am nächsten saß, eine Junge mit dunklem Haar und osteuropäischem Akzent, sagte: »Was liegt an, Kumpel?«

»Sie müssen etwas für mich hacken.«

»Geht nicht. Wir sind mit dem CDC beschäftigt.«

»Vergessen Sie das CDC. Darum kümmere ich mich. Das hier hat Vorrang.«

Ein anderer Programmierer mischte sich ein. »Rede mit der Brücke, Mann. Die haben das Sagen. Und mach die Tür zu.«

»Jetzt hör mir mal gut zu, *Mann*. Ich gebe der Brücke ihre Befehle. *Ich* habe das Sagen. Muss ich euch das erst beweisen?«

Alle drei sahen ihn mit aufgerissenen Augen an. »Oh«, sagte der Osteuropäer. »Okay. Was sollen wir hacken?«

»Ein Gehirn.«

Im Kommandoraum neben der Brücke des Schiffs reichte ein Analyst Conner einen Bericht, der so frisch aus dem Drucker kam, dass er noch warm war.

»Die Infektionsrate hat den kritischen Punkt erreicht.«

»Gut«, sagte Conner, während er die Zahlen überflog.

»Da ist noch was. Alpha Site berichtet, dass es über Südsomalia von Drohnen wimmelt. Sie sind besorgt, dass die USA bald die Farm entdecken.«

»Okay. Lassen Sie Shaw und die andere Frau heute Nacht hierherbringen.«

»Das haben wir auch schon vorgeschlagen. Sie wollen mehr Geld.«

Conner verdrehte die Augen. »Also gut. Bezahlen Sie.«

Es spielte keine Rolle. Geld würde in wenigen Tagen bedeutungslos sein.

49

Peytons letzter Fluchtversuch war der beste gewesen, aber er hatte auch dazu geführt, dass ihre Wärter Vorsicht walten ließen. Die schwarz gekleideten Soldaten schoben das Styroportablett jetzt mit einem Holzstock an den Gittern vorbei in ihre Zelle. Eine Autobatterie stand knapp außerhalb ihrer Reichweite und war an die nächste Metallstange angeschlossen, die vor Elektrizität summte.

Peyton war halb verhungert. Sie wollte die Nahrung nicht anrühren, aber sie hielt es nicht mehr aus. Sie kroch über den Boden und begann zu essen.

Wenige Minuten später sackte Peyton bewusstlos zusammen. Die Soldaten klemmten die Autobatterie ab, öffneten die Zelle und hievten die dünne Frau vom Boden. Sie war viel aggressiver, als sie aussah. Die Männer waren froh, sie loszuwerden.

50

Nach dem Telefonat mit Elliott unterbreitete Millen den drei Dorfbewohnern sein Angebot. Halima übersetzte und sprach vor allem mit der älteren Frau namens Dhamiria. Zwischendurch redeten sie auch mit Tian, dem sechsjährigen Jungen.

Millen versuchte sich vorzustellen, wie ihnen dabei zumute war. Sie hatten mitansehen müssen, wie ihre Familie und Freunde innerhalb weniger Tage starben, und waren ganz allein. Jetzt wurden sie gebeten, in ein fremdes Land zu reisen, wo sie zum Gegenstand medizinischer Experimente würden – Versuchskaninchen, um ein Gegenmittel zu entwickeln. *Sie müssen schreckliche Angst haben*, dachte er.

Halima wandte sich an Millen. »Sind Sie sicher, dass Sie ein Heilmittel finden?«

»Nein. Aber die Chance besteht. Vielleicht könnt ihr drei dazu beitragen, eine Menge Menschenleben zu retten.«

»Dürfen wir zurückkommen – bringen Sie uns zurück, wenn wir fertig sind?«

»Das verspreche ich euch.«

»Wir kommen mit Ihnen, Doktor.«

»Nennt mich Millen.«

Am Mittag trafen Millen und die Dorfbewohner in Mandera ein. Der japanische SUV hielt quietschend, und alle vier blickten schweigend auf die verlassene Stadt. Mandera war nur noch die leere Hülse des Orts, den Millen vor wenigen Tagen gesehen hatte.

Als der Konvoi damals durch die Straßen gefahren war, unterbrachen Kinder ihr Fußballspiel oder kamen aus den Häusern gelaufen, um einen Blick auf die Fremden zu werfen. Die Einwohner hatten Obst und Gemüse zum Markt gekarrt und Vieh über die Hauptstraße getrieben. Jetzt war kein Mensch zu sehen. Die Häuser, egal ob neu oder marode, waren verlassen. Für Millen fühlte es sich an wie die afrikanische Variante einer Geisterstadt im amerikanischen Westen. Eine florierende Stadt, die zugrunde gegangen war, vernichtet von einer biologischen Bombe, die vielleicht tödlicher war als alles, was die Welt zuvor erlebt hatte.

Millen vermutete, dass die letzten Überlebenden der Stadt oder sogar der ganzen Region beim Krankenhaus versammelt wären. Aber er fand den Zeltkomplex verlassen und durchwühlt vor. Jemand hatte alles Brauchbare gestohlen. Das Essen und sämtliche medizinischen Vorräte waren verschwunden. Nur etwas Wasser war zurückgeblieben.

»Uns wird das Essen ausgehen, bevor wir abgeholt werden«, sagte Millen. »Die Soldaten haben mir nur einen kleinen Vorrat dagelassen.«

»Wir durchsuchen die Stadt«, sagte Halima. »Im Plündern sind wir mittlerweile gut.«

Millen nahm die PSA von der Ladefläche und begann, sie anzulegen.

Halima zeigte auf das Krankenhaus. »Sie wollen da reingehen?«

»Ja. Das ist mein Job.«

In den Fluren des Krankenhauses standen leere Eimer, Flaschen und Kartons, die einmal medizinische Vorräte enthalten hatten. Der Müll war in wackligen Haufen an den Wänden aufgestapelt, sodass nur ein schmaler Pfad dazwischen frei blieb. Millen schritt vorsichtig durch die Gänge, um sich nicht den Anzug aufzureißen oder auf eine Nadel zu treten. Jeder Fehler konnte tödlich enden.

In dem großen offenen Raum, in dem Hannah die Proben entnommen hatte, fand er reihenweise Leichen. Einige hielten Holzkreuze auf ihrer Brust und hatten die Augen geschlossen. Andere starrten mit glasigen Augen auf die sich langsam drehenden Deckenventilatoren. Am hinteren Ende des Raums waren Leichensäcke an der Wand aufgestapelt worden, eine schwarze Plastiktreppe des Todes, die nirgendwohin führte. Es wimmelte von Fliegen.

Es gab keine ungeöffneten oder unbenutzten medizinischen Vorräte. Keine vollen EPas. Der Raum erzählte die Geschichte eines medizinischen Einsatzes, der den Kampf gegen die Krankheit langsam verloren hatte. Solange es möglich war, hatte das Personal die Leichen in Säcke gepackt und verbrannt, dann hatte es sich auf die Überlebenden konzentriert. Und schließlich war es abgezogen.

Millen war sicher, dass er hier weder Überlebende noch Essen finden würde.

Er ging durch sämtliche Gänge und blickte in die Patientenzimmer, um nichts zu übersehen, das ihnen in Atlanta weiterhelfen könnte. Er fand nur Leichen mit gelb verfärbten Augen und Anzeichen schwerer Dehydration.

Plötzlich hörte er ein Rascheln. Vor ihm im Gang fiel ein Stapel Kartons um. So schnell es in dem klobigen Anzug möglich war, lief er auf das Geräusch zu. Er spähte durch eine offene Tür in ein Zimmer.

Leer.

Etwas schoss unter einem Rollwagen hervor. Es huschte zwischen seinen Beinen hindurch in den Gang hinaus.

Millen trat zurück und drehte sich schnell um. Ein Löffelhund. Der Anblick erfüllte ihn mit Begeisterung. Er hatte vor dem Einsatz über die Tiere gelesen, aber noch nie ein Exemplar gesehen. Gern hätte er es aus der Nähe betrachtet. Die kleinen Wildhunde ernährten sich überwiegend von Termiten und anderen Insekten – Spinnen, Ameisen und vor allem Tausendfüßlern –, fraßen aber gelegentlich auch Pilze oder kleine Wirbeltiere. Sie jagten nicht mit den Augen oder der Nase, sondern mit dem Gehör. Dank ihrer großen Ohren konnten sie in den ausgedehnten Savannen Afrikas selbst kleinste Insekten aufspüren. Sie lebten überwiegend monogam, und die Männchen hatten großen Anteil an der Pflege des Nachwuchses.

Ein weiterer Löffelhund tauchte aus dem Zimmer auf, gefolgt von einem dritten. Das war nur logisch; es waren sehr soziale Tiere, die gewöhnlich im Rudel jagten.

Hinter sich hörte Millen eine Tür quietschen. Er erschrak, als er einen Afrikaner am Türrahmen lehnen sah. Der Mann war schwach, dem Tod nahe. Aber zum ersten Mal, seit Millen das Krankenhaus betreten hatte, blickte er in lebendige Menschenaugen.

Der Überlebende versuchte, einen Schritt zu machen, aber seine Beine waren wacklig. In Sekundenschnelle war Millen bei ihm und streckte ihm die Hand entgegen, um ihn zu stützen.

»Ich bin Millen Thomas. Vom CDC.«

Der Afrikaner mittleren Alters musterte Millen durch das Glas des Helms. »Freut mich. Ich heiße Elim Kibet.«

Millen kannte den Namen. »Sie sind der leitende Arzt hier.«

Elim lächelte schwach. »Ich *war* der leitende Arzt. Jetzt bin ich nur noch ein Patient.«

»Ich glaube, Sie sind der letzte.«

»Das habe ich schon befürchtet.«

»Ich bringe Sie wieder ins Bett«, sagte Millen.

»Nein. Danke, aber ich muss mich bewegen. Das Fieber hat heute Morgen nachgelassen. Ich war schon zu lange in dem Zimmer. Zu lange im Bett. Ich muss meine Muskeln benutzen, solange noch welche da sind.«

In der nächsten halben Stunde half Millen Elim, sich durch das Krankenhaus zu bewegen. Der ältere Arzt sah im Vorbeigehen in die Patientenzimmer. Vor dem großen offenen Raum blieb er lang stehen, und seine blutunterlaufenen Augen füllten sich mit Tränen.

Millen konnte sich kaum vorstellen, wie es sich für den Arzt anfühlte – dort festzusitzen, wo er gearbeitet, Leben gerettet und so viel Gutes getan hatte. Ein Gefangener seines eigenen kranken Körpers, kaum fähig zu laufen und dem postapokalyptischen Reich ausgeliefert. Millen fragte sich, wie er selbst reagieren würde, wenn er allein im CDC-Gebäude in Atlanta gefangen wäre, während draußen die Welt unterging. Es war ein Albtraum. Aber die Schrecken dieses Ortes hatten den Lebenswillen des kenianischen Arztes nicht gebrochen. Millen war froh darüber.

Die meiste Zeit gingen sie schweigend. Elim schnappte nach Luft, während er schwankend einen Fuß vor den anderen setzte. Millen stützte ihn so gut er konnte. In seinem Anzug fühlte es sich an wie in einem Backofen, und Schweiß strömte ihm über das Gesicht. Er konnte kaum erwarten, den Anzug abzulegen, aber er würde an der Seite des Mannes bleiben, bis er fertig war.

Als Elim nicht mehr weitergehen konnte, brachte Millen ihn zurück in sein Zimmer und ins Bett.

»Es ist erstaunlich, wie schnell Muskeln verkümmern«, sagte Elim. »Wenn einen die Krankheit nicht umbringt, stirbt man daran, dass man im Bett liegt.«

Millen nickte.

Elim zeigte auf den Rollwagen. »Da ist etwas zu essen. Nehmen Sie was.«

»Danke, aber ich habe Leute bei mir, die gerade in der Stadt nach Nahrung suchen. Wir kommen schon zurecht.«

»Der Rest Ihres Teams ist auch hier?«

»Nein. Die sind alle weg. Unser Lager wurde überfallen, als ich nicht dort war. Die meisten aus meinem Team wurden getötet, zusammen mit den kenianischen Soldaten, die uns beschützen sollten. Zwei Teammitglieder wurden entführt.«

Elim stieß schnaufend den Atem aus. »Das tut mir leid. Katastrophen sind eine Gelegenheit für die schlechtesten Menschen. Und die besten.«

Nach einer kurzen Stille fragte Elim: »Standen Ihnen Ihre Kollegen nahe?«

Millen zögerte. »Ich arbeite erst seit sechs Monaten mit ihnen zusammen. Aber eine von ihnen stand mir schon nah. Meine ...« Er suchte nach dem richtigen Wort. »Mitbewohnerin.«

Elim lächelte. »Hat Ihre Mitbewohnerin einen Namen?«

»Hannah Watson.« Weil er nicht wusste, was er sonst sagen sollte, beschrieb Millen sie kurz. Es half ihm, über sie zu reden; er hatte vorher gar nicht gemerkt, wie hart es war, an sie zu denken – oder auch nur ihren Namen auszusprechen.

Elim überlegte kurz. »Ja. Ich erinnere mich an sie. Sie hat Proben genommen, als Ihre Leute hier waren. Sehr gewissenhaft.«

Millen lächelte. »Ja. Sie ist sehr gewissenhaft.« Er schwieg einen Augenblick. »Sie wurde angeschossen, als das Lager überfallen wurde. Sie gehört zu denen, die entführt wurden. Ich weiß nicht, ob sie noch lebt.«

»Ich habe kürzlich etwas zu schätzen gelernt, mit dem ich vorher nicht viel anfangen konnte«, sagte Elim bedächtig. »Hoffnung. Letzte Nacht dachte ich, ich würde dieses Zimmer nie mehr verlassen. Haben Sie Zuversicht und Geduld, Dr. Thomas. Es geschehen Zeichen und Wunder. Wir müssen den Mut haben, darauf zu warten.«

Sie saßen eine Weile lang still da. Millen schmeckte das Salz seines Schweißes auf den Lippen.

Als Elim wieder zu Atem gekommen war, fragte er: »Wenn Ihr Team abgereist ist, wer durchsucht dann die Stadt?«

»Überlebende. Aus einem Dorf in der Nähe.«

Elim wirkte überrascht. »Haben sie ZMapp bekommen?«

»Nein. Sie haben das Virus auch so überlebt.«

»Das ist gut.«

»Ich bringe sie nach Atlanta. Hoffentlich können wir die Antikörper untersuchen, um einen Ansatzpunkt zur Behandlung der Infektion zu finden.«

»Haben Sie es ihnen gesagt?«

»Ja. Sie wissen, was mit ihnen geschieht. Sie sind einverstanden.«

»Gut. Das ist ein guter Plan.«

»Wann können Sie wieder aufstehen?«, fragte Millen.

Elim sah aus dem Fenster zur Sonne. »Wenn es sein muss, kommen Sie bei Sonnenuntergang wieder. Dann ist es kühler.«

Halima und die anderen kehrten mit einem Karren zurück, der bis zum Rand mit Obst und Gemüse und abgepacktem Essen gefüllt war. Sie kamen zu Millen ins Hauptzelt, setzten sich an den langen Tisch und veranstalteten ein skurriles Festmahl aus Junk-Food, EPas, frischem Obst und Gemüse und Limonade.

Als die Sonne hinter den felsigen Hügeln in der Ferne unterging, legte Millen wieder seinen Anzug an. Er wollte ihn gerade mit Chlor einsprühen, als Elim aus dem Krankenhaus auftauchte und den Rollwagen mit den Vorräten aus seinem Zimmer vor sich herschob.

Innerhalb von Sekunden waren Millen und die Überlebenden bei ihm.

»Ich wollte nicht noch eine Nacht da drin verbringen«, sagte Elim keuchend.

»Das kann ich gut verstehen«, sagte Millen.

Er stellte den Dorfbewohnern den Arzt vor, und alle fünf gingen zu dem Zeltkomplex, den sie in eine provisorische Rehabilitationseinrichtung für Elim verwandeln würden.

51

In Atlanta hatte sich der Tag in etwa so entwickelt, wie Elliott es erwartet hatte. Der Zusammenbruch des Aktienmarkts hatte alle erschüttert. Es war eine Wolke, die über der Euphorie des Black Friday hing.

Das Schwierigste an seinem Plan war es gewesen, die anderen fünf Familien zu überzeugen, ihr Geld mit seinem für die Besorgungen zusammenzulegen, deren Kosten sich insgesamt auf mehrere Hunderttausend Dollar beliefen. Sie hatten begonnen, indem sie zwei acht Meter lange Umzugslaster mieteten. Damit fuhren sie zu Costco und füllten sie mit allem, was man zum Überleben brauchte. Es war vor allem Nahrung; Elliott plante, in der Nähe einer Frischwasserquelle zu sein, wenn das Schlimmste eintraf.

Danach kauften sie zwei professionell ausgestattete Wohnmobile. Der Preis war enorm, aber sie konnten sie innerhalb von dreißig Tagen umtauschen und mussten nur eine Anzahlung leisten – der Rest lief auf Kredit. Elliott hatte seinen Nachbarn versichert, dass sie innerhalb von dreißig Tagen entweder sehr glücklich über die fahrbaren Behausungen wären oder ihr Geld zurückbekämen.

Jetzt saß er in seinem Arbeitszimmer, sah die Nachrichten und wartete auf das Ereignis, mit dem er rechnete.

Er hoffte, dass er sich täuschte.

TAG 7

900.000.000 Infizierte

180.000 Tote

52

Desmonds Entführer versuchten es mit einer neuen Herangehensweise. Die Teams, die ihm Fotos gezeigt und Musik vorgespielt hatten, waren verschwunden. Jetzt hatten drei dünne weiße Männer den langen Klapptisch in Beschlag genommen und tippten auf ihren Laptops. Schwarze Kabel schlängelten sich von ihren Computern zu unzähligen Handys und Tablets.

Immer wieder brach unter den drei Stooges, wie Desmond sie nannte, Streit aus. Sie standen auf, schrien sich an, liefen hin und her, gestikulierten und warfen die Hände in die Luft. Er konnte sie nicht hören, weil der Lautsprecher in seiner Zelle abgeschaltet worden war, aber er sah sie wie in einer Stummfilmkomödie streiten.

Er wäre fast eingeschlafen, als eine vierte Gestalt hinter der dicken Glaswand auftauchte. Die Frau stand in krassem Gegensatz zu den Männern mit den fettigen Haaren. Sie war groß und blond und hatte eindringliche grüne Augen. Als sie Desmond ansah, flackerte Wiedererkennen in ihrer Miene auf. Der Blickkontakt war so kurz, dass Desmond sich sofort fragte, ob er es sich nur eingebildet hatte. Sie richtete ihre Aufmerksamkeit auf einen Laptop und tippte auf ein paar Tasten.

Der Lautsprecher in seiner Zelle knisterte. *Hat sie ihn angeschaltet? Warum?*

»Wie ist die Lage?«, fragte sie in forschem Ton.

»Wir klammern uns an einen Strohhalm«, sagte der Programmierer neben ihr.

»Dann klammert euch fester. Uns läuft die Zeit davon.«

Desmond wollte sich zu ihnen umdrehen, aber instinktiv unterließ er es. Er spürte, dass sie – oder wer auch immer den Lautsprecher eingeschaltet hatte – diese Tatsache vor den Programmierern und denjenigen, die die Videoübertragung ansahen, geheim halten wollte. Deshalb blieb er ruhig auf dem Bett liegen und warf nur gelegentlich einen Blick hinüber, als interessierte ihn nicht besonders, was sich dort abspielte.

»Es hilft uns nicht, wenn du uns antreibst, Avery. Das ist reine Zeitverschwendung.« Der Komiker setzte ein gespieltes Lächeln auf. »Und ich habe gehört, uns läuft die Zeit davon.«

»Sehr geistreich.« Sie erhob die Stimme. »Was *würde* denn weiterhelfen?«

»Ach, ich weiß nicht, vielleicht irgendein Hinweis darauf, wonach wir suchen.« Der Programmierer hob seine dünnen weißen Arme und schüttelte theatralisch die Hände. »Ich weiß, das klingt *total* verrückt. Warum sollten wir auch wissen, wonach wir suchen?«

Avery wandte sich ab und warf Desmond noch einmal einen kurzen Blick zu. Er vermutete, dass dieser bedeutete: *Pass auf.* Irgendwoher kannte er sie. Scheinbar waren sie auf einer Wellenlänge, verstanden sich wie Freunde, die sich schon sehr lange kannten. Oder wie ein Liebespaar.

Avery mäßigte ihren Ton, als sie sich wieder an den Programmierer wandte. »Byron, mehr Informationen kriegt ihr nicht. Hughes hat ein Implantat von Rapture Therapeutics im Gehirn. Wir glauben, dass es modifiziert wurde, um Erinnerungen freizugeben. In seinem Hippocampus ist eine Substanz. Irgendwas sendet ein Signal an das Implantat, um die Blockade der Erinnerungen aufzulösen. Und irgendwo in diesen Erinnerungen liegt der Schlüssel zu Rendition. Ohne Rendition funktioniert das Spiegel-Projekt nicht. Es ist ganz einfach: Ihr findet raus, wie man das Implantat ansteuert, er erinnert sich, wir verhören ihn und bekommen Rendition zurück, und alle sind glücklich. Wenn ihr versagt, geht das ganze Spiegel-Projekt den Bach runter.«

Byron schüttelte verärgert den Kopf und sah zu dem Mann neben ihm. »Ich wünschte, irgendeine nutzlose scharfe Braut würde mir einen Haufen Sachen erzählen, die ich sowieso schon weiß, und so tun, als würde sie mir helfen.«

Averys Tonfall verriet keinerlei Gefühle. »Ich versuche, euch zu helfen, das Gesamtbild im Auge zu behalten und nichts zu übersehen. Und euch klarzumachen, was auf dem Spiel steht.«

»Glaubst du, das weiß ich nicht?«

»Ich glaube, dir mangelt es an Motivation.«

»Soll das ein Witz sein? Wenn McClain sagt, dass er mir dringend rät, das hinzukriegen, dann ist das genug Motivation. Der Typ ist ein wandelnder Albtraum. Freddy Krueger ist nichts gegen ihn.«

Avery grinste. »Du weißt ja, dass er gerade zusieht.«

Byron wurde blass. Die anderen beiden Programmierer rückten von ihm ab.

Avery lachte. »War nur ein Witz.«

»Das ist nicht lustig.«

»Doch. *Solche* Angst solltet ihr die ganze Zeit haben – deshalb müsst ihr härter arbeiten. Okay, Hughes könnte sich eine Möglichkeit geschaffen haben, die Erinnerungen wiederherzustellen. Vielleicht hat er sie schon gefunden. Habt ihr die Abschriften von seinem Verhör gelesen?«

»Natürlich. Er hat nur ein paar Prepaid-Karten und Hinweise gefunden, die in eine Sackgasse geführt haben. Nichts hat funktioniert.«

Avery nickte.

»Selbst wenn es eine App ist, und selbst wenn wir sie hacken können, bringt es vielleicht nichts.«

»Was soll das heißen?«

»Das Implantat könnte so programmiert sein, dass es die Erinnerungen zu einer bestimmten Zeit oder an einem bestimmten Ort freigibt. Dann wird nichts passieren, bevor der Zeitpunkt eingetreten ist oder er sich an dem Ort befindet.

Oder er hat einige Erinnerungen festgelegt, die so oder so freigegeben werden, und das, was wir nicht wissen sollen, für den Ort oder den Zeitpunkt reserviert. Oder – noch mal, wir haben keine Ahnung, wie das Ding funktioniert – die Erinnerungen werden durch Gefühle, Bilder oder Klänge ausgelöst. Wer weiß?«

»Warum glaubst du, die Erinnerungen könnten auf unterschiedliche Weise ausgelöst werden?«

Byron zuckte die Achseln. »Einfache Logik. Er will nicht im Dunkeln tappen, aber er will auch verhindern, dass wir an sensible Informationen kommen. Wenn ihm was passiert, über das er Bescheid wissen muss, könnte das Implantat die entsprechenden Erinnerungen freigeben, ohne sein Ziel zu gefährden.«

Avery biss sich auf die Lippe. »Okay, gut. Bleibt einfach dran. Sagt mir Bescheid, wenn ihr was findet.« Sie nahm wieder den Laptop und tippte. Der Lautsprecher in Desmonds Zelle schaltete sich ab, aber Avery sprach weiter mit den Programmierern. Byron zuckte mit den Schultern und gab lebhaft Antwort, dann drehte Avery sich um, sah Desmond noch einmal für den Bruchteil einer Sekunde in die Augen und verschwand durch die Luke.

Sobald sie sich wieder schloss, stand Byron auf und begann, durch den Raum zu wandern und mit den beiden anderen Programmierern zu reden. Sie zeigten auf die Laptops und lehnten sich auf ihren Stühlen zurück.

Desmond fragte sich, warum sie ihn die Unterhaltung hatte mithören lassen. War sie eine Verbündete? Oder wollte sie sein Vertrauen gewinnen? Gehörte das zu ihrem Plan?

Sie suchten nach einer App. Konnte es die Labyrinth-Reality-App sein? In Berlin schien sie nicht zu funktionieren. Vielleicht hatte Byron recht – vielleicht wartete die App auf den richtigen Zeitpunkt oder Ort. Aber einige Erinnerungen waren zurückgekommen – Erinnerungen aus seiner Kindheit. Sie würden nicht verraten, was er mit Rendition gemacht hatte. Vielleicht war das sein Plan gewesen: die sensibelsten Erinnerungen bis zum richtigen Zeitpunkt zu verstecken. Oder bis er bereit war.

Desmond schloss die Augen und massierte seine Schläfen. Er steckte tatsächlich in seinem eigenen Labyrinth und fragte sich, ob er lebendig herauskommen würde. Sein Atem beruhigte sich, und eine weitere Erinnerung tauchte auf.

Eines Samstags, als Orville aufwachte und nüchtern war, sagte Desmond: »Du musst mich nach Oklahoma City fahren.«

»Wieso?«, brummte sein Onkel.

»Ich muss was kaufen.«

Orville schüttelte genervt den Kopf.

»Ich brauch einen Computer.«

Der Mann sah ihn mit undurchdringlicher Miene an.

Desmond hatte die Unterhaltung schon oft im Kopf durchgespielt und sich vorgestellt, was Orville sagen würde. Dass Desmond keine Verwendung für einen Computer habe. Dass er ihn so dringend brauche wie ein Loch im Kopf. Dass es Geldverschwendung sei.

Stattdessen schob sich Orville eine große Prise Copenhagen-Kautabak unter die Lippe und sagte nur: »Gut. Dann steig in den Wagen.«

Eine Minute später saß Desmond in dem Jeep und wartete.

Orville ging an ihm vorbei zum Schuppen hinter dem Haus. Desmond hörte, wie er die Motorhaube des kaputten Studebaker-Pick-ups öffnete, den er seit Jahren zu reparieren drohte. Er warf ein paar Werkzeuge durch die Gegend, dann knallte er die Motorhaube zu, stieg in den Jeep und fuhr sie in die Stadt.

Der CompUSA-Laden war geräumiger als Desmond erwartet hatte, die Auswahl viel größer. Er hatte überlegt, den Computer bei einem Händler aus der Zeitschrift *Computer Shopper* telefonisch zu bestellen, aber das schien ihm zu riskant; falls das Gerät kaputtging, wollte er es irgendwo hinbringen können, wo man es reparierte – auf Garantie.

Er hatte vermutet, Orville würde im Wagen bleiben oder, noch wahrscheinlicher, die nächste Bar ansteuern und trinken, bis Desmond ihn aufgabelte. Stattdessen folgte er Desmond hinein. Sie sahen aus wie die Beverly Hillbillies, als sie in ihren Overalls und schmutzigen Carhartt-Jacken durch die blitzblanken Gänge schritten. Ihre gebräunten Gesichter und kräftigen Hände ließen sie nicht gerade wie Computerfreaks wirken. Die meisten Angestellten, überwiegend junge Männer mit Brillen, wandten den Blick ab und gingen ihnen aus dem Weg.

An der Verkaufstheke beschrieb Desmond, was für einen Computer er wollte und wie viel Geld er ausgeben konnte.

»Das reicht nicht.«

»Wie viel fehlt?«

»Zweihundertfünfzig ohne Steuern.«

Desmond erklärte dem Angestellten, dass er ein Gerät mit gleichen Spezifikationen in vielen Läden kaufen könne, die im *Computer Shopper* inserierten. Das ließ den Mann an die Decke gehen. Er spulte eine Tirade über die schlechte Qualität der Computer dort ab, verglich die Details und bestand darauf, dass Service vor Ort auch etwas wert sei.

Als der aufgebrachte Mann schließlich fertig war, sagte Desmond: »Also, was schlagen Sie vor?«

»Lass das Zubehör weg. Das Modem. Nimm eine einfachere Grafikkarte. Einen kleineren Monitor.«

Bevor Desmond etwas entgegnen konnte, trat Orville vor, zog drei Hundert-Dollar-Scheine aus der Tasche und knallte sie auf die Theke. »Vergessen Sie es. Bauen Sie es so, wie er gesagt hat.«

Der Mann zog die Brauen hoch. »Was?«

»Sie haben mich doch gehört. Los. Wir haben es eilig.«

Orville wollte die beiden Kartons auf der Ladefläche des Pick-ups verfrachten, aber Desmond widersprach. Bei der Kälte und dem Wind war es viel zu riskant. Also stellten sie den Computer zwischen sich in die Fahrerkabine, wo er eine Barriere bildete, über die Desmond auf dem Rückweg hinwegsprach.

»Danke.«

Sein Onkel schnaubte.

»Ich brauch das Modem, um ins Internet zu kommen.«

»Ich weiß, warum du es brauchst.«

»Dann kann ich ...«

»Du brauchst es mir nicht zu erklären. Den Computer zu kaufen war das Schlauste, das du seit einer ganze Weile gemacht hast.«

Desmond wusste nicht, was er dazu sagen sollte.

»Ich dachte, du wolltest von dem Geld einen Wagen kaufen«, sagte Orville.

Desmond dachte darüber nach. »Den Computer brauche ich dringender.«

Das Gerät und der Internetzugang, den es ihm verschaffte, bedeuteten für Desmond mit siebzehn das Gleiche wie die Bibliothek mit sechs: Zugriff auf eine Welt scheinbar unbegrenzten Wissens. Das Internet nährte seinen Geist und befeuerte seine Neugier. Es führte zu immer neuen Fragen und Entdeckungen.

Jedes Mal, wenn er das Geräusch des 28.8-Modems von Texas Instruments hörte, lebte er auf wie nie zuvor.

In Chatrooms lernte er Gleichgesinnte kennen. Viele wohnten in San Francisco, Seattle oder New York, aber es kamen auch genug aus kleinen Orten überall in Amerika, genau wie er. Meistens waren es junge Leute, die nachts in ihren Kellern oder Zimmern schrieben.

Er lud verschiedene Programmiersprachen herunter: C++, Python, Java und Perl. Er gestaltete eine GeoCities-Website und begann, HTML und Javascript zu lernen. Die Logik des Programmierens gefiel ihm – sie bildete einen scharfen Kontrast zu dem Chaos und der Unberechenbarkeit der Leute auf den Ölfeldern. Jeden Tag gab es ein neues Rätsel zu lösen.

In diesem Sommer brach er sich auf einer Bohrinsel drei Rippen. Er war allein zu Hause und schonte sich, als zwei Autos die unbefestigte Auffahrt hinaufgeschossen kamen: ein glitzernder Mercedes-Benz und ein verbeulter Ford-Pick-up, in dessen Heckfenster zwei Jagdgewehre hingen.

Aus dem Mercedes stiegen zwei Männer in Anzügen. Sie waren glattrasiert, hatten das kurze Haar zur Seite gescheitelt und schwitzten wie Schweine. Desmond kannte keinen der beiden. Aber er kannte den schlaksigen Mann, der aus dem Pick-up stieg und auf das heruntergekommene Haus zuschlenderte, als wäre es sein Eigentum. Es war Dale Epply, wahrscheinlich der Einzige unter den Ölarbeitern, der noch boshafter war als sein Onkel.

Die Anzugträger stellten sich als Angestellte der West Texas Energy Corporation vor und fragten, ob sie hereinkommen könnten. Desmond vergaß ihre Namen, sobald er sie gehört hatte. Er wusste schon, worum es ging.

Im Haus setzten sie sich, nahmen den angebotenen Eistee und das Wasser an und teilten Desmond mit sehr geübten Worten mit, sein Onkel sei bei einem Unfall im Golf gestorben. Sie warteten auf seine Reaktion.

»Danke, dass Sie es mir erzählt haben«, sagte Desmond.

Seine Augen waren trocken. Er konnte es kaum erwarten, dass sie wieder gingen.

Einer der Anzugträger schob einen Umschlag über den zerschrammten Wohnzimmertisch. Der Mann trug eine Krawatte. Desmond vermutete, dass er Anwalt war. Seine nächsten Worte bestätigten es.

»Dein Onkel hat wie alle WTE-Beschäftigten einen Vertrag unterzeichnet ...«

Desmond konnte sich nicht auf das Gesagte konzentrieren. Er schnappte nur einzelne Ausdrücke und Phrasen auf. Der Vertrag verpflichtete zu Schiedsgerichten. Vielleicht würden sich Anwälte melden und Desmond raten, die Firma zivilrechtlich wegen des Todesfalls zu verklagen, aber es seien nur Opportunisten, die seine Zeit verschwenden würden. Es gäbe eine Standardentschädigung, die großzügig sei und praktischerweise in dem Umschlag stecke.

Desmond riss ihn auf. Der Scheck war auf zehntausend Dollar ausgestellt.

Die beiden Männer beobachten ihn nervös. Dale wirkte gelangweilt. Desmond glaubte zu wissen, warum er gekommen war.

»Sagen wir fünfundzwanzigtausend, dann hören Sie nie mehr von mir.«

Der Anwalt warf seinem Nebenmann einen Blick zu, und dieser sagte: »Ich bin autorisiert, zwanzigtausend zu zahlen.«

»Abgemacht«, sagte Desmond trocken.

Dale grinste.

Der Angestellte der Ölgesellschaft zog ein Scheckbuch aus dem Jackett, schlug die Krokodillederhülle auf und schrieb einen zweiten Scheck über zehntausend Dollar aus.

Der Anwalt kramte in seiner Aktentasche und präsentierte Desmond zwei Exemplare einer vierseitigen Vereinbarung.

»Damit verzichtest du ausdrücklich auf alle weiteren Ansprüche ...«

Desmond unterschrieb, bevor der Mann ausgeredet hatte.

Der Anwalt nahm die Papiere vom Tisch und zog einen Umschlag hervor.

»Wir haben den Leichnam deines Onkels zum Bestattungsunternehmen Seven Bridges in Noble überführen lassen. Angesichts der Schwere seiner Verletzungen wurde er schon eingeäschert. Wir kommen natürlich für die Kosten auf.«

Der Anwalt wartete. Als Desmond nichts entgegnete, öffnete er den Umschlag.

»Dein Onkel wurde wie alle Auftragnehmer angehalten, uns ein Testament zu übergeben. Das werde ich jetzt verlesen.«

Desmond spähte auf das Blatt. Im grellen Sonnenlicht, das durch das Fenster fiel, konnte er erkennen, dass es nur eine einzige Textzeile enthielt.

Der schwitzende Mann im Anzug räusperte sich.

»Der letzte Wille von Orville Hughes besagt Folgendes: Ich

hinterlasse alles meinem Neffen Desmond Barlow Hughes. 39-21-8.«

Dale stieß in seinem Sessel ein Lachen aus. »Tja, wenigstens wissen wir, dass Orville nüchtern war, als er das geschrieben hat.«

Alle sahen ihn an.

Dale zuckte mit den Achseln. »Wenn er nicht getrunken hat, war er ziemlich einsilbig.«

Keiner entgegnete etwas.

Der Angestellte der Ölgesellschaft drückte erneut sein Beileid aus, dieses Mal ohne die aufgesetzte Aufrichtigkeit. Sie hatten es jetzt eilig. Innerhalb von Sekunden waren sie an der Tür.

Dale sagte ihnen, er werde noch bleiben, falls Desmond etwas brauche – als wären sie mehr als Arbeitskollegen. Nachdem die beiden gegangen waren, saßen Dale und Desmond sich in dem schäbigen Wohnzimmer gegenüber, und Dale plauderte über belanglose Dinge, ohne sich an Desmonds Schweigen zu stören. Er plante etwas. Oder versuchte, den Mut aufzubringen, um zu tun, weswegen er gekommen war.

»Das Problem ist, Des, dass dein Onkel mir Geld geschuldet hat.«

»Wirklich?«

Desmond hatte nie gesehen, dass sein Onkel sich auch nur einen Dollar lieh oder von einem Kartentisch aufstand, ohne seine Schulden beglichen zu haben.

»Allerdings.«

Desmond sah die Umrisse eines kleinen Revolvers in Dales Hosentasche, vermutlich ein kurzläufiger Kaliber .38.

»Ich mach dir einen Vorschlag«, sagte Desmond. »Wir fahren zur Bank, und ich löse die Schecks ein und zahle dich aus.«

Dale dachte kurz nach. »Ja, das ist eine gute Idee. Warum unterschreibst du nicht schon mal auf der Rückseite?«

Seine Blicke durchbohrten Desmond.

Langsam drehte Desmond die Schecks um und unterschrieb sie.

»Der gute alte Orville hat nicht viel von Banken gehalten, was? Hat ihnen nicht getraut.«

Desmond sah zu dem .30-30 Repetiergewehr, das neben der Tür lehnte. Orville hatte es dort aufbewahrt, falls sich ein Hirsch in die Nähe des Hauses verirrte. Dale bemerkte seinen Blick, versuchte jedoch, es sich nicht anmerken zu lassen.

»Tolles Testament, das er hinterlassen hat. Die Zahlen am Schluss klingen wie die Kombination von einem Tresor. Oder was meinst du, Des?«

Desmond dachte fieberhaft nach. Irgendwie musste er aus dem Wohnzimmer herauskommen. Er sagte nichts.

»Ja, das muss es sein. Lass uns mal ausprobieren, ob die Kombination funktioniert. Dann nehme ich mir raus, was er mir schuldet, und schon bin ich weg.«

Er stand schnell auf und stellte sich neben das Gewehr. »Wo ist der Tresor, Des?«

Desmond sah ihm nicht in die Augen. »Unter seinem Bett.«

Dale grinste. »Kann ich mir nicht vorstellen. Dafür ist Orville zu schlau. Wenn jemand einbricht, durchsucht er das Haus. Bei einem Tornado wäre er auch weg. Ein heftiger Brand könnte das Schloss schmelzen.«

Er steckte die Hand in die Tasche mit dem Revolver.

»Wo ist er? Ich frag nicht noch mal.«

»Hinten im Schuppen.«

Dale trat vor und schnappte sich das Testament vom Tisch. »Zeig ihn mir.«

Er öffnete die Tür und stellte sich mit dem Rücken vor das Gewehr, sodass Desmond es nicht erreichen konnte. Das Licht der untergehenden Sonne durchflutete das schäbige Bauernhaus.

Desmond ging an Dale vorbei auf die Veranda und stieg die Stufen hinab. Der Rasen war kurz gemäht. Ein Flickenteppich aus kahlen Stellen ließ die braune Erde durchscheinen.

Der Schuppen war dreißig Meter entfernt. Er stand dort unbeeindruckt vom Herbstwind, und die Eichenholzwände und das verrostete Blechdach warteten still auf ein Ereignis, das Desmonds Leben für immer verändern würde. Das Gebäude war in den Sechzigern gerade groß genug gewesen, um einen Traktor zu berherbergen. Jetzt standen der kaputte Studebaker und ein John-Deere-Rasenmäher darin.

»Wie ist er gestorben, Dale?« Desmond ging schnell, um etwas Abstand zu ihm zu gewinnen.

Dale beschleunigte und hielt Schritt. »Ein Blowout.«

Es war eine Lüge. Desmond hörte es an seinem Tonfall und wusste, dass der Mann ihm niemals die Wahrheit sagen würde.

Am Tor blieb Desmond stehen und tat, als erwartete er, dass der andere öffnete.

Dale hielt jetzt die rechte Hand hinter dem Rücken. Seine Hosentasche war leer.

»Aufmachen.« Dale nickte zum Tor.

Desmond zog den Riegel zurück und zog das Tor auf, bis es im Gras hängen blieb. Schnell schlüpfte er hinein.

Erschrocken stürmte Dale durch den Spalt.

Desmond hatte keine Zeit, sich an die Dunkelheit zu gewöhnen, aber das war auch nicht nötig, denn er wusste, was er brauchte und wo es war.

Er gab Acht, dass er sich nicht mit der scharfen Seite in die Finger schnitt, als er nach dem Ersatzmesser des Rasenmähers griff, das über der Werkbank hing. Ohne sein Ziel zu sehen, schwang er die Klinge.

Sie schnitt mit tödlicher Präzision in Dales Hals. Blut spritzte auf die Wand wie Öl aus einem offenen Bohrloch. Dales rechter Arm fiel schlaff herab. Der .38-Revolver landete auf dem Boden.

Dale packte mit der linken Hand Desmonds Kehle und bohrte die Finger hinein. Desmond ließ das Messer los, rammte seinen Gegner mit der Schulter und schob ihn aus dem Schuppen ins Licht. Blut sprudelte aus Dales Hals ins Gras.

Der Griff seiner Hand lockerte sich. Desmond stieß ihn zu Boden und trat auf seine linke Hand. Innerhalb von Sekunden wich die Farbe aus dem Gesicht des Manns, und das Blut floss langsamer, bis es nur noch tröpfelte. Er gurgelte etwas Unverständliches, dann wurden seine Augen starr und glasig.

Desmond starrte auf Dale Epplys Leiche, die dalag wie ein Cowboy auf der Kreuzung einer staubigen Western-Stadt – ein Revolverheld, der zu langsam gezogen hatte.

Was habe ich getan?

Der Wind peitschte Desmond das blonde Haar ins Gesicht. Blut tropfte von den Fingern seiner rechten Hand, mit denen er das Rasenmähermesser zu stark umklammert hatte. Er hatte einen Mann getötet. Es war zwar Notwehr gewesen, aber er hatte jemandem das Leben genommen. Alles war so schnell gegangen.

Desmond dachte, er würde es bereuen, aber er spürte nichts. *Ich habe getan, was ich tun musste.* Aber er wusste, dass es sein Leben kompliziert machen würde.

Das gesetzestreue Vorgehen wäre, im Büro des Sheriffs anzurufen und zu melden, was geschehen war. Er nahm an, dass man seine Geschichte glauben würde: Dales Vorstrafenregister war wahrscheinlich länger als der Missouri River. Aber Desmond hatte auch keine saubere Weste; er war in drei Staaten verhaftet worden, meistens wegen betrunkener Schlägereien, in die Orville ihn hineingezogen hatte. Und Dale könnte Freunde im Büro des Sheriffs haben – oder Verwandte, die Druck auf die Ermittlungen ausübten. Desmond hatte niemanden.

Es war ungewiss, wie es ausging, wenn er den Sheriff anrief. Vielleicht würde er an diesem Ort festsitzen, möglicherweise für lange Zeit.

Im Haus wusch er sich die Hände und holte die Autoschlüssel seines Onkels. Er setzte den Pick-up zurück und sammelte ein, was er brauchte: eine Plane (die sie immer benutzten, wenn das Dach undicht war und sie zu betrunken waren, um es zu reparieren), eine Schaufel, einen Benzinkanister, aus dem sie den Rasenmäher befüllt hatten, eine Flasche Clorox-Bleiche und einige der ungestrichenen Eichenbretter, die zum Ausbessern des Hauses dienten.

Er legte die Plane neben Dale und zog dem Toten Orvilles einseitiges Testament aus der Tasche. Desmond hatte auf den Ölplattformen Männer sterben sehen und wusste, wie lang es dauerte, bis die Totenstarre einsetzte. Die Leiche würde noch eine Weile so weich sein wie gekochte Spaghetti. Deshalb legte er einige Eichenbretter neben den Mann, bevor er ihn in die Plane einrollte. Er hievte die stabilisierte Rolle hoch, legte das Ende auf die Ladefläche und schob sie ganz hinauf.

Er schaufelte die blutgetränkte Erde und das Gras in einen großen Eimer und deckte ihn ab. Mit einer Handsäge trennte er die blutigen Abschnitte der Bretter des Schuppens ab, dann steckte er sie in einen Sack und warf sie ebenfalls auf die Ladefläche. Er zog seine besudelten Kleider aus und stopfte sie in die Plane.

Nackt bis auf die Unterwäsche kehrte er ins Haus zurück und wusch sich. Er zog frische Kleidung an und sammelte seine Habseligkeiten ein, die kaum die Beifahrerseite des Pick-ups füllten. Der Computer stand auf dem Boden, der 15-Zoll-Röhrenbildschirm lag mit der Mattscheibe auf dem Sitz, und eine Tasche mit drei Garnituren Wäsche zum Wechseln stützte den Tower, damit er nicht umfiel. Das .30-30-Repetiergewehr schob er hinter den Sitz.

Desmond ging in Orvilles Schlafzimmer; er wusste, dass sein Onkel eine alte .357-Magnum-Smith-&-Wesson neben dem Bett aufbewahrte. Aber als er die Schublade des Nachtkästchens öffnete, hielt er überrascht inne. Neben der Pistole lag dort noch etwas anderes: ein ziemlich zerknittertes Foto. Darauf war ein Junge von vielleicht acht Jahren – Desmond – vor einem Ölbohrturm zu sehen. Neben ihm stand Orville. Beide waren mit Erde und Öl beschmutzt. Keiner von ihnen lächelte.

Ohne nachzudenken, nahm Desmond das Foto und steckte es in die Tasche. Dann zog er es schnell wieder heraus, als hätte er sich daran verbrannt. Er wollte es nicht noch mehr zerknittern.

Er kehrte zum Wagen zurück und legte das Foto ins Handschuhfach und die Pistole unter den Vordersitz, wo er sie leicht erreichen konnte.

Im Schuppen klappte er die Motorhaube des Studebaker auf und begann, die Werkzeuge herauszuräumen. Nach ein paar Minuten hob er eine Wasserpumpenzange hoch und entdeckte den Tresor. Er arbeitete schneller und hatte bald die gesamte Vorderseite freigelegt. Hatte Orville das Ding an den Pick-up geschweißt? Wahrscheinlich. So konnte ein Dieb ihn nicht ohne Abschleppwagen mitnehmen. Raffiniert.

Desmond stellte die drei Nummern aus dem Testament am Zahlenschloss ein und drehte den Griff. Als der Tresor aufging, war Desmond verblüfft. Er hatte noch nie in seinem Leben so viel Geld gesehen. Grüne Scheine, die zu Zehntausend-Dollar-Bündeln zusammengebunden waren, lagen vor ihm wie eine Fata Morgana. Desmond nahm ein Bündel in die Hand, als wollte er sich vergewissern, dass es echt war. Der Tresor enthielt außerdem die Besitzurkunden des Hauses und des Pick-ups und einige Armeemarken mit Orvilles Namen. Darunter lag ein Umschlag, auf dem in ungelenker Blockschrift ein einziges Wort stand: Desmond.

Er stopfte sich die Erkennungsmarken in die Tasche und riss den Umschlag auf. Darin befand sich ein Brief an ihn, den Orville vor einem Jahr geschrieben hatte. Er konnte nicht widerstehen, die erste Zeile zu überfliegen. Am liebsten hätte er auf der Stelle den gesamten Brief gelesen, aber er hatte das Gefühl, warten zu sollen, bis er Zeit hatte, es zu verarbeiten. Im Moment konnte er nur daran denken, wie er Dales Leiche loswerden und aus der Stadt verschwinden könnte.

Er legte die Urkunden und den Brief in das Handschuhfach und kehrte mit einem Sack für das Geld zurück. Zu seinem Erstaunen zählte er zweiunddreißig Zehntausenderbündel.

Desmond stieg in den Pick-up und fuhr fort von dem Haus, wo er vor dreizehn Jahren angekommen war, nachdem das tragische Buschfeuer seine Familie getötet hatte. Er war nicht geheilt, aber er hatte sich verändert.

Er fuhr auf der Slaughterville Road nach Westen, bog nach zehn Minuten ab und hielt vor dem Tor einer verlassenen Ranch. Er löste die Kette, die es zuhielt, fuhr hindurch und schloss es hinter sich. Dann steuerte er den Wagen über ein Feld, bis er von der Straße aus nicht mehr zu sehen war.

Er hob eine Grube aus. Als er fertig war, war er völlig durchgeschwitzt.

Er warf Dales Leiche mitsamt dessen Kleidern und der blutigen Bretter hinein. Aus dem Kanister goss er Benzin in die Grube, dann wartete er, bis die Sonne hinter dem Horizont verschwunden war, und warf ein Streichholz hinterher.

Der Gestank des brennenden Fleischs ließ Übelkeit in ihm aufsteigen und erinnerte ihn an die Grundschule, in der er mit den ganzen verbrannten Menschen nach dem Buschfeuer gewesen war. Er dachte an Charlotte, als er sich von dem Feuer entfernte, dann dachte er an Agnes und schließlich an Orville. Ein Mann, so gemein wie eine Schlange. Ein harter Mann. Aber er war Desmonds einziger Verwandter gewesen. Jetzt war er weg.

Ein paar Meter von der brennenden Grube entfernt zog Desmond den Umschlag hervor und las Orvilles Brief.

Desmond,

nimm das Geld. Verschwende es nicht. Schätze es, investiere es und kümmere dich drum, dann kümmert es sich auch um dich. Ich habe es mein ganzes Leben lang gespart. Nachdem du zu mir gekommen bist, habe ich ein bisschen mehr darauf geachtet, nicht jeden Cent von meinem Lohn auszugeben. Der Rest ist aus dem Erlös der Farm deiner Familie in Australien, den ich nicht angerührt habe.
Ich hoffe, du gehst weit weg von hier. Hier gibt es nichts für jemanden mit deinem Verstand.
Es heißt, was einen nicht umbringt, macht einen stärker. Das ist Schwachsinn. Von manchen Erlebnissen kann man sich nicht erholen. Sie machen einen nicht stärker, sondern schwä-

cher, egal wie sehr man es zu überspielen versucht. So was ist mir passiert, als ich 25 war. Es spielt keine Rolle, was es war. Versuch nicht, es rauszufinden. Es ist Schnee von gestern. Als du zu mir gekommen bist, war ich auf dem besten Weg, mich zu Tode zu saufen. Wahrscheinlich hätte ich ein paar Jahre später im Grab gelegen, wenn es mich nicht schon vorher auf den Ölfeldern erwischt hätte. Ich habe der Frau am Telefon gesagt, dass ich nicht in der Verfassung bin, mich um dich zu kümmern. Ich dachte, es wäre für dich hier gefährlicher als an jedem anderen Ort, wo sie dich hinbringen könnten. Aber sie hat nicht auf mich gehört. Sie hat dich trotzdem geschickt. Ich bin froh darüber. Um meinetwillen. Mich um dich zu kümmern hat mich gerettet. Mich verändert. Ich dachte, nach dem, was dir zugestoßen ist, würdest du verkümmern und innerlich zu Grunde gehen. Aber so war es nicht. Du bist eine Kämpfernatur, wie ich sie noch nie gesehen habe. Weder auf den Ölfeldern noch im Dschungel von Vietnam und Kambodscha noch in den Straßen von London, als die Bomben gefallen sind. Diese Welt hat mich kaputtgemacht. Ich habe meinen Frieden am Boden einer Flasche gefunden. Das Trinken war mein Halt. Lass nicht zu, dass es bei dir auch so wird. Geh nicht den Weg, den ich gegangen bin. Alkohol und Drogen sorgen nur dafür, dass du eine Weile vergessen kannst, aber sie reiten dich immer tiefer in die Scheiße. Werde nicht abhängig, Desmond. Hör mit dem Trinken auf. Geh nicht mehr auf die Ölfelder. Ich weiß nicht, wo in dieser Welt dein Platz ist, aber hier ist er nicht. Führe ein Leben, auf das du stolz sein kannst. Das wird dir im Lauf der Jahre Rückenwind geben. Bedauern ist dein Untergang.

Orville

Desmond faltete den Brief und sah zu, wie das Feuer herunterbrannte und sich in die Grube zurückzog. Auf diesem Feld in Oklahoma gab er sich selbst ein Versprechen: Er würde endgültig mit dem Trinken aufhören. Und er würde Orvilles

Rat beherzigen und für immer von hier fortgehen. Er wusste, wohin er musste.

Er nahm die Schippe von der Ladefläche, stampfte die letzte Glut aus und schaufelte die Überreste in zwei große Eimer. Nachdem er das Loch wieder aufgefüllt hatte, fuhr er den Pick-up einen knappen Kilometer weiter zum Canadian River und zog seine Watstiefel an. Er wusch im Fluss das Blut von der Plane, schnitt sie in kleine Stücke und warf sie zusammen mit der Asche aus den Eimern ins Wasser. Eine halbe Stunde lang entsorgte er die Überreste im Fluss und sah zu, wie sie davontrieben. Dann säuberte er die Ladefläche mit der Bleiche und wusch sich die Hände.

In einem Lebensmittelgeschäft in Noble deckte er sich mit Vorräten ein.

In dieser Nacht kampierte er auf einem anderen Feld, ohne ein Feuer anzuzünden.

Am nächsten Morgen ging er als Erstes zu einem Anwalt. Er brachte ihm das Testament und die Besitzurkunde für das Haus. Der Mann wirkte professionell, nahm moderate Gebühren und zeigte sich offen für Desmonds Vorschläge, obwohl er ihn darauf aufmerksam machte, dass sie gesetzeswidrig waren.

Zwei Stunden später unterzeichnete Desmond eine Reihe von Dokumenten, die der Anwaltsgehilfe beglaubigte. Zu dritt gingen sie zum Gericht zu einem kurzen Termin, der erwartungsgemäß verlief.

Am Nachmittag fuhr Desmond aus der Stadt und einem fremden Ort entgegen, der sein Leben für immer verändern würde: Silicon Valley.

53

Peyton schlug die Augen auf. Es dauerte eine Weile, bis sie den Raum scharf sah: Metallwände, ein schmales Bett und eine Glaswand. Ihr Kopf pochte. Es fühlte sich an, als wäre sie verkatert. Sie setzte sich auf, und eine Welle von Übelkeit überspülte sie. Dann spürte sie eine leichte Bewegung, eine Art Vibration. Sie kannte das Gefühl: Sie war auf einem Schiff.

Ein Mann mit stark vernarbtem Gesicht und langem blondem Haar saß hinter der Glaswand auf einem Metallstuhl und sah auf ein Tablet.

»Guten Morgen«, sagte er mit gespielter Fröhlichkeit. Er hatte einen australischen Akzent.

»Wer sind Sie?«

»Ich heiße Conner McClain.«

Peyton musterte ihn einen Augenblick lang. »Was wollen Sie?«

»Informationen.«

Peyton wollte auch Informationen. Sie spürte, dass der Mann über welche verfügte. »Sie haben den Ausbruch in Kenia ausgelöst, oder?«

»Wir haben nur das Unvermeidliche beschleunigt.«

»Pandemien sind nicht unvermeidlich.«

»Doch, und das wissen Sie auch, Peyton. Sie haben es selbst gesagt.«

»Ich habe gesagt, Pandemien *waren* unvermeidlich – in der Geschichte der Menschheit. Aber das hat sich geändert. Sie könnten der Vergangenheit angehören. Ich habe mein Leben dieser Arbeit gewidmet. Und Sie machen sie zunichte.«

Connor sah sie mit leicht amüsierter Miene an. »In diesem Raum gibt es nur einen, der die Menschheit vor Pandemien beschützen wird, und das sind nicht Sie. Ihre Arbeit ist verglichen mit unserem Plan nur ein Tropfen auf den heißen Stein. Wir setzten eine echte Lösung um – eine letzte Pandemie, um alle anderen zu beenden.«

Eine Pandemie. »Sie hängen zusammen, oder? Die Grippe-Pandemie und das hämorrhagische Fieber in Kenia.«

»Sie sind schlau genug, um die Antwort zu kennen.«

»Warum?«

»Angst.«

Allmählich setzte sich das Puzzle zusammen. Sie hatten den Grippeerreger in abgelegenen Gegenden Kenias freigesetzt, bevor sie ihn auf die ganze Welt losgelassen hatten. Im späteren Stadium verhielt er sich wie ein Ebola-ähnliches hämorrhagisches Fieber – tödlich genug, um die Aufmerksamkeit sämtlicher Regierungen zu gewinnen. Sie hatten demonstrieren wollen, was innerhalb von einer Woche mit der Welt geschehen konnte, wenn die Krankheit nicht geheilt wurde.

»Sie haben ein Gegenmittel, oder?«

Er warf ihr ein herablassendes Lächeln zu. »Wir sind ja keine Unmenschen, Peyton. Wir haben die Mittel, das Virus aufzuhalten, sobald die Regierungen verstanden haben, welchen Platz sie in der neuen Weltordnung einnehmen.« Er wandte sich von ihr ab. »So sehr ich auch unsere Unterhaltung genieße, Sie müssen mir ein paar Fragen beantworten.«

»Gehen Sie zum Teufel.«

»Ihre Freundin Dr. Watson hat eine Menge Blut verloren. Meine Leute haben gesagt, sie müsse dringend operiert werden.«

Peyton starrte ihn vor Wut kochend an. Dieser Mann war für den Tod von Jonas und Lucas Turner und vielen anderen verantwortlich. Man konnte ihm nicht trauen.

»Wenn Sie meine Fragen beantworten, helfen wir ihr«, sagte Conner.

»Ich glaube Ihnen nicht.«

Er drehte das Tablet um und zeigte Peyton eine Videoübertragung von Hannah, die auf einem Operationstisch lag. Ein Schlauch führte in ihren Mund, und die Wunde an der Schulter war freigelegt und für die Operation vorbereitet worden.

Drei Personen mit Masken und OP-Kitteln standen um den Tisch herum und hielten die behandschuhten Hände hoch.

»Woher soll ich wissen, dass Sie es wirklich machen?«

»Ich zeige Ihnen meinen guten Willen, Dr. Shaw.« Conner tippte auf sein Schlüsselbein. »Weitermachen.«

Auf dem Monitor setzte sich das medizinische Personal in Bewegung und versammelte sich um die Wunde. Andere tauchten im Bild auf und schoben Rollwagen mit Instrumenten heran.

»Wenn Sie nicht mehr antworten oder lügen, stoppen wir die Operation«, sagte Connor.

Peyton nickte, ohne den Blick von der Blutdruckanzeige auf dem Monitor abzuwenden.

»Hatten Sie Kontakt mit Desmond Hughes?«

Peyton sah auf. *Desmond Hughes* – die Worte trafen sie wie ein Stromschlag. »Ja«, sagte sie leise.

»Wann?«

»Bevor ich abgereist bin.«

»Wie?«

»Er hat mich angerufen.«

Conner wirkte verwirrt. »Sie lügen.«

»Nein, ich ...«

»Wir haben Ihr Handy abgehört, Peyton.«

»Er hat mich zu Hause angerufen. Übers Festnetz.«

»Was hat er gesagt?«, fragte Conner noch immer misstrauisch.

»Nichts ...«

»Antworten Sie«, sagte Conner in schneidendem Tonfall.

»Er war verwirrt. Er wusste nicht, wer ich bin. Er hat behauptet, ich wäre in Gefahr. Dann hat er aufgelegt.«

»Wieso in Gefahr?«

»Das hat er nicht gesagt.«

Conner dachte einen Moment über ihre Worte nach. »Wann haben Sie zuletzt mit Ihrer Mutter gesprochen?«

»Was?«

»Antworten Sie.«

»Als ich in Nairobi gelandet bin.«

»Was hat sie gesagt?«

Peyton gab die Unterhaltung wieder, so gut sie konnte.

»Wann haben Sie zum letzten Mal mit Ihrem Vater gesprochen?«

»Mit meinem Vater? In den Achtzigern. Da war ich sechs ...«

»Seitdem haben Sie nicht mehr mit ihm geredet? Keine E-Mails? Keine Treffen?«

»Tote schicken keine E-Mails.«

Ein Lächeln zeichnete sich auf Conners Lippen ab.

»Wann haben Sie zum letzten Mal mit Ihrem Bruder gesprochen?«

Die Frage erschütterte Peyton. »Mit meinem *Bruder*? Er ist '91 gestorben.«

Peyton wartete, aber Connor sah sie nur an.

»Er hat für die WHO bei einer AIDS-Aufklärungskampagne in Uganda gearbeitet. Er ist bei einem Feuer in der Nähe des Mount Elgon gestorben.«

»Ich weiß, wann und wo Ihr Bruder gestorben ist. Beantworten Sie meine Frage.«

Peyton betrachtete einen Moment lang sein verbranntes Gesicht, die Narben, die sich über Wangen und Kinn zogen und unter seinem Hemdkragen verschwanden. »Haben Sie ihn gekannt? Waren Sie 1991 dort?«

Conner tippte sich wieder aufs Schlüsselbein. »Stopp.«

Peyton sah auf dem Monitor, wie die Ärzte die Hände zurückzogen. Aber sie blieben bei Hannah. Sie warfen einander

Blicke zu und schienen die Folgen ihrer Entscheidung abzuwägen, dann fuhren sie mit der Operation fort. Eine weitere Gestalt mit Chirurgenmaske kam ins Bild, hob eine Pistole und richtete sie auf denjenigen aus dem OP-Team, der ihm am nächsten stand. Alle drei erstarrten.

Peyton schluckte. »Ich habe meinen Bruder seit Weihnachten 1990 in Palo Alto weder gesehen noch gesprochen.«

»Das war doch nicht so schwer, oder? Noch eine letzte Frage. Ihr Benutzername und Passwort für das VPN des CDC?«

»Nein.«

Conner zeigte auf das Bild des wartenden OP-Teams. Aus Hannahs offener Wunde sickerte Blut. »Was glauben Sie, wie lang sie durchhält? Noch ein paar Minuten?«

Peyton dachte über seine Forderung nach. Sie hatte die höchste Sicherheitsfreigabe und somit Zugriff auf Lageberichte des EOC, Listen der strategischen Vorräte und Aufzeichnungen aus den Labors, die den neuen Erreger untersuchten. Für diese Bioterroristen bedeutete ihr Konto Zugang zu sämtlichen Informationen über die Reaktion der USA auf den Angriff. Sie würden sie in Echtzeit erhalten und könnten sie nutzen, um noch mehr Menschen zu töten.

»Mein Benutzername ist pshaw@cdc.gov. Das Passwort: ashaw91#io.«

Conner drehte das Tablet um und tippte schnell.

»Das Problem ist, wenn man beim Passwort lügt, kommt das schnell raus. Im Ernst, Peyton. Ich brauche das Passwort. Sofort.«

Sie schluckte und sprach mit allem Nachdruck, den sie aufbringen konnte. »Ich bin Mitglied des Commissioned Corps des US Public Health Service. Wir legen einen Eid ab, die Allgemeinheit zu schützen. Auch Hannah hat das getan. Wenn ich es Ihnen verraten würde, würde ich den Eid brechen. Ich nehme so etwas sehr ernst.«

»Großer Gott. Warum entscheiden sich alle hier für die harte Tour?« Conner tippte ein paar Mal auf das Tablet.

Wenige Sekunden später hörte Peyton das Zischen des Gases, das in ihre Zelle geleitet wurde. Sie verlor fast sofort das Bewusstsein.

Conner berührte sein Schlüsselbein. »Weitermachen. Vielleicht brauchen wir Watson noch als Druckmittel. Und bereiten Sie einen Verhörraum für Shaw vor, sofort.«

54

Im Beobachtungsraum auf der *Kentaro Maru* sah Conner zu, wie die Techniker Peyton Shaw die Drogen verabreichten. Kurz darauf begann die Befragung, und nach wenigen Minuten hatte sie ihr CDC-Passwort preisgegeben. Er leitete es an das Team im Kommandoraum weiter.

»Wir sind drin«, sagte der Operator über Funk.

»Was sehen Sie?«, fragte Conner. »Wissen sie schon Bescheid?«

»Nein. Die Tests, um die Viren zu vergleichen, haben sich verzögert. Ihre Infektionsmodelle liegen weit daneben.«

»Gut. Laden Sie alles runter und gehen Sie wieder raus.«

In seiner Kabine sah er sich die Videoüberwachung an. Desmond machte gerade Liegestütze. Die drei Programmierer saßen auf der anderen Seite der Glasscheibe und tippten wild. Der Raum ähnelte bereits dem Schweinestall, in dem Conner sie gefunden hatte: Zerdrückte Red-Bull-Dosen und Packungen von Fertiggerichten lagen überall herum.

Ein anderes Video zeigte die rothaarige Ärztin. Sie war im medizinischen Trakt auf dem Bett festgeschnallt. Seit der Operation schlief sie.

Conner schaltete auf die Kamera in Peyton Shaws Zelle. Sie wachte gerade auf. Schwankend ging sie in das winzige Bad, beugte sich über das Waschbecken und spritzte sich Wasser ins Gesicht. Sie würgte einmal, dann kniete sie sich vor die Toilette, aber es kam nichts heraus. Sie lehnte sich mit dem Rücken an die Wand und starrte eine Weile ins Leere.

Langsam stand sie auf und zog sich aus. Wasser floss durch ihr dunkelbraunes Haar und über die Rundungen ihres Körpers. Conner musterte sie einen Moment. Sie war nicht gerade eine Schönheit – keine Frau, hinter der jeder Mann her war –, aber sie hatte etwas viel Attraktiveres an sich: ein unaufdringliches Selbstvertrauen. Es zog Menschen an wie ein Magnet, beruhigte sie, ließ sie ihre Gesellschaft suchen.

Auf ihn selbst traf das Gegenteil zu. Er stieß Menschen ab. Widerte sie an. Schon seit seiner Kindheit. Alle, die ihn sahen, reagierten gleich. Das Lächeln verschwand aus den Gesichtern. Augen weiteten sich, und Blicke bohrten sich in seine Narben.

Bald würde er eine Welt schaffen, in der das keine Bedeutung mehr hatte, in der kein Kind als Monster aufwachsen musste, allein und von allen zurückgewiesen.

Nach der Dusche lag Peyton mit nassem Haar auf dem schmalen Bett. Sie hatte Angst. Um sich selbst, um Hannah und um alle Menschen in Kenia und darüber hinaus. Wenn das Virus sich global ausbreitete, würde es Millionen Menschenleben fordern. Vielleicht auch mehr. Sie hatte das Gefühl, ihre ganze Welt wäre auf den Kopf gestellt worden. So hatte sie erst einmal empfunden, vor langer Zeit, als sie sechs Jahre alt gewesen war.

Damals hatte ihre Familie in London gewohnt, in einer Wohnung in Belgravia. Sie schlief in ihrem Zimmer, als plötzlich die Tür aufgerissen wurde. Ihre Mutter kam hereingestürmt.

»Wach auf, Schatz. Wir müssen weg.«

Ihre Mutter sagte, sie solle sich anziehen, und dann verließen sie das Haus nur mit den Sachen, die sie am Leib trugen. Peyton, ihre Schwester Madison und ihr Bruder Andrew wurden auf den Rücksitz eines schwarzen Taxis geschoben, und sie rasten nach Heathrow. In dieser Nacht verließen die vier London für immer.

Der erste Flug brachte sie nach Amsterdam, der zweite nach Paris. Ein Privatauto fuhr sie durch die Nacht nach Le Mans.

Bei Tagesanbruch bestiegen sie ein kleines Flugzeug, das sie nach Amerika flog.

Einige Monate wohnten sie in Hotels und verbrachten nie mehr als ein paar Nächte am selben Ort. Peytons Mutter erzählte ihnen, es sei ein verlängerter Urlaub, eine »Amerikatour«. Aber Peyton spürte, dass etwas nicht stimmte. Ihre Schwester und ihr Bruder bemerkten es auch.

Regelmäßig fragte Peyton ihre Mutter, wo ihr Vater war und warum er nicht bei ihnen sein konnte.

»Er hat zu tun, Schatz.«

Peyton versuchte, die heimlichen Telefonate ihrer Mutter zu belauschen, wenn sie das Telefonkabel bis ins Bad spannte und die Dusche laufen ließ. Sie schnappte nur ein paar Brocken auf. Jemandem war sein Hund entlaufen. Ein Beagle. Ihre Mutter machte sich deswegen große Sorgen. Immer wieder fragte sie, ob der Beagle gefunden worden sei, was seltsam war, da sie Hunde nie gemocht hatte – oder andere Tiere.

Schließlich, nach vier Wochen, ließ ihre Mutter die drei Kinder Platz nehmen und erklärte ihnen, dass ihr Vater nicht zurückkommen werde. Mit trockenen Augen sagte sie: »Es gab einen Unfall. Es tut mir sehr leid, aber euer Vater ist gestorben.«

Peyton war am Boden zerstört. Andrew glaubte ihrer Mutter nicht. Seine Skepsis verwandelte sich in Wut. Er stellte Fragen, die ihre Mutter sich zu beantworten weigerte.

Wie ist er gestorben?

Wann war die Beerdigung? Wo?

Ihr Schweigen machte Andrew noch wütender. Er schrie seine Mutter an.

Ich will ihn sehen. Ich hab das Recht, meinen Vater zu sehen. Ich will sein Grab sehen. Du kannst mich nicht davon abhalten.

Ich will zurück nach London. Das ist unser Zuhause.

Andrew wurde immer distanzierter. Peyton war wie gelähmt. Ihre Schwester Madison kümmerte sich um sie und hielt sie eine Woche lang jede Nacht in den Armen, wenn sie weinte. Ihre Mutter war stoisch und verschlossen. Die Anrufe gingen weiter. Durch die Heimlichkeit vertrauten sie ihr noch weniger. Vielleicht lag es nur daran, dass sie diejenige war, die es ihnen erzählt hatte, aber alle drei gaben ihr in unterschiedlichem Maß die Schuld am Tod ihres Vaters.

Andrew verlangte weiterhin, nach London zurückzukehren, aber Peytons Mutter gab nicht nach. Sie ließen sich in der Nähe von San Francisco nieder, in Palo Alto. Sie änderten ihren Nachnamen in Shaw, und Andrew brachte die letzten beiden Jahren an der Highschool hinter sich, dann zog er aus, um ans College zu gehen und schließlich Medizin zu studieren.

Es dauerte lang, bis die Familie wieder zusammenfand. Und außer viel Zeit war es vor allem Andrews Tod im Jahr 1991, der dafür sorgte, dass die drei Verbliebenen sich wieder näherkamen. Seitdem hingen Peyton, Madison und ihre Mutter Lin sehr aneinander.

Peyton hatte schon lange nicht mehr an jene Nacht in London im Jahr 1983 gedacht. Während sie in den Schlaf glitt, fragte sie sich, warum sie sich jetzt daran erinnert hatte.

Sie wachte mit den schlimmsten Kopfschmerzen ihres Lebens auf. Am Waschbecken würgte sie zwei Schlucke Wasser hinunter. Blutunterlaufene Augen sahen sie aus dem Spiegel an. Sie hatte Angst vor dem, was sie sehen würde, als sie ihre Bluse hochschob. Ein Ausschlag bedeckte Bauch und Brust. Peyton schluckte mühsam.

Sie war infiziert.

TAG 8

2.000.000.000 Infizierte

400.000 Tote

55

Millen saß auf einem Klappstuhl in der Sonntagnachmittagssonne und sah zu, wie Elim über ein staubiges Feld vor dem Mandera Referral Hospital ging. Dhamiria, die ältere Frau aus dem Dorf, stützte ihn und ermunterte ihn auf Suaheli. Halima protokollierte den Fortschritt, und Tian baute für Elim Hindernisse auf, die er überwinden oder umgehen musste. Der sechsjährige Junge hatte Freude an seiner Aufgabe.

Millen spielte mit seinem Handy Musik, die den vier Kenianern zu gefallen schien. Ohne das Solarladegerät hätte er nicht gewagt, den Akku zu leeren, aber im Moment waren Sonne und Strom die beiden Dinge, die sie im Überfluss hatten. Die Musik und Elims Rehabilitation hatten den Ablauf der letzten beiden Tage bestimmt, während sie auf die Abholung warteten, die Elliott arrangiert hatte. Millen konnte es kaum erwarten, nach Hause zu kommen. Am Freitagabend, ein paar Stunden nachdem sie in Mandera angekommen waren, hatte er sein Handy in den Satellitenadapter geschoben und Google News geöffnet. Der erste Artikel hatte ihn erschreckt:

Angst vor Pandemie lässt Aktienmarkt in den USA kollabieren

Die wachsende Besorgnis über das Ausmaß und die Schwere des X1-Ausbruchs hat den Aktienmarkt erfasst. Die Börsenindizes in den USA haben am sogenannten Roten Freitag während der kurzen Handelsspanne, die um 13 Uhr endete, um über 25 Prozent nachgegeben. Es handelt sich um den größten Verlust in der Geschichte. Er stellt selbst den Schwarzen Montag – den 19. Oktober 1987 – in den Schatten, als der Dow-Jones-Index an einem einzigen Tag 22 Prozent seines Wertes verlor. Wie beim Crash im Jahr 1987 begann der Niedergang auf den asiatischen Märkten und breitete sich über Europa in die USA …

Millen hatte auf die nächste Schlagzeile geklickt.

Welt schottet sich angesichts von zwei separaten Seuchenausbrüchen ab

Obwohl die WHO keine Schätzungen zur Anzahl der X1-Fälle mehr veröffentlicht, gehen Experten davon aus, dass weltweit mindestens 50 Millionen Menschen infiziert sind, möglicherweise sogar noch viel mehr. In vielen Ländern wurden drastische Maßnahmen ergriffen.

Das Vereinigte Königreich kündigte heute Morgen an, seine Grenzen zu schließen. Deutschland, Frankreich, Italien und Russland schlossen sich sofort an.

Der vielleicht beunruhigendste und mysteriöseste Aspekt des X1-Ausbruchs ist die offenbar unbeschränkte Ausbreitung des Virus. Es wurde von Fällen auf Kriegsschiffen im Langzeiteinsatz, in abgelegenen Dörfern und auf Kreuzfahrtschiffen mit wenig Außenkontakt berichtet.

Der tödliche Ausbruch, in dessen Mittelpunkt sich Kenia befindet, hat die Welt ebenfalls in Zugzwang gebracht. Die Ebola-ähnliche Krankheit, die gegenwärtig als Mandera-Virus bezeichnet wird, hat schon Tausende Menschenleben gefordert. Die Infektionsraten sind unbekannt. In der Hoffnung, die

Epidemie einzudämmen, hat eine beispiellose Allianz aus westlichen und östlichen Staaten, einschließlich USA, Vereinigtes Königreich, Frankreich, China, Japan, Australien und Indien, eine völlige Blockade sämtlicher ostafrikanischer Häfen angekündigt – vom Roten Meer bis Südafrika.

Wie genau diese Blockade ausgeführt werden soll, wurde noch nicht bekannt gegeben.

Auch nach einer Stunde hatte Millen die Nachricht, nach der er suchte, noch nicht gefunden: Neuigkeiten über die Vermissten des CDC und der WHO, vor allem Dr. Shaw und Hannah. Ihre Entführung schien in dem Chaos, das die Welt überschwemmte, in Vergessenheit geraten zu sein.

Am Samstagmorgen war er aufgewacht und hatte gesehen, wie Elim mit großem Einsatz wieder um den Zeltkomplex ging. Dhamiria hielt seinen Arm. Beide lächelten. Sie unterhielten sich auf Suaheli, aber ihre Körpersprache verriet Millen alles, was er wissen musste.

Er schloss die Augen und gab vor zu schlafen. Wenn er aus den Schlagzeilen des vergangenen Abends etwas gelernt hatte, dann, dass zärtliche Momente und einfache Freuden in den kommenden Tagen dünn gesät sein würden.

Später am Samstag hatte Millen erneut die Schlagzeilen durchsucht:

Kenia brennt, während Ebola-ähnliches Virus sich ausbreitet

In Kenias größten Städten ereigneten sich in der Nacht Krawalle, als Demonstranten von der zögerlichen Regierung forderten, das Mandera-Virus entschlossener zu bekämpfen. Die Zahl der Todesopfer bei den Bränden und Kämpfen in Nairobi,

Mombasa und Garissa ist zurzeit noch unbekannt, aber Quellen im Gesundheitsministerium schätzen, dass über vierzigtausend Menschen an der Krankheit gestorben und noch viel mehr infiziert sind.

Die Unruhen in den großen Städten führten zu einer Massenflucht, bei der die Einwohner …

Millen scrollte durch die Bilder. Feuer an Kreuzungen. Umgekippte Autos. Menschenmengen, die Polizisten in Kampfausrüstung bedrängten. Er beschloss, Elim und den Dorfbewohnern die Fotos nicht zu zeigen. Sie hatten einen schönen Tag, den er ihnen nicht verderben wollte. Elim lernte wieder zu laufen. Die vier Afrikaner waren der Beweis, dass man das Virus überleben konnte. Es fühlte sich *fast* an, als ginge nicht die ganze Welt zugrunde.

Millen schöpfte Hoffnung. Es gab Grund zur Zuversicht.

Elim war mit jedem Durchgang seines improvisierten Rehabilitationsprogramms stärker geworden. Seine Nickerchen würden kürzer und sein Gang sicherer. Nach dem Abendessen am Samstag nahm er Millen zu einem Gespräch beiseite, das dieser schon erwartet hatte.

»Ich würde gern mit Ihnen besprechen, was passiert, wenn das Flugzeug morgen kommt«, sagte Elim.

Millen wollte ihm ersparen, die Frage zu stellen. »Wenn sie hierbleiben will, sollte sie das tun.«

»Sie will bleiben«, sagte Elim. »Aber sie hat zugesagt, Ihnen zu helfen. Es ist entscheidend, ein Heilmittel zu finden.«

»Ich habe schon darüber nachgedacht«, sagte Millen. »Wenn wir genug Proben von Ihnen und ihr nehmen, sollten wir zurechtkommen.« Er zögerte. »Es gibt natürlich noch eine andere Möglichkeit.«

Elim zog die Brauen hoch.

»Kommen Sie mit uns.«

Elim schüttelte den Kopf. »Mein Platz ist hier. Jetzt noch mehr als je zuvor. Mein Land braucht mich.«

Millen hatte gepackt und war bereit, als am Sonntag der Anruf kam.

»Dr. Thomas, wir befinden uns im Anflug auf den Flughafen von Mandera.«

»Wir werden da sein«, sagte Millen.

Am Flughafen brachte er die beiden jungen Dorfbewohner ins Privatflugzeug, dann kehrte er zum SUV zurück. Elim saß am Steuer und Dhamiria auf dem Beifahrersitz.

»Wohin fahren Sie?«, fragte Millen.

»Dahin, wo man uns braucht«, sagte Elim. »Erst mal nach Süden, dann sehen wir weiter.«

»Viel Glück.«

»Ich hoffe, Ihre Kolleginnen kommen unverletzt zurück, Millen.«

»Das hoffe ich auch.«

Wenige Minuten später hob das Flugzeug ab. Millen sah aus dem Fenster auf den verlassenen Flughafen. Als er vor einer Woche angekommen war, hatte Hochbetrieb geherrscht. Jetzt sah es dort aus wie nach einem Bombentest in der Wüste. Er fragte sich, was ihn in Amerika erwartete. Wenn die Nachrichten stimmten, würde es eine Menge Infizierte geben, denen das gleiche Schicksal drohte wie den Einwohnern von Mandera. Das konnte er nicht zulassen. Er hoffte, den Schlüssel zur Entwicklung einer Behandlung mit nach Hause zu bringen.

56

In Atlanta wartete Elliott am Sonntagmorgen auf das Ereignis, von dem er glaubte, dass es Amerika für immer verändern würde. In den Nachrichten gab es keinen Hinweis darauf. Die Leute, die er angerufen hatte, hatten nichts gehört.

Die ersten Anzeichen waren am Tag zuvor in den sozialen Medien aufgetaucht. Sämtliches militärisches Personal, einschließlich der Nationalgarde, wurde zur nächsten Basis oder ausgewiesenen Sammelpunkten beordert. Krankenhausmitarbeiter, Polizisten, Feuerwehrleute und Notfallsanitäter wurden ebenfalls einberufen.

Diejenigen, die keine Symptome der Atemwegserkrankung durch das X1-Virus aufwiesen, sollten sich zuerst melden. Die Erkrankten sollten drei Stunden später kommen.

Die Nothelfer informierten ihre Familien und Freunde, sie seien zu einer Übung geschickt worden und einige Tage nicht zu Hause. Manche fügten hinzu, dass sie während der Übung weder Zugriff auf ein Telefon noch auf das Internet hätten.

Elliott hatte erwartet, dass sein Telefon klingeln würde. Er war nicht nur Arzt und Epidemiologe, sondern auch Konteradmiral des Commissioned Corps des Public Health Service. Außerdem war er Angestellter des CDC – zumindest war er das bis vor Kurzem gewesen. Seit er Informationen über Peytons Entführung an die Presse weitergeleitet hatte, war seine Beschäftigungssituation noch nicht geklärt worden. Er war sich sicher, dass er auf der Liste des wichtigen Personals stand, vielleicht sogar auf mehreren Listen. Aber der Anruf kam nicht. Sein Name musste gestrichen worden sein.

Es war nicht schwer zu erraten, wer dahintersteckte. In seinem ganzen Leben war er noch nicht so wütend gewesen. Er konnte nicht fassen, dass jemand in solchen Zeiten, in denen er Leben hätte retten können, politische Spielchen spielte und eine Vendetta gegen ihn durchführte. Aber er konnte nichts dagegen unternehmen, und das ärgerte ihn noch mehr.

Der Rest des Samstags war ereignislos verstrichen. Elliott saß mit Rose im Wohnzimmer. Ihre Symptome waren heute schlimmer. Sie hustete nahezu ununterbrochen, obwohl sie es zu unterdrücken versuchte, und verließ zwischendurch das Zimmer, wenn es zu heftig wurde. Ryan und Sam spielten oben im Hobbyraum mit ihrem Sohn Adam. Von außen betrachtet war es ein perfekter Samstag nach Thanksgiving: Football im Fernsehen (Elliotts ehemalige Uni in Michigan gegen Ohio State), ihr Enkel spielte, die ganze Familie war unter einem Dach.

Elliott fragte sich, wie lang die Kindheit des Fünfjährigen noch dauern würde. Konnte man sie in Tagen oder Wochen messen? Er wusste, was geschehen würde. Er fürchtete es – seinetwegen und für Rose, aber vor allem für seinen Sohn, seine Schwiegertochter und seinen Enkel.

Elliott sah fern und schreckte jedes Mal zusammen, wenn Nachrichten kamen. Der Einzelhandel meldete Rekordumsätze am Black Friday. Die Aktien der Unternehmen hatten während der kurzen Handelsspanne am Freitag gelitten, und sie hofften zweifellos, das Vertrauen der Investoren zurückzugewinnen, bis die Börse am Montag wieder eröffnet wurde.

Vor fast jeder Tür in Elliotts Straße lagen Päckchen, die am Samstag oder Sonntag geliefert worden waren. Nachbarn schlurften in Schlafanzügen nach draußen und husteten, als sie sie ins Haus trugen.

Das Ereignis, auf das Elliott gewartet hatte, trat am Sonntag ein.

Handys gaben schrille Signaltöne von sich, ähnlich wie bei der Suche nach entführten Kindern oder Unwetterwarnungen. Aber bei dieser Nachricht ging es um etwas anderes. Die Handybesitzer wurden aufgefordert, auf einen Link zu klicken oder den Fernseher einzuschalten.

Eine Minute später saß Elliott mit seiner Familie vor dem Bildschirm und sah den Präsidenten an seinem Schreibtisch im Oval Office eine Ansprache halten.

»Meine amerikanischen Mitbürger, heute steht unsere Nation einer neuen Art von Bedrohung gegenüber. Zuerst möchte ich Ihnen mitteilen, dass wir für diese Bedrohung gerüstet sind. Wir haben einen Plan, und wir führen diesen Plan aus. Ich richte mich an Sie, weil der Plan Sie und Ihre Familien betreffen wird. Außerdem brauchen wir Ihre Hilfe. Ihre amerikanischen Mitbürger brauchen Ihre Hilfe.

Die staatlichen und bundesstaatlichen Behörden haben das grippeähnliche Virus namens X1, mit dem sich Millionen Amerikaner infiziert haben, genau beobachtet. Wir sind zu der Auffassung gelangt, dass die X1-Fälle einen Punkt erreicht haben, an dem sie eine Gefahr für unser Land darstellen. Deshalb habe ich die Ausführung des BioShield-Programms angeordnet. BioShield hat nur eine Funktion: Sie und Ihre Familie in diesen Zeiten zu schützen.

Bevor ich die einzelnen Schritte erläutere, möchte ich Ihnen versichern, dass es sich um vorübergehende Maßnahmen handelt. Sie haben vorbeugenden Charakter und entspringen dem Wunsch, jedem Amerikaner eine angemessene Behandlung garantieren zu können.«

Elliott hörte zu, wie der Präsident die Einzelheiten des BioShield-Programms erläuterte. Wie erwartet wurde der Notstand erklärt, das Kriegsrecht verhängt und eine landesweite Ausgangssperre ab 18 Uhr eingerichtet. Die Bürger wurden angewiesen, sofort nach der Ankündigung nach Hause zu gehen und dort zu bleiben. Obdachlose wurden gebeten, sich bei der nächsten Unterkunft zu melden oder die U-Bahn aufzusuchen, wo ihr Weitertransport organisiert würde.

Nationalgarde, Militär und Katastrophenschutzhelfer der FEMA riegelten alle großen Städte ab. Auf jeder Autobahn und jeder wichtigen Straße wurden Kontrollpunkte eingerichtet. Luft-, Schienen- und Busverkehr wurden eingestellt. Jeder außerhalb der abgeriegelten Zonen würde zu Schutzräumen gebracht, die in ländlichen Gegenden in Schulen, Sportstadien und Gerichten eingerichtet wurden.

Die Regierung verstaatlichte vorübergehend alle Firmen der Schlüsselindustrien: Telekommunikation, Internetdienste, Speditionen, Energieerzeuger und Gesundheitsfürsorge.

Gegen zwei Uhr nachmittags trafen Schulbusse in Elliotts Straße ein. Jeder, der Symptome von X1 aufwies, wurde aufgefordert einzusteigen. Es war ein bizarrer Anblick, als der Buskonvoi an einem Sonntag hustende Erwachsene, Jugendliche und Kinder einlud.

In seiner Ansprache hatte der Präsident gewarnt, dass diejenigen, die nicht in die Busse stiegen, nicht für die Grundversorgung registriert würden. In den kommenden Tagen sollten die Nationalgarde und das Militär Lebensmittel verteilen und Erkrankte in Behandlungszentren transportieren. Wer sich der Registrierung verweigerte, würde weder Essen noch medizinische Behandlung bekommen – und sogar festgenommen und in schlechtere Quarantänezonen gebracht werden, ein Gefängnis mit nur elementarer Versorgung. Das konnte das Todesurteil sein.

Elliott stand an der Haustür und spähte durch die Scheibe. Der halbleere Bus hielt vor ihrem Haus, und die Türen öffneten sich.

Rose stand neben ihm und hielt seinen Arm. Sie sprach so leise, dass ihr Sohn und ihr Enkel sie nicht hören konnten.

»Ich will nicht gehen.«

»Wir müssen, Schatz.«

Elliott wandte sich zu seinem Sohn um, der in sicherer

Entfernung stand. Er versuchte, entspannt zu klingen, als gingen sie nur ins Kino. »Wir müssten in ein paar Stunden wieder da sein.«

Ryan nahm es ihm nicht ab. »Geht nicht.«

»Sie wollen nur einen Überblick über die Infizierten gewinnen. Sie müssen rausfinden, womit sie es zu tun haben. Wir sind bald zurück.«

Als er in der Schlange vor dem Bus stand, roch Elliott das Chlor, das durch die offenen Türen geweht wurde. Er sah mehreren Nachbarn in die Augen – denjenigen, die er für seinen Plan gewonnen hatte. Ihre Mienen sagte: *Du hattest recht.*

Es tat ihm leid, dass es so war.

Der Busfahrer stand am oberen Ende der Stufen und rief, dass alle ihre Handys mitnehmen sollten, weil sie andernfalls in Zukunft vielleicht kein Essen und keine medizinische Versorgung erhalten könnten. Mehrere Leute lösten sich aus der Schlange und liefen nach Hause, um ihr Telefon zu holen.

Die Sitze waren noch feucht von den desinfizierenden Chemikalien, aber Elliott und Rose setzten sich trotzdem. Er legte den Arm um sie, damit sie in der Novemberkälte nicht fror.

Die Straßen waren leer. Der Bus schloss sich einem Konvoi anderer Busse an, der durch Atlanta raste, vorbei an parkenden Autos und verlassenen Bürgersteigen, über die der Wind Müllfetzen trieb. Streifenwagen mit Blaulicht verhinderten, dass sie von der Route abwichen. Polizisten in Schutzausrüstung bevölkerten die Straßen und hielten jeden auf, der zu Fuß unterwegs war. Es war eine skurrile Reise durch eine abgeriegelte Stadt, eine Stadt, die vor wenigen Stunden noch frei gewesen war.

Nachdem sie ein paarmal abgebogen waren, wusste Elliott, wohin sie fuhren.

Die FEMA-Zelte vor dem Georgia Dome bestätigten seine Vermutung. Das Stadion, in dem die Atlanta Falcons Football spielten, war die größte überkuppelte Arena der Welt gewesen, als sie 1992 eröffnet wurde. Sie bekleidete noch immer den dritten Rang.

Allerdings war sie nicht mehr auf dem neusten Stand der Technik. Deshalb errichtete die Stadt ein glitzerndes neues Hightech-Stadion auf der anderen Straßenseite – passenderweise als Mercedes-Benz-Stadion bezeichnet. Es sollte im nächsten Jahr eröffnet werden.

Elliott hatte erwartet, die Kräne stünden an einem Sonntagnachmittag still, aber es wurde fieberhaft daran gearbeitet, Teile des einziehbaren Stadiondachs hochzuhieven. Anscheinend versuchten die Arbeiter, es möglichst schnell fertigzustellen.

Die Innenstadt Atlantas war in mehrfacher Hinsicht der perfekte Ort, um eine Quarantänezone einzurichten. Mit der Phillips Arena auf der anderen Straßenseite standen den Behörden drei große Stadien zur Verfügung, um die Bevölkerung zu separieren. Elliott stellte sich vor, dass FEMA-Zelte den Centennial Olympic Park in der Nähe bedeckten, Einsatzleitung und Regierungsbeamte im Omni Hotel untergebracht waren und die Kommandozentrale im CNN Center errichtet worden war. Die riesigen Parkhäuser in der Gegend eigneten sich perfekt, um Vorräte zu lagern. Und falls man sie benötigte, lagen auch das Georgia World Congress Center – das größte Tagungszentrum der USA –, das Georgia Aquarium und die College Football Hall of Fame in der Nähe.

Vor ihnen stand eine Gestalt in einem gasdichten Schutzanzug vor einem FEMA-Zelt und regelte den Verkehr. Es war beunruhigend, jemanden mit einem solchen Anzug in der Innenstadt von Atlanta zu sehen.

Die Fahrzeugschlange bewegte sich nur noch langsam, weil die Busse vor ihnen die Passagiere aussteigen ließen. Als Elliotts und Roses Bus zusammen mit sechs anderen anhielt, kamen sieben Gestalten in Anzügen aus dem Zelt und stiegen in die Busse. Der Mann in Elliotts Bus trug eine Armeeuniform unter seinem Schutzanzug – Elliot konnte den Kragen durch den Helm sehen.

Vor dem FEMA-Zelt hielt jemand eine rote Fahne hoch.

Der Mann vorn im Bus sprach über einen Lautsprecher, der

seiner Stimme einen beunruhigenden Darth-Vader-Klang verlieh. »Wenn Sie seit mehr als sieben Tagen infiziert sind, heben Sie bitte die Hand.«

Zögerlich streckten ein paar Leute ihre Hand in die Luft. Der Blick des Manns wanderte durch den Bus, während er sich die Leute einzuprägen schien. Er kniff die Augen zusammen, als wäre etwas nicht in Ordnung.

»Bitte, es ist wichtig. Wir müssen wissen, wie lang Sie schon infiziert sind, um sie vernünftig zu behandeln. Wenn Sie am letzten Sonntag schon Husten oder Schnupfen hatten, heben Sie bitte die Hand. Es ist sehr wichtig.«

Das ist merkwürdig, dachte Elliott. Einige weitere Leute meldeten sich.

Aus dem Augenwinkel sah er, wie Rose die Hand hob.

Er wollte sie aufhalten, aber die Gestalt im Anzug hatte es schon gesehen.

Der Mann draußen vor dem Zelt senkte die rote Flagge, als startete er ein Rennen.

»Okay, alle, die die Hände gehoben haben, steigen aus. Draußen wird man Sie weiterleiten.«

Elliott sah die Angst in Roses Augen. Der Mann im Anzug blieb vorn im Bus stehen und passte auf, dass alle, die sich gemeldet hatten, ausstiegen.

Elliott stand auf. »Können Sie uns sagen ...«

»Sir, bitte setzen Sie sich.«

»Ich will nur wissen ...«

»Sir, Ihre Fragen werden drinnen beantwortet. Wenn Sie sich nicht setzen, muss ich Sie rausholen und in Quarantäne bringen lassen.«

Elliott ließ sich zurück auf den Sitz sinken.

Zu Rose sagte der Mann: »Ma'am, bitte kommen Sie nach vorn.«

Sie sah Elliott an.

Er setzte seine tapferste Miene auf. »Schon okay«, flüsterte er. »Geh.«

Draußen wurde die ganze Gruppe in den Georgia Dome geführt.

Als der Letzte das FEMA-Zelt hinter sich gelassen hatte, hob der Mann draußen eine gelbe Fahne.

Der Soldat im Schutzanzug meldete sich wieder zu Wort.

»Wenn Sie älter als sechzig sind oder nicht ohne Hilfe gehen können, heben Sie bitte die Hand.«

Elliott war dreiundsechzig und sah nicht gerade jung aus; die Zeit beim CDC hatte ihm zugesetzt. Aber er meldete sich nicht. Rose zuliebe.

Der Soldat musterte ihn mit unverhohlenem Misstrauen.

Elliott zuckte die Achseln.

»Ich habe einen stressigen Job. Da altert man schneller.«

Der Mann schüttelte den Kopf, ließ ihn aber sitzen.

Sobald die über Sechzigjährigen den Bus verlassen hatten, stieg der Soldat ohne ein weiteres Wort aus. Der Mann draußen hob eine grüne Fahne, und zu Elliotts Überraschung fuhr der Bus los.

Er drehte den Kopf und sah an den weißen FEMA-Zelten und den Gestalten im Schutzanzug vorbei zum Eingang des Georgia Dome, in dem Rose verschwunden war. Er fürchtete, dass sie nie wieder herauskommen würde.

Der Bus hielt vor einem riesigen Parkhaus. Die Türen öffneten sich, und der Fahrer forderte alle zum Aussteigen auf.

Die Passagiere verließen mit verwirrten Mienen den Bus.

Eine Frau im Schutzanzug instruierte sie, über die Treppe zu Ebene fünf zu gehen. Die Leute liefen schweigend an ihr vorbei, aber im Treppenhaus begannen sie zu flüstern und mit ängstlichen Stimmen Fragen zu stellen.

Warum eine Woche? Sterben diese Leute?

Sie werden uns nicht nach Hause gehen lassen. Ich wusste es!

Wir sollten jetzt abhauen.

Eine dröhnende Stimme von dem Absatz über ihnen brachte sie zum Schweigen.

»Weitergehen.«

Ein muskulöser Mann im Schutzanzug beugte sich über das Geländer und warf ihnen durch seinen Helm einen drohenden Blick zu.

»Gehen Sie weiter. Ihre Fragen werden später beantwortet. Weitergehen, Leute. Wer zurückfällt, kommt in Quarantäne.«

Danach bewegte sich die Menge schneller, und von hinten wurde gedrängelt.

Auf Ebene fünf waren Reihen von Kabinen aufgebaut, die Elliott an ein Wahllokal erinnerten. Sie standen auf wackligen Beinen und waren gerade groß genug für einen Menschen.

»Nehmen Sie eine Kabine. Irgendeine. Verteilen Sie sich. Sie haben fünf Minuten Zeit, den Fragebogen auszufüllen.«

In der Kabine stand ein Tablet, auf dem ein großer grüner Startknopf leuchtete. Als Elliott darauf tippte, zeigte der Bildschirm ein Handy und die Aufforderung:

Legen Sie Ihr Mobiltelefon in den Behälter auf der rechten Seite.

Die schwarze Kiste schloss sich, sobald er das Handy hineingeworfen hatte. Elliott hörte das leise Summen von Elektromotoren.

Auf dem Bildschirm erschien ein Fragebogen. Viele der Fragen hatte er erwartet. Sozialversicherungsnummer, Name, Geburtsdatum, Adresse, Beruf, Ausbildung, Art und Beginn der Symptome, Krankengeschichte, insbesondere in Bezug auf das Immunsystem schwächende Medikamente oder Leiden, und Auslandsreisen, vor allem nach Kenia, Somalia, Äthiopien, Uganda und Tansania. Elliott trug ein falsches Geburtsdatum ein.

Manche Fragen kamen ihm seltsam vor: Machte es ihm etwas aus, eine Schusswaffe zu benutzen? Hatte er im Gefängnis gesessen? War er beim Militär gewesen oder hatte eine militärische Ausbildung erhalten?

Was soll das?

Am Ende des Fragebogens erschien ein großes Kästchen, in dem »Danke« stand. Das Logo darunter hatte Elliott noch nie gesehen: Rook Quantum Sciences. Die Firma musste für die Regierung die Fragen erarbeitet und die Software entwickelt haben.

Die schwarze Kiste öffnete sich, und er nahm sein Handy heraus. Das Display war jetzt bis auf das Logo von Rook Quantum Sciences schwarz.

Er drückte die Home-Taste.

Zwei Textzeilen leuchteten auf:

Ihre Befragung ist für heute abgeschlossen.

Sie haben keine neuen Nachrichten.

Die Regierung hatte also ein Betriebssystem entwickelt, um den Ausbruch zu überwachen. Das war schlau.

Mehrere Gestalten in Schutzanzügen gingen durch die Gänge um ihn herum. Gelegentlich blieben sie an den Kabinen stehen und forderten über Funk technischen Support an.

»Wir haben ein inkompatibles Handy in 1291.«

»In 1305 muss das Tablet neu gestartet werden.«

Kaum war Elliott aus der Kabine getreten, wischte jemand das Tablet ab und führte ihn zur anderen Seite des Parkdecks, wo mit weißen Vorhängen kleine Nischen abgetrennt waren.

In einer davon strich eine Frau mit einem Wattestäbchen über die Innenseite seiner Wange und nahm ihm zwei Ampullen Blut ab. Sie legte die Proben in eine Tüte mit der Aufschrift »Phaethon Genetics« und klebte ein Etikett mit einem Barcode auf ein Armband, das sie an Elliotts rechtem Handgelenk befestigte.

»Wofür ist das?«

»Die Sequenzierung Ihres Genoms hilft uns, eine Therapie zu entwickeln.«

Sie legte ein identisches Armband um sein anderes Handgelenk.

»Nehmen Sie die Erkennungsbändchen nicht ab – Sie brauchen sie, um Essen und medizinische Behandlung zu bekommen.«

Er nickte. »Meine Frau wurde in ...«

»Entschuldigung, Sir, aber Ihre Fragen werden an der nächsten Station beantwortet. Das ist jetzt wichtig, okay? Ihr Handy gibt jeden Tag einen Alarmton von sich. Dann werden Ihnen Fragen zu Ihren Symptomen gestellt. Beantworten Sie sie ehrlich. Ihr Leben kann davon abhängen. Achten Sie darauf, dass das Handy immer geladen ist.«

Er wollte eine Frage stellen, aber sie hob die Hand und rief: »Der Nächste!«

Zu Elliott sagte sie: »Gehen Sie bitte rechts raus.«

Seit er aus dem Bus gestiegen war, hatte er gehofft, jemanden zu sehen, den er kannte – einen CDC-Angestellten oder Korpsoffizier. Vergeblich. Und jetzt war es zu spät.

Es stellte sich heraus, dass es keine nächste Station gab. Nach der Blutabnahme wurden sie in ein Treppenhaus auf der gegenüberliegenden Seite des Parkhauses und zurück zum Bus getrieben. Er wartete darauf, dass der Bus sich füllte, aber viele der Leute, die mit Elliott in das Parkhaus gegangen waren, kehrten nicht zurück. Der Bus war nur halb voll, als er abfuhr.

Elliott hoffte, sie würden beim Georgia Dome halten. Er wurde enttäuscht. Der Bus raste daran vorbei und fuhr auf derselben Strecke zurück, die er hierher genommen hatte.

Bevor er aus dem Haus gegangen war, hatte er seinem Sohn gesagt, er solle nicht in die nächsten Busse steigen – die Busse, die die symptomfreien Einwohner abholten. Ryan war Anästhesist, und Elliott vermutete, man würde ihn wegen seiner besonderen Befähigung verpflichten, bei der Ausführung des BioShield-Programms zu helfen.

Aber jetzt hatte sich alles geändert. Er musste dafür sorgen, dass sein Sohn in den Bus stieg – und dass sie ihn behielten.

Ryan war vielleicht ihre einzige Chance, an Rose heranzukommen.

Er überlegte, wie lang er weg gewesen war. Waren die Busse für die Gesunden schon eingetroffen? Wenn ja, dann war die Chance schon vertan.

In seiner Straße sprang er aus dem Bus und stürzte ins Haus, ohne die Nachbarn zu beachten, die ihn riefen und mit Fragen zu dem Ausbruch bombardierten.

Im Haus war es still. Der Fernseher lief nicht. Er durchsuchte das Erdgeschoss.

Leer.

Den ersten Stock.

Auch leer.

Er stürmte die ungestrichene Kellertreppe hinab. In der feuchten Dunkelheit suchte er nach dem Lichtschalter. Er drückte ihn.

Ryan, Sam und Adam saßen auf dem alten Sofa, das Elliott vor Jahren in den Keller gestellt hatte. Adam schlief auf dem Schoß seiner Mutter.

Ryan sah auf. »Dad.«

»Planänderung«, keuchte Elliott.

»Inwiefern?«

»Du musst in den Bus steigen, wenn er kommt.«

»Warum? Was ist …«

»Sie haben deine Mutter. Im Georgia Dome. Finde sie. Hol sie da raus.«

57

Desmond hatte jedes Zeitgefühl verloren. Der einzige Indikator für das Vergehen der Stunden war der wachsende Müllhaufen um die drei Programmierer – und auch der wurde ihm genommen, als eine Reinigungskraft mit einem Rollwagen kam und das Chaos beseitigte.

Er behielt sein Sportprogramm bei, zwang sich zu immer mehr Wiederholungen und wechselte die Übungen ab, um sich nicht zu überlasten. Seine Rippen schmerzten noch, aber so lernte er seine Grenzen und Schwachpunkte kennen. Er bereitete sich vor. Mehr konnte er nicht tun.

Jede Unterbrechung der Routine erregte Desmonds Aufmerksamkeit. Deshalb hielt er mitten in einem Liegestütz inne, als die große Blonde den Gang vor der Zelle entlangging, und drehte sich zu ihr um.

Sie blieb vor den drei Chaoten stehen und befragte sie. Die Worte aus ihrem Mund schienen sie anzugreifen wie ein Bienenschwarm. Sie schüttelten die Köpfe, warfen die Hände in die Luft, zeigten auf die Monitore und rechtfertigten sich. Auch sie wies auf die Bildschirme. War sie ihre Chefin? Eine Botin des Chefs (Conner, vermutete Desmond)?

Bevor sie ging, warf die Blonde ihm einen kurzen Blick zu, dessen Bedeutung er nicht verstand, als handelte es sich um eine Sprache, die er verlernt hatte.

Und schon war sie wieder verschwunden.

Avery stand in Conners Kabine und erstattete Bericht. Er unterbrach sie, indem er die Hand hob.

»Sagen Sie mir einfach, ob sie es hinkriegen.«

»Sie sagen, es ist wie eine Nadel im Heuhaufen.«

»Was ist mit den Apps, die die Firmen entwickelt haben, in die Desmond investiert hat?«

»Sie haben sie ausprobiert. Wenn es funktioniert, dann über eine verborgene Funktion. Sie sagen, die Freigabe der Erinnerungen könnte an einen bestimmten Ort oder Zeitpunkt geknüpft sein. Vielleicht kann man es nicht mal hacken, wenn es eine festverdrahtete Steuerung ist.«

Conner sah an die Decke.

»Was sollen wir jetzt machen?«

»Uns läuft die Zeit davon. Wir müssen was Neues probieren. Etwas Drastisches.«

»Und zwar?«

»Warten Sie's ab, Avery.«

Sie senkte den Blick. Leiser sagte sie: »Dr. Shaw ist infiziert.«

»Das weiß ich schon.«

»Mit dem Mandera-Stamm – nicht mit dem Vorläufer-Grippevirus.«

»Ich sagte, das weiß ich schon.«

»Sollen wir ihr das Heilmittel geben?«

»Nein. Solange sie infiziert ist, haben wir sie besser unter Kontrolle.«

TAG 9

3.800.000.000 Infizierte

620.000 Tote

58

Desmond lag auf dem Bett, um seinen Muskeln ein paar Minuten Ruhe zu gönnen. Er überlegte, was die neusten Entwicklungen zu bedeuten hatten.

Die drei Programmierer waren weg, der Klapptisch verlassen. Leere Dosen und Essenspackungen lagen dort, wo die Computer gestanden hatten.

Hatten sie aufgegeben? Er hoffte es.

Ein Knacken durchbrach die Stille. Eine Dichtung wurde geöffnet. Gummi strich über Stahl. Die Glasscheibe vor seiner Zelle glitt nach rechts, in die Badezimmerwand hinein.

Seine Zelle öffnete sich.

Desmond stürmte zu dem Spalt. Er schob einen Arm hindurch, dann die Schulter, wand sich zentimeterweise weiter. Schließlich war er frei und stand im Gang neben dem Klapptisch.

Am Ende des Gangs befand sich eine geschlossene Luke, deren Rad sich drehte. *Jemand kommt rein.*

Desmond sprang darauf zu.

Die Luke öffnete sich. Eine Pistole tauchte auf, dann ein dünner weißer Arm.

Desmond packte das Handgelenk, entriss dem Eindringling die Pistole und drehte ihm den Arm auf den Rücken, während er sich durch die Luke schob. Er schwenkte die Waffe schussbereit durch den Raum.

Die Pistole hatte einer Frau mit blondem Haar gehört. Er konnte ihr Gesicht nicht sehen, aber er ahnte, dass er sie kannte. Er konzentrierte sich auf den Raum. Ein langer Tisch mit vier Flachbildschirmen und Tastaturen, darunter die Computertower. Zwei uniformierte Soldaten reglos auf dem Boden. Kein Blut.

Die Frau rammte ihm den Ellbogen gegen die verletzten Rippen. Greller Schmerz durchfuhr ihn. Er ließ ihren Arm los. Ihr Knie traf seinen Oberarm, und die Pistole fiel ihm aus der Hand. Sie wirbelte herum und trat ihm hart gegen die Brust. Als er gegen die Wand prallte, zischte die Luft aus seiner Lunge. Keuchend sackte er zu Boden und hatte Mühe, nicht das Bewusstsein zu verlieren.

Sie schnappte sich die Pistole, schob sie in ihr Schulterholster, ging vor ihm in die Hocke und sah ihn mit ihren tiefgründigen grünen Augen an.

»Hey, du Genie. Ich bin diejenige, die dich rettet. Willst du gegen mich kämpfen, oder willst du hier raus?«

Desmond sah zu den Wachen. Sie waren bewusstlos, aber lebendig. Kleine Pfeile ragten aus ihrem Hals.

»Was ist jetzt, Des? Ich verschwinde, mit dir oder ohne dich.«

Er erinnerte sich an ihren Namen – Avery. Die Frau, die dafür gesorgt hatte, dass er ihre Unterhaltung mit den Programmierern mithören konnte. *Kann ich ihr trauen? Habe ich eine Wahl?*

»Wie?«, sagte er flach atmend.

Avery holte ein halbautomatisches Gewehr und einen Rucksack aus der Ecke des Raums. Aus dem Rucksack zog sie einen Haufen Kleider und zwei Nachtsichtgeräte.

»Zieh die Uniform an. Setz das Gerät auf. In zwanzig Sekunden fällt der Strom aus. Sieben Decks über uns steht ein Helikopter. Ich glaube, wir haben ungefähr drei Minuten, um hin zu kommen. Wenn wir bis dahin nicht dort sind, müssen wir uns den Weg freischießen.«

Desmond fühlte sich in die Enge gedrängt wie an dem Tag, als Dale Epply zu Orvilles Haus gekommen war. Damals hatte er um sein Leben kämpfen müssen und zum ersten Mal jemanden getötet.

Er traf eine Entscheidung: Er würde sich freikämpfen, wenn es sein musste. Er würde diese Leute aufhalten, selbst wenn es ihn das Leben kostete.

Er nahm die Kleider und zog sie an.

Eine Bewegung auf einem der Flachbildschirme erregte seine Aufmerksamkeit. Die Monitore zeigten Zellen wie die, in der er gesessen hatte. Drei waren leer. Eine besetzt. Eine Frau, ungefähr in seinem Alter, mit dunklem Haar. Ihre Haut war so hell und glatt wie Porzellan.

»Peyton Shaw«, flüsterte er.

Sie hatten sie also auch gefangen genommen. Ihre Telefonnummer war der einzige Hinweis, den er sich selbst in Berlin hinterlassen hatte. Sie hatte den Ausbruch in Kenia untersucht – den Ausbruch, den Conner ausgelöst hatte, angeblich mit Desmonds Hilfe. Irgendwie hing sie in der Sache drin. Vielleicht war sie sogar der Schlüssel, um das Ganze zu stoppen.

Desmond zeigte auf den Bildschirm. »Wir nehmen sie mit.«

»Nein. Auf keinen Fall.«

»Hör zu, Avery. Sie kommt mit.«

Avery schnaufte.

»Sie kommt mit uns.«

Sie schüttelte genervt den Kopf, aber zu Desmonds Erleichterung ging sie zu dem langen Tisch und tippte auf einer der Tastaturen. Auf dem Monitor sah er, wie die Glaswand von Peytons Zelle zur Seite glitt. Aber sie kam nur ungefähr fünfzehn Zentimeter weit, bevor der Strom ausfiel.

59

Peyton starrte ungläubig auf die sich öffnende Glaswand. Wollten sie sie verlegen? Oder kamen sie, um sie zu töten? Das war's – sie hatten das CDC-Passwort mithilfe der Drogen aus ihr herausgeholt. *Jetzt brauchen sie mich nicht mehr.*

Angst breitete sich in ihr aus. Aber ihre Wut bildete sofort ein Gegengewicht. Die beiden Gefühle rangen miteinander, während sie die Trennwand zur Seite gleiten sah.

Die Wut siegte. Wenn sie hier sterben würde, dann schreiend und tretend und um sich schlagend. Sie würde es ihnen nicht leicht machen.

Das Licht ging aus. In der Zelle wurde es dunkel und still wie in einem Isolationstank. Peyton erstarrte. Panik durchfuhr sie. *Wollen sie mich im Dunkeln töten? Ich muss in Bewegung bleiben.*

Peyton streckte die Hände aus, ertastete die Glaswand und folgte ihr bis zur Öffnung. Sie war nicht weit aufgeglitten, bevor der Strom ausfiel. Peyton schob den linken Arm und das linke Bein hindurch, blieb jedoch mit der Brust hängen. Sie drückte die Hand außen auf das Glas und versuchte, sich durchzuquetschen. Sie keuchte vor Anstrengung. Ihre Brust dehnte sich aus. Schmerz schoss durch die Stelle, wo die massive Scheibe gegen ihre Knochen drückte. Es war sinnlos. Sie würde es nicht schaffen.

Ein Geräusch: das Knirschen von Metall, dann das Dröhnen einer sich öffnenden Luke. Zwei weiße Strahlen fielen in den Gang und bewegten sich hin und her wie die Signale zweier Leuchttürme. Die Lichtkegel erfassten sie.

Erschrocken wand sie sich zurück in ihre Zelle. Aber dort gab es kein Versteck. Selbst das Bad war offen. In wenigen Sekunden würde sie sterben, davon war sie überzeugt.

Zwei Wachen rannten den Gang entlang. Helle LED-Lampen leuchteten an ihren Helmen. Sie schützte ihre Augen mit einer Hand vor dem Licht, sodass sie die Angreifer erkennen konnte. Die erste Wache war eine weiße Frau, aus deren Helm glattes blondes Haar quoll. Ihr Gesicht war schlank und markant, die Augen eindringlich. Oben an dem Helm hing ein Nachtsichtgerät. Die zweite Wache ...

Peyton erstarrte, als sie sein Gesicht sah. *Desmond Hughes.* Sein Anblick rief widersprüchliche Gefühle in ihr hervor, die sie lähmten.

Er kam zur Öffnung.

»Peyton, ich heiße Desmond Hughes. Ich habe angerufen, um dich zu warnen.«

In seiner Miene lag nicht die geringste Spur von Wiedererkennen. *Was geht hier vor? Warum tut er so, als würde er mich nicht kennen?* Bei seinem Anruf hatte er sich genauso benommen. Kurz darauf hatte sie von dem Ausbruch erfahren – einem Ausbruch, zu dem er laut Lucas Turner eine Verbindung hatte. Sein Name war in der Zelle in dem Stall ins Holz geritzt gewesen. Und jetzt war er gekleidet wie ein Wachmann und gab vor, sie nicht zu kennen. Warum? Gehörte das alles zu einem Plan? Instinktiv neigte sie dazu, das Spiel mitzuspielen und sich ebenfalls zu benehmen, als würde sie ihn nicht kennen. Sie spürte, dass es schlecht für sie wäre, ihren Entführern irgendwelche Informationen zu liefern.

»Ich erinnere mich. Was willst du?«

»Wir verschwinden von hier. Ich dachte, du wolltest vielleicht mitkommen.«

Peyton nickte zu dem Spalt. »Ich habe es versucht, aber ich passe nicht durch.«

Die Blonde legte den Kopf in den Nacken, sodass das Licht ihres Helms auf die Decke fiel. »Für so etwas haben wir keine Zeit, Des.«

Er drehte sich zu ihr und tauchte sie in weißes Licht. Sie blinzelte und hielt kurz seinem Blick stand, bevor sie sich geschlagen gab.

Desmond richtete den Lichtstrahl zur Seite. »Können wir es zerschießen, Avery?«, fragte er.

Die Frau schüttelte den Kopf.

Er streckte Peyton die Hand entgegen. »Dann ziehe ich dich raus.«

Peyton zögerte. Sie konnte sich nicht vorstellen, dass es funktionieren würde. Aber Desmond winkte sie mit zuversichtlicher Miene zu sich.

Was habe ich schon zu verlieren?

Sie trat vor die Öffnung, und Desmond packte mit einer Hand ihren Bizeps, mit der anderen ihren Unterarm. »Wir müssen uns beeilen. Es ist die einzige Möglichkeit.« Leiser fügte er hinzu. »Es wird wehtun.«

Sie versuchte, einen tapferen Eindruck zu machen. »Weiß ich. Bringen wir es hinter uns.«

Er stemmte einen Fuß gegen die Scheibe, lehnte sich zurück und zog.

Peyton schloss die Augen, als der Schmerz einsetzte. Schmerz in der Brust, als das Glas über ihre Rippen schabte. Schmerz in der Achselhöhle, als Desmond zog, bis sie dachte, er würde ihr den Arm ausreißen.

Und dann taumelte sie heraus und fiel auf Desmond. Ihre Gesichter berührten sich, aber er reagierte schnell und fing sie auf, bevor sie auf den Boden schlug.

»Alles in Ordnung?«

»Ja.« Bei jedem Atemzug tat ihre zerschrammte Brust weh.

Avery führte sie von der Zelle fort. »Wir müssen uns beeilen.«

Hinter der Luke am Ende des Gangs ertönten Schritte. Avery und Desmond klappten schnell ihre Nachtsichtgeräte herunter und schalteten die Helmlampen aus.

»Bleib hier«, flüsterte Desmond dicht neben ihr in der Dunkelheit.

Instinktiv ging Peyton in die Hocke, um ein kleineres Ziel abzugeben, und kroch zur Wand. Ihre Augen gewöhnten sich allmählich an die Dunkelheit. Durch die halb geöffnete Luke sah sie Lichtstrahlen, die den Raum dahinter durchkreuzten. Ihre Brust schmerzte, als ihr Herz wild zu pochen begann, weil sie wusste, dass diese Leute sie suchten und wahrscheinlich schießen würden, wenn sie sie entdeckten.

Desmond und Avery liefen durch die Luke. Es ploppte fünfmal leise – schallgedämpfte Schüsse. Avery rief, kaum lauter als ein Flüstern, in den dunklen Gang: »Alles klar. Komm.«

Peyton blieb am Durchgang stehen. Desmond und Avery hatten ihre Helmlampen eingeschaltet. Strahlen von drei weiteren Helmen fielen auf Decke, Wand und Boden. Blut floss aus den Wunden an Kopf und Brust der Soldaten und bildete eine Lache, deren Ausläufer sich Peyton näherten.

Die Schüsse erinnerten sie an Hannah, an das Blut, das in dem SUV in Kenia aus ihrer Wunde geströmt war.

Avery bückte sich über einen Rucksack in der Ecke. Ihr Gesicht lag im Schatten, aber Peyton bemerkte, dass sich darin kein Bedauern abzeichnete, nur kalte Konzentration. Sie sah eine Frau, die schon öfter getötet hatte und der es nichts ausmachte.

Avery griff in den Rucksack, zog ein Handy heraus und tippte auf das Display.

»Was machst du?« Desmond klang beunruhigt.

»Notfallplan«, murmelte sie. »Ich habe doch gesagt, dass wir schon hier raus sein müssten. Wir haben keine Zeit mehr. Wir brauchen eine Ablenkung.«

Explosionen erschütterten das Schiff.

»Was war das?«, fragte Desmond.

»Das Geräusch, das uns fünf Minuten Aufschub bringt, um dieses Schiff zu verlassen.«

»Wie?«

»Löcher im Rumpf«, sagte Avery. »Es sinkt.« Sie ging zur nächsten Luke. »Schieß auf alles, was sich bewegt, Des. Zögere nicht.«

»Wartet«, sagte Peyton. »Sie halten meine Kollegin gefangen, Hannah Watson.«

Avery warf Desmond einen Blick zu, der wohl bedeuten sollte: *Bring sie zum Schweigen.*

»Lebt sie noch?«, fragte Peyton und sah zwischen den beiden hin und her.

Desmond blickte Avery an, die nichts sagte.

»Also?« Peyton trat einen Schritt auf die Blonde zu.

»Ich weiß es nicht. Sie ist auf der Krankenstation.«

Also hatte McClain seine Drohung nicht wahrgemacht. Sie hatten die Operation zu Ende durchgeführt. Wenn das Schiff sank, wäre das Hannahs sicherer Tod.

»Wir müssen sie mitnehmen«, sagte Peyton.

»Unmöglich«, sagte Avery schnell. »Auf keinen Fall. Ich bin nicht mal sicher, ob *wir* es rausschaffen.«

Peyton warf Desmond einen flehenden Blick zu.

Er sah Avery an.

»Wenn wir das tun, sind wir tot, Des. Das ist mein Ernst.«

»Wir versuchen es, auch wenn wir dabei draufgehen. Wir lassen niemanden zurück.«

60

Desmonds Herz wummerte in seiner Brust und seinen Ohren wie ein Lastwagen, der über einen Bahnübergang fuhr. Er umklammerte das Gewehr und machte sich bereit.

Durch das Nachtsichtgerät schimmerte der enge Gang in grünem Licht. Avery ging einen Schritt vor ihm, nach rechts versetzt, damit er freies Schussfeld hatte, falls sie auf Widerstand trafen.

Peyton hielt sich an seinem Hosenbund fest; er zog sie hinter sich durch die Dunkelheit. Hin und wieder, wenn er stehen blieb oder die Richtung änderte, stieß sie gegen ihn und murmelte eine Entschuldigung.

Stiefel polterten durch die Decks über und unter ihnen. Gedämpfte Stimmen hallten geisterhaft durch die Dunkelheit und schienen sich zu nähern.

»Was ist da los?«, fragte Desmond.

»Chaos. Befehlsverweigerung«, sagte Avery. Er wusste, dass sie über ihren Ohrhörer den Funkverkehr auf dem Schiff abhörte. »Conner hat befohlen, uns zu suchen. Aber die meisten rennen zu den Rettungsbooten.«

Das verschaffte ihnen etwas Luft. Vielleicht hatten sie eine Chance.

Avery ging vor einer Luke in die Hocke. Sie schob ihr Nachtsichtgerät hoch, und Desmond folgte ihrem Beispiel.

»Wenn wir reingehen«, sagte sie, »haltet euch am Rand. Lauft schnell.«

Sie öffnete langsam die Luke. Licht fiel heraus. Dieser Abschnitt hatte Strom. Eine Notbatterie? Generatoren?

Avery stieg durch die Luke und stürmte nach rechts. Aber Desmond blieb beim Anblick des riesigen Raums unwillkürlich stehen. Er war so lang wie ein Footballfeld, fast halb so breit und zehn Meter hoch. Plastikplanen trennten Reihen von Waben ab, die wie Lampions in weichem gelbem Licht erstrahlten.

In jeder Wabe stand ein Krankenhausbett, in den meisten davon lag ein regloser Patient. Leises Piepsen drang aus dem Inneren, eine unrhythmische Symphonie des Todes, die in dem gewaltigen Raum widerhallte. Im Mittelgang stand ein Wagen mit Leichensäcken.

Desmond hatte diesen Ort schon einmal gesehen. Es war der Ort, an den er sich erinnert hatte. Damals hatte er gedacht, es wäre ein Lagerhaus; jetzt kannte er die Wahrheit.

Das Schiff war ein schwimmendes Krankenhaus, ein Labor, in dem Experimente durchgeführt wurden. Es eignete sich perfekt. Die Versuchspersonen hatten keine Chance zu entkommen. Wahrscheinlich wurden sie in Frachtcontainern an Bord gebracht und wieder ausgeladen. Hatten sie schutzlose Menschen überall auf der Welt eingesammelt? Sie benutzt und anschließend beseitigt? Es war eine schreckliche Vorstellung.

Peyton stand neben ihm und starrte entsetzt auf die Waben.

Zwei kaum hörbare Schnalzlaute von rechts erregten Desmonds Aufmerksamkeit. Avery winkte ihm. In ihrer Miene stand geschrieben: *Komm endlich, du Idiot.* Er schien ihre Gedanken lesen zu können, und sie die seinen. Er fragte sich, wie lang sie sich schon kannten. Und was für eine Beziehung sie zueinander hatten.

Er schloss zu ihr auf und packte sie an der Schulter.

»Gibt es ein Heilmittel auf dem Schiff?«, flüsterte er.

»Was?«

»Für die Seuche in Afrika.«

Avery wirkte genervt. »Nein, Des. Erinnerst du dich nicht?«

Er sah sie verwirrt an.

»Sie testen hier etwas anderes. Es ... vergiss es. Wir müssen uns beeilen.«

Etwas anderes. Desmond fragte sich, was das zu bedeuten hatte.

Er folgte Avery um die äußere Reihe herum. Am anderen Ende des Raums öffnete sie eine Luke und stieg in einen Gang, der – offenbar von einer Notbeleuchtung – schwach erhellt war. Die ganze medizinische Abteilung schien über eine eigene Notstromversorgung zu verfügen. Durch Glasscheiben in einer Wand sah man unordentliche Operationssäle. Von den Tischen tropfte Blut auf den Boden. Blutige Wundklammern, Klemmen, Pinzetten und Skalpelle lagen herum.

In der gegenüberliegenden Wand befanden sich mehrere Türen. Avery ging schnell von einer zur anderen und öffnete sie mit dem Gewehr im Anschlag. Desmond schwenkte seine Waffe hin und her und deckte ihren Vormarsch. Peyton hielt sich dicht hinter ihm.

»Gefunden«, rief Avery.

Peyton stürmte in das Zimmer.

Hannah lag mit geschlossenen Augen in einem Krankenhausbett, und ihr erdbeerblondes Haar ergoss sich über das weiße Kissen. In ihrer Hand steckte eine Infusionsnadel, von der ein Schlauch zu einem neben ihr hängenden durchsichtigen Plastikbeutel führte. Ein Monitor zeigte ihre Vitalfunktionen.

Peyton schob die Augenlider der jungen Frau hoch. »Sie ist sediert.« Sie begann, den Tropf zu lösen. »Ich trage sie.«

»Das geht nicht«, sagte Avery entschieden.

Peyton hielt inne. »Ich trage sie.«

»Wir müssen sieben Treppen hoch – während wir kämpfen. Du kannst nicht so viel Ballast mitschleppen.«

»Ich ...«, begann Desmond, aber Avery warf ihm einen scharfen Blick zu.

»Nein. Du musst kämpfen. Das Treppenhaus ist bestimmt voller Leute. Und das Deck auch.«

Desmond wusste, dass es dieses Mal nichts zu verhandeln gab. Und dass Avery recht hatte.

Zu Peyton sagte Avery: »Entweder weckst du sie auf, damit sie laufen kann, oder du lässt sie hier. Deine Entscheidung.«

Peyton sah zu Desmond. Er nickte nachdrücklich. *Entscheide dich.*

Peyton blickte kurz auf den Monitor, dann warf sie einen Blick auf das Fußende des Betts und begann, die Schubladen des Rollwagens zu durchwühlen.

»Was suchst du?«, fragte Avery.

»Den Behandlungsplan. Ich muss wissen, was sie ihr gegeben haben. Und in welcher Dosierung.«

»Die Pläne sind elektronisch«, sagte Avery. Sie packte Peyton an den Schultern. »Wenn du sie aufwecken willst, musst du es *sofort* machen. Klar?«

Peyton stieß den Atem aus. Ihre Hände und Augen waren ruhig und verrieten keine Nervosität, aber Desmond spürte ihre Angst. Als würde er sie gut kennen und könnte die Gefühle wahrnehmen, die einem Fremden verborgen blieben. Er hätte die Last gern von ihren Schultern genommen, aber er konnte nur zusehen. Von dem, was sie als Nächstes tat, hing Hannahs Leben ab. Wenn sie sie zu schnell aufweckte, könnte es tödlich enden.

Peyton öffnete Schubladen, las die Beschriftungen auf Ampullen und warf sie wieder zurück, bis sie gefunden hatte, was sie brauchte. Sie zog eine Spritze auf und stach in den Infusionsschlauch. Langsam und ohne Hannah aus den Augen zu lassen, injizierte sie das Mittel. Mit einer Hand kontrollierte sie ihren Puls.

Hinter der Tür hallten Schritte über den Gang.

Avery erstarrte.

Desmond drehte sich um.

Hannah bewegte sich, holte Luft und stieß ein lautes Stöhnen aus.

Die Schritte endeten.

Avery trat in die Ecke hinter der Tür und winkte Desmond zu sich. Peyton duckte sich hinter dem Bett.

Desmond hörte, wie Männer sich im Gang auf Deutsch unterhielten. Es ging um die Entnahme von Proben.

Hannah schlug die Lider auf. Als sie Desmond und Avery sah, die wie ihre Entführer gekleidet und bewaffnet waren, weiteten sich ihre Augen.

Sie öffnete den Mund, um zu schreien, aber Peyton sprang auf, drückte ihr eine Hand auf den Mund und legte sich selbst den Zeigefinger an die Lippen.

Das sich beschleunigende Piepsen des Pulsmessers war das einzige Geräusch im Zimmer. Desmond spürte, wie seine Hände zu schwitzen begannen.

Auf dem Gang waren wieder Schritte zu hören. Sie entfernten sich – nur eine Person kam auf sie zu.

Avery bedeutete Hannah, aus dem Bett zu steigen. Peyton löste den Tropf und zog Hannah neben sich auf den Boden.

Avery ließ ihr Gewehr los, sodass es an dem Riemen von ihrer Schulter hing. *Was macht sie?*, fragte sich Desmond.

In diesem Moment lösten sich die Kabel, die Hannah mit dem Monitor verbanden. Das Piepsen wurde zu einem durchdringenden Warnton, während die Tür sich einen Spalt weit öffnete und der Lauf eines halbautomatischen Gewehrs hindurchgeschoben wurde.

Avery zog ein schwarzes Kampfmesser mit feststehender Klinge aus einer Scheide an ihrem Bein. Es war ungefähr zwanzig Zentimeter lang und hatte einen Gummigriff. Sobald der Mann seinen Kopf ins Zimmer streckte, sprang sie nach vorn und bohrte ihm die Klinge in den Hals.

Er stieß ein Gurgeln aus und riss ungläubig die Augen auf, während sie ihn zu Boden gleiten ließ. Avery hatte ihm mit einem präzisen, tödlichen Stich Luftröhre und Rückgrat durchtrennt.

Desmond war beeindruckt von ihrem Geschick und ihrer Selbstsicherheit. Nahezu lautlos zog sie den Mann von der Tür fort und griff wieder zu ihrem Gewehr.

Die anderen Schritte entfernten sich weiter und wurden immer leiser.

Avery zog mit einem widerlichen Geräusch die Klinge aus dem Hals des Manns, wischte sie an seiner Brust ab und schob sie zurück in die Scheide. Geduckt zog sie sich weiter ins Zimmer zurück.

»Los geht's«, flüsterte sie Peyton und Hannah zu. An Desmond gerichtet sagte sie: »Ich gehe vor, dann kommen die beiden und zum Schluss du. Pass auf, dass sie nicht zurückfallen.«

Eine Sekunde später trat Avery aus der Tür. Peyton schlang sich Hannahs unverletzten Arm um die Schultern und zog sie hoch. Die beiden Frauen starrten mit offenem Mund den toten Mann an, gingen aber weiter.

Desmond hielt Wache, während sie hinter Avery zum Treppenhaus liefen, in dem ebenfalls die Notbeleuchtung brannte.

Avery blieb auf dem Absatz stehen und lauschte.

Stimmen hallten über und unter ihnen von den Metallwänden wider. Desmond hätte nicht sagen können, ob es zwanzig oder hundert Leute waren, aber er wusste, dass es zu viele waren, um sich vorbeizuschleichen oder mit ihnen zu kämpfen.

Avery stellte ihren Rucksack ab, zog eine Gasmaske heraus und reichte sie Desmond.

»Setz die auf. Bleib hier, dann tu, was ich sage.«

Sie rannte die Treppe hoch. Aber es kam kein Gas. Niemand schoss. Er hörte Averys Stimme laut und herrisch durch das Treppenhaus dröhnen.

»Corporal. Ich habe die Gefangenen in Gewahrsam. Ich brauche Ihre Hilfe, um sie zu sichern.«

61

In Peytons Miene zeichnete sich ab, was auch Desmond befürchtete: *Sie hat uns verraten.* Er hegte diese Ahnung schon, seit Avery ihn aus seiner Zelle befreit hatte. Für wen arbeitete sie? Was hatte sie vor? *Warum* hatte sie sie befreit?

Oben stritt Avery mit einem Mann.

»Das *sind* McClains Befehle. Das ist Ihr Problem. Gehen Sie mir einfach aus dem Weg.«

Weitere Diskussionen, dann beugte sich Avery über das Geländer und rief: »Johnson, bringen Sie sie rauf.«

Sie kam ein paar Stufen herunter. »Johnson, schieben Sie Ihren Arsch hier rauf und bringen Sie die Frauen mit. Wir sind bereit.«

Endlich verstand Desmond ihren Plan – einen brillanten Plan. Er sah Peyton an, dass sie es auch begriffen hatte.

Mit der Gasmaske auf dem Gesicht bedeutete er den beiden Ärztinnen vorzugehen.

Im Patientenzimmer hatte sich Desmond Sorgen gemacht, ob Hannah es die Treppe hinaufschaffen würde. Jetzt stellte er erleichtert fest, dass sie mit Peyton Schritt hielt. Sie schien immer sicherer auf den Beinen zu werden, vielleicht weil die Betäubung nachließ.

Auf dem Absatz warteten zwei junge Soldaten, die ähnliche Uniformen trugen wie Avery und Desmond.

»Wo ist Hughes?«, fragte der eine.

»Hughes ist tot«, sagte Avery trocken.

Sie rissen die Augen auf.

»Bewegung, sonst ergeht es uns genauso.«

Die beiden Männer rannten die Treppe hoch.

Avery folgte ihnen mit den beiden Frauen im Schlepptau, und Desmond bildete wieder die Nachhut.

Einer der beiden Soldaten wartete auf dem nächsten Absatz auf sie und stieß andere Soldaten und zwei Zivilisten aus dem Weg.

»Zurückbleiben – Befehl von McClain.«

Sobald sie den Absatz passiert hatten, lief er die Treppe hinauf und überholte sie.

Sein Kamerad stand auf dem nächsten Absatz und schaffte auf ähnliche Weise freie Bahn.

Es funktionierte. Sie würden es hinausschaffen.

Die nächste Treppe überwanden sie ohne Schwierigkeiten. Die übernächste auch. Aber die Menge wurde immer dichter. Es waren überwiegend Zivilisten, die das Oberdeck erreichen wollten.

Avery erhöhte das Tempo. Desmond musste Peyton und Hannah antreiben. Die beiden Frauen keuchten und zogen sich mit einer Hand am Geländer hoch. Aus dem Verband um Hannahs Schulter sickerte Blut. Tränen rannen über ihre Wangen, als sie versuchte, tief Luft zu holen. Desmond konnte sich vorstellen, wie schmerzhaft das Atmen für sie war.

Als sie den nächsten Absatz erreichten, trat ein großer Mann ins Treppenhaus und rief: »Avery! Bleib, wo du bist.«

Sie zeigte auf ihn und brüllte zurück. »Verräter! Meuterer!«

Die uniformierten Wachen um ihn herum wirkten verwirrt. Der Mann hob seine Pistole, aber Avery war schneller. Ihr Schuss traf ihn mitten in der Brust und warf ihn zurück in die auseinanderlaufende Menge. Leute schrien und rannten in den Gang oder die Treppe hoch, nur die vier Soldaten, die zu ihm gehörten, hielten die Stellung.

Sie hoben die Gewehre und zielten auf Avery. Aber der Corporal, den sie zur Hilfe verpflichtet hatte, stellte sich vor sie und richtete sein Gewehr auf die vier Soldaten.

»Waffen runter, sofort«, sagte er.

»Sie lügt«, sagte einer der Soldaten. »Sie will die Gefangenen befreien.«

Der Corporal zögerte und sah sich zu Avery um. Es war ein tödlicher Fehler. Einer der Männer schoss ihm in die Brust. Er taumelte zurück, fiel über das Geländer und überschlug sich, bevor er einen Absatz tiefer aufprallte.

Avery schoss.

Zwei Soldaten gingen zu Boden, dann der dritte. Der letzte Mann zog sich aus dem Treppenhaus zurück.

Avery lief jetzt noch schneller. Während sie an den gefallenen Soldaten vorbeistürmte, rief sie nach oben: »Geben Sie uns Deckung, Sergeant!« Der Sergeant spähte über das Geländer. Er wirkte unentschlossen, nickte jedoch.

Die vier rannten die jetzt leere Treppe hinauf. Sie waren ungeschützt. Desmond beschleunigte.

Avery erreichte den Absatz zuerst. Sonnenlicht fiel durch die offene Luke. Dahinter lag die Freiheit. *Oder der Tod*, dachte Desmond. Alle vier drückten sich an die Wand, um draußen niemandem ein Ziel zu bieten.

»Gut gemacht, Sergeant«, sagte Avery. »Gehen Sie einen Absatz tiefer in Stellung und halten Sie uns den Rücken frei.«

Der Mann ging wortlos davon. Als er außer Sicht war, setzte Avery den Rucksack ab und zog einen runden Spiegel mit langem Griff heraus. Sie streckte ihn so weit aus der Luke, dass sie sehen konnte, was sich draußen abspielte.

Der Anblick schien ihr nicht zu gefallen.

Sie zog den Spiegel zurück und nahm drei Handgranaten sowie zwei längliche Gegenstände aus dem Rucksack.

»Der Hubschrauber steht auf einer Plattform auf zehn Uhr. Er ist gut bewacht. Sie beladen die Rettungsboote auf der anderen Seite des Schiffs.« Sie sah Desmond an. »Das wird hässlich. Ich brauche deine Hilfe.«

Desmond wusste, um was sie ihn bat. Seine Antwort klang selbstbewusster, als er sich fühlte. »Verstehe.«

Sie warf zwei Granaten durch die Luke, dann die beiden länglichen Gegenstände. Explosionen erschütterten das Deck und schickten eine Hitzewelle durch die geborstene Luke.

»Los«, sagte Avery und lief in die Rauchwolke hinaus. Peyton und Hannah blieben dicht hinter ihr, dann folgte Desmond.

Sofort brach ein Feuergefecht aus. Desmond hörte, wie Avery schoss, aber er sah nur ihren Rücken, nicht worauf sie zielte. Der Wind peitschte den Rauch umher, wie ein Wirbelsturm in der Prärie, der noch seine Richtung suchte.

Ein Geschoss zischte an Desmonds Kopf vorbei. Er versuchte vergeblich, den Schützen auszumachen. Um ihn herum herrschte Chaos. Durch Lücken im Rauch sah er Menschen, die schreiend zu den Rettungsbooten liefen, die meisten in Schwimmwesten.

Der Wind wehte den Rauch einen Moment lang zur Seite, als würde ein Vorhang aufgezogen, und Desmond sah den Hubschrauber direkt vor sich. Avery hatte einen Vorsprung vor Hannah und Peyton, die rannten, so schnell sie konnten. Die letzten beiden Wachen neben dem Helikopter gingen zu Boden, als Avery schoss. Sie kletterte ins Cockpit, und wenige Sekunden später sprang Peyton hinein und zog Hannah hinterher.

Desmond wirbelte herum, um ihnen Deckung zu geben, während die Triebwerke starteten. Es kam ihm wie eine Ewigkeit vor, bis die Rotoren sich zu drehen begannen und ihr Wind gegen seinen Rücken wehte, den Rauch vertrieb und das Blutbad preisgab: überall verwundete und tote Soldaten.

Desmond schluckte, weil er wusste, was als Nächstes geschehen könnte. Der Kolben des Gewehrs ruhte an seiner Schulter, sein Finger auf dem Abzug.

Er wartete verzweifelt darauf, dass Avery ihn rief.

Eine Gestalt stürmte durch die Luke aus dem Treppenhaus. Desmond blieb eine halbe Sekunde, um den Mann anzusehen. Schwarze Kampfausrüstung. Gewehr im Anschlag. Einen Augenblick schien er vom Sonnenlicht geblendet.

Desmond drückte ab.

Der erste Schuss ging daneben. Der zweite erwischte den Mann an der Schulter. Der dritte tötete ihn.

Desmond wartete auf ein Gefühl, das sich nicht einstellte. Er empfand nur kalte Konzentration.

Durch das Brüllen der Rotoren hörte er, wie Avery ihn rief.

Sobald er die Füße auf die Kufen des Hubschraubers gestellt hatte, hob er ab.

Peyton streckte ihm die Hand entgegen und zog ihn hinein. Während sie davonflogen, beobachtete er aus der offenen Tür das sinkende brennende Frachtschiff.

Schnell musterte er Peyton. Es ging ihr gut. Von der jüngeren Frau konnte man das nicht behaupten. Die Anstrengung und der Blutdruckanstieg hatten ihr schwer zugesetzt. Aus der Wunde sickerte dunkles Blut. Sie war schweißnass. Und blass. Zu blass.

Peyton beugte sich zu ihm. Ihre Lippen berührten sein Ohr, und sie sprach gerade laut genug, damit er sie durch den Rotorenlärm hören konnte.

»Hilf mir, einen Verbandskasten zu suchen. Schnell. Sie verblutet.«

62

Von einem Beiboot aus beobachtete Conner, wie die *Kentaro Maru* im Indischen Ozean versank. Mit jeder Sekunde verschlang die See das rauchende Wrack weiter. Im Gegensatz zur *Beagle* würde es niemals gefunden werden, davon war er überzeugt.

»Hughes hatte Hilfe«, sagte der Kapitän.

»Brillante Schlussfolgerung«, grummelte Conner.

»Sollen wir ...«

»Ich kümmere mich darum. Ich habe alles unter Kontrolle.«

Desmond hatte Peyton geholfen, als sie Hannahs Schulterwunde nähte. Sie hatte ruhig und konzentriert gearbeitet und keine einzige Sekunde verschwendet.

Desmond zweifelte nicht, dass sie der jungen Frau soeben das Leben gerettet hatte. Hannah war jetzt extrem blass, ihr Gesicht ausgemergelt. Eine Blutlache bedeckte den Boden des Hubschraubers. Mull und leere Schachteln ragten daraus hervor wie Vulkaninseln aus einem roten Meer.

Peyton ließ sich auf den Po sinken. Sie atmete tief aus, und sämtliche Energie schien aus ihr herauszuströmen. Desmond hätte es nicht gewundert, wenn sie auch das Bewusstsein verloren hätte. Es musste eine unglaubliche Belastung gewesen sein, das Leben einer Freundin und Kollegin in den Händen zu halten und zu wissen, dass jeder Fehler tödlich enden konnte.

Sie sah Desmond skeptisch an. Dann beugte sie sich zu ihm, bis ihre Lippen nur noch Zentimeter von seinem Ohr entfernt waren, und sprach so leise, dass Avery sie auf dem Pilotensitz nicht hören konnte. »Was geht hier vor, Des?«

Der Tonfall war anders als auf dem Schiff. Irgendwie ... sanfter und vertrauter.

»Was meinst du?«

»Warum tust du so, als würdest du mich nicht kennen?«

Seine Augen weiteten sich. Es stimmte also. Sie kannten sich tatsächlich. Schnell erzählte er ihr, dass er in Berlin aufgewacht war, ohne sich zu erinnern, wie er dort gelandet war.

»Wir müssen reden«, sagte sie. »Es gibt etwas, das du wissen musst. Aber zuerst ...« Sie sah sich um, fand das Headset, das von der Decke hing, und setzte es auf.

»Avery.« Peytons Stimme klang wieder fest, fast gebieterisch. »Hannah muss ins Krankenhaus. Sie hat zu viel Blut verloren.«

Avery sah sich zu ihr um.

Desmond ahnte, dass sich eine weitere Auseinandersetzung zwischen den beiden anbahnte. Um diese zu vermeiden, fragte er Avery, wo sie sich befanden.

»Vor der kenianischen Küste, in der Nähe der Grenze zu Tansania.«

»Wie ist der Plan?«

»Hilfe rufen«, sagte sie nur. Desmond spürte, dass sie es nicht weiter ausführen wollte – vielleicht weil ihre vorigen Pläne von ihren Passagieren infrage gestellt und gründlich geändert worden waren.

»Wohin fliegen wir?«, fragte Peyton.

»Nach Mombasa.«

Peyton kniff die Augen zusammen. »In Mombasa gibt es keine amerikanische Botschaft. Das weiß ich aus dem CDC-Briefing. *Kein* westliches Land hat eine Botschaft oder ein Konsulat in der Stadt. Es ist zu gefährlich; schon vor Jahren wurden alle abgezogen.«

Nach einem Moment sagte Avery: »Am Busbahnhof gibt es ein Schließfach, in dem ein Einsatzkoffer liegt.«

»Was bringt uns das?«, fragte Desmond.

»Da ist ein Satellitentelefon drin. Ich rufe meinen Agentenführer an. Er wird uns rausschleusen.«

Ihren Agentenführer?, dachte Desmond.

Peyton sah sie prüfend an. Sie schien ihr nicht zu trauen.

»Hast du kein Satellitentelefon dabei?«, fragte sie.

»Ich habe keins in die Finger gekriegt«, sagte Avery. »Auf dem Schiff herrschte Kommunikationsverbot.« Sie zeigte auf Desmond. »Du hast ja gesehen, wie hoch die Sicherheitsmaßnahmen selbst bei Handys waren – sie wurden unter Verschluss gehalten. Außerdem hätten wir geortet werden können, wenn ich ein Satellitentelefon vom Schiff mitgenommen hätte.«

»Angenommen, wir schaffen es zum Schließfach und nehmen Kontakt auf, wie kommen wir dann aus Mombasa raus?«, fragte Desmond.

»Es gibt da einen kenianischen Marinestützpunkt und einen großen Flughafen.«

»Und einige gute Krankenhäuser«, sagte Peyton. »Das Aga Khan Hospital wäre meine erste Wahl.«

Avery schüttelte den Kopf. »Ich habe den anderen Hubschrauber auf der *Kentaro Maru* unbrauchbar gemacht, aber Conner McClain ist schlau, und er weiß, dass wir eine Verwundete an Bord haben. Mittlerweile hat er schon jeden korrupten Polizisten, Söldner und Kopfgeldjäger in Mombasa und allen anderen Küstenstädten angeheuert, um uns zu suchen. Und als Erstes werden sie die Krankenhäuser und Flughäfen überprüfen.«

Peyton wollte ihr gerade widersprechen, als sie alle von der Rauchwolke am Horizont abgelenkt wurden.

Mombasa brannte.

63

Die Rauchschwaden über Mombasa waren so dicht, dass sie die Stadt nicht sehen konnten. Nach kurzer Diskussion einigten sich Desmond, Peyton und Avery, dass dort trotzdem die Chance am größten sei, Hilfe zu bekommen und Kenia verlassen zu können.

Desmond ließ sich gegen die Rückwand des Helikopters sinken und schloss die Augen. Der Anblick der Küstenstadt erinnerte ihn an einen anderen Ort, der aus einem anderen Leben zu stammen schien. Und irgendwie erinnerte er ihn auch an Peyton, auch wenn es eher ein Gefühl als eine Erinnerung war. Sie zu sehen und zu berühren – im Helikopter und während der Flucht – war der Reiz, der eine weitere Erinnerung auslöste.

In der Nacht, als Desmond Dale Epplys Leiche außerhalb von Slaughterville beseitigte, überlegte er gründlich, wo er hingehen würde. Er zog drei Orte in Betracht: Seattle, New York und Silicon Valley. Bei seinen zahllosen Chats hatte er Gleichgesinnte auf der ganzen Welt kennengelernt, aber die meisten wohnten im Silicon Valley in Städten wie Menlo Park, Palo Alto, Mountain View und Sunnyvale. Er konnte kaum erwarten, dort hinzukommen und noch einmal von vorn anzufangen.

Tagsüber fuhr er, und nachts schlief er im Auto. Er hielt sich an die Geschwindigkeitsbegrenzungen und mied Hotels – er wollte keine Datenspur hinterlassen, falls jemand aus

Oklahoma nach ihm suchte. Dank der Hinterlassenschaft in Orvilles Tresor stellte Geld kein Problem dar.

Eines Morgens fuhr er durch Fremont und Newark, dann auf der Dumbarton Bridge über die San Francisco Bay und erreichte East Palo Alto.

Er fand einen kleinen Trailerpark am Bayshore Freeway und fragte herum, ob es etwas zu verkaufen gäbe. Ein paar Stunden später feilschte er mit einem bärtigen alten Mann, der Tabak kaute und Radio hörte, um einen abgenutzten Airstream-Wohnwagen. Der Mann behauptete, bei schlechter Gesundheit zu sein und bald – wie er es ausdrückte – beim Abdecker zu landen.

»Wollen Sie einen Mann auf dem Sterbebett bestehlen?«

Als Desmond schließlich einen halbwegs fairen Preis ausgehandelt hatte, legte er ihm die Hundert-Dollar-Scheine in die Hand – auf Wunsch des Manns einzeln und langsam, damit er laut mitzählen konnte. Der Alte wünschte ihm Glück und sagte, er solle den Wohnwagen gut pflegen. Dann ging er über die Straße und zog bei einer anderen Bewohnerin ein, mit der er, wie Desmond später erfuhr, ein Verhältnis hatte.

Desmond hängte den Airstream-Wohnwagen an seinen Pick-up und schleppte ihn zu dem kleinen Stellplatz, den er gemietet hatte. Dann rasierte und wusch er sich und frischte im örtlichen Lebensmittelladen seine Vorräte auf.

Sobald er den Computer auf dem Esstisch des Wohnwagens aufgebaut hatte, verband er ihn mit dem Internet und begann zu chatten. Glücklicherweise stellte der Trailerpark Telefonanschlüsse zur Verfügung, und er konnte sich über eine AOL-Nummer einwählen. Nach einer Stunde hatte er drei Termine für Vorstellungsgespräche bei vielversprechenden Internet-Start-ups.

Am nächsten Morgen machte ihm sein Erscheinungsbild Sorgen. Er wurde bald neunzehn und hatte den Großteil seines Lebens im Freien gearbeitet. Wind und Sonne hatten sein Gesicht altern lassen, aber nicht genug: Er sah immer noch wie ein Jugendlicher aus. Außerdem hatte er eine Statur wie ein Footballspieler, nicht wie ein Computerhacker. Er fürchtete, völlig fehl am Platze zu wirken und sofort abgelehnt zu werden.

Zum Ausgleich kaufte er sich einen dunklen Anzug, ein weißes Hemd und eine Krawatte. Der Verkäufer bei Macy's band sie ihm. Außerdem erwarb er schicke Schuhe, die sich seltsam an seinen Füßen anfühlten, nachdem er sein Leben lang Stahlkappenstiefel getragen hatte. Rasiert, geduscht und in dem neuen Anzug kam er sich vor wie ein Ölarbeiter, der zum Abschlussball ging. Er war noch immer nervös.

Auch seine Programmierfähigkeiten bereiteten ihm Kopfzerbrechen. Er hatte auf seiner kostenlosen GeoCities-Seite und einigen anderen Websites mit allen möglichen Programmiersprachen herumgespielt, aber er wusste nicht, welche Sprachen die Start-ups benutzten.

Die Bedenken bezüglich seines Erscheinungsbilds lösten sich beim ersten Vorstellungsgespräch in Luft auf. Man sah ihn kaum an. Alle trugen T-Shirts und Treckingsandalen.

In einem engen Besprechungsraum warf Neil Ellison, der technische Leiter der Firma, ein paar Blätter mit Programmierproblemen auf den Tisch. Sie waren in PERL geschrieben, einer Sprache, die er beherrschte.

»Wenn Sie sich mit PERL nicht auskennen, können Sie direkt wieder gehen.«

Desmond nahm den Stift und begann zu schreiben.

»Sagen Sie Bescheid, wenn Sie fertig sind.«

Desmond sah nicht auf. Eine Viertelstunde später ging er zu Ellison.

»Probleme?«

»Ich bin fertig.«

Der Mann sah auf das Blatt und wollte es schon wegwerfen, doch dann bemerkte er etwas, das ihn dazu brachte, es genau zu betrachten.

Ein anderer Programmierer sah ihm über die Schulter. »Das ist falsch«, sagte er herablassend.

»Nein«, sagte Ellison. »Die Lösung ist besser als deine.«

Ellison hob den Kopf.

»Wie war Ihr Name noch mal?«

Die nächsten beiden Vorstellungsgespräche verliefen ähnlich. Nur die Programmiersprachen änderten sich. Desmond löste Probleme in PHP, Javascript und Python. Am Nachmittag hatte er drei schriftliche Jobangebote. Seine erste Wahl war ein vielversprechendes Start-up namens xTV, aber er brauchte Hilfe: Er verstand nicht einmal die Hälfte dessen, was in dem Vertrag stand.

Er erkundigte sich nach einem guten Anwalt, und kurz darauf saß er im Büro von Wallace Sinclair. Als er die edle Einrichtung sah, machte er sich Sorgen um das Honorar.

Die größte Enttäuschung bei allen Stellenangeboten war, dass er nicht automatisch Aktien bekam, wenn er unterschrieb. Stattdessen boten die Firmen etwas, das sie Erdienungszeitraum nannten: Je länger er blieb, desto mehr Aktien würde er bekommen. Und es waren nicht einmal richtige Aktien, sondern Optionsscheine, die ihm garantierten, die Aktien zu einem festgelegten Preis erwerben zu können.

»Was habe ich davon?«, fragte Desmond.

»Wenn die Aktien steigen, haben Sie eine ganze Menge davon«, sagte Wallace. »Überlegen Sie mal. Wenn Sie die Option haben, eine Aktie für einen Dollar zu kaufen, und die Aktie wird für fünfzehn Dollar gehandelt, ist Ihre Option pro Aktie vierzehn Dollar wert.«

Das verstand Desmond.

»Und das Beste ist, Sie müssen keine Steuern auf Optionsscheine zahlen, vorausgesetzt der Preis unterscheidet sich nicht groß von dem der Aktie. Sie sind wertlos, bis die Aktien steigen und Sie sie einlösen.«

Außerdem enthielt der Vertrag eine Geheimhaltungsvereinbarung und ein Wettbewerbsverbot. Wallace erklärte ihm alles.

»Manchmal gibt es Rückforderungsklauseln oder eine Buyout-Vereinbarung«, sagte er. »Das ist hier nicht der Fall. Der Vertrag sieht ziemlich gut aus. Ich würde ihn unterschreiben.«

Desmond bedankte sich und bat den Anwalt, ihm die Rechnung zu schicken. Er schrieb seine Adresse in dem Trailerpark auf.

Wallace sah auf den Zettel und sagte: »Vergessen Sie es, Desmond. Denken Sie einfach an mich, wenn Sie eine Firma gründen oder mehr für mich zu tun haben.«

Das gefiel Desmond. Es bedeutete, der Anwalt erkannte sein Potenzial und setzte darauf, dass er eines Tages ein größerer Fisch wäre.

Er rief noch am selben Abend bei xTV an und sagte, er könne am nächsten Morgen anfangen, wenn sie ihm mehr Optionsscheine und weniger Gehalt gaben. Er wollte nur genug, um davon leben zu können. Sie waren einverstanden.

Desmond gefiel das Leben als Mitarbeiter eines Start-ups. Seltsamerweise ähnelte es den Jobs auf den Ölfeldern: lange Arbeitszeiten, Deadlines, gestresste Leute, die sich mit Kaffee und Energiedrinks über Wasser hielten, und in regelmäßigen Abständen wilde Partys. Aber während er seine Freizeit mit Orville in verrufenen Spelunken verbracht hatte, fanden die Start-up-Partys in feinen Restaurants und Ballsälen von Hotels statt. Die Kosten überstiegen Desmonds Vorstellungsvermögen. Sie waren vielleicht das Einzige, worüber er sich bei der Firma Sorgen machte.

Und damit war er nicht allein. Die Angestellten in der Finanzabteilung waren besessen von der Cash-Burn-Rate – der Geschwindigkeit, mit der die finanziellen Mittel aufgebraucht wurden. Der CEO hingegen wirkte völlig unbekümmert.

An einem Freitagabend stand der visionäre Gründer in einem Ballsaal vor seinen Beschäftigten und verkündete, xTV habe soeben seinen millionsten Nutzer registriert.

Applaus brandete auf.

Er schritt mit dem Mikrofon in der Hand über die Bühne.

»Wir demokratisieren das Fernsehen. Mit den Videokameras, die wir zur Verfügung stellen, können unsere User aufnehmen, was die Zuschauer wirklich sehen wollen: das echte Leben. Und sie können das Material direkt auf die xTV-Website hochladen und Geld damit verdienen.«

Auf der Leinwand hinter ihm wurde eine Montage von Clips ohne Ton abgespielt.

»Wir haben einen Farmer in South Dakota, der den Leuten einen Blick in sein hartes Leben gewährt. Eine minderjährige Mutter in Atlanta, die nur mühsam über die Runden kommt. Einen Künstler in Brooklyn, der seine Bilder in der U-Bahn und in Cafés verkauft. Eine Sängerin in Seattle. Ein Wettangeln in Alabama. Ein Dragsterrennen in North Carolina. Einen Feuerwehrmann in Chicago.

Das ist das echte Leben. Das sind die Geschichten, nach denen wir lechzen.

Wenn schnellere Internetgeschwindigkeiten verfügbar werden, strömen mehr Zuschauer zu xTV und seinen bahnbrechenden Inhalten. Glaubt mir: Eines Tages ist das Kabelfernsehen Geschichte. Und das Satellitenfernsehen auch. Dann geht man in einen Elektronikmarkt und kauft einen internetfähigen Fernseher. Und man checkt jeden Abend xTV, um zu sehen, was los ist.

In wenigen Jahren werden wir größer sein als Viacom und Time Warner zusammen. *Wir* sind die Zukunft des Fernsehens. Wir ermöglichen echten Menschen, ihre Geschichten zu erzählen. Das ist unsere Mission.«

Desmond glaubte jedes Wort von dem, was der Mann erzählte. Und seine Kollegen auch. Wieder brach Applaus aus. Der Champagner floss, und bald schienen alle außer Desmond betrunken zu sein.

Einige Monate darauf war Desmond zu einer Halloweenparty bei einem der Programmierer eingeladen. Er hatte eigentlich nicht hingehen wollen, aber andererseits konnte es nicht schaden, einmal etwas anderes zu tun als zu arbeiten und zu schlafen. Man hatte ihm gesagt, es würden einige Arbeitskollegen kommen, aber vor allem Studenten und frisch Graduierte wie der Gastgeber.

Er überlegte, ob er sich verkleiden sollte oder nicht. Beides brachte Risiken mit sich. Desmond entschied sich für den Mittelweg. Er zog den schwarzen Anzug an, den er für das Vorstellungsgespräch erworben und nur einmal getragen hatte, und kaufte für fünf Dollar eine dunkle Perücke. In einem Schreibwarenladen besorgte er sich eine Plastikausweishülle mit Metallclip. Auf ein Blatt Papier schrieb er »FBI« und darunter »FOX MULDER, SPECIAL AGENT«.

Die Party fand in Palo Alto in einem Haus im Ranch-Stil aus den Siebzigern statt, das vier Programmierer gemietet hatten. Der Besitzer hatte es kaum modernisiert, und es erinnerte an das der Brady Family: dicker abgenutzter Teppich – in Orange –, moderne Architektur, ein offener Grundriss mit gewölbter Decke sowie große Fenster und Schiebetüren, die zu einem Pool führten, der seit Marcias Abschlussfeier nicht mehr gereinigt worden war.

Desmond war froh, dass er sich verkleidet hatte. Alle waren kostümiert. Die Gäste hatten kein Vermögen für ihre Verkleidung ausgegeben, aber man sah, dass sie viel Zeit und Mühe investiert hatten. Figuren aus *Star Wars* und *Star Trek* waren besonders häufig vertreten. Drei Prinzessin-Leia-Frisuren hüpften durch den Raum. Zwei Darth Vaders schlichen durch die Gegend und bauten sich in ihren glänzenden Kostümen aus Mülltüten drohend vor kleinen Gruppen auf. Es gab ein halbes Dutzend Luke Skywalkers. Data und Worf aus *Star Trek* waren jeweils dreimal zu Gast. Ein einsamer Lieutenant Commander Geordi La Forge trank ein Michelob Light. Sein Visor bestand aus einem umgestalteten Haarreif, und er erzählte einer jungen Frau, sie könne ihr Top ruhig ausziehen, da er mit seinem Visor sowieso durch Kleidung hindurchsehen könne. Als er die Flasche ansetzte, nahm sie sie ihm weg und murmelte beim Gehen: »Das hast du wohl nicht kommen sehen.«

An der Kücheninsel stand ein blasser weißer Junge, der eine Glatzenperücke und eine rote Uniform aus *Raumschiff Enterprise – Das nächste Jahrhundert* trug, neben dem Mixer und beaufsichtigte, welche Zutaten eingefüllt wurden. Als der Deckel geschlossen wurde, zeigte er darauf und sagte: »Energie.« Er strich seine Uniform glatt, wandte sich um und rief: »Sie haben die Brücke, Nummer eins.«

Es war nicht klar, mit wem er redete.

Einer der Darth Vaders rief einer Frau zu, die als Marge Simpson verkleidet war, sie solle ihm ein Bier mitbringen.

»Ich dachte, du fährst«, sagte sie.

Er hielt inne und sagte mit tiefer Stimme: »Eine kleine Änderung unserer Abmachung. Und beten Sie, dass ich nicht noch mehr Änderungen vornehme.«

Mehrere Trinkspiele waren im Gange. Es lief laute Musik (gerade waren Green Day zu hören). Vor beiden Badezimmern hatten sich im Flur Schlangen gebildet.

Desmond war froh, keinen anderen Fox Mulder zu sehen, aber es gab eine Scully. Ihre Verkleidung war ziemlich gut: ein schwarzer Hosenanzug und eine weiße Bluse, deren Kragen über dem Revers lag. Sie hatte ihren Ausweis mit dem Computer ausgedruckt; neben der blauen FBI-Aufschrift war sogar ein Foto von ihr. Die Perücke hatte den richtigen Rotton. Sie war knapp eins siebzig groß und schlank und hatte dunkle Augenbrauen und helle Haut. Ihre Augen waren ein wenig zu groß für ihr Gesicht. Desmond fand das attraktiv.

Sie stand bei einer Fünfergruppe und hielt einen roten Plastikbecher in der Hand, als einer der Luke Skywalkers zu ihr kam. Ein Darth Vader leistete ihm moralische Unterstützung.

Er sprach mit verstellter, nasaler Stimme.

»Entschuldigung, was heißt das?« Er zeigte auf ihr FBI-Schild. »Frau braucht irgendwen?«

Scully lächelte.

»Netter Versuch. Komm zurück, wenn du was Besseres auf Lager hast, Padawan.«

Skywalker sah zu Vader. »Die Macht ist stark in ihr.«

Das brachte Desmond zum Lachen. Armer Kerl.

Die beiden tauchten in der Menge unter, und Scully sah Desmond direkt an.

Er hatte unzählige Stunden in Bars verbracht und bestimmt zehntausendmal beobachtet, wie Männer Frauen ansprachen. Dabei hatte er zwei Dinge gelernt. Erstens, wenn man eine Frau sah, die einen interessierte, durfte man nicht zögern. Sobald der Augenkontakt stattfand, musste man zu ihr gehen. Warten schadete nur. Zweitens, Anmachsprüche waren überflüssig. Entweder war eine Frau interessiert oder nicht; sie wusste es normalerweise sofort. Sie entschied sich nicht für einen Mann, weil er einen guten Spruch aufsagte. Selbstvertrauen wirkte immer anziehend, und nichts drückte so viel Selbstvertrauen aus, wie *keinen* Spruch auf Lager zu haben.

Er wandte den Blick nicht ab, als er zu ihr ging.

»Hallo.«

»Hallo.«

»Ich bin Fox Mulder.«

Scully reichte ihm die Hand. Sie fühlte sich winzig in seiner eigenen an.

»Dana Scully.« Ihre Miene war stoisch. Desmond fand, dass sie die Figur gut imitierte. Sie würde garantiert auf ein Rollenspiel einsteigen.

»Ich weiß, warum Sie hier sind.«

»Ach ja?«

»Man hat Sie geschickt, um meine Arbeit zu widerlegen.«

»Was soll ich sagen, Mulder? Ich bin Wissenschaftlerin.«

»Sie wollen mir also nicht glauben?«

»In der Wissenschaft ist es irrelevant, was man glaubt. Entscheidend ist, ob man eine Hypothese beweisen kann.«

Sie klemmte sich eine rote Strähne hinters Ohr. Er konnte ihr dunkelbraunes Haar unter der Perücke erkennen.

»An welchem Fall arbeiten Sie gerade?«

Er seufzte theatralisch. »An einem sehr komplizierten. Es wurde von einem anomalen Menschen in der Gegend von Palo Alto berichtet.«

»Anomal?«

»Eine Frau, die nicht den Normen der menschlichen Spezies entspricht, Scully. Paranormale Intelligenz und Attraktivität. Extrem geistreich. Wir könnten es mit genetischer Manipulation zu tun haben. Vielleicht sind Außerirdische im Spiel.«

Sie fiel aus der Rolle und lachte kurz, dann machte sie wieder ein ernstes Gesicht. »Ungewöhnliche Behauptungen erfordern ungewöhnliche Beweise.«

»Ich habe vor Kurzem den Beweis erhalten.«

Eine ihrer Freundinnen, die wie Uma Thurman in *Pulp Fiction* gekleidet war, fasste sie am Arm. »Ah, hier bist du. Komm, wir gehen.« Sie war völlig betrunken.

»Ja, einen Moment noch«, sagte Scully schnell.

»Nein, komm! Paul und Ross sind schon weg. Komm schon.« Sie schleppte sie hinter sich her.

Scully drehte sich um. »Tut mir leid. Die Pflicht ruft.« Ein schüchternes Lächeln breitete sich auf ihren Lippen aus. »Viel Glück bei Ihrem Fall.«

Sie warf ihm einen letzten Blick zu, bevor ihre Freundin sie aus der Haustür zerrte.

In der Küche wartete Desmond, bis die frische Margarita im Mixer fertig war, dann fragte er den Gastgeber: »Wer war die Frau, die sich als Scully verkleidet hat?«

Er konzentrierte sich auf das Ausschenken. »Scully? Das war ... Ach ja, Peyton Shaw.«

Desmond schlug die Augen auf und sah Peyton an, die noch immer Hannahs Kopf auf dem Schoß hielt.

Er lächelte. »Hallo, Scully.«

Peyton sah ihm in die Augen. Zu seiner Überraschung bemerkte Desmond, dass sie erst erschrak und dann ängstlich wirkte. Schließlich huschte ein reumütiges Lächeln über ihre Lippen.

»Was ist?«

»An wie viel erinnerst du dich?«, fragte sie.

»Wir haben uns in Palo Alto kennengelernt. Auf einer Halloweenparty.«

Sie nickte langsam, ohne etwas zu entgegnen.

»Habe ich was Falsches gesagt?«

Sie schüttelte den Kopf.

»Hey«, sagte er. »Was ist zwischen uns vorgefallen?«

Bevor sie antworten konnte, rief Avery vom Pilotensitz: »Macht euch bereit da hinten. Und setzt die Headsets auf.«

Desmonds Augen weiteten sich, als er durch die Windschutzscheibe des Helikopters sah.

64

Avery zog den Steuerknüppel nach hinten und flog über die Rauchwolke, die sich vor Mombasa ausgebreitet hatte. Kurz darauf konnte Peyton einen ersten Blick auf das Chaos werfen.

Mombasa war Kenias zweitgrößte Stadt und beherbergte den größten Hafen Ostafrikas. Im Mittelpunkt der ausufernden Metropole lag Mombasa Island, das über Fahrdämme mit dem Festland verbunden war. Jetzt stauten sich auf diesen Dämmen Autos und Menschen, die von der Insel zu fliehen versuchten. Von oben sahen sie aus wie Ameisen.

Die Changamwe-Ölraffinerie, die im hinteren Teil der Insel gleich neben einer Brücke zum Festland lag, stand in Flammen und spie Rauch in die Luft. Die Tanks und Rohre würden das Feuer nahezu endlos mit Treibstoff versorgen.

Die Brände waren nicht das einzige Problem. Ein Dutzend große Frachtschiffe waren in der Mündung der Bucht versunken, und ihre Container bildeten eine fast unpassierbare Stahlbarriere.

»Sie haben den Hafen dichtgemacht«, rief Avery über die Headsets. »Vielleicht war es eine Eindämmungsmaßnahme der Kenianer.«

»Oder eines anderen Lands«, sagte Desmond. »Um sich zu schützen.« Er spähte mit zusammengekniffenen Augen aus dem Fenster. »Die Landebahn des Flughafens wurde auch bombardiert.«

Peyton starrte erschüttert auf die Stadt. Sie konnte eines der Krankenhäuser sehen. Hunderte drängten sich vor dem

Eingang. Auf den Straßen lagen niedergetrampelte Menschen im Sterben.

Mombasa war ihr schlimmster Albtraum: ein unkontrollierter Ausbruch in einer Großstadt, Millionen Menschen, die dem Erreger ausgeliefert waren und ohne Medikamente und Behandlung leiden und sterben würden. Peyton hatte es sich zur Lebensaufgabe gemacht, ein solches Szenario zu verhindern. Und doch war es geschehen. Sie hatte versagt. Conner McClain hatte sie besiegt.

Wenn so etwas in Mombasa geschah, fragte sie sich, was in Nairobi los war. Und in Amerika.

In diesem Moment vergaß sie die Sorge um ihre eigene und Hannahs Sicherheit.

Sie musste irgendwo anfangen, musste wissen, wie lang sie in Gefangenschaft gewesen war, wie lang das Virus schon freigesetzt war.

»Welcher Tag ist heute?«, fragte sie.

»Montag«, antwortete Avery.

Das war ein Schock. Peyton war am letzten Sonntag nach Nairobi geflogen, vor einer ganzen Woche.

»Wie ist die Lage in Kenia, was den Ausbruch angeht?«, fragte sie drängend.

»Weiß ich nicht«, sagte Avery.

»Was soll das heißen, du weißt es nicht?« Peyton versuchte nicht einmal, ihre Skepsis zu verbergen.

»Noch mal, wir hatten auf dem Schiff Kommunikationsverbot. Sämtliche Informationen über den Ausbruch wurden streng überwacht. Die Leute auf dem Schiff haben auch Familien. Ich habe nur Gerüchte gehört.«

»Zum Beispiel?« Peyton war fast sicher, dass sie log – oder zumindest Informationen zurückhielt.

»Zum Beispiel, dass in Kenia zweihunderttausend an dem Mandera-Stamm gestorben sind. Und eine weitere halbe Million auf der ganzen Welt an der Vorstufe, dem Grippevirus.«

Vorstufe. Also hatte McClain die Wahrheit gesagt: Der

Grippestamm, den Elliott überwacht hatte, war die Vorstufe des Mandera-Virus; er mutierte zu dem tödlichen hämorrhagischen Fieber, an dem die beiden Amerikaner gestorben waren. Sie hatte gehofft, Conner würde bluffen, um ihr Angst einzujagen. Die Antwort auf ihre nächste Frage wollte sie eigentlich gar nicht hören.

»Wie viele sind infiziert?«

Avery zögerte. »Schwer zu sagen. Ich habe gehört, drei Milliarden. Vielleicht auch mehr.«

Peyton schwirrte der Kopf. Sie schluckte. Einen Augenblick dachte sie, sie müsste sich übergeben oder würde ohnmächtig werden. *Drei Milliarden* Infizierte. Es war eine Katastrophe unvorstellbaren Ausmaßes. Wenn das, was in Mombasa geschah, die ganze Welt erfasste, würde die menschliche Zivilisation Jahrzehnte oder Jahrhunderte brauchen, um sich zu erholen. Tatsächlich hatte sie keine Ahnung, wie die Welt nach einem solchen Ereignis aussehen würde. Angesichts der Geschwindigkeit, mit der das Virus sich verbreitete, fragte sie sich: Würde es ein paar Millionen Überlebende geben? Oder ein paar Tausend?

Aber Conner McClain hatte ein Heilmittel entwickelt. Würde er es an seine Auserwählten verteilen? Peyton musste dieses Medikament finden, zu ihrem eigenen Wohl und zum Wohl so vieler anderer.

»McClain hat ein Heilmittel. Das hat er mir auf dem Schiff erzählt.«

»Das stimmt«, sagte Avery. »Alle an Bord wurden informiert, dass es bei unserer Routine-Impfung verabreicht wurde. Sämtliche Beschäftigte der Citium-Firmen haben es bekommen.« Sie sah sich zu Desmond um. »Du auch.«

Er nickte nur und sah mit einem schuldbewussten Ausdruck im Gesicht aus dem Fenster auf die entsetzlichen Szenen.

Avery steuerte den Hubschrauber landeinwärts, fort von der Stadt. Es war offensichtlich, dass eine Landung in Mombasa ihrem Todesurteil gleichkäme. Der Hubschrauber würde von Leuten überrannt werden, die aus der Stadt fliehen wollten oder auf Hilfe hofften. Und wenn sie erst einmal am Boden waren, würden sie weder aus der Stadt kommen noch Hilfe für Hannah finden.

Avery griff unter den Sitz, faltete eine Karte auseinander und studierte sie.

»Was machst du da?«, fragte Peyton.

Avery sah nicht auf. »Ich überlege, wo wir hinfliegen, Prinzessin.«

»Nenn mich nicht Prinzessin.«

Desmond hob eine Hand. »Hey. Wir stehen alle auf derselben Seite. Besprechen wir es. Was denkst du, Avery?«

»Ich denke, wir sind im Arsch.«

»Okay, das ist ja nichts Neues. Was brauchen wir? Ein Satellitentelefon und ein Flugzeug, oder?«

»Und ein Krankenhaus«, sagte Peyton schnell. Sie sah zu Hannah, die hilflos auf dem Boden schlief und flach atmete. *Ich lasse nicht zu, dass sie stirbt.*

Desmond ergriff das Wort, bevor Avery es tat.

»Genau. Was, wenn wir die Küste entlangfliegen und eine Stadt suchen, die noch intakt ist?«

»Diani Beach liegt in der Nähe«, sagte Peyton. »Da gibt es ein hervorragendes Krankenhaus und eine Landebahn. Auf dem Weg sind noch eine Menge anderer Küstenorte. Und wenn wir über die Grenze nach Tansania fliegen, kommen Tanga und weiter südlich Daressalam. Und die Inseln vor der Küste Tansanias.«

»Die werden uns abschießen«, sagte Avery trocken.

»Wer?«, fragte Peyton.

»Die Tansanier. Überleg doch mal – nördlich der Grenze wütet eine Seuche. Der erste Schritt ist, den Luftraum zu schließen und alles abzuschießen, was aus Kenia rüberkommt. Und die kenianischen Küstenorte sind auch nicht gut. Wahrscheinlich sind sie in dem gleichen Zustand wie Mombasa, und Connor engagiert da mit Sicherheit Suchtrupps. Soweit ich weiß, hat die US-Regierung keine Niederlassung in Diani Beach. Es gibt ein CIA-Büro in Daressalam und eine Botschaft übrigens auch, aber beide werden wir nie erreichen.«

»Also fliegen wir ins Landesinnere«, sagte Desmond. »Nach Nairobi?«

»Selbstmord«, sagte Avery. »Wenn es in Mombasa so aussieht, dann stell dir mal Nairobi vor. Und Conner nimmt vermutlich an, dass das unsere einzige Chance ist. Ich glaube ...«

»Was?«

»Ich glaube, wir sitzen in der Falle.«

»Nein«, sagte Peyton. Sie hatte eine Idee. Es war ein Risiko, aber es könnte sich auszahlen.

Desmond musterte sie.

»Ich weiß, wo wir hinkönnen«, sagte sie. »Es ist im Landesinneren von Kenia. Da gibt es eine Landebahn, Satellitentelefone und ein Krankenhaus. Ich vermute, dass der Ausbruch an diesem Ort unter Kontrolle ist. Und McClain kommt nie auf die Idee, uns da zu suchen.«

Nachdem Peyton ihren Plan vorgestellt hatte, sah Avery auf die Karte.

»Das ist am Rande unserer Reichweite. Die Chancen stehen fifty-fifty, dass der Treibstoff reicht. Wenn nicht, dann sitzen wir endgültig fest.«

»Flugzeit?«, fragte Desmond.

»Es sind ungefähr fünfhundert Kilometer. Grob zwei Stunden.«

Peyton sah auf Hannah hinab. Sie wusste nicht, ob die junge Frau zwei Stunden überstehen würde, aber ihr Plan war ihre einzige Hoffnung.

65

Desmond lehnte neben Peyton an der Rückwand des Helikopters. Sie warfen sich einen kurzen Blick zu, dann sahen sie beide nach vorn und schwiegen. Die Sonne versank hinter den Bergen in der Ferne.

Das rhythmische Dröhnen der Rotoren hatte eine fast hypnotische Wirkung, und es dauerte nicht lang, bis Peytons Kopf gegen Desmonds Schulter fiel. Die Frau war völlig erschöpft. Er versuchte stillzuhalten, damit sie sich ein wenig ausruhen konnte.

Bei ihm selbst wollte sich der Schlaf nicht einstellen. Fragen schossen ihm durch den Kopf. Was er auf der *Kentaro Maru* erfahren hatte, erschütterte ihn. Wenn Conner die Wahrheit gesagt hatte, trug er Mitschuld an dem Ausbruch. Er fragte sich, ob irgendwo in seinen Erinnerungen der Schlüssel vergraben lag, um ihn zu stoppen. Oder ob er in der Labyrinth-Reality-App verborgen war, auf die er in Berlin gestoßen war. Oder in beidem. Er schloss die Augen und versuchte, sich an seine Vergangenheit zu erinnern.

Am Morgen nach der Halloweenparty schaute Desmond in der Buchhaltung von xTV vorbei. Seine Recherche hatte ergeben, dass Peyton seit zwei Jahren in Stanford studierte und dass Andrea, eine Praktikantin bei xTV, die vor einem Jahr in Stanford ihren Abschluss gemacht hatte, mit ihr befreundet war.

Desmond fand Andrea an ihrem Schreibtisch, wo sie auf

den Bildschirm sah und eine Strähne ihres sandbraunen Haars um den Zeigefinger wickelte.

»Hey, du kennst doch Peyton Shaw, oder?«

»M-hm.« Sie trug Zahlen in eine Tabelle ein. Schließlich wandte sie sich um. »Worum geht's denn?«

Er zuckte mit den Achseln und versuchte, einen lässigen Eindruck zu machen. »Nichts Besonderes. Ich dachte nur, es wäre cool, wenn du sie zu der Firmenparty am Donnerstag einladen würdest.«

Andrea lächelte. »Ach ja? Wirklich? Das fändest du cool?«

Desmond seufzte. »Andie ...«

»Da ist wohl jemand verknallt«, sagte sie neckisch.

»Ach, komm. In der wievielten Klasse bist du?«

»Ich könnte dich dasselbe fragen, Romeo.«

»Tust du mir den Gefallen?«

»Aber nicht umsonst.«

Desmond fürchtete sich vor dem, was jetzt kommen würde.

Sie reichte ihm ein paar Unterlagen. »Das sind die Zeiterfassungsbögen für die stundenweise Beschäftigten und die Subunternehmer. Die muss ich jede Woche abtippen und überprüfen. Ich will ein Webformular, in das sie ihre Stunden eintragen können und das die Daten direkt an unser Abrechnungssystem überträgt.«

Desmond wollte etwas entgegnen, aber Andrea war noch nicht fertig.

»Mit Fehlerkontrolle und Plausibilitätsprüfung. Keine nichtnumerischen Einträge, Nachfrage bei Werten außerhalb des erwarteten Bereichs, das ganze Programm. Und es muss mit Netscape und Internet Explorer funktionieren.«

»Ist das alles? Ich soll dein ganzes Praktikum automatisieren?«

»Die Welt ist schlecht, Des. Selbst Liebe hat ihren Preis.« Sie warf ihm einen theatralischen Blick zu. »Und sie ist nicht gerade billig.«

»Du bist verrückt.«

»Schick mir den Link, damit ich es testen kann.«

Er hatte das Webformular vor der Mittagspause fertig.

Auf der xTV-Party wurden frisches Fremdkapital, eine neue Softwareversion und das Erreichen mehrerer Zielvorgaben gefeiert. Mit großen Schritten näherten sie sich ihrer Vision, das Fernsehen endgültig zu übernehmen.

Desmond entdeckte Peyton und Andrea an einem runden Tisch. Zwei halbleere Sektgläser standen vor ihnen.

»Ladys«, sagte er, »kann ich euch noch was zu trinken bringen?«

Andrea betrachtete ihn mit dem sadistischen Lächeln eines Folterknechts. »Arbeitest du jetzt als Kellner, Desmond?«

»Was soll ich sagen? Von Optionsscheinen kann man sich nichts zu essen kaufen.«

Peyton lachte.

Andrea verdrehte die Augen und nahm ihr Sektglas. »Ich zerschlage das Glas und esse die Scherben. Ihr treibt mich mit euren verliebten Dackelblicken in den Selbstmord.«

Desmond setzte sich, als sie zur Bar marschierte.

»Sie ist sehr taktvoll.«

»Allerdings.«

»Ich glaube, sie hat eine Menge aufgestaute Aggressionen.«

»Sie hatte letztes Semester eine schwierige Trennung. Und sie hasst ihr Praktikum.« Peyton lächelte. »Ich habe gehört, du hast ihr geholfen.«

»Ach ja, das war rein dienstlich.«

»Gehört es zu deinem *Fall*?«

»Ja, Ma'am.«

»Irgendwelche neuen Spuren?«

»Ich arbeite gerade an etwas.«

»Vielversprechend?«

Er musterte sie. »Kann man noch nicht sagen.«

»Da wäre ich nicht so sicher.«

Sie trank einen Schluck Sekt.

»Arbeitest du gern bei xTV?«, fragte sie.

»Ja.«

»Warum?«

»Es macht mir Spaß, Probleme zu lösen. Jeden Tag in dem Bewusstsein nach Hause zu gehen, Fortschritte gemacht zu haben. Jeden Morgen aufzuwachen und neue Probleme auf dem Tisch zu haben.«

»Was hast du vorher gemacht?«

»Auf Ölfeldern gearbeitet.«

Beinahe hätte sie gelacht, aber stattdessen sah sie ihn aus zusammengekniffenen Augen an. »Du meinst das ernst, oder?«

»Ja.«

»Interessant.«

Er fand, er könnte ihr gegenüber offen und ehrlich sein; es hatte keinen Sinn, sich auf etwas einzulassen, das in einer Sackgasse endete. Daher war es besser, mögliche Unvereinbarkeiten gleich anzusprechen.

»Ich war nicht auf dem College. Ich bin einfach von Oklahoma hergezogen.«

Er wusste, dass sie im Hauptfach Biologie studierte und Ärztin werden wollte. Sie hatte einen etwas kultivierteren Hintergrund als ein verwaister Ölarbeiter, der vor Kurzem einen Mann getötet hatte.

»Warum?«

Die Frage überraschte ihn. »Warum was?«

»Warum bist du hergekommen?«

Das hatte ihn noch niemand gefragt, seit er ins Silicon Valley gekommen war. »Wegen der Arbeit.« Er überlegte einen Augenblick lang. »Und der Menschen. Ich wollte Gleichgesinnte treffen.«

»Willst du noch mehr davon kennenlernen?«

»Ja. Natürlich.«

Sie zeigte wieder ihr schüchternes Lächeln. »Gib mir deine Hand.«

Er streckte die Hand aus. Sie zog einen Stift aus ihrer Tasche und schrieb eine Adresse auf seine Handfläche.

»Was ist das?«

»Ein Tipp für deinen Fall. Samstagabend steigt in Menlo Park eine Party. Mit vielen Leuten wie dir. Ich glaube, es würde dir gefallen.«

»Kommst du auch?«

»Ja.«

»Dann bin ich dabei.«

Die Feier in Menlo Park unterschied sich ziemlich von der wilden Halloweenparty, auf der Desmond Peyton kennengelernt hatte.

Er war ein wenig nervös, als er auf das Haus im mediterranen Stil zuging, aber das änderte sich, sobald Peyton die Tür öffnete und ihn anlächelte. Sie trug ein schwarzes Kleid, Diamantohrringe und eine dünne graue Strickjacke gegen die kühle Novemberluft.

Sie hatte recht gehabt, was die Gäste anging. Desmond fand die Gespräche faszinierend. Es war kein leeres Gerede. Kein Tratsch. Keine Unterhaltungen über das Fernsehprogramm. Die Leute besprachen wichtige Themen – von Technik und Wissenschaft bis zu Politik und Geschichte. Die meisten Gäste waren wie Peyton Studenten in Stanford oder hatten kürzlich ihren Abschluss gemacht. Ungefähr jeder zweite hatte die nächste große Idee für ein Start-up, das die Welt verändern würde. Ihre Überzeugung wuchs mit jedem Bier, das geöffnet, und mit jedem Kopf, der geraucht wurde. Insgesamt gewährte es Desmond einen Einblick, was Gründer über ihre Start-up-Ideen dachten und wie sie ihre Visionen formulierten. Einige der Leute waren nur Träumer, Schwätzer; aber er glaubte, dass einige von ihnen wirklich eine Firma gründen würden – und Erfolg hätten. Er hatte nur keine Ahnung, wer es sein würde.

Als er auf die Veranda trat, stand Peyton dort allein.

»Stimmt irgendwas nicht?«, fragte er.

Sie wandte sich mit einem Lächeln auf ihrem schmalen Gesicht zu ihm um. »Noch mehr Größenwahn kann ich heute Nacht nicht ertragen.«

Er lachte.

»Aber dir gefällt es, oder?«, fragte sie.

»Stimmt.«

»Das wusste ich.«

Er sah sie einen Moment lang an.

»Davon träumst du doch, richtig?«, sagte sie. »Deine eigene Firma zu gründen oder an einem erfolgreichen Start-up beteiligt zu sein.«

»Das ist nicht das Einzige, wovon ich träume.«

Sie blickten sich in die Augen.

»Was ist mit dir, Peyton? Was willst du?«

»Im Moment will ich nur hier weg.«

Desmond stand da und sah zu, wie sie näherkam.

»Das ist der Punkt, an dem jeder normale Mann angeboten hätte, mich nach Hause zu bringen, Desmond.«

»Ich bin kein normaler Mann.«

»Weiß ich.«

Sie nahm seine Hand und führte ihn von der Veranda.

»Mein Pick-up ...«

»... macht mir Angst. Ich habe gesehen, wie du damit gekommen bist.«

Sie griff in ihre Tasche, warf den Schlüsselbund in die Luft, und er fing ihn auf.

»Wir nehmen mein Auto.«

Auf dem Parkplatz des Wohnheims beugte er sich zu ihr und küsste sie. Sie legte die Hand auf sein Gesicht und zog ihn an sich.

An der Tür zog sie ihre Karte durch das Lesegerät.

Sie küssten sich erneut, während sie rückwärts in ihr Zimmer taumelte. Desmond sah alles wie unter einem Stroboskoplicht. Sie zog ihm das Hemd aus, und sie küssten sich wieder, bevor er ihre Bluse aufknöpfte. Biologie- und Chemiebücher lagen auf dem Boden verteilt. Sie warf ein IBM-Notebook vom Bett. Er zuckte zusammen und hoffte, es werde den Aufprall überstehen. Das Zimmer roch nach Kerzen und etwas Süßem, das er nicht einordnen konnte.

Er sah zur Tür. »Deine Mitbewohnerin …«

»… ist zu Hause in Seattle.«

Die Nacht war wie das erste Computerprogramm, das er geschrieben hatte: Eine Reihe von Laufzeitfehlern gefolgt von schneller Kompilierung.

Er war froh, dass sie in der Dunkelheit seine Narben nicht sehen konnte.

Aber am Morgen schien die Sonne durchs Fenster. Er sah, wie sie die verbrannten Stellen an seinen Füßen und Beinen, die Messerwunden an Brust und Bauch sowie zahlreiche andere kleine Narben beäugte.

Peyton sagte nichts, sondern ging ins Bad, putzte sich die Zähne, wusch sich das Gesicht und zog sich an. Sie war viel weniger gesprächig als in der Nacht zuvor. Desmond fragte sich, ob sie es bedauerte. Überlegte, ob er es ansprechen sollte.

»Ich bin spät dran«, sagte sie.

Er setzte sich auf.

»Ich gehe jeden Sonntag mit meiner Mutter und meiner Schwester Mittagessen.«

»Ich …«

»Entspann dich, Cowboy. Zieh einfach die Tür zu, wenn du gehst.«

Sie reichte ihm einen kleinen Zettel.

»Was ist das?«

»Das letzte Puzzleteil des *Falls*, an dem du arbeitest.«

Er faltete ihn auseinander. Es war ihre Telefonnummer.

66

Nach der Nacht mit Peyton verlief Desmonds Leben zunehmend in geregelten Bahnen. Er arbeitete hart bei xTV, traf Peyton in seiner Freizeit und las, wenn er nicht mit ihr zusammen war. Er fand eine neue Bibliothek und begann, Bücher über Finanzen und Investment zu bestellen. Er las Benjamin Grahams *Intelligent investieren* und *Die Geheimnisse der Wertpapieranalyse* und alles, was er noch zu dem Thema finden konnte. Sein Erbe, ungefähr dreihundertzwanzigtausend Dollar, lag immer noch in einem Sack in dem Airstream-Wohnwagen versteckt. Bisher hatte er nur für den Wohnwagen, den Anzug und die Umschreibung von Orvilles Grundbesitz größere Summen ausgegeben. Er war besessen von der Frage, wie er das verbliebene Geld investieren könnte.

Eines Tages präsentierte sich ihm beim Mittagessen im Pausenraum der Firma eine Lösung. Er hörte zu, wie zwei Angestellte aus den ersten Tagen, ein Programmierer und ein Datenbankentwickler, über die in den Himmel schießenden Hauspreise und die ausufernden Kosten der Kinderbetreuung redeten. Ihre Gehälter waren niedrig, und ihre Frauen drängten sie, zu kündigen und sich eine Anstellung bei einer größeren Firma wie Oracle oder Sun zu suchen.

Desmond setzte sich zu ihnen an den Tisch.

»Leute, ich glaube, ich habe eine Lösung für euch.«

An diesem Abend erzählte er Peyton von seinem Plan.

»Das ist eine schlechte Idee, Des.«

»Überleg doch mal, mit meinem Geld könnte ich einen

ganzen Haufen Optionsscheine kaufen. Sie bekommen das nötige Bargeld, und ich kriege mehr Optionen. Es ist eine tolle Idee.«

»Okay. Es ist eine gute Idee ...«

»Genau.«

»Aber die falsche Herangehensweise.«

»Wie meinst du das?«

»Du musst deine Investitionen streuen.«

»Nein. xTV wird riesig. Ich muss sie bündeln.«

»Und wenn xTV pleitegeht?«

»Unmöglich.«

»Das kannst du nicht wissen.«

Er fragte sich, warum sie ihn nicht mehr unterstützte.

»Allzeit bereit.«

»Was?«

»Das Motto der Pfadfinder. Davon gab's doch in Oklahoma bestimmt jede Menge.«

Er schnaufte. »Mein Onkel stand nicht so auf außerschulische Aktivitäten.«

Sie sah zur Seite, als sie spürte, dass er nicht darüber reden wollte.

»Die Idee gefällt mir, Desmond. Ich glaube nur, wenn du Optionen kaufst, solltest du es bei anderen Firmen tun. Du hast schon eine Menge xTV-Optionen. Ich habe viele Freunde, die bei anderen Start-ups arbeiten. Ich kann rumfragen, ob jemand von ihnen Interesse hat.«

Je länger er darüber nachdachte, desto mehr musste er ihr zustimmen. Und es gefiel ihm, dass sie bei ihrer Meinung geblieben war. So jemanden brauchte er in seinem Leben.

In den folgenden Wochen traf sich Desmond mit zahlreichen Angestellten von Start-ups in Cafés oder besuchte sie zu Hause. Sein Anwalt las ihre Arbeitsverträge, um sicherzustellen, dass sie ihre Optionen verkaufen durften, und setzte einen Vertrag auf, mit dem Desmond innerhalb eines Monats Anteile an mehreren Firmen erwarb. Die Unternehmen kooperierten gern, denn sie waren froh, wenn ihre Angestellten zufrieden waren, und mithilfe von Desmonds Bargeld konnten diese ihren Lebensstil beibehalten, ohne die Firma wechseln zu müssen.

Einige Monate später hatte er sein gesamtes Geld investiert. Er besaß Optionsscheine von vierzehn Firmen. Danach wurde er wählerischer. Jeden Penny, der von seinem Gehalt übrig blieb, steckte er in Optionen der attraktivsten Unternehmen. Und er bestand darauf, dass Wallace ihm eine Rechnung für die Rechtsberatung schickte, die er sofort beglich.

Jeden Morgen sah Desmond auf die Internetseite des *Norman Transcript*, der Lokalzeitung von Norman in Oklahoma, die auch aus der Gegend von Slaughterville berichtete. Er übersprang die Nachrichten und konzentrierte sich auf die Kleinanzeigen. Wie versprochen gab der örtliche Anwalt die Testamentsvollstreckung für Orville Thompson Hughes bekannt. Einige Monate später erschien in den Lokalnachrichten ein Artikel mit der Überschrift *Bibliothekssystem erhält überraschende Spende*.

> *Gestern erhielt das Pioneer Library System überraschend eine Spende über 32.000 Dollar im Namen von Agnes Andrews, einer langjährigen Bibliothekarin, die vor zehn Jahren verstarb. Noch unerwarteter war der Spender: Orville T. Hughes, ein kürzlich verunglückter Ölarbeiter. Nach Eingang der Spende stellte die Bibliothek fest, dass Mr. Hughes keinen Bibliotheksausweis besaß und sich niemand erinnern kann, ihn jemals in einer der Büchereien des Systems gesehen zu haben. Für zusätzliche Verwirrung sorgte, dass die Angehörigen von Ms. Andrews nichts von einer Bekanntschaft der Verstorbenen mit Mr. Hughes wussten.*

»Es ist ein Rätsel«, sagte Edward Yancey, der Leiter des Bibliotheksystems. »Aber wir versuchen bestimmt nicht, es aufzuklären. Gott weiß, wie gut wir das Geld gebrauchen können, und wir sind einfach nur dankbar dafür.«

Desmond lächelte. Er hatte erwartet, dass die kleine Farm mehr einbringen würde, aber es war erledigt, und das Geld war am richtigen Ort gelandet. Agnes und die Bibliothek waren in einem der dunkelsten Kapitel seines Lebens für ihn da gewesen. Das Geld sollte sicherstellen, dass auch andere, die es nötig hatten, davon profitierten.

Als Desmond am Mittwochmorgen zur Arbeit kam, hatte sich eine Gruppe von xTV-Angestellten vor dem Eingang versammelt. Fast alle telefonierten mit ihren Handys oder flüsterten miteinander.

Desmond dachte, es hätte ein Feuer gegeben. Oder einen Unfall. Oder ein Gasleck.

Es war nichts dergleichen.

Der Firma war das Geld ausgegangen. Der Vermieter hatte sie aus ihrem Hauptsitz ausgeschlossen. Die Risikokapitalgeber, die das Unternehmen finanziert hatten, hatten die Kontrolle übernommen und verkauften alles, was nicht niet- und nagelfest war: Computer, Schreibtische, Router. Selbst die xTV-Sweatshirts wurden zwecks Steuerabschreibung einer Obdachlosenunterkunft gespendet.

Desmonds Optionsscheine waren wertlos. Er konnte nicht einmal ins Büro gehen, um seine persönlichen Dinge zu holen.

Danach änderte sich die Situation. Ohne Arbeit – und Aufgabe – fühlte Desmond sich verloren. Er musste mitansehen, wie drei weitere Firmen, bei denen er Optionen besaß, in Konkurs gingen. Es war jedes Mal wie ein Schlag in den Magen.

»Es ist noch nicht vorbei, Des«, sagte Peyton.

Desmond verbrachte jetzt mehr Zeit mit Peyton. Er half ihr, für das Examen zu lernen, und sie half ihm, Stellenangebote durchzusehen.

Im Mai, als das Semester vorbei war, unterstützte er sie bei dem Umzug aus ihrem Wohnheimzimmer in ein Apartment in Menlo Park. Die meisten Studenten in Stanford wohnten auf dem Campus oder zogen den Sommer über zu ihren Eltern oder mieteten ihre Wohnungen nur kurzfristig. Peyton unterschrieb einen Einjahresvertrag.

Sie bekam ein Sommerpraktikum am SRI in der Genforschung, und es schien ihr sehr zu gefallen. Das machte ihn glücklich.

Von Juli an schlief er meistens bei ihr. Es war gemütlich. Er war gern in ihrer Nähe. Aber er hatte Schuldgefühle deswegen. Etwas stimmte mit ihm nicht, und er wusste nicht, wie er es ihr sagen sollte.

Peyton hatte ihn nie über seine Narben – oder seine Vergangenheit – ausgefragt. Und sie bat ihn selten um etwas. Das änderte sich eines Sonntagabends.

»Kannst du mir einen Gefallen tun?«

»Was immer du willst«, antwortete er.

»Meine Mutter und meine Schwester und ihr Mann gehen morgen mit mir essen. Komm mit.«

Er sagte nichts.

»Sie beißen nicht, Des.«

Ihre Mutter hieß Lin. Sie hatte einen Doktortitel in Medizin und war Tochter eines Deutschen und einer Chinesin. Desmond bemerkte eine starke Ähnlichkeit zwischen den beiden Frauen. Peyton war Lins jüngere Tochter, Madison die ältere.

Lin forschte in Stanford und war Hilfsprofessorin. Madison arbeitete für eine Non-Profit-Organisation, die sich um den Schutz von Wildtieren kümmerte. Desmond nahm sich vor, nicht zu erwähnen, wie viele Hirsche, Wildschweine, Truthähne und Elche er geschossen hatte.

Madisons Ehemann Derrick war Investmentbanker in San Francisco. Er hatte ein Management-Studium an der Wharton School absolviert, von der Desmond noch nie gehört hatte, und schien sich ziemlich wichtig zu nehmen. Er übernahm auch das Verhör beim Mittagessen. Desmond vermutete, dass er die Rolle des Beschützers übernahm, weil Peytons Vater gestorben war.

»Wo hast du deinen Abschluss gemacht, Desmond?«, fragte Derrick.

»An der Noble High School.«

»Du warst nicht auf dem College?«

»Brauchte ich nicht.«

Derrick schien die Antwort nicht zu gefallen, aber Peyton lächelte.

Der Mann löcherte ihn weiter.

»Was machen deine Eltern?«

»Sie hatten eine Ranch in Australien.«

Seine Augen leuchteten auf.

»Bevor sie gestorben sind.«

»Du klingst gar nicht wie ein Australier«, sagte Lin.

»Ich bin als Kind hergekommen.«

»In die Bay Area?«

»Nach Oklahoma.«

»Oklahoma ...« Derrick schob das Wort im Mund herum wie einen Knochen, der versehentlich in seine Suppe geraten war.

In Peytons Wohnung blieb Desmond am Küchentisch stehen. »Sie hassen mich.«

»Sie mögen dich.«

»Ich bin ein Junge vom Land, aber ich bin nicht blöd. Sie glauben, ich wäre nicht gut genug für dich, Peyton.«

»Das Urteil fälle ich.«

»Und deine Familie.«

»Vielleicht, aber sie trifft keine Entscheidungen für mich. Und mir ist es egal, dass du keinen College-Abschluss hast.« Bevor er noch etwas sagen konnte, fügte sie hinzu: »Ich will nur dich, Desmond.«

Desmond schlug die Augen auf. Der Helikopter vibrierte jetzt noch stärker. Avery holte alles aus ihm heraus. Peytons Kopf lag noch immer an seiner Schulter. Sie war völlig weggetreten. Er hätte sie gern geweckt, um zu fragen, was mit ihnen passiert war und wieso sie nicht mehr so füreinander empfanden wie damals. Irgendwie wusste er, dass er sich dem Ende der Erinnerungen näherte, auf die er zugreifen konnte, als könnte er in der Ferne durch den Nebel einen Wegweiser erkennen. Er fragte sich, ob Byron, der Programmierer auf dem Schiff, recht gehabt hatte: Hatte er selbst die Erinnerungen an seine Jugend und die Jahre mit Peyton durch bestimmte Auslöser verfügbar gemacht? Die Kälte in Berlin. Die Zelle in dem Stall. Das Foto von Orville. Peyton zu sehen und zu berühren. Das alles schien eine Tür zu einem Kapitel seiner Vergangenheit geöffnet zu haben.

Aber er spürte, dass er die entscheidenden Erinnerungen nicht so leicht zurückholen konnte – besonders den Standort von Rendition. Dieses Geheimnis war der Grund für seine Amnesie – der Grund, aus dem er das Labyrinth geschaffen hatte.

Das ist es: die Labyrinth-Reality-App. Das ist der Schlüssel.

Seine Brotkrumen hatten ihn zu der App geführt; er war jetzt mehr denn je überzeugt, dass sie seine übrigen Erinnerungen freigeben würde. Er brauchte ein Handy und musste die App noch einmal herunterladen.

Allerdings wusste er nicht, ob er bereit war zu erfahren, was genau er getan hatte – und was für ein Mensch er war.

Es blieb nur noch eine Erinnerung übrig, auf die er jetzt zugreifen konnte, und er schloss die Augen und hieß sie willkommen.

67

Nach dem aus seiner Sicht katastrophalen Mittagessen sah Desmond Peytons Familie nur selten.

Er hatte einige Vorstellungsgespräche bei Start-ups, bemerkte aber, dass er ein neues Problem hatte: Er war argwöhnisch und hatte Angst zuzusagen. Was, wenn es wieder so lief wie bei xTV? Er wollte nicht den gleichen Fehler noch einmal machen.

In dieser Woche scheiterte ein weiteres Start-up, bei dem er Optionsscheine hatte. In einem Monat würde ihm das Geld für die Miete im Trailerpark ausgehen. Er musste bald irgendein Jobangebot annehmen.

Es war eine Woche vor Weihnachten. Er machte sich Sorgen, dass Peyton ihn bitten würde, mit zu ihrer Familie zu kommen. Sie tat es nicht. Instinktiv schien sie seine Grenzen zu erkennen.

»Lass uns ein paar Grundregeln aufstellen, damit du nicht über die Stränge schlägst und mir eine Insel oder so zu Weihnachten kaufst«, sagte sie.

»Okay.«

»Wir dürfen jeweils zehn Dollar für den anderen ausgeben.«

»Einverstanden.«

»Und das Geschenk muss etwas über einen selbst verraten.«

Das verwirrte ihn.

»Ich will etwas über dich erfahren, Desmond. Es muss etwas über deine Vergangenheit aussagen. Eine Erfahrung, die dich geprägt hat. Kapiert?«

Er verstand es, aber er hatte keine Ahnung, was er ihr schenken sollte. In den verbleibenden Tagen bis Weihnachten steigerte er sich immer mehr hinein.

Außerdem sah er ständig Stellenangebote durch. Eine weitere Firma, bei der er Optionen hatte, ging in Konkurs. Seine Lottoscheine wanderten einer nach dem anderen in den Mülleimer, während das Schicksal die nummerierten Kugeln aus der Trommel nahm und immer mehr Start-ups pleitegingen.

Eines Abends fuhr er mit seinem Pick-up zum Portola Redwoods State Park, wanderte hinein, fällte einen kleinen Mammutbaum und schnitt die Zweige ab.

Er nahm ihn mit nach Hause, schnitzte daran herum, sah in den örtlichen Veranstaltungskalender und fand schließlich, was er brauchte.

Zwei Tage vor Weihnachten stellte Peyton ihr Geschenk auf den Wohnzimmertisch. Es war perfekt eingepackt. Desmond hatte seins nicht verpackt. Sofort wurde er nervös.

Er riss das Papier auf, unter dem sich ein Karton befand. Darin lag eine Weltkarte auf einem zweiten, ebenfalls eingepackten Karton. Er faltete die Karte auseinander. Einige Städte waren gelb markiert: London, Heidelberg, Hong Kong, zwei kleine Orte in Schottland, einer in Irland und ein weiterer im Süden Chinas.

»Aus den gelben Orten kommt meine Familie«, sagte Peyton. »Eltern. Großeltern.«

Desmond betrachtete erneut die Karte. Darauf befanden sich auch über zwanzig grüne Markierungen.

»Grün sind die Orte, an die ich mit dir reisen will, Des. Irgendwann.«

Er schluckte und starrte schweigend auf die Karte, als läse er gerade sein Todesurteil. Sie hatte Pläne mit ihm. Und sie dachte schon seit einer Weile darüber nach.

»Mach das Nächste auf«, sagte sie aufgeregt und ohne sein Unbehagen zu bemerken.

Der Karton enthielt eine an einer kleinen Feder befestigte Meerjungfrau. Auf dem Sockel stand »Palo Alto«.

»Was Treffenderes habe ich nicht gefunden«, sagte Peyton. Sie sah ihn erwartungsvoll an. »Irgendeine Idee?«

»Hm ...«

»Na, los.«

»Dein Lieblingsfilm ist *Arielle, die Meerjungfrau*?«

Sie boxte gegen seine Schulter.

»Nein. Ich war in der Schwimmmannschaft. An der High School.«

»Ah. Klar. Wieso bin ich nicht darauf gekommen? Jetzt ist es so offensichtlich.«

Unter der Meerjungfrau lag eine dritte Schachtel. Sie ermutigte ihn nicht, sie aufzumachen, sondern wirkte sogar nervös deswegen, als hätte sie es sich anders überlegt. Als Desmond das Papier aufriss, sah sie zur Seite.

Darin lag ein kleiner Gegenstand. Er hob ihn heraus.

Es war ein rotes gläsernes Herz.

»Ich liebe dich, Des«, sagte sie.

Er steckte es in die Tasche und küsste sie.

»Ich habe noch nie für jemanden das empfunden, was ich für dich empfinde«, sagte er.

Sie lächelte kurz und offensichtlich enttäuscht, verdrehte aber scherzhaft die Augen, als machte es ihr nichts aus. »Mein Gott, bist du jetzt unter die Anwälte gegangen?«

»Ich meine es ernst. Aber ich bin anders als du. Mein Herz ist nicht so wie deins.«

»Mit deinem Herz ist alles in Ordnung, Desmond.«

In letzter Zeit hatte er sich immer öfter gefragt, ob das stimmte.

»Okay, was hast du für mich?«, fragte sie eifrig.

Er wühlte in seinem Rucksack, zog den Gegenstand heraus und reichte ihn ihr.

Sie betrachtete die Holzschnitzerei. »Ist das ... der Eiffelturm? Du ... du willst nach Frankreich fahren?«

»Nein.« Er schüttelte frustriert den Kopf. »Ich meine, vielleicht. Aber es ist ein Ölbohrturm.«

»Aha.« Sie betrachtete es erneut. »Ich dachte, die würden aussehen wie ein Hammer, der immer rauf und runter geht.«

»Du meinst den Balancier und den Pferdekopf. Das hier ist der Bohrturm. Das Ding, das das Loch bohrt.«

Sie nickte. »Und ...«

»Da habe ich früher gearbeitet.«

»Oh.«

»In Oklahoma. Manche der Narben habe ich mir da geholt.«

Sie riss die Augen auf und hielt die Schnitzerei vorsichtiger in den Händen. »Danke, Des. Es gefällt mir. Es ist perfekt.«

»Das ist noch nicht alles.«

Ihre Augen leuchteten auf.

»Der zweite Teil passt in keinen Karton.«

Sie stiegen in seinen Pick-up, an den sie sich mittlerweile gewöhnt hatte, und fuhren über die 101 zur 92 und dann weiter zur Half Moon Bay.

Sie sahen das flackernde Lagerfeuer schon, bevor sie den Strand erreichten. Desmond legte ihr seine Jacke um die Schultern, nahm ein Bündel vom Rücksitz und führte sie schweigend zu den Flammen. Er breitete die dicke Decke im Sand aus und schraubte die billige Weinflasche auf. Sie setzten sich an das wärmende Feuer. Peyton nippte mit dem Rücken zu ihm und dem Gesicht zu den Flammen an der Flasche. Desmond schätzte, dass ungefähr fünfzig Leute dort waren, die meisten in ihrem Alter, Paare und kleine Gruppen, die sich unterhielten, tranken und lachten.

»Willst du auch was?«, fragte sie.

»Nein.«

»Warum nicht?«

»Ich habe es versprochen.«

»Wem?«

»Mir selbst.«

Sie lehnte sich an ihn, und beide sahen in die Flammen und

auf das Meer dahinter. Obwohl es für Dezember ungewöhnlich warm war, wehte eine kühle Brise. Desmond wickelte sie beide in die Decke ein.

»Du hast gemogelt«, sagte Peyton.

»Wieso?«

»Zehn Dollar war das Limit.«

»Dann bin ich drunter.«

Sie wandte sich zu ihm um.

»Der Baum war umsonst. Und das Schnitzen auch. Der Wein hat 6,68 Dollar gekostet. Ich glaube, drei Dollar Benzinkosten für die Fahrt sind reichlich.«

»Du hättest Buchhalter werden sollen.«

Der Kreis um das Feuer dünnte sich aus. Nur einige Paare und versprengte Gestalten sowie die beiden Parkangestellten, die die Veranstaltung leiteten, blieben zurück.

Die Flasche war halbleer, und Desmond merkte, dass sie nur noch daran nuckelte und sie nicht leeren würde. Sie drehte sich um und küsste ihn auf den Mund. Es war ein gieriger tiefer Kuss, der nach Wein schmeckte.

Er stand auf, zog sie hoch und führte sie durch die Dünen und das hohe Gras dahinter zu einer Mulde, die schwach vom Mond beschienen wurde. Sobald er die Decke ausgebreitet hatte, ließ sie sich darauf sinken.

Er küsste sie, und sie schloss die Augen und überließ ihm die Initiative.

Auf dem Heimweg fragte sie: »Was hatte das zu bedeuten?«

»Was?«

»Das Feuer. Jedes Geschenk sollte etwas über den Überbringer verraten.«

Vor seinem inneren Auge tauchte das Herz auf, und er hörte noch einmal ihre Worte: *Ich liebe dich.*

»Meine Familie ist durch ein Feuer umgekommen. In Australien.«

Er berichtete ihr, wie es geschehen war, und die Worte

flossen aus seinem Mund, als wäre ein Damm gebrochen. Er erzählte ihr von Charlotte, seiner Reise nach Amerika, seinem Leben mit Orville, Agnes' Tod, Orvilles Ableben und dem, was passiert war, nachdem Dale Epply aufgetaucht war.

Er hatte sich nicht vorstellen können, welche Erleichterung es ihm brachte. Dem Menschen, dem er am meisten vertraute, alles zu erzählen, keine Geheimnisse mehr vor Peyton zu haben, war, als würde eine Last von seinen Schultern genommen, von deren Existenz er nicht einmal gewusst hatte. Danach fühlte er sich freier und sicherer als je zuvor.

In ihrer Wohnung liebten sie sich noch einmal, langsamer.

Anschließend lagen sie im Bett, sahen zur Decke und hörten auf ihrem Laptop Songs von Green Day, Weezer, Stone Temple Pilots, Smashing Pumpkins, REM und den Red Hot Chili Peppers.

»Es tut mir leid, Des. Ich hatte ja keine Ahnung.«

»So bin ich hier gelandet. Das ist das einzig Wichtige.«

»Komm morgen mit mir.«

Einerseits hatte ihm das erste Treffen mit ihrer Familie für den Rest seines Lebens gereicht, andererseits wäre er gern mitgegangen.

Er sagte, er könne nicht und wolle allein sein. Doch das war gelogen. Er wäre sehr gern mit ihr zusammen gewesen. Orville und er hatten nie Weihnachten oder Geburtstag gefeiert.

Er versuchte sich vorzustellen, wie er im Haus ihrer Mutter an Peytons Seite am Esstisch oder vor dem Kamin saß. Es gelang ihm nicht. Der Grund dafür lag nicht allein in seiner Nervosität. Es war ein Problem, das viel größer war, als er gedacht hatte.

Desmond verbrachte Weihnachten allein in seinem Wohnwagen und erhitzte auf dem Herd eine Dose Bohnen, während ein Heizlüfter die winzige Schlafkabine erwärmte. Er las Bücher aus der Bibliothek und korrespondierte mit Peyton per E-Mail. Es gelang ihm nicht, genauso herzlich zu antworten, wie sie ihm schrieb. Das ärgerte ihn. Jede Mail schrieb er mehrmals um, als bestünde sie aus Hieroglyphen, die er einfach nicht in die richtige Reihenfolge bringen konnte.

Die E-Mails waren nicht sein einziges Problem. Das Geld war immer noch knapp. Seine Mahlzeiten bestanden aus Bohnen und Büchsenfleisch wie in den ersten Tagen bei Orville. Er musste ständig an den Lebensmittelhändler denken, der ihm geholfen hatte, über die Runden zu kommen. Wenn er sich jetzt daran erinnerte, dass Orville die ganze Zeit einen ordentlichen Haufen Bargeld in dem alten Pick-up versteckt hatte, brachte ihn das zum Lächeln. Der alte Ölarbeiter war geizig gewesen und gemein wie eine Schlange, aber rückblickend steckte eine gewisse Logik dahinter. Desmond vermisste ihn wirklich. Und er machte sich Sorgen, das gesamte Geld verzockt zu haben, das Orville all die Jahre angespart hatte.

Nach Weihnachten meldeten wieder vier Firmen, an denen er Optionen hielt, Konkurs an. Sie hatten ihren Angestellten nicht die Feiertage verderben wollen, aber sie wollten auch nicht das Jahr beginnen, indem sie weitere Investorengelder verschwendeten.

Jede E-Mail war wie ein Schlag in den Magen. Er spürte, wie sich die Aussicht auf finanzielle Sicherheit in Luft auflöste. Das steigerte seine Konzentration.

Er versuchte herauszufinden, warum manche Firmen überlebten und andere zugrunde gingen. Es schien fast willkürlich. Er dachte stundenlang darüber nach, las Artikel und studierte Bücher über Wirtschaftsgeschichte.

In der Woche nach Weihnachten bestand Peyton darauf, dass er gelegentlich etwas anderes aß als Bohnen und Büchsenfleisch.

»Sonst kriegst du noch irgendeine seltsame Magenkrankheit und stirbst, Des. Dann steht in deiner Todesanzeige: ›Desmond Hughes, ein begabter Programmierer und Bücherfreund, verstarb in einem Trailerpark bei Palo Alto an Schweinefleisch und Bohnen.‹«

Er lachte und ließ sie wenigstens die Hälfte seiner Mahlzeiten kochen. Es schmeckte viel besser. Er war jetzt auch ständig in ihrer Wohnung, denn eine andere Theorie von ihr besagte, dass der Heizlüfter nachts ausfallen und er in seinem Wohnwagen erfrieren würde. Keiner von ihnen glaubte das wirklich, aber in den Tagen vor Sylvester 1997 verbrachten sie jede Nacht zusammen, und ihnen war nie kalt.

68

Aus dem Hubschrauber beobachtete Desmond, wie sich die Dunkelheit über den Bergen ausbreitete. Peyton schlief noch immer mit dem Kopf an seine Schulter gelehnt.

Es gab so viele Dinge, die er sie fragen wollte. Warum sie nicht zusammengeblieben waren – wie das verloren gegangen war, was sie in der Nacht in der Half Moon Bay empfunden hatten. Was mit ihnen passiert war.

Als Peyton sich rührte, beugte er sich vor und sah ihr in die Augen. Sie schien seine Veränderung zu spüren. »An was erinnerst du dich?«

»An uns.«

Sie sah zu Hannah, die flach atmend auf dem Boden lag.

Desmond griff nach Peytons Arm. »Ich erinnere mich an die Halloweenparty und an xTV und die Meerjungfrau und das Glasherz und die Half Moon Bay und den schlecht geschnitzten Ölbohrturm, den ich dir geschenkt habe.« Er lächelte, aber sie erwiderte sein Lächeln nicht. Zu seiner Überraschung wandte sie den Blick ab.

Sanft legte er ihr die Hand unters Kinn und drehte ihren Kopf, damit sie ihm in die Augen sah. »Ich erinnere mich, dass wir glücklich waren. Aber nicht an das, was danach passiert ist. Erzähl es mir, bitte.«

»Nein.«

»Und wenn es mit den aktuellen Ereignissen zusammenhängt?«

»Es hat nichts damit zu tun.«

»Habe ich dich verletzt?«

Peyton schloss die Augen. »So war es nicht.«

»Was meinst du?«

»Das, was passiert ist ... hat uns beide verletzt.«

Was soll das bedeuten? Er wollte gerade nachfragen, als Avery vom Pilotensitz nach hinten sah und auf das Headset zeigte.

Zu Desmonds Bestürzung setzte Peyton sofort das Headset auf. Er folgte widerwillig ihrem Beispiel.

»Reden wir über das, was passiert, wenn wir landen«, sagte Avery.

Peyton legte methodisch ihren Plan dar. Avery machte ein paar Vorschläge, die eigentlich eher Forderungen waren, aber im Grunde waren sie sich über die Vorgehensweise einig.

Sobald das erledigt war, konzentrierte sich Desmond auf Avery und stellte die erste Frage von so vielen, die ihm auf der Zunge brannten.

»Die Menschen auf dem Schiff, in der Krankenstation. Womit waren sie infiziert?«

»Weiß ich nicht. Ich war in der IT-Abteilung.« Sie sah ihn mit merkwürdiger, undurchdringlicher Miene an.

»Was ist?«

»Es war ... Es war dein Experiment, Des.«

»*Ich* habe ihnen das angetan?« Bei dieser Vorstellung wurde Desmond übel.

»Es gehörte zum Rendition-Projekt.«

»Was ist Rendition?«

»Weiß ich nicht.«

Peyton mischte sich ein. »Was *weißt* du denn, Avery? Warum hast du uns überhaupt gerettet?«

»Ich wusste nicht, dass ich dazu eine *offizielle Einladung* brauche.«

Sie begannen einander anzublaffen, und ihre Stimmen überschlugen sich. Desmond wartete vergeblich auf eine Pause. Mit mühsam beherrschter Stimme unterbrach er sie schließlich.

»Lasst uns mal ... einen Gang runterschalten. Okay?«

Sie schwiegen einen Moment.

»Wenn wir uns weiter streiten, haben wir keine Chance, die Entwicklung aufzuhalten.«

Er ließ einige Sekunden verstreichen und hoffte, ihre Nerven würden sich beruhigen. Dann schlug er vor, dass jeder den anderen berichtete, was er wusste, damit sie sehen konnten, wie die Teile zusammenpassten.

Er betrachtete ihr Schweigen als Zustimmung und begann.

Die beiden Frauen hörten ruhig zu, während Desmond seine Geschichte erzählte. Er begann damit, dass er in einem Hotelzimmer in Berlin aufgewacht war und ein toter Mann auf dem Boden gelegen hatte – jemand aus dem Sicherheitsdienst von Rapture Therapeutics. Er hatte keine Erinnerung gehabt und keine Ahnung, was ihm zugestoßen war. Sein einziger Hinweis war ein Code gewesen, eine Caesar-Verschlüsselung, die als Klartext die Worte *Warne sie* und Peytons Telefonnummer ergab.

»Ging es bei der Warnung um die Pandemie oder darum, dass ich nicht nach Kenia fliegen soll?«

»Darüber habe ich auch schon nachgedacht. Ich glaube, sie sollte dich davon abhalten, nach Kenia zu fliegen. Vermutlich wusste ich, dass sie dich entführen würden und dass du irgendwie da drinhängst. Haben sie dir auf dem Schiff persönliche Fragen gestellt, die nichts mit dem Ausbruch zu tun hatten?«

Peyton überlegte kurz. »Conner hat mich gefragt, wann ich zuletzt mit meinem Vater und meinem Bruder gesprochen habe.«

»Warum ist das wichtig?«, fragte Avery.

»Sie sind beide tot.«

Avery sah sie überrascht an.

Desmond ließ sich die Information durch den Kopf gehen. Es musste irgendeinen größeren Zusammenhang geben, eine Verbindung, die er nicht erkannte.

»Conner hat auch nach meiner Mutter gefragt. Sie ist Genforscherin in Stanford.« Peyton zögerte. »Sie wollten mein

CDC-Passwort. Sie haben mich unter Drogen gesetzt. Ich glaube, ich habe es ihnen gegeben.«

Peyton berichtete detailliert, was sie sonst noch auf dem Schiff erlebt hatte. Als sie geendet hatte, fuhr Desmond mit seiner Geschichte fort und erzählte, wie die Polizei aufgetaucht war, kurz nachdem er Peyton angerufen hatte. Wie er sich den Sicherheitskräften in Berlin entzogen hatte, während er die Nachrichten entschlüsselte, die er vermutlich für sich selbst hinterlassen hatte. Wie die Codes ihn schließlich zu dem *Spiegel*-Reporter geführt hatten.

»Der Journalist hat gesagt, ich wäre ein Informant. Ich hätte ihm gesagt, ich könne beweisen, dass ein Netzwerk aus Firmen und Wissenschaftlern am größten Experiment seit dem Manhattan-Projekt arbeitet. Das sogenannte Spiegel-Projekt werde die Menschheit für immer verändern.«

»Klingt logisch«, sagte Avery.

»Wieso?«

»Du hast mir gesagt, du würdest etwas Großes planen, um die Fertigstellung des Spiegel-Projekts zu verhindern.«

Desmond sah sie an und fragte sich, ob sie ihm die Wahrheit sagte. War sie wirklich seine Verbündete und Vertraute?

Er wollte gerade nachhaken, aber Peyton fragte ihn: »Was ist aus dem Reporter geworden?«

»Conners Männer haben seine Verlobte als Geisel genommen, um mich zu kriegen«, sagte Desmond. »Es hat funktioniert. Sie sind bei unserem Treffen aufgetaucht und haben mich kurz danach entführt. Ich gehe davon aus, dass sie den Reporter ausgeschaltet haben.«

»Was ist das Spiegel-Projekt?«, fragte Peyton.

»Ich weiß es nicht. Und er wusste es auch nicht.« Desmond sah zu Avery. »Weißt du es?«

»Nein. Ich habe es nie rausgefunden.«

Desmond spürte, dass sie etwas verschwieg. Lag es daran, dass Peyton dabei war? Oder gab es einen anderen Grund?

»Wusste ich denn, was es ist?«, fragte Desmond.

»Auf jeden Fall«, entgegnete Avery. »Ich glaube, deine Arbeit war entscheidend, um das Spiegel-Projekt fertigzustellen. Es war die letzte Komponente, die sie brauchten.«

»So etwas hat Conner auch angedeutet, als er mich auf dem Schiff verhört hat«, sagte Desmond. »Sowohl er als auch der Reporter haben gesagt, es gäbe drei Komponenten: Rook, Rendition und Rapture. Conner hat behauptet, ich wäre für Rendition zuständig gewesen, aber ich kann mich nicht daran erinnern.« Er zögerte. »Aber die Namen kenne ich alle. Sie gehören zu Unternehmen, die meine Investmentfirma, Icarus Capital, finanziert hat.«

»Ich glaube, noch eine von dir finanzierte Firma könnte etwas damit zu tun haben«, sagte Peyton. »Die ersten Erkrankten in Mandera waren Amerikaner – zwei Männer, die gerade erst das College abgeschlossen hatten. Sie waren in Kenia, um ein Start-up namens CityForge aufzubauen. Icarus Capital hat sie finanziert. Die beiden jungen Männer haben sich sogar mal mit dir zum Essen getroffen. Sie meinten, es wäre sehr aufschlussreich gewesen.«

»Inwiefern?«

»Sie waren beeindruckt und haben dich als überlebensgroß beschrieben.«

Auf Averys Gesicht zeichnete sich ein seltsames Lächeln ab, aber sie sagte nichts.

Peyton schien es nicht wahrzunehmen. »Sie haben gesagt, du wärst mit zukunftsweisenden Projekten beschäftigt und würdest glauben, die Menschheit stünde am Rande der Auslöschung.«

»Warum?«

»Weil es keinen Weltraumschrott gibt.«

»Weltraumschrott? Was meinst ...«

»Sonden. Überreste fremder Zivilisationen vor uns, von irgendwo aus dem Universum. Sie meinten, du hättest gesagt, der Mond müsste eigentlich eine interstellare Müllkippe sein, voller abgestürzter Sonden und Satelliten, und doch hätten wir nichts gefunden.«

»Das verstehe ich nicht«, sagte Desmond.

»Sie haben es auch nicht verstanden. Und ich auch nicht.«

Desmond beugte sich vor und sah Avery fragend an.

»Hey, Weltraumschrott ist nicht gerade mein Spezialgebiet«, sagte sie. Desmond lachte leise, und Peyton verzog genervt das Gesicht.

»Was ist denn dein Spezialgebiet, Avery?«, fragte Desmond. »Woher kennen wir uns?«

Avery zögerte. Desmond hatte den Eindruck, dass sie wissen wollte, ob sie vor Peyton offen reden konnte.

»Wir legen hier alle unsere Karten auf den Tisch«, sagte er.

Avery nickte. »Okay.«

69

Avery begann mit ihrer Vorgeschichte. Sie war in North Carolina aufgewachsen und zum College gegangen, wo sie als Hauptfach Informatik und als Nebenfächer Deutsch und Chinesisch studierte. In ihrem letzten Jahr wurde sie von einer neuen Risikokapitalgesellschaft namens Rubicon Ventures zum Vorstellungsgespräch eingeladen. Das Büro befand sich in der Nähe der I-40 in einem älteren Flachbau im Research Triangle Park. Es war klein, die Ausstattung spartanisch, die meisten Wände nackt. Sie gewann den Eindruck, dass es sich um ein zwielichtiges Unternehmen handelte, das sich spontan dort eingerichtet hatte, nicht um eine etablierte Firma. Vermutlich würde es bald wieder pleitegehen, und sie hatte schon beschlossen, das Angebot abzulehnen, als die junge Frau vom Empfang sie in ein Besprechungszimmer brachte.

Ein Mann mittleren Alters mit grau meliertem Haar saß mit einem Aktenordner vor sich am Tisch. Er stellte sich als David Ward vor und sagte: »Machen Sie sich keine Gedanken um die Bruchbude hier, wir stecken unser ganzes Geld in die Arbeit.«

Zu Averys Überraschung stellte er keine Fragen. Er schien bereits alles über sie zu wissen. Er sagte, ihre seltene Kombination von Qualifikationen – Sprachen und Informatik – sei für ihre Arbeit von unschätzbarem Wert. Ihre Erfolge im Tennisteam der UNC seien ein weiterer Pluspunkt. Das erregte ihre Neugier so sehr, dass sie fragte, um welche Arbeit es gehe.

»Unternehmensbewertung«, antwortete er.

Sie kannte den Begriff nicht, aber er erklärte ihr, sie solle die

Start-ups unter die Lupe nehmen, in die Rubicon Ventures zu investieren erwog. Es seien High-Tech-Firmen, deren Produkte die Welt verändern könnten.

»Sie würden viel reisen. Sich mit Gründern und Geschäftsführern treffen, um sich ihre Präsentationen anzuhören und Informationen zu sammeln.«

Das klang vollkommen langweilig. Sie wusste nicht genau, was sie nach dem College tun wollte, aber ganz sicher nicht »Unternehmensbewertung«.

Als könnte er ihre Gedanken lesen, sagte David: »Sie würden es nicht machen, weil Ihnen die Arbeit gefällt.«

»Warum dann?«

»Wegen des Geldes.«

Das erregte ihre Aufmerksamkeit. In letzter Zeit hatte sie eine Menge Dinge getan, die sie nicht tun wollte – wegen des Geldes.

Er schob ein Blatt Papier über den Tisch. Es lag mit der Vorderseite nach unten. Sie nahm es und las das Stellenangebot. Es enthielt eine sehr strenge Geheimhaltungsvereinbarung. Ein Wettbewerbsverbot. Und ein Gehalt, das ihre Augenbrauen hochschnellen ließ.

»Wenn Sie merken, dass es nichts für Sie ist, können Sie jederzeit kündigen.«

Sie war auf einer Farm aufgewachsen, die ihre Familie vor drei Jahren an die Bank verloren hatte. Ihr Vater hatte ihr immer geraten, einem geschenkten Gaul nicht ins Maul zu schauen. Und sie war überzeugt, dass es sich bei diesem Angebot genau darum handelte: um einen geschenkten Gaul. Es war zu viel Geld – für eine Arbeit, für die sie nicht einmal ausreichend qualifiziert war. Irgendetwas stimmte da nicht.

Gegen den Rat ihres Vaters schaute sie dem geschenkten Gaul ins Maul. »Wo ist der Haken?«

David lächelte. »Sehr gut, Miss Price. Sie haben bestanden.«

»Wieso?«

»Mit einem Wort: Mut. Sie haben Schneid.« Er schlug den

Aktenordner auf. »Wir haben Erkundigungen eingezogen. Sie sind Einzelkind. Ihre Mutter ist vor ein paar Jahren bei einem Autounfall ums Leben gekommen, kurz nachdem Sie aufs College gegangen sind. Wir wissen, dass Ihr Vater Alzheimer im Endstadium hat und dass die Pflege nicht billig ist. Sie tun alles, um das Geld aufzutreiben. Sie geben Tennisstunden. Sie arbeiten in einer runtergekommenen Eisdiele namens ...« Er warf einen Blick auf seine Unterlagen. »... Yogurt Pump, auf der Franklin Street, und obwohl sie eine Einserstudentin sind, hassen Sie Informatik. Sie haben dieses Hauptfach nur aus einem Grund gewählt: Geld. Sie glauben, dass Sie damit nach dem College einen guten Job finden und genug verdienen, um für Ihren Vater sorgen und eines Tages vielleicht Ihr eigenes Leben leben zu können, was für Sie bedeutet, viel zu reisen und irgendwas Ungewöhnliches und Aufregendes zu tun.«

Sie starrte ihn an und wusste nicht, was sie sagen sollte. Jedes Wort entsprach der Wahrheit, aber sie hatte keine Ahnung, woher er das alles wusste.

»Eine der Firmen, an denen wir interessiert sind, heißt Rapture Therapeutics. Sie entwickelt Therapien gegen Alzheimer und andere neurodegenerative Erkrankungen.«

Er schob ein weiteres Blatt über den Tisch: eine kurze Zusammenfassung des wissenschaftlichen Durchbruchs, den Rapture erzielt hatte.

»Interessiert Sie das?«

Er wartete, während sie las. Sie verstand nur die Hälfte.

»Also«, sagte er. »Wie lautet Ihre Antwort, Avery? Ich muss es sofort wissen. Es gibt nur eine Stelle. Sie sind die Erste in der Schlange, aber nicht die Letzte.«

»Sie kennen die Antwort schon«, sagte sie.

»Willkommen an Bord.«

Das folgende Jahr verbrachte sie damit, die Firmen zu begutachten, an denen Rubicon interessiert war. Und im Laufe der Zeit wuchs schleichend ein Verdacht in ihr. Sie begann, zu

Hause andere Akten anzulegen als die, die sie einreichte. In jeder freien Minute dachte sie über ihre Theorie nach: wenn sie ihren Vater besuchte, im Fitnessstudio, im Flugzeug, während der zahllosen Stunden in Hotelzimmern, die in ihrer Erinnerung miteinander verschwammen. Bei jedem Meeting und bei jeder Firma, die sie besuchte, suchte sie nach Hinweisen, die ihren Verdacht bestätigten – oder bewiesen, dass sie den Verstand verloren hatte.

Eines Morgens ging sie in Davids Büro, schloss die Tür und bereitete sich darauf vor, ihm ihren Verdacht mitzuteilen. Sie hatte sich schon oft vorgestellt, wie er reagieren würde: mit lautem Lachen und der Empfehlung, sich einen Tag freizunehmen und nicht so viel fernzusehen.

Sie sagte den Text auf, den sie unzählige Male geübt hatte. »Ich glaube, bei den Firmen, die ich begutachten soll, ist was faul.«

»Und zwar?« Seine Stimme klang gelassen.

»Ich glaube, es sind Tarnfirmen.«

Er zeigte noch immer keine Gefühle. Keine Überraschung, nicht einmal sonderliches Interesse. »Wofür?«

Sie schluckte. »Terrorismus.«

Er sah auf seinen Bildschirm, tippte und benahm sich, als hätte sie ihm gerade gesagt, ein Geschäftsessen sei abgesagt worden. »Das ist eine sehr ernste Anschuldigung.«

»Das ist mir bewusst«, sagte sie unbeirrt.

»Ich habe morgen ein Meeting in Virginia. Ich fahre mit dem Auto. Ich möchte, dass Sie mitkommen. Haben Sie Zeit?«

Avery stand verwirrt auf. Es war, als hätte er kein Wort mitbekommen. »Ja, ich habe Zeit. Haben Sie ... gehört, was ich gerade gesagt habe?«

»Natürlich. Wir treffen uns hier um neun. Tut mir leid, Avery, aber ich muss jetzt los.«

Am nächsten Morgen fuhren sie auf den Highway 1 North und dann auf die I-85. In Petersburg bogen sie auf die I-95 North.

Zu Averys Überraschung fuhren sie nicht nach Richmond. Sie passierten die Ausfahrten nach Fredericksburg, dann bog David auf die Landstraße.

Sie parkten auf der geschotterten Einfahrt eines großen Hauses aus der Kolonialzeit.

David führte sie in eine holzvertäfelte Bibliothek, in der mehrere Pinnwände mit Namen und farbigen Verbindungslinien hingen. Sie kannte die Namen. Firmen. Es gab Fotos der leitenden Angestellten und Investoren. Desmond Hughes. Conner McClain. Sie waren alle verbunden. Es waren die Firmen, die sie begutachtet hatte.

Sie ging mit offenem Mund zu der Montage. Ihre Theorie war richtig.

»Glückwunsch, Avery. Rubicon hat eine Menge Agenten. Sie haben es schneller rausgefunden als alle anderen.«

Einen Augenblick lang empfand sie Stolz, während sie die Fotos und Logos betrachtete. »Was ist das?«

»Eine neue Art von Terrorismus. Diese Leute sind keine religiösen Fanatiker. Es sind keine Eiferer mit Schaum vor dem Mund, die ihre AK-47 schwenken. Es sind Wissenschaftler. Techniker. Rationale Menschen. Extrem intelligent. Sie arbeiten im Verborgenen, gewissenhaft und planvoll.«

»Was planen sie denn?«

»Wissen wir nicht. Aber es ist eine große Sache, Avery. Es könnte die Welt verändern. Sie nennen es das Spiegel-Projekt. Die Firmen, die Sie untersucht haben, stellen die Einzelteile her, die später zusammengesetzt werden sollen.«

»Wie beim Manhattan-Projekt.«

»Genau.«

»Wer sind sie?«

»Die moderne Verkörperung einer uralten Organisation namens Orden von Kition. Auf Englisch Citium.«

David ging zum Bücherregal, nahm einen Ordner heraus und reichte ihn ihr.

»Wir wissen, dass die Organisation vor zweitausenddreihundert Jahren in der griechischen Stadt Kition von dem Philosophen Zenon gegründet wurde. In den Geschichtsbüchern wird er als Zenon von Kition bezeichnet. Menschen aus der ganzen zivilisierten Welt kamen zu ihm, um mit ihm zu debattieren. Aus diesen Gesprächen entwickelte sich etwas Neues. Eine Bewegung. Das waren sie damals: eine Gruppe von Philosophen. Denker.«

»Worüber haben sie nachgedacht?«

»Über die Bedeutung des Universums. Den Zweck der Menschheit. Warum wir existieren.«

»Ziemlich harte Nüsse dafür, dass es zweitausend Jahre her ist.«

»Sie waren ihrer Zeit voraus. Sie haben sich mit drei Disziplinen befasst: Wahrheit, Ethik und Physik. Und man hat sie wegen ihres Glaubens verfolgt. Sie haben zugesehen, wie erst Polytheisten und dann Monotheisten die Welt gesäubert haben. Sie sind in den Untergrund gegangen. Dort geblieben. Haben gewartet, dass die Welt ihren Stand erreicht. Aber das ist nie passiert. Offensichtlich hatten sie das Warten satt. Sie ergriffen die Initiative.«

»Das Spiegel-Projekt.«

»Genau.«

»Und was ist das Spiegel-Projekt?«

»Das versuchen wir rauszufinden.«

Avery runzelte die Stirn. »Okay. Und wenn wir es rausgefunden haben, was tun wir dann? Was ist Rubicon Ventures wirklich?«

»Rubicon Ventures ist eine Tarnfirma. Eine von vielen im Rubicon-Programm. Wir sind eine geheime Organisation, die von der US-Regierung finanziert wird. Nur wenige Leute in der Regierung wissen von unserer Existenz. Wir haben nur einen Auftrag: Kition stoppen.«

»Leute in der Regierung – wer? CIA?«

»Nein, Rubicon wird von keiner offiziellen Regierungsbehörde geleitet. Wir haben keine Ausweise mit drei Buchstaben. Keinen Papierkram, keine undichten Stellen. Aber jeden Monat treffen sich sieben hochrangige Regierungsmitglieder, um das Rubicon-Programm zu besprechen. Nur sie wissen, was wir tun. Sie stellen die finanziellen Mittel zur Verfügung und helfen, wenn nötig.«

»Und wie stoppen wir Kition?«

Er lächelte. »Das ist die Frage. Ich verrate Ihnen die Antwort, wenn Sie bereit sind.«

»Ich bin bereit.«

»Nein. Ihre eigentliche Ausbildung fängt heute erst an, Avery.«

Die Ausbildung dauerte zwei Jahre. Jeden Donnerstagabend fuhr sie nach North Virginia zu dem Kolonialhaus, wo sie Dinge lernte, die nichts mit »Unternehmensbewertung« zu tun hatten. Sie lernte schießen. Obwohl sie mit ihrem Vater jagen gegangen war, seit sie laufen konnte, hatte sie keine Erfahrung mit militärischen Waffen. Sie trainierte Nahkampf. Auf gewisse Weise erinnerte es sie an Tennis – schnelle Reaktionen, Angriffe abwehren, Beinarbeit, kraftvolles Schlagen –, deshalb lernte sie es schnell.

Von Woche zu Woche wurde sie besser. Sie veränderte sich, konzentrierte sich immer mehr auf ihre Aufgabe.

Währenddessen arbeitete sie weiter bei Rubicon Ventures. Rubicon investierte in die Citium-Firmen, in der Hoffnung durch diesen Zugang weitere Informationen zu erlangen. Jeden Monat trug Avery neue Daten auf den Pinnwänden ein. Immer mehr Verbindungen ergaben sich.

Kition stand kurz davor, das Spiegel-Projekt fertigzustellen.

Schließlich setzte David sich mit ihr in die Bibliothek und breitete Karteikarten mit den Namen der Firmen, die mit Kition zusammenhingen, vor sich aus.

»Wählen sie«, sagte er.

»Was?«

»Einen Zugangspunkt. Sie werden Kition infiltrieren.«

»Hughes. Er ist der Schlüssel.«

»Warum?«

»Er ist anders als die anderen«, sagte sie.

»Inwiefern?«

»Er glaubt wirklich daran. Er ist überzeugt, dass das Spiegel-Projekt die Menschheit retten wird. Aber ich glaube nicht, dass er weiß, was sie wirklich tun. Wenn ich an ihn rankomme, haben wir zu allem Zugang – und eine Chance, sie aufzuhalten.«

»Und wenn Sie sich täuschen? Wenn er Bescheid weiß? Dann tötet er Sie.«

»Das Risiko gehe ich ein.«

»Gut. Im Einsatz müssen Sie Ihren Instinkten vertrauen. Treffen Sie die richtigen Entscheidungen. Stellen Sie die richtigen Fragen. So wie bisher. Ich werde nicht da sein, um Ihnen zu helfen. Wenn Sie glauben, Hughes wäre der Schlüssel, dann ist er der Schlüssel.«

Am nächsten Tag bewarb sich Avery auf eine Stelle bei Phaethon Genetics, einer Firma, die zum Portfolio von Icarus Capital gehörte. Ihre Legende war, dass sie sich während der Unternehmensbewertung ihrer Firma für das Produkt und die Technologie von Phaethon begeistert hatte. Sie erzählte dem Personaler, sie glaube an die Arbeit, die dort geleistet wurde, und wenn sie völlig ehrlich sei, gehe sie davon aus, dass die Firma erfolgreich und eine Menge Geld wert sein werde. Sie hoffe, frühzeitig einsteigen zu können, Optionsscheine zu erhalten und sich auszahlen lassen zu können, wenn die Firma aufgekauft werde oder ihr Produkt auf den Markt bringe.

Einige Tage später wurde sie eingestellt. Sie wurde einem Programmierteam in der IT-Gruppe zugeteilt. Seit sie vor drei Jahren ihren Abschluss in Informatik gemacht hatte, hatte sie nicht mehr programmiert, aber sie eignete sich diese Fähigkeit schnell wieder an.

Phaethon wuchs rasant. Die Firma sammelte genetische

Daten und führte Analysen durch, mit deren Hilfe Pharmaunternehmen und Gesundheitseinrichtungen bessere Entscheidungen treffen konnten. Sie hatte einen Big-Data-Ansatz und analysierte die genetischen Daten mit einer firmeneigenen Software. Ihre Datenzentrale hatte Mühe, mit den Informationsbergen fertigzuwerden, die die Firma anhäufte.

Das grundsätzliche Problem war die Kommunikation. Die kaufmännische Abteilung bekriegte sich ununterbrochen mit den Wissenschaftlern, die wiederum eine Fehde mit den Programmierern austrugen. Für die kaufmännische Abteilung waren die Wissenschaftler nicht schnell genug, für die Wissenschaftler waren die Programmierer nicht schnell genug, und die Programmierer beschwerten sich ständig, dass sie mehr Computerkapazitäten für ihre Simulationen brauchten – Simulationen, die die kaufmännische Abteilung aus Sicherheitsgründen nicht ins Netz stellen wollte.

Und das schuf die Gelegenheit, die Avery brauchte, um in der Organisation aufzusteigen. Durch ihre Erfahrung in der Unternehmensbewertung und die Analyse von Hunderten Geschäfts- und Forschungsabteilungen bei Start-ups hatte sie einen einzigartigen Einblick in Probleme wie die, vor denen Phaethon stand. Und mit ihrem Kommunikationstalent wurde sie schnell zum Bindeglied zwischen der IT-Gruppe und der wissenschaftlichen und kaufmännischen Abteilung. Es spielte keine Rolle, dass die Hälfte der Programmierer sie auf ihrem Gebiet in die Tasche steckte, denn in den Meetings waren sie ein einziger Albtraum. Als sie schließlich befördert wurde, lag es nicht an den Fertigkeiten, die sie am College erworben, sondern an dem, was sie bei Rubicon gelernt hatte: wie man sich in andere einfühlte, Probleme analysierte und allen half, eine Lösung zu finden.

Und wie sie gehofft hatte, brachte ihre neue Rolle sie immer öfter in Kontakt mit Desmond Hughes.

»Es ist nicht mehr weit«, sagte Avery über die Sprechanlage des Hubschraubers.

Sie zögerte. Desmond spürte, dass sie etwas zurückhielt. Er fragte sich, ob Peyton es auch merkte.

»Vor einem Monat«, sagte Avery, »hast du gemerkt, dass ich Daten mitgenommen und in toten Briefkästen deponiert habe. Du dachtest, es wäre Industriespionage. Als du mich damit konfrontiert hast, habe ich die Gelegenheit genutzt. Ich habe dir die Wahrheit über das Rubicon-Programm gesagt und dir erzählt, was Kition unserer Meinung nach tut.«

Sie sah sich zu ihm um. »Das war neu für dich, Des. Du hattest nur Teile der Verschwörung zu Gesicht bekommen. Zwei Tage später hast du mich angerufen und gesagt, du hättest eigene Ermittlungen angestellt. Es sei wahr – Kition plane etwas Unfassbares.«

»Die Pandemie«, sagte Desmond.

»Ich glaube schon«, entgegnete Avery. »Du hast mir erzählt, Kition hätte anfangs gute Absichten gehabt und wäre im Kern eine noble Organisation gewesen, die das größte Rätsel aller Zeiten lösen wollte, nämlich das Wesen unserer Existenz. In den letzten Jahren wäre sie aber von ihrem Weg abgekommen. Extremisten hätten die Kontrolle übernommen und die Ziele geändert. Sie glaubten, die Menschheit wäre in Gefahr. Die Experimente und Maßnahmen, die sie durchführen wollten, wären immer radikaler geworden. Du wolltest sie aufhalten.

Du hast mich auf die *Kentaro Maru* geschickt. Du meintest, das wäre der sicherste Ort – für uns beide. Wenn dein Plan scheitern würde, würdest du wahrscheinlich dort hingebracht. Ich habe versprochen, dir zu helfen, wenn das passiert. Das nächste Mal, dass ich dich gesehen habe, war gestern in der Zelle.«

»Also habe ich versagt«, sagte Desmond.

»Vielleicht. Ich glaube, wir wissen nicht genug, um das sagen zu können. Dein erster Plan war, Kition bloßzustellen und einen öffentlichen Aufschrei auszulösen, die Aufmerksamkeit der Medien und der Regierung auf sie zu lenken und die ganze Organisation mit einem Schlag zu zerstören. Aber sie müssen dich durchschaut haben. Du hattest einen Teil des Spiegel-Projekts. Du hast ihn versteckt oder zerstört – deshalb wollten sie dich unbedingt lebendig in die Finger kriegen.«

Desmond nickte. »Meine Erinnerungen zu löschen war ein Notfallplan.«

»Vermutlich.«

»Dann kann man davon ausgehen, dass irgendwo in meinem Gedächtnis der Schlüssel liegt, um Kition und die Pandemie aufzuhalten.«

»Und der Schlüssel, um ihre Arbeit zu vollenden«, sagte Avery. »Du hast die Unterhaltung auf dem Schiff mitgehört, Des. Sie haben dich gescannt. Du hast ein spezielles Implantat im Gehirn, im Hippocampus, wo die Erinnerungen gespeichert werden. Conner war überzeugt, dass das Implantat die Erinnerungen freigeben kann und dass du in einer Software eine Backdoor eingebaut hast, die das auslöst.«

Sie sah sich zu ihm um. »Hast du sie in Berlin gefunden? Die Software?«

Peyton wandte sich zu Desmond und formte mit den Lippen lautlos die Worte: *Sag es ihr nicht.* Offensichtlich traute sie Avery noch immer nicht.

Aber Desmond fand Averys Geschichte sehr überzeugend. Sie erklärte, wie sie zu einer Citium-Angestellten geworden war. Wie sie auf die *Kentaro Maru* gekommen war. Warum sie sie gerettet hatte.

Trotzdem hatte ihre Geschichte einen entscheidenden Haken: Man konnte sie nicht überprüfen. Das Rubicon-Programm war streng geheim. Er zweifelte nicht daran, dass sie eine Agentin war. Er wusste nur nicht, auf welcher Seite sie stand. Was, wenn ihr Auftrag darin bestand, die Software zu finden und seine Erinnerungen freizuschalten? Was, wenn ihre Geschichte eben nur eine Geschichte war?

Er traf eine Entscheidung.

»Ja, ich habe sie gefunden.«

Sie hing gespannt an seinen Lippen.

»In Berlin habe ich Prepaid-Karten gefunden, die in das Etikett eines Jacketts eingenäht waren, das ich in der Reinigung abgegeben hatte. Die Kartennummer gehörte zu einem Google-Voice-Anschluss. Eine der Sprachnachrichten führte zu einer Internetadresse, einer versteckten Seite auf der CityForge-Website. Da gab es einen Link, um eine App namens CityForge Tracker runterzuladen. Sie hatte eine Standorterkennung, aber ich konnte sie nicht dazu bringen, irgendwas zu tun.«

Desmond beobachtete Avery, um festzustellen, ob sie ihm die Lüge abnahm. Es war ein Test. Im Augenblick hatte es keinen Zweck, ihr von der Labyrinth-Reality-App zu erzählen. Sie zu belügen hingegen schon. Wenn Avery sie jetzt verriet, würde Kition die App nicht finden.

»Gut«, sagte sie. »Wir laden sie runter, wenn wir gelandet sind, und probieren, ob sie jetzt funktioniert.«

Danach flogen sie schweigend weiter durch die Nacht. Unter ihnen lag undurchdringliche Dunkelheit: keine Scheinwerfer auf den Straßen, keine glitzernden Städte in der Ferne. Über ihnen leuchteten die Sterne heller, als Peyton es je auf einem Auslandseinsatz gesehen hatte.

Sie musste an Desmonds rätselhafte Worte über die Abwesenheit von Weltraumschrott denken. Was hatte das zu bedeuten?

Neben ihr rührte sich Hannah. Peyton beugte sich über sie. Die junge EIS-Offizierin hatte Fieber. Kam es von der Schusswunde? Peyton betastete ihre Lymphknoten. Angeschwollen.

Hannah hustete einmal, zweimal. Peyton zog ihr T-Shirt hoch und entdeckte einen kleinen schwachen Ausschlag auf ihrem Bauch.

Sie ist infiziert. Peytons Herz zog sich zusammen. Sie schloss die Augen, spürte, wie sie sich mit Tränen füllten, weigerte sich aber, diese fließen zu lassen.

Eine Hand legte sich auf ihre Schulter. Desmond sah sie an, und in seinen Augen stand: *Ich bringe das in Ordnung.* Normalerweise war sie diejenige, die solche Sachen in Ordnung brachte, aber jetzt brauchte sie Hilfe.

Avery meldete sich vom Pilotensitz über die Sprechanlage. »Vor uns ist was.«

Durch die Windschutzscheibe sah Peyton eine weitläufige Stadt, in der mehrere große Lagerfeuer brannten. Zuerst verwirrten sie die Flammen; diese Menschen konnten es sich nicht leisten, Holz für Lagerfeuer zu verschwenden. Sie waren nicht ans Stromnetz angeschlossen und brauchten das Holz zum Kochen.

Aber nach einem Augenblick verstand sie. Sie verbrannten Leichen. Als sie näher heranflogen, sah sie, dass die Leute Dutzende Tote in die Flammen warfen. Nein, Hunderte. Ihr wurde übel.

In den dunklen Flecken zwischen den Feuern leuchteten kleine Lichter, deren Träger wie Glühwürmchen über den kargen Boden schwärmten. Es waren batteriebetriebene Laternen, Solarleuchten und Kerosinlampen, die alle in leicht verschiedenen Farbtönen leuchteten – Schattierungen von Weiß und Gelb.

Der Helikopter schwebte über der Szenerie.

»Seid ihr sicher, dass wir das machen sollen?«, fragte Avery.

»Wie viel Treibstoff haben wir noch?«, fragte Desmond, bevor Peyton etwas sagen konnte.

»Gar keinen.«

Peyton sah, wie die Leute unter ihnen zusammenliefen und auf den Hubschrauber zeigten. Manchen trugen Gewehre.

»Flieg zur Hauptstraße und folge ihr nach Norden«, sagte sie. »An der Gabelung gibt es eine Landebahn. Da müssten Wachen sein. Sie werden für unsere Sicherheit sorgen.«

Der Hubschrauber schwenkte zur Seite, flog tief über der unbefestigten Straße und steuerte auf die Landebahn zu, neben der ein Flachbau mit dem Strom von einem Generator erleuchtet wurde. Peyton betrachtete das als gutes Zeichen.

Sobald sie aufsetzten, tauchten etwa zwanzig Gestalten aus dem Gebäude auf und rannten mit Gewehren im Anschlag auf sie zu.

Avery zog ihre Pistole.

Desmond sah es. »Lasst uns ruhig bleiben. Wir sind in der Unterzahl.«

Die Männer umzingelten den Hubschrauber und kamen laut rufend näher. Peyton musterte sie. Sie hatte erwartet, Uniformen der kenianischen Armee zu sehen, aber es waren ausschließlich Zivilisten. In schmutziger Kleidung.

Einer von ihnen zog die Tür des Helikopters auf. Körpergerüche drangen mit der warmen Nachtluft ein. Über ihnen dröhnte der Hauptrotor und blies die Luft nach unten.

Peyton wurde gepackt. Hände umklammerten grob ihre Armmuskeln. Rufe ertönten auf Swahili und einer anderen Sprache, die sie nicht kannte – vielleicht Somali. Desmond trat einen Mann, der nach ihm griff, und verpasste einem anderen einen Faustschlag. Als ihm ein Gewehrlauf ins Gesicht gedrückt wurde, erstarrte er.

Peyton hörte, dass auch Avery sich wehrte und Beleidigungen brüllte.

Peyton wurde auf den Boden gezogen und dann hochgehoben, damit ein großer schwarzer Mann sie inspizieren konnte. Sie hörte, wie Hannah hinter ihr gepackt wurde.

»Fasst sie nicht an!«, schrie sie, aber ihre Worte gingen in dem Tumult unter.

70

Peyton wehrte sich gegen die Fremden, die sie unter den dröhnenden Rotoren festhielten. Es waren vier kräftige Männer nötig, um Desmond zu überwältigen, aber schließlich brachten sie ihn zu Fall. Sie hielten ihn am Boden und drehten ihm die Arme auf den Rücken, aber er gab keinen Schmerzenslaut von sich und wehrte sich noch immer.

Die Gruppe der Bewaffneten teilte sich, und ein schwarzer Mann mittleren Alters lief durch die Gasse. Er führte offenbar das Kommando.

Peyton hatte ihn bereits einmal zuvor gesehen: in einem großen Raum voller sterbender Menschen in Mandera. Er hatte schweißbedeckt in der Ecke gelegen, neben sich drei Eimer für Fäkalien, Erbrochenes und Urin.

An diesem Tag hatte Peyton ihm etwas gegeben, von dem sie hoffte, dass es ihn heilen würde: eine Dosis ZMapp.

Es hatte funktioniert.

Dr. Elim Kibet war munter, seine Augen sprühten vor Leben.

Als er Peyton sah, rief er einem der Milizionäre etwas zu, der daraufhin Befehle brüllte.

Die Männer zogen ihre Hände zurück, als stünde Peyton unter Strom. Sie fiel nach vorn, aber Elim fing sie auf.

Durch den Lärm der ausschwingenden Rotoren rief er: »Willkommen in Dadaab, Dr. Shaw.«

Auf Elims Anweisung brachten zwei Sanitäter eine Rolltrage aus dem Gebäude und beförderten Hannah in einen

Operationssaal. Er war nicht auf dem neusten Stand der Technik, aber sauber und gut ausgestattet. Fast eine Stunde lang beugten sich Peyton und Elim über Hannah und operierten sie. Sie entfernten abgestorbenes Gewebe, desinfizierten die Wunde und vernähten das klaffende Loch in der Schulter. Als sie fertig waren, blieb Peyton eine Weile dort stehen und sah Hannah an, die an einer Infusion mit Antibiotika und Schmerzmitteln hing.

Die Frau war mit dem Mandera-Virus infiziert, aber Peyton glaubte, dass sie jetzt eine Überlebenschance hatte. Und sie war in guten Händen – Händen, die ein paar Meter entfernt gerade gewaschen wurden.

Kurz darauf verließ Elim den OP und ließ Peyton mit Hannah allein.

Die rothaarige Frau war die letzte Überlebende des EIS-Teams, das Peyton in das Dorf geführt hatte. Sie stellte sich vor, wie die jungen Helfer in ihren Dienstuniformen tot am Boden lagen, allein in dem trockenen und kargen Gelände, den Tieren zum Fraß überlassen. Sie stellte sich vor, wie sie gefunden wurden, Hände über glasige Augen strichen, Leichen in Säcke verpackt wurden. Es war ein Albtraum für sie, wenn jemand, den sie ausgewählt hatte, so zurück nach Hause kam. Sie dachte an ihre Leute, als wären sie ihre Familie, ihre eigenen Kinder.

Hannah war ihre einzige Chance, eine von ihnen zu retten.

Peyton hatte alles für sie getan, was in ihrer Macht stand. Dadurch fühlte sie sich etwas besser, und zum ersten Mal, seit Conner McClains Männer das Dorf überfallen hatten, keimte Hoffnung in ihr auf.

Die Lager in Dadaab waren ausufernde Siedlungen. Es gab mehrere Camps für Flüchtlinge und ein kleineres für die Hilfsorganisationen. Peyton und Elim hatten die Operation in einer Einrichtug der Hilfsorganisationen durchgeführt.

Währenddessen hatte Desmond nicht viel zu tun gehabt. Gemeinsam mit Avery verließ er das lange einstöckige Gebäude, das die Hilfsorganisationen beherbergte, und ging durch ein Tor im Maschendrahtzaun in die Flüchtlingslager.

Es war angenehm, die Beine zu bewegen. Mehr als zwei Stunden in dem vibrierenden Hubschrauber hatten seinem angeschlagenen Körper nicht gerade gutgetan. Und das Begrüßungskomitee, das ihn zu Boden geworfen hatte, auch nicht. Einige dieser Männer hielten jetzt am Zaun Wache, andere Bewaffnete waren im Lager verteilt. Sie standen neben den größeren Gebäuden, die in Krankenhäuser verwandelt worden waren. *»Krankenhaus« ist nicht das richtige Wort*, dachte Desmond. Es waren eher Genesungslager, in denen diejenigen untergebracht waren, die vermutlich überleben würden. Die Kranken, denen es nicht so gut ging, lagen im Freien auf Decken oder Holzplattformen.

Schreie und Stöhnen erklangen aus allen Richtungen. Vor ihnen brannte ein Feuer und verzehrte die aufgestapelten Leichen. Lastwagen fuhren quer durchs Lager, sammelten die Toten ein und verteilten Essen, Wasser und Medikamente. Desmond sah, dass die Flüchtlinge das Virus bekämpften, so gut sie konnten, aber er sah auch, dass sie den Kampf verlieren würden. Dieser Ort war ein biologisches Schlachtfeld, so schrecklich, dass Desmond den Anblick kaum ertragen konnte.

Ich habe das getan, dachte er. Auf gewisse Weise war er verantwortlich für das, was dort geschah – und bald auf der ganzen Welt geschehen würde.

In Berlin hatte er unbedingt herausfinden wollen, wer er war und was ihm zugestoßen war. Jetzt hatte er nur noch einen Wunsch: diesen Albtraum zu stoppen und so viele Menschenleben wie möglich zu retten.

Er sah Avery an, dass sie genau wusste, was er dachte.

»Es ist noch nicht zu spät, Des. Wir haben noch Zeit, es in Ordnung zu bringen.«

Von hinten näherte sich ein Mann mit einer AK-47.

»Die Ärzte sind fertig mit der Operation. Sie haben nach Ihnen gefragt.«

Peyton aß mit Elim, Desmond und Avery in der Kantine des Gebäudes, als eine Afrikanerin zu ihnen kam und sich neben Elim setzte. Peyton erkannte sie sofort: Sie war eine der Überlebenden aus dem Dorf. War es Zufall, dass sie hier war? Das Dorf lag Hunderte von Kilometern entfernt; wie war sie nach Dadaab gekommen?

Elim wirkte erschöpft, aber seine Stimme klang fest. »Die junge Frau hat großes Glück.«

»Ja.« Peyton nahm einen Bissen von dem Eintopf. Sie war froh, dass an der Schüssel nicht gestanden hatte, woraus er bestand. »Noch ein paar Stunden in der Luft hätte sie vielleicht nicht überlebt.«

»Möglich. Aber sie hat Glück, weil Sie auf sie aufpassen.«

Peyton hatte schon immer Schwierigkeiten gehabt, Komplimente anzunehmen; sie schienen sie zu umschlingen wie ein Seil, sie einzuengen und zu lähmen. Sie wurde rot.

»Ich habe nur meinen Job gemacht«, sagte sie schnell und aß noch einen Happen von dem undefinierbaren Eintopf. »Was ist hier passiert?«

»Biologie«, sagte Elim. »Das Virus hat sich im Lager ausgebreitet.«

»Wie viele Tote?«

Elim zögerte. »Wir zählen die Überlebenden, wenn es vorbei ist, Dr. Shaw.«

»Eine Schätzung wäre hilfreich. Ich glaube, das ist das erste dicht besiedelte Gebiet, das vom Virus getroffen wurde. Und, bitte, nennen Sie mich Peyton.«

Er nickte. »Als es anfing, waren ungefähr dreihunderttausend Menschen hier. Ich erwarte, dass etwa zehntausend überleben.«

Peyton sah ihn entsetzt an. »Eine Überlebensrate von drei Prozent?«

»Mit besserer Behandlung und Rehydrationslösung könnten es vielleicht fünf oder sechs Prozent werden.«

Die Worte hingen in der Luft wie ein Glockenschlag. Eine

Weile sprach niemand. Das Zaire-Ebolavirus hatte neunzig Prozent der Infizierten getötet. Der Mandera-Stamm war noch schlimmer – und im Frühstadium so ansteckend wie eine normale Erkältung. Er war der perfekte Killer.

Aber warum? Wie hing die Pandemie mit dem Spiegel-Projekt zusammen? Was war das Spiegel-Projekt? Was war es wert, fünfundneunzig Prozent der Weltbevölkerung zu töten? Oder steckte ein anderer Plan dahinter?

Conner McClain hatte mehr oder weniger zugegeben, ein Heilmittel zu haben; dieses Mittel zu finden war die einzige Chance für die Welt. Sie mussten anfangen, die Puzzleteile zusammenzusetzen.

Peyton schluckte. »Ich frage das nur ungern. Wir sind wegen Hannah hergekommen, aber wir haben auch gehofft, hier ein paar Dinge zu bekommen.«

Elim zog die Brauen hoch.

»Wir brauchen ein Satellitentelefon.«

Er nickte.

»Und ein Flugzeug.«

Er zeigte ein Lächeln, das Peyton nicht deuten konnte. Sie dachte gerade darüber nach, wie unverschämt ihre Bitte war, als er sagte: »Ich glaube, ich kann Ihnen helfen.«

Als sie mit dem Essen fertig waren, führte Elim sie durch den Hauptgang des Gebäudes. Es war ein einziges Durcheinander. Alle Räume waren geplündert worden. Für Peyton sah es aus wie eine Schule, die von unbeaufsichtigten Schülern verwüstet worden war. Halbleere Kartons lagen im Flur herum, Schreibtische waren umgekippt, Schubladen herausgerissen worden, und Vorratsschränke standen offen.

Elim öffnete eine abgeschlossene Abstellkammer. Der winzige Raum war mit elektronischen Geräten vollgestopft – Handys, Tablets und Laptops.

»Nachdem die Eindämmung scheiterte und alle krank wurden, ist die Ordnung hier schnell zusammengebrochen. Es wurde nicht mehr zwischen Flüchtlingen und Helfern unterschieden. Nur noch zwischen Überlebenden und Sterbenden. Die Helfer haben ihre elektronischen Geräte hier verstaut, weil sie gehofft haben, jemand könnte sie irgendwann einmal gebrauchen.«

»Kann man sie hier nicht benutzen?«, fragte Desmond überrascht.

»Sie werden sehen«, sagte Elim mit einer Spur Beunruhigung in der Stimme.

Eine Afrikanerin kam zu ihnen und sagte: »Dr. Kibet, sie ist aufgewacht.«

Hannah, dachte Peyton.

Avery wartete keine Sekunde länger. Sie schnappte sich einen Laptop und ein Solarladegerät, legte ein Tablet darauf und begann, Handys aufzustapeln wie einen wackligen Jenga-Turm.

Desmond beobachtete sie neugierig.

»Wir wissen nicht, wie es weitergeht«, sagte sie. »Satelliten könnten abgeschaltet werden. Wir brauchen Handys mit europäischen, amerikanischen und asiatischen Frequenzen in verschiedenen Netzen.«

Sie schien immer einen Schritt voraus zu sein.

Desmond sammelte ebenfalls einige Handys ein.

Elim zeigte auf ein Regal, in dem haufenweise Smartphones lagen. Sie steckten in den vom CDC ausgegebenen Satellitenadaptern. Bei dem Anblick wurde Peytons Mund trocken, als hätte sie die Erkennungsmarken gefallener Kameraden gesehen. Sie starrte auf die Grabsteine aus Plastik und Glas. Wie waren sie hergekommen?

Sie nahm zwei davon. Eins für sich, eins für Hannah.

Desmond sah zu, wie Peyton Elim zurück zum OP folgte. Er fand ihr Mitgefühl für Hannah bewundernswert. Peyton engagierte sich aus ganzem Herzen. Sie hatte alles für ihre junge Kollegin gegeben – hatte ihr eigenes Leben riskiert, um sie zu retten. Eines wusste er mit Sicherheit: Jeder Mensch konnte sich glücklich schätzen, wenn Peyton Shaw auf ihn aufpasste.

Er spürte Averys Blick auf sich ruhen, als er Peyton nachblickte. Desmond sah in ihr Peytons Spiegelbild. Beide waren eigensinnig und entschlossen. Ihre Aufgabe war ihnen wichtig, und sie ließen sich durch nichts aufhalten. Vielleicht gerieten sie deshalb so oft aneinander – sie waren sich zu ähnlich. Nur dass Avery Menschen tötete und Peyton sie rettete.

Desmond fühlte sich zu beiden Frauen unwiderstehlich hingezogen, als wäre er ein Metallstück, das den Naturkräften von zwei Magneten aus unterschiedlichen Richtungen ausgesetzt war. Er war von beiden fasziniert. Beide Frauen bargen ein Geheimnis, das er lüften wollte.

Als Peyton außer Sicht war, zog Avery sich in einen Besprechungsraum zurück und schloss die Tür. Das überraschte Desmond. Sie wollte allein sein. Warum?

Seit sie im Hubschrauber ihre Geschichte erzählt hatte – und auch schon davor –, fragte er sich, ob er ihr trauen konnte. Sie könnte ein Spitzel sein, der herausfinden sollte, wo er Rendition versteckt hatte.

Oder sie sagte die Wahrheit.

Er stieß die Tür auf. Sie hatte die Handys auf dem langen Tisch verteilt und schaltete sie ein.

»Ich muss mich bei meinem Agentenführer melden.« Sie sah zu ihm auf. »Brauchst du Hilfe?«

Er überlegte, ob er bleiben sollte, um zu sehen, wen sie anrief.

»Nein«, sagte er noch immer hin- und hergerissen.

»Du lädst die CityForge-App runter, oder?« Ein Lächeln umspielte ihre Lippen. Er fragte sich, ob sie wusste, dass er sie im Hubschrauber angelogen hatte.

Er nickte, zog sich zurück und schloss die Tür. Aber er blieb dahinter stehen und wartete darauf, ihren Anruf zu belauschen. Nichts geschah. Wahrscheinlich schickte sie eine Textnachricht.

Er schaltete ein Handy ein und lud die Labyrinth-Reality-App herunter. Dann gab er den Code für das private Labyrinth ein, das er eingerichtet hatte. Wieder wurde er gefragt, ob er Held oder Minotaurus sein wollte.

Er klickte auf *Held*. Eine Textzeile leuchtete auf:

Suche nach Eingang zum Labyrinth ...

In Berlin hatte das Programm angegeben, es befänden sich keine Eingänge in der Nähe. Er wartete.

1 Eingang gefunden.

Er klickte auf den Link. Eine Karte mit GPS-Koordinaten und einem leuchtenden grünen Punkt erschien.

Der Ort befand sich auf einer Insel im Norden Schottlands. Das überraschte ihn, denn er lag viel näher an Berlin als an Dadaab. Warum war die Meldung nicht erschienen, als er die App in Berlin benutzt hatte? Der Eingang musste erst zu einem bestimmten Zeitpunkt oder nach einem bestimmten Ereignis freigegeben worden sein. Oder vielleicht nachdem ein Partner ihn aktiviert hatte. Diese Möglichkeit faszinierte Desmond am meisten.

Er zoomte auf die Markierung. Die Shetlandinseln. Auf den Satellitenfotos sah die Gegend fast unbewohnt aus. Es gab ein paar Bauernhöfe, wenige Straßen, einen Hafen und einen Flugplatz.

Der leuchtende Punkt selbst lag mitten im Wald. Dort gab es weder Häuser noch Straßen. Aber er wusste, irgendetwas war dort – und wartete auf ihn.

Er hoffte, es würde ihm helfen, ein Heilmittel zu finden.

71

Hannahs Augen waren geöffnet, als Peyton in das Büro kam, das zum Patientenzimmer umgebaut worden waren. Die junge Frau versuchte, sich im Bett aufzusetzen, aber Peyton sagte, sie solle liegen bleiben.

Ihre Stimme war heiser und schwach. »Was ist passiert?«

Peyton überlegte, was sie ihr erzählen sollte. Sie beschloss, dass Hannah schon genug durchgemacht hatte.

»Wir wurden gerettet.«

Hannah schloss die Augen und atmete schwer.

»Fahren wir nach Hause?«

»Bald. Ich muss ein paar Anrufe erledigen. Du bist hier in guten Händen. Ich komme gleich zurück.«

Im Flur schaltete Peyton das Handy ein und wählte Elliotts Mobilfunknummer. Der Anruf wurde sofort entgegengenommen.

»Sie sind mit Operation BioShield verbunden. Wenn Sie aus einer Sperrzone anrufen, drücken Sie die Eins. Wenn Sie sich außerhalb befinden, drücken Sie die Zwei.«

Nach einer kurzen Pause wurde die Ansage wiederholt.

Warum sollte Elliotts Handy sie zu einem Callcenter weiterleiten? Peyton hatte noch nie von einer Operation BioShield gehört. Sie überlegte, ob sie mit dem Kongressbeschluss Project BioShield zusammenhing, der nach dem 11. September die Bevorratung mit Impfstoffen gefordert hatte.

Neugierig wählte sie die Eins, als befände sie sich in einer Sperrzone.

»Wenn bei Ihnen zu Hause jemand erkrankt ist, drücken Sie die Eins. Wenn Sie über wichtige Qualifikationen verfügen, drücken Sie die Zwei. Wichtige Qualifikationen sind militärische Ausbildung oder Berufserfahrung als Arzt, Krankenpfleger, Polizist, Feuerwehrmann, Sanitäter und Justizvollzugsbeamter. Wenn Sie aus einer Einsatzzentrale anrufen, drücken Sie die Drei. Alle anderen Anrufer drücken die Null. Achtung: Wenn Sie die Null wählen, verlängert sich Ihre Wartezeit. Die Wartezeit beträgt im Moment sechs Stunden und achtzehn Minuten.«

Peyton legte auf und rief bei mehreren Kollegen vom CDC an. Sie wusste nur ein paar Nummern auswendig. Ihre Anrufe wurden alle zur Hotline von Operation BioShield weitergeleitet.

Sie rief in der Notfallzentrale des CDC an. Eine andere Nachricht wurde abgespielt:

»Sie sind mit der BioShield-Einsatzzentrale verbunden. Wenn Sie Vorräte transportieren und Informationen zum Zielort oder Wegbeschreibungen benötigen, drücken Sie die Eins. Wenn Sie einen wichtigen Beruf ausüben und eingeteilt werden möchten, drücken Sie die Zwei. Wenn Sie nicht zugeordnete Personen außerhalb der Sperrzonen gesichtet haben, drücken Sie die Drei.«

Bei der letzten Option erschauderte Peyton. *Nicht zugeordnete Personen.*

Die Ansage wurde wiederholt, ohne dass man die Möglichkeit bekam, mit einem Telefonisten zu sprechen.

Peyton wählte die Zwei. Ein Mann meldete sich mit barscher Stimme. »Name und Sozialversicherungsnummer.«

Sie teilte ihm beides mit und hörte, wie er tippte.

»Sir, ich habe wichtige Informationen ...«

Er unterbrach sie. »Standort?«

»Dadaab, in Kenia.«

Eine lange Pause.

»Ihr Einsatzort ist die Phillips Arena. Melden Sie sich sofort dort, damit Ihnen eine Aufgabe zugeteilt werden kann.«

»Was?«

»Die Phillips Arena befindet sich …«

»Ich weiß, wo die Phillips Arena ist. Hören Sie zu, ich leite den CDC-Einsatz in Kenia, bei dem wir auf das Mandera-Virus gestoßen sind.«

Der Mann am anderen Ende schwieg. Jetzt hatte sie seine Aufmerksamkeit.

»Ich habe Informationen über den Ursprung und möglicherweise auch den Schlüssel zu einem Heilmittel. Ich muss mit dem CDC sprechen.«

Sie hörte wildes Tippen im Hintergrund.

»Unter welcher Nummer kann man Sie erreichen?«

»Haben Sie nicht gehört, was ich gesagt habe? Ich weiß, wie die Pandemie ausgebrochen ist und vielleicht auch wie man ein Heilmittel finden kann.«

»Ich habe Sie gehört, Dr. Shaw. Wir bekommen zurzeit etwa hundert Anrufe in der Stunde von Wissenschaftlern und Ärzten, die wichtige Informationen zu einem Heilmittel zu haben glauben. Unsere wissenschaftlichen Mitarbeiter arbeiten sie der Reihe nach ab. Sie rufen Sie dann zurück.«

»Sie wollen mich auf eine Liste setzen und zurückrufen lassen?«

»Ja, Ma'am.«

»Ist das Ihr Ernst?«

»Ja, Ma'am.«

»Wie heißen Sie?«

»Corporal Travers, Ma'am.«

»Wenn das alles vorbei ist, werden die Zeitungen und Fernsehsender rausfinden wollen, warum so viele Menschen gestorben sind. Dann untersuchen sie kritische Punkte, an denen Menschen in wichtigen Positionen falsche Entscheidungen getroffen haben – Momente, in denen jemand den Verlauf des Ausbruchs ändern und Millionen oder vielleicht Milliarden Menschenleben hätte retten können. Das ist gerade so ein Moment. Sie können mich jetzt einfach mit dem

Forscherteam oder jemandem beim CDC verbinden. Es dauert nur ein paar Sekunden. Sie können damit eine Menge Menschen retten – sofort.«

»Tut mir leid, Ma'am. Ich habe nicht mal die Nummer.«

Peyton dachte nach.

»Ma'am?«

»Ich bin noch dran.«

»Ihre Nummer war unterdrückt. Ich brauche eine Nummer, die wir zurückrufen können.«

Peyton öffnete das Menü des Handys und las die Nummer vor. Travers bedankte sich. »Corporal?«

»Ja, Ma'am?«

»Wie viele Nachrichten sind auf der ... Warteliste?«

»Dreihundertsechzehn, Ma'am.«

Sie schüttelte den Kopf. »Eins noch, Corporal. Ich bin die leitende Epidemiologin des CDC. Ich bin diejenige, die nach Kenia geschickt wurde, als wir von dem Ausbruch erfahren haben. Vielleicht steht das in Ihrem Computer, oder Sie können meine Personalakte einsehen. Ich stecke mittendrin. Wer auch immer diese Nachrichten liest, weiß, wer ich bin. Er wird mich zuerst anrufen. Sie müssen meine Nachricht oben auf die Liste setzen. Haben Sie verstanden?«

»Kann ich sonst noch was für Sie tun, Ma'am?«

Sie legte den Kopf in den Nacken und stöhnte.

Nachdem sie aufgelegt hatte, öffnete sie den Internetbrowser des Handys. Wenn sie die WHO kontaktierte, konnte man sie vielleicht mit dem CDC verbinden. Aber sie kannte die Nummer der WHO nicht. Der Gedanke erinnerte sie an Jonas und seine Nummer auf der Anzeige ihres Telefons in ihrer Wohnung. Wenn sie sich in Kenia getrennt hätten, würde er dann noch leben? War er in Gefahr geraten, weil er bei ihr war? Sie versuchte, sich zu konzentrieren.

Die Internetadresse der WHO leitete sie zu einer Seite namens EuroShield weiter. Die Website forderte sie auf, ihre Daten einzugeben, damit man ihr die Adresse eines »Euro-

Cordon-Zentrums« mitteilen könne. Die Fragen glichen denen des amerikanischen Telefonisten. Offenbar lief in Europa ein ähnliches Katastrophenschutzprogramm.

Sie versuchte, einige andere Internetseiten aufzurufen, landete aber immer nur bei BioShield in Amerika, EuroShield in Europa und vergleichbaren Seiten in Asien und Russland.

Was in Amerika geschehen war, hatte offensichtlich die ganze Welt erfasst – fast gleichzeitig. Handys und Internetseiten wurden kontrolliert und umgeleitet. Peyton fragte sich, ob das der Beginn eines neuen dunklen Zeitalters oder von etwas noch Schlimmerem war.

Sie fand Desmond vor der Kantine, wo er an der Wand lehnte und auf ein Handy starrte.

»Hast du es gefunden?«, fragte sie.

»Ja«, sagte er gedankenverloren.

»Sämtliche Internetseiten leiten einen auf Notfallseiten weiter. Telefonanschlüsse führen zu Callcentern.«

»Die App funktioniert noch«, murmelte er.

Die Neuigkeit faszinierte sie. Das konnte ein Durchbruch sein. »Und?«, fragte sie eifrig.

»Dieses Mal hat sie mir einen Ort mitgeteilt«, sagte Desmond. »Eine Insel im Norden Schottlands. Sie ist kaum bewohnt.«

Sie sah ihm seine Frustration an. Vielleicht hatte er etwas Handfesteres erwartet. Oder es lag daran, dass er sich im Lager umgesehen hatte.

Peyton erzählte ihm von ihrem Gespräch mit dem Telefonisten von BioShield. Sie spekulierten über die Lage in Amerika und Europa und besonders auf den Shetlandinseln, wo vielleicht der Schlüssel zu einem Heilmittel auf sie wartete.

»Wenn sich Großbritannien abschottet, könnte man uns vom Himmel schießen, wenn wir in den britischen Luftraum eindringen.«

»Vorausgesetzt«, sagte Peyton, »wir erreichen überhaupt den britischen Luftraum. Kannst du ein Flugzeug fliegen?«

Ein Lächeln huschte über Desmonds Lippen. »Weiß ich nicht. Ich kann mich nicht erinnern. Es gibt nur eine Möglichkeit, es rauszufinden.«

Sie sah ihn einen Moment an und fragte sich, ob er es ernst meinte.

»Das war ein Scherz«, sagte er grinsend.

Damit blieb nur Avery übrig. Keiner von beiden sprach ihren Namen aus.

Peyton sagte nur: »Ich traue ihr nicht.«

»Du magst sie nicht.«

»Stimmt. Und ich traue ihr nicht. Ihre Rettungsaktion kam einfach zu gelegen.«

»Und gerade rechtzeitig.«

»Traust du ihr?«

Desmond schnaufte. »Ich bin mir nicht sicher. Ich würde gern. Aber ... Es ist seltsam, nicht alles zu wissen, was zwischen uns vorgefallen ist. Ich ... ich kann das nicht erklären.«

Er sah Peyton in die Augen. »Ich würde auch gern den Rest *unserer* Geschichte erfahren.«

Sie sagte nichts.

»Warum willst du es mir nicht erzählen?«

»Das ist Vergangenheit«, sagte sie leise.

Er schwieg ein paar Sekunden, dann zog er das Handy aus der Tasche. »Ich brauche jemanden, dem ich trauen kann. Ich habe Avery im Hubschrauber angelogen. Die App, die ich in Berlin gefunden habe, heißt in Wirklichkeit Labyrinth Reality. Ich habe vorhin zwei identische Handys mitgenommen. Ich behalte das ohne die App. Ich will, dass du das nimmst, auf dem die App installiert ist.«

Peyton sah auf das Display.

»Da steht, es lädt etwas runter. Was ist das?«

»Weiß ich nicht. Die Nachricht kam, kurz nachdem der Eingang gefunden wurde.«

Als Peyton aufsah, stand Avery im Flur. Sie hatte sie nicht kommen hören und fragte sich, wie lang sie schon dort war – und wie viel sie mitgehört hatte.

Desmond folgte Peytons Blick. »Bist du durchgekommen?«, fragte er Avery.

»Telefone funktionieren nicht. Das Internet auch nicht. Wir sind isoliert.«

Peyton steckte Desmonds Handy in die Tasche. Sie sah, dass Avery sie beobachtete.

»Hat die App funktioniert?«, fragte Avery Desmond.

Er erzählte ihr von dem Eingang zum Labyrinth auf den Shetlandinseln, gab aber weiter vor, die App hätte etwas mit CityForge zu tun.

»Zu den Shetlands ist es weit«, sagte Avery. »Haben wir ein Flugzeug?«

Peyton sah den Flur entlang. »Finden wir es raus.«

Peyton entdeckte Elim vor dem Operationssaal, wo er leise mit der Dorfbewohnerin sprach, die sie in der Kantine gesehen hatte.

»Wegen unserer anderen Bitte«, sagte Peyton.

Elim lächelte. »Kommen Sie mit.«

Er führte sie, Avery und Desmond aus dem Gebäude und durch das Lager zu einer einspurigen Landebahn. Am anderen Ende konnte Peyton ein fast fensterloses Flugzeug erkennen. Eine Frachtmaschine. Und als ihre Augen sich an die Dunkelheit gewöhnt hatten, sah sie das unverwechselbare rote Kreuz auf der Seite.

»Als der Ausbruch losging, haben sie Vorräte gebracht. Sie haben es nicht überlebt. Wenn Sie damit umgehen können, können Sie es haben. Hier gibt es sowieso keine Piloten.«

Wortlos ging Avery über die Landebahn auf das Flugzeug zu.

Desmond warf Peyton einen Blick zu, der besagte: *Ich behalte sie im Auge und pass auf, dass sie nicht ohne uns abhaut.*

Peyton bedankte sich bei Elim, aber der winkte ab.

»Das ist das Mindeste, was ich für die Frau tun kann, die mir das Leben gerettet hat. Ohne ZMapp wäre ich wohl kaum durchgekommen.«

»Sie müssen sich nicht bei mir bedanken«, sagte Peyton. »Eine Frau aus dem kenianischen Gesundheitsministerium, Nia Okeke, hat mich sehr nachdrücklich überzeugt. Es ist ihr Verdienst.«

Elim nickte niedergeschlagen, als stimmte es ihn traurig, ihren Namen zu hören.

»Leider können wir Hannah nicht mitnehmen«, sagte Peyton.

»Das habe ich schon erwartet. Ich verspreche Ihnen, dass sie die bestmögliche Behandlung bekommt.«

Peyton sah ihm an, dass er es ehrlich meinte.

»Das weiß ich. Vielen Dank.«

Zurück im Gebäude holte Peyton tief Luft, bevor sie in Hannahs Zimmer ging. Elim und die Frau aus dem Dorf folgten ihr.

Hannah lag mit geschlossenen Augen im Bett. Die Monitore zeigten ihre Vitalfunktionen, die zu Peytons Freude stabil waren.

Peyton legte ihr eine Hand auf die Schulter.

»Hannah.« Sie wartete. »Hörst du mich?«

Hannah schlug langsam die Augen auf.

»Ich muss weg. Elim wird sich gut um dich kümmern.«

Hannah nickte, bedankte sich bei Elim und sah die Frau neben ihm an.

»Sie sind aus dem Dorf«, sagte sie.

Elim übersetzte, und die Frau nickte.

Dann erklärte Elim Hannah und Peyton: »Ihr Kollege, Millen Thomas, hat sie nach Mandera gebracht.«

Millen lebt. Peyton war überglücklich, aber Hannah schien sich noch mehr zu freuen. Eine Träne rann ihr über die Wange.

»Er hat mich in dem Krankenhaus gefunden«, sagte Elim. »Ich war halb tot, aber Millen und Dhamiria haben mich wieder aufgepäppelt.« Er sah die Frau neben sich an. »Und mir einen Grund zu leben gegeben.« An Hannah gewandt fügte er hinzu: »Ich habe gerade erfahren, wie wirksam diese Medizin sein kann.«

Es entstand ein langes Schweigen.

Hannah griff nach Peytons Hand. Ihre Tränen flossen jetzt stärker, aber sie gab keinen Laut von sich.

Peyton stellte die Frage, die Hannah vermutlich auf der Zunge lag. »Wo ist Millen hingegangen?«

»Nach Hause. Nach Atlanta. Er hat jemanden angerufen – Elliott hieß er, glaube ich. Sein Kollege hat den Transport organisiert. Millen ist vor ein paar Tagen mit den beiden Kindern aus dem Dorf abgereist. Er hat sie zum CDC gebracht, weil er hoffte, das könnte helfen, ein Heilmittel zu finden.«

Peyton schwirrte der Kopf. Wenn das CDC die Überlebenden untersuchen konnte, war das eine Chance.

»Millen hat sich große Sorgen um seine Kollegen gemacht«, sagte Elim zu Hannah. »Aber besonders um Sie.«

Peyton spürte, wie Hannah ihre Hand drückte.

Elim gab Peyton Vorräte für die Reise mit: Essen, Wasser und – vorsichtshalber, wie er sagte – Medikamente. Peyton hatte gehustet, und der Arzt hatte offenbar bemerkt, dass sie mit dem Mandera-Virus infiziert war. Die Antibiotika, die er zur Verfügung stellte, würden Sekundärinfektionen bekämpfen.

Während Elim sie den Gang entlangführte, sagte er: »Es gibt etwas, das ich Sie schon fragen wollte, seitdem Sie angekommen sind.«

Sie nickte. »Nur zu.«

»Der junge Amerikaner, den ich behandelt habe, Lucas Turner. Ist er durchgekommen?«

Peyton schüttelte den Kopf. »Nein. Tut mir wirklich leid.«

»Mir auch. Er war ein netter junger Mann. Und mutig.«

Beide schwiegen einen Augenblick.

»Also, danke für alles«, sagte Peyton schließlich.

»Viel Glück, Dr. Shaw.«

»Ihnen auch.«

In dem provisorischen Krankenzimmer wischte sich Hannah die Tränen aus dem Gesicht und schloss die Augen. In ihrem ganzen Leben war sie noch nie so müde gewesen. Sie wusste, dass das Fieber stieg und dass die kommenden Tage entscheiden würden, ob sie überlebte. Sie war bereit. Denn jetzt konnte sie dem Leiden etwas sehr Wertvolles entgegensetzen, das sie am Tag zuvor noch nicht gehabt hatte.

Hoffnung.

In einem anderen Krankenzimmer spritzte Elim Kibet eine Ampulle mit einem Antibiotikum in den Tropf.

»Das ist bei mir verschwendet«, sagte die Frau.

Trotz der fortschreitenden Krankheit klang ihre Stimme fest und nachdrücklich. Elim musste Dr. Shaw zustimmen: Nia Okeke konnte sehr überzeugend sein, wenn sie wollte.

»Zum Glück«, sagte er, »sind Sie nicht die verantwortliche Ärztin hier.«

Das Flugzeug ähnelte der Air-Force-Maschine, mit der Peyton nach Kenia geflogen war, auch wenn es ein wenig kleiner war. In der Kabine gab es sechs Sitze mit hohen Lehnen. In dem Freiraum dazwischen lag Desmond auf einem Schlafsack. Er trug nur Boxershorts und ein schweißfleckiges T-Shirt.

Er war immer noch gut in Form, breitschultrig und mit einer Figur, wie man sie durch Kickboxen oder Bodybuilding bekam, nicht durch Yoga oder Joggen. Die Brandnarben an seinen Füßen und Beinen fielen ihr ins Auge, und sie erinnerte sich, wie sie sie zum ersten Mal gesehen hatte, vor fast zwanzig Jahren, an jenem Morgen in ihrem Studentenheimzimmer. Es fühlte sich an, als wäre es eine Ewigkeit her, und trotzdem ähnelte er in diesem Augenblick mehr dem glücklichen neunzehnjährigen Jungen als dem gequälten Erwachsenen, zu dem er danach geworden war. Wie in der Nacht nach der Halloweenparty fühlte sie sich von ihm angezogen wie von einem Schwarzen Loch, bei dem es keine Hoffnung auf Entrinnen gab.

Das erste Aufflackern hatte sie gespürt, als sie am Samstag zuvor seine Stimme gehört hatte. Dann wieder, als Lucas Turner von ihm sprach. Und als sie seinen Namen auf der Wand des Stalls gelesen hatte. Schließlich hatte Desmond sie aus dem Schiff befreit und dabei wahrscheinlich auch Hannah das Leben gerettet. Jedes Mal erwachte sie ein wenig mehr zum Leben, als käme sie nach einem langen Schlaf langsam zu sich. Aber sie konnte es jetzt nicht zulassen. Arbeit wartete auf sie. Menschenleben standen auf dem Spiel. Es gab Wichtigeres als sie und Desmond.

Peyton kroch in einen Schlafsack neben ihm, und sie lagen schweigend da. Sie spürte, dass er sie ansah. Sie fragte sich, was er dachte und wann er sich erinnern würde – ob er sich erinnern würde. Und was sie dann tun würde.

Fünf Minuten später hob das Flugzeug ab und nahm Kurs auf die Shetlandinseln.

Trotz des Lärms und der Turbulenzen schlief Desmond schnell ein. *Er muss erschöpft sein*, dachte Peyton. Die Temperatur in der Kabine fiel, während das Flugzeug an Höhe gewann. Die Triebwerke dröhnten; Avery holte alles aus der Maschine heraus.

Peyton stopfte ein paar Kissen zwischen Desmond und die Wand, damit er gut gepolstert war, falls die Turbulenzen heftiger wurden. Dann schlüpfte sie wieder in ihren Schlafsack und legte sich dicht neben ihn, um keine Körperwärme entweichen zu lassen.

Allmählich spürte sie ihr Fieber stärker. Vielleich lag es an der kühlen Luft oder der Einsamkeit, aber ihr Gesicht schien zu glühen. Der Kopf schmerzte. Die Brust fühlte sich schwer an. Sie hoffte, dass sie auf der Insel etwas fanden, das ihnen weiterhalf. Zu ihrem eigenen Wohl und dem vieler anderer.

Desmond murmelte etwas, das Peyton durch den Lärm der Triebwerke nicht verstehen konnte.

Sie drehte sich zu ihm. Seine Augen waren geschlossen. Er sagte wieder etwas.

Sie beugte sich über ihn, das Ohr nur Zentimeter von seinen Lippen entfernt.

»Ich habe es rausgefunden.« Er war einen Augenblick still, dann sagte er: »Der X-Faktor.«

Peyton wusste, woran er sich erinnerte. Sie war dabei gewesen. Und sie wusste, was danach kam. Es tat ihr leid für ihn.

Sie zog das Handy hervor, das er ihr gegeben hatte. Auf dem Display stand:

Download abgeschlossen.

TAG 10

4.600.000.000 Infizierte

1.000.000 Tote

72

Als das Rote-Kreuz-Flugzeug gerade in der Luft lag, war Desmond nassgeschwitzt. Peyton hatte den Reißverschluss seines Schlafsacks geöffnet, aber es half kaum.

Alle paar Sekunden warf er den Kopf von einer Seite zur anderen.

Peyton versuchte fünf Minuten lang, ihn aufzuwecken, aber es hatte keinen Sinn. Es war, als läge er im Koma.

Sie hörte Schritte, drehte sich um und sah Avery hinter sich stehen und auf den zuckenden Desmond spähen.

Avery ging in die Hocke, wischte ihm den Schweiß von der Stirn und nahm sein Gesicht in die Hände. Sie beugte sich dicht über ihn und lauschte seinem Gemurmel.

Es erinnerte Peyton eher an eine liebevolle Umarmung als an eine Untersuchung. Sie fragte sich, ob es nur eine Pose war oder ob Avery ihn schon öfter so gehalten hatte.

Ohne sich umzuwenden, fragte Avery: »Sollen wir landen?«

»Ich weiß nicht. Wo sind wir?«

»Über Äthiopien.«

»Er ist im Moment stabil. Ich würde lieber warten, bis wir in Europa sind.«

Avery ging wortlos davon. Sobald sie die Cockpit-Tür geschlossen hatte, wischte Peyton Desmond den frischen Schweiß aus dem Gesicht und legte ihre Hände dorthin, wo Averys gewesen waren. Sie spürte die Bartstoppeln auf seinen glänzenden Wangen.

Ihr blieb nichts anderes übrig, als zu warten.

Zwei Tage nach Weihnachten präsentierte Desmond Peyton in ihrer Wohnung seine Theorie.

»Ich habe es rausgefunden.«

»Was? Den Sinn des Lebens?«

»Besser. Warum Firmen scheitern.«

»Aha.« Sie blätterte gerade durch eine Ausgabe von *People* und sah eine Wiederholung von *Friends.*

»Es liegt am X-Faktor.«

»Ich kann dir nicht folgen.«

»Überleg doch mal. Zuerst müssen die Firmen eine Marktlücke ausmachen.« Er schritt durch die kleine Wohnung und versperrte ihr den Blick auf Ross und Rachel. »xTV hat das richtig gemacht. Aber Erfolg baut auf zwei Komponenten auf: unternehmerischem Geschick und dem X-Faktor. Für die ganzen Internet-Start-ups ist der unternehmerische Teil der einfachste. Man sorgt dafür, dass das Programm funktioniert und das Produkt verbessert wird, man zahlt die Miete und so weiter. Der X-Faktor ist das Problem.

Bei Internetfirmen ist der X-Faktor die Kundenakzeptanz. Sie alle bringen die Welt irgendwie durcheinander – sie versuchen, das Verhalten der Kunden zu ändern. Amazon will ändern, wie wir Bücher kaufen. Statt zum Laden zu gehen, bestellt man sie online und bekommt sie nach Hause gebracht. Wer weiß, vielleicht liefern sie eines Tages alles Mögliche. Webvan will auf die gleiche Weise Lebensmittel zustellen. Man muss nicht mehr zum Geschäft fahren. WebCrawler will ändern, wie wir Informationen finden. Vergiss die Bibliothek und das Nachschlagen – such einfach auf WebCrawler danach. Du brauchst ein bestimmtes Geschäft? Ruf nicht die Auskunft an, vergiss die Gelben Seiten, such einfach auf WebCrawler. Sie alle versuchen, das Verhalten der Kunden zu ändern – und Aufmerksamkeit und Geld in ihre Richtung zu leiten.«

»Klingt einleuchtend.«

»Die Frage ist, wie viele Konsumenten wann ihr Verhalten ändern. Das ist bei xTV schiefgegangen. Die Geschäftsführung hat die Kundenakzeptanz überschätzt. Ihr ist das Geld ausgegangen, bevor die Konsumenten sich an ihr Produkt angepasst haben.«

»Okay. Verstehe.« Sie spähte um ihn herum. Monica hatte gerade ein Puppenhaus geerbt. Desmond war es ein Rätsel, wieso die Serie so beliebt war.

»Es hängt alles von den Gründern ab«, sagte er. »Erfolgreiche Firmen haben einen Gründer oder ein Führungsteam, das die Kunden grundsätzlich versteht, manchmal besser als die Kunden sich selbst. Sie können sich vorstellen, was die Kunden wollen, bevor sie selbst wissen, dass sie es wollen, und sie verpacken es auf unwiderstehliche Weise. *Und* sie werden gut geführt. xTv hatte eine Vision, aber nicht die nötige Disziplin. Sie haben das Bankkonto nicht scharf genug im Auge behalten.«

»M-hm. Und was stellst du mit der großen Offenbarung an?«

»Ich gehe morgen zu drei Bewerbungsgesprächen.«

»Wirklich?« Sie setzte sich auf und warf die Zeitschrift zur Seite. »Bei wem?«

Er sagte es ihr, und sie nickte.

»Ziehst du deine Stahlkappenschuhe an?«

»Sehr witzig. Aber ja. Weil ich mich nicht verstellen will.«

An Silvester nahm er ein Stellenangebot an. Als er Peyton erzählte, bei welcher Firma, wirkte sie überrascht.

»SciNet?«

»SciNet.«

»Damit habe ich nicht gerechnet.«

Die Firma war langweilig. Sie befand sich noch im Aufbau und entwickelte eine E-Commerce-Plattform, um Laborausstattung zu verkaufen.

»Das ist ein Selbstläufer«, sagte Desmond. »Niedriger X-Faktor. Kaum Probleme mit der Kundenakzeptanz. Die Kunden sind Wissenschaftler und Bürokaufleute – sehr rationale

Menschen, die leicht ansprechbar sind. Und ihr Verhalten ist sehr gut vorhersagbar.«

»Sei dir da mal nicht so sicher. Meine Mutter ist Wissenschaftlerin.«

»Tja, dann weißt du, was ich meine. Das wird ein Volltreffer. Keine Multimilliarden-Dollar-Firma, aber sie wird Erfolg haben und für das sorgen, was ich von ihnen brauche.«

»Und das wäre?«

»Finanzielle Sicherheit. Das Stellenangebot ist sehr anständig. Reichlich Optionsscheine und ein gutes Gehalt. Ich kann wieder anfangen, Optionen von anderen Firmen zu kaufen.«

»Hast du das noch nicht aufgegeben?«

»Noch lange nicht.«

An diesem Abend gingen sie auf eine Silvesterparty. Desmond hatte noch nie einen solchen Jahresbeginn erlebt. Die ganze Welt fühlte sich neu an. Alles erfüllte ihn mit Hoffnung: der neue Job und besonders die Beziehung mit Peyton.

Die Atmosphäre bei SciNet war ganz anders als bei xTV. Während man sich bei xTV fast vorkam wie in Hollywood, fühlte es sich bei SciNet an wie an der Uni oder in einem Labor. Alle waren ziemlich verkrampft. Alle außer einigen Entwicklern, zu denen auch Desmond gehörte. Sie konnten sich ein paar Streiche, um die Stimmung aufzulockern, nicht verkneifen. Die meisten hingen mit dem Film *Terminator* zusammen, in dem eine künstliche Intelligenz namens Skynet ein Bewusstsein entwickelte und die Menschheit mithilfe des von Arnold Schwarzenegger gespielten Androiden auslöschen wollte. Jedes Mal, wenn die Datenbank oder die Internetseite unerwartet reagierte, sagte jemand: »Oh Gott, ich glaube, SciNet entwickelt ein Bewusstsein.«

Die Fehlerseite zeigte ein Bild von Arnold Schwarzenegger mit dunkler Sonnenbrille und Schrotflinte, unter dem stand: *This page has been TERMINATED.*

Der CEO schickte schließlich eine Rundmail, in der alle Witze in Verbindung mit *Terminator* untersagt wurden.

Desmond antwortete:

Nur zur Bestätigung, diese Witze sind hiermit terminiert?

Trotz ihrer gespielten Besorgnis, dass SciNet ein Bewusstsein entwickeln könnte, ging die Plattform im Frühling 1998 online und wurde ein Erfolg. Im ganzen Land meldeten sich Labore und Forschungseinrichtungen an, machten eine Bestandsaufnahme des alten, verstaubten Equipments und meldeten es zum Verkauf. Manche verwendeten die Einnahmen, um neue Ausrüstung zu kaufen – oft auf der SciNet-Seite.

Desmond war der Chefentwickler. Er hätte auch den Posten des technischen Direktors bekommen können, aber diesen hatte er als riskanter eingeschätzt. Er hätte ein höheres Gehalt bei weniger technischer Verantwortung gehabt. Falls der Firma das Geld ausging oder sie sich neu ausrichten musste, würden Manager mit höherem Gehalt schneller entlassen werden als Programmierer, die nötig waren, um das Schiff auf Kurs zu halten.

Im Moment hatte das Schiff jedenfalls guten Wind. Ihre ersten Kunden kamen aus der Bay Area: Lawrence Livermore National Laboratory, das Ames Research Center der NASA, Stanford University und SRI International. Es sprach sich unter Forschern und in den Beschaffungsabteilungen herum. Die Anmeldungen und Transaktionen schossen in die Höhe.

Desmond analysierte regelmäßig für das Management ihre Datenbanken und ermittelte ihre größten Kunden – Organisationen, die sie besuchen und bei Laune halten sollten. Von manchen hatte er noch nie gehört: Rapture Therapeutics, Rook Quantum Sciences und Prometheus Technologies.

»Diese drei Firmen kaufen jeweils mehr als Livermore oder Stanford«, sagte er. »Und zwar alles Mögliche. Entweder füllen sie nur ihre Lager oder sie führen die aufwendigsten Experimente der Welt durch.«

Der CEO von SciNet war Anfang dreißig, hatte in Harvard Betriebswirtschaft studiert und interessierte sich nur fürs Geschäft.

»Ich weiß nicht, wo da das Problem sein soll.«

»Also«, sagte Desmond, »das Problem ist, dass Rapture und Rook nicht selbst für ihr Equipment zahlen. Ich kann die Kreditkartenabrechnungen einsehen. Sie benutzen Karten und Konten, die zu zwei Firmen gehören: Citium Holdings und Invisible Sun Securities.«

Der CEO reagierte genervt. »Und?«

»Wir haben also zwei Dritt-Firmen, die massenhaft Laborausstattung kaufen und an diese seriösen privaten Forschungsfirmen liefern.«

»Noch mal, wo ist das Problem?«

»Ich bin mir nicht sicher, dass es eins gibt, aber wir sollten es uns genauer ansehen. Wir haben hier etwas Neues aufgebaut. Was, wenn das jemand ausnutzt? Was, wenn SciNet benutzt wird, um Geld zu waschen? So wie mexikanische Drogenkartelle oder die Mafia es ...«

»Okay, Desmond. Ich glaube, Sie haben zu viel ferngesehen. Wir sind fertig.«

Das Management hatte keine Eile, ihre besten Kunden zu hinterfragen. Die Firma brauchte Umsatz, und Citium Holdings und Sun Securities sorgten für jede Menge davon.

Aber Desmond konnte seine Neugierde nicht im Zaum halten. Er recherchierte nach den Firmen. Bei beiden landete er in einer Sackgasse. Bis auf ein paar Einträge im Firmenregister gab es keine Informationen über sie. Es gab keine Büros, keine Internetseiten, nicht einmal Telefonnummern. Es waren Strohfirmen mit scheinbar endlosen finanziellen Mitteln.

Ein anderes Geheimnis, das ihm etwas mehr am Herzen lag, wurde gelüftet: Peyton würde zur Stanford Medical School gehen. Sie sagte es ihm eines Abends in ihrer Wohnung beim Essen – die Lasagne, die sie gekocht hatte, war das Beste, das er seit Langem bekommen hatte.

»Das ist toll«, sagte er. »Es ist fast unmöglich, da angenommen zu werden.«

»Ich hatte auch große Zweifel.«

»Ich tue alles, um dich zu unterstützen.«

»Das weiß ich doch. Deshalb wollte ich hier in der Gegend bleiben. Ich wollte nicht, dass wir getrennt sind. Wir müssen anfangen, über unsere Zukunft nachzudenken.«

Die Worte *wir* und *unsere* hingen zwischen ihnen in der Luft wie ein Fremdkörper.

Peyton benutzte sie danach öfter. Sie redete häufiger über die Zukunft. Sie fragte ihn, ob er Kinder haben wolle. Wo er wohnen wolle: in der Stadt, in einem Vorort oder auf dem Land wie in seiner Kindheit. Was für ein Leben er sich für seine Kinder wünsche. Wie man als Elternteil Kinder und Arbeit in Einklang bringen solle. Ob er reisen wolle, wenn er die Gelegenheit dazu hätte.

Desmond war vollkommen unfähig, ihre Fragen zu beantworten. Im Lauf der Monate baute sie, erst subtil, dann direkter, immer mehr Druck auf. Desmonds Antwort blieb dieselbe: Er sei so sehr auf seine Arbeit konzentriert, dass er Mühe habe, sich diese Szenarien vorzustellen.

»Es ist wie bei einem Zug im Tunnel. Man weiß nicht, was auf der anderen Seite ist. Wie soll man da sagen, was man tut, wenn man rauskommt?«

Das regte sie auf. »Du bist kein Zug im Tunnel, Desmond! Wir sind echte Menschen. Es ist doch nicht schwer, sich das vorzustellen.«

Aber für Desmond war es unmöglich. Sein ganzes Leben lang war er von anderen Menschen oder Umständen abhängig gewesen. Das Feuer. Orville. Silicon Valley. Und jetzt wollte er Unabhängigkeit. Freiheit. Dazu brauchte er Geld, und wenn er das hatte, so glaubte er, könnte er sein Leben neu ordnen. *Dann* könnte er Peytons Fragen beantworten, die ihm immer mehr zusetzten.

Mit jedem verstreichenden Monat schwand die Aussicht auf finanzielle Unabhängigkeit. Vier weitere Firmen, an denen er

Optionen besaß, gingen in Konkurs. SciNets Wachstumsrate verlangsamte sich. Der erste Ansturm war vorbei; die Vorratsschränke mit altem Equipment waren ausgeräumt, und die Kunden gaben jeden Monat weniger aus. Das Management entwickelte verschiedene Ideen: nach Europa zu expandieren und die Plattform so einzurichten, dass Industrieunternehmen Geräte kaufen und verkaufen konnten. Beides brachte neue Herausforderungen mit sich.

Dann, im Sommer 1998, veränderte sich alles. Eine Firma, an der Desmond Optionen besaß, ging an die Börse. Er hatte nur 13.400 Optionen, aber sie waren zum Ausgabepreis jeweils 21 Dollar wert – insgesamt über eine Viertelmillion.

An diesem Tag überprüfte er ungefähr tausendmal den Kurs und befürchtete einen katastrophalen Absturz. Aber genau das Gegenteil trat ein: Der Kurs schoss in die Höhe. Am Ende des ersten Handelstags waren seine Optionen jeweils 38,23 Dollar wert. Insgesamt 512.282 Dollar. Die Summe überstieg seine Vorstellungskraft. Ein Vermögen. Freiheit.

Er stürmte in Wallaces Kanzlei. Der Anwalt vermittelte ihm eine Investmentbank, die ihm helfen würde, seine Optionen einzulösen, und dafür sorgen sollte, dass der Gewinn mit dem niedrigeren Steuersatz für langfristige Kapitalgeschäfte belastet wurde.

»Sind Sie sicher, dass Sie alle verkaufen wollen, Desmond?«

»Absolut.«

Desmond hatte sich ein Kriterium überlegt, nach dem er entschied, ob er Aktien behielt oder verkaufte: Wenn er bereit wäre, die Aktien zum gegenwärtigen Preis zu kaufen, behielt er sie. Ansonsten verkaufte er. Er wollte das Geld.

Die Transaktion wurde am nächsten Tag durchgeführt und brachte ihm nach Abzug von Steuern und Gebühren gut vierhunderttausend Dollar ein.

Wieder saß er in Wallaces Kanzlei.

»Ich möchte, dass Sie ein paar Vereinbarungen aufsetzen. Private Verträge.«

Er erklärte, was genau er wollte.

»Dafür brauchen wir Ihre Unterschrift, Desmond.«

»Ich weiß. Das ist kein Problem.«

»Sie sind ein intelligenter junger Mann, aber ich glaube, Sie müssen noch eine Menge über Frauen lernen.«

Desmonds Testament war der einfachste Teil. Im klassischen Orville-Hughes-Stil lautete es:

Ich hinterlasse alles Peyton Adelaide Shaw.

Die anderen Schriftstücke waren Zessionsverträge, mit denen er Peyton die Hälfte seiner Optionen und Sicherheiten übertrug.

An diesem Abend feierten sie seinen Gewinn mit einem Essen in einem Restaurant. Nach dem Dessert zeigte Desmond ihr das Testament. Zu seiner Überraschung reagierte sie erschrocken.

»Ich will nur, dass du versorgt bist«, sagte er. »Was, wenn ich tot umfalle? Von einem Auto überfahren werde?«

»Sag sowas nicht, Desmond.«

»Aber es stimmt doch. Du bist alles, was ich habe, Peyton. Du bist der einzige Mensch in meinem Leben, dem ich wirklich nahestehe.«

»Dem du nahestehst? So siehst du uns?« Sie kippte den Rest ihres Weins herunter.

Die Unterhaltung war nicht so verlaufen, wie er geplant hatte. Er hatte gedacht, sie wäre erleichtert.

In der Wohnung zeigte er ihr die Vereinbarungen, die ihr die Hälfte seiner Aktien und Optionen zusprachen.

»Das ist nur fair«, sagte er. »Du hast mich gerettet, Peyton, als ich alles in xTV stecken wollte. Du hast mich den ersten Leuten vorgestellt, von denen ich Optionen gekauft habe. Du bist die einzige Konstante in meinem Leben, seit ich in Kalifornien bin. Du hast mich nach der Geschichte mit xTV unterstützt, ohne dich hätte ich hungern müssen. Du warst mein Partner bei der ganzen Sache, und du solltest die Hälfte bekommen.«

Sie explodierte. »Dein *Partner*? Das sind wir also? Geschäftspartner? Sonst nichts?«

»Nein, Peyton ...«

»Was sind wir dann?«

»Was willst du von mir?«

»Du weißt genau, was ich will.«

Er wusste es. Sie wollte weder Aktienoptionen noch schriftliche Vereinbarungen. Es waren die drei Worte, die er anscheinend nicht aussprechen konnte. Nach ein paar Monaten hatte sie aufgehört, sie zu sagen, aber er spürte, wenn sie es tun wollte. Das tat ihm auch weh.

»Kannst du bitte unterschreiben?«, sagte er.

»Verschwinde.«

»Peyton.«

»Du hast mich gehört. Und nimm deine ganzen ... *Vereinbarungen* mit.«

Zwei Wochen lang reagierte Peyton weder auf seine Anrufe noch auf seine E-Mails. Es waren die längsten Wochen in Desmonds Leben.

Auch auf der Arbeit gab es Probleme. SciNet ging das Geld aus. Die Geschäftsführung kam zu einer Lösung, die auf den ersten Blick widersinnig schien: an die Börse zu gehen. Der Börsengang würde, wenn er erfolgreich verlief, über fünfzig Millionen Dollar in die Kasse der Firma spülen. Und er würde Desmond reich machen.

Er sah staunend zu, wie die Finanzabteilung die Bücher schönte. Das Management bat ihn um endlose Berichte, in denen die Daten für die Informationsveranstaltung aufbereitet wurden. Es gab alle möglichen Bekanntgaben und Dementis in der Broschüre, Kleingedrucktes über die Risiken ihres Geschäfts und Dinge, die sie nicht beeinflussen konnten. Aber diese überladenen Abschnitte interessierten die Investoren nicht. Sie starrten nur auf die Grafiken auf der Leinwand, die ein schnelles Wachstum zeigten, und lasen die Stellen, die das enorme Potenzial der Firma hervorhoben.

SciNet trat in die Stillhaltephase ein und wartete. Jeder einzelne Mitarbeiter der Firma war nervös. Für Desmond fühlte es sich an, als wäre er im Krieg in einem U-Boot und wüsste, dass überall im Wasser Minen trieben, und alle Besatzungsmitglieder hielten den Atem an und warteten, ob sie sinken oder als Helden nach Hause kommen würden.

Jeden Tag schrieb er eine E-Mail an Peyton.

Da sie noch immer nicht antwortete, belagerte er ihre Haustür. Er befürchtete, die Nachbarn würden die Polizei rufen, aber sie ahnten offenbar, was vorging. Sie sahen ihn im Vorbeigehen mitleidig an. Ein Mann sagte: »Viel Glück, Kumpel.«

Als Peyton am Morgen die Tür öffnete, wollte sie sie gleich wieder zuschlagen, aber er hielt sie offen.

»Bitte, rede mit mir.«

»Du redest, ich höre zu.«

Sie stand im Wohnzimmer und stemmte die Hände in die Hüften.

»Ich möchte, dass du versuchst, die Dinge mal aus meiner Perspektive zu sehen.«

Sie war starr wie eine Statue.

»In mir ist etwas zerbrochen. Tief drin. An einer Stelle, von der ich nicht mal wusste, dass es sie gibt, bevor ich dich kennengelernt habe. Ich brauchte sie nie, weil alle, die mich je geliebt haben, aus meinem Leben gerissen wurden, bevor ich ihre Liebe erwidern konnte.

Ich musste mitansehen, wie meine Familie verbrannt ist. Ich wurde von einem der gemeinsten Männer großgezogen, den ich je gesehen habe. Er hat mich nie geliebt. Entweder konnte er es nicht, oder er konnte es nicht zeigen. Als Kind kannte ich keine Liebe. Ich kannte sie nicht, bis ich dir begegnet bin. Ich weiß nicht, was ich tun oder fühlen soll, weil es für mich völlig neu ist. Du bist mir wichtiger als alles andere auf der Welt.

Du bist mein Leben, Peyton. Aber du musst wissen, dass mir etwas fehlt. Ich bin nicht der Mensch, den du gern in mir sehen würdest.«

Tränen liefen ihr über das Gesicht. Sie legte die Arme um ihn und drückte sich fest an ihn. Er spürte, wie sich die Anspannung in ihm löste. Die Leere füllte sich mit verzweifelter Sehnsucht. Sein Körper reagierte. Ihrer ebenfalls. Sie strich über seinen Rücken, und sie küssten sich. Kurz darauf waren sie nackt, und sie ging rückwärts ins Schlafzimmer, während beide gierige feuchte Küsse tauschten.

Sie verloren jegliches Zeitgefühl. Sie erwähnte ihre Seminare nicht, und er verlor kein Wort über seine Arbeit. Er hörte, wie sein Nokia-Handy im Wohnzimmer klingelte. Selbst wenn die Welt untergangen wäre, hätte er den Anruf nicht angenommen.

Später lagen sie erschöpft im Bett und starrten die Decke an wie in ihrer ersten Nacht.

Ihre Stimme war kaum lauter als ein Flüstern. »Ich dachte, du wolltest mich loswerden.«

Das verwirrte ihn. Er stützte sich auf einen Ellbogen.

Sie sah weiter an die Decke. »Ich dachte, du hättest, was du wolltest – das Geld, die Aktien, die dich reich machen. Du wolltest mir meinen Anteil geben, damit du guten Gewissens gehen kannst.«

Der Anwalt hatte recht gehabt: Desmond musste wirklich noch viel über Frauen lernen.

»Das ist das Letzte, was ich will«, sagte er. »Ich will für dich sorgen, egal, was aus uns oder mir wird. Es tut mir leid, dass ich dich verletzt habe.«

Er hatte schreckliche Angst, ihr noch einmal wehzutun. Auf seinen ersten Fehltritt könnten weitere folgen.

»Ich habe es ernst gemeint: Mir fehlt etwas, Peyton. Deine Freunde, die Pärchen, mit denen wir essen gehen – das ist es, was du willst. Normale Leute.«

»Ich entscheide immer noch selbst, was ich will. Und das ist nicht das Normale. Außerdem verrate ich dir was, Des.

Niemand auf der Welt ist wirklich normal. Jeder spielt in gewissem Maß den anderen was vor. Besonders hier. Jede Menge Durchgeknallte.«

Sie zogen sich an. Keiner sprach ein Wort, aber es lag eine Gelassenheit in der Luft, wie er sie noch nie erlebt hatte.

Bevor er zur Arbeit ging, fragte er sie noch einmal, ob sie die Unterlagen unterschreiben würde.

»Ich muss wissen, dass du versorgt bist. Bitte.«

»Okay.« Sie nahm sein Gesicht in die Hände. »Wenn du unbedingt willst.«

Sie unterschrieb in ihrer schönen Handschrift, und Desmond küsste sie, ehe er das Haus verließ.

Sie fragte ihn, ob er dieses Jahr an Weihnachten mit zu ihrer Mutter kommen würde. Dieses Mal willigte er ein, obwohl er sich nicht darauf freute. Er fühlte sich in Anwesenheit ihrer Familie noch immer unwohl. Aber seine Situation hatte sich geändert. Er hatte einen Börsengang hinter sich, und ein weiterer stand bevor. Er hatte es zu etwas gebracht.

Ihr Schwager behandelte ihn dieses Mal anders, aber Desmond vermutete, dass Peyton ihre Schwester dazu gebracht hatte, mit ihrem Mann zu reden. Derrick fragte ihn mit dem Eifer eines Kinds, das wissen wollte, was in den Päckchen unter dem Weihnachtsbaum war, über SciNet und seine anderen Investitionen aus.

Die Familie hielt zusammen, das sah Desmond, und Peyton hatte ihm auch den Grund genannt: Der Tod ihres Vaters hatte sie einander nähergebracht. Und als ihr Bruder vor sieben Jahren gestorben war, hatte das die Familienbande noch verstärkt. Peyton sagte, seitdem seien sie dankbar für jedes Jahr, das sie miteinander verbringen durften. Die Tragödien hätten sie daran erinnert, was wirklich wichtig war.

Ihre ganze Familie hätte ihn nicht freundlicher behandeln können. Trotzdem kam er sich fehl am Platz vor, wie ein Schauspieler in einer Rolle, die nicht zu ihm passte. »Hochstapler«

war das Wort, das ihm ständig durch den Kopf ging. Er redete sich ein, dass eine Mauer in seinem Inneren stand, und dass die Gefühle dahinter nur darauf warteten, endlich durchzubrechen. Wenn sie einstürzen würde, käme alles in Ordnung.

Bald würde er die Wahrheit erfahren.

73

Desmond spürte, wie eine Hand an seiner Schulter rüttelte. Er schlug die Augen auf. Avery ragte in der grünen Notbeleuchtung des Flugzeugs mit ihrer blassen Haut und dem schlanken Gesicht wie ein Geist über ihm auf.

Peyton lag neben ihm im Schlafsack und schlief fest. Avery hatte sie nicht geweckt und schien es auch nicht vorzuhaben. Ihre Stimme war nur ein Flüstern.

»Geht's dir gut?«

Er fühlte sich fiebrig und mitgenommen, vermutlich von der Erinnerung, wollte sich aber nicht anmerken lassen, dass ihm etwas wieder eingefallen war. »Natürlich. Warum sollte es mir nicht gut gehen?«

Avery musterte ihn. »Du hattest vorhin Fieber. Egal, wir haben ein Problem.«

»Was für ein Problem?«

»Eins, bei dem es um Leben oder Tod geht.«

Avery informierte ihn, dass sie bald Afrika verlassen, über das Mittelmeer fliegen und in den europäischen Luftraum gelangen würden.

»Und?«

»Und«, sagte Avery gedehnt, »wenn die Europäer ihre Grenzen dicht gemacht haben wie die Amerikaner und die Kenianer, dann schießen sie uns vielleicht ab.«

Das war wirklich ein Problem.

»Können wir nicht außenrum fliegen?«

»Nicht genug Sprit.«

»Tanken …«

»Ist eine schlechte Idee«, sagte Avery. »Mit jeder Landung gehen wir ein Risiko ein. Wenn wir einen Flughafen ansteuern, beschlagnahmt das entsprechende Land wahrscheinlich das Flugzeug und steckt uns in eine Sperrzone. Im günstigsten Fall.«

Avery zeigte auf Peyton. »Soll ich Dornröschen wecken?«

»Nein«, sagte Desmond schnell. »Und nenn sie nicht so. Sie ist zäher, als du denkst.«

Avery wirkte verärgert. »Das Problem ist nicht ihre Zähigkeit.«

»Sie hat auf dem Schiff nur ihre Leute beschützt, genau wie du es getan hättest.«

Avery ignorierte ihn. »Was sollen wir machen?«

»Bei welchem Land ist es am wahrscheinlichsten, dass es uns abschießt?«

»Was? Keine Ahnung.«

»Wer hat die größte Luftwaffe?«

»Weiß ich nicht. Großbritannien. Deutschland. Frankreich. Italien.«

»Was ist mit Spanien?«

Avery überlegte kurz. »Die Spanier haben Flugzeuge, aber nicht genug Geld, um sie zu reparieren und flugbereit zu halten. Die Wirtschaft ist seit Jahren in der Krise.« Sie nickte. »Also fliegen wir über Spanien, gehen das Risiko ein und versuchen, auf die Shetlandinseln zu kommen.«

»Apropos, was passiert dann? Da schießen sie uns bestimmt ab.«

»Ich arbeite dran.«

Bevor er nachfragen konnte, stand sie auf und ging zurück ins Cockpit.

Desmond rückte die aufgerollte Decke unter Peytons Kopf zurecht und sah ihr einen Moment beim Schlafen zu.

Er schloss die Augen und versuchte, sich an seine Vergangenheit zu erinnern.

Der Börsengang von SciNet war ein Wendepunkt in Desmonds Leben, den er so nie erwartet hatte. Die Aktie schoss in die Höhe. Auf dem Papier war sein Anteil, etwas weniger als ein Prozent der Firma, 3,29 Millionen Dollar wert. In Wirklichkeit unterlagen seine Optionen einer Sperrfrist, die ihn daran hinderte, vor Ablauf von sechs Monaten zu verkaufen oder Optionen auszuüben. Für ihn und die anderen bei SciNet waren es die längsten sechs Monate ihres Lebens.

Der Börsengang veränderte die Firma. Das Management war jetzt besessen vom Aktienkurs und der Beziehung zu den Anlegern. Das Einzige, was noch eine Rolle spielte, waren die Quartalsergebnisse. Ständig gaben sie Presseverlautbarungen heraus und hofften, die Aufmerksamkeit der Medien auf sich zu lenken.

Während sie vorher strategisch gedacht hatten, Risiken eingegangen waren und die Firma langfristig aufzubauen versucht hatten, gingen sie jetzt auf Nummer sicher und wollten Wachstum und Umsatz steigern (es gab noch keinen Gewinn zu vermelden). Es war der Anfang vom Ende, und Desmond wusste es. Als die Sperrfrist im August auslief, war der Aktienkurs weiter gestiegen. Der Börsenboom hatte 1999 alle Wertpapiere beflügelt, aber vor allem die von vielversprechenden Internetfirmen. Seine Anteile waren 7.840.000 Dollar wert. Er verkaufte alles und kündigte. Einschließlich der Erträge aus seinen Optionen an zwei anderen Firmen, die an die Börse gegangen waren, und einer, die aufgekauft worden war, hatte er im letzten Jahr netto über neun Millionen Dollar verdient.

Peyton hatte darauf bestanden, mit ihren Anteilen dasselbe zu tun wie er. Er verkaufte alles und zahlte die Erträge auf zwei getrennten Bankkonten ein.

Obwohl Peyton nichts von Trennung wissen wollte – weder bei den Konten noch anderswo. Kürzlich hatte sie ihn gefragt, ob er mit ihr zusammenziehen wolle. Er zögerte, weil er noch immer Angst hatte, sie zu verletzen. Aber wenn er Nein sagte, würde er ihr ebenfalls wehtun. Also kauften sie ein kleines

Haus im Cottage-Stil in Palo Alto Hills. Für ihn war der Umzug eine Kleinigkeit. Er hängte einfach seinen Wohnwagen an, fuhr ihn rückwärts in die Einfahrt und trug seine wenigen Besitztümer ins Haus.

Trotz des Geldregens änderte sich Peyton nicht im Geringsten. Sie studierte weiter Medizin, lernte wie eine Besessene und dekorierte in ihrer Freizeit das Haus. Sie strich jedes Zimmer. Tapezierte das halbe Bad. Am Wochenende gab es immer etwas im Haus zu renovieren. Desmond war ziemlich gut darin, vermutete aber, ihr Anliegen war vor allem, ihn zu beschäftigen. In den Monaten, nachdem er bei SciNet gekündigt hatte, lag er meistens auf dem Sofa und las. Oder surfte im Internet. Das letzte halbe Jahr nach dem Börsengang war strapaziös gewesen. Er hatte unzählige Stunden gearbeitet, um all die Deadlines einzuhalten. Und das Jahr davor war auch nicht viel besser gewesen. Er fühlte sich, als hätte er die Arbeit von zwanzig Jahren in achtzehn Monate gequetscht. Er war ausgebrannt. Aber das beschrieb nicht das ganze Ausmaß seines Problems.

Desmond hatte geglaubt, die finanzielle Unabhängigkeit wäre der entscheidende Durchbruch, und seine Gefühle würden sich danach ändern. Er hatte gedacht, auf der anderen Seite des Tunnels könnte er sich endlich entspannen und ganz dem Leben öffnen – und vor allem der Liebe. Liebe ohne Angst, Liebe mit Peyton. Aber die Mauer war noch da. Er fühlte sich wie ein Windhund, der sein ganzes Leben lang Rennen gelaufen war, immer hinter einem künstlichen Hasen her, bis er ihn schließlich gefangen und entdeckt hatte, dass er nichts damit anfangen konnte, dass die ganze Mühe vergeblich war. Jetzt erkannte er die Wahrheit: Sein wahres Problem lag viel tiefer.

Er las psychologische Texte und recherchierte im Internet. Peyton machte sich immer größere Sorgen und schlug ständig neue Lösungen vor.

»Du musst mehr Sport treiben, Des. Du warst doch dein ganzes Leben lang körperlich aktiv.«

Er meldete sich in einem Fitnessstudio an und begann, jeden Morgen mit ihr Joggen zu gehen. Samstags schwammen sie. Es nützte nichts. Genauso wenig wie frische Luft.

»Vielleicht musst du mehr unter Leute gehen«, sagte sie. »Den ganzen Tag hier allein zu verbringen wäre für jeden hart.«

Er trat in einen Buchklub ein. Besuchte an der Stanford University Kurse, die ihn interessierten: Astrophysik und Psychologie. Er ging mindestens zweimal pro Woche mit alten Kollegen zu Mittag essen. Aber seine Gefühle änderten sich nicht.

Peyton flehte ihn an, zum Arzt zu gehen.

»Ich habe das Gefühl, du driftest ab, Des. Bitte. Tu mir den Gefallen.«

Beim Hausarzt füllte er einen Fragebogen aus. Im Untersuchungszimmer setzte sich der Arzt ihm gegenüber und sagte: »Zuerst sollten Sie wissen, dass es nichts Ungewöhnliches ist, was Sie erleben. Depressionen betreffen Menschen jeden Alters, jeder Abstammung und jeder Schicht. Manchmal gehen sie vorbei, manchmal werden sie zu einer chronischen Erkrankung, die das ganze Leben lang behandelt werden muss. Und genau das ist es: eine Krankheit. Ich verschreibe Ihnen ein Medikament: einen Serotonin-Wiederaufnahmehemmer, kurz SSRI. Vielen Patienten geht es mit SSRI besser. In Ihrem Fall, bei der Schwere Ihrer Symptome, würde ich außerdem dringend raten, zu einem Psychotherapeuten zu gehen, der die grundliegenden Probleme feststellen und Ihnen helfen kann, Auslösemechanismen ausfindig zu machen und zu vermeiden. Ich habe bei vielen Patienten beobachtet, dass die Medikamente allein zu einer Besserung führen, aber die Kombination mit einer Therapie hilft noch häufiger.«

Der Psychotherapeut, den der Arzt empfahl, hieß Thomas Janson. Er war Mitte sechzig und hatte kurzes graues Haar und ein freundliches Lächeln. Desmond erzählte ihm von seiner Kindheit und jedem wichtigen Ereignis bis zu dem Zeitpunkt, als er durch seine Tür gekommen war. Dr. Janson machte sich umfangreiche Notizen, und als Desmond fertig war, sagte er, er glaube, er könne ihm helfen. Er brauche nur ein paar Tage, um über das nachzudenken, was Desmond ihm erzählt hatte.

Als Desmond wieder in seine Praxis kam, saß Dr. Janson mit einem Notebook auf dem Schoß in einem Sessel und sprach mit langsamer ruhiger Stimme.

»Ich glaube, Sie leiden unter einer Posttraumatischen Belastungsstörung.«

Das überraschte Desmond.

»Ich vermute, die Krankheit hat sich nach dem Buschfeuer entwickelt, das Ihre Familie und beinahe auch Sie getötet hat. Von diesem Ereignis haben Sie sich nie erholt. Sie haben das Trauma nicht verarbeitet. Stattdessen wurden Sie in eine neue Umgebung mit neuen Gefahren und Feindseligkeiten versetzt: das Haus ihres Onkels. Die ersten Jahre haben Sie in ständiger Angst vor dem Verhungern und den Kränkungen durch Ihren Onkel verbracht. Bei der Arbeit auf den Ölfeldern waren Sie körperlich in Gefahr; Ihre Verletzungen bezeugen, wie real diese Bedrohung war. Und in den Tagen danach, wenn Sie mit Ihrem Onkel...« – er warf einen Blick auf das Notebook – »... Dampf abgelassen, also getrunken und sich geprügelt haben, ließ die Gefahr und die Angst nicht nach.

Außerdem konnten Sie nie den Tod Ihres Onkels betrauern – oder sich mit Ihren Gefühlen ihm gegenüber auseinandersetzen. Sie waren in Gefahr, als er gestorben ist, mussten um Ihr Leben kämpfen, einen Menschen töten, was an sich schon ein extrem traumatisierendes Ereignis ist. Dass Sie dabei kaum etwas empfunden haben, weist auf eine Menge emotionaler Vernarbungen hin.

Unser Gehirn ist wie ein Muskel, Desmond: Es passt sich den Belastungen an, die es ertragen muss. Wir sind eine sehr anpassungsfähige Spezies. Wir verändern uns, um in der Umwelt zu überleben, in der wir uns befinden. Ihre Umwelt bedeutete fast immer Gefahr. Von dem Moment an, als das Feuer Ihnen die Eltern genommen hat, waren Sie Ihr ganzes Leben lang in physischer oder emotionaler Gefahr. Selbst als

Sie nach Kalifornien kamen, haben Sie befürchtet, dass jemand aus Oklahoma Sie finden und verhaften könnte. Sie hatten Angst, das Geld zu verlieren, das Ihr Onkel Ihnen hinterlassen hat.

Aber ich glaube, die größte Belastung für Sie waren die Verluste, die Sie erlitten haben. Ihre Familie. Die Bibliothekarin.« Er sah wieder auf das Notebook. »Agnes. Ihr Onkel. Alle, zu denen Sie eine emotionale Beziehung entwickelt haben, wurden Ihnen genommen. Und das in dem Moment, wo Sie am wenigsten damit gerechnet haben. Sie versuchen jetzt unbewusst, sich zu schützen. Ihr Gehirn erkennt das Muster: Sie wollen jemanden lieben, aber sobald Sie es tun, wird Ihnen das Objekt Ihrer Zuneigung entrissen. Deshalb lässt es keine Liebe zu. Sie befinden sich im Krieg mit Ihrem eigenen Unbewussten.«

Desmond dachte einen Moment über Dr. Jansons Ausführungen nach. »Okay. Angenommen, ich stimme Ihrer Diagnose zu, wie kann ich es in Ordnung bringen?«

»Hm, das ist eine schwierigere Frage. So etwas kann man nicht über Nacht heilen. Dafür braucht man Zeit. Und Zuversicht. Hoffnung ist auch ein starkes Mittel.«

Er ermutigte Desmond, weiter das Medikament einzunehmen und zweimal pro Woche zu ihm zu kommen.

Der Trübsinn, den Desmond empfand, stand in starkem Gegensatz zu der Euphorie im Silicon Valley. Anscheinend ging jede Woche eine neue Firma an die Börse und machte zahllose Menschen zu Millionären. Desmond war skeptisch. Warren Buffetts Wahlspruch »Sei gierig, wenn andere ängstlich sind; sei ängstlich, wenn andere gierig sind« schien in der gegenwärtigen Lage ein guter Rat. Er investierte Peytons und sein Vermögen in Anleihen. Mit einem kleinen Teil seines Geldes wettete er gegen Firmen, die seiner Meinung nach dem Untergang geweiht waren. Durch seine Erfahrung bei einem Start-up konnte er ihre Technologie bewerten und den Schwachsinn in den Gewinn- und Verlustrechnungen und Pressemitteilungen durchschauen. Er verbrachte seine Tage damit, bei den vierteljährlichen Investoren-Telefonkonferenzen zuzuhören und über Firmen im Internet zu recherchieren.

Zuerst gingen seine Wetten schief. Im Herbst 1999 und Anfang 2000 verlor er fast eine halbe Million Dollar. Er hatte den Eindruck, dass die ganze Welt verrücktspielte. 1999 gab es 457 Börsengänge; die meisten von High-Tech-Unternehmen. In 117 Fällen verdoppelte sich der Aktienkurs am ersten Handelstag. Und die Euphorie beschränkte sich nicht auf neue Firmen. Am 25. November 1998 verkündete Books-A-Million ein Update seiner Internetseite. In dieser Woche schoss der Aktienkurs über tausend Prozent in die Höhe.

Manche Firmen setzten ihr Kapital ein, um sich jedes Start-up unter den Nagel zu reißen, das sie bekamen. Yahoo kaufte Broadcast.com für 5,9 Milliarden und GeoCities für 3,57 Milliarden Dollar. Eine spanische Telefongesellschaft erwarb Lycos für 12,5 Milliarden (ein paar Jahre später stieß sie es für unter 96 Millionen wieder ab, ein Verlust von über 99 Prozent ihrer Investition). Im Januar 2000 kaufte AOL bei der zweitgrößten Fusion aller Zeiten Time Warner. Beim Super Bowl liefen in diesem Jahr Werbespots von sechzehn Dotcom-Unternehmen. Jeder davon kostete zwei Millionen Dollar.

Der Aktienmarkt blühte. Und brach im März 2000 zusammen. Die Kurse fielen genauso schnell, wie sie gestiegen waren. In den nächsten zweieinhalb Jahren verloren die Aktien über fünf Billionen Dollar an Wert. Die Leute stürzten sich auf Anleihen, und Desmonds Wetten auf fallende Kurse zahlten sich aus. Ende 2000 waren aus ihren neun Millionen Dollar neunzehn Millionen geworden, nach Abzug von Steuern fünfzehn. Danach ging er auf Nummer sicher, diversifizierte und kaufte nur Aktien von soliden Firmen.

In jeder Woche hörte Desmond, dass einer seiner Freunde seinen Job verloren hatte oder seine Firma in Konkurs gegangen war. Sie taten ihm leid. Die Erinnerung an den plötzlichen

Zusammenbruch von xTV und die Tage mit Büchsenfleisch und Bohnen war noch frisch. Er tat das Einzige, was er tun konnte: Er lud Leute zum Mittagessen ein und versuchte, ihnen Arbeit zu vermitteln, wenn er von einer freien Stelle hörte. Ihre Geschichten waren erschütternd.

Die Entlassungen waren nervenaufreibende Angelegenheiten. Große Gruppen wurden in Konferenzräume geführt, wo ihnen mitgeteilt wurde, dass man sich von ihnen trennen würde; Unternehmensberater verteilten Unterlagen mit den Details. Manchmal überraschten die Berater auch die Personaler, die soeben die Entlassungen durchgeführt hatten, indem sie auch ihnen ihre Papiere gaben.

Die Cafés, in denen es nur so gewimmelt hatte von Existenzgründern, die mit strahlenden Augen die nächste große Idee auf einer Serviette skizzierten, waren nun voller Leute, die ihren Lebenslauf optimierten und Korrektur lasen, bevor sie ihn auf dickem Papier ausdruckten, um sich von den anderen zu unterscheiden. Manager aus Start-ups, die auf dem Papier Millionen wert gewesen waren, waren plötzlich pleite und zogen wieder bei ihren Eltern oder Schwiegereltern ein. Viele Angestellte, deren Firmen an die Börse gegangen waren, konnten ihre Anteile nicht verkaufen, weil die Unternehmen vor Ende der Sperrfrist in Konkurs gingen.

Desmond beobachtete das alles ungläubig. Die Welt schien aus zwei Extremen zu bestehen: Entweder es ging mit Vollgas bergauf oder in freiem Fall über die Klippe.

Er befand sich in seinem eigenen freien Fall. Von Monat zu Monat schwand sein Optimismus, was seine Prognose betraf. Die Medikamente halfen. Die Sitzungen bei Dr. Jansen auch. Aber Desmonds Zustand hatte sich verfestigt. Er macht keine echten Fortschritte.

Peyton hingegen schon. Er beobachtete, wie sie sich änderte, Schritt für Schritt. Sie war stolz auf ihr Studium und gehörte zu den Besten des Jahrgangs. Sie erblühte, wurde zu einer unglaublichen Persönlichkeit. Sie war bereit für mehr. Das machte ihm Sorgen. Er fragte sich, ob er je der Mann sein konnte, den sie verdiente.

Weihnachten 2000 kam und ging; sie hatten einen kleinen Baum in ihrem Haus in Palo Alto Hills und hielten ihre Tradition aufrecht, höchstens zehn Dollar für Geschenke auszugeben. Aber Peyton mogelte; sie schenkte ihm ein Modellflugzeug.

»Das ist toll.«

»Das Flugzeug ist nicht das Geschenk, Des.« Sie nahm seine Hand und drückte sie. »Lass uns eine Reise machen – nach Australien, wo du geboren bist. Die Überreste eures Hauses besuchen. Und nach Oklahoma fahren, wo du aufgewachsen bist.«

Desmond stimmte zu. Er war verzweifelt genug, um alles zu probieren.

In Australien spazierte er über die Koppeln, auf denen er einst gespielt hatte. Er ging zu dem Dickicht, wo er die Festung gebaut hatte, und richtete sogar die umgefallenen Steine wieder auf, die er vor achtzehn Jahren dort gestapelt hatte. Die verbrannten Überreste des Hauses waren noch an Ort und Stelle. Er stand in dem Garten, innerhalb des Zauns, wo er in das Feuer gestürmt war. Es gab keinen Durchbruch. Er weinte nicht. Er empfand nur Traurigkeit.

Sie blieben eine Woche in einem Hotel in Adelaide, während er Charlotte suchte. Aber da er ihren Nachnamen nicht kannte, war es ein aussichtsloses Unterfangen. Über Hunderttausend Menschen hatten sich nach den Buschfeuern 1983 an den Hilfsaktionen beteiligt. Und nach all der Zeit war sie vielleicht aus der Gegend weggezogen oder hatte Australien ganz verlassen.

In Oklahoma City mieteten sie ein Auto und fuhren nach Süden, durch Norman und Noble, bis sie schließlich auf die Slaughterville Road kamen.

Er bog zu dem Haus ab, in dem er aufgewachsen war. Orvilles Haus. Es war einmal eine Farm gewesen, aber das

Ackerland war verkauft worden, entweder von Orville oder von einem Vorbesitzer.

Die neuen Eigentümer hatten das Haus gestrichen und ein neues Dach gebaut. Die Bitumenschindeln glitzerten im Licht des klaren Apriltags. Ein Chevy-Pick-up und eine Ford-Limousine standen unter einem neuen Carport. Ein rotes Huffy-Fahrrad lehnte auf der Veranda an der Wand. Es war ungefähr so groß wie das, welches Desmond in der Pfandleihe gekauft hatte – das Fahrrad, das Orville ihm wegzunehmen gedroht hatte.

Der Schuppen stand offen. Der alte Studebaker war weg. Desmond sah auf die Stelle am Boden, wo Dale Epply verblutet war, während er mit der Rasenmäherklinge daneben gestanden hatte.

Peyton legte den Arm um ihn.

»Willst du reingehen?«

»Nein. Ich habe genug gesehen.«

Sie fuhren an dem Lebensmittelladen vorbei, der ihn unterstützt hatte, und auf dem Highway 77 nach Noble. Die Kleinstadt hatte sich nicht sehr verändert. Sie aßen in einem Café an der Third Street und gingen zu Fuß zur Bibliothek.

Ein Mädchen, das ein paar Jahre jünger als Desmond war, saß mit Druckbleistift und aufgeschlagenem Buch hinter dem Schalter. Wieder eine Studentin der University of Oklahoma, vermutete Desmond.

»Kann ich helfen?«, fragte sie.

»Nein. Ich seh mich nur um.«

Desmond ging den Gang mit den Romanen entlang, und Peyton folgte ihm. Er entdeckte ein paar Bücher, die er als Kind gelesen hatte: *Insel der blauen Delphine*, *Hatchet* und *Hyperion.* Er konnte sich sogar noch erinnern, wo er sie gelesen hatte.

Die Bibliothek hatte sich kaum verändert. Nur eine hölzerne Kabine in der Ecke war neu. Darin stand ein Computer von Gateway mit einem Siebzehn-Zoll-Monitor. Auf einer Plakette oben an der Kabine stand: *Pioneer Library System Technology Center, gestiftet im Gedenken an Agnes T. Andrews.*

Es war das Beste, das er jemals in der Bibliothek gelesen hatte.

Er nahm Peytons Hand.

»Lass uns nach Hause gehen.«

74

Avery sah ungläubig aus dem Cockpit des Flugzeugs. Spanien war dunkel, nur in einer Stadt, vermutlich Barcelona, glitzerten einige Lichter. Es waren keine Abfangjäger aufgestiegen, um das Rote-Kreuz-Flugzeug zu verfolgen. Die Flugsicherung hatte sich nicht einmal gemeldet. Sie fragte sich, was da unten los war und wie viele Menschen dort noch lebten.

Auf dem Navigationsmonitor rückte ihr Bestimmungsort näher: die Shetlandinseln. Avery hatte noch nie davon gehört. Sie fragte sich, was sie an den GPS-Koordinaten finden würden, die Desmond ihr gegeben hatte. Auf dem Satellitenbild sah man nur Wald. War es eine Falle? Avery befürchtete es. Aber sie hatte keine Wahl.

Sie schaltete den Autopiloten ein, stand auf, streckte die Beine und ging in die Kabine. Desmond und Peyton lagen in ihren Schlafsäcken, und sie schmiegten sich wie zwei Löffelchen aneinander.

Avery lehnte sich gegen den Türrahmen und sah sie an. Bald würde sie eine Entscheidung fällen müssen. Eine schwierige.

Am 11. September 2001 saß Desmond mit Peyton in dem lichtdurchfluteten Wohnzimmer in Palo Alto und starrte fassungslos auf den Fernseher. Der Nachrichtenkanal zeigte Livebilder aus Manhattan. Die Menschen in den Gebäuden verbrannten bei lebendigem Leib, genau wie Desmonds Familie im Jahr 1983. Aber diese Tragödie war keine Naturkatastrophe, sondern von Menschenhand ausgelöst – das schlimmste aller Übel. Das widerliche, grausame Abschlachten von Unschuldigen.

»Irgendwas läuft auf dieser Welt gewaltig schief«, sagte Desmond.

»Das kann man wohl sagen.«

Die Börse in den USA blieb bis zum 17. September geschlossen – die längste Pause seit 1933 während der Großen Depression. Als sie wieder öffnete, stürzten die Aktien ab. Der Index fiel um 684 Punkte, so viel wie noch nie an einem Tag. Am Ende der Woche hatte der Dow-Jones-Index um vierzig Prozent nachgegeben. Der S&P 500 verlor fast zwölf Prozent. Allein in dieser Woche sank der Börsenwert um 1,4 Billionen Dollar.

Während andere Anleger amerikanische Aktien abstießen, kaufte Desmond welche. Er hielt sich an seine Kriterien für eine erfolgreiche Firma: ein Gründer, der instinktiv wusste, was die Kunden wollten, und ein gut geführtes Geschäft. Desmond erwarb Aktien von Amazon und Apple.

In den Nachrichten hörte er jeden Abend Säbelrasseln und sah, wie die Welt auf einen Krieg zusteuerte. Er selbst war ebenfalls verdammt wütend. Er überlegte sogar, sich bei der NSA oder der CIA zu verpflichten. Aber er brachte kaum genug Energie auf, um aus dem Bett aufzustehen. Es schien jeden Monat schlimmer zu werden.

Peyton bemerkte es und machte sich Sorgen.

»Was, wenn du eine eigene Firma gründest?«

»Was für eine Firma? Warum? Es ist sinnlos. Ich habe keine Ideen. Keinen Antrieb.«

»Du könntest eine Non-Profit-Organisation gründen. Kinderfürsorge. Such dir was, das dir wichtig ist, und leg los.«

Er dachte eine Woche lang darüber nach, recherchierte und begann, ehrenamtlich bei einer Wohngruppe in San Jose zu arbeiten.

Das half ihm, die Zeit zu vertreiben, aber es reichte nicht. Tief im Inneren wusste er, dass er sich niemals ändern würde.

Er würde Peyton niemals so lieben können, wie sie ihn liebte – mit völliger Hingabe. Es war ihr gegenüber nicht fair. Sie verdiente etwas Besseres.

Im Sommer 2002 saß er in Dr. Jansons Praxis.

»Es funktioniert nicht.«

»Es braucht Zeit, Desmond.«

»Ich komme jetzt schon seit über zwei Jahren zu Ihnen. Ich habe es mit Medikamenten, Sport und ehrenamtlicher Arbeit versucht. Verdammt, wir haben sogar die tragischen Ereignisse meiner Kindheit zurückverfolgt. Es geht mir nicht besser. Ich fühle mich genauso schlecht wie an dem Tag, als ich zum ersten Mal bei Ihnen war.«

»Sie sollten sich bewusst machen, dass jeder Mensch emotionale Grenzen hat. Ihr ... Spielraum ist vielleicht einfach sehr eng. Vielleicht reichen zwei Jahre auch nicht.«

»Wollen Sie wissen, was ich gerade empfinde?«

Jason zog die Brauen hoch.

»Schuldgefühle.«

Der Therapeut wirkte verwirrt.

»Ich fühle mich schuldig, weil ich weiß, dass sie mich niemals verlassen wird. Und ich sie niemals so glücklich machen kann, wie sie es verdient.«

An diesem Nachmittag packte Desmond seine Sachen. Die Geschenke von Peyton legte er vorsichtig in einen großen Koffer. Er scannte alle Fotos von ihnen, druckte Kopien aus und steckte sie wieder in die Rahmen. Im Wohnzimmer wartete er, bis sie nach Hause kam. Sie saßen weit auseinander auf dem Sofa, und er spürte ihre Nervosität. Offenbar wusste sie, dass etwas im Argen lag. Er sagte die Sätze, die er so oft geübt hatte.

»Ich habe eine Vision von dir in ein paar Jahren. Es ist Sommer. Du sitzt auf der Veranda hinter dem Haus und trinkst ein Glas Wein, während die Kinder im Garten spielen. Dein Mann grillt. Und spielt mit den Kindern und weiß genau, wie das geht, denn sein liebevoller Vater hat mit ihm früher auch im Garten gespielt. Ihr esst alle zusammen, und er weiß genau, wie er mit dir umgehen muss, weil er bei seinen Eltern aufgewachsen ist, die ein gutes Verhältnis zueinander hatten. Er liest den Kindern eine Geschichte vor, bevor er sie ins Bett bringt, weil seine Eltern das für ihn getan haben. Wenn sie Theater machen, weiß er instinktiv, was zu tun ist, nicht weil er es in einem Buch gelesen hat, sondern weil er in einem normalen Zuhause ausgewachsen ist. Und er liebt dich. Und sie. Weil er lieben kann und nicht von einer Tragödie in die nächste geschlittert ist, bevor er dich kennengelernt hat. Euer Leben ist nicht perfekt, aber ihr habt eine echte Chance, es hinzukriegen, weil keiner von euch irreparabel geschädigt ist.«

»Desmond, es ist mir egal, ob ...«

»Ich weiß. Ich weiß, dass du bei mir bleiben willst, egal wohin unsere Reise geht.«

»Genau.«

»Aber ich lass es nicht zu.«

»Desmond.«

»Dafür habe ich dich zu gern, Peyton. Du hast es verdient, glücklich zu sein.«

»Ich bin glücklich.«

»Nicht so glücklich, wie du sein wirst.«

Sie umarmte ihn und weinte so heftig, wie er es noch nie erlebt hatte.

»Es tut mir leid. Es tut mir so leid.«

»Bitte bleib.«

»Ich bleibe noch diese Nacht.«

Sie sah ihm in die Augen. »Bleib bis Montag. Bitte.«

Er stimmte zu. Es waren die drei quälendsten und freudvollsten Tage seines Lebens. Sie liebten sich jede Nacht. Und zweimal jeden Tag. Es war ein langer Abschied. So schmerzhaft, dass selbst er es spürte. Er konnte sich kaum vorstellen, was sie durchmachte.

Als er am Montagmorgen aus der Tür trat, umarmte sie ihn so fest, dass er dachte, seine Rippen würden brechen.

Er schob sie so weit von sich, dass er ihr in die Augen sehen konnte.

»Tust du mir einen Gefallen?«

»Was du willst.«

»Warte nicht auf mich. Lebe dein Leben.«

Das löste einen neuen Weinkrampf aus.

Eine Stunde später fuhr er mit dem Airstream-Wohnwagen im Schlepptau nach Süden.

Er campte in den Nationalparks, erst in Yosemite, dann in Sequoia, und wanderte durch das Death Valley. Nachts las er. Und dachte lange und intensiv über seine nächsten Schritte nach. Von Tag zu Tag zeichnete sich die Lösung deutlicher ab. Wenn er sich selbst schon nicht retten konnte, würde er andere retten. Das war ein Ziel, für das er sich begeistern konnte. Dafür lohnte es sich zu leben. Die Idee, eine Non-Profit-Organisation zu gründen oder sich um das Wohlergehen von Kindern zu kümmern, war richtig gewesen – nur der Maßstab stimmte nicht. Er wollte etwas Großes tun. Er wollte die Welt verändern – eine Welt schaffen, in der kein Kind mehr unter solchen Umständen aufwachsen musste wie er.

Er eröffnete sein Büro auf der Sand Hill Road. Die Mieten waren dort einmal die höchsten auf der Welt gewesen. Jetzt standen die ehemaligen Büros vieler untergegangener Risikokapitalfirmen leer. Sie waren alle luxuriös eingerichtet. Desmond verhandelte so hart, wie er vor all den Jahren mit dem Pfandleiher um das Fahrrad gefeilscht hatte. Eine Woche später zog er ein und begann, herumzutelefonieren und allen zu erzählen, dass er eine Investmentfirma mit neuem Schwerpunkt gegründet hatte. Dank des florierenden Aktienmarkts konnte er achtzig Millionen Dollar ausgeben. Kapital war knapp im Silicon Valley. Es kamen eine Menge E-Mails. Ununterbrochen klingelte das Telefon. Aber das, was er suchte, war nicht dabei.

Er nannte seine Firma Icarus Capital. In der griechischen Mythologie war Ikarus der Sohn von Daidalos, des

Baumeisters, der das Labyrinth geschaffen hatte. Um von Kreta zu fliehen, baute Daidalos Flügel aus Wachs und Federn für seinen Sohn. Er warnte Ikarus: *Hüte dich davor, zu hoch zu steigen, sonst wird die Sonne deine Flügel schmelzen, und flieg nicht zu tief übers Meer, damit die Feuchtigkeit dich nicht hinabzieht!* Desmond glaubte an die Moral der Geschichte. Die Allegorie des Ikarus ließ sich auf das Wachstum und den Absturz der Börse übertragen, und auf das Leben überhaupt. Menschen, die zu hoch flogen – die über ihre Mittel und Fähigkeiten lebten –, scheiterten zwangsläufig. Genau wie die, die nie ein Risiko eingingen.

Obwohl er glaubte, dass seine emotionale Entwicklung stagniert hatte, wandte Desmond sich an mehrere Psychotherapeuten. Einer empfahl ihm, eine Firma zu kontaktieren, die eine neuartige Therapie entwickelte. Sie sei experimentell, aber es lohne sich, es zu probieren. Die Firma hieß Rapture Therapeutics.

Desmond war überrascht, als er den Namen hörte. Er erinnerte sich noch aus seiner Zeit bei SciNet daran; es war eines der drei mysteriösen Unternehmen, die von Citium Holdings und Invisible Sun Securities finanziert wurden.

Eine Woche später saß er in San Francisco im Büro von Rapture. Der Forschungsleiter hielt eine Tablette hoch.

»Das sind fünfzig Milligramm von einem Antidepressivum. Wenn wir beide die gleiche Tablette nehmen, könnte die Wirkung bei Ihnen viermal so stark sein. Woran liegt das? Es hängt davon ab, wie der Körper den Wirkstoff metabolisiert. Das ist ein Problem für Ärzte und Patienten.«

»Und was ist die Lösung?«

»Die orale Medikation zu umgehen. Wir bei Rapture haben ein Implantat entwickelt, das ins Gehirn eingesetzt wird. Es überwacht die Gehirnchemie und gibt die Substanzen ab, die das Gehirn braucht – zum richtigen Zeitpunkt. Stellen Sie sich eine Welt ohne Schizophrenie, bipolare Störungen und Depressionen vor – um nur ein paar Krankheiten zu nennen. Das Marktpotenzial ist nahezu unbegrenzt.«

»Ich bin interessiert. Ich habe es mit Medikamenten probiert, aber es hat bei mir nicht funktioniert. Am meisten interessiere ich mich für Gedächtnisveränderung.«

Der Wissenschaftler musterte ihn kritisch. »Was meinen Sie damit?«

»Ich möchte schmerzhafte Erinnerungen löschen. Einen Neuanfang machen, sozusagen.«

Eine Pause entstand.

»Wir haben zurzeit kein Verfahren, das so etwas ermöglicht, Mr. Hughes.«

»Aber Sie arbeiten an etwas.«

»Die Angelegenheit ist noch nicht spruchreif.«

Desmond ließ sich das Implantat einsetzen. Er hegte keine großen Erwartungen. Aber fast sofort spürte er die Wirkung. Die Depression schwächte sich ab. Er konnte sich mehr für die Arbeit begeistern. Er freute sich auf Dinge. Aber er befürchtete, dass er einen Rückfall bekäme, wenn das Implantat ausfiel oder Rapture in Konkurs ging. Er wurde geradezu besessen von der Firma. Ständig rief er dort an und bat um nicht öffentliche Unterlagen. Er erreichte nichts.

Schließlich verlangte er ein Treffen mit dem CEO und dem CFO.

»Ich möchte investieren«, sagte er.

Die Stimme des CEO klang ausdruckslos. »Wir haben reichlich Kapital.«

»Von wem?«

»Unsere Investoren schätzen die Anonymität.«

»Citium Holdings? Invisible Sun Securities?«

Er hätte eine Stecknadel fallen hören können. Die beiden Manager entschuldigten sich. Sie hatten offensichtlich Angst.

Desmond zog unermüdlich Erkundigungen über Citium und Invisible Sun ein. Einige Akten waren gezwungenermaßen öffentlich. Die beiden Unternehmen besaßen Anteile an einem Dutzend Firmen und hatten Millionen an Non-

Profit-Organisationen und Stiftungen gespendet, von denen er noch nie gehört hatte. Die Non-Profit-Organisationen leiteten das Geld in staatliche und private Forschungsprojekte weiter. Sie finanzierten gentechnische und medizinische Forschung, fortschrittliche Energieerzeugung und Supercomputer. Was hatte das zu bedeuten? Und warum legten sie so viel Wert auf Geheimhaltung?

Das Rätsel um Citium fesselte Desmond immer mehr. Aber so sehr er es auch versuchte, er konnte sich kein klares Bild verschaffen. Alle Wege endeten in der Sackgasse.

Desmond führte ein ziemlich einsames Leben. Er besaß ein kleines Haus in Menlo Park, fuhr jeden Tag mit dem Fahrrad zur Arbeit und traf sich manchmal mit einem alten Kollegen zum Lunch. Er sah zu, wie seine Investitionen wuchsen, und die Jahreszeiten wechselten wie im Zeitraffer, während sein Leben an ihm vorbeiraste.

Fast jeden Tag dachte er an Peyton. Er richtete einen Web-Alert für ihren Namen ein. Sobald er auftauchte, bekam er eine E-Mail, die er sofort öffnete. Sie schloss das Medizinstudium ab. Begann ihre Assistenzzeit. Wurde in das EIS-Programm des CDC aufgenommen. Das machte ihn glücklich. Sie hatte ihr Versprechen gehalten, ihr Leben zu leben.

Wie Desmond hatte sie viele Menschen verloren, die sie liebte: ihren Vater, ihren Bruder und jetzt ihn. Er hoffte, sie würde nicht das gleiche Schicksal erleiden wie er. Er wollte, dass sie sich verliebte, heiratete und Kinder bekam, denn danach sehnte sie sich tief in ihrem Inneren, auch wenn sie es nicht zugab.

Die schrecklichste Vorstellung für ihn war, dass sie durch die Zeit mit ihm ebenfalls unfähig geworden war zu lieben, dass er sie mit seiner Bindungsangst infiziert hatte.

An einem kühlen Novembermorgen öffnete ein Mann die Glastür von Desmonds Büro und marschierte hinein. Desmond schätzte ihn auf sechzig oder siebzig. Er hatte weißes

Haar und ein blasses Gesicht. Seine Augen waren leer und reglos, als hielte er sie für einen medizinischen Eingriff still.

Desmond hatte keinen Assistenten eingestellt – es gab nicht einmal genug Arbeit für ihn.

An diesem Tag hatte er keine Termine.

»NextGen Capital ist auf der anderen Seite des Flurs.«

»Ich will zu Ihnen, Mr. Hughes.«

»Worum geht's?«

»Citium Holdings.«

Die Worte hingen zwischen ihnen in der Luft, und beide schwiegen einen Augenblick.

Desmond streckte den Arm aus. »Unterhalten wir uns im Besprechungszimmer, Mr. ...«

»Pachenko. Yuri Pachenko.«

Er ging an Desmond vorbei, setzte sich und lehnte das angebotene Wasser ab. Dann zog er die Regenjacke aus, auf der eine dünne Wasserschicht haftete. Narben bedeckten seine Unterarme, Brandnarben, die denen an Desmonds Beinen ähnelten. Desmond wandte sofort den Blick ab, als er das erkannte.

Mit ruhiger unbewegter Stimme fragte Yuri: »Was versuchen Sie hier aufzubauen, Mr. Hughes?« Er sprach hervorragend Englisch und hatte einen leichten britischen Akzent.

»Bitte, nennen Sie mich Desmond. Also, wenn Sie nach Icarus Capital fragen, wir investieren in Firmen, die das Potenzial haben, die Zukunft zu gestalten. Wir ...«

Yuri hob die Hand und wartete, bis Desmond schwieg.

»Sie haben mich falsch verstanden. Ich möchte nicht hören, was Sie jedem erzählen, der hier durch die Tür kommt. Verraten Sie mir Ihre wahre Vision, von der Sie denken, dass sie die Leute abschreckt, weil sie zu gewaltig ist.«

Desmond lehnte sich auf seinem Stuhl zurück. Der Mann hatte etwas Besonderes an sich. Sein Gleichmut, seine Direktheit. Desmond brachte ihm sofort Vertrauen entgegen. Er redete einfach drauflos und erschrak beinahe über sich selbst.

»Ich will eine Welt schaffen, in der kein Kind zusehen muss, wie seine Familie verbrennt. In der kein Kind bei jemandem aufwachsen muss, der es nicht liebt. Eine Welt, in der keine Verrückten Flugzeuge in Gebäude fliegen und in der die Wirtschaft mehr ist als ein Spielcasino.«

»Und was noch?«

Desmond zögerte und sah zur Seite.

»Das ist die Welt, die Sie schaffen wollen. Aber was wollen Sie persönlich, Desmond?«

»Ich will eine Welt schaffen, in der jeder geheilt werden kann, egal wie kaputt der Körper oder die Seele ist.«

Yuri zog die Mundwinkel hoch. »Glauben Sie, das ist möglich?«

»Ich glaube, wie erleben das Anfangsstadium einer technologischen Explosion, die eines Tages alles ermöglichen wird.«

»Und wenn ich Ihnen sagen würde, dass die Technik, die sie beschreiben, schon entwickelt wird?«

»Ist es das, woran Citium arbeitet?«

»Unter anderem.«

»Und woran noch?«

»An Projekten, die Ihnen geben können, wonach Sie sich so sehnen: einen Sinn und die Möglichkeit, die Welt wirklich zu verändern. Haben Sie Interesse, Desmond?«

»Ja.«

Sie unterhielten sich fast zwei Stunden lang. Zum Schluss erklärte Desmond sich bereit, nach London zu kommen, wo er weitere Einzelheiten erfahren sollte.

Als Yuri zur Tür ging, fragte er: »Wie heißt es? Das Verfahren, an dem Sie arbeiten?«

»Das Spiegel-Projekt.«

TAG 11

5.200.000.000 Infizierte

2.000.000 Tote

75

Das Rote-Kreuz-Flugzeug flog durch die Nacht über dem Atlantik auf die Shetlandinseln ungefähr hundertachtzig Kilometer nördlich der schottischen Hauptinsel zu.

Über Spanien hatte Avery eine schwierige Entscheidung getroffen: um Großbritannien und Irland herumzufliegen. Sie hatten Glück gehabt, dass sie über Kontinentaleuropa nicht abgefangen worden waren; bei Großbritannien war sie weniger zuversichtlich. Allerdings hatte diese Route den Nachteil, dass sie mehr Treibstoff verbrauchten. Als die Südspitze der Shetlandinseln achtzig Kilometer vor ihnen aufragte, begannen die Triebwerke zu stottern. Sie wischte sich die schweißnassen Hände an der Hose ab, griff nach dem Steuerhorn und schaltete den Autopiloten aus.

Als sie in den Sinkflug ging, bemerkte sie, dass der Treibstoff nicht ihr einziges Problem war. Und nicht das größte.

In der Kabine wachte Peyton vom Geräusch der stotternden Triebwerke auf. Sie lag im Schlafsack auf dem Boden, ihr Gesicht hatte sie Desmond zugewandt.

Er erwiderte ihren Blick.

Die Triebwerke stotterten erneut. Das Flugzeug verlor schnell an Höhe.

Desmond stand auf, hielt sich an der Sitzlehne fest, hangelte sich zur Cockpit-Tür und riss sie auf.

Peyton folgte ihm. Avery drehte hektisch an irgendwelchen Einstellrädern an der Instrumententafel.

Sie sagte in ihr Headset: »Scatsta ATC, hören Sie mich?«

Durch die Windschutzscheibe sah Peyton eine weiße Wand. Als sie die Wolke durchbrachen, bekam sie einen ersten Eindruck von der Landschaft unter ihnen: dunkelgrüne Hügel, die aus einer dichten Nebeldecke aufragten.

Der Nachthimmel war von hellgrünen und blauen Streifen durchzogen. So etwas hatte sie noch nie gesehen. Es raubte ihr den Atem. Sie wusste, was es war: ein Polarlicht. Es schien in ihre Richtung zu zeigen und den Kampf mit dem Nebel zu verlieren.

Ein Windstoß erfasste das Flugzeug. Peyton verlor das Gleichgewicht und fiel gegen Desmond, der sich mit einer Hand abstützte und sie mit der anderen auffing. Statt sie loszulassen, legte er den Arm um sie und zog sie fest an sich.

»Wie sieht's aus, Avery?«

»Fantastisch.« Avery wandte sich nicht um. Sie bediente das Steuerhorn und versuchte, das Flugzeug in der Waage zu halten. »Wir haben keinen Sprit mehr. Die Sicht ist gleich null. Orkanartiger Wind. Die Flugsicherheit antwortet nicht.«

Das Flugzeug wurde erneut von einem Windstoß durchgerüttelt.

»Ach so, ich sollte vielleicht noch erwähnen, dass das *bei Weitem* das größte Flugzeug ist, das ich je geflogen habe. Nebenbei bemerkt.«

Desmond ließ Peyton los und beugte sich vor, um Avery in die Augen zu sehen. »Hey, du schaffst das. Wir erwarten keine Wunder, okay? Brems einfach ab und bring uns runter.«

Avery nickte nur.

»Wie können wir dir helfen?«

Als Avery antwortete, schwang kein sarkastischer Unterton mehr mit. »Schnallt euch einfach an. Passt auf, dass nichts lose herumliegt. Und zieht Helm und Schutzweste an.«

In der Kabine half Desmond Avery, die Schutzweste anzulegen. Sie atmete scharf ein, als er den Gurt festzog; Ihre Brust war noch voller Prellungen von der Flucht von der *Kentaro Maru*.

»Zu eng?«, fragte er.

Sie fletschte die Zähne. »Schon okay.«

Sie setzten ihre Helme auf und schnallten sich auf den Sitzen am Mittelgang an. Während der Wind das Flugzeug herumwarf, sah Peyton auf das Polarlicht. Hellgrüne Streifen zogen sich bogenförmig über den Himmel, als hätte ein Künstler das Firmament mit phosphoreszierender Farbe bemalt.

Sie sanken jetzt schnell. Der Wind nahm von Sekunde zu Sekunde zu. Peyton stützte sich an dem Sitz vor ihr ab.

Vor dem Fenster verschwand das Polarlicht in der Nebelwand.

Die Reifen schlugen auf den Asphalt. Das Flugzeug schoss schlitternd über die Landebahn, dann machte es einen Satz und wurde durchgerüttelt, als es vom Asphalt rutschte. Kurz darauf blieb es stehen.

Desmond löste seinen Gurt, sprang auf und öffnete die Cockpit-Tür. Avery stand. Er packte sie an den Schultern.

»Saubere Landung.«

Peyton dachte, er würde Avery umarmen, aber er hielt sie nur auf Armlänge vor sich und sah sie an.

Avery grinste.

»Wenn irgendwas auf der Landebahn gestanden hätte, wären wir tot«, sagte sie.

»Aber da war nichts. Gut gemacht.«

Avery wirkte erschöpft. Peyton fiel auf, dass sie die Frau seit ihrer Flucht nicht hatte schlafen sehen. Sie machte den Eindruck, als würde sie jeden Moment zusammenbrechen.

Stattdessen kam sie in die Kabine marschiert und blieb vor Peyton stehen.

»Ich brauche meine Schutzweste.«

Peyton gefiel der brüske Tonfall nicht, aber sie nickte und schnallte die schwarze Weste ab – ein wenig verlegen, als stünde sie unter Beobachtung. Avery legte sie an, nahm ihr Gewehr und das Nachtsichtgerät und wandte sich zu Desmond um.

»Wir müssen den Tower sichern und tanken. Falls wir hier in die Klemme geraten, will ich startbereit sein.«

Als Desmond und Avery gegangen waren, konnte sich Peyton endlich entspannen. Der Plan lautete, dass sie erst einmal im Flugzeug wartete, und sie hatte nichts dagegen.

Sie spürte das Fieber, das sie vorher kaum wahrgenommen hatte. Vor ihrem inneren Auge tauchten die leidenden und sterbenden Menschen im Mandera Hospital auf. Ohne Behandlung stünde ihr wahrscheinlich dasselbe Schicksal bevor. Sie war vor knapp einer Woche nach Mandera gereist. Wenn sie davon ausging, dass sie sich vor fünf bis sieben Tagen angesteckt hatte ...

Peyton schob den Gedanken beiseite. Sie musste sich konzentrieren.

Sie begann, ihre Ausrüstung zu sortierten, und lauschte, ob sie Schüsse oder andere Kampfgeräusche hörte. Die Landebahn und das Flugzeug waren immer noch in dichten Nebel gehüllt.

Es kam ihr vor wie Stunden, bis sie jemanden über den Asphalt rennen hörte. Das Geräusch endete, als derjenige das Gras um das Flugzeug herum erreichte. Instinktiv zog sich Peyton ins Cockpit zurück, um sich dort notfalls einzuschließen.

Stiefel polterten die Treppe hinauf, und Desmond erschien an der Tür.

»Hast du mich vermisst?«

Peyton schnaufte.

»Du hast mich zu Tode erschreckt.«

Draußen hörte sie das Brummen eines Lastwagenmotors.

»Was habt ihr gesehen?«

»Der Flughafen ist verlassen. Wir haben einen Tankwagen gefunden. Wir tanken auf, bringen das Flugzeug zurück auf die Landebahn und bereiten alles vor, falls wir schnell verschwinden müssen.«

Als das Flugzeug betankt war und auf der Landebahn stand, setzten sich die drei in die Kabine.

Avery fragte Desmond: »Irgendwelche Erinnerungen?«

»Nichts.«

Peyton war erstaunt, wie mühelos er log. Es machte ihr ein wenig Angst. Aus Averys Reaktion konnte man nicht ablesen, ob sie ihm glaubte.

Sie besprachen, wie sie weiter vorgehen sollten, und einigten sich schließlich darauf, dass Avery schlafen sollte, während Desmond und Peyton mit einem der Flughafenfahrzeuge zu den GPS-Koordinaten fuhren. Sie würden sich über Funk melden, falls sie Hilfe brauchten. Avery war nicht gerade begeistert, aber sie stimmte schließlich zu. Immerhin brachte es einen Vorteil mit sich, dass sie sich aufteilten: Wenn etwas schiefging, konnte Avery kommen und ihnen aus der Klemme helfen.

Desmond und Peyton fanden den Schlüssel eines alten Citroën im Flughafenbüro und bogen mit dem SUV auf eine gepflasterte zweispurige Straße, die sich durch die grüne Hügellandschaft schlängelte. Die GPS-Koordinaten lagen ungefähr sechzig Kilometer vom Flughafen entfernt in einer bewaldeten Gegend. Der Nebel hing so dicht über der Straße, dass die Scheinwerfer ihn kaum durchdrangen. Das Polarlicht glühte über ihnen wie ein grünes Leuchtfeuer. Peyton betrachtete die geschwungenen Linien; sie sahen aus wie die Plasmaschweife eines Raumschiffs in einem Science-Fiction-Film.

Während Desmond fuhr, erzählte er Peyton, woran er sich erinnert hatte. Peyton hatte schon sehr lang wissen wollen, was passiert war, nachdem er sie auf der Schwelle ihres kleinen Bungalows in Palo Alto zurückgelassen hatte. Als diese Leerstelle nun aufgefüllt wurde, kam es ihr fast surreal vor.

Desmonds Erinnerungen endeten mit Yuri Pachenko in seinem Büro in Menlo Park. Die Beschreibung des Manns kam Peyton vage bekannt vor. Und der Name auch. Aber sie konnte beides nicht einordnen.

»Weiß du, wo sie das Heilmittel aufbewahren?«, fragte sie.

»Nein.« Er warf ihr einen Blick zu. »Hast du je geheiratet?«

Peyton schüttelte den Kopf.

»Meinetwegen?«

»Weil das Leben nun mal so ist, Desmond. Es ist nicht deine Schuld. Und es ist vorbei, okay?«

»Nicht für mich.«

Sie fuhren eine Weile schweigend weiter.

»Erinnerst du dich an Avery?«, fragte Peyton schließlich.

»Nein.«

»Ich traue ihr immer noch nicht.«

»Geht mir genauso. Auch wenn sie uns bis jetzt keinen Grund gegeben hat, ihr zu misstrauen.«

Peyton wechselte das Thema. »Wie geht es dir?«

»Es fühlt sich an, als würde mein Kopf zerplatzen.« Er musterte sie. »Und dir?«

»Alles in Ordnung.«

»Sei ehrlich. Es wird schlimmer, oder?«

»Krank zu werden gehört zum Berufsrisiko. Damit habe ich mich abgefunden, als ich beim CDC angefangen habe.«

»Aber ich finde mich nicht damit ab.«

Peyton sah aus der Windschutzscheibe.

»Du wirst nicht so sterben, Peyton.«

Sie massierte ihren schmerzenden Nacken; die unsanfte Landung hatte mehr Schaden angerichtet, als sie dachte. »Normalerweise bin ich es, die Kranken sagt, dass ich sie heile.«

»Tja, ich glaub, du hast dir eine Woche Urlaub verdient.«

Danach fuhren sie schweigend weiter. Peyton sah kein einziges Gebäude – keine Wohnhäuser, keine Geschäfte. Bis auf die Straße, die sich durch die Hügel schnitt, hatte die Zivilisation keine Spuren hinterlassen.

»Wir sind gleich da«, sagte sie, als sie auf die Labyrinth-Reality-App sah. »Noch hundert Meter bis zum Ziel.«

Desmond bremste ab. »Welche Richtung?«

»Halblinks.«

Die Straße bog nach rechts. Es gab keine Abzweigung, die in Richtung der Koordinaten führte. Desmond parkte am Straßenrand.

»Bleib hier.«

»Vergiss es.«

»Peyton …«

»Ich komme mit.«

»Okay«, lenkte er ein – wie ein Mann, der seit zwanzig Jahren verheiratet war und wusste, wann ein Streit zwecklos war.

Sie schlichen in den Wald. Da die Straße durch ein Tal führte, gingen sie stetig bergauf. Uralte immergrüne Bäume umgaben sie. Der Mond und das Polarlicht konnten das Blätterdach und den Nebel kaum durchdringen. Peyton sah keine zehn Meter weit.

Sie tippte Desmond auf die Schulter und zeigte auf die Taschenlampe in ihrer Hand, um ihn wortlos zu fragen, ob sie sie einschalten sollte.

Er schüttelte den Kopf. Er hatte sein Gewehr über der Schulter hängen und hielt in einer Hand eine Pistole. Mit der anderen Hand griff er hinter sich, nahm Peytons Hand und führte sie durch den dunklen Wald.

Es war vollkommen still. Sie hörte weder Tiere rascheln noch Vögel singen. Als sie auf einen Zweig trat, kam ihr das Knacken ohrenbetäubend laut vor. Desmond erstarrte.

»Entschuldigung«, flüsterte sie.

Er wartete, ob etwas geschah. Aber der Wald blieb ruhig und still.

»Entfernung?«

Peyton tippte auf das Display. »Dreißig Meter. Genau vor uns.«

Desmond schlich mit erhobener Pistole weiter.

Auf den letzten zehn Metern hielt Peyton den Atem an. Der Nebel schien sich von allen Seiten um sie zusammenzuziehen.

Das Handy piepste. Eine Nachricht leuchtete auf:

Eingang des Labyrinths erreicht

Desmond nahm ihr die Taschenlampe aus der Hand, schaltete sie ein und schwenkte den Strahl durch den Nebel. Plötzlich hielt er inne.

Peyton sah es auch. Ihr erster Gedanke war: Es wird explodieren.

76

Desmond näherte sich vorsichtig dem kleinen Metallkasten, der auf dem Boden lag. »Bleib zurück«, flüsterte er. »Könnte eine Sprengfalle sein.«

Sie zog sich hinter einen zehn Meter entfernten Baum zurück und beobachtete, wie er sein Kampfmesser zückte. Er sägte mit dem gezackten Rücken der Klinge einen Ast von einem Baum, schnitt die Zweige ab und benutzte ihn, um die Kiste aufzuklappen.

Zu Peytons Erleichterung passierte nichts.

Vorsichtig näherte Desmond sich der Kiste. Er bückte sich, zog einen kleinen Zettel heraus und stieß den Atem aus.

»Es sind neue GPS-Koordinaten«, sagte er.

»Wo?«, fragte Peyton.

Er zog das Handy hervor und gab sie ein. »Auch auf Shetland. Vielleicht dreißig oder vierzig Kilometer von hier. Wir können hinfahren.«

Peytons Handy gab einen Signalton von sich. Eine Meldung der Labyrinth-Reality-App erschien auf dem Display:

1 Eingang gefunden

Sie zeigte Desmond die Nachricht.

»Das Gleiche wie gestern, als ich die App in Dadaab geöffnet habe.«

Er nahm das Handy und klickte auf die Nachricht. Eine Karte erschien. Der Ort befand sich im Süden Australiens, nahe der Küste. Es war eine ländliche Gegend, und als Desmond hineinzoomte, sah Peyton einen dunklen Fleck in der grünen und braunen Landschaft. Er vergrößerte den Ausschnitt so weit wie möglich, und Peytons Mund wurde trocken. Desmond sagte nichts. Sie waren vor fünfzehn Jahren dort gewesen – bei Desmonds Elternhaus. Die verkohlten Überreste waren jetzt überwuchert, trotzdem konnte man das Fundament des alten Bauernhauses noch erkennen. Es schien sich nichts verändert zu haben, aber Peyton wusste nicht, wie alt das Satellitenbild war. Vielleicht war mittlerweile jemand oder etwas dort.

»Was meinst du?«, fragte sie.

Er sah erst auf das Handy, dann auf den Zettel mit den GPS-Koordinaten. »Ich würde sagen, wir sehen uns erst den Ort hier in der Nähe an, dann überlegen wir, ob wir nach Australien reisen.«

»Sollen wir Avery Bescheid geben?«, fragte Peyton.

»Nein. Erst wenn wir wissen, was hier vorgeht.«

Eine an einem Baum montierte Kamera mit Bewegungsmelder schaltete sich ein, als Desmond in ihren Blickwinkel trat. Derjenige, der die Übertragung beobachtete, wachte auf und sah nervös zu. Jetzt würde es nicht mehr lang dauern.

Desmond und Peyton fuhren durch die Nacht. Der Nebel war immer noch dicht, aber Peyton hatte den Eindruck, dass er sich allmählich hob. Eine konstante Brise rüttelte am Auto, als würden sie durch einen riesigen Windkanal fahren. Die Straße wand sich immer tiefer in die Berge Shetlands hinein.

Fünfhundert Meter vor ihrem Ziel zweigte eine unbefestigte Straße ab. Desmond beugte sich zu Peytons Handy und sah, dass sie zu ihren Koordinaten führte. Er griff in den Rucksack und zog das Nachtsichtgerät heraus. Dann löschte er die Scheinwerfer, setzte das Gerät auf und fuhr auf den Fahrweg.

Nach dreihundert Metern schaltete er den Motor aus.

»Wir gehen zu Fuß weiter.«

Sie folgten dem Fahrweg, der sich scheinbar willkürlich durch den Wald schlängelte. Er endete auf einer Lichtung mit einem kleinen Cottage. Nichts wies daraufhin, dass es bewohnt war: keine Lichter hinter den Fenstern, kein Rauch, der aus dem Kamin aufstieg. Die Bruchsteinmauern changierten zwischen grau, blau und violett; Moos wuchs auf dem Holzdach. Das Haus wirkte, als wäre es im Mittelalter erbaut und verlassen worden.

In dem schwachen Licht forderte Desmond Peyton mit einem Blick auf, stehen zu bleiben.

Er wartete ihre Reaktion nicht ab, sondern gab ihr den Autoschlüssel und ging mit der Pistole im Anschlag auf das Cottage zu.

Peyton hielt die Luft an, während er rechts um das Haus herumlief. Zehn Sekunden vergingen. Zwanzig. Eine Lampe ging an, die Tür wurde geöffnet, und Desmond trat auf die Veranda. Er winkte sie zu sich.

Als sie die Treppe erreichte, sagte er: »Das musst du dir ansehen.«

Peyton trat ein – und starrte auf die Wände.

Sie waren mit Kork verkleidet, und überall hingen Fotos, Zeitungsartikel und handschriftliche Notizen. Peyton kannte einige der Namen: Rapture Therapeutics, Phaethon Genetics, Rook Quantum Sciences, Rendition Games. Es gab auch Fotos von Desmond und Conner. Peyton überflog die Notizen:

Invisible Sun – Person, Organisation oder Projekt?

Was benötigt so viel Energie?

Dritte Welt als Versuchsgelände?

Die ältesten Zeitungsausschnitte stammten aus den Achtzigern.

Wer auch immer hier gewohnt hatte, hatte offenbar Citium unter die Lupe genommen. Und zwar über einen langen Zeitraum. Und er hatte das Haus erst kürzlich verlassen. In der Küche lag schmutziges Geschirr in der Spüle. Auf der Ablage stand ein zugeklappter Laptop.

»Es gibt Strom«, sagte Desmond und schaltete einen kleinen Heizlüfter ein. Peyton war froh über die Wärme. »Hinter dem Haus und wahrscheinlich auch auf dem hinteren Teil des Dachs sind Solarpanele. Das Haus ist nicht ans Netz angeschlossen.«

An einer Wand standen drei Aktenschränke. Peyton wollte gerade den ersten öffnen, als Desmond rief: »Komm mal rüber.«

Er stand im Wohnzimmer und tippte mit dem Fuß auf eine Bodendiele. »Hörst du das?«

Peyton schüttelte den Kopf. *Was macht er da?*

Er nahm den Schürhaken, der neben dem gemauerten Kamin hing, rammte ihn in den Boden und hebelte das Brett heraus. Darunter befand sich ein Tresor mit Zahlenschloss. Desmond riss schnell die angrenzenden Dielen aus dem Boden, bis der Safe völlig freilag. Er begann, die Einstellscheibe zu drehen.

Peyton hockte sich neben ihn. »Kennst du die Kombination?«

»Vielleicht«, murmelte er.

Er zog am Griff, aber er bewegte sich nicht.

»Was hast du probiert?«

»Die Kombination von Orvilles Safe.«

Peyton begriff sofort, welche Theorie er sich zurechtgelegt hatte. *Er glaubt, er hätte das alles gemacht – die ganze Recherche.*

Er sah sie an. »Irgendeine Idee?«

Als sie die Kiste im Wald gefunden hatten, hatte Peyton sich gefragt, warum jemand die GPS-Koordinaten dort hinterlegt hatte – warum sie zwei Ziele bekommen hatten, statt direkt zum Cottage geleitet zu werden. »Der erste Ort. Er muss zu irgendwas gut sein.«

Desmond nickte. »Ja. Vielleicht sollte er sicherstellen, dass die richtigen Leute das Haus finden – und dass sie den Schlüssel haben, um an das zu gelangen, was hier versteckt ist.«

Er stellte an dem Rad die Koordinaten des ersten Orts ein.

Es klickte, und er zog die Metalltür auf. In dem Tresor lag ein Stapel Papier.

Auf der obersten Seite stand in großen handgeschriebenen Blockbuchstaben eine einzige Zeile.

Wie Kition vom Weg abgekommen ist.

Desmond legte das Blatt zur Seite und entdeckte eine handschriftliche Nachricht darunter. Er las sie zusammen mit Peyton.

Wenn Sie das lesen, ist das Schlimmste eingetroffen. Die Welt wird sich bald verändern. Der Feind, dem wir gegenüberstehen, ist mächtiger als jede Regierung und jede Armee, die die Welt je gesehen hat.

Ich glaube aber, dass man ihn aufhalten kann. Dazu müssen Sie seinen Ursprung, seine Geschichte und seine wahren Absichten kennen. Die folgenden Seiten berichten davon. Es ist die beste und vielleicht einzige Waffe, die ich Ihnen bieten kann.

Zunächst sollten Sie wissen, dass der Orden von Kition mit guten Absichten begann. Es war eine noble Organisation. Eine fromme Gemeinschaft. Ihre Anhänger hatten Rituale und Glauben, auch wenn sie keine Götter anerkannten. Sie verehrten die Wissenschaft und glaubten, darin die Antwort auf unsere elementaren Fragen zu finden – vor allem auf eine, die sie die Große Frage nannten: Warum existieren wir?

Sie unternahmen große Anstrengungen, um die Antwort darauf zu erlangen. Aber sie kamen vom Weg ab. An einem Julimorgen im Jahr 1945 geschah in der Wüste von New Mexico etwas, das Kition für immer veränderte. Ich weiß von diesem Wandel, weil mein Vater ihn miterlebte. Ich habe seine

Geschichte aufgeschrieben, so wie er sie mir erzählt hat, und beigelegt. Die übrigen Seiten enthalten meine eigene Geschichte. Ich hoffe, das hilft Ihnen, Kition aufzuhalten. Beeilen Sie sich.

William

»William«, sagte Peyton. »Kein Nachname. Erinnerst du dich an ihn?«

»Nein.« Desmond blätterte durch die Seiten unter dem Brief. »Aber er scheint einer meiner Verbündeten gewesen zu sein. Oder ein Informant.«

»Klingt einleuchtend. Was willst du jetzt machen? Sollen wir uns bei Avery melden?«

»Nein«, sagte er schnell. »Lass uns das erstmal lesen und dann den Rest des Hauses durchsuchen.«

Peyton war einverstanden, und sie setzten sich auf das abgenutzte Sofa im Wohnzimmer. Draußen waren es vielleicht fünf Grad, und im Haus fühlte es sich noch kälter an. Der kleine Heizlüfter reichte nicht aus. Sie warf einen Blick zum offenen Kamin, beschloss aber, dass ein Feuer wegen des Rauchs zu riskant wäre. Stattdessen nahm sie die dicke Steppdecke, die auf dem Sofa lag, rutschte näher zu Desmond und wickelte sie beide ein. Ihre Körperwärme breitete sich langsam unter der Decke aus.

Er sah sie an. Sie wusste, was er dachte: Es war genau wie in ihrem kleinen Haus in Palo Alto, in dem sie vor fünfzehn Jahren gewohnt hatten. Auch sie spürte, wie die Vergangenheit sie einholte. Aber es ging ihr zu viel im Kopf herum, um länger darüber nachzudenken. Sie nahm den Papierstapel und begann zu lesen.

77

Mein Vater hieß Robert Moore. Er war als Wissenschaftler genau zur richtigen Zeit am richtigen Ort – als die Wissenschaft einen Krieg beendete. Und die Welt veränderte.

An diesem Tag im Juli 1945 schlief er nur eine Stunde, zog seinen besten Anzug an und fuhr durch die Wüste zum Testgelände. Am Tor ließ ihn der Sicherheitsdienst aussteigen und durchsuchte gründlich das Auto.

Die Stimmung auf der Basis war angespannt. Im Kontrollzentrum stand der Projektleiter kurz vor dem Zusammenbruch. General Leslie Groves musste mehrmals mit ihm nach draußen gehen, wo sie durch Dunkelheit und Regen spazierten, während der General ihm versicherte, dass alles ablaufen würde wie geplant.

Um kurz vor halb sechs begann der Countdown. Es waren die längsten Sekunden in Roberts Leben.

Das Team hatte dem Versuchsobjekt den Tarnnamen »The Gadget« gegeben. Die größten wissenschaftlichen Geister hatten ein halbes Jahrzehnt daran gearbeitet. An diesem Morgen hing The Gadget an einem dreißig Meter hohen Stahlturm mitten in der Wüste. Das Kontrollzentrum, in dem die Wissenschaftler warteten, befand sich neun Kilometer weit entfernt. Trotz der großen Distanz setzte Robert eine Schweißerbrille auf. Durch die getönten Gläser sah er nichts, bis der Countdown bei null angelangt war.

Zuerst gab es einen weißen Lichtblitz, der einige Sekunden anhielt, dann spürte er die Hitzewelle an den Händen und im

Gesicht. Als die Helligkeit nachließ, konnte er eine Feuersäule erkennen, die vom Testgelände in die Höhe schoss.

Die Wolke durchbrach eine Temperaturinversion in Höhe von fünftausend Metern, was die meisten Forscher für unmöglich gehalten hatten. Minutenlang stieg sie in den Himmel und drang bis in die Stratosphäre in zehn Kilometern Höhe vor.

Vierzig Sekunden nach der Detonation erreichte die Druckwelle die Wissenschaftler. Kurz darauf folgte der Knall. Er klang wie ein Donnergrollen, das von den nahen Bergen widerhallte. Man konnte das Geräusch noch aus einer Entfernung von über hundertfünfzig Kilometern hören; der Lichtblitz reichte fast doppelt so weit.

Die Explosion verdampfte sofort den Stahlturm, an dem die Bombe hing, und hinterließ einen 330 Meter breiten Krater. Ein fünf Meter hohes Eisenrohr mit einem Durchmesser von zehn Zentimetern, das in einer Entfernung von hundertfünfzig Metern im Beton verankert war, verschwand völlig. Im Kontrollzentrum herrschte Stille. Die Besorgnis, die viele vor dem Ereignis empfunden hatten, war der Ehrfurcht gewichen. Und der Ungewissheit.

Die Teammitglieder sahen sich unsicher um, als erwachten sie gerade aus einer Trance. Hände wurden geschüttelt und Gratulationen ausgesprochen. Ein paar Leute lachten. Manche weinten. Alle glaubten, dass sich an diesem Morgen in New Mexico die Welt für immer verändert hatte.

Die erste Atombombe war explodiert. Sie hofften, es würde auch die letzte sein.

Als sie wieder in Los Alamos waren, erhob ein Teammitglied sein Glas. »Auf den Beginn des atomaren Zeitalters.«

Viele hatten befürchtet, der Test würde scheitern. Die meisten empfanden jetzt Erleichterung, manche auch Furcht.

Robert meldete sich zum ersten Mal seit dem Trinity-Test zu Wort. »Ja, ein neues Zeitalter. Wir haben der Menschheit etwas gegeben, das sie noch nie besessen hat: ein Mittel um sich selbst zu vernichten.«

Als niemand reagierte, fügte er hinzu: »Wie lang wird es dauern, bevor irgendein Verrückter sich unsere Bombe beschafft und sie einsetzt? Fünf Jahre? Zehn? Hundert? Ich frage mich, welche Generation die letzte der Menschheit sein wird. Unsere Kinder oder unsere Enkel?«

Nachdem die Gruppe sich aufgelöst hatte, folgte Roberts Vorgesetzter ihm in sein Büro und schloss die Tür hinter sich. Robert respektierte den älteren Mann und vertraute ihm, deshalb gaben seine Worte ihm zu denken.

»Haben Sie wirklich gemeint, was Sie gesagt haben?«

»Jedes Wort. Wir haben gerade die Büchse der Pandora geöffnet.«

Sein Vorgesetzter musterte ihn einen Augenblick. »Passen Sie auf, was Sie sagen, Robert. Manche Leute hier sind nicht das, was sie zu sein scheinen.«

Nicht einmal einen Monat später warfen die USA eine Atombombe auf Hiroshima.

Drei Tage danach wurde Nagasaki bombardiert.

Die Zahl der Todesopfer wurde auf 129.000 bis 246.000 geschätzt.

Die Depression, gegen die Robert sein ganzes Leben angekämpft hatte, überwältigte ihn schließlich. Als er nicht mehr zur Arbeit kam, besuchte ihn sein Vorgesetzter zu Hause.

»Wussten Sie Bescheid?«, fragte Robert.

»Nicht über die Einzelheiten. Nur dass die Bombe eingesetzt werden sollte, um den Krieg zu beenden.«

»Wir haben diese Menschen getötet.«

»Der Krieg hätte sich sonst noch jahrelang hingezogen.«

Robert schüttelte den Kopf. »Wir hätten sie außerhalb Tokios abwerfen sollen, damit der Kaiser und die Einwohner es sehen können, und die Stadt dann mit Flugblättern pflastern sollen, die zur Kapitulation oder zum Sturz der Regierung aufrufen.«

»Regierungen zu stürzen ist eine verlustreiche Angelegenheit - und unberechenbar. Außerdem haben die Brandbomben auf Tokio einen viel größeren Schaden angerichtet, als ein Atombombenabwurf außerhalb der Stadt bewirken würde. Allein an zwei Tagen im März haben wir vierzig Quadratkilometer niedergebrannt.«

»Worauf wollen Sie hinaus?«

»Ich will darauf hinaus, dass die Entscheidung nicht unsere Sache war, egal was Sie davon halten. Sie haben Schuldgefühle. Sollten Sie aber nicht. Es war Krieg. Sie haben nur Ihren Job gemacht.«

»Vielleicht. Trotzdem habe ich jetzt immer das Gefühl, als wäre alles egal. Das Projekt hat mir etwas gegeben, das ich damals brauchte: einen Sinn und den Glauben an meine eigene Arbeit. Aber seit ich diesen Albtraum gesehen habe, weiß ich, dass ich ein Idiot war. Die Würfel sind gefallen. Unsere Auslöschung ist nur noch eine Frage der Zeit.«

Der ältere Mann saß einen Moment lang schweigend da.

»Was, wenn ich Ihnen sagen würde, dass es eine Gruppe von Wissenschaftlern und Intellektuellen gibt, Menschen wie wir, aus der ganzen Welt, die dasselbe glauben wie Sie - dass die Menschheit zu einer Gefahr für sich selbst geworden ist? Was, wenn ich Ihnen sagen würde, dass diese Gruppe an einer Art zweitem Manhattan-Projekt arbeitet, einer Technologie, die eines Tages die Menschheit retten könnte? Sie würde von denjenigen kontrolliert werden, die sie geschaffen haben, Intellektuellen, die nur das Gemeinwohl im Sinn haben, keinen Nationalismus, keine Religion, kein Geld.«

»Wenn ... es so eine Gruppe gäbe, würde ich gern mehr darüber hören.«

Einige Monate darauf reisten die beiden Männer nach London. Sie waren entsetzt, in welchem Zustand die Stadt sich befand. Die deutsche Luftwaffe hatte ganze Viertel dem Erdboden gleichgemacht und in anderen nur Ruinen hinterlassen. Aber die ständigen Angriffe hatten die Engländer nicht brechen können. Und jetzt bauten sie die Stadt wieder auf.

Um ein Uhr nachts brachte ein Wagen die Männer in einen Privatklub. Sie stiegen eine prächtige Treppe zu einem Ballsaal hinauf, in dem ein Rednerpult und mehrere Stuhlreihen standen. Über der Bühne hingen Schilder mit den Worten Vernunft, Ethik und Physik. Die Besucher kamen leise in den Raum und nahmen Platz. Robert schätzte, dass sechzig Leute anwesend waren.

Der Vortrag, den der Redner in dieser Nacht hielt, veränderte Roberts Leben für immer.

Einen Monat später zogen Robert und seine Frau Sarah nach London. In wenigen Städten gab es so viele Universitäten wie dort, und ihm wurden mehrere Stellen angeboten – alle durch Vermittlung von Kition-Mitgliedern. Er begann am King's College und veröffentlichte gelegentlich wissenschaftliche Aufsätze, aber seine eigentliche Arbeit fand im Geheimen statt. Die Vorgehensweise orientierte sich im Wesentlichen am Manhattan-Projekt: unabhängige Teams, die an Komponenten eines größeren Projekts arbeiteten. Worum es sich dabei handelte, wusste er nicht, nur dass er die Menschheit vor sich selbst retten sollte, vor dem tödlichen Apparat, zu dessen Entwicklung er während des Kriegs beigetragen hatte. Mit der Arbeit am Spiegel-Projekt wirkte er der Depression entgegen, die er nach den Atombombenabwürfen erlebt hatte. Er glaubte, ein Gegenmittel für das Gift zu entwickeln, das er der Welt verabreicht hatte.

Das gab ihm Hoffnung.

Auch seine Frau fand Trost in ihrer Arbeit. Sie war ehrenamtlich in einem der vielen Waisenhäuser tätig. Jahrelang hatten sie und Robert vergeblich versucht, ein Kind zu bekommen. Es war schwer für sie; sie wünschte sich nichts mehr, als Mutter zu sein.

An einem Samstag bat sie ihn, mit ihr ins Waisenhaus zu kommen. Die Einrichtung befand sich in einem ehemaligen Hotel und war ein wenig heruntergekommen, aber sauber. Er las den Kindern Geschichten vor und verschenkte Spielzeug und Bücher, die seine Frau mitgebracht hatte. Am nächsten Samstag bat sie ihn erneut mitzukommen und am Samstag darauf ebenfalls. Bald wurde es zu einem Ritual. Er wusste, dass sie etwas vorhatte, und auch, worum es sich handelte. Und er wusste, was er sagen würde.

Sie fragte ihn an einem Sonntagnachmittag ohne jede Einleitung, als ginge es nur darum, eine Entscheidung zu bestätigen, die sie schon getroffen hatten. »Ich finde, wir sollten ihn adoptieren.«

»Ja, natürlich«, antwortete er, ohne von seiner Zeitung aufzusehen.

Ich war der Junge, den sie adoptierten, und um zu verstehen, was das für mich bedeutete, musst du wissen, was während des Kriegs geschah.

78

An dem Tag, als die Wehrmacht in Polen einmarschierte, wurden die Kinder aus London evakuiert. Es hatte schon seit Monaten Gerüchte über Massenevakuierungen gegeben.

Am Abend davor stritten meine Eltern über das Thema. Damals verstand ich es nicht. Später erfuhr ich die Wahrheit: Mein Vater hatte darauf bestanden, dass auch meine Mutter London verließ. Sie war Assistenzprofessorin an der School of Oriental and African Studies der University of London und sprach und unterrichtete drei Fremdsprachen: Japanisch, Arabisch und Deutsch. Das College meiner Mutter sollte nach Cambridge verlegt werden – sämtliche Colleges und Universitäten Londons wurden evakuiert –, aber sie wollte bleiben und die Kriegsbemühungen unterstützen. Und sie hatte einen starken Willen.

Mein Vater war kein Schwächling. Er war Captain in der britischen 3. Infanteriedivision, die von Bernard Montgomery kommandiert wurde. Aber an diesem Abend gab er nach.

Am nächsten Morgen brachte sie mich zum Bahnhof. Die Schlange der Kinder schien endlos. Später erfuhr ich, dass bei der Massenevakuierung Operation Pied Piper über 3,5 Millionen Menschen aus der Stadt gebracht wurden. An den ersten drei Septembertagen wurden über 1,5 Millionen Menschen abtransportiert, darunter über 800.000 Kinder im Schulalter, über 500.000 Mütter und Kleinkinder, 13.000 Schwangere und 70.000 Behinderte. Hinzu kamen noch 100.000 Lehrer und Hilfskräfte. Es war ein gigantischer Aufwand, und die ganze Stadt schien sich darauf zu konzentrieren.

Man befestigte einen Zettel mit meinem Namen an meinem Mantel und hängte mir eine Pappschachtel um den Hals. Darin befand sich eine Gasmaske, eine Erinnerung daran, dass es sich nicht um einen Schulausflug handelte. Viele Kinder nahmen sie heraus, setzten sie auf und spielten damit. Ich war fünf Jahre alt und muss zugeben, dass ich es auch getan habe.

Ältere Kinder hielten ihre jüngeren Geschwister an den Händen, damit sie nicht von ihnen getrennt wurden. Mein einziger Bruder war zwei Jahre zuvor an Tuberkulose gestorben; ich hätte alles dafür gegeben, wenn er an diesem Morgen meine Hand hätte halten können. Aber meiner Mutter zuliebe setzte ich eine tapfere Miene auf. Sie umarmte mich so fest, dass ich dachte, meine Rippen würden brechen. Als der Zug abfuhr, winkte sie zum Abschied. Sie weinte; ich sah niemanden auf dem Bahnsteig, dessen Augen trocken blieben.

Elf Jahre später schrieb C. S. Lewis einen Roman mit dem Titel *Der König von Narnia*, in dem vier Geschwister aus London evakuiert und in ein Landhaus gebracht werden, in dem ein staubiger Kleiderschrank den Eingang zu einer anderen Welt bildet. Die Evakuierungen verliefen nicht annähernd so romantisch wie in Lewis' Geschichte, aber sie waren auch nicht so quälend wie in William Goldings Roman *Der Herr der Fliegen*, in dem die Evakuierten mit dem Flugzeug abstürzen und auf einer Südseeinsel landen.

Im Großen und Ganzen tat jeder in England, was er konnte, und bereitete sich auf das Schlimmste vor: einen Krieg mit Deutschland.

Meine Eltern hatten arrangiert, dass ich bei Edith, einer Cousine meiner Mutter, und ihrem Mann George wohnen konnte. Es dauerte allerdings einige Tage, bevor sie mich abholen konnten, und in dieser Zeit bekam ich einen Einblick, was die Kinder ohne Gastfamilien durchmachten. Immer wieder wurden sie nach draußen gebracht und mussten sich in einer Reihe aufstellen, an der die Erwachsenen vorbeimarschierten.

»Ich nehme den da«, sagte eine Mutter.

»Wir nehmen den Dritten von links«, rief ein Vater.

Beim ersten Mal war es, als würde man nicht für die Cricket-Mannschaft ausgewählt – kein Weltuntergang. Aber je öfter diese Auswahlrunden stattfanden, desto stärker wurde der Eindruck, den sie bei den Kindern hinterließen. Ich hatte Mitleid mit ihnen. Hätte mit ihnen getauscht. Aber ich konnte nichts für sie tun. Die meisten, die zurückblieben, wurden herumgereicht oder in die Evakuierungslager geschickt, die die Regierung in großer Voraussicht errichtet hatte.

Ich gewöhnte mich an das neue Leben. Ich ging zur Schule und erledigte die Pflichten, die Edith mir auftrug, wie meine Mutter es mir in ihren Briefen einschärfte. Alle paar Tage bekam ich Post von ihr. Mein Vater schrieb weniger und kürzere Briefe, aber ich war froh, von beiden zu hören.

Jeden Abend saß ich mit Edith im Wohnzimmer vor dem Radio, und wenn die BBC-Nachrichten kamen, ließen wir uns kein Wort entgehen. George war in der Royal Air Force, und sie machte sich schreckliche Sorgen um ihn, auch wenn sie versuchte, es zu verbergen.

Im Mai 1940 begann Deutschland seine Offensive im Westen. Die Niederlande und Belgien fielen schnell, wodurch die Wehrmacht die Möglichkeit bekam, die Maginot-Linie zu umgehen. Sie brach in den Ardennen durch und trennte die französische und die britische Armee voneinander. Ich wusste, dass mein Vater im Einsatz war, aber ich wusste nicht wo. Als ich erfuhr, dass die 3. Infanteriedivision zu den Einheiten gehörte, die aus Dünkirchen evakuiert wurden, wurde mir ganz anders.

Zwei Wochen später traf ein Brief von meinem Vater ein. In dieser Nacht weinte ich in meinem Zimmer – weil er lebte. Tief im Inneren war ich überzeugt gewesen, dass er tot war, und ich hatte mich schon fast damit abgefunden.

Anfang September, ein Jahr nachdem ich London verlassen hatte, begann die deutsche Luftwaffe mit ihren Angriffen auf die Stadt. Vom siebten September an wurde London an 56 von 57 Tagen bombardiert. Die Attacken waren gnadenlos. Die Bomben töteten über vierzigtausend Menschen, verletzten mindestens ebenso viele und zerstörten über eine Million Gebäude. Meine Mutter war in einem dieser Häuser, und sie gehörte zu denen, die ihr Leben verloren.

Ich war so besorgt um meinen Vater, dass mich ihr Tod völlig unvorbereitet traf. Er erfüllte mich mit Hass und Traurigkeit. Im Alter von sechs Jahren waren diese Gefühle zu viel für mich. Erst machte ich mir Sorgen um meinen Vater, dann redete ich mir ein, dass es mich nicht mehr kümmerte. Aber ich belog mich nur selbst.

Bei der Invasion in der Normandie war die 3. Infanteriedivision die erste, die am Sword Beach landete. Ich befürchtete das Schlimmste, als ich davon erfuhr, aber drei Wochen später bekam ich einen Brief meines Vaters. Sechs Monate lang schrieb er mir immer wieder. Ich schöpfte Hoffnung. Das war mein Fehler. Die Nachricht, dass er im Dezember gefallen war, zerstörte mein junges Herz völlig. Ich war jetzt offiziell Waise.

George kehrte im Monat darauf nach Hause zurück. Er hatte ein Bein und den Großteil eines Arms verloren, und die körperlichen Verletzungen waren nur eine Hälfte seiner Qualen. Ich half Edith, so gut ich konnte, aber genau wie ich war sie überfordert.

Ich wusste, was als Nächstes passieren würde, und ich nahm es ihr nicht übel.

Das Waisenhaus in London war voller anderer Kinder, die ihre Familien im Krieg verloren hatten und niemanden kannten, zu dem sie gehen konnten. Ich teilte mir mit drei anderen Jungen ein kleines Zimmer. Der jüngste, Edgar Mayweather, war sechs. Mit elf Jahren war ich der älteste. Die Brüder Orville und Alistair Hughes waren neun und sieben Jahre alt.

Das Waisenhaus befand sich in einem verwahrlosten Hotel in einem Londoner Vorort und hatte die Bombardierungen nur knapp überstanden. Unser Tagesablauf bestand aus Schule und Pflichten, die wir unter Androhung körperlicher Strafen ausführten. Wir halfen auch, das alte Hotel zu renovieren. Im Großen und Ganzen hätte es mich schlimmer treffen können. Wir bekamen Essen und wurden ausgebildet und erzogen. Die harte Arbeit lenkte mich von dem ab, was geschehen war, und gab mir das Gefühl, nützlich zu sein. Vielleicht das Einzige, was wir nicht bekamen, war Liebe.

Egal, wie sehr sie es zu verbergen suchten, alle Kinder im Waisenhaus waren emotional angeschlagen. Wenn ein Mensch in seiner Kindheit Tragödien erlebt, verändert er sich und rechnet ständig mit weiteren Tragödien. Das ist ein sehr wirksamer Schutzmechanismus der Seele. Nachts weinten viele Kinder lange in der Dunkelheit. Manche versteckten sich unter ihren Betten. Viele erschraken bei jedem lauten Geräusch. Ich konnte es ihnen nicht verübeln. Es war auf gewisse Art wie im Gefängnis – und genau wie im Gefängnis fragten auch wir niemanden, wie er dort hineingeraten war. Wir hatten genug vom Krieg gesehen, niemand wollte darüber reden.

Wir gingen alle auf unsere eigene Weise damit um. Viele Kinder prügelten sich. Sie griffen einen wegen eines Widerworts oder falschen Blicks an. Sie waren wütend auf das Leben und auf das, was geschehen war, und ließen es an allen und allem aus. Obwohl Orville zwei Jahre jünger war als ich, war er größer und hart wie Stahl. Ich habe nie gesehen, dass er Streit anfing, aber er konnte ordentlich austeilen. Seine Fäuste und Ellbogen haben mir viele gebrochene Knochen und blaue Augen erspart. Er passte auf seinen jüngeren Bruder Alistair auf wie auf die Kronjuwelen. Und auf mich und Edgar ebenfalls. Alistair war selbst ziemlich stark, aber weniger darauf aus, sich zu prügeln; er war ein stiller Junge, der seine Nase ständig in ein Buch steckte.

Es herrschte eine hohe Fluktuation; ständig wurden Kinder gebracht oder mitgenommen. Wir wussten, dass manche in andere, neu eröffnete Waisenhäuser verlegt wurden. Aber die meisten wurden in Familien untergebracht. Ich erlebte noch einmal, was ich schon während der Evakuierungen gesehen hatte: Eltern kamen, begutachteten die Kinder, trafen ihre Entscheidung – und ließen uns zurück, damit wir uns für das nächste Mal waschen, kämmen und unsere besten Kleider anlegen konnten. Zurückweisung höhlt einen Menschen aus wie ein Wurm, der sich durch einen Apfel frisst; früher oder später erreicht sie den Kern und man verrottet vollkommen.

Bei mir ist es nie so weit gekommen, aber ich habe viele Kinder gesehen, bei denen es so war.

Nachdem meine Eltern gestorben waren, redete ich mir ein, es sei mir egal, was aus mir werde. Aber das stimmte nicht. Ich wollte nicht in einem Waisenhaus aufwachsen, mit Freunden, die kamen und verschwanden wie Schiffe in der Nacht. Ich wollte eine Mutter und einen Vater und ein Zuhause, in dem nur wir wohnten. Ich war nicht der Einzige.

An einem Sonntagnachmittag besuchte eine Gruppe namens Christian Brothers das Waisenhaus. Diese Leute erzählten von einem besseren Leben: Arbeit draußen auf den Feldern, Familien, die bereit waren, uns aufzunehmen, eine gute Schule an einem aufregenden Ort namens Australien. Es klang besser als unser Heim, aber ich war skeptisch. Es hörte sich zu gut an. Die meisten anderen fanden das nicht. Überall im Zimmer meldeten sich Kinder. Sie wurden nach vorn gerufen. Auch Alistair Hughes hob die Hand. Orville streckte den Arm aus, um ihn daran zu hindern, aber es war zu spät; sie trieben ihn schon zu den anderen. Orville schloss sich ihnen wortlos an. Er nickte mir zu, als sie gingen.

Später erfuhr ich, dass es ganz und gar nicht so war, wie die Christian Brothers versprochen hatten. Das Programm war in Wirklichkeit die Fortsetzung ähnlicher Initiativen im siebzehnten Jahrhundert, als Kinder als Gastarbeiter in die Kolonie Virginia verschifft wurden. Im neunzehnten und zwanzigsten Jahrhundert wurden fast 150.000 Kinder nach Australien, Neuseeland, Kanada und Rhodesien geschickt. Sie arbeiteten unter harten Bedingungen, aber das machte nur einen Teil ihres Leids aus. Von 1940 bis 1967 wurden 10.000 Kinder nach Westaustralien verfrachtet, wo sie auf dem Feld arbeiteten und in Waisenhäusern wohnten. Der ungezügelte körperliche und sexuelle Missbrauch wurde erst in späteren Jahren aufgedeckt. Im Jahr 2009 entschuldigte sich Australiens Premierminister bei den Kindern, die unter diesem Programm gelitten hatten. Er bezeichnete es als »schreckliche Tragödie der verlorenen Kindheit«.

Auch ich sah, wie meine Kindheit verloren ging. Ich zweifelte allmählich daran, dass ich jemals ein Zuhause finden würde, als eine Frau namens Sarah Moore ehrenamtlich im Waisenhaus zu arbeiten begann. Sie war freundlich und sehr schlau. Sie erinnerte mich an meine Mutter. Sie unterrichtete mich in Französisch, das ich zu ihrer Freude schnell erlernte. Ihr Mann war stoischer, aber ich glaubte, dass er mich auch mochte.

Eines Sonntags sagte die Frau, die für uns zuständig war, ich solle mich bereit machen, das Waisenhaus zu verlassen. Ich hatte fürchterliche Angst, als ich meine wenigen Habseligkeiten in den Sack stopfte, den ich bekommen hatte.

Als Sarah und ihr Mann Robert ins Zimmer kamen und mir sagten, dass ich bei ihnen leben würde, war ich überglücklich. Gegen meinen Willen begann ich zu weinen, aber es schien ihnen nichts auszumachen. Sie nahmen mich einfach in den Arm, luden meine Sachen in ihr glänzendes Auto und fuhren mit mir davon.

Ich habe ihren Familiennamen angenommen, aber meinen ursprünglichen Nachnamen als zweiten Namen behalten. Es war mein stolzester Augenblick, als ich im Jahr darauf in der Schule meine erste Klassenarbeit unterschrieb: William Kensington Moore.

Peyton stand auf und ging zur Pinnwand. Ihr Blick blieb an einem verblichenen Foto nahe dem Boden hängen. Sie nahm es ab und betrachtete es. Drei Kinder waren darauf abgebildet: links ein vielleicht dreijähriges Mädchen, in der Mitte eine

Siebenjährige und rechts ein einarmiger Junge von ungefähr elf Jahren.

»Ich weiß, wer das geschrieben hat«, sagte sie.

Desmond stellte sich neben sie und sah auf das Foto. »Wirklich?«

Sie zeigte auf das jüngste Mädchen. »Das bin ich. Die Mittlere ist Madison, und der Junge rechts Andrew. William Kensington Moore ist mein Vater.«

79

Desmond versuchte, Peytons Worte zu begreifen.

»Du hast doch gesagt, dein Vater wäre tot.«

»Das dachte ich auch«, antwortete sie. »Vielleicht ist er es auch. Wir wissen nicht, wann der Brief geschrieben wurde.«

Sie gingen zurück zum Sofa, setzten sich und schlüpften wieder unter die Decke. Draußen brach die aufgehende Sonne durch den Nebel. Peyton fragte sich, wie lang Avery schlafen würde und wie viel Zeit ihnen blieb, um eine Entscheidung zu treffen. Und was die Aufzeichnungen noch alles enthüllen würden.

In meiner Erinnerung lag England in den ersten Jahren nach dem Krieg am Boden. Wir hatten den Zweiten Weltkrieg gewonnen, aber der Preis war gigantisch – vor allem an Menschenleben, aber auch in finanzieller Hinsicht. Die USA schafften plötzlich und unerwartet das Leih- und Pachtgesetz ab, das uns wahrscheinlich gerettet hatte. Die Staatskasse war nahezu leer. Die Austeritätsphase begann, und wir schienen die Nazis nur überlebt zu haben, um anschließend zu verhungern. Allerdings waren wir nicht die Einzigen. Die ganze Welt fror und hungerte und wankte noch immer nach dem größten Kampf in der Geschichte der Menschheit. In Großbritannien wurden Rationierung und Wehrpflicht aufrechterhalten. Der Winter 1946/47 war einer der schlimmsten aller Zeiten. Die Kohle wurde knapp, die Eisenbahn fiel aus, Fabriken schlossen, und die Menschen froren schrecklich.

Von Jahr zu Jahr änderte sich die Lage ein wenig. Im Juli 1946 liehen die USA uns 3,75 Milliarden Dollar zu einem niedrigen Zinssatz. 1948 trat der Marshallplan in Kraft und verbesserte unsere finanzielle Situation weiter.

Alle hatten das Gefühl, der nächste Krieg stünde unmittelbar bevor. Ich auch. Es war schwierig, nicht so zu empfinden. Aber die Welt tat alles, um einen weiteren Krieg zu verhindern – und sich vorzubereiten. Die Vereinten Nationen wurden 1945 gegründet, die NATO im Jahr 1949. Großbritannien entließ seine Kolonien in die Unabhängigkeit: '46 Jordanien, '47 Indien und Pakistan, '48 Palästina, Myanmar und Sri Lanka. In den Fünfziger- und Sechzigerjahren gewannen weitere Länder die Unabhängigkeit: Sudan, Ghana, Malaysia, Nigeria, Kuwait, Sierra Leone, Tansania, Jamaika, Uganda und Kenia.

Im Jahr 1950 war das Land wieder auf den Beinen, aber alle Augen waren auf die Sowjetunion und den um sich greifenden Kalten Krieg gerichtet. Das Vereinigte Königreich trat in diesem Jahr an der Seite der USA in den Korea-Krieg ein und kämpfte gegen China und die Sowjetunion, und wir alle glaubten, es wäre nur die Generalprobe für den nächsten Weltkrieg. Der Krieg endete in einem Patt, und das Land war geteilt.

Die USA und Russland begannen mit der Massenproduktion von Atomwaffen und horteten Tausende davon – genug um die Erde unbewohnbar zu machen. Andere Länder entwickelten ebenfalls Nuklearwaffen: Großbritannien, Frankreich, Israel, Indien, China und Pakistan.

Obwohl die ganze Welt durchdrehte, beruhigte sich mein Leben. Meine Jugend stand im scharfen Kontrast zu den turbulenten ersten zwölf Lebensjahren. Meine Mutter und mein Vater, wie ich Sarah und Robert mittlerweile bezeichnete, behandelten mich hart aber gerecht, und es gab keine Eltern, die sich besser um ihr Kind kümmerten. Sie verwöhnten mich nicht, aber steckten sämtliche Freizeit und Kraft in meine Erziehung. Meine Mutter achtete unerbittlich darauf, dass ich meine Hausaufgaben und sonstigen Pflichten erledigte.

Mein Vater hatte immer irgendwelche Projekte, die ich mit ihm durchführen sollte – meist wissenschaftlicher Natur. Ich wusste schon früh, dass er glaubte, ich würde in seine Fußstapfen treten. Für ihn war die Wissenschaft die nobelste Bestrebung, und die Physik thronte über allem.

Aber wie jeder Heranwachsende lernte ich meine Grenzen kennen. Was Wissenschaft und Mathematik anging, waren diese nicht sehr weit gesteckt. Ich würde nie ein guter Wissenschaftler werden oder auch nur ein schlechter. Mein Gehirn war einfach nicht dazu angelegt. Aber ich glänzte in den Sprachen. Vielleicht hatte ich das von meiner leiblichen Mutter mitbekommen. Eine Fremdsprache zu lernen war für mich eine Kleinigkeit. Und ich mochte Geschichte – vor allem Militärgeschichte. Ich las alles, was ich über die 3. Infanteriedivision fand, in der mein Vater gedient hatte. Ich verschlang die Geschichte Deutschlands und des Britischen Weltreichs.

Die Universität kam und ging, und meine einzigen bemerkenswerten Erfolge erzielte ich im Boxring. Ich hatte keine Ahnung, was ich mit meinem Leben anfangen sollte. Wie so viele andere mit demselben Problem ging ich zur Armee. Es schien eine ehrenhafte Betätigung und eine gute Möglichkeit zu sein, um mich zu orientieren und vielleicht ein bisschen von der Welt zu sehen.

Es war die richtige Entscheidung. Beim Militär lernte ich, mit Menschen umzugehen und sie zu führen. An der Universität hatte ich mir den Kopf mit Fakten vollgestopft und gelernt, zu denken und Probleme zu lösen. Aber ich musste immer nur mit mir selbst zurechtkommen. In dieser Hinsicht war die Armee ein Segen für mich. Und sie gab mir das vielleicht größte Geschenk meines Lebens: Sie zeigte mir, wer ich war. Sie stellte mich auf die Probe, wie die Uni es nie getan hatte. So fand ich heraus, dass ich in Krisensituationen zur Hochform auflief. Wenn es eng wurde, wenn ich schnelle Entscheidungen treffen musste, geriet ich nie ins Wanken. Und ich lebte für diese Momente, genau wie ich mich vorher auf den Boxring gefreut hatte. Nur dass es im echten Leben keinen Ringrichter und keine Glocke gab, welche die Kontrahenten trennte.

Bis heute glaube ich, dass die ideale erste Anstellung diejenige ist, bei der man am meisten über sich selbst erfährt. Zu wissen, wer ich war, half mir, eine Menge Sackgassen in meinem Leben zu vermeiden. Viele Möglichkeiten sind verlockend, aber ich habe herausgefunden, dass Erfolg und Glück manchmal davon abhängen, im richtigen Moment Nein zu sagen.

Ich mied Routine. Ich war gern in Bewegung und tat jeden Tag etwas anderes. Vielleicht lag es daran, dass ich während des Kriegs herumgereicht worden war, aber es wurde zu meinem Lebensstil. Ich war immer der Erste, der sich für eine Versetzung meldete, und zog von Posten zu Posten. Ich wollte vermeiden, dass mir die Beine einschliefen.

Kurz bevor meine erste Dienstzeit endete, kam ein Mann zu mir. Er fragte mich, ob ich an einer Gelegenheit interessiert sei, der Regierung Ihrer Majestät in viel größerem Umfang als bisher zu dienen. Sein Appell an meinen Patriotismus überzeugte mich. Das Vorstellungsgespräch war ein komplizierter und merkwürdiger Vorgang, über den man ein ganzes Buch schreiben könnte. Ich nehme an, es verlief für jeden, der sich damals verpflichtete, ein wenig anders. Sie durchleuchteten mich, testeten mich noch einmal, dann begann meine Ausbildung. Ein Jahr später, 1959, wurde ich Angestellter der Gibraltar Trading Company.

Dem Anschein nach war ich Antiquitätenhändler. Ich reiste viel, tauschte große Geldbeträge mit Ausländern und fremden Regierungen aus und spürte im Krieg verloren gegangene Kunstgegenstände auf. Aber in Wahrheit war ich Agent des britischen Auslandsgeheimdienstes, des MI6, wie er meist genannt wurde. Nie zuvor war mir mein Leben so sinnerfüllt vorgekommen. Nie war ich glücklicher.

Meine Mutter hatte sich Sorgen gemacht, als ich zur Armee ging. Meine Anstellung bei der Gibraltar Trading Company beruhigte ihre Nerven. Die Reaktion meines Vaters war ziemlich überraschend: eine Mischung aus Belustigung und Anerkennung. Er schien genau zu wissen, was ich tat. Und unsere Beziehung verbesserte sich. Wir begannen, lange philosophische Gespräche zu führen. Ich entdeckte eine ganz neue Seite an ihm. Kurz gesagt öffnete er sich mir und interessierte sich so für mich, wie er es noch nicht getan hatte – oder zumindest nicht, seit er wusste, dass ich kein Wissenschaftler werden würde. Ich hatte ihn enttäuscht, auch wenn er es nie ausgesprochen oder gezeigt hatte. Wie alle Väter wollte er nur, dass ich die gleichen Dinge schätzte wie er. Auf gewisse Weise erwartete er von mir, seine Arbeit fortzuführen.

Wenn ich von meinen Reisen nach Hause zurückkehrte, brachte ich kleine Andenken mit, die meine Mutter im Wohnzimmer ausstellte und mein Vater in den Regalen seines Arbeitszimmers aufreihte. Er fragte mich jedes Mal mit amüsierter Miene über meine Reisen aus, als wüsste er, was sich wirklich abgespielt hatte.

Am Osterwochenende 1965 erfuhr ich, wie viel er wirklich wusste.

Ich saß in seinem Arbeitszimmer und war völlig unvorbereitet auf das, was er mir erzählen würde.

»Ich möchte, dass du nächste Woche mit mir nach Hongkong kommst.«

»Geht nicht. Ich habe einen Termin mit einem neuen Kunden in Warschau.«

Er stand auf, ging zu einem Regal auf der linken Seite des Schreibtischs und schob ein paar Gegenstände zur Seite. Dann drückte er gegen die Rückwand des Regals. Mit einem Klicken sprang sie auf und enthüllte einen Tresor, den mein Vater öffnete. Er zog ein Foto heraus und reichte es mir.

»Vor zwanzig Jahren habe ich geholfen, diesen Apparat zu bauen.«

Ich hatte das Bild schon viele Male gesehen. Aber bei diesem handelte es sich um das Originalfoto von jemandem, der bei dem ersten Atombombentest dabei war. Ich hatte nicht gewusst, dass mein Vater daran beteiligt war.

»Seitdem bereue ich es jeden Tag. Weißt du, wie viele Atomsprengköpfe es jetzt gibt?«

Ohne den Blick von dem Foto zu wenden, sagte ich: »Siebenunddreißigtausendsiebenhunderteinundvierzig. Mehr oder weniger.«

»Und sie sind viel stärker als die Bomben, die auf Japan abgeworfen wurden.«

Er wartete, bis ich ihn wieder ansah.

»Der Kommunismus ist nicht die größte Bedrohung der Menschheit. Wir selbst sind unsere größte Bedrohung. Zum ersten Mal in der Geschichte haben wir die Mittel, uns selbst zu vernichten. Ich habe geholfen, der Welt diese tödliche Waffe zu verschaffen. Seitdem versuche ich zu verhindern, dass sie jemals wieder eingesetzt wird.«

»Wie?«

»Ich gehöre einer Organisation an, die eine neue Technologie entwickelt, eine Technologie, die die Menschheit verändern wird. Ihre Reichweite ist unbegrenzt. Sie betrifft jeden Menschen, egal welcher Nationalität, Rasse oder Religion. Sie wird uns retten. Vielleicht ist sie unsere einzige Überlebenschance.«

Ich war skeptisch. Tatsächlich fragte ich mich sogar, ob die vielen Stunden, die er im Labor verbracht hatte, schließlich ihren Tribut forderten.

»Was ist das für eine ... Technologie?«

»Das erzähle ich dir zu gegebener Zeit. Dir muss ich ja wohl nicht sagen, wie wichtig Geheimhaltung ist.«

In diesem Moment war ich mir sicher: Er wusste, dass ich ein Spion war.

»Das Spiegel-Projekt ist die Krönung meines Lebenswerks. Es ist jetzt in Gefahr. Wir treten in eine Phase des Projekts, in der unsere Arbeit öffentlicher wird. Das Risiko wächst. Ich brauche jemanden, der es beschützt. Ich glaube, du bist der Richtige dafür.«

Er sah mir in die Augen. »Kommst du mit nach Hongkong?«

Ich sagte ihm sofort zu. Ich war stolz, weil er mich gefragt hatte und weil ich zu jemandem geworden war, der ihm helfen konnte – nach all dem, was er für mich getan hatte.

Im Jahr 1965 florierte Hongkong. Die Straßen waren voller Menschen, und an jeder Ecke schossen Fabriken aus dem Boden. Über die Hälfte der Bevölkerung war ungefähr in meinem Alter, zwischen Mitte zwanzig und Anfang dreißig.

Als ich über die belebten Bürgersteige ging, während Doppeldeckerbusse vorbeisausten, dichte schwarze Rauchwolken ausstießen und ihre Fahrgäste ausspuckten, begriff ich, dass Hongkong in vielerlei Hinsicht eine asiatische Kopie Londons war: Es gab eine Regierung nach britischem Vorbild und ein kapitalistisches System, aber auch eine Mischung der Kulturen aus Ost und West.

An diesem Abend spazierte ich mit meinem Vater durch die Stadt, die nicht wie das London meiner Jungend von gelben Straßenlaternen erleuchtet, sondern in das rote und blaue Licht der kantonesisch beschrifteten Neonschilder getaucht war, die sich bis hoch über die Straßen erstreckten. Diskomusik und der Duft von gebratenem Schweine- und Rindfleisch wehten auf die Straßen. Wir genehmigten uns im Hotel einen Drink und beim Abendessen einen weiteren. Ich habe vergessen, wie das Hotel und das Restaurant hießen, aber ich erinnere mich, wie sich Hongkong anfühlte: als wäre es die Zukunft, als würde eines Tages jede Stadt so werden wie diese blühende Metropole, die einen Schmelztiegel der Kulturen darstellte. Junge Menschen aus China und dem Rest der Welt strömten dorthin.

Hongkong war die erste Reise, die ich mit meinem Vater als Erwachsener unternahm. Unser Verhältnis hatte sich verändert, das wurde offensichtlich, als wir zu diesem Abenteuer aufbrachen.

Im Hafen lag das Schiff, das mein Leben verändern sollte –

und vielleicht bald die ganze Welt. Es war ein U-Boot, das größte zivile, das ich je gesehen hatte. Es hatte einen Atomantrieb und ein dieselelektrisches Notaggregat. Die Führung durch das Boot dauerte eine Stunde. Ich war verblüfft, was ich dort sah: Es war ein riesiges Labor, das den Erdball umkreisen konnte. Ich blieb vor der Namenstafel stehen und las die Inschrift:

RSV Beagle
Hongkong
Mai 1965
Ordo ab Chao

Ich übersetzte im Kopf die lateinischen Worte: *Aus Chaos entsteht Ordnung.*

Meine Arbeit hatte mich immer wieder hinter den Eisernen Vorhang geführt. Dort existierte Ordnung, aber der Preis war hoch: Freiheit. Ich fragte mich, was die Erbauer des U-Boots für die Ordnung verlangten, die sie anstrebten. Und was es für eine Ordnung war.

Als wir wieder im Hotel waren, erzählte mir mein Vater, welche Rolle ich einnehmen sollte.

»Der Auftrag der *Beagle* erfordert Reisen an gefährliche Orte. Manche sind schwer zu erreichen, andere sind aus politischen Gründen heikel.«

»Die Sowjetunion. China.«

»Unter anderem«, sagte er.

»Ich war in der Armee, aber nicht bei der Marine.«

»Deine Aufgabe ist es, Einsätze an der Küste zu sichern. Dort lauern die wahren Gefahren. Das U-Boot wird in Häfen auf der ganzen Welt andocken. Du musst schnelle Entscheidungen treffen, auf alles vorbereitet sein, mit den Zollbehörden verhandeln und Leute aus brenzligen Situationen rausholen.«

Er ließ mich einen Moment über seine Worte nachdenken.

»Ich weiß, dass deine momentane Arbeit sehr wichtig ist.

Aber das hier ist es auch. Wenn ich recht habe, ist es das Wichtigste, was die Menschheit je getan hat. Die Welt kann vielleicht einen atomaren Holocaust noch vermeiden, aber es wird immer wieder neue Waffen und neue Kriege geben. *Wir* sind der Feind. Die Uhr der Menschheit läuft ab. Wir sind viel zu unzivilisiert, um solche Waffen zu besitzen. Es ist ein Wettlauf gegen die Zeit, genau wie beim Manhattan-Projekt. Hilfst du uns?«

Ich willigte sofort ein. Ich fragte mich, was das Spiegel-Projekt war. Ich vermutete, in den ersten Tagen auf der *Beagle* die Antwort zu erhalten. Aber was ich dort vorfand, war noch viel faszinierender.

80

Über den Shetlandinseln war die Sonne aufgegangen und hatte den Nebel vertrieben. Der Wind peitschte noch immer über die Felsen und rüttelte alle paar Minuten an den Fenstern des kleinen Cottage.

Desmond stand auf, um die Beine zu strecken. An der Pinnwand überflog er einen Zeitungsartikel über eine Spende der Invisible Sun Foundation an ein Genprojekt der Stanford University in Höhe von zehn Millionen Dollar.

Peyton gesellte sich zu ihm, aber er wandte sich um und zeigte zum Sofa. »Machen wir weiter.«

Als er sich setzte, fiel ihm ein Gegenstand ins Auge. Er befand sich in einer Ecke knapp unter der Decke. Durch den Kram, der oben auf dem Bücherregal stand, war er gut versteckt, aber es gab keinen Zweifel, worum es sich handelte: eine Kamera. An der Unterseite leuchtete ein rotes Lämpchen.

Desmond hoffte, dass die Kamera nur ein Überbleibsel der Sicherheitsmaßnahmen war, die der Besitzer des Cottage installiert hatte. Er konnte im Moment nicht viel dagegen unternehmen, außer wegzurennen, aber das würde einen eventuellen Beobachter nur alarmieren. Er sah auf die Seiten und begann wieder zu lesen.

Die *Beagle* war ein unglaubliches Schiff, aber am meisten beindruckten mich die Menschen an Bord. Sie stammten aus der ganzen Welt: Amerika, Großbritannien, Deutschland, China, Russland, Japan. Alle außer der Besatzung, die das U-Boot steuerte, mir und meinen drei Sicherheitsleuten waren Wissenschaftler. Ich muss zugeben, wir Nicht-Wissenschaftler fühlten uns zuerst ein bisschen fehl am Platz; auf dem Mannschaftsdeck wurde ausschließlich über die Experimente geredet. Ich hatte vermutet, es gäbe nur ein Experiment. In diesem Punkt lag ich völlig falsch.

Die *Beagle* war gewissermaßen eine schwimmende Universität mit zahlreichen Fakultäten, deren Spezialisten in unterschiedlichen Bereichen forschten. Wir nahmen in der Antarktis Eisbohrkernproben, saugten Schlamm vom Meeresboden und sammelten auf der ganzen Welt Tiere ein. Auch Menschenversuche wurden durchgeführt – Testpersonen aus allen Ländern und Rassen wurden in Labors gebracht, die nur von dem unverzichtbaren Personal betreten werden durften. Diese ganzen Aktivitäten verwirrten mich. Wie konnte all das mit einem einzigen Projekt zusammenhängen?

Natürlich beflügelt nichts die Neugier so stark wie ein Geheimnis. Wie die Seeleute spekulierte ich und fragte die Wissenschaftler aus, was sie erforschten. Ich wusste, dass auf der Namenspatronin des Schiffs, der HMS *Beagle,* der junge Charles Darwin um die Welt gesegelt war und die Grundlagen für seine Theorie der natürlichen Selektion gelegt hatte. Ich fragte mich, ob die Wissenschaftler auf diesem Schiff eine genauso bahnbrechende Theorie testeten.

Ich habe nie unter Klaustrophobie gelitten, aber ich wurde auf eine harte Probe gestellt, wie viel Enge ich ertragen konnte. Die Mannschaftsquartiere waren klein und nach Geschlechtern getrennt. In der Kajüte, die wir zu zwölft bewohnten, waren jeweils drei Kojen übereinander angeordnet. Wir teilten uns eine Dusche, die die Seeleute *Regenspind* nannten (die Kojen bezeichneten sie als *Regal* oder *Hühnerstall*). Ohnehin schien die Besatzung eine eigene Sprache zu haben, die überwiegend aus Kraftausdrücken bestand. Faule Kameraden nannten sie *Scheißepäckchen* und Neulinge *Süßwasserfischer*. Schiffe an der Oberfläche und ihre Besatzung waren

Wasserläufer (offensichtlich ein abwertender Begriff). Fische, die auf dem Sonar auftauchten, nannten sie *Biomasse.* Und das Schließfach, in dem die Pornos aufbewahrt wurden, hieß *Schweinespind.*

Insgesamt fühlte ich mich mehr den Seeleuten verbunden als den Wissenschaftlern. Das änderte sich, als ich meinen Schlafnachbarn Yuri Pachenko kennenlernte. Yuri war dreiunddreißig, zwei Jahre älter als ich, und kleiner. Aber das konnte nicht über seine Stärke hinwegtäuschen, die vor allem in seiner Psyche lag. Er war der eindrucksvollste Mensch, den ich je getroffen hatte. Der Grund lag in seiner Vergangenheit.

Er hatte als Kind in Stalingrad gelebt, als die 6. Armee der Wehrmacht im August 1942 dorthin vorstieß. Ich hatte natürlich über die Schlacht gelesen; es war eine der schrecklichsten in der Geschichte des Kriegs, mit über 700.000 Toten. Gegen die Schilderungen dieses Augenzeugen kamen mir meine eigenen Kriegserlebnisse wie ein Urlaub auf dem Land vor. Die Evakuierungen hatten den meisten Kindern in England die Schrecken des Kriegs erspart, aber in der Sowjetunion konnten sie nirgendwohin flüchten. Yuri hatte für sein Land gekämpft und nur knapp überlebt.

Und jetzt wollte er eine Welt schaffen, in der sich Stalingrad nicht wiederholen konnte. Ich habe nie jemanden gesehen, der so auf etwas konzentriert war. Sein Fachgebiet war Virologie, und er lernte von den Besten der Welt, die offenbar alle an Bord der *Beagle* waren.

Im August 1967 dockten wir in Mombasa an. Yuri reiste mit einem Team nach Uganda und brachte Proben mit zurück. In den Labors wurde die höchste Schutzstufe ausgerufen und das aus gutem Grund: Später erfuhr ich, dass sie das Marburg-Virus an Bord gebracht hatten, welches ähnlich wie das Ebola-Virus (das zehn Jahre später in Zaire entdeckt wurde) ein hämorrhagisches Fieber auslöst.

Eine Wissenschaftlerin fand ich interessanter als die anderen: Lin Keller. Sie hatte eine chinesische Mutter und einen deutschen Vater und war während des Kriegs in Hongkong aufgewachsen. Sie beschrieb eindrücklich, wie sie die Eroberung der Insel erlebt hatte. Am selben Tag, als die Japaner Pearl Harbour überfielen, griffen sie auch die britische Kolonie Hongkong an. Örtliche Truppen kämpften zusammen mit britischen, kanadischen und indischen Einheiten hart um die Insel, verloren aber gegen die japanische Übermacht. An Weihnachten 1941 kapitulierten sie – die Einheimischen bezeichneten es als »Schwarze Weihnacht«.

Die Japaner besetzten Hongkong. Vom Peninsula Hotel in Kowloon aus regierten sie mit eiserner Faust. Lin und ihre Mutter wurden von ihrem Vater getrennt, der in Deutschland war und für das dortige Regime arbeiten musste. Er hätte seine Familie nach Deutschland holen können, hatte jedoch das Gefühl, dass sie trotz der Umstände in Hongkong sicherer wäre. Sie überlebten knapp die drei Jahre und acht Monate dauernde Besatzung.

Die Situation auf dem chinesischen Festland war viel schlimmer. Die Japaner begannen mit ihrer Invasion im Juli 1937 den Zweiten Japanisch-Chinesischen Krieg. Es war ein Konflikt ungeheuren Ausmaßes, der für die meisten zivilen und militärischen Todesopfer im Pazifikkrieg verantwortlich war. Zehn bis fünfundzwanzig Millionen chinesische Zivilisten kamen ums Leben sowie mehr als vier Millionen chinesische und japanische Soldaten. Der Krieg in China veranschaulichte einen Aspekt des Zweiten Weltkriegs, der oft vergessen wird: Weltweit starben mehr Zivilisten als uniformierte Kämpfer. Am meisten litt die Zivilbevölkerung in China und der Sowjetunion, aber Hunger und Gewalt waren Anfang der Vierzigerjahre weltweit verbreitet.

Das war die Welt, in der Yuri, Lin und ich aufgewachsen waren. Und wir wollten nicht, dass unsere Kinder in derselben Welt aufwuchsen. Wir würden sie ändern, um jeden Preis. Wir waren Seelenverwandte, verbunden durch eine ähnliche Kindheit, obwohl uns Tausende von Kilometern getrennt hatten.

Lins Fachgebiet war Genetik, und sie war besessen davon. Weil ihr Vater ebenfalls auf der *Beagle* in der Genforschung arbeitete, war es für sie nicht nur eine Gelegenheit zu forschen, sondern auch wieder mit ihm zusammen zu sein. Das hatten Lin und ich gemeinsam: Kition gab uns die Möglichkeit, unseren Vätern näherzukommen, mit ihnen zusammenzuarbeiten und vielleicht sogar die gemeinsame Zeit nachzuholen, die wir in unserer Kindheit verloren hatten.

Die Genforschung erlebte gerade einen Aufschwung. Watson und Crick hatten 1953 herausgefunden, dass die DNS in einer Doppelhelix angeordnet war, und danach folgte eine Entdeckung auf die andere. Wenn Lin über das Potenzial der Genetik sprach, strahlte sie. Sie war anders als alle Frauen, denen ich bisher begegnet war. In gewisser Hinsicht war sie die Verkörperung Hongkongs: ein asiatisches Äußeres verbunden mit britischem Benehmen. Sie war bescheiden, vollkommen selbstlos. Vielleicht zog mich das am meisten an. Sie arbeitete zu hart; oft fand ich sie in ihrem engen Büro neben dem Labor, wo sie mit dem Kopf auf dem Schreibtisch eingeschlafen war. Dann hob ich ihren zarten Leib hoch und trug ihn durch die Gänge. Seeleute drückten sich an die Wände, um uns Platz zu machen, und ließen sich die Gelegenheit, mich zu necken, nicht entgehen.

»Hast du sie endlich erlegt, Willy?«

»Wie hast du das gemacht, Will, mit einem Betäubungspfeil oder einem Glas Tequila?«

»Macht Platz für unseren Casanova, Jungs!«

Die Sticheleien machten mir nicht das Geringste aus. Ich legte sie in ihre Koje, deckte sie zu und schaltete die kleine Geräuschmaschine an, die verhinderte, dass die Schlafenden ständig aufwachten, wenn ihre Kameraden, die in andere Schichten eingeteilt waren, in die Kajüte kamen oder sie verließen. Durch die harten Oberflächen überall im U-Boot war es schwierig, sich leise zu bewegen.

Das Innenleben von Menschen zu ergründen gehörte zu meiner Arbeit. Nach ein paar Wochen wusste ich, was Lin in der Genetik sah: das Versprechen auf eine zivilisierte Menschheit. Sie glaubte, irgendwo in den Genen läge die Antwort auf die Frage, warum manche Menschen böse waren. Für sie lag der Schlüssel zum Spiegel-Projekt darin, einfach die genetische Basis für alle schädlichen Charakterzüge auszumachen und zu eliminieren.

Yuri hingegen glaubte nicht, dass die nukleare Bedrohung der größte Feind der Menschheit wäre. Pandemien, argumentierte er, hätten die Bevölkerung stärker dezimiert als jeder Krieg. Er ging davon aus, dass Globalisierung und Verstädterung eine existenzgefährdende Pandemie unvermeidlich machten.

Da begriff ich die Wahrheit: Niemand wusste, was das Spiegel-Projekt war – auch nicht die Wissenschaftler, die daran arbeiteten. Später sollte ich erfahren, dass das ganze Projekt mit einer Hypothese begonnen hatte – der Annahme, man könne eine Technologie entwickeln, die die Sicherheit der Menschheit für immer gewährleistete. Bei den wissenschaftlichen Experimenten auf der *Beagle* wurden nur Daten gesammelt, um diese Hypothese zu testen und herauszufinden, was das für eine Technologie sein könnte. Für die Wissenschaftler stellte das Spiegel-Projekt ein abstraktes Konzept dar, so wie das Paradies. Etwas, das alle verstanden, von dem aber niemand wusste, wo es war oder wie es genau aussah. Für manche war es ein Sandstrand, für andere eine Hütte im Wald oder ein Penthouse in der Stadt mit einem endlosen Vorrat an Wein und Theaterkarten. Das Paradies war das Produkt der persönlichen Lebenserfahrungen und Wünsche. Genauso sah jeder Wissenschaftler die größte Bedrohung für die Menschheit im Fokus seines Fachgebiets und sich selbst in der Hauptrolle bei der Erschaffung der Technologie. Wenn man sieben Kition-Mitglieder in einen Raum steckte und fragte, welches Ereignis wahrscheinlich zur Auslöschung der Menschheit führen würde, erhielt man sieben verschiedene Antworten: Roboter, künstliche Intelligenz, Pandemien, Klimawandel, Sonnenereignisse, Asteroideneinschläge oder eine Invasion durch Außerirdische.

Eine Technologie zu erschaffen, die die Menschheit vor all diesen Bedrohungen abschirmte, schien mir unmöglich. Später sollte ich erfahren, dass es durchaus möglich war, wenn auch zu einem unvorstellbaren Preis.

Peyton erhob sich und ließ Desmond mit dem Manuskript allein auf dem Sofa zurück. Er sprang auf und kam zu ihr, als könnte er ihre Gefühle spüren.

»Nur weil deine Mutter damals bei Kition war, heißt das nicht, dass sie etwas mit den aktuellen Ereignissen zu tun hat.«

Sie sah ihm in die Augen. *Er kennt mich immer noch so gut.*

»Und wenn doch?«

»Dann werden wir damit fertig.«

»Ich kann nicht ...«

»*Wir.* Zusammen.«

Er zog sie in seine Arme und hielt sie. Einen Moment lang schwiegen sie beide.

Schließlich flüsterte sie mit dem Mund an seiner Schulter: »Was hat das alles zu bedeuten, Des? Die ganzen Verbindungen. Meine Mutter und mein Vater waren beide bei Kition. Und Yuri auch – der Mann, der dich rekrutiert hat. Dein Onkel war zusammen mit meinem Vater in dem Waisenhaus in London. Es ist, als ... wären wir alle miteinander verwoben.«

»Ich weiß es nicht. Aber ich glaube, dass du recht hast: Es gibt einen größeren Zusammenhang. Ich begreife ihn nur noch nicht.«

Desmond ließ sie los und ging zu der Pinnwand, als suchte er dort nach einer Antwort. Er zog einen Zettel von der Nadel, die ihn hielt. Darauf stand: *Invisible Sun – Person, Organisation oder Projekt?*

Peyton dachte, er würde ihr seine Gedanken verraten, aber er steckte den Zettel nur in die Hosentasche und drehte sich zu ihr um. »Lass uns weiterlesen. Vielleicht finden wir raus, was hier vorgeht.«

81

Die *Beagle* legte in Häfen auf der ganzen Welt an. Ich konnte mein Sprachtalent nutzen, aber ich kam nicht dazu, die Umgebung zu genießen. Ständig war ich auf der Hut, überlegte, was schiefgehen könnte, und knüpfte für diesen Fall Kontakte.

1967 in Rio de Janeiro war ich froh, dass ich einen Notfallplan und die nötigen Kontakte hatte, um ihn auszuführen. Ich saß an einem Mittwochabend in der Lobby eines Hotels und las, als eine der Forscherinnen, eine Biologin Anfang dreißig namens Sylvia, die Glastür aufriss und hereingerannt kam. Blut bedeckte ihr Gesicht und verklebte das braune Haar. Ein Auge war zugeschwollen. Sie stürmte an der Bar und den eincheckenden Leuten vorbei und rief meinen Namen. Ich stand auf, nahm sie beim Arm, führte sie in eine Telefonnische und schloss die Tür. Schließlich hatte ich sie so weit beruhigt, dass sie sprechen konnte.

»Sie haben sie mitgenommen!«

»Wen?«

»Yuri und Lin.«

»Wer hat sie mitgenommen?«

Sie schluchzte jetzt. »Weiß ich nicht. Sie waren maskiert.« Sie schüttelte den Kopf, als wollte sie sich nicht daran erinnern. »Sie haben gesagt, sie würden sie töten, wenn ich nicht in zwei Stunden mit zwanzigtausend Dollar wieder zur Bushaltestelle komme.«

Ich brachte sie in mein Zimmer, fragte sie weiter aus und bestellte zwei meiner Agenten zu mir. Einen schickte ich zur

Beagle, um für alle Fälle vierzigtausend Dollar zu holen. Wir hatten immer eine Menge Geld für Forschungsmaterial sowie Entführungen und Lösegeldforderungen an Bord. Den anderen Agenten sandte ich zu einigen alten Kontaktleuten aus meiner Zeit beim MI6, um Erkundigungen über einen Mann einzuziehen, der meiner Operation zum Erfolg verhelfen sollte, auch wenn ich ihn nur vom Hörensagen kannte.

Sobald ich mit der zitternden Frau allein war, schenkte ich ihr ein großes Glas Brandy ein und setzte sie aufs Bett. Sie zuckte zusammen, als der Schnaps die aufgeplatzte Lippe berührte, trank ihn aber schnell aus.

»Hör mir zu, Sylvia.«

Sie sah mich mit ihrem unverletzten Auge an, aus dem noch immer Tränen flossen.

»Alles kommt in Ordnung. Ich hole sie zurück, und ich sorge dafür, dass es dem Verantwortlichen sehr leidtun wird.«

Zwanzig Minuten später saß ich im Hinterzimmer eines portugiesischen Restaurants und wartete auf meinen Gastgeber. Er trat ein, setzte sich, ohne sich vorzustellen, und sah mich mit ausdruckslosen Augen an. Er war ein korpulenter Mann mit langem schwarzem Haar, das fettig am Kopf klebte. Zwei Männer standen mit den Händen in den Hosentaschen an der Tür zu dem privaten Speisezimmer und hielten zweifellos die Finger am Abzug der kurzläufigen Revolver, die sie auf mich gerichtet hatten.

Ich kannte den Spitznamen des Manns – O Mestre –, aber ich benutzte ihn nicht, als ich ihn ansprach. Ich sagte nur: »Wir haben einen gemeinsamen Feind.«

Er zog die Augenbrauen hoch.

»Einen Möchtegern-Gangster namens Ernesto.«

Er sprach nur gebrochen Englisch und hatte einen starken portugiesischen Akzent. »Nie von gehört.«

»Er hat zwei meiner Mitarbeiter entführt. Er will zwanzigtausend Dollar für ihre Freilassung.«

»Das ist Sache von Polizei. Ich bin nicht Polizei.«

»Ich glaube, Sie können mir besser helfen. Sie können dafür sorgen, dass meine Freunde sicher nach Hause kommen.«

Er wandte den Blick ab.

»In der Tasche sind vierzigtausend Dollar.«

»Ich bin nicht Bank.«

»Das Geld ist für ihre sichere Rückkehr. Und zum Schutz, falls sowas noch mal passiert. Hier in Rio und in São Paulo.«

Er nickte einem seiner beiden Begleiter zu. Der Mann öffnete die Tasche und begann, das Geld zu zählen. Der andere riss mich vom Stuhl hoch, filzte mich und griff unter mein Hemd, um sich zu vergewissern, dass ich nicht verkabelt war. Ich war nicht so dumm, bei einem solchen Treffen eine Pistole zu tragen.

Der Mann, der mich durchsucht hatte, nickte O Mestre zu, welcher daraufhin aufstand und hinausging. Ich hatte ihnen verheimlicht, dass ich Portugiesisch sprach, weil ich mir einen Vorteil davon versprochen hatte, aber diese Männer schienen eine ganz eigene Sprache zu haben, die nur aus Blicken und leichten Kopfbewegungen bestand.

Der Mann, der die Tasche hielt, nahm zwanzigtausend Dollar heraus.

Sein Partner sagte auf Portugiesisch zu mir: »Die Gebühr beträgt zwanzigtausend Dollar im Jahr. Sie kommen nächstes Jahr am gleichen Tag wieder her und bezahlen.«

Ich nickte. Sie wussten also mehr über mich, als ich gedacht hatte.

»Heute Nacht gehen Sie zur Bushaltestelle. Dann passiert Folgendes ...«

Genau zwei Stunden nachdem die Gangster Yuri und Lin von der Straße geschnappt und Sylvia geschlagen hatten, stand ich mit Filzhut und schwarzem Trenchcoat im Nieselregen. In Rio war es das ganze Jahr warm, aber der August war der kälteste und regnerischste Monat. Der Wind brachte eine Kaltfront aus der Antarktis mit und wehte um die Kräne, die zahlreiche Wolkenkratzer bauten, um die alte Stadt auszulöschen und eine glitzernde neue zu errichten.

Menschen vom Land strömten nach Rio. Illegale Einwanderer waren auf der Suche nach Arbeit und einem besseren Leben. Die Favelas schienen sich über Nacht auszubreiten wie Ameisenkolonien. Im Schein der Laternen sah ich die Baracken, die sich über einen grünen Hügel erstreckten, eine Insel der Armut in der riesigen Stadt. Von meinem Aussichtspunkt wirkten sie am Fuß der Cristo-Redentor-Statue wie kleine Kartons.

Das harte Leben in den Favelas bildete einen starken Kontrast zu dem Treiben an der nur wenige Hundert Meter entfernten Copacabana, wo protzige Hotels, Nachtklubs und Restaurants vor der Kulisse des Atlantiks glitzerten. Palmen säumten die Promenade über dem Sandstrand. Musik dröhnte durch die Nacht, ein Wechselgesang der beiden Welten, die in Rio nebeneinander existierten. Ich stand kurz davor, in diese andere Welt hinabzusteigen, in die Unterwelt, in der verzweifelte Menschen verzweifelte Taten begingen, um zu überleben – und vielleicht der Armut zu entkommen. Die Lage hatte mich gezwungen, etwas zu tun, das mir nicht gefiel, aber so war nun einmal die Welt. Meine Leute waren in Gefahr. Mehr noch: Meine Freunde waren in Gefahr. So einfach war das.

Der Bus fuhr ab und stieß eine dichte schwarze Rauchwolke aus, die der Regen nicht vertreiben konnte.

Neben mir begann Sylvia zu zittern. Ich wusste, dass es nicht am kalten Wind und Regen lag.

»Mach dir keine Sorgen, Sylvia.«

Ich merkte, dass sie ihre Tränen zurückhielt. Einer meiner Agenten saß in dem Café hinter uns, der andere stand in der angrenzenden Gasse.

Ein klappriger VW hielt am Straßenrand, und ein Mann mit Halstuch über dem Mund und fleckigem Tanktop stieg aus. Auf dem Rücksitz richtete ein anderer Mann seine Pistole auf

Sylvia. Jetzt begann sie zu weinen. Ich streckte die Arme aus und stellte mich zwischen sie und den Mann.

»Das Geld!«, brüllte er.

»Lasst erst unsere Leute frei. Dann zahlen wir.«

Er schüttelte den Kopf. Offenbar war er mit irgendwelchen Amphetaminen zugedröhnt. Seine geweiteten Augen zuckten hin und her. »Nein! Du bezahlst jetzt. Wenn ich in fünf Minuten nicht zurück bin, töten wir einen.«

Ich hob die Hände. »Okay. In Ordnung. Wir zahlen. Aber ich will sie zuerst sehen. Zeigt mir, dass sie leben, dann rufe ich jemanden an, und das Geld wird hergebracht.«

Der Mann mit dem Halstuch sah zum Fahrer, der nickte. Er packte mich am Arm und stieß mich auf die enge Rückbank, wo ich zwischen ihm und dem Gangster mit der Waffe eingeklemmt war. Während der eine mir den Pistolenlauf in die Seite drückte, durchsuchte mich der andere, ohne etwas zu finden. Er riss mir den Hut vom Kopf und band mir sein Halstuch vor die Augen. Es stank so sehr nach Schweiß und Zigaretten, dass ich husten musste.

Zehn Minuten lang wurde ich auf dem Rücksitz durchgerüttelt. Es war höllisch laut, und ich fragte mich, ob die Trennwand zwischen Rückbank und Motorraum ausgebaut worden war.

Schließlich hielt der Wagen. Sie zogen mich heraus und zerrten mich eine Straße mit Kopfsteinpflaster entlang. Wenn ich stolperte, rissen sie mich grob wieder hoch. Ich hörte, wie eine Holztür geöffnet und hinter mir wieder zugeschlagen wurde. Wir gingen langsamer weiter, dann zogen sie mir in einem Zimmer mit einer nackten Glühbirne an der Decke das Halstuch von den Augen.

Yuri und Lin saßen auf Holzstühlen. Ihre Hände waren mit Kabeln gefesselt und die Fußknöchel an die Stuhlbeine gebunden. Es sah schmerzhaft aus. Yuris Nase war gebrochen; getrocknetes Blut umgab sie. Auch aus seinem Haar rann Blut. Wie bei Sylvia war ein Auge zugeschwollen.

Mir brach fast das Herz, als ich Lin sah. Man hatte sie auf die Wange geschlagen. Sie war geschwollen und blau, und es sah aus, als hätte sie eine tätowierte Qualle im Gesicht. Tränen liefen über ihre Wangen.

Ein Mann mit einer Che-Guevara-Kappe stand hinter seinem Schreibtisch auf. Seine Nasenränder waren vom Drogenkonsum gerötet. Er kam zappelnd auf mich zu und sah mich mit unverhohlenem Abscheu an.

»Glaubst du, du kannst Spielchen mit uns spielen?« Er zog ein Messer aus dem Gürtel. »Ich zeig dir, wie ernst ich es meine.«

»Vorher«, sagte ich mit ruhiger Stimme, »habe ich eine Nachricht für dich. Von O Mestre.«

Er blieb stehen, noch immer wütend, aber irritiert.

»Er ist ein Freund von mir. Er will, dass du zu Hause anrufst.«

Er beschimpfte mich, ging aber nicht weiter auf Lin und Yuri zu.

»Ruf zu Hause an. Bei deiner Familie. Oder O Mestre sorgt dafür, dass du es bereust.«

»Ich sollte dich töten, du Imperialistenschwein. Und deine kapitalistische Hure!«

»Das würde O Mestre nicht gefallen. Ich will mir gar nicht vorstellen, was er dann macht.«

Der Entführer wandte den Blick ab. Er trat einen Schritt auf Yuri und Lin zu, dann überlegte er es sich anders. Am Schreibtisch nahm er das Telefon, wählte und hörte zu. Was auch immer am anderen Ende gesagt wurde jagte ihm Todesangst ein. Er sank auf seinen Stuhl und nickte, als könnte sein Gesprächspartner ihn sehen. »Natürlich. Mein Fehler ...«

Er verstummte; offenbar war die Verbindung beendet. Er legte den Hörer auf und schrie seine Männer an, sie sollten Yuri und Lin losbinden, als wäre es allein ihre Schuld.

Yuri stand schwankend auf und stützte sich an der Lehne ab. Aber als Lin losgebunden wurde, kippte sie einfach um. Ich sprang nach vorn und fing sie auf. Wenn ich die Wärme ihrer Haut nicht gespürt hätte, hätte ich gedacht, sie wäre tot.

Ich hievte sie hoch und trug sie fest an mich gedrückt aus der Hütte in der Favela. Ich glaube, ich atmete erst wieder, als die Gangster uns an der Bushaltestelle aus dem Auto steigen ließen. Lin konnte wieder stehen, aber sie klammerte sich immer noch an mich.

Auch Yuri umarmte mich in einer für ihn untypischen Zuneigungsbekundung. »Du hast uns gerettet, William.«

»Ich habe nur meine Arbeit gemacht«, murmelte ich.

»Es war mehr als das.«

»Du hättest für mich dasselbe getan.«

»Ja. Das stimmt.«

Ungefähr alle drei Monate dockte die *Beagle* an einer Pazifikinsel an – jedes Mal an derselben. Ich wusste nicht genau, wo sie lag; nur die Brückenbesatzung war darüber informiert. Sie befand sich westlich von Hawaii und südlich des Äquators und war unbewohnt, als Kition sie erwarb. Alles dort war neu: die Häuser, der Hafen, die Straßen. Es gab keine Regierung außer Kition und keine Kriminalität. Keine Angst. Vielleicht steuerte die *Beagle* deshalb nach den Vorfällen in Rio sofort die Insel an. Die ganze Crew war erschüttert, nicht nur Sylvia, Lin und Yuri.

Yuri und Lin waren in ständiger Gefahr aufgewachsen; er in Stalingrad während des deutschen Einmarschs, sie in Hongkong während der japanischen Besatzung. Aber in den letzten zwanzig Jahren war ihr Leben nicht mehr bedroht gewesen. Es ängstigte sie, auch wenn Yuri stoisch wie immer war. Im U-Boot erzählte Lin mir, wie er sich gewehrt hatte. Er war tapfer gewesen, aber sein Kampf sinnlos. Trotzdem mochte ich ihn deswegen noch mehr.

Ich kannte die offizielle Bezeichnung der Insel nicht, aber an Bord der *Beagle* nannten wir sie »die Kition-Insel« oder einfach »die Insel«. Sie verfügte auf der Südseite über einen

Tiefwasserhafen, dessen Anlagen viel zu groß für eine so kleine Insel waren. Jedes Mal, wenn wir andockten, löschte ein Frachtschiff dort gerade seine Ladung – überwiegend Baumaterial und schweres Gerät. Auf der Insel zu bauen verursachte enorme Kosten, aber ich verstand den Sinn. Dieser Ort war völlig isoliert und schwer zu finden. Den meisten Leuten war nicht klar, wie groß der Pazifik ist. Die gesamte Landmasse der Erde passt in den Pazifik. Er ist größer als der Atlantik und der Indische Ozean zusammen.

Die Insel bot Kition ein perfektes Versteck, und im August 1967 war sie der optimale Ort für die Besatzung, um sich zu erholen. Wir schifften im Hafen aus, fuhren mit den elektrischen Golfmobilen zu den Wohngebäuden und zogen uns in unsere Zimmer zurück. Die Unterkünfte waren nicht besonders schick, aber sie waren sauber und boten Privatsphäre; zu jedem Schlafzimmer gehörten ein Bad und ein kleines Wohnzimmer. Nach drei Monaten auf der *Beagle* fühlte es sich an, als wohnte man in einem riesigen Penthouse. Allein zu duschen war Luxus. Zu schlafen, ohne dass unter und über einem jemand lag und drei weitere gegenüber, war erholsam.

Bei meinen Einsätzen habe ich herausgefunden, dass die Menschen sich verändern, wenn sie dem Tod nur knapp entgehen. Manche nicht dauerhaft, aber alle für eine gewisse Zeit. Das traf auch auf Yuri und Lin zu. Yuri wurde introvertierter. Auf der Insel stürzte er sich in seine Arbeit. Er war von ihrer Bedeutung überzeugter denn je.

Lin veränderte sich in die andere Richtung. Sie hörte auf, bis zur Erschöpfung zu schuften. In der Kantine lachte sie mehr und blieb länger am Tisch sitzen.

Am Lagerfeuer am Strand, das nach jeder Reise stattfand, sah ich sie zum ersten Mal ein Glas Wein trinken. Sie erstrahlte geradezu in ihrem schwarzen Kleid. In dieser Nacht leuchtete sie für mich heller als der Mond und die Petroleumfackeln und die Kerzen in den Glasvasen, die auf dem langen Tisch standen.

Ich konnte nicht anders, als sie anzustarren. Je mehr ich trank, desto weniger versuchte ich, es zu verbergen.

Es saßen noch sechs Leute am Tisch, als sie aufstand, den anderen eine gute Nacht wünschte und mir in die Augen sah.

»Schöne Nacht für einen Spaziergang.«

Ich stand auf und streckte ihr meine Hand entgegen.

82

Im Sommer 1967 sollte sich mein Leben für immer verändern. Ich war seit drei Monaten auf meiner zweiten Reise mit der *Beagle*, als ich bemerkte, dass Lin sich veränderte. Sie wurde distanzierter und ging mir aus dem Weg. Wir waren seit sechs Monaten zusammen (soweit das auf einem U-Boot möglich war). Ich stellte sie zur Rede, und schließlich sagte sie mir, was mit ihr los war: Sie war schwanger.

Das machte mich überglücklich. Und jagte mir Angst ein. Ich glaube, Menschen, die eine schwere Kindheit hatten, scheuen sich mehr davor, Kinder in die Welt zu setzen. Das traf auf Lin und mich sicher zu. Wenn die Biologie nicht dazwischengekommen wäre, weiß ich nicht, wie unser Leben sich entwickelt hätte. Aber so war es, und ich werde es niemals bereuen. Wir zogen nach London in eine Wohnung in Belgravia, die ein Kition-Mitglied uns für einen Spottpreis vermietete. Einen Monat später heirateten wir im kleinen Kreis. Yuri war mein Trauzeuge. Meine Mutter und mein Vater waren da und Lins Eltern ebenfalls.

In einer verschneiten Nacht im März wurde unser Sohn Andrew geboren. Wir spürten beide sofort, dass sich unser Leben veränderte. Von diesem Augenblick gab es nichts Wichtigeres mehr als ihn. Die Ärzte nannten seine Krankheit »Amelie«, eine Missbildung, bei der ein oder mehrere Gliedmaßen fehlen. In Andrews Fall betraf es den linken Arm unterhalb des Ellbogens. Lin war am Boden zerstört. Egal, was ich sagte, sie fühlte sich verantwortlich. Sie suchte die Schuld in ihren

Genen und ihrem Verhalten: Dass sie ein Kind auf einem Atom-U-Boot ausgetragen hatte, wo die Strahlung die Krankheit verursacht haben konnte.

Ich habe das Wort »Gendefekt« nie über die Lippen gebracht, aber für Lin lag die Antwort eindeutig in den Genen. Danach gewann das Spiegel-Projekt eine ganz neue Bedeutung für sie. Aus Begeisterung wurde Besessenheit. Sie redete von einer Welt, in der keine Mutter erleben musste, dass ihr Kind mit einer Fehlbildung geboren wurde, und in der kein Kind benachteiligt war oder den täglichen Spott seiner Spielkameraden ertragen musste.

Seine Behinderung änderte nichts an unserer Liebe zu ihm. Andrew war ein kluges Kind (was er vermutlich von seiner Mutter hatte) und übertrieben abenteuerlustig (vielleicht mein Beitrag). Er war mutig und neugierig und gab nie klein bei.

Bei Kition waren Veränderungen im Gange. Die Experimente wurden aufwendiger, und das erforderte immer mehr Geld. Deshalb wurden neue Mitglieder rekrutiert: Milliardäre, Kapitalanleger, Leute, die Einfluss auf die Vergabe von staatlichen Forschungsgeldern hatten. Sie waren alle aus dem gleichen Holz geschnitzt: Menschen, die glaubten, die Welt stünde am Rand einer Katastrophe.

Der Zustrom von neuen Mitgliedern war ein Wendepunkt in der Geschichte der Organisation, ein Rubikon, der ohne viel Federlesen überschritten wurde. An der Oberfläche änderte sich nichts. Zahlreiche Kition-Zellen führten Spiegel-Projekt-Forschungen durch, und die Mitglieder trafen sich jedes Quartal zu einer Konferenz, die wir unser Konklave nannten. Aber hinter den Kulissen zerfaserte die Organisation. Immer mehr Mitglieder glaubten, ihr Spiegel-Projekt sei die einzige Lösung für die Probleme der Menschheit, und rangelten um die Gelder, die sie brauchten, um ihre Vision zu verwirklichen.

1972 wurde ich Leiter von Kition-Security, einer neuen Organisation, die die Sicherheit der einzelnen Zellen gewährleisten und unsere Geheimnisse schützen sollte. Nur vier von uns, ich und drei der ältesten Mitglieder, kannten das ganze Ausmaß von Kition. Wir schufen ein Monstrum.

Zu Hause verlief das Leben in geordneten Bahnen. Ich war viel unterwegs, aber wenn ich da war, verbrachte ich jede freie Minute mit Lin und Andrew. Er wurde so schnell groß. 1973 bekamen wir eine Tochter. Wir nannten sie Madison - nach dem Mädchennamen meiner Mutter. Andrew war der hingebungsvollste große Bruder, den ich je gesehen hatte, vielleicht noch behütender als Orville Hughes in dem Londoner Waisenhaus nach dem Krieg.

Lin arbeitete bis zur Erschöpfung. Ich machte mir Sorgen um sie, aber sobald ich das Thema ansprach, wurde es abgewürgt, deshalb gab ich bald auf. In der Ehe und im Krieg gibt es Schlachten, die man nicht gewinnen kann.

1977 kam unsere zweite Tochter zur Welt. Wir nannten sie Peyton - nach dem Mädchennamen von Lins Großmutter väterlicherseits. Sie war ernster und wissbegieriger als Madison. Neugier und Abenteuerlust waren bei ihr genauso ausgeprägt wie bei Andrew.

Ich verbrachte unzählige Stunden in Flugzeugen und Zügen und überlegte, wie die drei als Erwachsene sein würden. Und in welcher Welt sie leben würden.

Dann, bei dem Winterkonklave von Kition 1983 in Genua, geschah das Undenkbare. Eine Zelle gab einen Plan für das Spiegel-Projekt bekannt - eine funktionierende Technologie, die unseren Traum, die Sicherheit der Menschheit zu gewährleisten, wahr werden lassen sollte. Das Ausmaß und die Kosten des Projekts waren unglaublich. Viele wissenschaftliche Grundlagen waren damals noch Hypothesen (die mittlerweile bewiesen wurden), aber es war eine funktionierende Lösung. Krieg. Hunger. Krankheiten. Klimawandel. Meteoriteneinschläge. Kosmische Ereignisse. Außerirdische Einflüsse. Künstliche Intelligenz. Das Spiegel-Projekt, das an diesem Abend in dem luxuriösen Anwesen mit Blick auf den Genfer See vorgestellt wurde, würde uns vor all diesen Bedrohungen schützen – und vor vielen anderen. Und noch beeindruckender war, dass es das Potenzial barg, das große Geheimnis aufzudecken, an dem Kition seit seiner Gründung forschte: die Bestimmung der Menschheit – die Natur des Universums und der menschlichen Existenz. Die Wissenschaftler, die das Spiegel-Projekt vorschlugen, sahen es als nächsten Schritt auf der Reise der menschlichen Erfahrung, als unser unvermeidliches Schicksal.

Nicht alle waren überzeugt.

Die Gruppe vernünftiger und gelassener Wissenschaftler, die ich kennengelernt hatte, wurde in dieser Nacht wild. Die Debatte begann als angeregte Diskussion und endete in Gebrüll. Ich begriff endlich, dass wir ein Nullsummenspiel gespielt hatten. Am Ende des Spiegel-Projekts würde es nur einen Gewinner geben; nur eine Technologie würde realisiert werden. Alle anderen Vorhaben würden abgebrochen und die Gelder zum Gewinnerprojekt umgeleitet werden. Und derjenige, der die Technologie kontrollierte, würde so mächtig sein wie niemand zuvor auf der Erde. Er würde die gesamte Menschheit kontrollieren.

Die Nacht endete in einem Patt. Mitglieder stießen Drohungen aus. Manche sagten, sie würden die Organisation verlassen, die Forschung auf eigene Faust weiterführen und so einen neuen Wettstreit eröffnen. Andere drohten, das ganze Projekt öffentlich zu machen; wenn ihre Lösung nicht ausgewählt würde, sollte auch kein anderer Erfolg haben. Wissenschaftler können wie alle Menschen sehr missgünstig sein.

Wenn ich mir etwas vorwerfen kann, dann ist es Fahrlässigkeit. Ich habe nicht gespürt, wie der Boden unter meinen Füßen wackelte. Ich hielt das Geschrei dieser Nacht für leere Drohungen. Andere taten das nicht.

Einen Monat später flog ich mit British Airways von Kairo nach London, als es passierte. Auf der ganzen Welt wurden Kition-Wissenschaftler ermordet. Ich beschäftigte zwölf Sicherheitsagenten; alle wurden umgebracht. Als ich in

Heathrow landete, wusste ich nichts davon. Im Taxi auf dem Weg zu unserer Wohnung in Belgravia dachte ich nur über Madisons Geburtstagsfeier nach, die nächste Woche stattfinden sollte.

Die Wohnungstür war abgeschlossen. Sobald ich sie öffnete, sah ich, dass unsere Wohnung durchsucht worden war. Ich zog meine Pistole, aber es war zu spät. Aus den Augenwinkeln sah ich eine schwarz gekleidete Gestalt hinter der verglasten Tür meines Arbeitszimmers stehen. Ich wirbelte herum und hob meine Waffe, doch der Mann war schneller. Das Geschoss durchschlug das Glas und bohrte sich in meine Seite. Ich wurde gegen den Konsolentisch und den antiken Spiegel darüber geschleudert. Aber ich ließ die Sig Sauer P226 nicht los. Ich drückte den Abzug, schoss dreimal und sah, wie der Mann zu Boden ging.

Ich wirbelte herum und trat aufs Wohnzimmer zu. Das rettete mir das Leben. Der zweite Mann war in der Küche. Seine Schüsse in den Flur verfehlten mich nur knapp. Ich schoss blind durch die Wand, dann sprang ich durch die Vorratskammer in die Küche und erwischte ihn von hinten. Ich hatte ihn am Arm getroffen. Ich wartete nicht, bis er sich umdrehte; ich schoss ihm durch die Schulter. Er ließ die Waffe fallen.

Ich richtete die Pistole auf sein Gesicht und lauschte, ob der Mann im Arbeitszimmer sich noch rührte, hörte aber nichts.

»Wer hat dich geschickt?«

Blut sickerte aus seinem Mund. Er war ein Europäer mit kurz geschorenem Haar, vermutlich mit militärischem Hintergrund.

Er knirschte mit den Zähnen und stöhnte. Ich packte sein Kinn und bohrte ihm die Finger in die Wangen, um seinen Mund zu öffnen. Zu spät. Er hatte den Zahn schon zerbissen. Das Gift floss ihm in die Kehle. Ich nahm einen Löffel aus der Küche, schob ihm den Griff in den Hals, damit er sich übergab, aber er erschlaffte schon.

Ich hielt mir die Seite, als ich ins Arbeitszimmer rannte.

Der andere Mann war ebenfalls tot. Meine Akten waren verschwunden. Der Tresor stand offen.

Ich schnappte mir das Telefon und rief in Lins Büro in der Uni an. Niemand meldete sich. Ich versuchte, die Blutung an meiner Seite zu stoppen. Ich brauchte dringend einen Arzt. Ich rief meine Kition-Agenten in London an. Niemand hob ab. In Berlin. Dasselbe. Hongkong, Tokio, New York, San Francisco. Alle waren verschwunden.

Ich stürmte ins Schlafzimmer. Schubladen standen offen. Unser Gepäck war weg. Das der Kinder ebenfalls. Ich betrachtete es als gutes Zeichen.

Ich hörte Schritte im Flur. Als ich um die Ecke spähte, rechnete ich mit der Polizei, aber ich sah zwei weitere schwarz gekleidete Ex-Soldaten, die mit gezogenen Waffen auf mich zukamen.

Ich ging in die Hocke, zog das Ersatzmagazin aus dem Gürtel, hielt die Sig Sauer um den Türrahmen und gab Schuss um Schuss ab. Ich hätte die Männer gern lebendig in die Finger bekommen, aber mein eigenes Leben war mir wichtiger.

Ich hörte, wie sie zusammenbrachen. Ich schob das frische Magazin in die Pistole, zog mich in Madisons Bad zurück, fand einen Handspiegel und sah damit in den Flur, ohne aus der Deckung zu kommen. Die Männer lagen reglos am Boden.

Ich zog einen schwarzen Mantel an und floh in die Londoner Nacht. In ein Krankenhaus zu gehen wäre ein zu großes Risiko gewesen. Ein Arzt, der uns damals beim MI6 geholfen hatte, flickte mich zusammen.

In einer billigen Pension in der Nähe von Tottenham erledigte ich die restlichen Anrufe. Sie bestätigten meine schlimmsten Befürchtungen: Bei Kition war eine Säuberungsaktion durchgeführt worden.

Ich hatte noch immer mehrere falsche Identitäten. Mit ihrer Hilfe verließ ich das Land. Ich hatte keine Ahnung, wohin Lin gegangen war. Meine erste Vermutung war Hongkong, aber ich lag falsch; dort war sie nicht. Ich versuchte alles, um sie zu finden. Ich rief ihre Kollegen an, aber niemand wusste etwas. Ich schaltete Anzeigen in der Zeitung, die sich nur ihr erschließen würden, vergeblich. Ich versuchte, Kition-Mitglieder anzurufen, aber alle waren tot oder untergetaucht.

Also tat ich dasselbe.

Ich wartete und hoffte, die *Beagle* würde planmäßig in Nome in Alaska andocken, aber sie tauchte nicht auf. Ich sah drei Möglichkeiten. Ich hoffte, dass das U-Boot beschlagnahmt und Besatzung und Forscher inhaftiert worden wären. Oder dass jemand an Bord von der Säuberungsaktion erfahren hatte und die *Beagle* sich mit allen an Bord irgendwo versteckte. Ich versuchte, für beide Szenarien Beweise zu finden, aber es gelang mir nicht. Damit blieb die letzte Option, meine schlimmste Befürchtung: Sie war versenkt worden. Der Verlust des Schiffs war ein harter Schlag. Ich hatte an Bord eine Menge Freundschaften geschlossen. Die Forschungsergebnisse waren unersetzlich – und vermutlich unmöglich wiederzufinden.

Ich versuchte es nicht. Ich war ganz darauf konzentriert, Lin aufzuspüren. Sie war eine Nadel im Heuhaufen der Welt, aber ich stürzte mich hinein. Ich mietete ein kleines Cottage auf dem Land, hundert Kilometer von London entfernt, lebte isoliert und verbrachte jede Sekunde mit der Recherche nach dem Urheber der Säuberungsaktion. 1983 gab es weder Internet noch Handys. Es war viel schwerer, Leute zu finden, aber ich machte Fortschritte. Langsam tauchten Bruchstücke auf – Kition-Zellen, die noch aktiv waren. Die Namen hatten sich geändert, aber es gab eine Spur. Eine Firma namens Invisible Sun hatte sich Kition-Security größtenteils einverleibt. Ich begann, die Einzelteile zusammenzusetzen. Ich hörte nie auf, Lin und die Kinder zu suchen.

Die Jahre vergingen, und meine Hoffnung schwand allmählich. 1991 hatte ich eine Operation vorbereitet, die die Wahrheit über die Säuberungsaktion enthüllen sollte. Alles stand bereit. Aber eine Woche, bevor ich zuschlagen wollte, bekam ich von einem unbeschrifteten Lieferwagen ein Paket zugestellt. Ich musste nichts unterschreiben.

Das Haus war eine Festung. Ich hatte sogar einen Bunker darunter. Mit einem Teleskoparm schnitt ich das Paket auf.

Was ich darin fand, brach mir das Herz.

Es war ein Artikel aus dem *San Francisco Chronicle* über einen Medizinstudenten, Andrew Shaw, der vergangene Woche bei einem Buschfeuer in Uganda ums Leben gekommen war. Er hatte für die WHO bei einer AIDS-Aufklärungskampagne gearbeitet. Ich erkannte das Gesicht meines Sohns, aber ich wollte es nicht glauben. Doch unter dem Artikel waren Fotos seines verbrannten Leichnams. Tränen strömten mir übers Gesicht.

In dem Paket lag eine handschriftliche Nachricht.

Lass uns in Ruhe, sonst sind die anderen beiden als Nächstes dran.

Freude und Angst rangen in mir miteinander. Andrew war tot. Madison und Peyton lebten. Aber was war mit Lin?

Noch am selben Abend reiste ich ab. Ich tauchte unter. Zwar hörte ich nicht auf, nach Kition zu recherchieren, aber ich verhielt mich jetzt passiv. Über jede Kition-Zelle, die ich kannte, legte ich einen Ordner an und sammelte von Jahr zu Jahr weitere Informationen. Manche Zellen waren von der Säuberungsaktion verschont geblieben, und eine davon war für das Blutbad verantwortlich. Aber ich wusste nicht welche.

Durch Andrews Tod hatte ich etwas erfahren: einen Nachnamen. Und mit dieser Spur fand ich heraus, dass Lin in Amerika lebte. Ich überlegte wochenlang, ob ich mich bei ihr melden sollte, entschied mich jedoch dagegen. Ich verfolgte ihre Karriere an der Stanford University. Ich feierte, als sie zum Medizinstudium zugelassen wurde. Ich schnitt Madisons Hochzeitsanzeige aus. Und später sah ich meine Kinder zum ersten Mal seit zwanzig Jahren: auf YouTube. Ich schaute mir Videos von Peyton an, manchmal stundenlang. Sie hatte sich zu einer tollen Frau entwickelt, einer wunderbaren Ärztin mit der gleichen Leidenschaft für die Arbeit wie ihre Mutter. Sie erinnerte mich sehr an Andrew, und ich fragte mich, ob sein Tod ihre Berufswahl beeinflusst hatte.

Ich sehnte mich danach, sie und Madison und Lin zu treffen, aber ich wusste, dass ich damit ihr Leben aufs Spiel setzen würde. Die Jahre nach 1991 waren für mich wie eine Gefängnisstrafe. Ich fürchtete die Zukunft. Ich sah, wie sich das Leben, das ich hätte führen können, in Luft auflöste. Ich würde nie ein Vater für meine Kinder oder ein Mann für Lin sein, so wie ich es wollte. Mein Leben war eine Qual, aber ich verlor nicht die Hoffnung und bereitete mich auf den Tag vor, an dem ich Kition aufhalten könnte. Oder, im schlimmsten Fall, auf den Tag, an dem sie mich finden oder zum Handeln zwingen würden.

Leider ist der schlimmste Fall eingetreten. Während ich diese Worte schreibe, entgleitet uns die Chance, sie aufzuhalten.

Stoppen Sie sie. Geben Sie nicht auf. Benutzen Sie Ihr Wissen, verlassen Sie sich auf nichts und trauen Sie niemandem.

Desmond sah, dass die Worte Peyton trafen wie Fausthiebe im Boxring. Sie steckte die Schläge ein und biss die Zähne zusammen, solange sie konnte, aber schließlich brach selbst die willensstarke Frau, die er vor zwanzig Jahren in Palo Alto kennengelernt hatte, unter der Last der Gefühle zusammen. Sie hatte gesehen, wie ihr EIS-Team getötet worden war, hatte entdeckt, dass sie mit einem tödlichen Virus infiziert war – und jetzt erfuhr sie, dass Kition ihr Leben zerstört und ihren Bruder getötet hatte und ihre Eltern einst Mitglieder dieser Gruppe gewesen waren ... Das war für den stärksten Menschen zu viel.

Eine Träne rann Peyton über die Wange. Dann noch eine. Desmond nahm sie in den Arm. Ihre Brust bebte. Er hatte sie noch nie so schluchzen sehen, selbst an dem Tag in Kalifornien nicht, als er mit dem Airstream-Wohnwagen davongefahren war. Er drückte sie fest an sich und gab sich selbst ein Versprechen: Er würde sie beschützen und alles wiedergutmachen, was ihr angetan worden war. Weil er für die Geschehnisse mitverantwortlich war.

Und weil er sie liebte. Damals hatte er die Worte nicht aussprechen können, und jetzt wagte er es nicht, aber in diesem Augenblick wusste er zum ersten Mal in seinem Leben, dass sie wahr waren. Er liebte sie mehr als alles andere. Er liebte sie schon seit langer Zeit.

Er war so darin vertieft, sie in den Armen zu halten, dass er die Schritte auf der Veranda nicht hörte.

83

Die Tür des Cottage flog auf, bevor Desmond reagieren konnte. Ein Mann kam schnell auf das Sofa zu und richtete seine Pistole auf Desmond. Er betrachtete von hinten Peytons Kopf, der an Desmonds Schulter lag.

Sie drehte sich um und erstarrte.

»Dad«, sagte sie mit aufgerissenen Augen.

Peyton stand auf und schlang die Arme um ihren Vater, ohne sich um die Pistole in seiner Hand zu kümmern. Sie drückte ihn so fest, dass ihm fast die Augen aus dem Kopf traten. Er war groß und trug sein kurzes weißes Haar ordentlich gescheitelt. Sein Gesicht war zerfurcht, und ein Dreitagebart bedeckte die vom Wind geröteten Wangen. Er kämpfte gegen die Tränen an.

Aber die Ereignisse der letzten Woche hatten Desmond von der Weisheit der Worte auf der letzten Seite der Aufzeichnungen überzeugt: *Trauen Sie niemandem.* Unter der Decke griff er nach seiner Pistole.

William hob seine Waffe.

»Nicht, Desmond.«

Peyton ließ ihren Vater los und sah zu Desmond.

»Hey, wir sind alle auf derselben Seite.«

William ließ Desmond nicht aus den Augen. »Das werden wir sehen. Nimm die Pistole, Peyton. Gib sie mir.«

Peyton stand unentschlossen zwischen den beiden Männern. Schließlich schlug sie die Steppdecke zur Seite und zog die Pistole aus Desmonds Schulterholster. Sie schirmte ihn mit dem Körper ab, drehte sich um und streckte die freie Hand ihrem Vater entgegen, nur Zentimeter von seiner Pistole entfernt.

»Deine auch, Dad.«

Er musterte sie kritisch, dann schien er den kompromisslosen Ausdruck auf ihrem Gesicht zu bemerkten, den Desmond mittlerweile so gut kannte. Er lächelte ein wenig, als er ihr die Waffe reichte.

»Sie haben uns beobachtet«, sagte Desmond.

William trat neben das Fenster und lehnte sich mit dem Rücken an die Steinwand. »Ja.«

»Warum?«

»Ihretwegen.«

»Das verstehe ich nicht.«

»Ich beobachte Kition seit dreißig Jahren – seit der Säuberungsaktion. Ich bin der Einzige, der eine Chance hat, sie aufzuhalten. Und jetzt, kurz vor der Fertigstellung des Spiegel-Projekts, können sie es sich nicht erlauben, mich leben zu lassen. Es ist nur logisch, dass sie jemanden schicken, um mich zu töten. Jemanden, der eine gute Geschichte hat. Jemanden, der die vielleicht einzige Möglichkeit, an mich ranzukommen, nutzen kann.« Er sah zu Peyton, um auszudrücken, dass sie diese Möglichkeit war und Desmond sie benutzt hatte.

»Ich bin nicht gekommen, um Sie zu töten«, sagte Desmond. »Ganz im Gegenteil. Ich möchte Ihnen helfen, sie aufzuhalten. Mehr als alles andere.« Er schlug einen skeptischeren Ton an. »Aber ich bin nicht derjenige, der etwas erklären muss. 1991 haben sie Ihnen das Paket geschickt. Sie müssen also genau gewusst haben, wo Sie waren. Warum haben sie Sie damals nicht beseitigt?«

»Darüber habe ich in den letzten fünfundzwanzig Jahren oft nachgedacht.«

»Und?«

»Sobald ich Ihnen vertraue, sage ich Ihnen, warum sie mich vermutlich am Leben gelassen haben.«

Peyton legte die Pistole auf den Küchentisch. »Wir sollten jetzt damit anfangen, einander zu vertrauen. Wir dürfen keine Zeit verschwenden.« Sie hustete und holte tief Luft.

Ihr Zustand verschlechtert sich, dachte Desmond.

William betrachtete sie und schien es auch zu bemerken. »Ja. Zeit ist ein entscheidender Faktor.«

Peyton zeigte auf den Brief. »Fangen wir von vorn an. Dad, du hast Desmond diesen Brief geschrieben. Warum?«

»Vor drei Wochen hat er mich über das Internet kontaktiert. Ich hatte einige Websites und Identitäten geschaffen, die mit Kition und früheren Projekten zusammenhängen. Falls jemand auftauchte, sollte er mich auf diese Weise finden. Ich habe mit einem Wissenschaftler aus der Zeit vor der Säuberungsaktion gerechnet.« William zeigte auf Desmond. »Irgendwie hat *er* mich gefunden. Er hat gesagt, das Spiegel-Projekt wäre fast fertig. Er wäre belogen worden, und sie würden etwas ganz anderes planen, als sie ihm versprochen hätten.«

Er sah Desmond an. »Sie haben behauptet, Sie würden sie aufhalten. Ihre Machenschaften aufdecken. Sie wollten mich treffen. Ich habe abgelehnt. Ich habe gesagt, Sie sollten sich erst an die Öffentlichkeit wenden. Weil ich Ihnen nicht getraut habe. Noch mal, ich dachte, Sie sollten mich erledigen, bevor das Spiegel-Projekt in Betrieb genommen wird. Ich habe Ihnen die Koordinaten im Wald gegeben.«

»Wo wir die Metallkiste gefunden haben.«

»Genau. Darunter lagen fünfzig Kilo C4. Ich hätte Sie in Stücke gesprengt, wenn Peyton nicht bei Ihnen gewesen wäre.«

Desmond sah sie an. »Tja, danke.«

»Ich habe angenommen, Sie hätten sie als Druckmittel mitgebracht. Aber ich musste mich vergewissern.«

»Sie haben uns Ihre Geschichte lesen lassen, um meine Reaktion zu sehen.«

»Ja.« William ging näher zu Peyton. »Und um alles zu erklären. Das meiste habe ich vor langer Zeit für dich aufgeschrieben, Peyton, und für deine Schwester. Ich wollte, dass ihr wisst, was wirklich passiert ist. Eine Million Mal habe ich überlegt, es euch zu schicken, aber das Risiko war einfach zu groß. Ich habe beschlossen, dass es besser für dich ist, zu leben, ohne es zu wissen, als für meinen Seelenfrieden zu sterben.«

»Dad …« Sie begann wieder zu weinen, und William nahm sie in den Arm und drückte sie fest an sich.

Desmond nickte. Es klang logisch. Eine Menge Puzzleteile passten jetzt zusammen.

William ließ Peyton los und sah zu Desmond. »Was ist passiert, nachdem Sie mich kontaktiert haben?«

Desmond spürte, dass der Mann ihn noch immer auf die Probe stellte und überlegte, ob er ihm trauen konnte oder nicht. Er begann mit seiner Geschichte an dem Zeitpunkt, als er im Concord Hotel aufgewacht war.

»Die Nachricht lautete: *Warne sie.* Und dabei Peytons Telefonnummer.«

»Wovor sollten Sie sie warnen?«

»Ich glaub, das habe ich gerade rausgefunden.« Aber bevor er es erklärte, wollte Desmond alle Fakten auf dem Tisch liegen haben. Er beschrieb sein Treffen mit dem Journalisten, die Entführung und seine Gefangenschaft auf der *Kentaro Maru.* Dann fasste er ihre Flucht mit Avery und Hannahs Rettung zusammen und berichtete von der Labyrinth-Reality-App, die er in Dadaab erneut heruntergeladen hatte.

»Vorher, in Berlin, hat die App keinen Eingang angezeigt. Aber in Dadaab hat sie uns die Koordinaten mitgeteilt, die Sie mir gegeben hatten.«

»Interessant«, sagte William.

»Ich muss die App so programmiert haben, dass sie den Ort im Notfall angibt – wahrscheinlich, wenn ich nach einer gewissen Zeit die Lage noch nicht unter Kontrolle haben sollte. Hierherzukommen und mich mit Ihnen zusammenzutun wäre dann mein letzter Ausweg.«

»Raffiniert.«

»Was ist mit dem zweiten Ort – das Haus deiner Familie?«, fragte Peyton. »Er wurde angegeben, nachdem wir die Kiste im Wald gefunden haben.«

»Ich glaube, das war ein zweiter Notfallplan«, sagte Desmond, »falls der erste nicht aufgeht. Vielleicht dachte ich, William würde nicht kommen oder uns nicht weiterhelfen.«

»Das war umsichtig.« William zeigte auf Peyton. »Zurück zu der Botschaft. *Warne sie.* Wovor?«

»Ich glaube, ich sollte sie davor warnen, dass sie entführt werden könnte, und genau das ist in Kenia passiert. Vermutlich sollte sie erst den Ausbruch sehen, aber vor allem wollte Kition Peyton einkassieren, um mit ihrer Hilfe an Sie ranzukommen. Wenn Sie Kition aufhalten können, dann ist Peyton das geeignete Druckmittel, um *Sie* aufzuhalten – und so Kitions Erfolg zu sichern.«

In diesem Moment fragte sich Desmond, wie weit die Kition-Mitglieder gehen würden, um William in die Finger zu bekommen. Würden sie ihn und Peyton fliehen lassen, damit sie sie zu William führten? War die Flucht nur eine Finte gewesen?

Er sah auf sein Funkgerät. Avery hätte sich mittlerweile gemeldet haben müssen. Etwas stimmte nicht.

Desmond stand auf, aber er kam zu spät. Die Tür war schon offen. Das Gewehr, das über die Schwelle ragte, zeigte erst auf ihn, dann schwenkte es zu Peyton und William.

84

Avery ließ William nicht aus den Augen. Sie richtete das Gewehr mitten auf seine Brust. Ihre Stimme klang gebieterisch und emotionslos. »Weg von ihr.«

William hob die Hände und entfernte sich langsam von Peyton.

Desmond sah einen Mann, der ohne zu zögern sein Leben für das seiner Tochter geben würde.

»Er steht auf unserer Seite, Avery.«

Avery trat zwischen Desmond und William, als wäre sie bereit, beide zu erschießen. Sie warf Desmond einen Blick zu, dann sah sie auf die Pinnwände voller Artikel, Fotos und Zettel mit den Namen von Kition-Organisationen und -Projekten.

»Was ist das?«

»Dreißig Jahre Recherche«, sagte Desmond. »Der Schlüssel, um Kition aufzuhalten.«

»Er ist mein Vater«, sagte Peyton.

Avery legte den Kopf schräg. »Okay ... Damit habe ich nicht gerechnet.«

Sie ließ das Gewehr sinken.

»Wie hast du uns gefunden?«, fragte Desmond.

»Peilsender an euren Klamotten.« Avery grinste. »Ich bin ja keine Anfängerin.«

»Sehr schlau.«

»Ich dachte, wenn ihr in Schwierigkeiten steckt, könnt ihr mich nicht anfunken, und wenn ich mich bei euch melde, verrate ich nur, dass ich da bin.«

Sie erzählten Avery, was sie erfahren hatten, und Avery fasste für William kurz ihre Erlebnisse mit Rubicon zusammen. Er hörte zu, dann fragte er, wer das Rubicon-Programm leite.

»Weiß ich nicht. Ich wurde von David Ward rekrutiert.«

»Stehen Sie in Kontakt mit ihm?«

»Nein. Das Telefonnetz ist lahmgelegt. Und die Internetseiten, die ich als tote Briefkästen benutzt habe, auch.«

Desmond konnte William gut einschätzen – Peyton hatte einige seiner Eigenarten geerbt – und sah, dass er skeptisch war. Aber die Zeit wurde knapp, für Peyton und viele andere. Sie brauchten einen Plan, und zwar schnell.

»Okay«, sagte Desmond, »versuchen wir, alles zusammenzusetzen. Wir wissen, dass Kition das Virus freigesetzt hat. Wir wissen, dass diese Leute ein Heilmittel haben. Vermutlich haben sie einen Vorrat angelegt.«

»Wenn sie die Kontrolle über das Heilmittel haben, haben sie de facto die Welt unter Kontrolle«, sagte Peyton.

»Nicht, wenn wir es finden«, sagte Desmond. »Wenn wir das Heilmittel finden, können wir sie aufhalten.«

Er ging zur Pinnwand. »Rapture Therapeutics. Rook Quantum Sciences. Rendition Games. Phaethon Genetics. Labyrinth Reality. CityForge. Charter Antarctica. Das sind meine Firmen. Es waren mit Sicherheit Kition-Projekte. Das Heilmittel könnte bei einer von ihnen oder bei einer anderen Kition-Firma gelagert werden.«

»Möglich«, sagte William, »aber unwahrscheinlich. Ich glaube, das Heilmittel wurde irgendwo weitab der ausgetretenen Pfade entwickelt und produziert. In dünn besiedeltem Gebiet, wahrscheinlich in der Dritten Welt, wo die Satellitenabdeckung gering ist.«

»Die Kition-Insel«, sagte Peyton. »In deinen Aufzeichnungen steht, die *Beagle* hätte dort immer wieder angelegt. Das passt.«

William nickte. »Das ist bestimmt ein Kandidat, aber aus mehreren Gründen nicht meine erste Wahl. Erstens: Wer auch immer Kition kontrolliert, weiß, dass ich noch lebe und die

Insel kenne. Zweitens: Ich habe die frei verfügbaren Satellitenbilder überprüft und dort keine Aktivitäten bemerkt.«

Avery meldete sich zu Wort. »Für anscheinend unbewohnte Orte werden die Satellitenbilder nur alle zwei oder drei Jahre erneuert. Bestenfalls jährlich. Die Chance, darauf ein Versorgungsschiff ankommen oder abfahren zu sehen, ist gering.«

»Stimmt«, sagte William. »Das spricht wiederum für die Insel. Aber mein letzter Grund ist eher praktischer Natur. Es ist sehr schwer für uns, auf der Insel danach zu suchen. Sie liegt auf der anderen Seite der Welt. Wir würden lange brauchen, um dahin zu kommen, und müssten wahrscheinlich irgendwo tanken – und das ist noch das geringste Problem. Wenn das Heilmittel wirklich auf der Insel entwickelt und hergestellt wurde, ist sie extrem gut bewacht.« Er machte eine Geste, die sie alle einschloss. »Wir sind zu viert. Wenn wir auf der Insel landen, werden wir sofort bemerkt und von einer großen Truppe in Empfang genommen.«

»Wir könnten uns an die britische Regierung wenden«, sagte Peyton.

»Stimmt«, sagte ihr Vater. »Aber es könnte schwer werden, sie von unserer Theorie zu überzeugen – falls sie uns überhaupt zuhört. Wahrscheinlich kämpft sie ums Überleben. Wir müssen handeln. Wir brauchen Beweise, bevor wir irgendeine Regierung um Hilfe bitten.«

»Lasst uns noch mal ein Stück zurückgehen«, schlug Desmond vor. »Gibt es irgendwelche Kition-Projekte, die mit Infektionskrankheiten zusammenhängen oder den Ausbruch ausgelöst haben könnten?«

»Während meiner Zeit in der Organisation nicht. Wenn ich erfahren hätte, dass Kition-Mitglieder irgendwas in dieser Richtung unternehmen, hätte ich sie den Behörden übergeben, und ich wäre nicht der Einzige gewesen. Im Gegenteil, manche von uns haben sogar daran gearbeitet, Seuchen oder Bioterrorismus zu verhindern.«

»Wie?«, fragte Peyton.

»Das war Yuri Pachenkos Projekt. Ich war nicht mit den Einzelheiten vertraut, aber ich weiß, dass er etwas entwickelt hat, das er als adaptives Antivirus bezeichnete, einen Wirkstoff, der ein Virus erkennen und binden kann, um es im Körper zu neutralisieren. Das könnte das Heilmittel von Kition sein.«

»Yuri Pachenko«, sagte Desmond. »Er hat mich rekrutiert.«

William stutzte. »Dann lebt er noch.«

»2002 hat er jedenfalls noch gelebt. Das ist meine letzte Erinnerung an ihn.«

»Ich habe mich all die Jahre gefragt, ob er bei der Säuberungsaktion getötet wurde.«

»Ist er ein Verbündeter?«, fragte Peyton.

»Vielleicht«, sagte William. »Derjenige, der Kition jetzt kontrolliert, könnte Yuris Forschung übernommen und zu Ende gebracht haben. Aber vielleicht ist das Heilmittel auch etwas ganz anderes. Yuri könnte mittlerweile tot sein.«

Desmond spürte Averys Blick. Dank seiner Bemerkung über Yuri wusste sie jetzt, dass er sich erinnert und es ihr nicht mitgeteilt hatte. Ihre Miene war schwer zu deuten. Sie drückte irgendetwas zwischen Nervosität und Ärger aus – oder vielleicht Enttäuschung.

Er versuchte, die Unterhaltung zurück auf die bevorstehenden Aufgaben zu lenken. »Was ist mit Rapture Therapeutics. Dort wurde an Bakteriophagen geforscht, die das Potenzial haben, Gehirnplaques bei Alzheimer und Parkinson aufzulösen. Könnte es da einen Zusammenhang geben?«

William überlegte kurz. »Ich glaube, wir wissen noch nicht genug. Die Pandemie ist sicher Teil eines größeren Plans, dessen ultimatives Ziel das Spiegel-Projekt ist. Was Rapture damit zu tun hat, ist mir nicht klar.«

»Vielleicht gibt es eine Möglichkeit, es rauszufinden.« Desmond hob sein Handy. »Wir haben den Ort von der Labyrinth-Reality-App. Das ehemalige Haus meiner Eltern in Australien. Was, wenn die Information, die wir brauchen, eine meiner Erinnerungen ist, die dort freigegeben wird?«

Avery antwortete schnell, als wollte sie die Idee abblocken. »Das ist ziemlich weit hergeholt.«

»Da muss ich Avery zustimmen«, sagte William. »Außerdem brauchen wir ewig, um dahin zu kommen. Und wenn uns unterwegs der Sprit ausgeht, sitzen wir fest. Wir haben eine bessere Option.«

William ging in die Küche zu seinem Laptop und klappte ihn auf.

»Vor fünf Jahren habe ich einen IT-Angestellten bei einer internationalen Spedition bestochen. Ich habe ihm die Namen der Kition-Tochterunternehmen und -Tarnfirmen mitgeteilt, die ich kannte. Er hat mir Akten über jede Lieferung gegeben, die diese Firmen erhalten, abgeschickt oder bezahlt haben. Zuerst dachte ich, es wäre ein Fehlschlag. Aber ein Ort hat mich neugierig gemacht.«

William öffnete ein Programm, das Desmond nicht kannte. Auf der linken Seite des Bildschirms befanden sich datierte Satellitenbilder und rechts eine Weltkarte mit leuchtenden Punkten. William klickte auf einen Punkt südlich von Russland, an der Grenze zwischen Usbekistan und Kasachstan. Ein Luftbild erschien: eine kleine Insel in einem See.

»Mehrere von Kition kontrollierte Firmen haben Lieferungen dahin geschickt: zur Wosroschdenije-Insel. Das bedeutet ›Insel der Wiedergeburt‹. Ein passender Name. 1948 hat die Sowjetunion dort ein streng geheimes Biowaffenlabor gebaut. Im Jahr 1954 wurde es erweitert und in Aralsk-7 umbenannt. Die sowjetische Einheit für biologische Kriegsführung hat dort die tödlichsten Krankheitserreger der Welt getestet. 1971 wurde versehentlich eine waffenfähige Variante der Pocken freigesetzt. Zehn Menschen wurden infiziert, drei sind gestorben. Es hätte viel schlimmer kommen können. Ehemalige Mitarbeiter haben zugegeben, dass dort Milzbrandsporen und Beulenpesterreger zu Waffen verarbeitet wurden.

Die Einrichtung wurde offiziell 1991 geschlossen. Das gesamte militärische und zivile Personal wurde abgezogen.

Die Stadt auf der Insel, Kantubek, in der fünfzehntausend Beschäftigte des Labors wohnten, wurde zur Geisterstadt. Deshalb war ich so überrascht, dass Kition Lieferungen dorthin fliegt. Auf frei zugänglichen Satellitenbildern sieht man keine Aktivitäten, aber wie Avery schon gesagt hat, für unbewohnte Gegenden werden die Bilder nicht oft aktualisiert. Ich habe eine private Satellitenfirma gefunden, die mir Aufnahmen verkauft hat, und darauf ist zu sehen, dass die Einrichtung bis vor Kurzem in Betrieb war.«

William klickte auf ein Bild. »Diese hier sind von letztem Monat.«

Er navigierte mit der Pfeiltaste durch die Aufnahmen. Auf dem ersten Bild waren die Gebäude auf der Insel beleuchtet. Desmond konnte fünf Gestalten erkennen, die an verschiedenen Stellen mit angeleinten Hunden bei der Absperrung standen und rauchten. Auf dem nächsten Bild stand ein LKW-Konvoi an den Laderampen. Dann waren die Lastwagen verschwunden, die Wachen jedoch noch auf ihren Posten. Auf dem letzten Bild konnte Desmond keine Lebenszeichen erkennen, nur dunkle Gebäude.

»Kann man auf den Aufnahmen sehen, wo die Lastwagen hingefahren sind?«, fragte Avery.

»Nein«, antwortete William. »Der Vertrag mit der Satellitenfirma galt nur für ein begrenztes Gebiet. Ich schätze, sie haben ihre Fracht in Usbekistan in einen Zug umgeladen.«

Das überraschte Desmond. »Haben Sie nicht gesagt, das wäre eine Insel?«

»Es *war* eine Insel – bis 2001. Der Aralsee schrumpft seit den Sechzigern. Die Sowjets haben die Zuflüsse für Bewässerungsprojekte umgeleitet. Jetzt hat er nur noch zehn Prozent seiner ursprünglichen Größe. Eigentlich sind es mittlerweile vier voneinander getrennte Seen.«

William wandte sich zu den anderen um. »Insgesamt glaube ich, dass Aralsk-7 die perfekte Einrichtung ist, um das Virus zu erschaffen. Die nötige Infrastruktur ist schon da. Der Ort ist abgelegen. Er lässt sich leicht verteidigen. Die Grenze zwischen Usbekistan und Kasachstan durchtrennt das Gebiet. Eines der Länder oder beide zusammen könnten es an Kition verpachtet haben. Und weil der südliche Teil der Insel jetzt über eine Landbrücke mit Usbekistan verbunden ist, kann man ihn mit Lastwagen erreichen.«

Desmond zeigte auf den Laptop. »Aber es sieht aus, als wären sie weg.«

»Genau«, sagte William. »Aber wir wissen, dass da etwas ist – oder bis vor Kurzem war. Aralsk-7 wurde geräumt, als der Ausbruch stattfand. Das heißt, sie brauchten es nicht mehr, als das Virus freigesetzt wurde. Und wir haben auch zu viert eine Chance, da einzudringen. Falls eine kleine Wachmannschaft zurückgeblieben ist, haben wir immerhin das Überraschungsmoment auf unserer Seite.«

»Wenn die Einrichtung verlassen wurde«, sagte Peyton, »was ist dann unser Ziel?«

»Informationen«, entgegnete William. »Wir suchen nach einer Liste der Orte, an die das Heilmittel geliefert wurde. Wenn wir sie finden, haben wir etwas, das wir den Regierungen auf der ganzen Welt schicken können. Und wenn wir sie nicht finden, stoßen wir vielleicht auf eine Probe des Heilmittels. Vielleicht kann man es analysieren und nachproduzieren.«

»Gibt es noch andere Einrichtungen, die infrage kommen?«, erkundigte sich Desmond.

»Nein. Jedenfalls nichts, was so nahe liegt. Meiner Meinung nach ist Aralsk-7 unsere beste Chance.« William sah die anderen an und wartete darauf, dass sie ihre Meinung äußerten.

»Besser als die Kition-Insel. Und viel besser als Desmonds Geburtshaus«, sagte Avery.

»Finde ich auch«, sagte Peyton.

»Okay«, sagte Desmond. Er fühlte sich von dem Ort seiner Kindheit angezogen, den die Labyrinth-Reality-App geliefert hatte. Er wollte unbedingt wissen, was dort war – was er zurückgelassen hatte. Aber er wusste, dass Williams Plan ihre größte

Hoffnung war, die Pandemie zu stoppen. Das hatte Priorität. Die Antwort auf seine persönlichen Fragen würde warten müssen. »Und wie kommen wir dahin?«

William zeigte auf ein strahlenförmiges Muster im braunen Boden.

»Was ist das?«, fragte Avery.

»Vier Landebahnen, die sich kreuzen; einzigartig in Russland.«

»Warum überschneiden sie sich?«

»Das Wetter auf der ehemaligen Insel ändert sich häufig. Je nachdem, woher der Wind weht, muss man eine andere Bahn benutzen. Es ist nicht gerade einfach, da zu landen.«

Avery verdrehte die Augen. »Na, wunderbar.«

TAG 12

5.600.000.000 Infizierte

6.000.000 Tote

85

Im CDC-Hauptquartier in Atlanta ging Millen Thomas zum Labor der Schutzstufe 4 tief im Inneren des Gebäudes. Er blieb vor dem Irisscanner stehen und hielt den Kopf still. Als das Schloss klickte, drückte er die Tür auf.

Dreißig Zentimeter dicke Betonwände und ein vierzig Zentimeter dicker Betonboden mit schweren Stahlverstrebungen trennten das Labor vom Rest des Gebäudes ab. Es war erdbebensicher und hatte eine eigene Luftversorgung. Zur Dekontamination konnte Wasserstoffperoxiddampf oder Formaldehyd eingeleitet werden.

In der Kleiderkammer nahm Millen OP-Kleidung, Socken und Unterwäsche aus dem Metallregal. Er zog sich im Umkleideraum um und verstaute seine eigenen Kleider. Außer Brillen waren keine persönlichen Gegenstände im Labor erlaubt.

Im Anzugraum befestigte er die Socken mit Klebeband an der Hose. Er legte einen gasdichten Schutzanzug auf den Stahltisch, schloss ihn an die Luftversorgung an und blies ihn auf, um die Dichtheit zu überprüfen. Die kleinste Beschädigung konnte tödliche Folgen haben.

Nach der Landung in den USA hatte das CDC ihn am Flughafen festgehalten und auf das Virus getestet. Das CDC und die Gesundheitsbehörden weltweit nannten es jetzt »X1-Mandera«, da Tests bestätigt hatten, dass die Grippe und das hämorrhagische Fieber tatsächlich durch das gleiche Virus ausgelöst wurden, das im Körper mutierte. Millen hatte erleichtert geseufzt, als ihm das negative Ergebnis mitgeteilt wurde. Er hatte nicht vor, jetzt das Risiko einer Infektion einzugehen.

Sobald er sicher sein konnte, dass der Anzug luftdicht war, löste er den Schlauch, klebte seine Handschuhe an den Kittel und untersuchte sie auf Beschädigungen. Schließlich schlüpfte er in den Anzug und setzte den Helm auf. Er stützte sich an dem Stahltisch ab, während er Gummistiefel anzog.

Der Eingang zum Labor erinnerte ihn an den eines Raumschiffs. An der Tür befand sich eine Tastatur. Er gab den Code ein und sah, wie das rote Lämpchen grün wurde. Die Tür öffnete sich mit einem Knacken, und Millen schlurfte in den Raum und an den Forschern vorbei, die sich über Computer und Mikroskope beugten. Er verband den Anzug mit dem herabbaumelnden Schlauch und schaltete den Lautsprecher ein.

»Wie geht's dir heute?«

Halima setzte sich im Bett auf und erkannte Millens Gesicht durch den Helm. »Gut.«

»Behandeln sie dich ordentlich?«

»Ja.« Sie zeigte auf den tragbaren DVD-Player, der auf dem Bett lag. Auf dem Tisch dahinter stand ein Stapel DVDs, unter anderem ganze Staffeln von *Seinfeld, LOST, Alias – Die Agentin, 24* und *The Big Bang Theory*. »Sie haben mir was zum Ansehen gebracht. Es ist unglaublich.«

Der Junge aus dem Dorf, der kein Englisch konnte, lag in dem Bett neben Halimas und schlief.

»Wie ist das Essen?«, fragte Millen.

»Gut.«

Sie warf einen Blick auf die Forscher hinter Millen. »Finden sie bald ein Heilmittel?«

Er wusste, dass sie wenig Fortschritt machten – und dass die letzten Tage ziemlich hart für die kenianischen Jugendlichen gewesen waren.

»Sie sind sehr zuversichtlich«, sagte er. Es war ein wenig übertrieben, aber die Wahrheit wollte er ihr nicht zumuten. »Wir wissen sehr zu schätzen, dass du uns hilfst, Halima.«

»Ich bin froh, dass ich es tun kann.« Sie hielt den kleinen DVD-Player hoch. »Wollen Sie *LOST* gucken? Ich bin bei Staffel zwei. Sie sind gerade durch die Luke gestiegen.«

»Würde ich gern. Aber meine Schicht fängt gleich an. Ich komm danach zurück, okay?«

Nachdem er das Labor verlassen hatte, stellte er sich in seinem Anzug drei Minuten lang unter die Dekontaminationsdusche. Dann legte er den Anzug ab, duschte sich den Schweiß ab und zog wieder seine eigene Kleidung an.

Viele der Büros in dem Gebäude waren in Schlafräume umgebaut worden, in denen Angestellte wie Millen jetzt wohnten. Er fragte sich, wie lang sie dort bleiben würden. Alle im CDC-Hauptquartier waren gestresst und übermüdet, aber unglaublich konzentriert. Sie wussten, dass die nächsten Tage das Schicksal der Welt bestimmen würden. Diejenigen, die wie Millen gesehen hatten, was das X1-Mandera-Virus anrichten konnte, legten besonderen Eifer an den Tag.

Alle, die in dem Gebäude arbeiteten und lebten, waren negativ auf das Virus getestet worden. Manche waren CDC-Angestellte, aber die große Mehrheit stammte aus den Ministerien für Verteidigung, Gesundheit und Heimatschutz sowie der FEMA. Es waren eine Menge neuer Gesichter, und meistens herrschte Chaos, aber Millen war froh über die Arbeit. Sie lenkte ihn von Hannah ab – zumindest ein wenig. Auch wenn es eine verlorene Schlacht war. Ständig dachte er sich Szenarien aus, in denen sie noch lebte. Er stellte sich vor, dass sie geflüchtet war. Oder dass ihre Entführer krank geworden waren und sie als Ärztin das Kommando übernommen hatte; sie konnten sie nicht töten, weil sie sie brauchten. Mehr als alles andere wünschte sich Millen, er könnte die Uhr zurückdrehen und sie an diesem Morgen mit zu der Höhle nehmen. Oder sich wenigstens anständig von ihr verabschieden.

Er verdrängte die Gedanken, als er das EOC betrat. Er musste sich auf seine Arbeit konzentrieren. Nachdem er sich angemeldet hatte, ging er an dem riesigen Bildschirm vorbei, der die Sperrzonen in den USA zeigte. Anfragen nach Vorräten und Personal wurden in Echtzeit angezeigt.

Kein einziger Telefonist hatte Leerlauf; Hunderte von Gesprächen fanden gleichzeitig statt. Alle begannen mit: »Bio-Shield-Einsatzzentrale.«

Ein Supervisor leitete einen Lastwagen voller medizinischem Material aus der Sperrzone in Durham in North Carolina zu der in Cary um.

In San Antonio waren Unruhen ausgebrochen; Soldaten aus Austin wurden dorthin geschickt, und das CDC steuerte zusätzliches medizinisches Personal mit vernünftiger Ausbildung bei.

Bei Tulsa war ein Lastkahn mit ORL gesunken.

Im Konferenzraum versammelten sich die anderen Supervisoren zu dem verpflichtenden Meeting, das eine Stunde vor Schichtbeginn stattfand. Millen rüstete sich für die Neuigkeiten; es waren normalerweise schlechte Nachrichten. Er setzte sich in einen der Lederbürostühle und wartete.

Vor einigen Tagen hatte er erlebt, wie Dr. Shaw und Dr. Shapiro im selben Konferenzraum ein Meeting abhielten. Er hatte zugehört, wie die Leute an dem langen Besprechungstisch Entscheidungen diskutierten, die Tausende oder gar Millionen von Menschenleben betrafen. Jetzt war er an ihrer Stelle. Die Verantwortung lastete schwer auf ihm, aber es gab keinen Ort, an dem er lieber gewesen wäre.

Der Schichtleiter kam herein und schloss die Tür. Er hieß Phillip Stevens und war ein Epidemiologe, der ebenfalls nach Kenia entsandt worden war. Phil hatte das Kontingent geleitet, das den Mandera Airport untersuchen sollte. Nach dem Angriff auf Millens Team war seine Gruppe evakuiert worden. Er war groß, hatte kurzes blondes Haar und redete nicht um den heißen Brei herum. Millen mochte ihn.

»Okay, ich habe wichtige Neuigkeiten. Erstens, wir bekommen sechs neue Supervisoren.« Er zeigte auf die Videokamera hinten im Raum. »Wie jeder von Ihnen, haben sie jeweils zwölf Telefonisten. Ihre Leute werden im Auditorium arbeiten. Die IT hat Doppelschichten gefahren, um alles vorzubereiten. So sollten die Anrufe besser zu bewältigen sein.

Die letzte Schicht hat einen starken Anstieg der Todesfälle durch X1-Mandera festgestellt.« Stevens warf einen Blick auf seinen Zettel. »New York, Seattle, San Francisco, Chicago und Washington DC, alle berichten von über viertausend Opfern. Insgesamt wurden aus den Sperrzonen im ganzen Land in den letzten acht Stunden über sechzigtausend Tote gemeldet. In der Schicht davor waren es nur zwölftausend. Wir müssen also mit einer stark ansteigenden Sterberate rechnen.«

Stevens legte eine Pause ein. »Zusammen mit dem, was ich Ihnen gleich zeigen werde, erfordert das eine neue Herangehensweise. In dreißig Minuten, bei Ihren eigenen Vorbereitungsmeetings, werden Sie Ihre Leute über diese Entscheidung informieren. Es könnte das schwierigste Gespräch Ihres Lebens werden. Manche werden sich vielleicht weigern, Ihre Befehle auszuführen. Für diesen Fall gibt es einen Plan. Das Schlimmste ist, dass Sie ihnen nicht die ganze Wahrheit über den Grund mitteilen können, aus dem wir so handeln.

Die Wahrheit ist: Wir vermuteten seit mehreren Tagen, dass es sich bei der X1-Mandera-Pandemie um einen terroristischen Anschlag handelt. Das hat sich jetzt bestätigt. Wir wissen, wer es war und was er will.«

86

Elliott stand in seinem Arbeitszimmer und beobachtete, wie der BioShield-Konvoi die Straße entlangkroch. Normalerweise kam er jeden Nachmittag und verteilte Nahrung und Medikamente. Heute war er früh dran, und die Soldaten verteilten kein Essen. Sie nahmen Leute mit, luden sie wie schon einmal zuvor in gelbe Schulbusse. Die Soldaten der Nationalgarde, des Heeres, der Marine und der Luftwaffe standen vor den Bussen und sahen auf ihre Tablets. Sie waren offenbar immun – sie trugen weder Schutzanzüge, noch ließen sie besondere Vorsicht walten, als sie die Menschen in die Busse trieben; oft fassten sie sie an und stießen sie. Ihr warmer Atem bildete weiße Wölkchen in der Luft.

Systematisch arbeiteten sie sich die Straße entlang. Es wurden keine ganzen Familien mitgenommen; sie wählten die Mitglieder scheinbar wahllos aus. Ein Vater Mitte vierzig, eine Mutter mit grauen Strähnen im dunklen Haar, die ein wenig älter war als der Mann, eine Jugendliche, Zwillinge, die höchstens zwölf waren.

Elliott versuchte vergeblich, ein Muster zu erkennen. Hatte die Gensequenzierung etwas ergeben? Waren diese Leute potenzielle Träger von Antikörpern, die das Virus bekämpfen könnten? Er hätte die Geschehnisse gern mit hoffnungsvollem Blick betrachtet, aber dafür dachte er zu rational.

Sam und Adam saßen immer noch im Keller. Sie waren zusammen mit Ryan abgeholt worden, nachdem Elliot und Rose mitgenommen worden waren. Nur Sam und Adam waren zurückgekehrt. Adam hatte gestern Fieber bekommen. Er war infiziert, und Elliott befürchtete, dass es Sam auch bald erwischen würde. Sie gaben alle ihr Bestes, um im Haus eine Quarantäne aufrechtzuerhalten, aber er bezweifelte, dass es sie schützen würde.

Die Krankheit ebbte ab und flutete wieder an. Immer wieder fühlte sich Elliott ein paar Stunden lang gesund oder zumindest handlungsfähig, dann musste er sich hinlegen und ausruhen, bis Fieber und Husten abklangen. Im Moment ging es ihm einigermaßen gut – bis auf seine Nervosität.

Er sah auf sein Handy. Bisher hatte er jeden Fragebogen des Betriebssystems von Rook Quantum Sciences ausgefüllt. Ihm war auch nichts anderes übrig geblieben; das Telefon piepste und summte unaufhörlich, bis er es erledigt hatte. Aber heute hatte es keine Befragung gegeben. Was hatte das zu bedeuten? Und wo wurden die ganzen Menschen hingebracht?

Im Flüchtlingslager Dadaab in Kenia saß Elim Kibet in seinem Büro und hörte einem Beamten des Gesundheitsministeriums zu. Der Mann war krank. Elim vermutete, dass er in den nächsten fünf Tagen sterben würde. Als er heftig zu husten begann, stand Elim auf, ging um den Schreibtisch herum und bot ihm eine Flasche ORL an.

Der Mann winkte ab. »Das ist bei mir verschwendet.« Er sah ihn mit gelben, blutunterlaufenen Augen an. »Werden Sie es tun, Elim?«

Elim lehnte sich an den Schreibtisch. »Ich versuche es. Aber es ist ihre Entscheidung.«

»Mehr verlangen wir nicht.«

»Bleiben Sie hier?«

Der kranke Mann schüttelte den Kopf. »Ich muss weiterreisen.«

»Und auf der Straße sterben?«

»Wenn es sein muss. Ich bin sowieso bald tot. Ich werde nicht hier herumliegen und darauf warten.«

Elim konnte es ihm nicht verübeln. Er hatte dasselbe empfunden; deshalb war er in Mandera aus seinem Krankenbett aufgestanden.

Er begleitete den Mann nach draußen, sah zu, wie er in seinen Geländewagen stieg und auf die Straße von Dadaab nach Habaswein bog.

Elim ging ins Ifo-2-Lager, in dem alle überlebenden Flüchtlinge untergebracht waren. Drei Feuer brannten, die Flammen waren niedriger als zuvor. An diesem Morgen hatte die Zählung 14.289 Überlebende ergeben. Als der Ausbruch begann, waren 287.423 Menschen in den Lagern untergebracht gewesen; er hatte die früheren Zählungen in den Akten gefunden. Der große Verlust von Menschenleben war niederschmetternd. Und er würde diese Leute bitten, noch viel mehr davon mitanzusehen.

Er sagte einem Wachmann, er solle die Bewohner zusammenrufen – zumindest diejenigen, die aufstehen konnten –, dann begab er sich auf die Suche nach einem Megafon. Es dauerte fast eine Stunde, bis alle versammelt waren. Elim kletterte auf den Koffer eines Lastwagens und blickte auf die Menge, die in der steinigen Wüstenlandschaft zusammengeströmt war.

»Mein Name ist Elim Kibet. Ich bin Arzt und Bürger Kenias. Ich bin in diesem Land geboren und ausgebildet worden. Mein ganzes Leben habe ich hier gearbeitet.

Wie viele von Ihnen, bin ich in einem kleinen Dorf aufgewachsen. Meine Eltern waren arm, und wir hatten oft abends nicht genug zu essen. Dank der Großzügigkeit dieses Landes konnte ich studieren. Ich habe den Menschen in meiner Gemeinde gedient, so gut ich konnte. Das Schicksal hat mich hierhergeführt, um Ihnen zu helfen.

Ich weiß, dass viele von Ihnen nicht aus Kenia stammen. Sie sind Flüchtlinge aus den Nachbarländern. Dieses Land hat Sie aufgenommen, als Sie bedürftig waren, Ihnen zu essen gegeben, Sie beschützt und Ihnen ein Dach über dem Kopf verschafft. Jetzt brauchen unsere Bürger Ihre Hilfe. Wir sind diejenigen, die hungern und sterben. Wir sind bedürftig, und *Sie* können uns helfen.

Unsere Regierung ist nicht perfekt. Ich war oft nicht einverstanden mit dem, was sie in den letzten Jahren getan hat. Aber die Menschen – die Leute, die Steuern gezahlt haben, damit ich zur Schule gehen konnte und Sie und Ihre Familien Essen und Unterkunft hatten – sind jetzt auf uns angewiesen. Die Regierung in Nairobi ist zusammengebrochen. Menschen sterben, nicht nur durch das Virus, sondern auch an Hunger und Sekundärinfektionen.

Die kenianischen Überlebenden sind verstreut. Dadurch sind sie schutzlos großen und kleinen Armeen ausgeliefert. Als Nächstes drohen Krieg und Hungersnöte. Um sie zu bekämpfen, müssen wir uns vereinen.

Morgen bei Tagesanbruch werde ich nach Nairobi aufbrechen. Ich halte an jedem Dorf auf dem Weg an und sammle die Überlebenden ein. In Nairobi werden wir so viele Menschenleben wie möglich retten. Ich glaube, das ist die größte Hoffnung für uns alle. Ich bitte Sie, mich zu begleiten. Falls Sie hierbleiben, werde ich versuchen, Ihnen Hilfe zu schicken, aber ich kann nichts versprechen. Ich glaube, zusammen haben wir die besten Überlebenschancen. Und wir können andere retten.

Kommen Sie bei Tagesanbruch wieder hierher. Ich bitte Sie eindringlich. Vielen Dank.«

Elim sah zu, wie sich die Menge auflöste. Viele blieben noch, um denen, die das Lager leiteten, Fragen zu stellen. Aber es gab keine Antworten, keinen Plan, der darüber hinausging, im Morgengrauen aufzubrechen. Elim fragte sich, wie viele sich ihm anschließen würden.

Er beauftragte die Männer, nach Garissa, der nächsten Stadt, zu fahren und Lastwagen zu besorgen. Dort würden sie als Erstes anhalten. Vor dem Ausbruch hatte Garissa ungefähr 140.000 Einwohner gehabt – etwa halb so viele wie die Flüchtlingslager –, aber Elim hoffte, dort viele Überlebende anzutreffen.

Er kehrte zum Gebäude der Hilfsorganisationen zurück, fand Dhamiria und nahm ihre Hand. »Ich verstehe, wenn du bleiben willst.«

»Eigentlich solltest du mich besser kennen, Elim. Ich gehe dahin, wo du hingehst.«

In Hannahs Zimmer untersuchte er die junge Ärztin. Ihr Zustand war stabil, aber die Virusinfektion schritt voran. Elim hatte eine bakterielle Sekundärinfektion behandelt, die ihm Sorgen gemacht hatte. Wahrscheinlich lag es an der Schussverletzung, die zu lang unbehandelt geblieben war. Hannah brauchte intravenöse Antibiotika, aber Elim hatte keine. Sie schlief gerade, und er war froh darüber; sie musste sich ausruhen.

»Nehmen wir sie mit?«, fragte Dhamiria.

»Ja. Das ist ihre einzige Chance.«

In dieser Nacht schlief Elim kaum. Millionen Dinge schienen erledigt werden zu müssen. Er schrieb unzählige Anweisungen für die Pfleger, die seine Aufgaben übernehmen würden (Tausende waren zu krank, um zu reisen). Er inspizierte die Vorräte und legte fest, was dort bleiben und was er mitnehmen würde.

Durch das Fenster in seinem kleinen Büro sah er, wie die Menge sich bei den Lastwagen versammelte. Die Leute stellten sich mit Taschen, Rucksäcken und Karren in Schlangen auf. Rauch stieg von den Feuern in den Himmel und bildete schwarze Wolken über dem Lager, die zur düsteren Stimmung der Bewohner passten.

Dhamiria öffnete die Tür und kam zu Elim. »Sie haben sie aufgeladen.«

Er nickte und stand auf. »Bist du sicher, dass du mitkommen willst?«

Sie küsste ihn und drückte seine Hand. »Gehen wir.«

Draußen ließ Elim den Blick über die Menge schweifen. Es

war erstaunlich: Mehr als die Hälfte der Menschen, die sich gestern versammelt hatten, waren gekommen. Elim schätzte, dass viertausend Menschen bereitstanden, um ihn zu begleiten.

Zum am nächsten stehenden Fahrer sagte er: »Wir brauchen mehr Laster.«

87

Im Konferenzraum der CDC-Einsatzzentrale hörten Millen und die anderen Supervisoren Phil Stevens zu, der vor einem großen Flachbildschirm stand.

»Vor zwei Stunden wurden die Regierungen in den USA und überall auf der Welt von einer Organisation kontaktiert, die sich ›Kition‹ nennt. Die Schichtleiter wurden vor einer Stunde informiert. Wir haben die Erlaubnis, die Botschaft abspielen zu dürfen, die das Weiße Haus erhalten hat.«

Stevens setzte sich und tippte auf den Touchpad seines Laptops. Eine Aufnahme wurde über die Lautsprecher des Konferenzraums abgespielt.

»Kition ist eine Vereinigung von Forschern und Intellektuellen, die die menschliche Existenz durch die Wissenschaft verbessern will. Wir haben entsetzt beobachtet, wie die X1-Mandera-Pandemie die Weltbevölkerung dezimiert. Wir können nicht länger tatenlos zusehen. Wir haben ein Heilmittel entwickelt – ein antivirales Medikament, mit dem wir bei unseren Tests Tausende heilen konnten. Wir bieten ihnen und ihren Bürgern dieses Heilmittel an.

Als Gegenleistung verlangen wir nur, dass Schritte ergriffen werden, um ähnliche globale Katastrophen in Zukunft zu vermeiden und andere Bedrohungen der Menschheit auszuschalten. Wir streben eine Welt ohne Militär, ohne Grenzen und ohne Diskriminierung an, in der jeder Mensch mit Anstand und Fairness behandelt wird. Für eine solche Welt engagieren wir uns; wir fordern sie sogar.

Im Gegenzug für das X1-Mandera-Medikament verlangen wir, dass Sie folgende Schritte ergreifen: Ihr Kongress oder Parlament wird ein Gesetz verabschieden, das alle Regierungsbehörden einem internationalen Aufsichtskomitee namens Spiegel-Projekt-Kommission unterstellt. Auch die Energieversorgung und das Internet müssen von der Kommission kontrolliert werden. Sie werden das Programm von Rook Quantum Sciences verwenden, um direkt über das entsprechende Gesetz oder den Verfassungszusatz – je nachdem, was das Regierungssystem erfordert – abstimmen zu lassen. Es ist Ihre Aufgabe, die Bevölkerung zu überzeugen, dem Gesetz zuzustimmen.

Sobald die Spiegel-Projekt-Gesetze in Kraft getreten sind, können Sie das Heilmittel verteilen.

Einige Regierungen mögen unsere Hilfe zurückweisen. Andere werden sich uns anschließen, um die Welt zu schaffen, die die Menschheit verdient. Falls Sie oder Ihre Bürger unsere Hilfe ablehnen, werden Millionen einen sinnlosen Tod sterben. Wir wollen das nicht. Wir hoffen, Sie schließen sich uns an. Wir freuen uns darauf, mit Ihnen gemeinsam an einer besseren Welt zu arbeiten.«

Die Aufzeichnung endete, und Stevens stand auf. »Diese Gruppe, Kition, übernimmt nicht ausdrücklich die Verantwortung für die Freisetzung des Virus, aber wir wissen alle, dass es länger als eine Woche dauert, antivirale Medikamente zu entwickeln – und noch länger, sie in Massen zu produzieren.«

Millen meldete sich zu Wort. »Wie hat das Weiße Haus reagiert?«

»Es hat um eine Probe des Heilmittels gebeten. Das wurde abgelehnt.«

»Weil Kition glaubt, dass wir versuchen, es zu kopieren.«

»Genau«, sagte Stevens. »Das Weiße Haus hat dann gesagt, es könne den Bedingungen nicht zustimmen, ohne eine Demonstration der Wirksamkeit zu erhalten. Mir wurde mitgeteilt, dass diese Demonstration in der nächsten Stunde stattfinden soll.«

Millen erschrak. »Also stimmen wir den Bedingungen zu? Und übergeben die Regierung, das Militär, das Internet und die Energieversorgung diesen Terroristen?«

»Nein. Wir werden kämpfen. Das Weiße Haus hofft, Hinweise über das Heilmittel zu erhalten, und vielleicht rauszufinden, wo es gelagert wird. Die Demonstration ist eine Gelegenheit, Informationen zu sammeln.«

Eine andere Supervisorin ergriff das Wort - eine dünne schwarze Frau mit ergrauendem Haar, die schon im EOC gearbeitet hatte, als Millen zum EIS kam. »Was machen die anderen Regierungen?«

»Großbritannien, Australien, Kanada, Deutschland, Japan und Russland haben sich verpflichtet, Kition bis zum Schluss zu bekämpfen. Frankreich und Griechenland haben sich nicht geäußert. Wir glauben, dass beide Länder schon kapituliert haben.«

Schweigen senkte sich über den Konferenzraum. Millen spürte, dass sich die gesamte Lage geändert hatte. Krieg? Auf dem Gipfel einer Pandemie? Es war unvorstellbar. Er fragte sich, was von der Menschheit danach noch übrig wäre. Und in was für einer Welt sie leben müsste.

Stevens holte tief Luft. »Die USA nehmen Kontakt mit China, Indien, Indonesien, Brasilien, Pakistan und Bangladesch auf. Ungefähr die Hälfte der Weltbevölkerung lebt in diesen sechs Ländern. Wenn Indien oder China oder mehrere kleinere Länder sich Kition unterordnen, sind die Würfel gefallen. Bei einem Krieg wären sie deutlich in der Überzahl.«

»Wir haben überlegene Waffen«, sagte ein Supervisor.

»Aber schon bald«, entgegnete Stevens, »haben wir niemanden mehr, der sie bedienen kann.«

Millen wusste, worauf das hinauslief. Die anderen Supervisoren schienen es auch zu ahnen. Sie warteten, dass Stevens fortfuhr.

»Deshalb hat das Weiße Haus angeordnet, dass das CDC und alle Behörden unter dem Kommando von BioShield mit den Vorbereitungen auf einen konventionellen Krieg auf amerikanischem Boden beginnen.«

»Wie?«, fragte Millen.

»Während wir uns hier unterhalten, sammeln BioShield-Einheiten Leute ein, die vermutlich eine hohe Überlebenschance haben. Künftig werden unsere Ressourcen nur noch diesen Personen zugeteilt.«

Millen konnte es nicht glauben. »Und was ist mit den übrigen?«

Stevens sah die Supervisoren an. »So ist die Realität. Wenn wir keine Armee aufstellen können, existieren die Vereinigten Staaten bald nicht mehr. Und wenn wir das Heilmittel annehmen, stehen wir de facto unter Besatzung durch Kition.«

Millen dachte an seine Eltern in Cleveland. Er wusste, dass sie dort in einer Sperrzone waren. Sie hatten beide keinen Beruf, der sie unersetzlich machte.

»Was ist mit unseren Familien?«

»Sie stehen auf der Liste. Die unmittelbaren Verwandten von allen – Ehepartner, Kinder, Eltern, Geschwister und deren Ehepartner und Kinder – stehen auf der Liste.«

Daran hatten sie also auch gedacht.

»Als ich das, was ich Ihnen gerade mitgeteilt habe, vor einer Stunde erfahren habe, war es hart für mich. Ich weiß, dass es jetzt hart für Sie ist – und es wird noch härter sein, es Ihren Leuten zu erklären. Wenn Sie glauben, dass Sie es nicht schaffen oder dass Sie die Befehle nicht ausführen können, die Sie bekommen werden, dann muss ich es wissen, bevor Sie diesen Raum verlassen.«

Ein Supervisor neben Millen fragte, was mit ihren Familien geschehen würde, falls sie sich weigerten.

»Wenn Sie aus der Befehlsebene von BioShield ausscheiden, erhalten sie denselben Status wie alle anderen.«

Der Supervisor wirkte entsetzt.

»Ich hoffe, unsere Geheimdienste finden heraus, wo Kition das Heilmittel lagert«, sagte Stevens. »In der Zwischenzeit haben wir alle unsere Befehle. Wenn es ums Überleben geht, muss man manchmal Dinge tun, die man nicht tun will.«

Als das Meeting vorbei war, versammelte Millen sein Team zur Vorbesprechung. Es gefiel ihm nicht, was er den Leuten mitteilen würde, aber er sah keine andere Möglichkeit. Er musste bei BioShield bleiben – für seine Familie und für Halima und Tian.

»Okay, ich hoffe, Sie konnten sich alle ein bisschen ausruhen. Es gibt sehr wichtige Neuigkeiten. Unsere Strategie wurde angepasst. Ich kann Ihnen keine Einzelheiten mitteilen, nur dass wir einer neuen Bedrohung gegenüberstehen. Ab sofort konzentriert sich BioShield darauf, denjenigen zu helfen, die ein hohe Überlebenschance haben, und das Land auf einen bewaffneten Konflikt vorzubereiten.«

88

Das Rote-Kreuz-Flugzeug schwankte im Wind wie ein Schiff im Orkan. William steuerte eine der vier Landebahnen an, dann veränderte er den Winkel und entschied sich für eine andere. In der Kabine schnallten sich Avery, Desmond und Peyton an, beugten sich vor und hielten sich an den Kopfstützen fest. Peyton saß am Gang, auf dem sichersten Platz, und Desmond pufferte sie gegen die Seitenwand ab. Avery saß auf der anderen Seite des Gangs.

Peyton spürte Desmonds Hand auf ihrem Bein. Er hatte die Handfläche nach oben gedreht und wartete. Sie legte ihre Hand in seine. Er drückte sie. Ihre Anspannung ließ nach. Ihn in diesem Moment zu berühren fühlte sich an, als würde eine lang unterbrochene elektrische Verbindung wiederhergestellt. Eine Flut von Gedanken und Gefühlen stieg in ihr auf.

Peyton schaute nach vorn. Aus dem Augenwinkel sah sie, wie Avery sie mit Blicken durchbohrte.

Das Flugzeug wackelte, als die Räder aufsetzten. Die Landung war besser als Averys auf Shetland.

Kurz darauf hielt das Flugzeug am Ende der Landebahn, und William kam in die Kabine.

»Desmond und ich durchsuchen den Tower.«

Avery stand auf, um zu protestieren, aber er unterbrach sie mit einer Handbewegung.

»Wir brauchen eine Pilotin an Bord, falls wir keinen Erfolg haben.«

Peyton bemerkte seine Wortwahl. Er sagte nicht »getötet werden«. Vermutlich um sie zu schonen. Sein Plan schien ihr vernünftig: Er traute Avery auch nicht. Es war besser, sie im Flugzeug zurückzulassen. Und es verschaffte William die Gelegenheit, allein mit Desmond zu sprechen.

Die beiden Männer zogen sich an, stiegen die Treppe hinab und verschwanden in der Nacht. Peyton stand an der Tür und sah ihnen nach. Ein minutenlanges peinliches Schweigen breitete sich zwischen ihr und Avery aus.

Schließlich fragte Avery: »Kanntest du ihn?«

»Was?«

»Vorher.«

Peyton ignorierte sie.

»Du bist der Grund, oder?«

»Was?«

Avery kam näher und blieb einen halben Meter vor ihr stehen. »Du bist der Grund, warum er sich Kition angeschlossen hat. Warum er das Spiegel-Projekt verwirklichen wollte.«

Peyton unterdrückte das Bedürfnis zu schlucken. »Kann ich nicht sagen.«

»Hast du ihn verletzt?«

»Ich habe keine Lust auf Frauengespräche.«

»Wir müssen nicht reden.«

Draußen polterten Stiefel über den Boden und die Rampe hinauf. Desmond erschien in der Kabinentür und zögerte kurz, als er die Situation erfasste.

»Falls ihr beide euch nicht die Köpfe einschlagen wollt, könnten wir Hilfe gebrauchen.«

Um notfalls schnell aufbrechen zu können, betankten sie das Flugzeug und brachten es in Startposition. Desmond berichtete, der Tower sei leer, sehe aber aus, als wäre er vor Kurzem noch benutzt worden.

William startete eine Drohne, die er mitgebracht hatte. Es war ein kleines, nahezu lautloses Gerät. Sie versammelten sich alle in der Kabine vor einem Tablet und sahen sich die Aufnahmen der Nachtsichtkamera an.

Die Stadt war verlassen. Die meisten der zwei- oder dreistöckigen Steinhäuser wirkten verfallen. Sie erinnerten Peyton an Bilder aus Deutschland nach dem Zweiten Weltkrieg. Es sah fast aus, als wären sie ausgebombt. Die Natur hatte sich große Bereiche zurückerobert, und Mauern waren eingestürzt, Opfer der Zeit, der Schwerkraft und des Winds, der über die seltsame Insel peitschte.

Die Drohne flog zu den Labors weiter. Mehrere Backsteingebäude waren hufeisenförmig angeordnet. Ein mit Stacheldraht bewehrter Maschendrahtzaun umgab den Komplex. Über dem Metalltor hing ein gebogenes Schild, auf dem etwas auf Russisch stand. Der Anblick ähnelte einem amerikanischen Gefängnis aus den Sechzigern – Shawshank, vielleicht.

Sie ließen die Drohne dreimal über die Anlage fliegen, entdeckten jedoch keine Lebenszeichen.

William zeigte auf ein Haus am Rand der Stadt. »Wir durchsuchen den Ort, dann beziehen wir da Stellung. Peyton, du überwachst dann von dem Haus aus die Drohnenbilder. Lass das Gerät einfach weiter kreisen und warne uns, wenn sich irgendwas rührt. Desmond, Avery und ich gehen zu dem Komplex.«

Die Stadt war unheimlich. Für Peyton sah sie aus wie ein verlassenes Filmset: schnell aufgebaut, verwendet und wiederverwendet, dann dem Verfall überlassen.

Am Rand der Stadt, in der Nähe der Labors, fanden sie Häuser, die bewohnbar aussahen. Die Fenster waren erneuert und die Dächer repariert worden. Aber es brannte nirgendwo Licht, und außer dem Rauschen des Winds hörten sie keine Geräusche.

William und Avery übernahmen die rechte Straßenseite, Peyton und Desmond die linke. Systematisch durchsuchten sie jedes Haus, um sich zu vergewissern, dass niemand dort wohnte.

»Bist du sicher, dass es dir nichts ausmacht, allein zu bleiben, wenn wir zu den Labors gehen?«, fragte Desmond.

»Ich habe keine Angst im Dunkeln«, sagte Peyton.

»Ich schon. Mir stellen sich hier die Nackenhaare auf.«

Im nächsten Haus rannte Desmond durch die Räume, während Peyton im Wohnzimmer wartete. »Alles sauber«, sagte er, als er zurückkam. Statt zur Tür zu gehen, wie sie erwartet hatte, fragte er: »Worum ging es da im Flugzeug? Zwischen dir und Avery.«

Peyton wandte den Blick ab. »Nichts Besonderes.«

»So sah es aber nicht aus.«

»Sie versucht nur, ihr Revier zu markieren.«

Desmond zog die Brauen hoch. »Welches Revier?«

Sie lächelte. »Das weißt du doch selbst.«

Auf der anderen Straßenseite betraten William und Avery ein weiteres Haus, durchkämmten es systematisch und riefen sich gegenseitig zu, wenn ein Zimmer sicher war.

Oben fand William in einer Dachgaube gegenüber einem Einzelbett einen Schreibtisch. An der Wand hing ein verblasstes und zerknittertes Foto, das in eine Brieftasche gepasst hätte. Das Bild zeigte seine drei Kinder. *Ja. Dies ist der Ort.*

In dem Cottage auf Shetland hatte William nicht alles verraten, was er über Aralsk-7 wusste – Peyton zuliebe. In Wirklichkeit war es ein Glücksspiel gewesen, auf die Insel zu fliegen. Aber jetzt war er überzeugt: Sie würden hier Antworten auf ihre Fragen finden.

89

Nachdem sie den Ort durchsucht hatten, trafen die vier sich in dem Haus am Stadtrand, das ihnen als Kommandoposten dienen sollte. Es war leer und kalt, aber Peyton fiel auf, dass wenig Staub auf den Möbeln lag.

»Jemand hat bis vor Kurzem hier gewohnt«, sagte Desmond.

In der Küche öffnete Avery den Kühlschrank. »Im letzten Monat noch.«

Peyton bekam einen Hauch von dem schrecklichen Gestank mit, bevor Avery die Tür zuknallte.

»Machen wir uns bereit«, sagte William.

Er stellte einen Laptop auf den Wohnzimmertisch und holte die Aufnahmen der Drohne für Peyton auf den Bildschirm. Er hatte eine Flugroute vorprogrammiert und nahm sich kurz Zeit, um ihr zu zeigen, wie sie sie nötigenfalls ändern konnte. Sie winkte ab. »Schon kapiert. Geht los. Ich komm schon klar.«

Peyton hätte Desmond und ihren Vater gern umarmt, bevor sie das kleine Haus verließen, aber weil es ihr peinlich gewesen wäre, Avery auszuschließen, begnügte sie sich mit einem Nicken.

Sie sah ihnen aus dem Fenster nach, dann setzte sie sich auf das Sofa, zog sich eine dicke Baumwolldecke über die Beine und beobachtete die Drohnenaufnahmen. Im grünen Licht der Nachtsichtkamera zwängten sich Desmond, Avery und William durch das schwere Eisentor des Komplexes. Peyton stieß einen Seufzer aus und hustete, was sie vermieden hatte, während die anderen in der Nähe waren. Ihr Immunsystem verlor den Kampf gegen das Virus.

Desmond erschauderte, als ihn eine weitere kalte Windböe traf. Er folgte William mit der Waffe im Anschlag und deckte seine linke Flanke. Das Knirschen des Kieses unter ihren Stiefeln war das einzige Geräusch in der Nacht. Es begann zu schneien. Der Wind erfasste die weißen Flocken und wirbelte sie um sie herum, bis sie sich vorkamen wie in einer Schneekugel. Es wäre wunderschön gewesen, wenn Desmond Zeit gehabt hätte, es zu genießen und nicht so angespannt gewesen wäre.

William blieb vor dem ersten Gebäude stehen. Die Tür war aus massivem Stahl.

Er nickte Avery zu, die auf der anderen Seite Position bezog. Alle drei setzten ihre Nachtsichtgeräte auf. Desmond stellte sich hinter William, der den schweren Hebel umlegte. Sie stürmten in den Raum, schwenkten die Gewehre nach links und rechts und ließen die roten Laserpunkte über Kisten und mit Plastikfolie umwickelte Paletten tanzen.

Es war eine Lagerhalle, und niemand schien dort zu sein.

Desmond ging über den Betonboden zur ersten Palette und zog die Folie herunter. Kartons, für den Transport zusammengelegt. Es gab Dutzende Paletten davon.

Avery rief durch die Dunkelheit. »Hier ist Paketband, bestimmt tausend Rollen.«

William und Desmond gingen zu ihr. Hinter ihr standen Paletten, auf denen Plastikbehälter mit Wasser gestapelt waren.

William sah auf die Paletten. »Ich glaube, so haben sie es gemacht. Wasser. Kartons. Paketband. Es ist ein Verteilsystem. Die Kartons enthalten bestimmt das Virus. Es überlebt in den geschlossenen Zellen. Bei jeder Beschädigung entweicht es. Das Paketband ist wahrscheinlich auch infiziert. Und das Wasser enthält eine hohe Virenkonzentration. Vermutlich haben sie es in Flaschenwasser gemischt oder in große Behälter, die an Büros geliefert wurden, oder in die städtische Wasserversorgung. Hier steht wahrscheinlich das Material, das übrig war. Das weist darauf hin, dass sie das Virus hier produziert haben. Wenn wir es in dem Laborkomplex finden, ist das die Bestätigung.«

Desmond bewunderte die Genialität des Plans. Pakete und Wasser. Eine sehr einfache, aber effektive Art, um ein Virus zu verteilen.

»Aber kein Heilmittel«, sagte Desmond.

Willam überlegte kurz. »Vielleicht haben sie es abtransportiert, um es woanders zu testen.«

»Oder es woanders hergestellt«, sagte Avery.

William nickte. »Könnte auch sein. Gehen wir weiter.«

Im nächsten Gebäude fanden sie eine Produktionsstätte, in der die Kartons und das Tape hergestellt und mit Virenpartikeln versetzt worden waren. Es gab noch immer keinen Hinweis auf ein Heilmittel.

Im vierstöckigen Hauptgebäude befanden sich die Labors. Desmond wusste es, sobald sie die Schwelle überschritten hatten. Der weiß geflieste Boden war vor Kurzem gereinigt worden. An den grauen Wänden hingen Handläufe aus rostfreiem Stahl. Das Ganze hatte die Ausstrahlung eines Krankenhauses in den Sechzigern.

Die drei blieben an der Tür stehen und lauschten einen Moment lang. Sie hörten nichts.

William machte einen Schritt ins Gebäude, dann noch einen, vorsichtig, als wären die Fliesen Minen, die jeden Moment explodieren könnten.

Er blieb stehen und drehte den Kopf.

Desmond hörte es auch: das Surren eines kleinen Elektromotors.

William sah zu einer schwarzen Plastikhalbkugel an der Decke auf. Er hob das Gewehr und riss mit dem Lauf die Abdeckung ab. Darunter befand sich eine Überwachungskamera, an der ein rotes Lämpchen leuchtete. Die Kamera schwenkte auf Desmond und Avery.

William ging zur Tür und flüsterte ihnen zu, ihm zu folgen.

Draußen schien der gelbe Mond durch den fallenden Schnee wie ein Lampion durch einen weißen Vorhang.

»Sie überwachen die Anlage noch«, sagte William. »Entweder durch jemanden vor Ort oder aus der Ferne.«

Avery sah sich um. »Vielleicht haben sie hier irgendwo ein Team versteckt. Oder eine Schnelle Eingreiftruppe ist schon unterwegs.«

William nickte. »Wir müssen uns beeilen. Wir suchen nach Ladelisten.« William zeigte auf die Lagerhalle. »Sie haben das Paketband, die Kartons und das Wasser zu ihren Verteilzentren transportiert. Ich möchte fast wetten, dass sie das Heilmittel auch dahin gebracht haben, unabhängig davon, ob es hier oder woanders produziert wurde. Wenn wir rauskriegen, wo diese Einrichtungen sind, finden wir das Heilmittel. Los geht's.«

Im Inneren teilten sich die drei auf und stürmten durch das vierstöckige Gebäude. Desmonds Stiefel polterten über die Fliesen. Er fand eine chirurgische Abteilung mit blutigen Tragen, Haufen von Kitteln und geplünderten Medizinschränken. Das Gebäude war offenbar eilig verlassen worden. In der ersten Etage gelangte er zu einer abgeschlossenen Doppeltür. Er schaltete sein Mikro ein. »Hier ist Desmond. Ich schieße im ersten Stock ein Schloss auf. Bin nicht auf Widerstand gestoßen.«

Avery und William antworteten wie aus einem Mund: »Verstanden.«

Desmond schoss auf das Schloss und schob die Stahltüren auf. Der Gestank von verwesendem Fleisch schlug ihm entgegen. Er würgte, wich zurück und kämpfte gegen den Brechreiz an. Der Geruch schwebte aus dem Raum wie ein Geist, der aus seiner kalten Gruft befreit wurde.

Allmählich gewöhnte Desmond sich an den Gestank. Er trat einen Schritt in den riesigen Raum. Er ähnelte dem Frachtraum der *Kentaro Maru*. Weiße Plastikfolien unterteilten ihn längs und quer in einzelne Kabinen. In dem grünen Leuchten des Nachtsichtgeräts wirkte die Szene noch unheimlicher.

Desmond zog die Folie der ersten Kabine zur Seite. Dahinter lag ein toter asiatischer Mann. Blut war ihm aus Augen und Mund geflossen und getrocknet. Hatten sie diese Menschen einfach zum Sterben zurückgelassen, als sie abgereist waren, eingeschlossen wie Vieh im Schlachthaus? Wer war zu so etwas fähig?

Wut stieg in Desmond auf, und der Gedanke, dass er einmal an diesem Projekt mitgearbeitet hatte, widerte ihn an.

Er schaltete den Funk ein. »Ich habe Leichen gefunden. Hier wurde irgendwas getestet.«

»Verstanden«, sagte William. »Zielobjekt gefunden.«

Er hat die Ladelisten entdeckt. Desmond seufzte erleichtert.

»Zweiter Stock, vordere linke Ecke«, sagte William.

Avery und Desmond bestätigten und teilten ihm mit, dass sie sich auf den Weg machten.

William lief von einem Büro zum nächsten und durchsuchte es schnell. In einem Eckbüro mit einem Sofa und einem langen hohen Tisch fand er, wonach er Ausschau gehalten hatte: das gleiche Foto, das er in dem Haus gesehen hatte – seine drei Kinder, die sich auf einer Straße in London an den Händen hielten. Es war vermutlich 1982 aufgenommen worden, dachte William. Er war im richtigen Büro.

Er ging zum Aktenschrank, riss ihn auf und las die Beschriftungen.

Auf einem Ordner stand: *Potenzielle Viren.* Er zog ihn heraus und blätterte ihn durch. Sie hatten mehrere Erreger für eine Modifikation in Betracht gezogen. Er stutzte, als er die Notizen am Rand sah. Ja, er war auf der richtigen Spur.

In der Schublade befanden sich Ordner mit weiteren Forschungsergebnissen – eine Dokumentation ihrer Versuche. In der Schublade darunter waren Akten über Verteilmethoden. Sie hatten Lufterfrischer, Seife und sogar Parfüm ausprobiert. Alles hatte sich als zu teuer oder ineffektiv herausgestellt.

Die nächste Schublade enthielt Ordner mit Ortsangaben.

Addis Abeba, Äthiopien. Dakar, Senegal. Harare, Zimbabwe. Lusaka, Sambia. Bamako, Mali. Conakry, Guinea. *Das ist es*, dachte William.

Er schlug den ersten Ordner auf und las schnell. Es waren Studien über die Bevölkerung, die Wirtschaft, das Transportsystem und die Infrastruktur des jeweiligen Orts. Die Überschrift lautete: *Infektionsgebietsstudie*. Es ging um die Orte, die sie für den ersten Ausbruch in Betracht gezogen hatten. Eine der Akten war mit *Mandera* bezeichnet.

William schlug die Schublade zu und öffnete die letzte.

Ganz vorn stand ein Ordner auf dem *Materiallieferungen* stand. Er zog ihn heraus und schlug ihn auf. Darin befanden sich Hunderte von Ladelisten. Medizinbedarf. Wasser. Nahrung. Dienten diese Worte als Code für das Virus oder das Heilmittel? Sie hatten bestimmt nicht »Virus« oder »Heilmittel« in die Ladelisten geschrieben. Nein. Das musste der Richtige sein.

Er sagte in sein Mikrofon: »Desmond, Avery. Zielobjekt gefunden. Zweiter Stock, vordere linke Ecke.«

Nachdenklich blätterte er in dem Ordner.

Desmond meldete sich über Funk. »William, ich bin fast bei Ihnen.«

Die Explosion warf William gegen die Wand. Der metallene Aktenschrank stürzte um und klemmte seine Beine ein.

Im Wohnzimmer des Hauses hörte Peyton den Knall. Sie sprang vom Sofa auf und rannte auf die Straße. Das größte Gebäude des Komplexes brannte. Eine weitere Explosion ließ Backsteine und Dachziegel durch die Luft fliegen wie Lava bei einem Vulkanausbruch. Peyton zögerte nicht. Sie rannte hustend und mit brennender Lunge auf das Gebäude zu.

90

Die Druckwelle riss Desmond von den Beinen. Er rollte über den gekachelten Boden. Deckenfliesen regneten auf ihn herab. Er kauerte sich zusammen und wartete, bis es vorbeiging.

Als es still im Gebäude wurde, war er wieder zu Atem gekommen. Er stand auf und rannte auf den Explosionsort zu. Im Gang hingen lange Neonröhren an Kabeln von der Decke. Türen standen offen. Fensterscheiben waren zertrümmert. Scherben knirschten unter Desmonds Sohlen.

Im Treppenhaus spürte er die warme Luft von oben. Er stieg hinauf. Als er die Tür zum Büroflügel aufstieß, schlug ihm eine Hitzewelle entgegen.

Vor ihm erstreckte sich ein Großraumbüro; dahinter lagen die Büros mit Außenfenstern. Überall loderten Flammen, und Rauch breitete sich aus. Das Feuer fand reichlich Nahrung: Papier, alte Holzmöbel und, besonders besorgniserregend, die Holzbalken in der Wand.

»William, hören Sie mich?«

Williams Stimme war schwach. »Verstanden, Desmond. Ich bin eingeklemmt. Ich habe es gefunden. Ich lese Ihnen vor, wo die Sachen hinge ...«

»Warten Sie. Ich hol Sie raus.«

Desmond blickte in das Inferno, das in dem Büro wütete, und versuchte, einen Weg zu dem Eckbüro zu finden. Die meisten Trennwände und Schreibtische brannten, und das Feuer brei tete sich schnell aus. Einen Moment lang war er wieder in Australien vor dem Haus seiner Eltern und starrte in die Flammen.

Genau wie damals nahm er seinen ganzen Mut zusammen und bereitete sich darauf vor, sich in die Flammen zu stürzen.

Aber dieses Mal packte eine Hand seine Schulter.

Avery stand hinter ihm. »Nicht, Desmond.« Sie zog ihn am Arm zurück, aber er riss sich los.

»Komm mit oder bleib hier«, sagte er. »Aber komm mir nicht in die Quere.«

Ohne eine Sekunde zu zögern, lief er ins Feuer.

Es schneite jetzt heftiger, und der gekieste Hof war von einer weißen Schicht bedeckt. Peyton hinterließ eine Spur in dem aschebedeckten Schnee, die direkt zum Eingang führte.

Die Hitze des Feuers war unerträglich, aber der Sauerstoffmangel war noch schlimmer. Desmond hielt so lang er konnte den Atem an, dann holte er Luft und hustete.

Er stand kurz vor der Bewusstlosigkeit, als er das Eckbüro erreichte. Die Druckwelle hatte die Fensterscheiben zerschmettert, und die hereinströmende kalte Luft fächerte das Feuer an. Desmond atmete ein paar Sekunden lang ein.

Er sah William unter einem stählernen Aktenschrank liegen und mit den Armen rudern, während er nach einem Hilfsmittel suchte, um sich zu befreien.

Desmond rannte zu ihm und griff nach dem Schrank. Er erschrak, als er hinter sich Schritte hörte. Avery. Sie packte mit an, und sie schoben gemeinsam. Der Schrank war nicht nur schwer, sondern auch von Trümmern bedeckt, die von Decke und Wänden gefallen waren. Aber er ließ sich so weit bewegen, dass William sich herauswinden konnte. Er stopfte einen Aktenordner unter seine Schutzweste und versuchte aufzustehen. Eins seiner Beine schien unverletzt, aber er zuckte zusammen, als er das andere auf den Boden stellte.

Desmond wartete nicht, bis er etwas sagte. Er sprang zu ihm, drückte ihm die Schulter in den Bauch und hob ihn hoch. Er schätzte, dass William 85 Kilo wog, und ächzte unter dem Gewicht; seine Rippen waren noch immer nicht verheilt. Aber er biss die Zähne zusammen und setzte einen Fuß vor den anderen. Avery ging voran und schob Schreibtische und Trümmer aus dem Weg.

Bald musste Desmond ausatmen und Luft holen. Seine Lunge füllte sich mit Rauch. Er hustete und geriet ins Taumeln, hielt sich aber auf den Beinen. Wenn er zusammenbrach, müsste Avery sich entscheiden, wen von beiden sie aus den Flammen schleifte.

Ihm wurde schwindelig, und seine Sicht verschwamm. Dann stolperte er. Er spürte Averys Hand an seinem Arm, die ihn weiterzog.

Punkte leuchteten vor seinen Augen. Er war sich kaum noch bewusst, dass er weiterging. Eine Welle von Übelkeit überspülte ihn.

Der Rauch war eine schwarze Wand. Er dachte, er hätte schon draußen sein müssen. Anscheinend hatte sich das Feuer weiter ausgebreitet. Er verlor die Hoffnung. Er zitterte und wackelte, als würde er in einer Waschmaschine herumgerollt. Seine Beine gaben nach. Er ging zu Boden, und William fiel auf ihn. Alles wurde schwarz.

Peyton blieb kurz vor den brennenden Schreibtischreihen stehen. Sie versuchte, wieder zu Atem zu kommen. Ihre Brust schmerzte. Aber sie musste weiter. Sie bedeckte sich den Mund und holte so tief sie konnte Luft.

Gerade, als sie sich ins Feuer stürzen wollte, sah sie eine Gestalt aus dem Rauch auftauchen. Avery. Sie ging rückwärts. Schleifte jemanden hinter sich her. Peyton spähte an ihr vorbei und sah das kurze, schwarz gefärbte Haar. *Desmond.*

Sobald sie ihn aus dem Feuer gezogen hatte, fiel Avery zu Boden. Desmonds Kopf landete auf ihrem Schoß. Avery lehnte sich zurück und hustete.

Peyton beugte sich über Desmond. Er atmete nicht. Das Feuer – der Rauch – hatte ihn erstickt.

Mit aller Kraft zog Peyton ihn von Averys Beinen und riss ihm die Schutzausrüstung vom Leib.

Avery lag reglos und mit tränenden Augen da.

»Mein Vater?«, fragte Peyton drängend.

Avery schloss die Augen und schaffte es kaum, den Kopf zu schütteln.

Peyton versuchte sich zu konzentrieren.

Sie begann mit der Herzdruckmassage, zählte bis dreißig und gab ihm Mund-zu-Mund-Beatmung.

Keuchend sagte sie: »Avery, du musst einen Defibrillator suchen.«

Avery drehte sich auf den Bauch und drückte sich mit zitternden Armen hoch. Ihr Kopf wackelte hin und her wie der eines angeschlagenen Boxers. Sie sackte zurück auf den Boden, drehte sich auf den Rücken und schnappte nach Luft. Gleich würde sie das Bewusstsein verlieren.

Ein schabendes Geräusch ertönte hinter der Rauchwand.

Peyton blickte auf und sah ihren Vater aus dem Feuer humpeln, eine Hand vor den Mund gepresst.

Sie setzte die Herzdruckmassage fort.

William sackte neben ihr auf die Knie. »Raus hier.«

Peyton sah auf Desmond herab. Sie konnte ihn nicht tragen. Niemand von ihnen konnte es. Aber sie würde ihn nicht zurücklassen. Sie hatte ihn schon einmal verloren; sie würde es kein weiteres Mal zulassen. Sie konnte nicht. Konnte den Gedanken nicht ertragen, draußen zu stehen und das brennende Gebäude zu sehen und zu wissen, dass er dort drin war.

In diesem Moment verstand sie endlich vollkommen, was er als Kind durchgemacht hatte. Es war unvorstellbar. Die Schuldgefühle. Das schlechte Gewissen. Und das in so jungen Jahren.

Die Flammen und der Rauch kamen näher. Sie packte Desmond unter den Achseln und zog ihn ein Stück zurück. William kroch neben ihn, brach zusammen und schnappte nach

Luft. Er schnallte seine Schutzweste ab und zog einen Ordner darunter hervor. Seine Stimme klang rau und angestrengt.

»Avery!«

Die Frau war drei Meter von ihnen entfernt, näher an Feuer und Rauch. Sie hob den Kopf.

»Die Bestimmungsorte. Nimm den Ordner. Verschwinde.«

Averys Augen leuchteten auf. Der Anblick der Akte schien ihr einen Energieschub zu geben. Sie kroch über den Boden zu dem Ordner, atmete flach und hustete.

William legte ihr eine Hand auf die Schulter. »Geh.«

Peyton drückte Desmond wieder die Lippen auf den Mund und beatmete ihn.

Aus dem Augenwinkel sah sie, wie William Avery wegstieß. »Geh. Bevor es zu spät ist.«

Avery erhob sich auf wackligen Beinen und taumelte aus dem Büroflügel.

Peyton lehnte sich zurück, holte Luft und drückte wieder dreißigmal auf Desmonds Brustkorb. Eine Träne rann über ihre Wange. Desmond würde sterben, an Ort und Stelle, in ihren Armen.

Sie fing den Blick ihres Vaters auf.

»Bitte, Dad. Finde einen Defibrillator. Sonst stirbt er.«

91

William war ziemlich sicher, dass sein Knöchel verstaucht war. Es pochte und stach bei jedem Schritt im Fußgelenk. Während Peyton in dem verrauchten Büroflügel Desmond wiederzubeleben versuchte, humpelte er zu einem Schreibtisch und fand, was er brauchte: Eine umgefallene Tischlampe und durchsichtiges Klebeband. So schnell er konnte baute er die Lampe auseinander und rammte sich die Metallstange parallel zur Wade in den Stiefel. Beinahe hätte er vor Schmerz geschrien, aber er bis die Zähne zusammen, nahm das Klebeband und wickelte es stramm um Wade und Knöchel.

Er belastete das Bein probeweise. Der Schmerz war erträglich.

Auf der Suche nach einem Defibrillator humpelte er durch das Großraumbüro wie ein holzbeiniger Pirat in einem alten Film.

Mit jedem Schritt, den sie sich vom Feuer entfernte, fiel Avery das Atmen leichter. Im Treppenhaus schlug sie den Aktenordner auf und überflog den Inhalt.

William eilte die Wand hinter den Bürokabinen entlang. Eine Minute später entdeckte er die kyrillischen Buchstaben für AED, riss das Gerät von der Wand und kehrte zu Peyton zurück, die Desmond noch immer beatmete. Sie sah auf, als er kam. Tränen strömten ihr übers Gesicht. Der Anblick zerbrach ihm fast das Herz.

Peyton nahm ihm das Gerät aus der Hand, riss Desmonds Hemd auf und klebte ihm die Elektroden auf die Brust. Sie vergewisserte sich, dass sie ihn nicht berührte, bevor sie auf den großen grünen Knopf drückte.

Das Gerät fiepte kurz, dann gab es einen leisen Knall, und Desmond bäumte sich auf und atmete scharf ein. Er warf den Kopf hin und her und stieß einen Schrei aus - rau und heiser, als hätte er sein Leben lang geraucht.

Peyton nahm sein Gesicht in die Hände.

»Hey.«

Seine Brust hob sich. Die Augen standen halb offen. Er verzog die Lippen zu einem erschöpften Lächeln und brachte ein einziges Wort hervor. Es klang wie »Scully«. William wusste nicht, was das bedeuten sollte, aber Peyton schien es zu gefallen. Sie lachte und weinte noch hemmungsloser. Freudentränen, dachte William.

»Wir müssen hier raus«, sagte William. »Ich kann laufen. Peyton, kannst du ihm helfen?«

Sie hustete, um die Lunge freizubekommen, und holte Luft. Dann half sie Desmond auf die Beine, und alle drei humpelten aus dem brennenden Gebäude.

Draußen im Hof sahen sie zwei Fußspuren im aschebedeckten Schnee: Peytons, die zum Gebäude führten, und Averys.

Sie hatte sich aus dem Staub gemacht.

92

Conner saß am Besprechungstisch und ließ sich auf den neusten Stand bringen. Frankreich und Griechenland waren die ersten Spiegel-Projekt-Länder geworden. Auf dem großen Wandbildschirm liefen Aufnahmen der Verteilung des Heilmittels in Paris.

»Stopp. Nehmen Sie die fünf Sekunden davor und benutzen Sie sie.«

Jemand näherte sich von hinten und reichte ihm einen Zettel.

Wir haben ein Problem. Hugh betreffend. Eilig.

Conner entschuldigte sich und ging zu seinem Büro, wo ihn ein Agent mit einem Laptop erwartete. Die Regierung hatte das Internet unter ihre Kontrolle gebracht, aber das private Netzwerk von Kition, das über Satellit lief, funktionierte noch. Der Agent rief es auf und spielte eine Satellitenaufnahme ab. Sie zeigte drei Gestalten, die das Eisentor von Standort 79 öffneten.

»Zoomen Sie dichter ran.«

Conner betrachtete die Gesichter. Desmond. Avery. William Moore. Desmond hatte den alten Mann also gefunden. Zusammen konnten sie alles in Gefahr bringen, wofür er gearbeitet hatte.

»Wie alt sind die Aufnahmen?«

Der Agent sah auf den Timecode. »Fünfzehn Minuten, Sir.«

»Haben Sie Kameras im Gebäude?«

Der Mann tippte auf seinem Laptop, rief die Bilder aus dem

Inneren auf und klickte sie durch. Auf drei Aufnahmen sah Conner, wie sie das Gebäude durchsuchten.

Sie haben sich getrennt, dachte Conner.

»Haben wir Sprengladungen im Gebäude?«

»Ja. Die üblichen Spiegel-Projekt-Vorsichtsmaßnahmen. In den Labors und den Büros, in denen Akten lagern.« Der junge Mann zögerte. »Soll ich sie zünden?«

»Nein.« Conner hob eine Hand. »Wir warten noch.«

Zehn Minuten lang saßen sie schweigend da. Als William das Eckbüro erreichte, blieb er am Schreibtisch stehen und betrachtete ein gerahmtes Foto. Das Bild der Nachtsichtkamera zeigte, wie sich sein Gesichtsausdruck veränderte. Wiedererkennen. Begreifen. Er lief zum Aktenschrank und begann, ihn zu durchforsten.

»Wessen Büro ist das?«, fragte Conner.

»Unbekannt.«

»Finden Sie es raus«, fuhr Conner ihn an.

Auf dem Bildschirm nahm William den letzten Ordner, blätterte in einer Akte und sagte in sein Mikrofon: »Zielobjekt gefunden.«

Conner stand auf. »Wo ist Hughes?«

Der Agent schaltete zu der Kamera in einer der Quarantäneabteilungen. Hughes zog mit angewidertem Gesichtsausdruck einen Plastikvorhang zurück.

»Und die Frau?«

Auf dem Monitor tauchte der Maschinenraum auf, in dem Avery versuchte, einen Generator anzuwerfen.

»Zünden Sie die Ladung im Büro.«

»Nur im Büro?«

»Ja. Und zeigen Sie mir alle Kameras.«

Auf dem Bildschirm waren jetzt die Aufnahmen von dreißig Nachtsichtkameras zu sehen. Sie waren mit Bewegungsmeldern ausgestattet und konnten ohne externe Stromversorgung bis zu dreißig Stunden aufzeichnen.

Sechs Kästchen wurden schwarz. Zwei Kameras zeigten

Rauch, der in die Gänge quoll. Eine Weitere übermittelte Bilder aus dem brennenden Büro.

Desmond stürmte durch die Gänge. Avery auch.

Conner lehnte sich zurück und fragte sich, was er tun würde.

Desmond blieb am Rand des Feuers stehen. *Er geht nicht rein*, dachte Conner. Er war sich sicher. Avery hielt Desmond an der Schulter fest, aber er schüttelte sie ab und lief zu Conners Entsetzen in die Flammen.

Conner stand auf und ging zur Tür.

»Sir?«

Er konnte es nicht mitansehen. »Ich bin gleich wieder da. Bleiben Sie hier«, sagte er.

Conner ging nach draußen und überlegte, ob er die richtige Entscheidung getroffen hatte.

Zehn Minuten später kehrte er in sein Büro zurück, wo der Agent noch immer die Aufnahmen überwachte.

Drei Gestalten standen vor dem Gebäude: Peyton, William und Desmond. Er hatte es also geschafft. Und Peyton war bei ihnen. Das verkomplizierte die Lage.

»Was sollen wir tun, Sir?«

»Wir machen einen neuen Plan. Einen, der nicht schiefgehen kann.«

93

Desmond, Peyton und William standen im fallenden Schnee und sahen zum brennenden Gebäude. Sie waren zu erschöpft und zu verletzt, um zu laufen.

Desmond schaltete sein Mikro an. »Avery, hörst du mich?«

Keine Antwort.

Peyton warf ihm einen Blick zu.

»Avery ...«

Das Brüllen eines Motors durchbrach die Stille. Ein Fahrzeug näherte sich mit hoher Geschwindigkeit. Desmond konnte nur die Staubwolke sehen, die es aufwirbelte.

Gelbes Scheinwerferlicht tauchte im Schneetreiben auf. Das Fahrzeug fuhr durch das Tor auf das Gelände und in den Hof. Unter den Rädern wirbelte Kies auf, als es genau auf sie zuschoss.

Das Auto fuhr eine Kurve und kam schlitternd zum Stehen.

Die Fahrertür wurde geöffnet.

Avery stieg aus und spähte über das Dach des schwarzen Volga GAZ-21. Der Motor ratterte, als würde er jeden Moment den Geist aufgeben.

»Ich dachte mir, es ist keine schöne Nacht für einen Spaziergang.«

Desmond lächelte, als sie in die alte Sowjet-Limousine stiegen und losfuhren.

Sie beschlossen, sofort zu starten. Wenn die Explosionen gezielt ausgelöst worden waren – nicht durch einen automatischen

Zünder –, könnte schon ein Überfallkommando auf dem Weg sein. Sie flogen zuerst nach Norden und drehten dann nach Osten und Süden, falls jemand versuchte, ihren Kurs über Satellit zu verfolgen.

Sobald sie ihre Reiseflughöhe erreicht hatten, schaltete William den Autopiloten ein und humpelte in die Kabine. Peyton wollte unbedingt seine Beinverletzung untersuchen, aber er winkte ab. Sie hatte sich gerade erst von dem Aufenthalt in dem verrauchten Gebäude erholt. Außerdem schritt die Krankheit fort, und die körperliche Belastung der letzten Stunden war ihr nicht gut bekommen. Alles tat ihr weh.

William sagte zu Avery: »Wir müssen uns überlegen, wo wir hinfliegen. Hast du den Ordner?«

Avery reichte ihn ihm. Er schlug ihn auf und blätterte durch die Seiten.

»Ich dachte, das würde mehr hergeben«, murmelte er.

»Was ist denn drin?«, fragte Peyton.

»Materialanforderungen. Ladelisten. Es geht um medizinische Güter. Wasser. Essen. Zelte. Antibiotika. ORL.«

»Alles, was man braucht, um einen Ausbruch zu testen«, sagte Desmond. »Aber keine Lieferungen des Virus oder des Heilmittels? Wir vermuten, dass sie Kartons, Paketband und Wasser verwendet haben.«

»Hier steht Wasser drauf«, sagte William gedankenverloren. »Und die Ladelisten sind wahrscheinlich manipuliert – das Virus und das Heilmittel laufen bestimmt unter einer anderen Bezeichnung.«

Peyton spürte, dass ihm irgendetwas merkwürdig vorkam.

Desmond griff zu seinem Satellitentelefon. »Wo liegt der nächste Bestimmungsort?«

William sah auf, als erinnerte er sich gerade, dass sie bei ihm waren. »Eigentlich gibt es nur einen Ort.«

»Vielleicht ist es der Verteilknoten für alle anderen. Aralsk-7 hat keinen Zugang zum Meer und ist ziemlich abgelegen.«

»Vielleicht.« William klang nicht überzeugt. »Die Adresse

ist in Australien, in der Nähe von Adelaide. Empfänger ist eine Hilfsorganisation namens SARA: South Australia Relief Alliance.« Er las die Anschrift vor, und Desmond gab sie in das Handy ein.

Peyton, William und Avery drängten sich um ihn.

Auf dem Satellitenbild erstreckte sich ein Zeltkomplex gitterförmig neben einem langen Metallgebäude. Der Anblick erinnerte Peyton an das Flüchtlingslager Dadaab. In der Nähe gab es eine unbefestigte Landebahn.

Desmond scrollte die Karte nach Osten und dann nach Süden. Peyton beugte sich vor.

Wonach suchte er?

Er hielt bei einem schwarzen Fleck in der braunen Ebene inne. Sie begriff, was es war: die Überreste seines Elternhauses. Der nächste Ort, den die Labyrinth-Reality-App geliefert hatte. Es war sein zweiter Notfallplan, und der Ort lag nur gute hundert Kilometer von dem Zeltlager entfernt. *Warum?* Gab es einen Zusammenhang? Es musste einen geben. Der Zufall wäre einfach zu groß.

»Der zweite Ort aus der App liegt hier«, sagte Desmond. »Ich *wollte,* dass ich dahin fahre, und jetzt wissen wir, dass Kition Material dorthin geliefert hat. Falls das nicht miteinander zusammenhängen sollte, können wir zwei Spuren auf einmal verfolgen.«

William blätterte wieder in der Akte und sah sich die Adressen auf den Ladelisten genau an.

»Was ist los, Dad?«, fragte Peyton.

»Irgendwas stimmt da nicht. Der Bestimmungsort sollte ein Hafen oder ein wichtiges Drehkreuz sein – keine Hilfsorganisation.«

Avery sah ihn an. »Vielleicht sind bei unserer Flucht ein paar Seiten verloren gegangen.«

William wandte den Blick ab. »Möglich.«

»Oder wir haben die falsche Akte«, sagte Desmond.

»Tja, wir können schlecht zurückfliegen und weitersuchen«,

sagte Avery. »Aber wir wissen, dass sie *irgendwas* dahin geliefert haben.«

»Ich glaube, uns bleibt nichts anderes übrig, als hinzufliegen«, sagte Desmond.

Die anderen schwiegen.

Peyton sah Desmond in die Augen. Sie spürte, dass er nachsehen wollte, was sich am Ort seiner Kindheit befand. Sie erinnerte sich, wie sie vor all den Jahren mit ihm dort gewesen war, als er seine aufgestauten Gefühle geleugnet hatte. Sie war seiner Meinung: Es war ihre beste Option.

»Ich würde sagen, wir sehen es uns an«, sagte sie.

»Ich auch«, sagte Avery.

William nickte. Er wirkte noch immer abwesend. Schließlich stand er auf.

»Gut. Ich gebe den Kurs ein.«

TAG 13

5.900.000.000 Infizierte

9.000.000 Tote

94

Millen hatte zwei Stunden geschlafen, als die Ankündigung aus dem Lautsprecher dröhnte.

»EOC-Personal in Auditorium A melden.«

Es klang dringend.

Millens Zimmer war ein kleines Büro im Inneren des Gebäudes. Es war dunkel und kalt, aber ruhig.

Er schaltete die Stehlampe an, rollte von der Liege und taumelte zum Schreibtisch, wo seine Hose lag. Er zog sie an und lief die Treppe hinab.

Das Auditorium war randvoll. Phil stand mitten auf dem Podium und bediente einen Laptop.

»Okay, alle zuhören. Das Weiße Haus hat eine weitere Botschaft von Kition erhalten – ein Video. Ich spiele es jetzt ab, und dann diskutieren wir, was wir unternehmen. Ruhe bitte.«

Auf dem Bildschirm hinter Stevens begann das Video. Kranke Menschen standen in den Straßen einer Stadt in einer Schlange, die sich über mehrere Häuserblocks erstreckte. Viele husteten, als die Kamera über sie hinwegschwenkte. Manche saßen im Rollstuhl. Im vorderen Bereich der Schlange hatten die Leute ihre Ärmel hochgekrempelt. Ein Mann in einer weißen Jacke mit dem Abzeichen des Roten Kreuzes hielt eine Injektionspistole in der Hand. Er drückte sie auf einen Oberarm, betätigte den Auslöser und wechselte dann die Schutzkappe über der Einspritzdüse.

An einem Tisch saß eine Frau und sprach mit jedem, der die Injektion erhalten hatte, gab etwas auf einem Laptop ein – wahrscheinlich seinen Namen – und reichte ihm einen Anstecker.

Die Kamera zoomte auf einen der Anstecker.

X1 guéri.

Im Untertitel stand *X1 geheilt.*

Die Kamera schwenkte auf den Eiffelturm in der Ferne.

Es wurde auf eine andere Stadt geschnitten, in der ebenfalls Menschen mit hochgekrempelten Ärmeln Schlange standen. Auf einem Hügel über ihnen thronten Steinruinen. Die Akropolis. Millen erkannte den Parthenon sofort. Athen.

Eine Männerstimme kommentierte mit leichtem englischem Akzent die Aufnahmen.

»Heute erhielten die Einwohner Frankreichs und Griechenlands das lebensrettende Heilmittel für das X1-Mandera-Virus. Wir boten Ihnen das Gleiche an. Sie haben abgelehnt. Sie haben Ihre Bürger zum Tode verurteilt, damit Sie an der Macht bleiben. Wir schicken Ihnen dieses Video, um Ihnen noch eine letzte Chance zu geben.

Tun Sie das Richtige für Ihr Volk. Retten Sie den Menschen das Leben.

Wir verlangen nicht viel. Wir streben eine friedliche Welt an, in der kein Mensch einen anderen töten kann, in der Wissenschaft der Motor ist, nicht Gier oder Krieg oder Hass oder Egoismus.

Für den Fall, dass Sie weitere Beweise verlangen, haben wir das Heilmittel heimlich innerhalb Ihres Landes eingesetzt.«

Auf dem Bildschirm tauchte eine weiße Frau Mitte vierzig auf. Eine Jugendliche und ein kleinerer Junge saßen neben ihr vor einem schwarzen Hintergrund. Die Frau blickte in die Kamera und sprach mit Südstaatenakzent.

»Ich heiße Amy Travis. Ich wohne mit meiner Tochter Brittney und meinem Sohn Jackson in Johnson City. Ich war krank. Und meine Kinder auch. Ein Mann ist zu uns nach Hause gekommen. Er hat gesagt, er würde zu einer Gruppe von Wissenschaftlern gehören, die sich Kition nennt. Sie würden ein Heilmittel testen. Ich habe mich bereit erklärt mitzumachen. Ich nehme dieses Video auf, weil ich will, dass andere wissen, dass es wirkt. Ich bin der Beweis. Und meine Kinder auch.«

Es wurde auf einen jungen Schwarzen geschnitten. Neben ihm saß eine Frau mit einem kleinen Jungen auf dem Schoß.

»Ich heiße Roger Finney«, sagte der Mann. »Das ist meine Frau Pamela und unser Sohn Brandon.«

Eine Stimme sagte aus dem Off etwas, das Millen nicht verstand.

»Ach so, ja, wir wohnen im Staat New York, in der Nähe von Rome. Wir haben das Heilmittel bekommen. Und das Formular unterschrieben. Wir haben sowieso nicht viel zu verlieren. Bei uns hat es gewirkt. Heute Nacht habe ich mich schon besser gefühlt. Kopfschmerzen und Fieber waren weg. Der Husten hat kurz danach auch aufgehört.«

Der Bildschirm wurde schwarz, dann zeigte er Fotos aus den ganzen USA. Bilder aus den Sperrzonen. Stacheldraht auf den Straßen. Busse, die am Astrodome in Houston und am AT&T-Park in San Francisco Menschen ein- und ausluden, Lastwagen, die Vorräte lieferten, Truppentransporter der Nationalgarde, die durch die Städte rollten.

»So ist Ihr Land jetzt. Aber es muss nicht so bleiben.«

Weitere Standbilder wurden eingeblendet, jetzt aus Paris und Athen, wo Menschen das Heilmittel erhielten und feierten. Fotos der beiden amerikanischen Familien folgten.

»Erfüllen Sie unsere Forderungen. Verabschieden Sie die Gesetze, die die Spiegel-Projekt-Kommission befürworten. Sollte das in den nächsten zwei Stunden nicht geschehen, wenden wir uns mit unserem Apell direkt an das Volk. Es wird die Regierung stürzen. Das Ergebnis ist dasselbe – aber es wird mehr Blutvergießen geben. Überlegen Sie es sich gut. Treffen Sie die richtige Entscheidung – eine verantwortungsvolle Entscheidung. So wie Frankreich und Griechenland es getan haben.«

Das Video endete mit einer Schwarzblende.

Im Publikum brach Unruhe aus. Fragen wurden in den Raum geworfen. Alle riefen durcheinander. Auf der Bühne stieß Phil einen lauten Pfiff aus.

»Ruhe!«

»Ist das wahr?«, rief jemand von hinten.

»Halten Sie den Mund und hören Sie zu!«, brüllte Stevens. »Ja. Was Sie gesehen haben, ist wahr.«

Die Zuhörer reagierten entsetzt und begannen zu flüstern. Millen überlegte, ob das Video eine Fälschung sein könnte.

»Vor fünf Stunden«, fuhr Stevens fort, »haben die französische und die griechische Regierung den Bedingungen zugestimmt. Kition, wie die Terrorgruppe sich selbst bezeichnet, hat die Kontrolle über die Militäreinrichtungen, die Stromnetze und die Internetinfrastruktur in beiden Ländern übernommen. Außerdem wurde ein Medikament verteilt, das zu wirken scheint.«

Im Publikum brach Gemurmel aus.

»Die französische und die griechische Regierung haben uns Proben des Heilmittels zur Verfügung gestellt. Militärjets haben sie vor zwei Stunden hergeflogen. Sie werden gerade in diesem Gebäude von Wissenschaftlern untersucht.«

Millen fragte sich, ob sie sie mit den Antikörpern von Halima und dem Jungen sowie den Proben, die er von Elim und Dhamiria mitgebracht hatte, verglichen.

»Wie Sie wissen, haben wir uns auf einen bewaffneten Konflikt vorbereitet. Überlebende und Menschen mit guten Überlebenschancen versammeln sich gerade in Atlanta und anderen Sperrzonen. Sie hier in diesem Raum müssen sich entscheiden, auf welcher Seite Sie stehen. Ob Sie uns helfen wollen, die Stadt zu sichern, oder ob Sie sich Kition anschließen und versuchen wollen, die Regierung zu stürzen.«

Zum ersten Mal bemerkte Millen die Marines an den Ausgängen.

»Überlegen Sie es sich gut. Ihre Entscheidung könnte Sie das Leben kosten.«

95

An Bord des Rote-Kreuz-Flugzeugs berieten Desmond, William, Peyton und Avery, wo sie landen sollten. Bei Aralsk-7 hatten sie keine Wahl gehabt: Die Landebahn war der einzige Zugang zur Insel und lag weit genug von der Stadt und den Laboren entfernt, um einigermaßen sicher zu sein. Aber die unbefestigte Landebahn in Australien grenzte direkt an das Lager.

Peyton fand die anderen Möglichkeiten nicht viel verlockender. Desmond wollte auf einem Feld landen, befürchtete aber, dass die Stangen des Fahrgestells sich verbiegen könnten und sie dann festsäßen. Avery plädierte dafür, auf einer Straße zu landen. Sie hatten eine Karte zurate gezogen und mehrere geeignete Fahrbahnen ausfindig gemacht, aber William war skeptisch: Was, wenn es dort Stromleitungen, liegen gebliebene Autos, Briefkästen oder andere Hindernisse gab, die man auf dem Satellitenbild nicht sah?

Trotzdem schien es die beste Option zu sein. Sie schlugen im Handbuch des Flugzeugs die Breite des Fahrgestells nach. Es passte gerade so auf die Straße. Sie entschieden sich für einen Ort, überflogen ihn und vergewisserten sich, dass nichts im Weg stand.

Peyton schnallte sich an und bereitete sich auf das Schlimmste vor, während ihr Vater das Flugzeug ausrichtete und weiter absinken ließ. Die Räder kreischten auf dem Asphalt, und das ganze Flugzeug vibrierte beim Bremsmanöver, während die Morgensonne durch die Fenster schien.

Die Hinterräder gerieten auf den Lehm des Randstreifens, aber William brachte sie zurück auf die Fahrbahn und konnte das Flugzeug anhalten.

Avery und Desmond stiegen aus, um das Lager zu erkunden. Aus der Flugzeugtür beobachtete Peyton, wie sie in ihrer Körperpanzerung und mit umgehängten Gewehren durch die braune Landschaft marschierten. Es gefiel ihr nicht, Desmond mit Avery allein zu lassen – sie traute ihr noch immer nicht.

Desmond blieb stehen und drehte sich um, als spürte er ihren Blick. Er lächelte, als er sie in der Tür stehen sah.

»Mikrocheck«, sagte er.

»Ich höre dich«, antwortete sie. »Sei vorsichtig.«

»Verstanden.«

Peyton erinnerte sie erneut, sich von allen fernzuhalten, die infiziert sein könnten.

Nachdem Desmond und Avery hinter dem nächsten Hügel verschwunden waren, drehte Peyton sich zu ihrem Vater um. Sie hatte sein Bein verbunden und die Prellungen und Kratzer untersucht. Er musste geröntgt werden und brauchte stärkere Schmerzmittel als das Ibuprofen, das sie ihm gegeben hatte. Aber das würde warten müssen.

»Ich traue ihr nicht«, sagte sie.

Er blätterte durch den Ordner aus Aralsk-7, als zählte er ein Blatt Spielkarten.

»Ich auch nicht.«

Zweihundert Meter vor dem Lager legten sich Desmond und Avery flach auf den Bauch und sahen abwechselnd durch den Feldstecher.

Der Anblick irritierte Desmond. Gesunde Menschen liefen herum. Kinder gingen zur Schule. Vor einem Gebäude mit Betonboden, Metallpfeilern an den Ecken und Wellblechdach wurde an einer Feuerstelle Frühstück zubereitet. Leute saßen in Reihen an Tischen und aßen. Ungefähr die Hälfte von ihnen waren Aborigines.

Kein Einziger dort war krank. Niemand trug PSA.

War dies das Versuchsgelände von Kition? Waren diese Menschen die Glücklichen – die Testgruppe, die das wirksame Medikament erhalten hatte?

Desmond stellte den Feldstecher auf das größte Gebäude scharf, das ebenfalls aus Metall bestand, aber auf allen Seiten geschlossen war und an der Rückseite eine kleine Laderampe hatte. Auf einem Schild über dem Rolltor stand: *SARA*. Darunter befanden sich zwei weitere Textzeilen: *South Australia Relief Alliance* und *Nachhaltige Hilfe statt Almosen.*

Das Tor stand halb offen, und Desmond sah, wie eine Frau mit grauen Strähnen in ihrem braunen Haar sich duckte und auf die Betonrampe hinaustrat. Der Frühling ging hier gerade in den Sommer über, und sie trug ein T-Shirt mit langen Ärmeln, das im Dezemberwind flatterte.

Desmond stellte den Feldstecher scharf. Seine Augen weiteten sich, als er ihr Gesicht sah. Sie war gealtert, aber es gab keinen Zweifel, um wen es sich handelte. Er zerbrach sich den Kopf, warum und wie sie hier sein konnte – und warum der Ordner aus dem Kition-Labor auf diesen Ort verwies.

Er ließ den Feldstecher fallen.

Avery spürte sein Unbehagen. »Was ist?« Sie nahm den Feldstecher und suchte das Lager nach dem Grund für seine Beunruhigung ab. »Was hast du gesehen, Des?«

Er stand auf.

Sie drehte sich auf die Seite und sah fassungslos zu ihm auf. »Runter.«

»Komm. Wir gehen ins Lager.«

»Bist du verrückt geworden? Du willst einfach so da reingehen?«

»Ja. Es ist nicht das, wofür wir es halten.«

96

Desmond ging mit Avery an seiner Seite über das Feld direkt auf das Gebäude rechts der weißen Zelte zu.

Avery griff nach seinem Arm. »Willst du mir nicht verraten, was los ist?«

»Ich bin mir selbst nicht sicher.«

»Was soll das heißen?«

»Das heißt, dass da etwas abläuft, das ich nicht verstehe. Es fehlt ein Puzzleteil.«

Er sah zu der Frau auf der Laderampe. Sie hatte sie bemerkt und schützte mit der Hand ihre Augen vor der Sonne. Dann rief sie jemandem im Inneren etwas zu.

Im Flugzeug zuckte William zusammen, als Peyton seinen Knöchel erneut verband.

»Entschuldigung«, flüsterte sie.

»Schon gut. Tut nur ein bisschen weh.«

Er hielt ein Blatt hoch und studierte die Handschrift am Rand. Jetzt war er sicher.

Er nahm ein Funkgerät.

»Bravo, Tango, meldet euch.«

Er ließ die Taste los. Es kam keine Antwort.

Als Desmond und Avery näherkamen, stieg die Frau von der Laderampe herab und überquerte die gekieste Fahrbahn. Sie blieb am Rand des Felds stehen und spähte in ihre Richtung. Desmond fragte sich, ob sie ihn erkennen würde.

Ein Mann kam aus dem Gebäude zu ihr und fragte sie etwas. Sie schüttelte den Kopf.

Avery schwang ihr Gewehr von der Schulter.

»Lass das«, sagte Desmond.

»Das ist mir unheimlich, Des. Sag mir, was da los ist.«

»Ich habe doch schon gesagt, ich weiß es nicht.«

Die Leute, die an den Tischen unter dem Dach aßen, hatten sie bemerkt. Manche standen auf, um einen Blick auf die beiden Gestalten in Kampfausrüstung zu werfen.

Als sie noch dreißig Meter entfernt waren, stapfte der Mann in das Feld. Desmond schätzte ihn auf Ende dreißig. Durch sein langes braunes Haar, das im Wind wehte, wirkte er wie ein Surfer. Er sprach mit australischem Akzent und misstrauischem Tonfall.

»Kann ich Ihnen helfen?«

Avery sah zu Desmond.

»Nein, ich glaube nicht. Aber *sie* vermutlich.«

Er marschierte an dem Mann vorbei, der daraufhin zurückeilte. Die Frau stand ruhig da und zeigte keine Spur von Nervosität oder Angst, nur Neugierde.

Als er noch zehn Meter entfernt war, blieb Desmond stehen und betrachtete ihr Gesicht.

»Hallo, Charlotte.«

William funkte sie noch einmal an und erhielt wieder keine Antwort. Peyton spürte, dass er von Sekunde zu Sekunde unruhiger wurde.

»Was ist los?«, fragte sie.

»Ich weiß nicht genau.«

Er begann, seine Körperpanzerung anzulegen und sich bereit zu machen.

»Gehst du da raus?«

»Ja …«

Sie hörten es beide im selben Moment: den Motor eines schweren Wagens, der über die Hügel raste.

Peyton stand auf und wollte zur Tür gehen, aber ihr Vater hielt sie am Arm fest. »Das ist jetzt wichtig, Peyton. Wenn du jemanden im Lager erkennst, sag nichts. Erzähl es zuerst mir.«

Peyton nickte. »Okay.«

Sie ging in den hinteren Teil des Flugzeugs, um zu husten. Das Fieber und der Schüttelfrost wurden schlimmer. Sie zog ihr T-Shirt hoch. Der Ausschlag hatte sich ausgebreitet. Winzige Bluttropfen sprenkelten die Hand, in die sie gehustet hatte. Mit der Innenseite des T-Shirts wischte sie sie ab. Sie wollte nicht, dass ihr Vater oder Desmond erfuhren, wie krank sie war.

Wenige Minuten später erschien Desmond an der Flugzeugtür.

»Es besteht keine Gefahr.«

»Was habt ihr gefunden?«, fragte William.

»Es ist … nicht das, was wir dachten. Seht es euch selbst an.«

97

Sie fuhren mit einem alten Land Rover. Avery saß am Steuer, und Desmond drehte sich auf dem Beifahrersitz um und erklärte Peyton und ihrem Vater, was sie vorgefunden hatten.

»Es ist ein Hilfslager. Da wird jeder aufgenommen, der von einer Naturkatastrophe betroffen ist: Opfer von Wirbelstürmen, Überschwemmungen, Dürre, Erdbeben. Manche haben auch einfach nur eine schwere Zeit hinter sich. Die Organisation konzentriert sich darauf, die Leute wieder auf die Beine zu bringen.«

»Glaubst du, dass das Heilmittel hier getestet wurde?«, fragte Peyton.

»Ich bezweifle es. Aber wir werden sehen.«

»Kennst du jemanden da?«, fragte William.

Desmond neigte überrascht den Kopf. »Ja. Die Frau, die das Lager leitet. Charlotte. Meine Familie ist 1983 bei dem Buschfeuer am Aschermittwoch ums Leben gekommen. Charlotte war an dem Hilfseinsatz danach beteiligt. Sie ... hat sich um mich gekümmert und geholfen, meinen Onkel zu finden und mich nach Amerika zu bringen.«

»Hast du seitdem mit ihr gesprochen?«, fragte William.

Desmond überlegte kurz. »Nicht dass ich wüsste. Aber es wäre möglich.«

»Hat sie dich erkannt?«

»Ja.«

William sah aus dem Fenster, während sich die Rädchen in seinem Kopf drehten. »Interessant.«

Das Lager war nicht gerade auf dem neusten Stand der Technik. Es war so ausgelegt, dass jeder Dollar in Nahrung und Unterkunft für möglichst viele Schutzbedürftige ging. Der einzige moderne medizinische Apparat war ein altes Röntgengerät, den das Royal Adelaide Hospital gespendet hatte. Peyton bestand darauf, das Bein ihres Vaters damit zu untersuchen. Er protestierte, als er zu dem Wellblechgebäude humpelte, und zuckte jedes Mal zusammen, wenn er den Fuß aufsetzte.

»Das ist wirklich nicht nötig, Peyton.«

»Doch, Dad.«

Desmond und Avery fanden Charlotte in ihrem Büro, wo sie auf ihrem Handy tippte. Sie hielten Abstand und vermieden Körperkontakt. Peyton hatte ernsthafte Vorbehalte geäußert, das Lager überhaupt zu betreten – sie wussten immer noch nicht, wie das Virus von Mensch zu Mensch übertragen wurde –, aber Desmond und William hatten angeführt, es sei wichtiger, Informationen zu bekommen, als auf Quarantäne zu achten. Sie mussten etwas riskieren. Schließlich hatte Peyton unter der Bedingung zugestimmt, dass alle vier im Gebäude blieben und nur mit Charlotte und ihrem Stellvertreter Umgang hatten.

Charlotte winkte sie herein, und Desmond und Avery setzten sich ihr gegenüber auf gepolsterte Stühle im Siebzigerjahre-Stil, die wahrscheinlich aus einem alten Regierungsgebäude gerettet worden waren.

»Hat es geklappt?«, fragte er.

»Nein. Im Internet wird man immer noch zur AussieCordon-Seite weitergeleitet. Um sicherzugehen, überprüfe ich es zweimal täglich.« Sie legte das Handy zur Seite. »Hast du deine Freunde gefunden?«

Desmond nickte und erzählte ihr von den Röntgenaufnahmen.

»Freut mich, dass wir helfen konnten. Es ist so ungefähr das Einzige, was wir hier haben. Knochenbrüche sind die häufigsten Verletzungen bei uns.« Sie zögerte. »Und Verbrennungen.«

Desmond nickte. Sie zu sehen und zu hören rief eine Flut von Erinnerungen hervor. Ihm stand lebhaft vor Augen, wie er in der Grundschule gelegen und sie ihm im Laternenlicht vorgelesen hatte. Sie war ein Leuchtturm in der Dunkelheit gewesen. Er fragte sich, was sie mit den aktuellen Ereignissen zu tun hatte.

»Hast du meine Briefe bekommen?«, fragte sie.

Er zog die Brauen hoch.

Ein reumütiges Lächeln huschte über ihr Gesicht, als wäre eine lang gehegte Befürchtung bestätigt worden. »Nachdem du weggegangen bist, habe ich dir jede Woche geschrieben. Vielleicht ein Jahr lang. Danach seltener. Einmal im Monat.«

Desmond stellte sich vor, wie Orville angetrunken zum Briefkasten wankte, die Post in den Müll warf und dem Briefträger sagte, er solle nichts mehr einwerfen, auf dem Desmonds Name stand. »Der Junge braucht keine gefühlsduselige Frau, die ihn noch mehr verweichlichen lässt«, hätte er gesagt.

»Mein Onkel war ein schwieriger Mensch«, sagte Desmond. »Er hat keinen Wert darauf gelegt, mit anderen Kontakt zu halten. Und mir hat er es auch nicht erlaubt.«

»Ich habe schon vermutet, dass du sie nicht bekommen hast. Nachdem du weg warst, habe ich oft an dich gedacht und mich gefragt, was aus dir geworden ist. Ich habe sogar überlegt, dich in Amerika zu besuchen.«

»Das wäre schön gewesen.«

»War es schlimm?«

»Nein. Überhaupt nicht«, log Desmond.

Charlotte schien ihn zu durchschauen. Sie schwieg und sah auf ihren Schreibtisch.

»Was ist mit dir?«, fragte er.

»Da gibt's nicht viel zu erzählen.«

»Das bezweifle ich.«

Sie schüttelte den Kopf. »Die Hilfsorganisation ist mein Leben. Die Arbeit. Diese Menschen.«

»Du bist gut darin. Du hast mein Leben verändert.«

Das rief ein Lächeln bei ihr hervor.

»Hast du geheiratet?«

»Nein«, sagte sie leise. »Einmal stand ich kurz davor.«

»Mit dem Mann, der in der Schule war?«

Charlotte überlegte einen Augenblick. »Ach, der. Nein. Der stand nicht zur Debatte.«

Avery wurde ungeduldig. »Ich finde, wir sollten über den Grund reden, aus dem wir hergekommen sind.«

Desmond stieß den Atem aus. »Stimmt. Charlotte, wir haben das Lager gefunden, weil Material hierhin geliefert wurde. Danach wollten wir dich fragen. Aber zuerst sollte ich dir ein paar Hintergrundinformationen geben.«

Peyton betrachtete die Röntgenbilder des Fußgelenks ihres Vaters, auf denen kein Bruch zu erkennen war.

»Es ist nur eine Verstauchung«, sagte sie.

»Sag ich doch, mir geht es gut.«

»Versuch einfach, den Fuß nicht zu belasten, dann ist es in ein paar Wochen verheilt.«

»Die Welt hat keine paar Wochen Zeit.« William machte Anstalten aufzustehen, aber sie versperrte ihm den Weg und stemmte die Hände in die Hüften. Er schnaufte und ließ sich zurücksinken.

Obwohl er nicht aufhörte sich zu beschweren, benutzte sie das Material aus dem Medizinschrank, um eine anständige Schiene für sein Bein herzustellen.

Als sie fertig war, ging sie über den Flur zu Charlottes Büro. Desmonds Stimme drang heraus. Er beschrieb gerade, was sie in Aralsk-7 vorgefunden hatten.

Peyton öffnete die Tür.

Die Frau hinter dem Schreibtisch hatte kaum Falten und wirkte fit. Sie schien Anfang fünfzig zu sein.

Peyton sah sie noch einmal an. Sie wandte sich um und versuchte, ihren Schreck zu verbergen. »Entschuldigung, ich habe was vergessen. Bin gleich wieder da.«

Sie nahm ihren Vater am Arm, führte ihn zurück in das Untersuchungszimmer und schloss die Tür.

»Peyton, mir geht es wirklich …«

»Ich kenne sie.«

»Was?«

»Die Frau. Ich erkenne sie wieder. Ich kann es nicht glauben.«

98

Als Peyton mit ihrem Vater in Charlottes Büro zurückkehrte, legte Desmond gerade den Ordner auf den Schreibtisch.

»Das sind die Ladelisten, die wir in Kasachstan gefunden haben.«

Charlotte überflog die Seiten. »Sie scheinen in Ordnung zu sein.«

»Da steht kein Absender, nur die Spedition.«

Charlotte las immer noch. »Die Zenon Foundation hat es bezahlt.«

Der Name erregte Peytons Interesse. Laut Avery war Zenon der griechische Philosoph, der Kition vor über zweitausend Jahren gegründet hatte.

»Was weißt du über die Stiftung?«, fragte Desmond.

»Nicht viel. Sie ist sehr großzügig. Sie hatte eine Internetseite, auf der ich Material, Essen, Wasser und sogar Gelder beantragen konnte.«

»Wer war dein Kontakt da?«

»Tanner Goodwyn.«

Der Name sagte Peyton nichts.

»Haben sie dich je gebeten, irgendwas zu tun – Versuche zu experimentellen Impfstoffen oder Medikamenten durchzuführen?«

Charlotte machte einen empörten Eindruck. »Nein. Und ich hätte mich auch geweigert, egal wie dringend wir Hilfe brauchten.«

Die vier befragten Charlotte ausführlich und ergründeten

zahlreiche Möglichkeiten, wie sie mit dem Ausbruch zusammenhängen könnte, fanden jedoch keine Verbindung. Nach dem, was sie wussten, schien Kition ihre Arbeit uneigennützig unterstützt zu haben.

»Es wäre möglich, dass *ich* das Material geschickt habe«, sagte Desmond. »Auch wenn ich nicht weiß, warum ich es hätte geheim halten sollen.«

»Ein guter Einwand«, sagte William. »Charlotte, würden Sie uns einen Moment entschuldigen.«

»Natürlich. Ich warte draußen.«

Als sie die Tür hinter sich geschlossen hatte, sagte William: »Wir kommen hier nicht weiter. Und uns läuft die Zeit davon.«

»Es gibt immer noch das ehemalige Haus meiner Eltern«, sagte Desmond. »Der zweite Ort aus der Labyrinth-Reality-App.«

»Ich glaube, das ist unser nächstes Ziel.« William nickte Avery zu. »Ihr beide solltet es euch ansehen. Wir befragen weiter Charlotte.«

Zehn Minuten später standen Peyton, William und Charlotte auf der Laderampe und sahen zu, wie der Land Rover über die staubige Straße aus dem Lager fuhr.

»Charlotte, können wir Sie mit noch ein paar Fragen belästigen?«, fragte William

»Natürlich.« Sie führte die beiden zurück in ihr Büro.

William schloss die Tür. »Vielleicht verstehen wir besser, was Sie damit zu tun haben, wenn wir mehr über Sie erfahren.«

Sie zog die Brauen hoch. »Ah. Okay.«

»Desmond hat uns erzählt, Sie wären Anfang der Achtziger Katastrophenhelferin gewesen.«

»Ja. Also, eigentlich habe ich studiert, aber ich habe ehrenamtlich geholfen, so oft ich konnte.«

»Und danach?«

»Medizinstudium.«

»Fachgebiet?«

»Allgemeinmedizin. Ich habe einen Master in Gesundheitsfürsorge. Das war meine Leidenschaft.«

»Wo haben Sie gearbeitet?«

»Nach dem Studium? Bei der WHO.« Ihre Heiterkeit verschwand, als wollte sie nicht über dieses Thema reden.

»Und da haben Sie jemanden verloren, der Ihnen sehr nahestand.«

Sie riss die Augen auf. »Ja. 1991.«

Das war das Jahr, in dem Peyton sie gesehen hatte. Sie war dreizehn Jahre alt gewesen und hatte auf einem Friedhof auf einem Hügel außerhalb von San Francisco neben einem Grab gestanden. In der Ferne waren Wolkenkratzer und die Bucht zu sehen. Dichter Nebel hing über dem Wasser und schlich sich in die Stadt. Seine weißen Auswüchse schlängelten sich zwischen den roten Stahlträgern der Golden Gate Bridge und den silbrig glitzernden Gebäuden hindurch.

Als die Trauerfeier vorbei war, kam eine Frau Anfang dreißig mit einem traurigen Lächeln auf den Lippen zu ihnen. Sie sprach erst mit Peytons Mutter, dann mit ihrer Schwester Madison und schließlich mit ihr selbst.

Sie hatte einen australischen Akzent und eine freundliche Stimme.

»Dein Bruder hat mir viel bedeutet, Peyton. Er hat mir erzählt, du willst Ärztin werden.«

»Jetzt nicht mehr.«

Die Frau zog einen Metallgegenstand aus der Jackentasche und streckte ihn Peyton entgegen.

»Er war sehr stolz auf dich. Ich glaube, er würde wollen, dass du sie bekommst.«

Sie drückte ihr die kleine silberne Anstecknadel in die Hand. Peyton betrachtete sie.

»Ich dachte, sie wäre verbrannt.«

»Ich habe sie reinigen und reparieren lassen.« Die Frau lächelte. »Ich wollte, dass du sie in demselben Zustand bekommst, wie dein Bruder sie getragen hat. Man kann alles wieder in Ordnung bringen, Peyton. Für manche Dinge braucht man bloß länger als für andere. Lass dir von dieser Tragödie nicht deine Träume zerstören.«

Die Frau in dem schäbigen Büro in Australien sah Peyton jetzt, fünfundzwanzig Jahre später, mit derselben Freundlichkeit an. Und erkannte sie wieder.

»Du bist Andrews kleine Schwester, oder?«

Peyton nickte.

»Ich denke immer noch oft an deinen Bruder – und vermisse ihn sehr.«

»Ich auch«, sagte Peyton leise.

»Würdest du ihn gern wiedersehen?«

99

Desmond ging langsam zu den verbrannten Überresten des Hauses, in dem er seine ersten fünf Lebensjahre verbracht hatte. Die Natur hatte sich einen Teil des verkohlten Geländes zurückerobert. Nur der Kamin ragte noch aus dem Fundament hervor wie ein schwarzer Grabstein.

Desmond spürte, wie das Handy in seiner Tasche summte. Er zog es heraus. Es zeigte eine Nachricht von der Labyrinth-Reality-App:

Download abgeschlossen

Was für ein Download? Eine weitere Erinnerung?

Ohne Vorwarnung verschwamm seine Sicht. Ihm wurde schwindelig. Er taumelte, verlor das Gleichgewicht und fiel auf die Knie. *Was passiert mit mir?* Mit einer Hand stützte er sich am Boden ab. Ihm war übel. Er versuchte sich zu konzentrieren, aber die Erinnerung traf ihn wie ein Schlag gegen den Kopf und übermannte ihn.

Er stand in einer Toilette an einem langen Waschtisch mit zwei Becken. Im Spiegel sah er drei Urinale, alle frei. Er schien allein zu sein. Er wusste nicht, an welchem Ort er sich befand, hatte aber das Gefühl, dass die Situation nicht weit zurücklag – wahrscheinlich kurz bevor er in Berlin aufgewacht war.

Er blickte sich im Spiegel in die Augen und sagte ernsthaft: »Ich hoffe, du weißt jetzt, was sich abspielt. Dieser Ort ist eine Rückversicherung. Ich konnte nicht rausfinden, wo Kition das Heilmittel hergestellt hat, aber ich weiß, dass es über die ganze Welt verschickt wurde. Es muss ein Lager in der Nähe geben, vielleicht in Adelaide. Ich gebe dir auch die übrigen Erinnerungen an die Ereignisse von damals. Sie könnten dir helfen. Aber sie könnten auch schaden. Sie sind ein Hebel, aber er funktioniert in beide Richtungen.«

Die Toilette verschwand, und Desmond war wieder in Australien, an dem Tag im Jahr 1983, als das Buschfeuer seine Familie getötet hatte. Aber diese Erinnerung war vom Morgen, bevor seine Mutter umgekommen war. Er verstand nicht, was er sah. Seine Arme fühlten sich schwach an.

Dann spürte er Avery neben sich.

Er schloss die Augen und dachte, er müsste sich übergeben.

Als er sie wieder aufschlug, sah er Gestalten in Tarnkleidung aus dem Wald auf sich zurennen. Ein Dutzend. Er wollte nach dem Gewehr auf seinem Rücken greifen, aber es war nicht mehr da. Es lag zwanzig Meter entfernt auf dem Boden. Wer hatte es dort hingeworfen?

Er versuchte aufzustehen, aber ein Stiefel traf ihn an der Brust.

»Bleib unten, Des.« Avery stand über ihm. Ihr Gewehr zielte auf sein Gesicht.

»Avery ...«

»Ich will dich nicht verletzen.« Sie musterte ihn. »Du erinnerst dich, oder?«

»Ja.«

100

Peyton sah zu, wie Charlotte in den alten Aktenschränken eines Lagerraums herumwühlte.

»Es muss irgendwo hier sein ... zusammen mit den anderen Sachen von ihm, die ich aufbewahrt habe.«

Peytons Vater sah sie scharf an, als wollte er sagen: *Was soll das werden?*

Charlotte zog eine staubige VHS-Kassette aus der untersten Schublade.

In einem Zimmer, in dem ein kleiner Röhrenfernseher stand, schob sie das Band in den Videorekorder und ließ es laufen.

»Das wurde an dem Tag aufgenommen, als Andrew gestorben ist.« Charlotte betrachtete die Aufnahme, die gerade scharfgestellt wurde. »Er ist in Uganda, auf dem Weg nach Kapchorwa, sein letzter Stopp.«

Peyton sah ihren Bruder auf der Ladefläche eines Geländewagens sitzen, der über eine unbefestigte Straße rumpelte und eine Staubwolke hinter sich herzog. Es war unglaublich schön, ihn wiederzusehen. Er hatte dunkles Haar, wie Peyton, aber seine Gesichtszüge wirkten weniger asiatisch; er sah eher englisch aus, wie ihr Vater und der Vater ihrer Mutter.

»Kapchorwa ist eine Kleinstadt im Osten Ugandas«, sagte Charlotte, »ungefähr vierzig Kilometer von der kenianischen Grenze entfernt. Damals lebten nur ein paar Tausend Menschen dort, aber viele kamen jeden Monat zu dem Markt oder ins Krankenhaus.

Es war 1991, und wir hatten gerade erst begriffen, wie schlimm HIV ist. Das Virus war Jahrzehnte unbemerkt geblieben. In den späten Achtzigern und den frühen Neunzigern breitete es sich schnell aus. Millionen auf der ganzen Welt waren infiziert, und die meisten ahnten es nicht. Sie lebten Jahre, manchmal Jahrzehnte, ohne Symptome und gaben es an ihre Partner und andere weiter. Die Krankheit verlief zu 99 Prozent tödlich. Man konnte nur die Vermehrung der Viren im Körper verlangsamen.

Es war sehr mutig, was Andrew getan hat. An diese Orte zu fahren, sich vor die versammelten Leute zu stellen und ihnen zu sagen, dass ihre Nachbarn an der Krankheit starben – und dass sie auch infiziert sein könnten. Aber wir mussten es tun. Es war unsere einzige Hoffnung, die Pandemie zu stoppen.«

»Du warst dabei?«, fragte Peyton.

Charlotte nickte. »Ich habe in Kampala auf ihn gewartet.«

Auf dem Video war jetzt eine Szene in einem baufälligen Gebäude zu sehen. Ugander saßen auf abgewetzten Holzbänken, hinter denen die weiße Farbe von den Wänden blätterte. Zwei Deckenventilatoren summten, und die Anwesenden fächerten sich Luft zu, während sie warteten. Es erinnerte Peyton an eine ländliche Kirche im tiefen Süden der USA, in Alabama oder Mississippi vielleicht. Nur dass dort keine Jünger versammelt waren, sondern einflussreiche Mitglieder der Kommunen – Ärzte, Polizisten, Lehrer, Mitglieder der Gesellschaft für Familienplanung, Abgesandte des Widerstandskomitees und Dorfälteste. Sie waren gekommen, um eine Botschaft zu hören, die beeinflussen konnte, ob diejenigen, die von ihnen abhängig waren, leben oder sterben würden ...

Das ugandische Gesundheitsministerium hatte den Leuten nur mitgeteilt, dass sie wichtige Informationen bezüglich öffentlicher Gesundheit und Sicherheit erhalten würden. Wie an anderen Orten, die Andrew besucht hatte, waren die Einwohner des Distrikts Kapchorwa in Massen herbeigeströmt: über hundert

Menschen drängten sich im Raum. Diejenigen, die kamen, als die Bänke schon besetzt waren, standen im hinteren Bereich. Andrew wartete vorn, wo das zusammenklappbare Pult aufgebaut worden war, das er durch das Land schleppte. Es war seine Kanzel. Man musste den Versammelten zugutehalten, dass nur wenige ihn beim Hereinkommen angestarrt hatten. Die meisten hatten den großen weißen Mann nur ein paar Sekunden angesehen und den Blick abgewendet, als sie die Armprothese an seiner linken Schulter bemerkten.

Es wurde still im Raum, als der Distriktvorsteher sich räusperte und ans Mikrofon trat. Er hieß Akia und sprach Englisch mit starkem Akzent.

»Meine Damen und Herren«, sagte er, bevor er innehielt, um möglichst vielen der Anwesenden in die Augen zu sehen. »Danke, dass Sie gekommen sind. Was Sie gleich hören werden, wird Sie vielleicht erschrecken. Es könnte ... ändern, wie Sie die Menschen um sich herum sehen. Wahrscheinlich wird es Ihnen Angst machen. Ich persönlich habe jedenfalls Angst. Aber ich versichere Ihnen, dass die Regierung Ugandas entschlossen ist, die tödliche Epidemie zu bekämpfen. Wir werden siegen, und Sie werden an diesem großen Sieg teilhaben, an den sich noch Ihre Kinder und Enkel erinnern werden. Ich möchte unseren Gast Andrew Shaw von der Weltgesundheitsorganisation willkommen heißen.«

Nur wenige Leute klatschten. Vielleicht, weil viele Fächer in den Händen hielten oder weil sie nicht sicher waren, ob sie nach einer so beängstigenden Einleitung applaudieren sollten.

Andrew trat vor die Menge und begann mit dem Vortrag, den er schon so oft gehalten hatte. »Seit den frühen Achtzigern beobachtet das CDC, die wichtigste Seuchenschutzbehörde der Vereinigten Staaten, eine tödliche und sehr seltsame Krankheit. Sie greift das Immunsystem an. Menschen, die sich damit anstecken, überstehen gewöhnliche Infektionen nicht mehr. Die Immunschwäche entwickelt sich im Lauf der Zeit, aber sie endet tödlich; jemand, der eine Erkältung oder Durchfall oder Malaria normalerweise überwindet, kann daran sterben. Wir nennen die Krankheit ›erworbenes Immunschwächesyndrom‹, kurz AIDS. Der Auslöser ist ein Virus namens HIV.

Wir haben einen Test für das Virus entwickelt und Proben aus den Krankenhäusern und der normalen Bevölkerung Ugandas damit untersucht. Auf Basis dieser Tests schätzt das ugandische Gesundheitsministerium, dass 14 Prozent der Menschen in diesem Land mit HIV infiziert sind. Das ist jeder Siebte – oder ungefähr fünfzehn Leute in diesem Raum.«

Die Zuhörer sahen sich unbehaglich um. Unruhe kam auf. Auf den Bänken rutschten die Leute auseinander. Einige hielten den Atem an. Und Fragen wurden in den Raum geworfen.

»Gibt es ein Medikament?«

»Eine Behandlung?«

»Eine Impfung?«

Akia, der Distriktvorsteher, hob die Hände, und es wurde wieder still.

»Im Moment gibt es weder eine Impfung noch ein Medikament«, sagte Andrew, »aber es gibt eine Behandlung, die das Leben der Infizierten verlängert. Der Wirkstoff heißt AZT und wird bald in Uganda und ganz Afrika verfügbar sein. Außerdem arbeiten gerade die besten Forscher der Welt an ähnlichen Medikamenten und Impfstoffen und sogar Heilmitteln. Ich hoffe, sie kommen bald auf den Markt.

Aber zurzeit können wir die Krankheit nur durch eine Maßnahme bekämpfen: Isolation. Wir müssen das Virus isolieren, damit es sich nicht ausbreiten kann. Wenn es sich nicht replizieren kann, stirbt das Virus aus. Es steht in unserer Macht. Die Menschen in diesem Raum können das Virus in ihrem Distrikt aufhalten. Die Lösung heißt Aufklärung und Verhaltensänderung. Das biete ich Ihnen heute an, und wir möchten, dass Sie es an die Menschen weitergeben, denen Sie dienen.«

Akia begann, die Informationsmaterialien auszuteilen, während Andrew fortfuhr.

»Zunächst sollten Sie wissen, dass man sich nicht anstecken

kann, indem man neben jemandem sitzt oder steht.« Die besorgten Zuhörer entspannten sich. »HIV wird nicht über die Luft übertragen. Man bekommt es auch nicht durch Händeschütteln oder Umarmungen oder andere alltägliche Berührungen. Es gibt im Wesentlichen vier Übertragungswege: Schwangerschaft, Blutkonserven, Injektionsnadeln und ungeschützter Geschlechtsverkehr. Blut und Sperma.

Bei der Schwangerschaft können wir nichts tun. Die Mutter gibt die Infektion an ihr Neugeborenes weiter. Aber die anderen Übertragungswege sind vermeidbar.

Um die Ausbreitung von HIV über Blutkonserven zu verhindern, haben die WHO und das ugandische Gesundheitsministerium Testverfahren in den Krankenhäusern im ganzen Land veranlasst.

Damit bleiben noch Nadeln und ungeschützter Geschlechtsverkehr. Sex ist der bei Weitem häufigste Übertragungsweg und unsere größte Sorge.

Diejenigen, die sexuell aktiver sind, haben ein viel größeres Risiko, sich anzustecken. Wir glauben zum Beispiel, dass 86 Prozent der Prostituierten im Land HIV-positiv sind.«

Einige der Männer im Raum sahen ihn mit aufgerissenen Augen an. »Jeder dritte Lastwagenfahrer ist infiziert. Leute, die sich Drogen spritzen, haben ebenfalls ein hohes Risiko.

Aber, wie gesagt, es gibt eine Lösung. Uganda hat eine einfache Methode entwickelt, um die Ausbreitung zu stoppen. Die Formel lautet Abstinenz, Treue, Kondome oder Tod. Wenn Sie nicht verheiratet sind, entscheiden Sie sich für Abstinenz. Wenn Sie verheiratet sind, bleiben Sie treu. Wenn Sie nicht treu sein können, benutzen Sie ein Kondom. Wenn Sie kein Kondom benutzten, sterben Sie.

Es gibt noch etwas, das ich Ihnen mit auf den Weg geben möchte: Mitgefühl. Die infizierten Menschen verdienen Liebe und Verständnis und Fürsorge – nicht Diskriminierung. Sie wollen Ihnen nichts Böses. Sie sind wie wir alle. Bitte stigmatisieren Sie die Infizierten nicht. Wie gesagt, viele sind Kinder, die einfach mit dem Virus geboren wurden. Wir können uns nicht aussuchen, wie wir auf die Welt kommen.«

Der letzte Satz lenkte die Aufmerksamkeit aller auf seinen fehlenden linken Arm. In dem ersten Ort, in dem er ihn ausgesprochen hatte, hatte er begriffen, warum er für diese Aufgabe ausgewählt worden war.

Die Veranstaltung dauerte fast zwei Stunden. Danach verließen die Leute mit den Broschüren in der Hand den Raum und versprachen, sich an Akia oder andere Mitglieder der Distriktverwaltung zu wenden, falls sie Fragen hatten.

Die beiden ugandischen Soldaten, die abgeordnet worden waren, um Andrew zu beschützen, bauten das Pult ab. Er nahm seine Unterlagen und verstaute sie in der Tasche.

Akia kontrollierte die Anwesenheitsliste. »Wir haben gute Arbeit geleistet. Nur zwei Leute sind nicht aufgetaucht.«

»Kennen Sie sie?«

»Ja. Sie sind aus demselben Dorf – Kasesa.«

»Wo liegt das?«, fragte Andrew.

»Im Mount Elgon National Park, an der kenianischen Grenze. Ungefähr zwanzig Kilometer von hier. Ich fahre hin. Es ist mir wichtig, dass jeder in meinem Distrikt über die Krankheit Bescheid weiß.«

Andrew hängte sich seine Tasche über die Schulter. »Ich komme mit.«

»Nein. Es könnte gefährlich werden.«

»Ich komme mit, Akia. Wenn es Ihnen wichtig ist, ist es mir auch wichtig. Wir sitzen im selben Boot.«

Der Mann grinste breit. »Also gut, fahren wir, solange es noch hell ist.«

Das Bild wurde schwarz, und der Videorekorder klickte.

Charlotte blickte einen Moment lang auf den alten Fernseher. »Das Kamerateam ist zurück zu unserer regionalen Einsatzzentrale in Mbale gefahren. Das war das letzte Mal, dass Andrew gesehen wurde. Wir haben seine verbrannten Überreste zusammen mit denen von Akia und hundert Dorfbewohnern mitten im Mount Elgon National Park gefunden.

Was er getan hat, war sehr mutig. Heutzutage weiß fast jeder über AIDS Bescheid, aber damals war es neu und sehr Furcht einflößend. Uganda war ein großer Erfolg im Kampf gegen die Epidemie. Es war das erste Land, in dem die WHO einen einheitlichen Plan auf den Weg gebracht hat, der von allen Geldgebern unterstützt und angewendet wurde. Die Regierung stand hinter dem Vorhaben. Wir haben die Anstrengungen gebündelt und alle Interessenvertreter an einen Tisch geholt. Es ging darum, den Lebensstil zu ändern. Das war unsere einzige Waffe in diesem Kampf. Und es hat funktioniert. Die amerikanische Statistikbehörde und UNAIDS schätzen, dass die HIV-Infektionen in Uganda zwischen 1991 und 2001 um 67 Prozent zurückgegangen sind. Millionen Menschenleben wurden gerettet. Kindern blieb es erspart, mit HIV geboren zu werden, was damals den sicheren Tod bedeutete; sie konnten gesund aufwachsen, mit einer Chance auf ein normales Leben.

Ich glaube, Andrew hätte gesagt, diese Sache ist es wert, für sie zu kämpfen ... und zu sterben.«

Charlotte schwieg einen Augenblick. »Wir hatten darüber geredet, nach dem Einsatz in Uganda zu heiraten. Ich habe mich oft gefragt, wie sich mein Leben entwickelt hätte, wenn es dazu gekommen wäre.« Sie warf einen Blick auf die alte Kassette. »Das anzusehen ... ist hart. Es ruft so viele Erinnerungen hervor.«

Peyton musste unweigerlich daran denken, wie die Dinge sich hätten entwickeln können. Charlotte, diese Frau, die einen so warmherzigen und engagierten Eindruck machte, hätte ihre Schwägerin sein können. Diese Vorstellung ließ sie ihren Bruder nur noch mehr vermissen.

»Ja«, sagte William. »Es war wirklich traurig und schön zugleich. Ich glaube, für uns alle. Danke, dass Sie es uns gezeigt haben, Charlotte. Es bedeutet mir eine Menge.«

»Gern geschehen.«

Schweigend gingen sie zurück zu Charlottes Büro. Peyton hörte Papier rascheln. Jemand wartete schon auf sie.

Charlotte öffnete die Tür. In ihrem Büro standen drei Männer in Tarnanzügen. Zwei richteten ihre Gewehre auf Charlotte und die anderen, der dritte blätterte in dem Ordner aus Aralsk-7.

Peyton drehte sich um – und sah zwei weitere Soldaten, die den Gang blockierten.

»Machen Sie keinen Blödsinn«, sagte der Soldat, der die Akte durchsah. »Niemand muss hier sterben.«

101

Elliott hatte den ganzen Tag nichts von den Behörden gesehen oder gehört. Der BioShield-Konvoi, der die Lebensmittel verteilte, war nicht gekommen. Und genau wie am Tag zuvor hatte ihn die Rook-Quantum-Sciences-App nicht aufgefordert, den Fragebogen auszufüllen.

Gerüchte breiteten sich aus. Das häufigste lautete, die Regierung habe ein Heilmittel entwickelt, horte es aber. Eine andere Theorie besagte, die Regierung bereite sich auf einen Weltkrieg vor, verpflichte die Überlebenden und ließe die Kranken sterben. Mit jeder Stunde ohne Essen und Medikamente wurden die Gerüchte glaubwürdiger.

Elliott saß in seinem Arbeitszimmer und dachte über die Ereignisse nach. Vor seinem geistigen Auge sah er Rose hustend und vor Fieber glühend allein im Georgia Dome auf einer Decke liegen. Die Leute, die sich um sie gekümmert hatten, waren abgezogen; sie bereiteten sich darauf vor, das Hauptquartier der Innenstadt-Sperrzone vor dem anrückenden Mob zu schützen. Die Stadt riss sich selbst in Stücke. Er stellte sich vor, wie Ryan, der Arzt war, sich um die Verwundeten in der Schlacht kümmern musste und unter Lebensgefahr dort festsaß. Er dachte an seinen Enkel Adam, dessen Husten von Tag zu Tag schlimmer wurde. Mit Ibuprofen ließ sich das Fieber nicht mehr kontrollieren. Sam widmete sich mittlerweile völlig seiner Pflege. Sie kümmerte sich nicht mehr darum, ob sie selbst infiziert wurde oder nicht.

Vor dem Fenster sah Elliott einen Konvoi aus Pick-ups

langsam die Straße entlangfahren. Männer und Frauen saßen mit Gewehren in der Hand auf den Ladeflächen. Sie sprangen ab, gingen zu jeder Tür und sprachen mit den Nachbarn.

Als es bei ihm klopfte, öffnete Elliott die Tür einen Spalt weit.

Ein Mann Mitte dreißig mit wettergegerbtem Gesicht, langem braunem Haar und Bart stand auf der Schwelle. Er hatte sein Gewehr im Pick-up gelassen und streckte die Hände leicht erhoben aus, um zu zeigen, dass er keine Gefahr darstellte. Er sagte, er heiße Shane und habe eine Tochter, die in der Innenstadt festgehalten werde.

»Wir holen sie raus. Viele andere Leute kommen mit. Wir wollen nicht kämpfen, wir wollen nur unsere Verwandten rausholen und in Ruhe gelassen werden. Wir fahren aufs Land und versuchen, uns da durchzuschlagen. Ich wollte Ihnen nur Bescheid sagen.«

Shane sah zu dem Wohnmobil. »Falls Sie sich uns anschließen, können Sie vielleicht ein paar Leute mitnehmen. Je mehr wir sind, desto größer ist die Chance, dass sie uns einfach durchlassen.«

Elliott dachte darüber nach. »Ich habe gehört, die Straßen wären gesperrt – Checkpoints des Militärs.«

Shane sah sich zu dem Pick-up um. »Ja, für den Fall haben wir einen Plan.« Er trat von der Tür zurück. »Ich hoffe, Sie kommen mit uns. So oder so, viel Glück.«

Aus seinem Arbeitszimmer beobachtete Elliott, wie einige Nachbarn die Garagentore öffneten, in ihre Autos stiegen und sich dem Konvoi anschlossen.

Als die Kolonne abgefahren war, bestellte Elliott die Nachbarn, mit denen er sich schon vor Tagen getroffen hatte, erneut in sein Haus. Er führte sie in sein Arbeitszimmer, wo sie sich hinsetzten und diskutierten.

Schließlich sagte Elliott: »Okay, stopp. Hebt die Hand, wenn ein Familienmitglied von euch in der Innenstadt-Quarantänezone festgehalten wird.«

Vier Leute meldeten sich. »Hebt die Hand, wenn ihr einen Erkrankten zu Hause habt.«

Drei weitere meldeten sich.

Er lehnte sich auf seinem Stuhl zurück. »Folgendes werden wir tun.«

Im CDC-Hauptquartier stand Millen am Fenster im siebten Stock. Unten verließen seine Kollegen und anderes BioShield-Personal das Gebäude und stiegen in die Linien- und Schulbusse.

Phil kam zu ihm und stellte sich wortlos neben ihn.

»Wo werden sie hingebracht?«, fragte Millen.

»Aus der Sperrzone raus. Und hoffentlich weg von den Kampflinien.«

Millen sah Gestalten in FEMA-Jacken Lebensmittel in einen Lieferwagen laden.

Vor zehn Minuten hatte er das Gerücht gehört, dass der Präsident an X1-Mandera gestorben war. Oder ermordet worden war.

»Stimmt es? Ist der Präsident tot?«

»Ja.«

»Wer hat jetzt das Kommando?«

»Ich würde sagen, Kition hat das Kommando, so oder so.«

Eine halbe Stunde später trug Millen einen gasdichten Anzug. Zischend öffnete sich die Tür zum BSL-4-Labor, und er ging zu Halima, die im Bett lag und auf ihrem tragbaren DVD-Player Filme ansah. Tian spielte ein Videospiel.

Halima lächelte Millen an und legte den DVD-Player zur Seite. »Ich habe mir Sorgen gemacht. Alle sind weggegangen.«

Millen legte ein Sandwich auf die Stahlplatte des Tischs. »Hast du Hunger?«

»Großen Hunger. Heute Nachmittag ist niemand gekommen. Alle Forscher sind rausgerannt. Wir konnten nicht hören, was sie gesagt haben.«

Millen bemühte sich um einen ruhigen Tonfall. »Es ist nichts Besonderes. Nur wichtige Meetings. Ab jetzt bring ich euch das Essen. Einverstanden?«

Sie nickte und biss in das Sandwich.

»Gut. Ich komme in ein paar Stunden wieder.«

Er hatte versprochen, sich um die beiden Kenianer zu kümmern, und er hatte vor, dieses Versprechen zu halten. Seine Eltern hatten ihm beigebracht, seine Verpflichtungen sehr ernst zu nehmen. Er fragte sich, wo sie sich jetzt befanden, ob sie in Sicherheit waren. Er konnte nicht viel für sie tun. Aber er würde alles für die Menschen in Atlanta und die beiden Kenianer in seiner Obhut tun.

Oben ging er ins EOC, setzte sich an seinen Schreibtisch und sah sich die Satellitenbilder an. Er setzte sein Headset auf und tippte: *MedSupply-Einheit 227, Achtung, Kampfeinheiten sammeln sich Mitchel Ecke Central Avenue, um feindlichem Vormarsch zu begegnen. Schätzungsweise zweihundert Schwerbewaffnete unterwegs und weitere schließen sich an. Empfehle Rückzug zum Sammelpunkt Gamma-Bravo.*

Elim Kibet saß auf dem Beifahrersitz des geschlossenen Lastwagens, der durch die mit Müll gepflasterten Straßen Nairobis fuhr. Häuser brannten. Verkohlte Autowracks standen herum. Kinder mit blutigen Gesichtern sahen dem Lastwagen nach, während hinter ihnen Flammen und Rauch aufstiegen.

Elim konnte es kaum mitansehen. Die Hauptstadt seines Landes war zusammengebrochen.

Er hoffte, irgendwo in den Ruinen Überlebende zu finden, die er retten konnte – und Antibiotika. Hannah war in dem Laster hinter ihnen. Ohne Medikamente würde sie sterben.

Die Ampeln waren ausgeschaltet. An einer Kreuzung hielt der vorderste Lastwagen, als der Fahrer in die Querstraße sah. Sie war durch zwei brennende Autos blockiert – Straßensperren. Elim wurde nervös.

Hinter einem der Autos hob jemand den Kopf, spähte zu dem Lastwagen und duckte sich wieder.

»Los!«, sagte Elim.

Der Fahrer trat aufs Gas, aber es war zu spät. Vor ihnen bogen zwei gepanzerte Truppentransporter auf die Straße und blockierten sie. Bewaffnete Männer strömten heraus. Im Seitenspiegel sah Elim, dass sich von hinten eine ähnliche Truppe näherte.

Sie saßen in der Falle.

102

Desmond lag in nahezu völliger Dunkelheit auf dem Metallboden eines Frachtcontainers.

Bei den verbrannten Ruinen seines Elternhauses hatten die Soldaten seine Hände mit Kabelbindern gefesselt und ihm einen schwarzen Sack über den Kopf gestülpt, den sie erst im Container wieder herunterzogen.

In der Wand seines Gefängnisses befanden sich dreißig Zentimeter über dem Boden sechs runde Löcher mit einem Durchmesser von knapp drei Zentimetern. Desmond vermutete, dass sie als Belüftung dienten oder den Lagerarbeitern ermöglichen sollten, den Inhalt des Containers festzustellen, ohne ihn zu öffnen. Er drückte ein Auge an eines der Löcher. Auf dem Betonboden draußen waren reihenweise Container gestapelt.

Nachdem er ein paar Minuten gesucht hatte, fand er eine scharfe Kante an der gerippten Metallwand. Im schwachen Licht drückte er den Kabelbinder gegen das Metall und bewegte die Hände auf und ab, bis das Plastik riss.

Er hörte ein Klopfen an der Wand eines anderen Containers. Ein Muster – vielleicht Morsezeichen. War jemand in einem der anderen Container? Desmond kannte das Morsealphabet nicht. Er klopfte dreimal, um zu bestätigen, dass er das Signal gehört hatte. Der Absender antwortete mit dreimaligem Klopfen. Das Signal wurde zweimal wiederholt – jeweils an unterschiedlichen Orten.

Also waren sie insgesamt zu viert. Er war sicher, dass Avery

William und Peyton gefangen genommen hatte. William hatte wahrscheinlich mit den Morsezeichen begonnen. Wer war der vierte Gefangene? Charlotte, weil sie ihr zu viel erzählt hatten?

Jemand klopfte in einem neuen Rhythmus. Es war kein Morsecode, und Desmond kannte das Muster. Er lauschte und grinste. Es war die Erkennungsmelodie von *Akte X – Die unheimlichen Fälle des FBI*. Sie endete mit einem einzelnen lauten Klopfen. Er drehte sich zur Metallwand und wiederholte den Rhythmus.

Vor zwanzig Jahren hatte er jeden Freitag in dem kleinen Haus in Palo Alto die Serie angesehen. Peyton hatte neben ihm auf dem Stoffsofa gesessen und Tee getrunken oder manchmal, wenn sie eine harte Woche an der Uni gehabt hatte, auch ein Glas Wein. Desmond hätte alles gegeben, um wieder dort sein und noch einmal von vorn anfangen zu können. Er fragte sich, ob es zu spät für sie beide war. Er wusste, dass Peyton versucht hatte, sich nicht anmerken zu lassen, wie krank sie war. Wie viel Zeit blieb ihr noch? Der Gedanke gab Desmond neue Kraft. Er musste sich irgendwie aus dem Container befreien.

Conner McClain saß am Kopfende des Besprechungstischs und wartete, dass die Verbindung hergestellt wurde. Er war nervös. Kition stand kurz davor, das große Experiment zu beenden. In den kommenden Tagen würde die Arbeit von zweitausend Jahren Früchte tragen. Oder zunichtegemacht werden.

Und jetzt hatte er bekommen, was sie noch brauchten: Desmond Hughes. Wenn Avery ihren Auftrag erfüllt hatte, hatte er sein Gedächtnis wiedergefunden und wusste, wie Rendition wiederhergestellt werden konnte. Es war ein Risiko gewesen, ihn fliehen zu lassen, aber er hatte das Gefühl gehabt, es eingehen zu müssen.

Der Anruf wurde durchgestellt, und auf dem Bildschirm tauchte ein billig möbliertes Büro auf. Durch die Fenster konnte man in eine Lagerhalle voller Metallcontainer sehen. Ein Mann in Tarnkleidung stand neben einem zerkratzten und mit Papieren übersäten Schreibtisch. Neben ihm verschränkte Avery die Arme unter ihren Brüsten. Das blonde Haar fiel ihr auf die Schultern, und die graublauen Augen blickten kalt. Conner fand sie äußerst attraktiv. Er fragte sich, was sich zwischen ihnen entwickeln würde, wenn das alles vorbei war. Bis jetzt hatte sie kein Interesse an ihm gezeigt, aber bald würde er der zweitmächtigste Mann der Welt sein. Das könnte die Lage ändern.

Der Mann ergriff das Wort. »Wir haben sie.«

»Warum waren sie in Australien?«

»Wegen einer Frau«, sagte Avery. »Charlotte Christensen.«

Conner hatte den Namen noch nie gehört. »Wer ist das?«

»Sie arbeitet für eine Hilfsorganisation und hat sich nach den Bränden vom Aschermittwoch um Desmond gekümmert.«

»Interessant.«

»Wir haben sie auch gefangen genommen, vorsichtshalber, falls sie was mit der Sache zu tun hat.« Avery lehnte sich vom Schreibtisch zurück. »Wir bringen sie Ihnen.«

»Nein.«

»Wir müssen ...«

»Ich komme, wenn das vorbei ist.«

Averys Augen blitzten auf. Conner konnte ihre Miene nicht deuten, aber er nahm an, dass sie wütend war.

»Wir hatten eine Abmachung«, sagte sie mit harter Stimme.

»Die gilt noch.«

»Ich will dabei sein.«

»Sie werden dabei sein. Wenn ich es sage.« Conner ließ seine Worte wirken.

Avery schnaufte, wandte den Blick ab und stützte sich wieder auf den Schreibtisch.

»Ich will, dass er gut bewacht wird«, sagte Conner. »Wie Sie wissen, ist er sehr einfallsreich.«

103

Elim öffnete die Tür des Lastwagens. Der Fahrer schrie, er solle nicht aussteigen, aber Elim wusste, dass er keine Wahl hatte. Es war vielleicht die einzige Chance, den Hinterhalt zu überleben. Er befahl allen über Funk, in den Fahrzeugen zu bleiben. Dank seines weißen Kittels würde er vielleicht nicht so schnell niedergeschossen werden wie die mit Gewehren bewaffneten Männer unter den Planen der Lastwagen hinter ihm.

Er kletterte aus der Kabine, hob die Hände und ging nach vorn. Die Soldaten aus dem gepanzerten Truppentransporter kamen in sein Blickfeld. Elim stieß den Atem aus, als er ihre Uniformen sah. Sie waren von der kenianischen Armee. Als er den Hinterhalt bemerkt hatte, hatte er das Schlimmste befürchtet – dass es sich um eine Gang handelte.

Ein Offizier trat vor. Er hustete. Rote Flecken bedeckten das Revers seiner Uniform, und seine Augen waren gelblich und blutunterlaufen.

Die Stimme klang kräftiger, als Elim angesichts seiner Erscheinung erwartet hatte. »Wer sind Sie?«

»Dr. Elim Kibet. Wir sind Überlebende. Und wir sind gekommen, um zu helfen.«

Als Elim im kenianischen Gesundheitsministerium eintraf, herrschte Chaos. Die Notfallzentrale war nicht besetzt, und die Telefone klingelten ununterbrochen.

Er sagte zu Dhamiria: »Hol Leute her, die die Anrufe annehmen. Sie sollen den Anrufern sagen, wir schicken Hilfe, wenn wir können, und sie sollen ihr Bestes geben, bis wir da sind. Es ist wichtig, dass sie das hören.«

Das Kenyatta National Hospital war in noch schlechterem Zustand. Leichen lagen auf Tragen. Menschen drängten sich im Wartezimmer. Blut bedeckte Boden und Wände. Das Personal hatte dunkle Ringe unter den gelb verfärbten Augen. Die meisten sahen aus wie Zombies; sie hatten so lang gearbeitet, dass sie keinen klaren Gedanken mehr fassen konnten. Elim bestand darauf, dass sie eine Pause einlegten. Er schickte sämtliche Ärzte und Pfleger in die Bereitschaftsräume und ein nahes Hotel. Sie waren zu müde, um dem Neuankömmling zu widersprechen.

Dann ließ er seine Leute das Krankenhaus reinigen. In den nächsten vier Stunden wurde das blutige Durcheinander in Kenias ältestem und größtem Krankenhaus beseitigt, bis es zumindest wieder einem funktionierenden Behandlungszentrum ähnelte.

Er ging in Hannahs Zimmer. Noch bevor der erste Flur gewischt oder Desinfektionsmittel an die Wände gesprüht worden waren, hatte Elim dafür gesorgt, dass sie in ein Zimmer gebracht wurde und eine Antibiotikainfusion bekam. Sie würde die Infektion überleben, aber das Virus gewann die Oberhand. Die Organe begannen zu versagen. Sie war nicht einmal aufgewacht, als sie hereingebracht worden war. In den nächsten Stunden würde sie sterben. Der Gedanke machte ihn traurig. Und er erinnerte ihn an Lucas Turner, den anderen jungen Amerikaner, den er zu retten versucht hatte.

Er blieb eine Weile bei ihr stehen, dann zog er das dünne weiße Laken bis zu ihrem Kinn hoch und ging zum Fenster. Vor dem Krankenhaus hatte sich eine Schlange gebildet. Das war gut: Es gab immer noch Leute, die gesund genug waren, um herzukommen.

Es stand eine Menge Arbeit bevor.

Das CDC war in Aufruhr. Im EOC beendeten die Telefonisten ihre Gespräche und liefen aus dem Raum. Millen stand an seinem Schreibtisch. Auf dem Bildschirm an der Wand liefen stumm Szenen des Niedergangs Atlantas. Der Mob bedrängte die BioShield-Truppen, die aus Einheiten des Heeres, der Marine, der Luftwaffe und der Nationalgarde bestanden. Viele der Uniformierten hatten ihre Waffen niedergelegt und schlossen sich der wachsenden Menge an. Sie hatten geschworen, die Verfassung der Vereinigten Staaten vor allen Feinden zu schützen, sowohl äußeren als auch inneren. Aber für viele von ihnen beinhaltete das nicht, auf ihre eigenen Mütter, Väter, Brüder, Schwestern und Nachbarn zu schießen, die einfach nur krank waren und Hilfe brauchten. Millen konnte es ihnen nicht verübeln. Er fragte sich, was er tun würde, wenn er in Kampfausrüstung dort stünde.

Phil näherte sich ihm von hinten. Millen dachte, sein Vorgesetzter würde ihn tadeln, weil er den Anruf nicht annahm, der in seinem Headset klingelte, aber stattdessen sagte Phil, er solle ihm folgen.

Aus einem deckenhohen Fenster im siebten Stock blickten sie auf die Clifton Road hinab. Eine Menschenmenge füllte alle fünf Spuren, aber eine Kolonne aus drei Pick-ups, auf deren Ladeflächen Männer mit halbautomatischen Gewehren saßen, schlängelte sich hindurch und fuhr auf die BioShield-Truppen zu, die einen Sperrriegel um den CDC-Komplex gebildet hatten. Die Pick-ups waren wie die Zündschnur einer Bombe; würde es eine Explosion geben, wenn sie die Soldaten erreichten? Würde die Schießerei beginnen?

»Das könnte übel werden«, sagte Millen.

Stevens nickte. »Gibt es nicht etwas, das Sie tun sollten?«

Millen dämmerte, was er meinte. Er machte auf dem Absatz kehrt und rannte los. In der Küche der Kantine stopfte er Essen in Müllsäcke. Er brauchte Nahrung, die nicht verdarb und für mindestens vier Tage reichte.

Die Gänge waren voller Menschen, die alle diskutierten, was sie tun sollten. Sie hatten Angst. Millen auch.

Das BSL-4-Labor war verlassen. Er legte den Anzug an, trat

ein und stellte das Essen auf einen Tisch. Halima schlief. Er wollte sie nicht wecken, aber es blieb ihm nichts anderes übrig.

Nachdem er sie dreimal sanft angestoßen hatte, klappte sie die Lider hoch, rieb sich die Augen und lächelte.

Sie bemerkte sofort die Angst in seinem Gesicht.

»Was ist los?«

»Ich muss vielleicht für eine Weile weggehen. Ihr müsst hierbleiben. Das ist wichtig. Verstehst du?«

Sie nickte.

»Wenn euch das Essen ausgeht, bevor ich zurückkomme, könnt ihr rausgehen. Aber seid vorsichtig. Sagt niemandem, dass ihr aus Kenia kommt. Erzählt einfach, ihr hättet eure Eltern verloren und sie wollten nicht, dass ihr mit Fremden sprecht.«

Sie wirkte verwirrt, versprach es ihm aber.

Vor dem BSL-4-Labor legte er den Anzug ab und zog sich schnell um. Als er das Erdgeschoss erreichte, hörte er Schüsse.

104

Das Auditorium A im CDC-Hauptquartier war wieder bis auf den letzten Platz gefüllt. Millen stand zwischen den anderen Mitarbeitern und hörte zu, wie Phil seinen Evakuierungsplan schilderte. Er war raffiniert. Die Menschenmenge, die sich draußen versammelt hatte und das Heilmittel verlangte, hatte die Gleise hinter dem Gebäude noch nicht in Beschlag genommen, und innerhalb der nächsten zehn Minuten würde ein Zug kommen und das Personal in Sicherheit bringen.

»Die Leute hinten im Raum werden Sie zum Ausgang führen«, sagte Phil.

Millen reihte sich ein und schwamm in der Menge mit, die aus dem Raum strömte. In der Ferne, hinter der Eingangshalle, hörte er weitere Schüsse.

Statt mit den anderen das Gebäude zu verlassen, ging er zur Treppe und stieg zu den Laboren hinauf. Dieses Mal legte er keinen Schutzanzug an. Bald würde er ihn nicht mehr brauchen – so oder so.

Halima lag im Bett und sah sich eine DVD an. Sie zog einen Ohrstöpsel heraus.

»Kein Anzug?«

Er schüttelte den Kopf.

»Kann ich mich zu dir setzen?«

Er hatte seine Entscheidung getroffen: Er würde im Labor bleiben und die beiden Kinder bis zum Schluss beschützen. Wenn er wegging, könnte er nur sich selbst retten. Das reichte nicht.

Autos verstopften die Straßen Atlantas – viele Einwohner verließen die Stadt, während andere in die Innenstadt fuhren, um nach ihren Verwandten zu suchen, die in BioShield-Lagern eingesperrt waren. Auch Elliott und seine Nachbarn hatten sich aufgeteilt. Eine Gruppe hatte in einem Wohnmobil die Stadt verlassen, falls sie sich in ein Kampfgebiet zwischen Bürgern und BioShield-Truppen verwandeln sollte. Elliott saß am Steuer des anderen Wohnmobils und fuhr Richtung Innenstadt. Das Fahrzeug war über zehn Meter lang. Er war während seiner Auslandseinsätze schon Kleinbusse gefahren, manchmal über schlammige Straßen in der Dritten Welt, aber nichts, was mit dem Wohnmobil vergleichbar war. Er schlängelte sich durch den Verkehr, vorbei an liegen gebliebenen Autos auf der I-75. Weiter vorn war die Schnellstraße völlig von verlassenen Fahrzeugen blockiert.

Er nahm die Ausfahrt zur Howell Mill Road. Er war sich nicht sicher, ob er das riesige Wohnmobil steuerte oder das Wohnmobil ihn. Es ruckelte wie ein Fisch an der Angel. Seine zwölf Passagiere klammerten sich an den Küchentisch, die Wände und alles, was sie zu fassen bekamen.

»Entschuldigung!«, rief Elliott nach hinten, als das Wohnmobil am Ende der Ausfahrt ausrollte.

Sie kamen bis zur Marietta Street, bevor die Straßen komplett verstopft waren. Er bog in eine Gasse. Ungefähr die Hälfte der Mitfahrer stand auf und ging zur Tür. Sam und Adam gehörten zu denen, die blieben. Wenn alles wie geplant ablief, würde Elliott bald zurückkommen, und sie könnten zusammen wegfahren.

Er sah seine Nachbarn und ihre jugendlichen Kinder an und überlegte, was ihnen bevorstand. Waren sie bereit dafür? Er hatte keine Ahnung, aber ihnen blieb keine Wahl.

»Habt ihr eure Stöcke?«

Sie nickten und murmelten Zustimmung.

»Gut. Wir sollten versuchen, zusammenzubleiben.« Er hielt eine Dose mit orangefarbener Sprühfarbe hoch. »Denkt an die Brotkrumen, falls wir getrennt werden.«

Nachdem die anderen ausgestiegen waren, ging er nach hinten zu Sam und Adam. Der Junge lag mit einigen anderen kranken jüngeren Kindern auf einem der Betten, und alle spielten Videospiele. Elliott sagte zu Sam: »Ich bin bald zurück. Mach dir keine Sorgen.«

Tränen traten ihr in die Augen. Er zog sie fest in seine Arme und zerzauste Adam das Haar, bevor er ausstieg.

Er und sein Nachbar Bill deckten das monströse Fahrzeug mit Planen ab. An diesem Morgen hatte Elliott nur leichtes Fieber und fühlte sich zu seiner Erleichterung ziemlich gut. Wahrscheinlich half auch das Adrenalin.

Elliott versammelte alle um sich. Es war kalt in der Gasse, und sein Atem bildete weiße Wölkchen.

»Denkt an das Klopfzeichen: dreimal, Pause, zweimal, Pause, einmal. Drei, zwei, eins. Wir warten hier, bis alle zurück sind. Es gibt Essen und Decken im Wohnmobil. Falls nötig, könnt ihr die Akkus und den Heizlüfter benutzen. Aber dreht ihn möglichst nicht so weit auf.«

Elliott sah jedem Einzelnen in die Augen. »Okay. Viel Glück.«

Auf das Haus an der Gasse sprühte er ein großes E. Unterwegs versah er jedes Gebäude, an dem sie vorbeikamen, mit dieser Markierung. Es war ein seltsames Gefühl, die Innenstadt von Atlanta mit Graffiti zu besprühen, aber er hoffte, dass seine Leute dadurch zurückfanden. Vermutlich würden viele von ihnen dann in sehr schlechter psychischer Verfassung sein.

Auf den Straßen drängten sich Menschen, die genau wie sie zu Fuß in die Innenstadt und zum Georgia Dome unterwegs waren, um nach ihren Angehörigen oder dem Heilmittel oder beidem zu suchen. Viele trugen Gewehre oder Messer bei sich, während andere die Hände in die Taschen geschoben hatten, um sie warmzuhalten.

Als die Marietta Street auf den Northside Drive traf, hörte Elliott das Dröhnen schwerer Motoren. Zu seiner Rechten schoben zwei Bulldozer Autos zur Seite, um einen Weg freizuräumen. Ein Radlader folgte ihnen. Zwei Pick-ups bildeten die Nachhut. Die Männer auf den Ladeflächen hielten Gewehre in den Händen.

Einer der Männer wandte sich an die Umstehenden.

»Sie haben aufgegeben!«, rief er. »Los, folgt uns!«

Menschen lösten sich aus der Menge und liefen ihnen hinterher.

Elliott joggte den Northside Drive entlang. Die schweren Bulldozer hatten Spuren im Asphalt hinterlassen, ihre eigenen Brotkrumen, die zum Georgia Dome führten. Leute in orangefarbenen Westen sorgten dafür, dass keine Autos die neu geschaffene Durchfahrt blockierten.

Elliott und seine Nachbarn mussten sich mit allen anderen auf den Bürgersteig drängen, als zwei Sattelzüge die Straße entlangdonnerten. Die Türen der Auflieger standen offen, und Männer blickten heraus, manche mit Zigaretten zwischen den Lippen. Elliott brauchte ein paar Minuten, um zu begreifen, wozu sie die riesigen Laster brauchten: um all die Waffen zu verstauen, die sie einsammelten. Sie entwaffneten die Regierungstruppen.

Wenige Minuten später kamen ihnen Schulbusse vom Georgia Dome entgegen. Es waren die gleichen Busse, die ihn und Rose in die Stadt gebracht hatten, aber jetzt waren sie voller Uniformierter von der Nationalgarde, der Armee und der FEMA. Dieselben Leute, die Elliott und die anderen vor einigen Tagen in die Busse gestopft hatten.

Manche klatschten und jubelten; andere, wie Elliott, beobachteten nur die surreale Szene. Einige riefen Namen und stürmten auf die Busse zu, aber die Ordner in den orangefarbenen Westen hielten sie zurück. Das war etwas, das Elliott nicht bedacht hatte – dass manche Leute in die Innenstadt unterwegs waren, um ihren Freunden und Angehörigen in Uniform zu helfen.

Als die Busse vorbeigefahren waren, drängte er sich zurück auf die Straße und lief noch schneller. Die kalte Dezemberluft brannte in seiner Lunge. Er war schlecht in Form, selbst für sein Alter. Seine jüngeren Nachbarn liefen voraus; er hielt sie nur auf.

»Lauft«, sagte er zwischen zwei Atemzügen.

Bill grinste. »Ein weiser Mann hat mir gesagt, wir sollen zusammenbleiben.«

Elliott schüttelte nur den Kopf. Aber er war froh über die Begleitung.

Drei Häuserblocks vor dem Georgia Dome wurde die Menge zu dicht, um weiterzurennen. Die Gruppe verfiel in Schritttempo, und Elliott kam wieder zu Atem.

Er zog den langen Stock aus seinem Gürtel. Vorsichtig faltete er den beschrifteten Karton auseinander und klebte ihn an den Stab. Er reichte das Klebeband weiter, und einer nach dem anderen erhob sein Schild. Auf Elliotts stand: *ROSE SHAPIRO*. Es war eines von Tausenden, die in der Luft geschwenkt wurden, als die Menge sich auf den Georgia Dome zuschob.

105

Desmond überlegte, wie er aus dem Frachtcontainer entkommen könnte, als er eine Gruppe von Leuten über den Beton marschieren hörte. Die Schritte dröhnten durch die Halle und kamen näher. Zuerst klang es wie eine Stampede, dann ertönte ein Knirschen und gedämpfte Stimmen. Eine davon erkannte er wieder.

Ein einzelner Mensch kam auf seinen Container zu.

Die Tür wurde mit einem weiteren metallischen Knirschen geöffnet.

Licht flutete herein. Er blinzelte und beschattete seine Augen.

Avery.

Sie stand im Schatten, aber Desmond sah, dass sie noch immer die enge Körperpanzerung trug. Mit ihrem blonden Haar sah sie aus wie eine Superheldin. Sie hielt eine Pistole in der Hand, richtete sie aber nicht auf ihn. Ihre Miene wirkte reumütig.

»Ich musste es tun«, sagte sie.

Desmond sah sie mit versteinertem Gesichtsausdruck an.

»Bei SARA sind wir nicht weitergekommen. Es war eine Sackgasse, Des.«

Sie wartete, aber er starrte sie nur an.

»Das war mein Ausweichplan. Wir mussten zurück zu Kition. Ich wusste, dass ein Zugriffsteam bei dem Haus wartet.«

»Du hättest es mir sagen können.«

»Es musste glaubwürdig wirken.«

»So wie unsere Befreiung.«

Averys Schweigen bestätigte seine Theorie.

Er hatte schon vermutet, dass die Flucht von der *Kentaro Maru* inszeniert gewesen war. Jetzt wusste er es sicher. Er wollte den Grund erfahren. »Sie haben mich gehen lassen, damit ich sie - oder *dich* – zu Rendition führe.«

»Ja. Das ist das Einzige, was sie für das Spiegel-Projekt noch brauchen.« Sie trat von dem Container zurück. »Hör zu, ich bin ein Risiko eingegangen. Ich wollte es nicht erst diskutieren, weil ich wusste, dass es unsere einzige Option ist. Wir hatten keine Zeit, unser kleines *Komitee* darüber abstimmen zu lassen. Es hat funktioniert, sogar besser als ich dachte.« Sie deutete zur Seite. »Komm, ich zeig's dir.«

Die schweren Stahltüren des Containers auf der anderen Seite des Gangs standen offen, und Desmond sah die auf Paletten gestapelten Kartons im Inneren. Eine der vorderen Kisten war aufgerissen. Sie enthielt Hunderte von länglichen Geräten, die ungefähr halb so breit wie ein Handy, aber ein wenig dicker waren.

Avery reichte ihm eins. »Das ist eine Injektionspistole.«

Sie wies auf einen anderen Karton, in dem CO2-Kartuschen lagen. Sie waren klein und rund und ähnelten denen, die Desmond als Kind für sein Luftgewehr benutzt hatte.

»Sie wird mit CO2 betrieben.«

Avery zog einen anderen offenen Karton heran. Er war voller Ampullen. Sie nahm eine heraus und setzte sie zusammen mit einer CO2-Kartusche in die Injektionspistole ein.

»Das ist das Heilmittel. Ich dachte mir, wenn sie euch hier in Australien gefangen nehmen, bringen sie uns zu einer solchen Lagerhalle.« Sie wartete darauf, dass er etwas entgegnete, aber Desmond schwieg. »Es war die einzige Möglichkeit, Des. Unsere einzige Chance.«

Er nahm ihr das Gerät ab und betrachtete es. *Wir haben es geschafft*. Das, was er in der Hand hielt, konnte Peyton und Millionen andere retten. Aber er dachte zuerst an sie. Erst jetzt merkte er, wie groß seine Sorge um sie gewesen war. Er wollte sie nicht verlieren – nicht noch einmal. In den letzten zwei Wochen hatten sich die Ereignisse so überstürzt, dass er keine Zeit gehabt hatte, sie zu verarbeiten. Jetzt stürzte alles auf ihn ein. Sie hatten das Heilmittel gefunden und dadurch eine – wenn auch geringe – Chance, Kition zu stoppen. Es war ein großes Risiko gewesen, seine Erinnerungen zu löschen, aber die Hinweise, die er sich selbst hinterlassen hatte, hatten ihren Zweck erfüllt. Auf Umwegen hatten sie ihn hierhergebracht und diesen Moment herbeigeführt, den er als Wendepunkt betrachtete. Jetzt war es an der Zeit, die Sache zu Ende zu bringen.

Avery kam näher. »Ich meine es ernst, Des. Das war die einzige Chance. Glaubst du mir?«

Sie will unbedingt, dass ich ihr verzeihe. Es gab eine tiefere Beziehung zwischen ihnen, aber er konnte sich nicht daran erinnern. Das war ein beunruhigendes Gefühl.

Er sah sie an, sagte aber immer noch nichts.

»Es war die einzige Möglichkeit, dich vom Schiff runterzuholen«, sagte sie. »Es war die einzige Möglichkeit, hierherzukommen, zum Heilmittel. Ich habe gepokert. Ich habe getan, was ich tun musste. Ich habe es für dich und unsere Mission getan. Bitte sag, dass du das verstehst.«

Jemand hustete in der Stille, ein ersticktes Geräusch, das nicht nach Erkältung, sondern nach einer tödlichen Krankheit klang. Es war wie eine Glocke, die ihn daran erinnerte, dass die Zeit ablief.

»Ja, ich verstehe, Avery.«

Sie lächelte nicht. Sie wandte nur den Blick ab, als hätte sie sich seine Absolution erhofft.

Er war noch nicht bereit, ihr zu vergeben, nicht bevor er ihr völlig vertrauen konnte. Und im Moment galten seine Gedanken nur Peyton. Er wollte sie keine Sekunde länger auf das Heilmittel warten lassen.

»Wir haben ein paar Leute, die das brauchen«, sagte er.

Er folgte dem Hustengeräusch zu einem weiteren Container,

öffnete den Riegel und zog die Metalltür auf. Peyton lag auf dem Boden und blinzelte ins Licht. Sie schaffte es kaum, sich aufzusetzen.

Er gab Avery die Injektionspistole, ging hinein und hob Peyton hoch. Als er sie hinaustrug, fühlte es sich an, als hielte er eine Stoffpuppe in den Armen. Sie war zweifellos erschöpft von dem unruhigen Flug nach Australien und hungrig und ausgelaugt von der fortschreitenden Krankheit.

Er setzte sie im Sonnenlicht, das durch die Dachfenster fiel, auf den Betonboden und hielt ihren Kopf in den Händen. Ihre Augenlider hingen herab, und das Haar war schweißnass, entweder vom Fieber oder von der Hitze des beginnenden australischen Sommers.

Avery schob Peytons Ärmel hoch und drückte ihr die Injektionspistole auf den Arm, aber Desmond nahm ihr das Gerät aus der Hand. Er wollte Peyton das Heilmittel selbst verabreichen. In diesem Moment wurde ihm klar, wie viel es ihm bedeutete und was der Grund dafür war. Vor zwanzig Jahren hatten sie die wichtigste Zeit seines und vielleicht auch ihres Lebens miteinander verbracht. Damals fand er heraus, wer er war. Bevor er sie kennengelernt hatte, war ihm das ganze Ausmaß der Verletzungen aus seiner Kindheit nicht bewusst gewesen. Er war innerlich zerbrochen. Er hatte aufgegeben, auf die Heilung der Wunden zu warten. Er hatte sie verlassen, weil er sie auf diese Weise schützen wollte. Er hatte gedacht, so würde sie das Leben führen können, das sie verdiente. Jetzt wusste er, dass er sich geirrt hatte.

Er hielt die Injektionspistole an ihren Oberarm und drückte den Knopf.

Das Knallen des Luftstoßes und das Zwicken machten Peyton schlagartig hellwach. Sie sah von Avery zu Desmond und dann auf das Gerät in seiner Hand.

»Hallo«, sagte er.

Sie lächelte.

»Hallo.«

106

Überall, wo Elliott hinblickte, sah er Tod. Die Toten und Sterbenden lagen auf Pritschen und Decken auf dem Spielfeld des Georgia Dome. Der Gestank war überwältigend. Er musste zweimal würgen, bevor er sich daran gewöhnt hatte. Mit erhobenem Schild ging er durch die Menge, suchte nach dem Gesicht seiner Frau und lauschte nach ihrer Stimme. Mit jedem Schritt wuchs seine Angst. Er versuchte vergeblich, nicht daran zu denken, was er tun würde, wenn er sie tot auffände.

Elliott hatte Jahrzehnte seines Berufslebens in Feldkrankenhäusern verbracht. Er hatte Seuchenopfer behandelt wie die, die jetzt überall um ihn herum lagen. Aber das hatte ihn nicht darauf vorbereitet, einmal auf der anderen Seite zu stehen: der Angehörige eines Menschen zu sein, dessen Leben durch den Erreger bedroht war. Er empfand völlige Hilflosigkeit. Tränen strömten ihm über das Gesicht. Sehr bald würde er erfahren, ob X1-Mandera ihm die Liebe seines Lebens genommen hatte. Er fürchtete die Gewissheit, aber zugleich sehnte er sie herbei. Es zerriss ihm das Herz, nicht zu wissen, ob sie lebte und litt oder gestorben war und Frieden gefunden hatte.

Eine vertraute Stimme rief nach ihm. »Dad!«

Elliott drehte sich um und sah, wie sein Sohn sich durch die Menge schlängelte.

Als Ryan ihn erreichte, zog Elliott ihn an sich und drückte ihn fest.

»Deine Mutter?«

Ryan nickte. »Sie lebt.«

Elliott sah in seinem Gesicht, was er ihm verschwieg. *Aber kaum noch.*

»Sind Sam und Adam bei dir?«

»Sie warten im Wohnmobil. Da sind sie sicher.«

»Gott sei Dank. Sind sie ...?«

»Sam zeigt keine Symptome. Adam ist infiziert, aber noch im Frühstadium. Es tut mir so leid, mein Junge ...«

Ryan drückte die Schulter seines Vaters. »Es ist nicht deine Schuld. Wir kommen damit klar. Los, lass uns Mom holen und von hier verschwinden.«

Elliott schluckte und wappnete sich für das, was ihm bevorstand, während Ryan ihn in die Büros des Georgia Dome führte. Er freute sich sehr auf das Wiedersehen, aber zugleich hatte er Angst davor.

Rose lag mit geschlossenen Augen auf einer Pritsche in einem kleinen Büro. Elliott untersuchte sie schnell. Ihr Puls war schwach, und der dunkelrote Ausschlag auf ihrem Bauch hatte sich bis zum Hals ausgebreitet. Das Gesicht war aschfahl, und dunkle Ringe umgaben ihre Augen. *Aber sie lebt.* Er war so froh, sie zu sehen, ihre Hand zu halten, ihre Wärme und ihren Herzschlag zu spüren, und wenn es nur war, um Abschied zu nehmen.

Er wandte sich zu seinem Sohn um und sagte ihm, dass sie gehen mussten.

Ungefähr eine Stunde später erreichten sie das Wohnmobil. Er klopfte dreimal, dann zweimal, dann einmal und wartete. Drei Sekunden. Vier Sekunden. Die Tür wurde aufgerissen, und er sah das Gesicht eines Nachbarn.

Ryan befreite Rose aus den Decken, in die sie sie gewickelt hatten. Er hievte sie aus dem Rollstuhl und trug sie ins Wohnmobil. Die Kinder, die auf dem Bett herumlungerten, sprangen auf, damit Ryan sie dort hinlegen konnte. Sobald er sie losgelassen hatte, warf sich Sam in seine Arme, und sie drückten sich weinend und zitternd. Adam kam zu ihnen und klammerte sich an seine Eltern, bis sie auch ihn umarmten, und dann war

Elliott bei ihnen und drückte sie alle drei ein paar Sekunden lang, bevor er zu Rose ins Bett kroch. Sie hatten Medikamente und ORL mitgebracht, aber im Grunde genommen konnten sie nur abwarten.

Elliott zog seine zitternde Frau an sich. Die Tränen flossen jetzt in Strömen.

»Alles kommt in Ordnung, Rose. Ich bin bei dir. Wir schaffen das. Alles wird wieder gut, hörst du?«

Sie sagte nichts, aber er spürte, wie eine ihrer Tränen auf seine Wange tropfte.

Er drückte sie fester an sich. »Bitte, gib nicht auf.«

107

Nachdem Desmond Peyton das Heilmittel verabreicht hatte, befreite er mit Averys Hilfe William aus einem anderen Container und injizierte es ihm ebenfalls.

Wie Desmond vermutet hatte, war auch Charlotte in einem Container eingesperrt.

Avery las ihm die Frage von den Augen ab, bevor er sie aussprach. »Ich habe das Team zu SARA geschickt, um sie festzunehmen. Sie scheint irgendwie damit zusammenzuhängen.«

»Das war eine gute Idee.«

Sie befreiten Charlotte, und sie bedankte sich bei Desmond, als er ihr das Heilmittel verbreichte.

Die Lagerhalle war so groß wie ein Fußballfeld und voller in drei Reihen übereinandergestapelter Container. Laut Avery lag das Gebäude in Port Adelaide, einem Vorort im Nordwesten von Adelaide. Sie führte sie in ein Büro über der Lagerhalle, in dem zwei Soldaten in Tarnanzügen lagen und mit glasigen Augen zur Decke starrten. Beiden war mitten in die Brust geschossen worden.

»Wo sind die anderen Soldaten?«, fragte Desmond.

»In einem Container«, sagte Avery. »Sie waren nicht so störrisch.«

Desmond wusste immer noch nicht, was er von der Frau halten sollte, aber eines war sicher: Sie war tödlich effizient.

Alle fünf versammelten sich um einen großen Tisch, an dem die Reederei wahrscheinlich Routen geplant und Ladelisten geprüft hatte. Durch die Glasscheiben konnte man auf die

Container unten herabsehen. Ein Fenster in der angrenzenden Wand bot einen Blick auf den Hafen, in dem Frachtschiffe festgemacht hatten.

William sah Desmond an. »Hast du den Ort aus der Labyrinth-Reality-App erreicht, bevor sie dich gefangengenommen haben?«

Aus den Augenwinkeln bemerkte er, dass Avery ihm einen scharfen Blick zuwarf.

»Ja.« Er zögerte und überlegte, was er sagen sollte.

»Und?«, fragte William eifrig. »Was hast du gefunden?«

»Eine Erinnerung.«

Peyton sah ihn mit hochgezogenen Brauen an.

»Sie war nicht ...« Desmond suchte nach den richtigen Worten. Wenn er ihnen die Wahrheit erzählte, würde er ihnen ein Argument liefern, ihn auszubremsen. Das durfte er nicht zulassen. Kition aufzuhalten war ihm wichtiger als je zuvor. »Es war eine Erinnerung an den Tag des Brandes. Sie war persönlich und hatte nichts mit Kition oder der Pandemie zu tun.«

William musterte ihn. »Bist du sicher?«

»Ja.«

»In diesem Fall«, sagte Avery, während sie ein Laptop aufklappte, »habe ich hier etwas, dass ihr euch alle ansehen solltet.«

Desmond konnte ihre Miene nicht deuten, aber er war froh über den Themenwechsel.

Avery berichtete, der Computer habe einem der Kition-Soldaten gehört, den sie »überzeugt« habe, ihr das Passwort zu geben. Sie spielte die beiden Botschaften ab, die Kition an die Regierungen der USA und anderer Länder geschickt hatte.

Charlotte und Peyton wirkten bestürzt. Desmond war tief in Gedanken versunken. William wandte sich um und blickte auf die Containerreihen, dann sprach er langsam und in bedächtigem Ton.

»Das ist die Bestätigung. Sie haben das Heilmittel in Massen produziert und an Orte wie diesen überall auf der Welt verschickt – damit sie es schnell einsetzen können.« Er drehte sich zu ihnen um. »Die Regierungen müssen die Häfen und Containerterminals nach solchen Lagerhallen durchsuchen.«

Avery tippte auf dem Laptop. »Das wird ein Problem.«

Videoübertragungen von Drohnen über den Straßen der wichtigsten Städte waren zu sehen. Desmond erkannte die Golden Gate Bridge. Menschen zogen randalierend zum AT&T Park. Ähnliche Szenen spielten sich in New York, London, Moskau und Singapur ab.

Peyton verschränkte die Arme. »Das ist ein globaler Bürgerkrieg.«

Und Kition gewinnt, dachte Desmond. Wenn die Leute, die die Pandemie verursacht hatten, die Regierungen der Welt unter ihre Kontrolle gebracht hatten, was würden sie dann tun? Sie waren zu allem fähig. Aber was war ihr finales Ziel?

»Warum versuchen sie, die Regierungen zu übernehmen?«, fragte Desmond William.

»Ich bin mir nicht sicher. Ich habe nur eine Theorie. Falls sie noch das Spiegel-Projekt anstreben, das 1983 vorgeschlagen wurde, brauchen sie jede Menge Energie und ein großes Datennetz – das Internet, zum Beispiel. Wenn sie die Regierungen kontrollieren, haben sie beides. Das Chaos dient einem anderen Zweck. Es hält die Regierungen davon ab, eine erfolgversprechende Suche nach den Verteilzentren des Heilmittels durchzuführen. Vielleicht finden sie ein paar, aber nicht alle und nicht schnell genug.«

»Wir müssen ihnen helfen. Es muss eine Liste der Orte geben«, sagte Desmond. Er wandte sich Avery zu. »Kannst du danach suchen?«

Avery tippte schon hektisch auf der Tastatur. »Nein, auf dem Laptop sind nur Informationen über diese Einrichtung. Das ist die übliche Vorgehensweise von Kition – Abschottung.«

William ging zu dem Fenster, durch das man auf den Pier und den Hafen sehen konnte. »So nachlässig sind sie nicht. Diese Leute sind sehr schlau. Und effizient.«

Er zeigte auf ein Containerschiff. »Aber wenn wir das Schiff finden, das das Heilmittel hierher geliefert hat, und feststellen, wo es herkommt, könnten wir rausfinden, wo das Heilmittel produziert wurde. Und *dort* gibt es wahrscheinlich eine Liste mit allen Bestimmungsorten.«

Er sah zu Avery. »Gibt es auf dem Gerät Navigationsdaten von Schiffen, die hier im Hafen liegen?«

Sie bediente den Laptop. »Sieht so aus, als würden die Navigationsdaten automatisch runtergeladen, sobald die Schiffe Kontakt aufnehmen – aber das Personal löscht die Aufzeichnungen, nachdem es sie überprüft hat.« Sie zog die Brauen hoch. »Moment. Die Daten vom letzten Schiff, der MV *Ascension*, wurden noch nicht gelöscht.« Ihr Blick schweifte über den Bildschirm. »Es liegt noch im Hafen.«

Desmond spürte einen Anflug von Hoffnung. »Lies die Häfen vor, die es angelaufen hat.«

»Hongkong. Singapur. Port Klang. Shenzhen. Ho-Chi-Minh-Stadt. Kaohsiung.« Avery blickte auf. »Das verstehe ich nicht. Das Schiff ist immer voll, wenn es einen Hafen anläuft, aber es nimmt nie Container auf.«

William trat näher. »Wir suchen nach einem mehrmals auftauchenden Ort. Er müsste nach jedem Hafen erscheinen.«

Avery beugte sich über den Laptop. »Nichts. Nur ein Eintrag namens Speculum.«

»Das ist es.«

»Nie gehört«, sagte Desmond.

»Ein lateinisches Wort. Es bedeutet Spiegel. Auf der *Beagle* war es unser Codewort für die Kition-Insel.« William hielt inne. »Ja, das leuchtet ein.«

»Was leuchtet ein?«, fragte Peyton.

»Ich glaube, sie haben das Virus in Arlask-7 hergestellt«, sagte William. Er wandte sich zu Desmond. »Du hast die Versuchspersonen im Krankenhausflügel gesehen. Aber ich glaube nicht, dass sie das Heilmittel auch dort produziert haben.«

»Warum nicht?«

»Aus logistischen Gründen. Überlegt doch mal. Das Virus ist hochansteckend. Sie brauchten nicht viel davon, um es zu verbreiten. Vielleicht ein paar Hundert oder Tausend Dosen, die strategisch klug auf der Welt verteilt wurden. In Aralsk-7 konnten sie leicht genug Material produzieren und es von dort verschicken. Aber das Heilmittel herzustellen und über die Welt zu verteilen ... das ist ein ganz anderer Aufwand. Wir reden von *Milliarden* Dosen. Seetransport ist das einzig Sinnvolle. Es ist die billigste Methode, große Mengen Fracht zu verschicken, und man kann sie relativ schnell zu jedem Hafen der Welt schaffen.« Er nickte. »Es ist die Insel. Ich bin mir sicher, da ist ihre Produktionsstätte. Und vielleicht auch ihr Hauptquartier.«

»Moment«, sagte Charlotte. »Warum haben sie jahrelang die Lieferungen an SARA geschickt? Niemand ist dort krank.«

William schüttelte den Kopf. »Weiß ich nicht. Ich verstehe noch nicht, wie du und SARA da reinpassen. Es sieht fast aus, als hätten die Lieferungen nichts mit der Pandemie zu tun. Vielleicht haben wir in Aralsk-7 die falsche Akte mitgenommen. Es tut mir leid, dass wir Sie da reingezogen haben, Charlotte.«

»Mir nicht. Wenn es irgendeine Verbindung zwischen SARA und Kition gibt – wenn sie uns irgendwie benutzt haben –, will ich wissen, warum. Und was sie mit meinen Leuten gemacht haben.«

»Verständlich.« William wandte sich an die ganze Gruppe. »Hört zu, wir müssen schnell handeln. Ich glaube, wir können davon ausgehen, dass es irgendwo auf der Insel eine Liste der Lagerhallen gibt.«

»Okay«, sagte Desmond. »Aber du hast gesagt, die Insel würde sehr gut bewacht. Also, was meinst du? Sollen wir das US-Militär kontaktieren und dazu bringen, eine Spezialeinheit zur Stürmung der Insel zu schicken?«

»Wir müssen dabei sein.« William zeigte auf Avery. »Zumindest Avery und ich. Ich kenne die Insel, und Avery ist mit den Computersystemen vertraut. Wir müssen uns einschleichen; ein offener Angriff wäre zum Scheitern verurteilt.«

»Ich bin auf jeden Fall dabei«, sagte Desmond schnell.

»Für mich gilt das Gleiche«, sagte Peyton.

»Nein, Peyton. Du bist zu krank. Ich weiß, dass du versucht hast, es zu verbergen.«

Sie sah ihm in die Augen. »Ich bin zwar nicht bei hundert Prozent, aber dicht genug dran. Kition hat viele meiner Leute getötet und ist dabei, noch mehr Menschen zu töten. Es ist meine Aufgabe, sie zu beschützen.«

William sah sie an. »Es ist einfach zu gefährlich ...«

»Dad, es gehört zu meiner Arbeit, mich in Gefahr zu begeben. Ich bin erwachsen und entscheide für mich selbst.« Sie sah zwischen Desmond und ihrem Vater hin und her. »Ich komme mit.«

»Und ich auch«, sagte Charlotte.

Desmond schüttelte den Kopf. »Charlotte ...«

»Diese ... *Terroristen* haben aus irgendeinem Grund meine Arbeit finanziert. Sie haben jahrelang gefährliches Material in mein Lager geschickt. Ich muss rausfinden, warum. Außerdem könnte ich etwas wissen, das uns bis jetzt noch nicht aufgefallen ist – etwas, das uns weiterhilft, wenn wir da sind. Wenn auch nur die geringste Chance besteht, dass ich helfen kann, muss ich es versuchen. Milliarden Menschenleben stehen auf dem Spiel. Ich komme mit. Ich kenne das Risiko. Ich gehe es ein.«

Desmond sah hilfesuchend zu William, aber der zuckte nur mit den Achseln. Offenbar merkte auch er, dass sie auf verlorenem Posten kämpften. Sie würden Peyton und Charlotte nicht ausschließen können, so sehr sie es sich auch wünschten.

»Okay«, sagte Desmond. »Angenommen, die Insel ist unsere beste Chance, rauszufinden, wohin das Heilmittel verschickt wurde.« Er sah in die Runde, und die anderen nickten stumm. »Wie kommen wir überhaupt hin? Wir können nicht fliegen – bei der Landung wäre unser kleines Abenteuer schnell zu Ende.

Und falls wir mit dem Schiff fahren, gibt es die Welt, die wir kennen, nicht mehr, wenn wir ankommen.«

»Da kann ich, glaube ich, weiterhelfen«, sagte Avery. Sie zog ein Handy aus der Tasche und schloss einen Satellitenadapter an. Desmond beobachtete, wie sie eine App namens North Star startete. Sie warf ihm ein gerissenes Lächeln zu. »Ich habe dir nämlich auch nicht getraut.«

Die App gab ein langes Piepsen von sich, dann meldete sich eine Männerstimme. »Einsatzzentrale.«

Avery grinste. »Wir haben es gefunden.«

108

Desmond holte alles aus dem Motor des sechs Meter langen Kleinlasters heraus, um mit Averys Laster mithalten zu können. Sie raste rücksichtlos durch die verlassenen Straßen von Port Adelaide. Auch wenn sie bisher keine Menschenseele gesehen hatten, hatte Desmond Angst, einen Fußgänger zu überfahren. Peyton saß auf dem Beifahrersitz und klammerte sich an den Griff unter dem Dach. Sie schien dieselbe Sorge zu haben.

»Ich wünschte, sie würde langsamer fahren«, rief sie über das Brüllen des Motors hinweg.

Desmond nickte, aber er musste zugeben: Die Zeit arbeitete gegen sie. Jede Minute starben Menschen.

William saß am Steuer des Lastwagens hinter ihnen und versuchte, Anschluss zu halten. Im Rückspiegel sah Desmond auf dem Beifahrersitz Charlotte, die ähnlich entsetzt wirkte wie Peyton.

In der Kition-Lagerhalle hatte Averys North-Star-App sie mit der Rubicon-Einsatzzentrale verbunden, die wiederum sofort das amerikanische und australische Militär kontaktiert hatte, um den Plan zu koordinieren. Avery und ihr Team waren beauftragt worden, möglichst viele Dosen des Heilmittels zur Royal Australian Air Force Base in Edinburgh in Südaustralien zu bringen, wo sie über das weitere Vorgehen informiert werden würden.

Die Tore des Luftwaffenstützpunkts waren offen. Flugzeuge standen mit aufgeklapptem Kabinendach auf den

Landebahnen. Avery telefonierte, als sie aus dem Laster stieg. Sobald sie das Gespräch beendet hatte, kam sie zu den vier anderen und sagte: »Okay, die US-Navy hat einen Flugzeugträger in Reichweite. Wir fliegen dahin und kriegen dann weitere Befehle. Sie organisieren gerade eine Kampftruppe.«

Sie gingen in die Barracken, die zu einer Art Krankenhaus umgebaut worden waren. Ungefähr die Hälfte des Personals kümmerte sich um die andere Hälfte. Sie schienen alle krank zu sein.

Ein Mann mit den Abzeichen eines Captains, der sich als Mullins vorstellte, hatte das Kommando. »Mein Vorgesetzter hat gesagt, ich soll euch ein Flugzeug eurer Wahl und unseren besten Piloten zur Verfügung stellen.«

Nach kurzer Diskussion entschieden sie sich für ein kleines Transportflugzeug mit der nötigen Reichweite. Sie luden so viele Dosen des Heilmittels ein, wie in den Laderaum passten, und hoben sofort ab. Aus einem Fenster beobachtete Desmond, wie die Soldaten der australischen Luftwaffe die Lastwagen entluden und die Kisten mit den Injektionspistolen und Ampullen in die Barracken trugen.

Wir haben ihnen das Leben gerettet.

Und wenn sie Erfolg hatten, würden sie noch viel mehr Menschen retten.

Peyton schlief im Flugzeug. Oder zumindest versuchte sie es. Ihre Nerven wollten sich nicht beruhigen. Ihr schwirrte der Kopf vor lauter Gedanken und Gefühlen, die sie nicht ordnen konnte. Sie hatte Desmond Hughes schon abgeschrieben – hatte sich gezwungen, ihn zu vergessen. Aber jetzt war er zurückgekehrt und ihre Gefühle für ihn auch. In Wahrheit waren sie nie weg gewesen, nachdem er sie verlassen hatte.

Dasselbe galt für ihren Vater. Zu wissen, dass er die ganze Zeit gelebt und nur keinen Kontakt mit ihr hatte aufnehmen können, brach ihr das Herz.

Und dann war da noch diese Insel. Wenn ihr Vater recht

hatte, lag dort der Schlüssel, um die Pandemie zu stoppen. Das war ihr wichtiger als alles andere – sogar als ihr eigenes Glück. Sie fragte sich, ob sie sich entscheiden musste, ob sie in dem verworrenen Netz, das Kition gesponnen hatte, vor die Wahl gestellt würde, viele Menschenleben oder ihren Vater – oder Desmond zu retten.

Aus dem Cockpit blickte William auf das gewaltige Schiff hinab. Die USS *Nimitz* war der älteste Flugzeugträger der USA, der sich noch im Einsatz befand, aber das machte ihn nicht weniger beeindruckend: Das Schiff war länger als drei Fußballfelder und fünfundsiebzig Meter breit. Das Flugdeck umfasste sechzehntausend Quadratmeter, und die Besatzung bestand aus fünftausend Soldaten. Die Sonne versank hinter dem RAAF-Transportflugzeug, als die schwimmende Stadt in Sicht kam.

William schaltete die Bordlautsprecher an. »Bereit machen zur Landung.«

Der australische Pilot nickte und meldete sich über Funk beim Tower des Flugzeugträgers. »Old Salt, hier ist Rescue Bird, bitte um Landeerlaubnis.«

Auf dem Flugdeck der USS *Nimitz* stand ein großer Mann vor zweihundert Soldaten in US-Navy-Uniform, die Haltung angenommen hatten. Der Offizier begrüßte Peyton und die anderen drei, als sie aus dem Flugzeug stiegen, und informierte sie, dass es sich bei den Versammelten um Crewmitglieder handelte, die sich freiwillig für den Einsatz gemeldet hatten. Alle waren entweder immun gegen das Virus oder zumindest einsatzfähig. Sie waren kampfbereit.

Wenige Minuten später hob eine Helikopterflotte mit Avery, Peyton, Desmond, William, Charlotte und den zweihundert Freiwilligen an Bord ab. Während sie in den Himmel stiegen, sah Peyton, wie unten das Transportflugzeug entladen wurde. Sie hatten fünftausend Dosen mitgebracht – genug für die gesamte Besatzung der *Nimitz*.

Sie landeten auf der USS *Boxer*, die in Peytons Augen wie eine kleinere Ausgabe der *Nimitz* aussah. Sie erfuhr, dass die *Boxer* zur US Navy Expeditionary Strike Group gehörte – einem Schiffsverband, der eine Schnelle Eingreiftruppe zu Einsätzen an Land, auf See oder in der Luft befähigte.

In einem Besprechungsraum neben der Brücke informierte Colonel Nathan Jamison, der Kommandeur des 11. Marine-Expeditionskorps, die fünf über die Aufklärung, die seine Crew durchgeführt hatte, seit Averys Verbindungsmann sich vor fünf Stunden an das Verteidigungsministerium gewandt hatte.

Das Foto eines Hafens erschien auf dem Bildschirm. Riesige Baldachine hingen über der Anlage.

Jamisons Stimme klang wie ein Knurren. »Wir haben keine Schiffe ein- oder auslaufen sehen.«

William stand neben ihm an der Tafel. »Das werden Sie wahrscheinlich auch nicht.«

Durch die Fenster sah Peyton weitere Hubschrauber landen und Soldaten absetzen. Die *Boxer* sammelte alle einsatzfähigen Marines und Navy-Angehörigen von den über den Pazifik verstreuten Schiffen ein. Der Colonel hatte ihnen mitgeteilt, dass seine Einheit normalerweise aus zweitausendzweihundert Mann bestand, das X1-Mandera-Virus jedoch die Truppenstärke reduziert hatte. Peyton fragte sich, wie Kition das Virus auf so viele Schiffe hatte bringen können. Hatte es dazu das Wasser, das Paketband und die Kartons benutzt, die sie in Aralsk-7 entdeckt hatten? Oder gab es eine andere Verteilmethode für die Streitkräfte und andere isolierte Bevölkerungsgruppen?

Ihr Vater skizzierte auf der Tafel die Insel mit ihren Gebäuden und Straßen. »So sah die Insel Mitte der Sechziger aus. Da war ich zum letzten Mal dort.« Er hielt einen Augenblick inne. Peyton hatte das Gefühl, dass er sich an etwas erinnerte; sie überlegte, was es sein könnte.

Er zeigte auf ein Gebäude weit im Landesinneren, abseits

der Hauptstraße. »Das ist das Verwaltungsgebäude. Es ist der wichtigste Bürokomplex auf der Insel. Ich glaube, dass die Anführer von Kition dort sind. Und die Serverfarm. Wenn wir da reinkommen und Avery sich einloggt, bekommt sie Zugang zu den Dateien von Kition, worunter sich hoffentlich auch eine Liste der Lagerhallen befindet, in denen das Heilmittel aufbewahrt wird.«

Colonel Jamison legte seinen Plan dar, wonach Fallschirmspringer vor dem Verwaltungsgebäude landen und Amphibienfahrzeuge einen einsamen Strand einige Kilometer vom Hafen entfernt ansteuern sollten. Tausende Soldaten würden sofort die Insel durchkämmen. Sobald die Fallschirmspringer den Boden erreichten, sollten sie Luftunterstützung erhalten. Peyton und die anderen vier würden an Land gehen, wenn die Insel gesichert war.

Als Colonel Jamison geendet hatte, sagte William: »Das ist ein guter Plan. Unter normalen Umständen ist ein großangelegter Angriff die richtige Vorgehensweise.«

Jamison starrte ihn an.

»Wir haben jedoch einen Vorteil.«

»Und zwar?«, knurrte Jamison.

»Das Überraschungsmoment. Und wir kennen das Gelände. Aber leider haben wir es mit einem äußerst raffinierten Feind zu tun. Er könnte auf einen Frontalangriff vorbereitet sein – und wir können nicht wissen, wie. Wahrscheinlich wird es viele Opfer geben.«

»Der Preis des Scheiterns ist noch höher«, sagte Jamison.

»Allerdings. Aber ich glaube, wir sollten eine kleine Änderung des Plans in Erwägung ziehen. Eine Vorstufe, wenn Sie so wollen. Ich schlage vor, dass wir fünf an dem Strand landen, den Sie entdeckt haben, das Zielgebiet aufklären und versuchen, ins Verwaltungsgebäude zu gelangen und uns das Zielobjekt zu verschaffen.«

Jamison schüttelte den Kopf. »Zu riskant. Wenn Sie entdeckt werden, verlieren wir das Überraschungsmoment.«

»Ich halte Ihren Plan für noch riskanter, Colonel. Wenn wir massenhaft im Hafen und an den Stränden landen, hat Kition Zeit, die Dateien zu löschen, hinter denen wir her sind. Nein, das funktioniert einfach nicht.«

Die beiden Männer stritten eine Weile, ohne dass jemand Gelegenheit bekam, sich einzuschalten. Schließlich erhob William die Stimme. »Ich bin kein Zivilist. Ich war beim britischen Auslandsgeheimdienst. Und wir waren *sehr gut* bei genau solchen Operationen.«

Diese Beteuerung brachte Jamison nicht von seinem Vorhaben ab; sie machte ihn nur wütend. Aber schließlich fanden die beiden Männer einen Kompromiss: Die fünf würden mit einem kleineren Trupp von Navy SEALs und Marines der Aufklärungseinheit Force Recon an dem Strand landen. Die Haupttruppe und die Luftunterstützung würden sich zum schnellen Zuschlagen bereithalten.

Sie verließen den Besprechungsraum. »Ich muss mit dir reden«, flüsterte Peytons Vater ihr vor der Tür ins Ohr.

Als sie allein waren, sagte er: »Ich will, dass du auf der Insel dicht bei mir bleibst.«

»Okay.«

»Und Charlotte auch.«

»Ist sie ...«

»Vertrau mir, Peyton, ja?«

»Gut.«

»Du wirst vielleicht Dinge erfahren, die ... dich verstören.«

»Dad, was soll das bedeuten?«

»Ich will nur, dass du bereit bist. Und dich ganz auf unser Ziel konzentrierst: die Liste der Lagerhallen mit dem Heilmittel zu finden.«

Desmond stand auf dem Flugdeck, und der Wind blies ihm ins Gesicht. Helikopter landeten. Soldaten versammelten sich für den Angriff. Die Sonne war untergegangen; in einer Stunde würden sie abheben.

Avery kam zu ihm und stand einige Minuten schweigend neben ihm.

»Wir müssen über das reden, woran du dich bei deinem Elternhaus erinnert hast.«

Er antwortete, ohne sie anzusehen. »Nein, müssen wir nicht.«

»Des, sag mir wenigstens, was du deswegen unternehmen willst.«

»Ich habe keine Ahnung.«

109

Desmond fand Peyton in einer der Messen, wo sie allein vor einem Teller mit unberührtem Essen saß. Er nahm sich ein Tablett, belud es mit Rindereintopf und Maisbrot und setzte sich ihr gegenüber.

»Keinen Hunger?«, fragte er.

»Riesenhunger.«

»Ich bin auch nervös.«

Sie schob ein paar grüne Bohnen auf dem Teller hin und her. »Ich bin es gewohnt, mich in Gefahr zu begeben. Hohe Risiken einzugehen.«

»Aber diesmal ist es anders.«

Sie nickte. »Und ... da ist noch was.«

»Und zwar?«

Er fragte sich, ob sie von ihm sprach. Von *ihnen*.

»Charlotte«, sagte sie.

Er zog die Brauen hoch.

»Sie hat eine Verbindung zu dir. *Und* zu mir. Findest du das nicht seltsam? Und mir fällt einfach kein Grund ein, warum ihr jemand Lieferungen schicken sollte. Das sind einfach ... zu viele Zufälle. Wir übersehen was. Etwas Entscheidendes.«

Desmond schwieg einen Moment. Das war nicht die Unterhaltung, die er hatte führen wollen. Aber es war interessant. Sie hatte recht, wie meistens.

»Ich weiß nicht, was es zu bedeuten hat, aber ich habe etwas anderes rausgefunden. Ich habe sehr lang dafür gebraucht.«

Peyton musterte ihn wortlos.

»Als ich dich vor fünfzehn Jahren in Palo Alto verlassen habe, dachte ich, ich würde das Richtige tun. Für uns beide. Ich dachte, du wärst ohne mich besser dran. Würdest Kinder kriegen. Glücklich sein. Einen normalen Mann finden.«

Sie wollte etwas sagen, aber Desmond kam ihr zuvor. »Lass mich kurz ausreden. Ich will sagen, dass ich dachte, die Zeit würde meine Wunden heilen. Das war ein Irrtum. Es ging mir allein nicht besser. Du sollst wissen, dass du recht hattest. Ich wünschte, ich hätte dich nie verlassen.«

»Das ist Vergangenheit, Des.«

»Ich wollte es nur sagen, falls ...«

»Falls wir nicht zurückkommen.«

»Ja.«

»Jetzt sag ich dir was. Lass uns eine Abmachung treffen. Wenn wir es schaffen zurückzukommen, reden wir nicht mehr über die Vergangenheit. Nur noch über die Zukunft. Und die Gegenwart.«

»Einverstanden.«

TAG 14

6.100.000.000 Infizierte

18.000.000 Tote

110

Elim nähte gerade einen Schnitt am Arm eines jungen Mädchens, als aus dem Lautsprecher des Untersuchungsraums eine Stimme ertönte. »Dr. Kibet, melden Sie sich in der Telefonzentrale, Sie haben einen dringenden Anruf vom MHO.«

Das MHO war das kenianische Gesundheitsministerium, beziehungsweise das, was davon noch übrig war.

Die Krankenschwester, die ihm assistierte, warf ihm einen Blick zu, aber er nähte weiter die Wunde.

»Du bist sehr tapfer«, flüsterte er dem Mädchen zu.

Das brachte sie zum Lächeln. Er fragte nicht, wie sie sich den Schnitt zugezogen hatte, aber er hatte der Schwester aufgetragen, dafür zu sorgen, dass sie eine sichere Bleibe hatte, bevor sie entlassen wurde.

Die Stimme aus dem Lautsprecher rief ihn noch einmal, während er in sein Büro ging.

Der Telefonist verband ihn mit dem Gesundheitsministerium. Dhamirias Stimme in der Leitung war Musik in seinen Ohren; er wollte sie unbedingt sehen.

»Elim, der Generalstab hat gerade angerufen.«

Er setzte sich auf. Das Militär hatte die Aufgaben der Regierung in Kenia übernommen.

»Die UN haben sich beim Generalstab gemeldet. Sie haben mit Griechenland und Frankreich eine Abmachung getroffen, dass jedes Land ein paar Dosen des Heilmittels bekommt. Wir kriegen in zwei Stunden sieben Dosen. Ein griechischer Jet fliegt sie her.«

»Das ist großartig.«

»Der General wollte alle Dosen, aber wir haben ihm gesagt, dass wir mindestens eine für Forschungszwecke brauchen, um vielleicht noch mehr herzustellen.«

Elim lächelte. »Das war sehr raffiniert.«

In Wirklichkeit hatten sie keine Labore, um vernünftige Analysen durchzuführen und ein Heilmittel zu produzieren. Aber er hatte Verwendung für eine Dosis der lebensrettenden Arznei. Sie würde ihm ermöglichen, ein Versprechen zu erfüllen, das er gegeben hatte. Und eine Schuld zu begleichen.

Als die Dosen des X1-Mandera-Heilmittels eintrafen, ging Elim persönlich zum militärischen Hauptquartier im Verteidigungsministerium, das im Stadtteil Hurlingham lag. Eine Dosis war schon für den General verwendet worden, der zurzeit die kenianischen Streitkräfte befehligte, und dieser General benutzte die übrigen fünf Dosen, um die Loyalität seiner Untergebenen zu testen und alle auszusortieren, die seine Position gefährden könnten. Es erwies sich als effektiv. Zwei andere Generäle und drei Colonels war an diesem Morgen ermordet worden – alle waren mit der gegenwärtigen Führung unzufrieden gewesen. Jetzt tanzte keiner mehr aus der Reihe, und Elim spürte die Veränderung in dem militärischen Komplex.

Sobald er die Dosis bekommen hatte, eilte er zurück zum Kenyatta National Hospital und rannte durch die Gänge. Er hatte fünf Überlebende aus Dadaab dabei, die ihn – und das Heilmittel – beschützten. Ihre Gegenwart hatte eine einschüchternde Wirkung, aber sie war notwendig.

Im Patientenzimmer verabreichte er schnell die Dosis. Er hoffte, dass es nicht zu spät war.

Er versuchte, nicht an die Patientin zu denken, während er seine Visite durchführte. Stunden vergingen, ohne dass er etwas von ihr hörte. Er überlegte, ob das Heilmittel vielleicht nicht in allen Fällen wirkte.

Als er gerade bei einem Mann mittleren Alters Hepatitis E diagnostizierte, wurde ihm mitgeteilt, die Patientin sei aufgewacht. Das war ein gutes Zeichen.

Er öffnete die Tür zu ihrem Zimmer. Hannah saß im Bett. Sie hatte müde Augen mit dunklen Ringen darunter. Es schien ihr schwerzufallen, die Glieder zu bewegen. Elim erinnerte sich lebhaft an die Schwäche, die das tödliche Virus bei ihm ausgelöst hatte. Er war gezwungen gewesen, viele Dinge neu zu erlernen: zu laufen und seine Muskeln einzusetzen. Er wusste, dass ihr dasselbe bevorstand. Aber er sah die Kraft in ihren Augen.

»Man hat mir gesagt, ich müsste Ihnen für meine Genesung danken.«

Elim schüttelte den Kopf. »Ich war nur der Überbringer.«

»Aber Sie haben die Entscheidung getroffen.«

»Das stimmt. Es ist die schwierigste Entscheidung, vor die man gestellt werden kann: wessen Leben man rettet. Für Ärzte ist es besonders schwer.«

»Und Sie haben sich für mich entschieden.«

Elim beantwortete die Frage, die sie eigentlich stellen wollte – *warum*. Er wusste, was ihr bevorstand: das Überlebensschuld-Syndrom. Hannah war Ärztin und Epidemiologin; sie hatte ihr Leben der Rettung anderer verschrieben. Jetzt hatte Elim sie bevorzugt.

»Vor ungefähr zwei Wochen ist eine Gruppe von sehr mutigen Fremden gekommen, um meinem Volk zu helfen. Wir lagen im Sterben. Sie haben ihr Leben für uns aufs Spiel gesetzt. Sie haben ein Medikament mitgebracht, von dem sie glaubten, es würde das Virus besiegen. ZMapp. Es war für ihre eigenen Leute gedacht, aber sie waren einverstanden, meiner Regierung eine Dosis zu überlassen, die ich bekommen habe. Das hat mir das Leben gerettet.

Zuerst hatte ich deswegen Schuldgefühle, und ich habe mich gefragt, ob sie es dem Richtigen gegeben haben. Ich habe nach dem Grund gefragt. Sie sagten mir, mein Leben wäre es wert, gerettet zu werden.«

»Und Sie glauben, meines ist es auch wert?«

»Ich weiß es.«

»Warum?«

»Sie gehören zu den Fremden, die gekommen sind und ihr Leben riskiert haben, um uns zu helfen. Aber vor allem weiß ich es, weil ich weiß, was Sie gerade denken.«

Sie wandte kurz den Blick ab.

»Sie wollen aus dem Bett steigen, durch das Krankenhaus laufen und den Menschen helfen.«

Er sah in ihren Augen, dass er recht hatte.

»Die Welt braucht Menschen wie Sie, Dr. Watson. Es ist eine schwierige Entscheidung, aber manchmal müssen wir Menschen retten, die anderen helfen können. Ich habe begriffen, wie klug die Entscheidung meiner Regierung war, als ich ins Flüchtlingslager gereist bin und als ich hierherkam.

Eine Begegnung mit dem Tod verändert einen. Gute Menschen werden zu noch besseren – sie sind dankbar und widmen sich den wichtigen Dingen.

Ihre Genesung braucht Zeit. Sie waren tagelang bettlägerig. Aber Sie werden wieder gesund, und dann ist uns Ihre Hilfe willkommen. Jetzt ruhen Sie sich erst mal aus.«

111

Der Mond leuchtete ihnen den Weg. Die Boote glitten fast geräuschlos durch das Wasser, und die schwarz gekleideten Passagiere hatten sich die Gesichter in den grünen und braunen Farbtönen des Dschungels bemalt.

Der salzige Wind blies durch Peytons Haar und peitschte es herum, während das Boot über die Wellen hüpfte. Desmond saß neben ihr, den Blick nach vorn gerichtet. In dieser Frühsommernacht im Südpazifik verspürte Peyton inneren Frieden. Sie staunte über die Ereignisse der letzten beiden Wochen. Ihr Vater war zurückgekehrt. Desmond war wieder da. Und sie könnte bald alles wieder verlieren.

Avery saß ihr gegenüber. Sie hatte ihr blondes Haar in den Helm gestopft und die Gesichtsfarbe großzügig aufgetragen. Ihre Augen glühten unnatürlich wie die einer Raubkatze, die lautlos im Dschungel kauert, ihre Beute beobachtet und überlegt, ob sie zum Sprung ansetzen soll. Sie sah von Peyton zu Desmond, und ihr Blick schien zu sagen: *Also seid ihr jetzt wieder zusammen?*

Peyton hätte sie am liebsten mit einem Tritt gegen die Brust aus dem Boot befördert, aber sie brauchten sie. Außerdem hätte Avery wahrscheinlich einfach Peytons Bein abgefangen und gebrochen wie einen Zweig.

Peytons Vater schien den Blickwechsel zu bemerken. Er sah ebenfalls Desmond an und zog die Brauen hoch. Peyton spürte, dass sie errötete. Es war bizarr – sie fühlte sich in ihre Jugend zurückversetzt.

Auch Charlotte musterte Desmond und Peyton. Sie lächelte, offenbar erfreut, dass die Schwester ihres ehemaligen Freunds und das Waisenkind, um das sie sich gekümmert hatte, zusammenkamen. Die Einzigen, die von all dem unberührt blieben, waren die Navy SEALs im Bug und im Heck.

Der Strand vor ihnen wirkte verlassen, aber Peyton hielt unwillkürlich den Atem an, während das kleine Boot Welle um Welle erklomm.

Mit einem Knirschen liefen sie auf Sand. Der Strand war übersät von Muscheln, Treibholz und herabgefallenen Kokosnüssen. Es war kein makelloser Hotelstrand. Es war unberührtes Land, so wie die Natur es erschaffen hatte.

Die Soldaten winkten die fünf Passagiere aus dem Boot. Wenige Sekunden später setzte Peyton zum ersten Mal ihren Fuß auf die Insel.

112

Die SEALs und die Marines der Force Recon hievten die beiden Boote hoch und liefen in den Dschungel. Sie verbargen sie unter Tarnnetzen und führten Peyton, Desmond, Avery, William und Charlotte tiefer ins Innere der südpazifischen Insel.

Die Soldaten bildeten einen Ring um die fünf Zivilisten. Sie schlichen geduckt unter den Palmen her, stiegen über Kokosnüsse am Boden und streiften Baumfarne. Die Luft war schwül. Nur gelegentlich verdrängte eine Brise vom Meer die drückende Hitze.

Peyton kam es vor, als wäre der Dschungel lebendig und ständig in Bewegung wie ein einziger Organismus, der ein- und ausatmete. Die üppige Vegetation wogte im Wind. Tiere schlängelten sich knackend durchs Unterholz und stießen Rufe aus. Der Dschungel war so dicht, dass sie kaum drei Meter weit sehen konnte.

Alle waren angespannt. Mehrmals blieben sie stehen und gingen in die Hocke, um sich zu vergewissern, dass sie allein waren.

Peyton hatte eine Einführung in die Funksprache erhalten, die bei vielen Einsätzen nützlich gewesen war, wenn sie mit Militär, Polizei, Feuerwehr und Luftfahrtpersonal kommunizieren musste. Und in letzter Zeit war sie besonders nützlich gewesen.

Peytons Vater sprach als Erster über Funk. »Dreihundert Meter bis zum Ziel«, flüsterte er.

Die Gruppe blieb stehen, und drei Soldaten liefen voraus.

Als sie zurückkamen, zeigten sie den anderen an, ihnen zu folgen.

Der Wald wich einem gerodeten Bereich. Von dem Hügel im Dschungel konnte Peyton mehrere Reihen von Häusern im karibischen Stil erkennen: Schindelwände, Metalldächer, sturmsichere Fensterläden und große Veranden. Ein riesiges Dach hing über den Unterkünften, gestützt von Metallsäulen mit Betonfundamenten. Von einem der Häuser entfernte sich ein elektrisches Fahrzeug mit Plastikfenstern, das sie an ein Golfmobil erinnerte.

Ein Marine sprach über Funk. »Overwatch, hier Einheiten Bravo und Zulu. Wir sind in Position Tango. Rücken weiter vor.«

»Bravo, Zulu, hier Overwatch. Bestätige.«

William und vier Soldaten lösten sich aus der Gruppe, gingen auf die Ecke der Siedlung zu und hockten sich kurz auf den Boden, um durch ihre Feldstecher zu blicken. Die übrigen Soldaten schwärmten im Wald aus und nahmen Scharfschützenpositionen ein. Die meisten von ihnen legten sich auf den Bauch und visierten durch ihre Zielfernrohre die kleine Siedlung an.

Auf dem Schiff hatte Peytons Vater darauf bestanden, die Aufklärungsteams anzuführen. Colonel Jamison war dagegen gewesen, aber William hatte argumentiert, er kenne das Gelände und den Feind am besten. Peyton hatte ihm auf der Krankenstation den Knöchel neu verbunden, Kortisonspritzen verabreicht und Schmerztabletten gegeben. Er hatte die Pillen in die Tasche gesteckt, aber keine davon genommen.

William und die vier Soldaten rannten auf das erste Haus zu und drangen durch die Hintertür ein. Der ältere Mann ging als Letzter hinein. Sein Hinken bremste ihn ein wenig, aber Peyton fand, dass er sich den Umständen entsprechend gut bewegte.

Sie zählte die Sekunden, aber nichts geschah. Minuten verstrichen. Dann schlüpften zwei Soldaten aus der Hintertür, rannten zurück zum Waldrand und kamen weiter hinten, beim vierten Haus von der Ecke aus gesehen, wieder heraus. Sie betraten das Haus auf ähnliche Weise.

Ein Soldat meldete sich erregt über Funk. »Truppführer Zulu, brauchen Verstärkung an Position zwei.«

Schnell wurden über Funk Befehle erteilt.

Sechs Soldaten sprangen auf, liefen am Waldrand entlang und stürmten in das vierte Haus. Peyton war verblüfft, wie schnell sie waren. Sie schluckte. Ihr Vater war im ersten Haus. *Geht es ihm gut?* Die Vorstellung, ihn zu verlieren, entsetzte sie; das merkte sie erst jetzt, als er in großer Gefahr war.

Desmond sah sie an und nickte leicht, um sie zu beruhigen, eine Geste, die nur sie sehen konnte.

Avery kroch zum Truppführer des Zulu-Teams und flüsterte ihm etwas zu, das Peyton nicht hören konnte. Der Mann schüttelte den Kopf und schob sie, offenbar verärgert, zurück.

Sie ließ sich nicht aufhalten. Sekunden später sprang sie auf und rannte den Hügel hinab.

Die Stimme des Manns drang hart aus dem Funkgerät. »Medusa, zurück zum Sammelpunkt.«

Avery lief weiter.

»Fuchs-Team, Achtung, Medusa nähert sich eurer Position.«

Der Truppführer sah sich zu Desmond um, der nur mit den Achseln zuckte, um ihm zu signalisieren, dass er das Problem schon kannte.

Ein Elektrowagen tauchte aus dem Waldweg auf und parkte vor einem Haus, das die Soldaten nicht besetzt hatten. Zwei weitere fuhren zu anderen Häusern. Am Waldrand näherten sich mehrere schwarz gekleidete Soldaten diesen Häusern.

Peyton wollte unbedingt wissen, was dort vorging, aber sie hielt den Mund und versuchte ruhig zu bleiben.

Eine gedämpfte Stimme drang aus dem Funkgerät; ein verwundeter Soldat, dachte Peyton. »Zulu, Bravo. Vorrücken. Schnell.«

113

Im zweiten Haus waren die Jalousien geschlossen. Auf den Holzdielen breitete sich eine Blutlache aus. Peyton hielt inne und umrundete sie dann langsam. Die Marines und Navy SEALs liefen hindurch und schienen sie dabei kaum wahrzunehmen. Sie gingen von Zimmer zu Zimmer und riefen »Gesichert!«, bevor sie sich wieder im Flur versammelten.

Peyton entspannte sich, als sie die Stimme ihres Vaters aus dem Wohnzimmer hörte. Bei ihm standen Avery und zwei Soldaten. Sie hatten ein Bild von der Wand genommen und auf die Rückseite eine Karte der Insel und ihrer Gebäude gezeichnet.

William schaltete das Funkgerät an und schilderte ihren Trupps und der Operationszentrale auf der *Boxer* seinen Plan.

Er und die Soldaten hatten Bewohner des Hauses verhört und eine Menge Informationen erhalten. Die Karte zeigte die Einrichtungen auf der Insel, die sich seit den Sechzigern verändert hatten. Über zweihundert private Sicherheitsleute waren in den Barracken beim Hafen untergebracht. Außerdem waren die Verteidigungseinrichtungen auf der Insel modernisiert worden. Das Sonar und das Radar hätten die größeren amphibischen Landefahrzeuge wahrscheinlich entdeckt, lange bevor sie den Strand erreicht hätten. William und die anderen hofften, dass die kleinen Boote, die sie benutzt hatten, nicht aufgespürt worden waren. Das Überwachungsnetz konzentrierte sich auf die Seite der Insel, auf der der Hafen lag.

Besonders beunruhigend waren die Boden-Luft-Raketen und die Antischiffsraketen, die auf der Insel stationiert waren.

Kition konnte Luftangriffe von der *Boxer* abwehren, und die Reichweite der Raketen genügte, um die Schiffe der Expeditionary Strike Group zu treffen.

William drängte die Operationszentrale, die Schiffe nicht zurückzuziehen; falls sie schon überwacht wurden, hätte ein Rückzug Verdacht erregt und möglicherweise eine Durchsuchung der Insel ausgelöst.

William hatte zwei interessante Gebäude markiert: einen Laborkomplex und ein Verwaltungsgebäude, welches das Datenzentrum und die Kommunikationseinrichtungen der Insel beherbergte. Die Bewohner hatten beim Verhör gesagt, keines der beiden Gebäude sei schwer bewacht und die gegenwärtige Schicht ende in einer Stunde – das war der beste Zeitpunkt, um dort einzudringen.

Der Plan erschien Peyton gut durchdacht. Die SEALs und Force-Recon-Soldaten sollten sich zu den Baracken und Verteidigungsanlagen durchschlagen. Ihre wichtigste Aufgabe war es, das Radar und die Raketen auszuschalten. Dann sollten sie Sprengsätze an den Truppentransportern anbringen; falls die Infanterieeinheiten auf der Insel eingesetzt würden, um einen Bodenangriff zurückzuschlagen, könnten sie auf diese Weise schnell ausgeschaltet werden. Der Plan war effizient und tödlich und wahrscheinlich das Beste, das sie mit ihren begrenzten Kräften erreichen konnten.

Bei der Durchsuchung der Häuser hatten die Soldaten einen IT-Spezialisten namens Carl und eine Medizintechnikerin namens Gretchen angetroffen. Ihre Schichten begannen gleich, und sie würden eine gute Tarnung für das Eindringen der Teams abgeben. Desmond, William und Avery würden mit Carl ins Verwaltungsgebäude gehen, und falls jemand Fragen stellte, würde er sagen, sie seien neue Berater, die Zugang zur Datenbank bräuchten. Charlotte und Peyton würden von Gretchen ins Laborgebäude geschleust werden, wo sie nach Informationen über das Heilmittel suchen sollten. Zwei Navy SEALs würden sie begleiten. Jedes Teammitglied hatte

Zivilkleidung und die nötige Tarnung für das jeweilige Unterfangen mitgebracht.

Im Bad wusch Peyton sich die Farbe aus dem Gesicht. Als sie in den Spiegel blickte, sah sie Desmond an der Tür stehen.

»Sei vorsichtig.«

Sie sah ihn im Spiegel an. »Du auch.«

»Wir sehen uns auf der anderen Seite.«

»Ich werde dort sein.« Und sie hoffte, er wäre es auch.

114

Peyton fuhr mit Gretchen und Charlotte auf der Rückbank eines Elektrowagens. Die beiden Navy SEALs saßen schweigend vorn und hielten auf der unbefestigten Straße, die sich über die Insel wand, nach Gefahren Ausschau. Die winzigen Scheinwerfer durchdrangen kaum die Dunkelheit; Peyton nahm an, dass sie so klein waren, damit man sie aus der Luft nicht sichten konnte. Die Straßen waren nicht unter Baldachinen verborgen, stattdessen streckten die Bäume zu beiden Seiten ihre mächtigen Äste über sie.

Peyton sah zu Gretchen. Die Frau war Mitte vierzig, sportlich und blond. Sie wirkte verärgert. Peyton überlegte, wie sie in dem Haus überzeugt worden war, sie in das Laborgebäude zu bringen. Sie vermutete, dass sie auf irgendeine Weise gezwungen worden war. Vor allem aber fragte sich Peyton, wie eine promovierte Medizintechnikerin, die einen vernünftigen Eindruck machte, für Kition arbeiten konnte.

»Wie konnten Sie das tun?«, fragte sie.

Gretchen antwortete, ohne Peyton in die Augen zu sehen. Sie hatte einen deutschen oder niederländischen Akzent. »Ich bestreite die Grundannahme.«

Peyton zog die Brauen hoch.

»Sie gehen davon aus, dass wir gegen die Interessen der Menschheit gehandelt haben.« Jetzt sah sie Peyton an. »Ich kann Ihnen versichern, dass das nicht der Fall ist. Unser Vorhaben wird Menschenleben retten. Ich sollte Sie fragen, wie Sie das tun können.«

»Ich glaube, einen tödlichen Erreger freizusetzen ist nicht unbedingt im Interesse der Menschheit.«

»Das ist eine kurzsichtige Perspektive.«

»Sie haben in der letzten Woche Millionen von Menschen getötet.«

Gretchen wandte den Blick ab. »Das bedauern wir. Viele sind aufgrund der Entscheidungen Ihrer und anderer Regierungen gestorben. Aber das ändert nichts am Ergebnis. Es ist den Preis auf jeden Fall wert.«

»Und was ist das ...«

Der Navy SEAL am Steuer unterbrach sie. »Es geht los, Ladys.«

Der Wagen verließ die unbefestigte Straße und fuhr auf eine von Bäumen gesäumte Promenade mit Gehwegen, deren Überdachung zweifellos mit einem Tarnmuster versehen war. Zur Linken lag ein großer, ebenfalls überdachter Parkplatz.

»Parken Sie irgendwo«, sagte Gretchen.

Als sie anhielten, drehte sich der SEAL auf dem Beifahrersitz zu ihr um und sagte: »Ich möchte Sie an unsere Abmachung erinnern – und an die Konsequenzen, wenn Sie davon abweichen.«

»Ich brauche keine Erinnerung.«

LED-Lampen an der Kuppel des Dachs beleuchteten den Weg zum Laborkomplex. Sie schwiegen, während sich ihnen auf dem Pfad andere Beschäftigte anschlossen.

Der Wachmann an dem Pult im Inneren beachtete sie kaum. Gretchen führte sie zu einem Aufzug und drückte auf einen Knopf mit der Aufschrift B4. Im Haus hatte Peyton überlegt, wohin sie zuerst gehen sollten. Der Auftrag der anderen hatte Vorrang; sie sollten die Lagerhallen finden, die das fertige Heilmittel beherbergten. Aber als Ausweichplan sollte Peyton herausfinden, wo das Heilmittel hergestellt wurde und wie sein Wirkmechanismus war. Wenn die anderen scheiterten und die Regierungen gezwungen wären, das Heilmittel selbst zu produzieren, waren diese Informationen entscheidend.

Gretchen führte sie zu einem Büro, aus dessen Fenster man auf eine riesige Produktionsanlage herabblicken konnte. Die Einrichtung befand sich eindeutig unter der Erde, aber Peyton erschrak am meisten über die Maschinen dort.

»Was ist das?«

»Das, wonach Sie gefragt haben.«

»Hier wird das Heilmittel hergestellt? Unmöglich.«

Ein Lächeln huschte über Gretchens Lippen. »Sie gehen wieder von falschen Voraussetzungen aus, Dr. Shaw.«

Peyton schaltete ihr Funkgerät ein. »Irgendwas stimmt hier nicht.«

Es kam keine Antwort.

»Desmond? Avery?«

Sie wartete.

»Dad, bitte kommen.«

Niemand meldete sich.

115

Desmond und Avery folgten schweigend einem anderen beleuchteten Weg. Ungefähr drei Meter vor ihnen gingen William und Carl.

In dem Bungalow hatte Desmond sich umgezogen, die Farbe aus dem Gesicht gewischt und eine Perücke mit braunem lockigem Haar aufgesetzt. Der angeklebte Schnurrbart juckte. Das Poloshirt war zu eng, die Shorts zu weit. Avery sah ihn ständig an.

»Was ist?«, flüsterte er.

»Nichts.«

»Im Ernst.«

Sie grinste. »Du siehst aus wie ein Pornostar aus den Siebzigern.«

Er konnte ein Lachen nicht unterdrücken. »Danke.«

»Im Haus sah es fast so aus, als würdest du dich an Peyton ranmachen.«

Desmond musterte sie einen Moment, aber die junge Frau sah ihn nicht an.

»Hey.«

Sie drehte sich zu ihm.

»Früher ...«, sagte er. »Was hatten wir da für eine Beziehung?«

»Spielt das eine Rolle?«

»Für mich schon.«

»Tja, ich bin mir aber nicht sicher, ob es für mich noch eine Rolle spielt.«

Bevor Desmond noch etwas sagen konnte, blieb William vor

ihm stehen und flüsterte ihnen zu, sie sollten ruhig sein. Vor ihnen ragte das Verwaltungsgebäude auf.

In der Eingangshalle schoben sie ihre Magnetkarten in das Lesegerät; Carl benutzte seine eigene, während Desmond, William und Avery Karten der anderen Bewohner des Bungalows verwendeten, die Zugang zum Gebäude und zu kritischen Bereichen hatten. In ihrer Verkleidung ähnelten sie den Karteninhabern vage, aber natürlich könnten sie niemanden täuschen, der sie persönlich kannte. Desmond hoffte nur, dass sie an dem Wachmann hinter dem Pult vorbeikamen und den Leuten, die die Bilder der Überwachungskameras ansahen, nicht auffielen.

Zu seiner Erleichterung sah der Wachmann kaum von seinem Pult auf. Nach wenigen Sekunden hatten sie die Eingangshalle durchquert und die Aufzüge erreicht. Desmond atmete erleichtert aus.

Das Gebäude hatte vier Stockwerke. Carl führte sie in den fensterlosen Serverraum in der ersten Etage. Er war mindestens dreißig Meter lang und zwanzig Meter breit und umfasste auch die beiden darüberliegenden Stockwerke.

Das Summen von zahllosen Computern erfüllte die Luft. Reihen von Metallschränken und Gitterregalen erstreckten sich durch den Raum. Manche Anlagen standen offen, und Kabel quollen heraus wie die Eingeweide eines mechanischen Monsters. Techniker standen an Wagen, auf denen sich Computerteile stapelten, arbeiteten an Laptops und tippten auf Tastaturen unter Monitoren, die sich aus den Racks ausklappen ließen. Der Raum war kühl und wurde von Neonröhren beleuchtet. Aus der Klimaanlage wehte eine künstliche Brise auf sie herab. Der Boden bestand aus einem mit Plastikfliesen belegten Metallgitter, unter dem Kabel die einzelnen Bereiche der Datenzentrale miteinander verbanden. Ihre Schritte pochten auf den Fliesen.

Die Datenzentrale war viel größer als Desmond erwartet hatte. *Was tun sie mit so viel Rechenleistung?*

Avery befestigte an mehreren Stellen kleine Kameras am Ende der Serverreihen. Ihre Magnetsockel klickten auf die Metallrahmen.

Carl blieb vor einem Rack stehen und gab an einer Tastatur neben einer kleinen Tür einen Zahlencode ein. Die Klappe öffnete sich mit einem Klicken, und Carl zog einen Laptop heraus. Er steckte ein Ethernet-Kabel in die Buchse einer Schaltleiste über den Servern.

»Dieser Terminal hat Administratorenrechte im Netzwerk.«

Er trat zur Seite, und Avery nahm seinen Platz ein. Sie legte ein Tablet neben den Laptop und rief die Bilder der Überwachungskameras auf, die sie angebracht hatte. Bisher folgte ihnen niemand.

Sie tippte wild auf der Tastatur. Einen Augenblick später erschien das Logo von Rook Quantum Sciences auf dem Bildschirm.

»Ich bin drin.«

116

Peyton versuchte es noch einmal über Funk.

»Desmond. Dad. Avery.«

Sie wartete.

»Bitte meldet euch.«

An Gretchen gewandt sagte sie: »Warum funktioniert der Funk nicht?«

»Ich habe keine Ahnung.«

»Lügen Sie mich nicht an.«

»Das fällt nicht in mein Fachgebiet.«

»Was soll das heißen?«

Gretchen seufzte. »Eine der größten Gefahren für unser Projekt war Industriespionage.«

»Und?«

Sie verzog den Mund zu einem humorlosen Lächeln.

Peyton überlegte kurz. Ja, sie hatten wahrscheinlich alles getan, um zu verhindern, dass Informationen nach außen drangen, und dabei auch die elektronische Kommunikation blockiert. »Das Gebäude ist abgeschirmt, oder? Funkgeräte funktionieren hier drin nicht.«

Gretchens Schweigen bestätigte ihre Theorie. Falls das Verwaltungsgebäude auch abgeschirmt war, könnte Avery die Liste der Lagerhallen nicht mit dem Satellitentelefon hochladen. Das musste sie in Erfahrung bringen, und zwar schnell.

Noch beunruhigender war das, was Peyton unter sich sah – die gewaltigen Maschinen, die das Heilmittel produzierten. Es passte nicht zusammen. Peyton hatte zahlreiche

Anlagen besichtigt, in denen Impfstoffe, antivirale Medikamente und monoklonale Antikörper zur Bekämpfung von Infektionskrankheiten hergestellt wurden. Sie alle hatten eines gemeinsam: Sie basierten auf biologischem Material.

Die meisten Impfstoffe waren einfach eine Form des Virus, vor dem sie schützten. Die Impfungen gegen Masern, Mumps, Röteln, Windpocken, Gürtelrose und die Schluckimpfung gegen Kinderlähmung waren abgeschwächte Varianten der Viren. Diese Erreger konnten sich im Körper kaum vermehren und gaben dem Immunsystem Zeit, sie zu entdecken und anzugreifen. Der Organismus produzierte dann Antikörper und speicherte die Formel in Gedächtniszellen ab, damit das Immunsystem schnell reagieren konnte, wenn das echte Virus auftrat.

Andere Impfstoffe verwendeten abgetötete Erreger, die sich im Körper nicht replizieren konnten. Die Impfungen gegen Hepatitis A, Tollwut und die Spritzimpfung gegen Kinderlähmung funktionierten auf diese Weise. Bei diesen Impfstoffen bestand nicht die Gefahr, dass sie auch nur eine leichte Form der Erkrankung hervorriefen, deshalb waren sie ideal für Menschen mit geschwächtem Immunsystem.

Aber die meisten Impfungen wirkten nicht bei Patienten, die sich schon mit dem Virus infiziert hatten, besonders wenn der Erreger zur Mutation neigte – wie bei Influenza und HIV. Bei schon infizierten Patienten wurden antivirale Medikamente eingesetzt.

Wie viele Impfstoffe wurden auch antivirale Wirkstoffe aus lebendem Material gezüchtet. Monoklonale Antikörper wurden zum Beispiel überwiegend in Zellkulturen herangezogen, die Myelomzellen mit den Milzzellen von mit dem Antigen infizierten Mäusen fusionierten. Andere Virostatika waren chemischen Ursprungs und zielten auf die Proteinschichten oder Enzyme der Viren ab.

Aber egal ob Impfstoff oder Virostatika, alle bekannten Möglichkeiten, Viruserkrankungen zu bekämpfen, setzten einen Produktionsprozess voraus, der auf biologischen oder chemischen Komponenten beruhte. Und hier sah Peyton nichts dergleichen. War das Heilmittel ein Schwindel? Waren die Videos aus Paris und Athen inszeniert? Oder war das Heilmittel von Kition etwas völlig anderes? Und wenn ja, was würde sein Einsatz bewirken?

Peyton zog Charlotte zu sich und flüsterte: »Wir müssen hier raus und die anderen warnen.«

Ein Schuss ertönte, dann drei weitere. Die Navy SEALs, die Charlotte und Peyton begleiteten, wurden herumgewirbelt. Blut breitete sich auf dem weißen Boden aus. Sie waren nicht einmal dazu gekommen, ihre Waffen zu ziehen.

Die drei Männer, die durch die Tür traten, trugen ähnliche Uniformen wie der Wachmann am Eingang. Sie durchkämmten das Büro, dann gingen sie zu Peyton und Charlotte und klopften sie ab.

Der große Mann griff Peyton unter die Achseln und strich mit den Händen über ihre Brust. Sie stieß ihn zurück, aber er packte ihren Arm.

»Fass sie nicht an!«

Die Stimme war wie ein Blitzschlag.

Als Peyton das Gesicht sah, sackte ihr der Unterkiefer herab. Es war unmöglich.

117

Desmond sah auf das Tablet, das die Bilder der Kameras zeigte, die sie in der Datenzentrale angebracht hatten. Bis jetzt hatte sich nichts gerührt, bis auf die Techniker, die zwischen den Reihen umhergingen und gelegentlich ein Gehäuse öffneten, um das Equipment im Inneren zu warten. Überall im Raum blinkten Lämpchen, grün, wenn Datenpakete über das Netzwerk ausgetauscht wurden und Laufwerke arbeiteten, gelb und rot, wenn Daten kollidierten oder Hardware ausfiel.

Desmond beugte sich zu Avery. »Wie lang noch?«

»Fast geschafft.«

Aus den Augenwinkeln sah Desmond eine Bewegung auf dem Display. Jemand rannte. Desmond konzentrierte sich auf das Tablet. Nein – es war nur ein Techniker, der zu einem Schrank geeilt war, um an dem Server zu arbeiten.

In den nächsten sechzig Sekunden füllte sich der Serverraum mit weiteren Technikern. Zwei oder drei kamen zusammen herein, trennten sich, gingen zu Servergehäusen und öffneten sie. Die Bilder beunruhigten Desmond, aber er wusste nicht warum. Es war irgendwie seltsam.

»Geschafft!«

Avery zog einen USB-Stick aus dem Laptop und steckte ihn in ihr Handy, das mit einem Satellitenadapter verbunden war.

Desmond beobachtete weiter die Aufnahmen der Kameras.

Was stimmte da nicht?

Bewegten sich die Männer zu schnell? Nein, daran lag es nicht. Es waren ihre Schuhe. Alle trugen Stiefel. Militärstiefel.

»Hey, wir haben ein Problem.«

Avery sah auf das Handy. »Ich weiß. Es stellt keine Verbindung her.«

William packte Carl am Arm. »Warum nicht?«

Der Mann zuckte mit den Achseln. »Handys sind im ganzen Gebäude verboten. Ich ...«

»Wir müssen raus.«

Desmond nickte zu dem Tablet. »Das wird nicht so einfach.«

Sie waren umzingelt.

Die Frau, die den Soldaten zurechtgewiesen hatte, sah Peyton unverwandt in die Augen. Sie lächelte nicht, aber Peyton glaubte, etwas in ihrer Miene zu lesen: *Es tut mir leid.*

Sie sprach zuerst mit Charlotte.

»Schön, dich wiederzusehen, Charlotte.«

Die australische Ärztin wirkte genauso überrascht wie Peyton. Sie nickte nur leicht.

Peyton schossen eine Million Fragen durch den Kopf. Sie hatte keine Ahnung, mit welcher sie anfangen sollte. Vor allem wollte sie wissen *warum.* Warum dieser Mensch, den sie so liebte, der ihr so viel bedeutete, in die Sache verwickelt war.

Die Frau blieb ein paar Schritte vor Peyton stehen und entließ Gretchen mit einer kurzen Kopfbewegung. Die Soldaten, die die Navy SEALs erschossen hatten, zogen ebenfalls ab.

»Hallo, Schatz.«

Peyton schluckte. »Hallo, Mom.«

118

Desmond stieß Carl gegen die Gitterwand. »Wie viele Ausgänge hat der Raum?«

»Zwei«, sagte der Mann nervös.

»Die sind garantiert bewacht«, sagte William.

Desmond wusste, dass er recht hatte. Aber Peytons Vater schien immer schon einen Schritt voraus zu sein und griff bereits in seine Tasche. Er zog drei runde grüne Kartuschen heraus, rannte zum Ende der Serverreihe und warf sie in verschiedene Richtungen. Rauch quoll aus ihnen hervor, als sie über den Boden rollten. Sie rumpelten über die Fugen zwischen den Kacheln; es klang wie der Trommelwirbel zum Auftakt einer Schlacht.

William kam zurück und reichte Avery eine Handgranate.

»Los. Ihr müsst euch einen eigenen Ausgang machen. Ich verschaffe euch ein bisschen Zeit.«

Bevor Desmond oder Avery etwas sagen konnten, verschwand er im Rauch. Nach wenigen Sekunden setzten Schüsse ein. Geschosse durchschlugen die Metallregale um sie herum. Funken flogen durch die Luft. Kurzschlüsse knisterten. Metall- und Plastiksplitter flogen aus den Racks wie eine tödliche Konfettimischung.

»Bleib unten, Carl«, rief Desmond, während Avery und er lossprinteten.

Aus der Löschanlage an der Decke zischte Gas – Argon oder Stickstoff, um den Sauerstoff zu verdrängen und den Brand zu ersticken.

Avery lief voraus, warf am Ende der Reihe die Granate, zog die Pistole aus dem Gürtel und schoss zweimal.

Desmond hatte bis drei gezählt, bevor er sie erreichte. Die meisten in den USA produzierten Handgranaten explodierten nach vier oder fünfeinhalb Sekunden.

Er schlang Avery einen Arm um den Bauch und zog sie hinter ein Metallrack, kurz bevor die Granate explodierte. Sie wurden beide zu Boden geworfen, und er landete auf ihr.

Einen Moment lang war alles still, dann hörte er ein Klingeln. Die Lampen erloschen. Die Klimaanlage und die Löschanlage fielen aus. Schutt fiel von der Decke auf den erhöhten Boden wie schwere Regentropfen auf ein Metalldach.

Avery rollte Desmond von sich herunter und stand mit der Pistole in der Hand auf. Sie sah nach links und rechts, bevor sie ihm die Hand reichte, um ihm aufzuhelfen. Er bewunderte sie. *Nichts kann sie aufhalten.*

Alles tat ihm weh, als sie ihn auf die Beine zog.

Kurz darauf liefen sie durch das Loch, das die Granate in die Wand des Serverraums gerissen hatte, in einen von Büros gesäumten Gang. Soldaten mit Körperpanzern standen an beiden Enden. Sie stürmten in das nächste Büro, und Desmond rannte zu dem bodentiefen Fenster.

Sie befanden sich viereinhalb Meter über dem Boden, schätzte Desmond. Es war machbar, auch wenn es wehtun würde – und sie sich wahrscheinlich ein paar Knochen brechen würden. Er hob seine Pistole und schoss zweimal auf das Glas.

»Bist du verrückt?«, fuhr Avery ihn an.

»Ja. Das kann man wohl sagen.«

Sie drehten sich um und sahen Conner McClain in der Tür stehen.

»Sie enttäuschen mich, Avery.«

Desmond stellte sich vor sie, um sie zu beschützen. Er wusste, dass Conner ihm nichts tun würde. Und er wusste auch warum.

119

William kroch so schnell er es wagte durch den Raum und spähte um die Computer. Es erinnerte ihn daran, wie er als Kind in einer großen Bibliothek in London Verstecken gespielt hatte. Aber dieses Spiel war tödlich.

Der Rauch war jetzt so dicht, dass er nur etwa einen Meter weit sehen konnte. Seit der Explosion herrschte Stille. Er hoffte, dass Desmond und Avery jetzt draußen waren. Zwei Soldaten, die sich dem Loch in der Wand genähert hatten, hatte er erledigt und dadurch die anderen zurück in den Rauch getrieben.

Er schob sich um ein weiteres Rack, lauschte und hörte nur den herabfallenden Schutt und das Knistern von Kurzschlüssen. Ungefähr auf der Hälfte des Raums strömte Gas aus den Düsen an der Decke.

Wenn er sich richtig erinnerte, war er in der Nähe des Ausgangs – drei Reihen entfernt.

Er kroch zur nächsten Reihe und wartete. Noch eine Reihe weiter. Er war fast draußen. Er musste unbedingt den Marines und den Navy SEALs mitteilen, dass sie ein Ablenkungsmanöver durchführen sollten, und Jamison auffordern, die Insel zu stürmen. Aber das Funkgerät funktionierte immer noch nicht.

Zu spät hörte er die Schritte hinter sich. Er drehte sich um, aber der Mann sprang schon auf ihn und schlug ihn nieder. Ein weiterer Soldat half ihm, und Sekunden später hatten sie Williams Hände gefesselt.

Sie zogen ihn unsanft auf die Beine und führten ihn aus

dem Serverraum und durch mehrere Flure zu einem Aufzug. Es erinnerte William an die Nacht in Rio, als die Gangster ihn aus dem Taxi und durch die Favela gezerrt hatten. Damals hatte er Yuri und Lin das Leben gerettet; sie waren im schmutzigen Hinterzimmer einer Baracke von einem Verrückten gefangengehalten worden. Jetzt war *er* der Gefangene.

Sie stießen ihn im dritten Stock aus dem Aufzug und brachten ihn in einen Raum, in dem ein Apparat stand, der einem MRT-Gerät ähnelte. Nur dass er viel größer war.

Es stimmt. Sie haben es getan, dachte er.

Eine Stimme, die William gut kannte, drang aus dem Lautsprecher. »Scannt ihn und bringt ihn zu mir. Schnell.«

Die Soldaten drückten William auf den Untersuchungstisch, befreiten seine Hände und schnallten ihn an Armen und Beinen fest. Eine Frau in einem blaugrünen Kittel kam herein und spritzte ihm etwas in die Schulter. Die Soldaten traten zurück, während er das Bewusstsein verlor.

Als William die Augen aufschlug, lag er auf einem Sofa und seine Hände waren wieder gefesselt.

Allmählich klärte sich seine verschwommene Sicht wieder, und er nahm den Raum um sich herum wahr. Es war ein Eckbüro mit bodentiefen Fenstern, durch die man auf die Landschaft der Insel blickte. Er stand mühsam auf und schüttelte den Kopf, um den Nebel zu vertreiben.

Ein Mann erhob sich hinter dem Schreibtisch, kam zu ihm und fasste ihn am Oberarm.

»So, alter Freund. Nimm Platz. Entspann dich. Bald kommt alles in Ordnung.«

Der Mann verfrachtete William auf einen Stuhl vor dem Schreibtisch. Im Sitzen ging es ihm schon besser.

Als er das Gesicht des Manns scharf sehen konnte, wusste William nicht, ob er gerettet war oder gänzlich verloren.

Vor ihm stand Yuri.

120

Der Schmerz, den Peyton in diesem Moment empfand, überwältigte sie fast. Es war wie an jenem Abend in Amerika, als ihre Mutter Andrew, Madison und sie zur Seite genommen und ihnen gesagt hatte, ihr Vater sei tot. Es war wie das dunkle Kapitel ihrer Beziehung mit Desmond. Damals hatte sie dasselbe gespürt: Einsamkeit und Verwirrung.

Nur dass es jetzt noch schlimmer war. Ihre Mutter zu sehen, die offenbar hier das Sagen hatte, in den Tod von Millionen Menschen verwickelt und an der Freisetzung eines Erregers in einer schutzlosen Welt beteiligt war und ein Ereignis herbeigeführt hatte, dessen Verhinderung Peytons wichtigstes Anliegen darstellte ... Das war der ultimative Verrat.

Peyton versuchte vergeblich, sich ihre Gefühlte nicht anmerken zu lassen.

»Mom, wie konntest du das tun?«

Lin Shaw wandte den Blick ab. »Es steckt mehr dahinter, als du verstehst.«

»Dann erklär es mir. Ich bin kein kleines Mädchen mehr.«

»Wir haben keine Zeit, um ...«

»Erklär mir, wozu *Millionen* hilfloser Menschen sterben müssen.«

»Peyton.«

»Und was ist das Heilmittel? Was bewirkt es wirklich? Ich weiß, dass ihr da unten weder Viren noch biologisches Material heranzieht. Es ist auch kein chemischer Wirkstoff. Sag es mir, bitte. Was plant ihr?«

Lin trat näher. »Ich erkläre es dir später, aber jetzt müssen wir gehen.«

»Nein. Ich gehe nirgendwo mit dir hin. Nicht, bevor du mir erklärst, warum du das machst.«

»Ich mache es *nicht*. Es gibt zwei Fraktionen bei Kition. Wir sind im Krieg.«

Diese Worte entsetzten Peyton – und gaben ihr Hoffnung. Sie wollte glauben, dass ihre Mutter unschuldig war. »Beweis es.«

»Peyton ...«

»Sie sagt die Wahrheit.«

Alle Augen richteten sich auf den Mann, der durch die Tür trat. Er trug eine weiße Jacke, und sein kurzes Haar war an den Schläfen ergraut. Peyton empfand Schock und Freude zugleich, als sie ihren Bruder Andrew dort stehen sah, gesund und munter. Sie wollte weinen, zu ihm stürmen und ihn in die Arme schließen. Aber das, was er als Nächstes sagte, brach ihr das Herz.

»Sie war es nicht, Peyton. Ich war es.«

121

Die Zeit schien stillzustehen. Während er schützend vor Avery stand, musterte Desmond Conners von Brandnarben entstelltes Gesicht. Eine Windbö erfasste sein langes blondes Haar, zog es zurück wie einen Vorhang und entblößte die fleckige Haut. Desmond wusste, wie Conner die schrecklichen Verletzungen erlitten hatte.

Bei den Überresten seines Elternhauses war die vollständige Erinnerung an den Tag des Feuers im Jahr 1983 zurückgekehrt.

An diesem Morgen war er nach dem Aufwachen in die Küche gelaufen, wo seine Mutter auf einem Stuhl saß und seinen Bruder im Arm hielt: Conner. Das Baby lächelte – Conner wirkte fast immer fröhlich. Sein Vater sagte oft, der Kleine weine viel weniger als Desmond und deswegen könnten sie noch ein drittes Kind bekommen. Desmond hoffte es. Er war genauso begeistert von Conner wie seine Eltern. Aber an diesem Morgen beachtete er ihn kaum. Er schlug sich den Bauch mit Eiern und Toast mit Vegemite voll und stürmte aus dem Haus.

Später, als die Flammen das Haus verzehrten, rief er Conners Namen, bevor er ins Feuer rannte. Der Drang, seine Mutter und seinen kleinen Bruder aus dem Haus zu holen, trieb ihn weiter, während die Flammen seine Beine versengten und der Rauch in seine Lunge drang, bis er nicht mehr weiterkam. Er konnte keinen von ihnen retten, und dieses Versagen verfolgte ihn sein ganzes Leben.

Im April 2003 flog er nach Australien, um das Grab seiner

Familie zu besuchen und am zwanzigsten Jahrestag der Buschfeuer einen Kranz niederzulegen. Er hatte erwartet, ein Grabmal für Conner vorzufinden, aber es gab keines. Das erregte Desmonds Neugierde – und ließ Hoffnung aufkeimen. Wochenlang blätterte er in Adelaide in alten Akten. Er engagierte den besten Privatdetektiv des Landes, und den zweitbesten. Die Kosten waren enorm. Er bezahlte für endlose Reisen, Aktenanforderungen und Anwaltsgebühren, wenn sie die Herausgabe von Unterlagen einklagen mussten. Schließlich erfuhr er die Wahrheit: Seine Mutter hatte Conner in einem atemberaubenden Akt von Tapferkeit und Aufopferung gerettet. Sie warf Holz und Asche aus dem offenen Kamin und setzte Conner hinein. Dann schob sie den Kühlschrank daneben und kippte ihn um, sodass er die Öffnung verdeckte.

Der erste Suchtrupp, der Desmond gefunden hatte, entdeckte nur die verbrannten Überreste seiner Mutter. Sie war im Haus geblieben, um möglichst viel brennbares Material von dem Kamin wegzuräumen.

Aber eine zweite Gruppe von Helfern, die die Gegend nach Überlebenden absuchte, fand Conner mit schweren Verbrennungen, dehydriert und halb verhungert. Er stand an der Schwelle des Todes. Sie flogen ihn nach Adelaide, wo er monatelang auf einer Kinder-Intensivstation lag, bevor er in die Abteilung für schwere Brandverletzungen kam.

Desmond weinte, als er die Aufzeichnungen des Arztes las. Der Mann hatte erwartet, dass das Kind sterben würde, aber ihn nie aufgegeben. Als Conner gesund genug war, um entlassen zu werden, lebte Desmond längst in Oklahoma bei Orville. Die Ärzte riefen den Onkel des Kleinen an, aber Orville weigerte sich, ihn aufzunehmen. Desmond zweifelte nicht daran, dass der Bericht in diesem Punkt der Wahrheit entsprach: Der Ölarbeiter war schon kaum in der Lage gewesen, sich um Desmond zu kümmern; ein Kleinkind hätte ihn völlig überfordert.

Conner kam in ein Kinderheim. Es musste schrecklich für ihn gewesen sein, so aufzuwachsen – physisch und psychisch schwer geschädigt. Desmond stellte sich vor, wie zukünftige Pflegeeltern in die Einrichtung kamen, um sich die Jungen und Mädchen anzusehen, und den Blick abwandten, wenn Conner vor ihnen stand.

Deshalb war Desmond überrascht, als er las, dass der Junge 1995 im Alter von zwölf Jahren adoptiert worden war. Damit endeten die Akten. Die McClains waren 2003 bereits verstorben. Conner hatte mit siebzehn die Schule abgebrochen und lebte allein.

Es gab nur noch eine Sache, die Desmond tun konnte.

An einem bewölkten Tag im Juni 2003 parkte er vor Conners Wohnhaus und probte im Auto, was er sagen würde. An diesem Morgen sah er seinen Bruder zum ersten Mal seit zwanzig Jahren. Bei seinem Anblick brach ihm das Herz. Nicht vor Freude, sondern vor Mitleid. Conner McClain hatte langes fettiges Haar und trug zu weite, schmutzige Kleider. Sein rechter Arm war von Einstichstellen übersät. Er zündete sich eine Zigarette an und begab sich zu Fuß auf den Weg zu seinem Knochenjob in den Docks.

Als er im Leihwagen saß und seinen jüngeren Bruder sah, veränderte sich Desmonds Leben. Von diesem Augenblick an widmete er sich der Aufgabe, Conner auf die Beine zu helfen. Er kaufte eine Firma in Australien und beauftragte die Personalabteilung, Conner anzustellen. Unauffällig informierte er sich über seine Schwächen und Stärken und sorgte dafür, dass seine Vorgesetzten ihn forderten. Er beobachtete, wie er im Laufe der Jahre mit seinen Aufgaben wuchs. Conner zog aus seiner heruntergekommenen Wohnung aus und nahm keine Drogen mehr, aber er konnte seine inneren Dämonen nicht vertreiben. Der Mensch, der er zu sein vorgab, war nur eine Fassade. Desmond kannte das Gefühl allzu gut; besser als alle anderen verstand er, wie sein jüngerer Bruder sich fühlte.

An dem Abend, als er Conner verriet, dass er sein Bruder war, umarmten sich die beiden und versprachen, nie wieder Geheimnisse voreinander zu haben. Desmond erzählte ihm alles über Kition und das Spiegel-Projekt, das die Welt verändern und sie beide heilen und ihnen ermöglichen würde, noch einmal von vorn anzufangen und buchstäblich die Vergangenheit umzuschreiben, wenn sie wollten. Er sah, was er sich gewünscht hatte, seit Conner aus dem verwahrlosten Haus gekommen war: echte Veränderung. Hoffnung. Zuversicht. Den Glauben, dass er ein glückliches Leben führen könnte.

Peyton hatte recht gehabt: Desmond brauchte jemanden, den er retten konnte. Conner zu helfen gab seinem Leben einen Sinn. Das Spiegel-Projekt bekam eine ganz neue Bedeutung für ihn. Es wurde zu ihrer Obsession. Die beiden Brüder wurden zusammen mit Yuri zu dem Dreigestirn, das das Projekt leitete, jeder mit seinem eigenen Beitrag: Desmond beaufsichtigte Rendition, Yuri schuf Rapture und Conner vollendete Rook.

Und dann veränderte sich alles. Desmond erfuhr, was Yuri in Wahrheit plante. Er war entsetzt, als er von der Seuche hörte.

Conner hingegen nicht; er beharrte darauf, dass es die einzige Möglichkeit war. Im Gegensatz zu Desmond war er bereit, alles für das Spiegel-Projekt zu tun.

Im Besprechungsraum auf der *Kentaro Maru* stritten sie deswegen, und beide sagten Dinge, die sie später bereuten. Ein Offizier öffnete die Tür und informierte sie, dass eine amerikanische Expedition die *Beagle* gefunden habe, das Forschungs-U-Boot von Kition aus den frühen Jahren des Spiegel-Projekts. Es war eine Gruft am Meeresboden, die Geheimnisse enthielt, deren Aufdeckung sie beide verhindern wollten – Geheimnisse, die alles gefährden konnten, was sie planten.

Conner befahl, eine Rakete auf das U-Boot abzuschießen. Desmond flehte ihn an, es nicht zu tun, aber es hatte keinen Sinn. Conner und Yuri trieben die Freisetzung der Pandemie voran, und Desmond konnte sie nicht davon überzeugen, es zu unterlassen. Deshalb entwarf er einen Plan, um sie aufzuhalten.

Er wandte sich an Garin Meyer, einen investigativen

Journalisten in Berlin, der nichtsahnend über die Kition-Verschwörung gestolpert war. Desmond versuchte, die Pläne von Kition aufzudecken, bevor die Pandemie begann, aber Conner und Yuri handelten zu schnell.

Doch Desmond hatte einen Notfallplan entworfen: Rendition zu verstecken und sein eigenes Gedächtnis zu löschen. Dadurch hinderte er Conner und Yuri an der Fertigstellung des Spiegel-Projekts *und* stellte sicher, dass sie ihn nicht töten konnten. Er versteckte Hinweise für sich selbst in dem Berliner Hotelzimmer und in der Labyrinth-Reality-App. Der Plan hatte ihn zu Peyton, zu William und jetzt hierher, auf die Insel, geführt.

Hinter ihm stand Avery mit dem USB-Stick, auf dem die Liste der Lagerhallen mit dem Heilmittel gespeichert war. Wenn sie die Daten an Rubicon übermitteln könnten, würde das unzählige Menschenleben retten.

Desmond sah in Conners Gesicht dasselbe, was er vor einer Woche in der Zelle auf der *Kentaro Maru* schon dort gesehen hatte: Enttäuschung. Jetzt verstand Desmond es. Sein Verrat hatte Conner auf eine Weise verletzt, wie er es nie für möglich gehalten hatte.

Desmond erwartete, dass Conner ihm drohen würde, aber er täuschte sich. Sein Ton war sanft und flehend.

»Bitte, Des. Hör auf. Dann vergessen wir das Ganze.«

»Du weißt, dass das nicht geht.«

»Wir haben gewonnen, Bruder. Die Welt gehört uns. In wenigen Tagen ist das Spiegel-Projekt vollendet. Wir haben es geschafft. Das Schwierigste ist vorbei. Bitte, Desmond. Bitte.«

Sein kleiner Bruder brauchte ihn. Auf gewisse Weise hatte das Feuer, das Conner fast getötet hätte, nie aufgehört, ihn zu verletzen. Aber jetzt könnte sein Schmerz enden. Das Spiegel-Projekt konnte ihn retten. Und nur Desmond hatte den Schlüssel zum letzten Baustein: Rendition. Dadurch verfügte er über die Macht, seinen Bruder zu heilen.

Soldaten spähten hinter Conner durch die Tür und richteten

ihre Gewehre auf Desmond und Avery. Die roten Laserpunkte krochen über ihre Körper wie Insekten.

Avery beugte sich vor und verbarg ihren Kopf hinter Desmond.

Ihre Stimme war ein nervöses Flüstern. »Was machen wir jetzt, Des?«

122

William sah zu, wie Yuri im Büro umherging. Der kleine Russe schickte die Wachleute fort, löste aber nicht die Fesseln an Williams Händen.

William wusste, dass er Zeit gewinnen musste. Es war seine einzige Chance zu entkommen, und die einzige Chance für das Team, seine Mission zu vollenden. Wenn er Yuri lang genug hinhalten konnte, gelangten Desmond und Avery vielleicht aus dem Gebäude und konnten die Liste auf einen Server der US-Regierung hochladen. Oder vielleicht fanden Peyton und Charlotte etwas, das ihnen weiterhalf.

Und wenn er großes Glück hatte, würden die Marines kommen und sie alle retten.

Seit William Yuri kannte, hatte Yuri immer einen stoischen Eindruck gemacht und eine unbewegte Miene gezeigt. William hatte sich gefragt, ob es daran lag, dass er während des Zweiten Weltkriegs in der Hölle von Stalingrad aufgewachsen war. Tag und Nacht hatte die Wehrmacht die Stadt in Trümmer geschossen und die Menschen abgeschlachtet, auch Yuris Eltern und zwei seiner Brüder.

Aber jetzt, in diesem Eckbüro im dritten Stock, sah William einen sanfteren, nachdenklicheren Ausdruck im Gesicht seines alten Freundes. Er hoffte, das zu seinem Vorteil nutzen zu können.

»Es ist noch Zeit, die Sache zu stoppen, Yuri.«

»Nein. Das weißt du doch selbst.«

»Du warst das, oder? Die Säuberungsaktion.«

Yuri setzte sich auf die Schreibtischkante. »Ja.«

»Das waren unsere Freunde, Yuri. Du hast sie ermordet.«

»Du kanntest sie nicht so gut wie ich. Du hast sie beschützt, aber nicht zu ihnen gehört – du warst kein Wissenschaftler. Du hast manche Sachen, an denen sie gearbeitet haben, nie zu Gesicht bekommen. Sie waren besessen. Rachsüchtig. Rücksichtslos. Ich wusste schon lang – vor allen anderen –, dass es nur ein Spiegel-Projekt geben konnte. Die anderen Zellen hätten nicht aufgehört. Wir hätten einen ganz neuen Krieg ausgelöst. Einen Technologiekrieg. Spiegel-Projekte, die miteinander konkurrieren, Ressourcen aufbrauchen, Länder gegeneinander ausspielen. Es hätte die Welt zerrissen. Ich habe uns gerettet. Das bedauere ich nicht.«

»Bedauerst du es denn, dass du Männer zu mir nach Hause geschickt hast, um mich zu töten?«

Yuri sah zur Seite.

»Warum hast du es nicht zu Ende gebracht? Du hast mich Jahre später gefunden, als ich kurz davor war, euch aufzuhalten.«

Als er das aussprach, erkannte William die Wahrheit – warum Yuri es damals nicht tun konnte. Der Mann hatte all seine Freunde getötet, außer William. Er war sein letzter echter Freund gewesen. Vielleicht hatte Yuri das nach der Säuberungsaktion bemerkt.

»Ich schulde dir was. Du hast mich in Rio gerettet. Ich zahle meine Schulden zurück.«

»Trotzdem hast du meinen Sohn getötet.«

»Ich habe nichts dergleichen getan.«

William empfand eine unglaubliche Erleichterung. Die Theorie, die er viele Jahre gehegt hatte, stimmte: Sein Sohn lebte. Seine Überzeugung war gewachsen, als er das alte Foto in Kasachstan gesehen hatte, das entweder Lin oder Andrew gehört haben musste. Aber was war in den letzten fünfundzwanzig Jahren geschehen?

Er stellte eine Vermutung an.

»Andrew war dein Gefangener?«

»Eine Zeit lang.«

»Und dann?«

»Mein Partner.«

William schüttelte den Kopf. »Unmöglich.«

»Du wärst stolz auf ihn gewesen. Er hat länger Widerstand geleistet, als wir dachten. Seine Umerziehung hat Jahre gedauert. Aber wir haben ihn gebrochen und ihm die Wahrheit gezeigt. Schließlich sah er im Spiegel-Projekt dasselbe wie wir alle: die Möglichkeit, eine kaputte Welt zu reparieren. Und ihn selbst. Wir haben ihm einen einfachen Handel angeboten: eine letzte Pandemie, um sie alle zu beenden. Keine Krankheiten mehr. Und für ihn persönlich eine Welt, in der er zwei Arme hat, in der er ist wie jeder andere, eine Welt, in der kein Junge an der Seitenlinie sitzen muss, während die anderen Ball spielen, in der niemand mit einer Behinderung geboren wird.«

Wut stieg in William auf. »Du hast ihm eine Gehirnwäsche verpasst. Ihn ausgewählt, damit ich dir nicht im Weg stehe.«

Yuri wirkte unbeeindruckt von Williams Zorn. »Und um meine Arbeit zu vollenden. Ich bin auch nicht mehr der Jüngste.«

William zerrte an den Plastikfesseln, bis sie ihm in die Gelenke schnitten. Ein Tropfen Blut floss über seine Hand. Er wollte sich auf das Monster stürzen, das vor ihm stand, aber er hielt sich zurück. Yuri hatte etwas, das er unbedingt brauchte: Informationen.

Er dachte nach. Yuri hatte Andrew, Desmond und Conner angeworben, um das Spiegel-Projekt fertigzustellen. Sie alle waren auf ihre Art beschädigt und widmeten sich mit ganzem Herzen der Sache. Sie waren perfekte Beispiele des Menschenschlags, den man radikalisieren und dazu bringen konnte, im Namen einer besseren Zukunft schreckliche Dinge zu tun. Auf gewisse Weise waren sie Spiegelbilder von Yuri, William und Lin. Sie alle waren in einer verzweifelten und kaputten Welt aufgewachsen und auf der Suche nach einem Balsam für ihre Wunden und den Schmerz der Welt zu Kition gekommen.

William fragte sich, ob der Kreis je durchbrochen werden würde.

Eine andere Frage quälte ihn schon seit Langem, und Yuri war der Einzige, der sie beantworten konnte.

»In der Nacht der Säuberungsaktion hat Lin einen Tipp bekommen. Sie ist abgereist, während ich im Flugzeug nach London saß. Als ich gelandet bin, saß sie schon in der Maschine nach Frankreich. Das warst du, oder? Du hast ihr gesagt, sie soll verschwinden.«

Yuri zog die Brauen hoch. Er schien beeindruckt. »Ja.«

»Du konntest sie auch nicht töten.«

»Ich brauchte sie, um meine Arbeit zu beenden.«

»Und sie hat mitgespielt?«

»Bis zu einem gewissen Grad. Andrew als Geisel zu haben war hilfreich.«

»Sie wusste nichts von der Pandemie, oder?«

Yuris Reaktion zeigte ihm, dass er richtiglag.

William drängte weiter auf Antworten. »Und Hughes auch nicht. Deshalb ist er aus der Reihe getanzt, als er es rausgefunden hat. Und hat mich kontaktiert.«

»Ein kleiner Rückschlag.«

»Du hast seine Moral unterschätzt. Darin unterscheidet er sich von dir.«

»Es gibt einen Grund, warum wir ein Team sind. Es mangelt ihm an Stärke, um das zu tun, was nötig ist. Mir nicht. Ich habe diese Dinge in Stalingrad getan. Und bei der Säuberungsaktion. Und jetzt.«

»Das, was gerade passiert, hat nichts mit Mut zu tun, Yuri. Es ist Massenmord. Du hast die Welt krank gemacht.«

»Die Welt war schon krank. Sie wusste es nur nicht. Ich habe diese Krankheit gesehen wie wenig andere. Dir ist der Horror des Kriegs erspart geblieben; du wurdest in England aufs Land geschickt, zum Teetrinken und Spielen. Wo ich aufgewachsen bin, herrschte überall Tod und Elend. Das werde ich zukünftigen Generationen ersparen. Bald wird unsere Lösung verteilt.«

Diese Worte erfüllten William mit Angst. *Unsere Lösung* wird *verteilt.* »Die Pandemie ...«

»War nur Mittel zum Zweck.«

»Das Heilmittel. Das ist euer wahres Ziel. Deshalb habt ihr den Ausbruch in Afrika ausgelöst.«

Yuri grinste.

»Ja. Um der Welt zu zeigen, was der Erreger anrichten kann – in kleinem Maßstab, an einem Ort, wo die Leute es bemerken würden, ohne ihr Verhalten zu ändern. Ohne Flüge zu streichen. Oder Shoppingausflüge abzusagen.« Yuri hielt kurz inne. »Und wenn der Erreger ihre Gefilde erreicht, würden sie alles tun, um das Heilmittel zu bekommen.«

»Auch ihre Freiheit aufgeben.«

»Tu nicht so, als wüsstest du nicht, was Freiheit wirklich ist.«

»Wer wusste darüber Bescheid? Über das Heilmittel?«

»Nur Andrew und ich.«

Yuri hatte seinen Sohn in ein Monster verwandelt.

»Es ist vorbei, William. Es macht keinen Unterschied, ob wir das Heilmittel verteilen oder ob die Regierung es tut.«

»Was ist in dem Heilmittel?«

Yuri schwieg.

»Es ist eine der Spiegel-Projekt-Komponenten, oder?«

»Ja.«

123

Peyton beobachtete, wie ihr Bruder näherkam. Sie spürte instinktiv, dass er sich verändert hatte. Der Andrew Shaw, den sie gekannt hatte, war ein gutherziger Mensch gewesen, der anderen aus Überzeugung geholfen hatte. Jetzt wirkte seine Miene hart, fast fanatisch. *Was ist ihm zugestoßen?*

Ihr Herz zerbrach, als sie ihren Bruder – ihren Helden – in einem solchen Zustand sah.

Er blickte ihr in die Augen und sprach emotionslos. »Sie hat recht, Peyton. Es steckt mehr dahinter, als du denkst. Ich erkläre es dir ...«

»Das kannst du mir nicht erklären.«

»Verurteile nicht die Methode, bevor du den Grund kennst. Diese Pandemie wird alle anderen beenden. Bald ist die Welt ein sicherer Ort. Das ist ein niedriger Preis.«

In diesem Augenblick sah Andrew Charlotte. Er wirkte verblüfft. Seine Stimme wurde weicher.

»Was machst du denn hier?«

Charlotte schluckte. »Peyton und Desmond sind auf der Suche nach Informationen zu meinem Hilfslager in Australien gekommen.«

Jetzt wirkte Andrew besorgt. »Du solltest nicht hier sein.«

»Was hast du getan, Andrew?«

»Das, was nötig war.«

»Du hast mir das Material geschickt, oder?«

Er nickte.

»Du warst es also, dem ich die ganze Zeit geschrieben habe.

Und du hast zurückgeschrieben.« Charlottes Stimme brach. »Ich habe dich nie vergessen. Oder aufgehört, dich gern zu haben.«

Andrew stand einen Moment lang still da. Peyton sah, wie er mit sich rang.

»Ich wusste, dass dir deine Arbeit wichtig ist«, sagte er. »Ich wollte, dass du glücklich bist.«

Charlotte trat näher zu ihm. »Wenn du das immer noch willst, dann stoppe das, was gerade passiert.«

»Das Spiegel-Projekt ...«

»Kann nicht wert sein, was du getan hast.«

Andrew wich einen Schritt zurück, als wollte er der Anziehungskraft entgehen, die diese Frau auf ihn ausübte. »Keiner von euch versteht es.« Er sah Peyton an. »Das Spiegel-Projekt ist die einzige Hoffnung. Für uns alle.«

124

Der Rauch aus dem Serverraum wehte durch das Loch in der Wand, zog durch den Gang, schlich sich in das Büro und umhüllte Desmond, Conner und Avery wie ein Dämon, der ihnen die Seelen aus dem Leib reißen wollte. Der Wind trieb den Rauch durch das Zimmer und aus dem zersplitterten Fenster hinaus.

Conner streckte die Arme aus, um die Soldaten hinter sich aufzuhalten. Sein Blick ruhte auf seinem älteren Bruder, der ihn aus Armut und Drogensucht gerettet und seinem Leben Sinn und Hoffnung gegeben hatte. Jetzt drohte Desmond, ihm das alles wieder zu nehmen.

»Bitte, Des. Mach das nicht. Gib mir einfach Averys USB-Stick. Ich verspreche dir, dass ich ihr nichts tue.«

Als Desmond nicht reagierte, wurde Conners Stimme schärfer. »Du hast es mir versprochen, Bruder. Du hast geschworen, wir würden das zusammen zu Ende bringen.«

Desmond schnaufte. Der Wind verlor an Kraft, und der Rauch füllte allmählich den Raum und vernebelte ihm die Sicht. Auf dem Weg zur Insel hatte er gedacht, ihm wäre alles klar. Jetzt zögerte er.

In Dadaab hatte er das Übel gesehen, das Kition auf die Welt losgelassen hatte: Massen von sterbenden Menschen, Leichen, die in Lagerfeuer geworfen wurden, Waisen, die ohne Liebe aufwachsen würden – genau wie er. Selbst wenn das Spiegel-Projekt ein Allheilmittel für die Probleme der Menschheit wäre, würde Desmond der Welt nie solche Opfer abverlangen.

Er sah Conner in die Augen. »Ich helfe dir, Bruder. Das ist mein Ernst. Glaubst du mir?«

Conner nickte. »Ja. Gut.«

Desmond drehte schnell den Kopf und flüsterte Avery zu: »Verschwinde. Sofort.«

Er musste es ihr nicht zweimal sagen. Sie wirbelte herum, duckte sich, um ein kleineres Ziel abzugeben, und sprang aus dem Fenster, während Schüsse die Luft zerrissen.

125

Das dichte Gebüsch unter dem Fenster bremste Averys Fall, aber die Landung war trotzdem schmerzhaft. Sie stöhnte, rollte sich ab und rang um Atem. Geschosse schlugen durch das Blätterwerk und bohrten sich nur Zentimeter neben ihr in den Boden.

Sie sprang auf und rannte. Ein stechender Schmerz schoss durch ihr linkes Bein, aber sie blieb nicht stehen. Sie schaltete ihr Mikrofon an.

»Overwatch, hier Medusa, unsere Tarnung ist aufgeflogen. Bitte um Verstärkung, Luftunterstützung und Evakuierung. Bravo, Zulu, hier Medusa. Wäre schön, wenn ihr es krachen lasst.«

Sekunden später wurde die Insel von Explosionen erschüttert. Im Hafen brach Feuer aus.

In einer Baumgruppe sackte Avery zu Boden, zog das Satellitentelefon heraus, verband es mit dem USB-Stick und begann, die Daten hochzuladen. Nach einem Moment blinkte eine Textzeile auf dem Display:

Upload beendet

Sie öffnete die North-Star-App, die eine Telefonverbindung über das Internet herstellte. David Ward meldete sich.

»Wir haben gerade den Upload gesehen.«

Avery rang noch um Atem. »Was passiert jetzt?«

»Überlassen Sie das uns. Sehen Sie nur zu, dass Sie lebendig da rauskommen.«

Kugeln bohrten sich in den Baumstamm hinter ihrem Rücken und zischten durch die dichten Farne um sie herum. Sie rollte sich über den Boden, zog die Pistole aus dem Holster und schoss das Magazin leer. Drei Soldaten fielen. Hinter ihnen waren mindestens zehn weitere. Sie schob ihr letztes Magazin in die Waffe und humpelte los. Die Soldaten holten auf. Sie ließen sich jetzt Zeit und suchten hinter den im Wind schwankenden Palmen Deckung. Der Rauch aus dem Fenster senkte sich auf den Dschungel und verschleierte den Mond. Die Dunkelheit unterstützte ihren Rückzug, aber es genügte nicht. Die Zeit wurde knapp.

Explosionen erleuchteten den Nachthimmel – Raketen der Expeditionary Strike Group, die von der Luftabwehr der Insel abgefangen wurden. Es war ein atemberaubendes Duell, das mit einigen der modernsten Waffen der Welt über der beschaulichen Insel im Südpazifik ausgetragen wurde. Bald gewann die Schnelle Eingreiftruppe die Oberhand. Die ersten Raketen schlugen am Boden ein und ließen die Insel beben.

Avery hoffte, die Soldaten würden sich angesichts des Bombardements zurückziehen, aber sie rückten weiter vor. Sie schob sich hinter einen Baum und hielt die Luft an. Sie war umzingelt. Es gab nur noch eine Möglichkeit.

»Overwatch, hier Medusa. Bitte um Luftschlag gegen feindliche Kämpfer bei meiner Position.«

Die Einsatzzentrale antwortete sofort. »Medusa, hier Overwatch. Negativ. Feinde sind zu nah …«

»Tun Sie es, sonst bin ich tot, Overwatch.«

Eine Garbe schlug in den Baumstamm neben ihr ein. Splitter sprühte gegen ihre linke Seite, als sie sich zu Boden warf. Sie sah einen Blitz in der Luft – eine Drohne, die eine Rakete abschoss. Eine Sekunde später schlug sie zu Füßen der Soldaten ein und vernichtete sie. Der Boden unter Avery explodierte. Sie spürte die Hitze. Für einen Augenblick fühlte es sich an, als würde sie von einem Hurrikan erfasst. Die

Druckwelle schleuderte sie durch den Wald. Ein Baumstamm hielt sie auf. Aber dieses Mal stand sie nicht wieder auf. Sie lag schlaff am Boden, während brennende Äste herabfielen und sie unter sich begruben.

126

In dem Büro darüber stürmte Desmond auf die Soldaten zu, die auf Avery geschossen hatten. Er sprang und prallte gegen Conner und einen der Männer. Eine Faust traf ihn im Gesicht. Der Schlag raubte ihm fast das Bewusstsein. Sie rissen ihn zu Boden und traten gegen seine ohnehin schon verletzten Rippen. Als ein Knie auf seiner Brust landete, blieb ihm die Luft weg. Das Letzte, was er sah, war ein herabsausender Gewehrkolben, der seine Stirn traf.

Yuri musterte William. »Wen hast du mitgebracht, William?«

William saß mit gefesselten Händen da und schwieg.

»Doch nicht etwa deine Tochter? Das wäre zu gefährlich.« Yuri sah ihn prüfend an. »Andererseits hattest du nie Angst, aufs Ganze zu gehen, besonders wenn viel auf dem Spiel stand.« Er hielt inne. »Du hast sie mitgebracht, oder? Wo ist sie?«

William gab keine Antwort.

»Sie ist nicht hier im Gebäude«, sagte Yuri. »Wir hätten sie auf den Kameras gesehen.« Ihm ging ein Licht auf. »Aber wir haben keine Kameras in den Laboren. Das Risiko von Industriespionage ist zu hoch. Sie ist dort, oder?«

Als William weiter schwieg, schnappte Yuri sich das Funkgerät vom Schreibtisch. »Major Reeves, hier Pachenko. Schicken Sie eine Einheit in die Labore – sofort. Sichern Sie den Zugriff auf Rapture. Ergreifen Sie Peyton ...«

William sprang auf und lief los. Sein verstauchter Knöchel protestierte, aber er überwand den Abstand zu Yuri und rammte ihm die Stirn ins Gesicht. Er musste ihn aufhalten, damit Peyton und Charlotte eine Chance hatten zu entkommen.

Yuri prallte gegen die Wand, und William fiel zu Boden. Yuri war bewusstlos. Als William aufstand, flog die Bürotür auf, und zwei Wachen kamen mit erhobenen Sturmgewehren hereingerannt. Sie schossen auf ihn, während er verzweifelt versuchte, hinter den Schreibtisch zu springen.

Im Lagezentrum des Weißen Hauses beobachtete der kürzlich vereidigte Präsident der Vereinigten Staaten, wie Chinook-Helikopter von Luftwaffenstützpunkten im ganzen Land abhoben. Drohnenaufnahmen zeigten BioShield-Reservetruppen bei der Erstürmung der Lagerhallen, die Rubicon ihnen genannt hatte. Bisher waren in jeder davon Dosen des Heilmittels gefunden worden. In wenigen Minuten würde die Verteilung beginnen.

Großbritannien, Deutschland, Australien, China, Russland und Kanada hatten ebenfalls zahlreiche Kition-Lagerstätten entdeckt. Sie hatten es geschafft. Die Vereinigten Staaten würden überleben, aber der Präsident fragte sich unwillkürlich, wie das Land, das er so liebte, nach der Pandemie aussehen würde.

Der Laborkomplex wurde von den ersten Explosionen erschüttert. Deckenfliesen stürzten herab. Glasschränke klirrten. Fläschchen fielen um und zerbrachen.

»Wir müssen hier raus«, sagte Lin.

Peyton schüttelte den Kopf. »Nein. Ich gehe nicht, bevor ich Antworten bekommen habe.«

»Ich auch nicht«, sagte Charlotte im selben Tonfall.

Andrew sah sie an, ohne etwas zu entgegnen.

»Willst du unser Leben aufs Spiel setzen, um deine Geheimnisse zu bewahren?« Sie zögerte. »Erklär es uns, dann gehen wir.« Es war ein Bluff, aber sie musste wissen, worum es sich bei dem Heilmittel handelte.

Andrew schluckte. »Es ist etwas Neues«, sagte er leise. »Es beruht auf Nanotechnik.«

Peyton wusste sehr wenig über Nanomedizin. Es war ein wachsender Bereich mit enormem Potenzial. Ärzte experimentierten mit Nanobots auf zahlreichen Einsatzgebieten: um Krebs zu heilen, Medikamente in schwer erreichbare Körperregionen zu transportieren und Krankheitserreger zu identifizieren. Es war durchaus vorstellbar, damit ein Virus oder Bakterien unschädlich zu machen.

Ihr Bruder bestätigte ihre Vermutung. »Die Nanobots finden und deaktivieren das Virus. Außerdem sind sie darauf programmiert, in kritischen Bereichen das Gewebe zu reparieren und so die Sterblichkeit zu reduzieren.« Er schlug einen verbitterten Ton an. »Wenn mehr Regierungen nachgegeben hätten, hätte es nur einen Bruchteil der Todesfälle gegeben.«

Peyton sah ihn durchdringend an. »Was machen sie sonst noch?«

Andrew antwortete nicht.

»Darum geht es bei der Sache, oder? Die Pandemie hat auf diesen Moment abgezielt. Die Nanobots, die ihr mit dem Heilmittel verteilt – *das* ist das Spiegel-Projekt.«

Er schüttelte den Kopf. »Nein. Nur ein Teil davon.«

»Einer von dreien«, flüsterte Peyton mehr zu sich selbst.

»Ja. Das Heilmittel ist Rapture.«

»Wie funktioniert es?«

Eine weitere Explosion, stärker als die vorige, ließ das Gebäude wackeln.

Das waren Raketen vom Meer. Sie beschießen die Insel.

Lin griff nach dem Arm ihrer Tochter. »Peyton, es ist Zeit.«

Sie riss sich los. Sie würde nicht gehen. Sie konnte nicht. Alles, was sie in den letzten beiden Wochen erlitten hatte, hatte zu diesem Moment geführt. Es hatte sie hierhergebracht, an diesen Wendepunkt.

Peyton hatte endlich die ganze Wahrheit erkannt. Desmond hatte herausgefunden, was Rapture war. Er hatte sie angerufen, um sie zu warnen. Damals hatte er nicht gewusst, warum er sie warnte, aber ihr war es jetzt klar: Er hatte befürchtet, dass Yuri und Conner versuchen würden, sie zu entführen, um sie als Druckmittel zu benutzen. Sie war die Einzige, die eine Verbindung zu allen entscheidenden Akteuren hatte, die die Pandemie stoppen konnten: Lin, Desmond, Willam und Andrew. Nur sie konnte man benutzen, um sie alle zu kontrollieren.

»Kition benutzt Rapture, um irgendeine Veränderung auszulösen, oder? Es ist ein Eingriff in die menschliche Biologie.«

Andrew und Lin sahen Peyton ungläubig an – oder anerkennend, weil sie das Puzzle so schnell zusammengesetzt hatte.

Andrew sah auf die Produktionsetage hinab. »Die Nanobots sind so konstruiert, dass sie neue Anweisungen erhalten, nachdem sie das Virus neutralisiert haben. Durch ihre Größe ist die Speicherkapazität begrenzt.«

Peyton bewunderte den Plan. Es wurde schon an Nanobots geforscht, die Gene in einen Wirt einführten und sein Genom veränderten. Die Nanopartikel konnten die Blut-Hirn-Schranke überwinden, um Nervenbahnen im Gehirn und das biochemische Gleichgewicht zu beeinflussen. *Das muss bei Desmond passiert sein.* Er hatte Rapture Therapeutics' Kerntechnologie – die Nanobots – benutzt, um seine Erinnerungen zu blockieren. Rapture würde Kition ermöglichen, die Menschheit zu kontrollieren, indem es jedes Individuum auf zellulärer Ebene veränderte. Dazu musste Kition den Nanobots nur neue Anweisungen übermitteln, nachdem das Virus unschädlich gemacht worden war.

Man konnte Kition also aufhalten, indem man verhinderte, dass die Nanobots weitere Instruktionen erhielten. Das würde der Organisation die Macht nehmen.

Sie sah ihren Bruder lange an. Die Verschwörer hatten ihn radikalisiert. Peyton war sich nicht sicher, ob sie ihm die Augen für die Wahrheit öffnen könnte, aber sie musste es versuchen.

»Andrew, überleg mal, was sie getan haben – wie viele

Menschen sie getötet haben. Stell dir vor, was sie tun, wenn sie Rapture kontrollieren.«

Er schüttelte den Kopf. »Du verstehst nicht ...«

»Doch. Ich habe es gesehen. Die Leichenberge. Andrew, Dad lebt.«

Er wirkte wie vor den Kopf geschlagen. »Unmöglich.«

Zu Peytons Überraschung ergriff ihre Mutter das Wort. »Es stimmt, Andrew. Yuri hat versucht, ihn zu töten, aber er hat überlebt.«

Andrew wich einen Schritt zurück, während er die Information zu verarbeiten versuchte.

Peyton spürte, dass es der richtige Moment war, um die Initiative zu ergreifen. »Andrew, kannst du den Fernzugriff deaktivieren? Verhindern, dass die Nanobots zusätzliche Anweisungen bekommen?«

Andrew antwortete nicht, aber Peyton kannte ihn immer noch gut genug, um in seinem Gesicht zu lesen. Sie lag richtig: Er konnte es stoppen.

»Tu es. Bitte. Es ist die einzige Möglichkeit, sie aufzuhalten. Ich gehe nicht weg, bis du es getan hast.«

Seine Augen blitzten auf. »Dann muss ich dich hier rausschleifen.«

Eine weitere Explosion erschütterte das Gebäude. Alle vier duckten sich, als Fliesen von der Decke fielen.

»Mich musst du auch rausschleifen«, sagte Charlotte.

Lin stellte sich schweigend zu Peyton und Charlotte, um zu zeigen, dass sie ebenfalls bleiben würde.

»Hör auf uns«, sagte Peyton. »Sie haben dich einer Gehirnwäsche unterzogen, Andrew. Wir sagen die Wahrheit. Bitte, tu es. Selbst wenn du mich hier rausschleifst, kann ich dir nie vergeben, wenn du sie nicht sofort aufhältst.«

Andrew sah Peyton an, dann Charlotte, dann seine Mutter und blickte schließlich auf die Produktionsanlage.

»Vertrau uns«, sagte Peyton. »Niemand mag dich mehr als wir drei. Glaub, was wir dir erzählt haben.« Sie hielt kurz inne.

»Ich bin bereit zu sterben, um Kition aufzuhalten. Diese Leute haben Menschen getötet, die mir am Herzen lagen. Sie haben versucht, Dad zu töten. Sie haben dich mir weggenommen. Du bist nicht wie sie.«

»Mir ist egal, was das Spiegel-Projekt ist«, fügte Charlotte hinzu. »Die Welt ist nicht perfekt, und das ist auch gut so. Und für dich gilt das Gleiche.«

Die nächste Explosion war viel näher und erschütterte das Gebäude heftiger als die vorige. Die Glaswände zersprangen, und Scherben regneten auf die Fertigungsanlage hinab. Ein großer Schrank kippte um und verfehlte Charlotte nur knapp.

Andrew war sofort bei ihr und zog sie zur Seite.

»Alles in Ordnung?«

Sie nickte.

Charlotte packte Andrew an den Schultern. »Bitte.« Sie zog ihn näher zu sich. »Bitte, Andrew.«

Sein harter Gesichtsausdruck löste sich auf wie eine zerbröckelnde Mauer. Er lächelte reumütig und zugleich freundlich. Jetzt sah Peyton den älteren Bruder, mit dem sie aufgewachsen war, den Bruder, der sich mit um sie gekümmert hatte, nachdem ihr Vater verschwunden war.

Er nickte langsam. »Okay.« Er ging zu einem Tisch mit einem Computer. »Ich kann den Fernzugriff auf die Rapture-Nanobots von hier aus ausschalten und das Back-up-Programm von den Rook-Servern löschen.«

Andrew drehte die Hand von seiner Armprothese, steckte sie in die Tasche und griff zu einem anderen Aufsatz, der an seinem Gürtel hing. Das Gerät ähnelte einer Hand, aber die weißgelben Plastikfinger verbargen kaum die darunterliegenden Kabel. Er schraubte es an das Ende seiner Unterarmprothese. Peyton sah erstaunt zu, wie die Finger zuckten. Der Stumpf musste Impulse an die Prothese übermitteln, die die Hand elektronisch steuerten. Zum ersten Mal sah Peyton ihren Bruder eine linke Hand benutzen. Sie fragte sich, ob Kition ihn mit diesem Geschenk gefügig gemacht hatte. Sie konnte sich kaum vorstellen, was er durchgemacht hatte und wie mühevoll der Weg zurück werden würde. Er war ein klassisches Opfer des Stockholm-Syndroms, bei dem Geiseln mit ihren Entführern sympathisierten und manchmal sogar kooperierten.

Eine weitere Serie von Explosionen ließ das Gebäude wackeln. Die Lichter flackerten, und alle erstarrten. Wenn der Strom ausfiel, war es vorbei – und falls das Gebäude getroffen wurde, würden sie unter den Trümmern begraben werden.

»Mach weiter«, sagte Peyton. »Ich gehe nach oben und sag ihnen über Funk, dass sie das Gebäude nicht beschießen sollen.«

»Ich komme mit«, sagte Lin. »Wenn Kition-Soldaten auftauchen, rede ich mit ihnen.«

Alle Augen richteten sich auf Charlotte. Sie stellte sich neben Andrew. »Ich gehe nirgendwohin.«

127

Im Treppenhaus flackerte das Licht, als Peyton die Stufen hinaufrannte. Die Aufzüge waren entweder defekt oder abgeschaltet worden.

Ihre Mutter fiel zurück. Sie war immer bei bester Gesundheit gewesen, ging aber schon auf Ende siebzig zu.

Eine weitere Explosion erschütterte die Metalltreppe und riss Peyton beinahe von den Beinen. Lin umklammerte das Geländer und stützte sich an der Wand ab. »Lauf weiter, Schatz. Ich bin direkt hinter dir.«

»Nein. Wir bleiben zusammen, Mom.«

Sie legte einen Arm um die schlanke Frau und half ihr die Treppe hinauf, während draußen die Bomben explodierten.

Im Erdgeschoss zögerte Peyton, als sie eine dünne Rauchfahne aus dem Spalt unter der Tür dringen sah. Sie legte die Hand auf die Tür, spürte die Wärme, wickelte sich die Unterseite des T-Shirts um die Hand und berührte die Klinke. Sie war zu heiß zum Anfassen.

Wir sitzen in der Falle.

Conner ging vor seinem schlaff am Boden liegenden Bruder in die Hocke. Desmonds Gesicht war blutig und zerschrammt. Conner nahm seinen Bruder in die Arme, zog ihn fest an sich und wiegte ihn.

»Des«, flüsterte er.

Gleich nachdem Desmond bewusstlos geschlagen worden war, hatten Luftangriffe das Gebäude getroffen. Es hatte geklungen, als wäre ein großer Teil eingestürzt, und jetzt verschlang das Feuer den Rest. Die Flammen kamen über den Flur näher. Sämtliche Soldaten waren verschwunden. Die Ratten verließen das sinkende Schiff – oder, genauer gesagt, die brennende Insel.

Conner war zu jung gewesen, um sich an das Feuer zu erinnern, das ihn entstellt hatte, aber neben den Narben war ihm die panische Angst vor Feuer geblieben. Er hätte nie einen Fuß in ein Haus mit offenem Kamin gesetzt. Beim Anblick großer Flammen war er wie gelähmt. Jetzt beobachtete er, wie das Feuer sich von Sekunde zu Sekunde weiter durch das Gebäude fraß.

Er war allein mit seinem Bruder, fast genauso wie damals: im Angesicht eines unaufhaltsamen Feuers. Vor dreiunddreißig Jahren war Conner hilflos den Flammen ausgeliefert gewesen. Desmond hatte ihn nicht gerettet. Es wäre irgendwie passend gewesen, ihn liegen zu lassen und den Kreis zu schließen. Aber der Gedanke beschämte Conner. Desmond hatte versucht, ihm zu helfen, genau diese dunklen Triebe zu kontrollieren. Auch wenn er damit gescheitert war. Er war, was er war.

Das Feuer kam näher. Conner begann zu zittern, als wäre er nackt in der Arktis. Aber es war keine Kälte, die ihn beben ließ, sondern Angst – eine überwältigende, lähmende Kraft.

Conner hörte Schritte hinter sich, drehte aber kaum den Kopf. Yuri hockte sich vor ihn. Sein Gesicht war blutig, ein Auge zugeschwollen.

Er untersuchte Conner und wirkte verwirrt, als er keine Verletzungen fand.

Seine Stimme klang heiser, vielleicht vom Rauch. »Was ist los?«

»Ich kann nicht«, flüsterte Conner.

Yuri sah zu den näherkommenden Flammen und schien zu verstehen.

»Du musst, Conner. Jeder Mann muss sich seinen Dämonen

stellen. Deine sind hier. Willst du den Schwanz einziehen und dich von ihnen besiegen lassen? Das ist deine Chance. Zeig mir, wer du wirklich bist.«

128

Auf dem Absatz des verrauchten Treppenhauses riss Peyton sich im Schein der Notbeleuchtung die Kleider vom Leib. Erst die Schutzweste, dann das atmungsaktive Kevlar-Unterhemd.

Nur mit BH und Kakihose bekleidet ging sie auf die Knie und zog das Messer aus der Gürtelscheide. Sie schnitt zwei lange Streifen aus dem Unterhemd, band sich einen vor den Mund und reichte den anderen ihrer Mutter, die ihrem Beispiel folgte.

Peyton zog das Unterhemd wieder an und wickelte sich die Schutzweste als Isolation um den linken Arm. Sie vergewisserte sich, dass das Mikro noch am Stoff befestigt war.

Sie ging in die Hocke und sah sich zu ihrer Mutter um. »Steig auf.«

»Schatz.«

»Mom, komm schon. Wir haben keine Zeit, um zu diskutieren.«

Schnaufend ging Lin Shaw zu ihrer jüngsten Tochter. Ihr englischer Akzent trat stärker hervor, als sie murmelte: »Kein Grund, unhöflich zu werden.«

Sobald ihre Mutter einen Arm um ihren Hals gelegt hatte, stand Peyton auf, drückte mit der in die Weste gewickelten Hand die Türklinke herunter und lief in den Flur.

Der Rauch war dicht, aber die Flammen hatten bisher nur die Balken in den Wänden und die Büromöbel erfasst. Sie trat um eine Ecke und sah die Eingangshalle. Das hölzerne

Empfangspult brannte lichterloh. Wind wehte herein und versorgte das Feuer mit Sauerstoff. Aus dem Inneren des Gebäudes schlugen ihr Hitzewellen entgegen. Aber hinter dem Pult und den zertrümmerten Fenstern lag die Dunkelheit der Nacht. Die Freiheit. Sie konnte es schaffen.

Peyton setzte einen Fuß vor den anderen. Ihre Lunge brannte. Schwindel erfasste sie. Sie empfand eine neue Bewunderung für Desmond, der ihren Vater aus dem brennenden Gebäude in Aralsk-7 getragen hatte. Jetzt war Peyton an der Reihe, und sie schleppte sich mit aller Kraft weiter.

Ihre Beine gaben erst nach, als sie die Türschwelle passiert hatte. Sie stürzte, schlug aber nicht auf dem Boden auf. Ihre Mutter schlang die Arme um sie und zog sie von den Flammen fort.

Dunkles Haar mit grauen Strähnen hing wie ein Vorhang vor ihrem Gesicht. Es wurde zurückgezogen, und ihre Mutter blickte mit Tränen in den Augen auf sie herab. Sie riss den Kevlar-Streifen von Peytons Mund, drehte den Kopf und hielt das Ohr an ihre Lippen. Als sie feststellte, dass ihre Tochter atmete, stieß sie einen Freudenschrei aus. Sie zog sie auf ihren Schoß. »Alles kommt in Ordnung, Schatz.«

Allmählich kam Peyton wieder zu Sinnen. Aus der Ferne hörte sie Schüsse aus automatischen Waffen. *Sie kämpfen um den Hafen. Die Marines müssen gelandet sein.*

Motoren brüllten. Großkalibrige Geschütze knallten. Raketen zischten über sie hinweg. Einige explodierten am Himmel, aber viele fanden ins Ziel und wirbelten Erde, Bäume und Menschen in einer Fontäne aus Feuer und Rauch durch die Luft. Die ganze Insel schien zu explodieren.

Mit zitternder Hand griff sie sich ans Schlüsselbein und schaltete das Mikro ein. »Overwatch, hier Artemis«, sagte sie heiser. »Beschuss an meiner Position einstellen. Wir haben Verbündete im benachbarten Gebäude. Bitte bestätigen.«

»Artemis, hier Overwatch, bestätige, Luftschläge an ihrer Position werden eingestellt.«

Eine Sekunde später meldete sich der Funker aus der Zentrale erneut. »Artemis, hier Overwatch. Achtung, feindliche Kämpfer nähern sich Ihrer Position. Schätzungsweise zwölf schwer bewaffnete Männer. Verstärkung ist zwei Kilometer entfernt. Suchen Sie Deckung oder ziehen Sie sich zurück.«

129

Aus den Augenwinkeln sah Peyton die Soldaten näherkommen.

Vorsichtig legte Lin Shaw Peytons Kopf auf den Boden, stand auf und stellte sich den vorrückenden Männern entgegen wie eine stolze Mutter, die ihr Kind mit dem eigenen Leben verteidigen würde. Peyton wünschte, sie könnte an ihrer Seite stehen, aber sie schaffte es nicht. Ihr fehlte die Kraft. Jeder Atemzug brannte in ihrer Lunge.

Die Soldaten blieben stehen, als sie Lin sahen.

»Major, es sind Verbündete im Gebäude«, rief die fast Achtzigjährige mit fester Stimme durch die Nacht. »Sie sind für unsere Mission unersetzlich. Retten Sie sie. Sofort.«

Der Mann zögerte, dann tippte er sich ans Schlüsselbein. »Dr. Pachenko, hier Major Reeves.«

Dann wartete er.

Peyton war entsetzt. *Yuri Pachenko ist hier.* Der Mann hatte ihr so viel genommen. Hass stieg in ihr auf, als der Söldner sein Funkgerät erneut einschaltete.

»Dr. Pachenko?«

Lin trat einen Schritt auf ihn zu. »Schicken Sie Ihre Männer rein, Major. Sofort, sonst hat das Konsequenzen.«

Reeves bedeutete vier Männern, ins Gebäude zu gehen.

Lin sagte zu den Soldaten: »Viertes Untergeschoss. Ein Mann und eine Frau. Sie sind zusammen.«

Major Reeves sah Lin finster an. »Mein letzter Befehl lautete, das Rapture-Kontrollprogramm zu sichern.«

»Die Lage hat sich geändert, Major. Und Ihre Befehle auch.«

»Dr. Pachenko ...«

»Hat hier nicht mehr das Kommando. Das übernehme ich. Sagen Sie Ihren Männern am Hafen und sonst wo, sie sollen das Feuer einstellen.«

Reeves wirkte bestürzt. »Ma'am?«

»Das war ein Befehl. Wir stehen einer überlegenen Streitmacht gegenüber. Die Schlacht kann nicht gewonnen werden. Wir müssen uns zugunsten des höheren Ziels ergeben. Ich versichere Ihnen, dass wir auf diese Eventualität vorbereitet sind, Major.«

Der Soldat nickte langsam, drückte die Sprechtaste und befahl die vollständige Kapitulation.

Als Peyton sich aufsetzte, empfand sie eine ganz neue Wertschätzung für ihre Mutter. *Sie hat es geschafft.* Das war eine völlig andere Seite der sanftmütigen Frau, die sie großgezogen hatte.

Peyton schaltete ebenfalls ihr Funkgerät ein. »Overwatch, hier Artemis. Den feindlichen Kämpfern wurde befohlen, das Feuer einzustellen.«

Die Schüsse in der Ferne endeten. Sekunden später wurde auch der Raketenbeschuss vom Meer eingestellt.

Einen Moment lang herrschte Stille im dichten Dschungel der Insel. Die Palmen schwankten im Wind. Das Feuer, das hinter ihr loderte, knisterte. Gelegentlich stürzten Gebäudeteile ein.

Peyton kam allmählich wieder zu Atem.

»Artemis, hier Overwatch, Feuer eingestellt. Such- und Rettungsaktion wird eingeleitet. Erste Welle von Hubschraubern unterwegs. Circa dreißig Minuten bis zum Eintreffen.«

»Verstanden, Overwatch.«

»Bodenteams sind auf dem Weg zu Ihrer Position.«

»Verstanden. Danke.«

Peyton sah zum Gebäude. Andrew war dort vom Feuer eingeschlossen. In den Jahren nachdem man ihr mitgeteilt hatte, dass er bei dem Buschbrand ums Leben gekommen war, hatte sie tausendmal davon geträumt. Albträume, in denen Andrew in der Falle saß und sie ihm nicht helfen konnte. Aber dieses Mal war es die Wirklichkeit. Das Gebäude würde bald völlig einstürzen.

Sie ließ sich wieder auf den Rücken sinken. Diesen Anblick konnte sie nicht ertragen. Sie wollte zurück ins Gebäude gehen, aber dafür war sie zu schwach.

Sie drückte die Sprechtaste. »Dad. Desmond. Avery.« Sie hatte ihre Rufzeichen vergessen, aber es spielte jetzt keine Rolle mehr. Sie wollte nur ihre Stimmen hören. Niemand antwortete. Sie rief sie erneut. Und ein drittes Mal. Nichts.

Sie schloss die Augen und wünschte, es wäre nicht wahr. Desmond. Ihr Vater. Andrew. In den letzten Tagen waren alle drei zu ihr zurückgekehrt. Jetzt könnten sie ihr wieder genommen werden. Und tief im Inneren wusste sie, dass sie sich dieses Mal nicht davon erholen würde.

130

Zehn Minuten waren vergangen, seit die Soldaten in dem brennenden Laborkomplex verschwunden waren. Peyton konnte wieder stehen und bekam etwas besser Luft. Sie starrte in die Flammen und versuchte zu erkennen, ob sich jemand dem Ausgang näherte. Hitzewellen schlugen ihr entgegen. Alle paar Sekunden wurde das Feuer von einer Brise zurückgedrängt.

Eine barsche Stimme ertönte aus ihrem Funkgerät. »Artemis, hier Truppführer Zulu, wir haben einen Überlebenden. Brauchen medizinische Hilfe. Wir sind am Verwaltungsgebäude.«

Major Reeves hatte die Kapitulation seiner Soldaten koordiniert, die mittlerweile abgeschlossen war.

Peyton unterbrach ihn, als er eine Reihe von Befehlen rief. »Kann mich einer Ihrer Männer zum Verwaltungsgebäude bringen?«

Reeves sah zu Lin, die nickte. Er befahl einem der Soldaten, Peyton zu begleiten, und sie folgte ihm so schnell sie konnte über einen Steinweg. Ihre Lunge schmerzte immer noch, aber die Hoffnung trieb sie voran.

Das Verwaltungsgebäude war eine verkohlte Ruine. Das Feuer hatte die beiden oberen Stockwerke einstürzen lassen. Rauch stieg aus der Glut auf, die orangefarben in der Nacht leuchtete. Einige Soldaten in Tarnkleidung – Angehörige von Team Zulu und Bravo – wateten durch die Trümmer und drehten mit den Gewehrläufen schwarze Bruchstücke um.

Ein Navy SEAL winkte Peyton hektisch zu sich. Sie musste

schlucken aus Angst vor dem, was sie gleich sehen würde. Im Geiste wiederholte sie den Funkspruch: *Wir haben einen Überlebenden.* Lebendig, aber in welchem Zustand? Und wer war es?

Sie wusste, wen sie sich erhoffte. In diesem Moment war sie völlig ehrlich zu sich selbst. Sie wollte Desmonds Gesicht sehen. Mehr als alles andere wünschte sie, die Insel mit ihm gemeinsam zu verlassen. In der Messe der *Boxer* hatte er gesagt, was er sagen musste, im Gegensatz zu ihr. Sie wusste, dass das ein Fehler war – einer, den sie noch bereuen würde.

Fünf Meter hinter dem Navy SEAL befand sich ein ausgebrannter Krater, der in der Mitte fast eben war. Eine Reihe von Leichen umringte ihn. Peyton hatte gesehen, wie Seuchen in der Bevölkerung wüteten und eine Spur des Todes hinterließen. Das hier war eine völlig andere Form des Massakers. Überall zerfetzte Menschen. Tote Augen starrten sie an oder in den Wald hinein. Gliedmaßen waren willkürlich verstreut. Blutige Rinnsale flossen in den Krater wie Adern auf dem Rücken eines dunklen Monsters aus Erde. Als Peyton in das Loch hinabkletterte, stieg Dampf daraus auf, als strebten die Geister der Toten dem gelben Mond entgegen.

Der Navy SEAL sagte, er sei Sanitäter. Er habe die Blutung gestillt, aber der Patient brauche dringend eine Transfusion. Ein Rettungshubschrauber sei unterwegs, aber es könnte zu spät sein. An Bord der *Boxer* gebe es einen Operationsraum; leider werde es eine Stunde dauern, bis der Patient auf dem Tisch läge.

Als der SEAL zur Seite trat, hielt Peyton die Luft an.

Avery lag auf dem Boden, das blasse Gesicht und das blonde Haar dreckverschmiert. Ihr Atem ging flach. Peyton kniete sich neben sie. Ein fünfzehn Zentimeter langer Schnitt zog sich über ihren Bauch. Der Sanitäter hatte gute Arbeit geleistet; die Blutung war gestoppt. Splitter aus den Bäumen ragten überall aus Averys Haut. Sie murmelte etwas, das Peyton nicht verstand. Der Sanitäter hatte sie mit Schmerzmitteln vollgepumpt. Das war gut. Peyton konnte nicht viel tun. Der Navy-Sanitäter war für Verletzungen auf dem Schlachtfeld besser ausgebildet als sie. Es gab nur eines, das sie der jungen Frau geben konnte, und aus diesem Grund saß sie schweigend neben ihr und wartete.

Avery öffnete die Augen einen Spalt weit und murmelte erneut etwas. Peyton nahm ihre Hand. »Das wird wieder, Avery. Der Rettungshubschrauber ist unterwegs. Die Chirurgen warten schon auf dich.«

Sie verzog die Lippen zu einem Grinsen. »Kümmerst du dich jetzt um mich?«

Peyton lächelte. »Ja. Und du weißt ja, wie ich bin. Bei meinen Leuten.«

»Dann weiß ich, dass ich durchkomme. Du bist eine echte Nervensäge.«

Peyton lachte – ein nervöses, erlösendes Lachen, als würde der Druck in ihr durch ein Ventil abgelassen. »Das musst du gerade sagen«, antwortete sie.

In ernsterem Ton fragte sie: »Hast du es bekommen?«

Avery nickte. »Ja, wir haben es bekommen.«

Wir. Das Wort erfüllte Peyton mit Hoffnung.

Averys Lächeln verblasste. »Was habt ihr in den Labors gefunden?«

Peyton überlegte, was sie sagen sollte. »Nichts, was ein Problem darstellt.«

Ein Soldat, der das Gebäude durchsuchte, rief: »Wir haben noch einen.«

Instinktiv sah Peyton sich um. Sie wäre am liebsten zu ihm gerannt, aber sie konzentrierte sich wieder auf Avery. Die blonde Frau ließ Peytons Hand los. »Geh. Das ist einer von *unseren* Leuten. Er braucht dich auch.«

»Wir sehen uns auf der *Boxer*, Avery.«

Peyton taumelte über den zerbombten Boden, vorbei an Leichen, auf das zerstörte Gebäude zu. Auf einer mit Trümmern übersäten Treppe sah sie Soldaten, die jemanden ausgruben. Die Beine waren schlaff. Der Oberkörper wurde freigelegt. Die Brust war eingedrückt. Der Mann atmete nicht.

Als Peyton das Gesicht ihres Vaters sah, schloss sie einen Moment lang die Augen. Tränen strömten ihr über die Wangen. Ihre Beine gaben nach. Sie sank auf die Knie, die sich in die Ascheschicht gruben. Ihr Blick blieb an einem halb verbrannten Bilderrahmen hängen. Das Foto zeigte einen kleinen weißhaarigen Mann mit kalter leerer Miene. Er ähnelte Desmonds und ihres Vaters Beschreibung von Yuri Pachenko – und Peyton zweifelte nicht daran, dass er es war. Sie befanden sich in Yuri Pachenkos Büro. *Er hat meinen Vater getötet.*

Ihr ganzes Leben lang hatte sie dem Schicksal die Schuld am Verlust ihres Vaters gegeben. Jetzt hatte sie einen Namen, auf den sie ihre brennende Wut richten konnte: Yuri Pachenko. Er hatte ihr ihren Vater genommen. Dafür würde sie ihn büßen lassen. Yuri hatte die Welt verändern wollen – bei ihr war es ihm gelungen.

Sie würde ihn erledigen. Das schwor sie in den verbrannten Ruinen drei Meter neben ihrem toten Vater.

Ein anderer Soldat rief durch die Nacht: »Wir haben noch jemanden.«

131

Elliott hielt den Kopf seiner Frau, der in seinem Schoß lag. Im Wohnmobil, das in einer Gasse neben der Marietta Street parkte, war es durch die kleinen Heizlüfter und die vielen Leute warm. Ryan befand sich ebenso unter ihnen wie Sam und Adam und Eliotts Nachbarn mit ihren Familien. Am Tisch las eine Mutter vier Kindern, die sich um sie drängten, *Wilbur und Charlotte* vor. Die Kinder beugten sich vor und sahen die Bilder an. Zwei Jugendliche fläzten mit Stöpseln in den Ohren auf einem Sofa und spielten auf ihren Tablets. Drei erwachsene Paare aßen Proteinriegel und nippten an Wasserflaschen, während sie auf einem Kofferradio nach Signalen auf dem AM-Band suchten.

Der Chor des Hustens endete nie. Das X1-Mandera-Virus setzte ihnen allen mehr oder weniger zu. Es war nur eine Frage der Zeit, bis ihre Körper den Kampf gegen den Erreger aufgeben würden. Elliott befürchtete, Rose könnte das erste Opfer werden.

Eine Reihe von Piepstönen erklang aus dem Radio – der Auftakt zu einer Warnmeldung. Einer von Elliotts Nachbarn drehte an dem Knopf. Das statische Rauschen endete, und die Töne wurden klarer und endeten schließlich. Alle Augen richteten sich auf das Radio. Sogar die Jugendlichen zogen ihre Ohrhörer heraus und setzten sich auf.

Eine Männerstimme verlas in langsamem ernsthaftem Tonfall ein Statement.

»Liebe Mitbürger, wo immer Sie sich befinden, was auch

immer Sie gerade tun, halten Sie inne und hören Sie diese Nachricht. Es könnte Ihnen und Ihren Angehörigen das Leben retten. Mein Name ist James Marshall. Viele von Ihnen kennen mich als Sprecher des Weißen Hauses. Vor zwei Tagen wurde ich als Präsident der Vereinigten Staaten vereidigt. Ich wende mich an Sie, weil wir einer Bedrohung gegenüberstehen, die mit nichts in der Geschichte unserer großen Nation zu vergleichen ist. Zunächst sollten Sie wissen, dass ich gute Nachrichten überbringe: Die X1-Mandera-Pandemie, die in unserem Land und vielen anderen auf der ganzen Welt gewütet hat, wird bald enden. Die Vereinigten Staaten haben in Zusammenarbeit mit Wissenschaftlern der internationalen Gemeinschaft ein Heilmittel entwickelt. Es wirkt auch als Impfung für diejenigen, die nicht infiziert sind.«

Im Wohnmobil brach Jubel aus. Manche blickten ungläubig. Elliott war sofort misstrauisch.

»Aber die beste Nachricht am heutigen Tage ist, dass das Heilmittel sofort verfügbar ist, in Ihrer Stadt. Zurzeit richten BioShield-Truppen überall in Ihrer Sperrzone Behandlungsstationen ein. Es ist wichtig, dass Sie das X1-Mandera-Heilmittel so schnell wie möglich erhalten, aber ich muss Sie auch auffordern, Ruhe zu bewahren und sich gesittet zu verhalten. Alle, die gewalttätig werden oder sich ordnungswidrig verhalten, werden zurück ans Ende der Schlange geschickt. Es gibt keine Toleranz für Unruhestifter und Leute, die sich vordrängeln oder andere daran hindern, das Heilmittel zu erhalten.

Der Übertragung folgt jetzt eine Auflistung der X1-Mandera-Behandlungsstationen in Ihrer Region. Diese Informationen werden wiederholt.

Ich wünsche Ihnen alles Gute, wo immer Sie auch sein mögen. Gott schütze Sie und Ihre Familie und die Vereinigten Staaten von Amerika.«

Fragen und Antworten wurden durch das Wohnmobil gerufen. Einer der Nachbarn schlug mit einer leeren

Bohnendose auf den Tisch wie ein Richter, der mit seinem Hammer für Ruhe sorgte. Die Stimme im Radio las bereits die Stationen in der Atlanta-Sperrzone vor. Bei den Worten »Centennial Olympic Park« zogen alle ihre Mäntel an und gingen zur Tür.

Ryan kam sofort zu Elliott. »Was denkst du?«

Elliott sagte nicht, was er dachte: dass etwas ganz und gar nicht stimmte. Behandlungen für neue Erreger wurden nicht über Nacht oder innerhalb einer Woche entwickelt. Und mit Sicherheit wurden nicht so schnell Millionen von Dosen hergestellt und im ganzen Land verteilt.

Andererseits lag seine Frau im Sterben. Die Liebe seines Lebens würde in wenigen Stunden nicht mehr da sein. *Was habe ich schon zu verlieren?*

»Ich glaube, wir müssen uns beeilen«, sagte er.

Er hob Rose hoch und taumelte aus dem Wohnmobil in die Kälte des späten Nachmittags. Ryan trug den Rollstuhl nach draußen, klappte ihn auseinander und hielt ihn fest, während Elliott Rose hineinsetzte. Sam kam mit Adam heraus, dessen Fieber in die Höhe geschossen war. Ryan nahm den Jungen auf den Arm, und sie folgten Elliott.

Sie verließen die Gasse und liefen die Marietta Street entlang. Der kalte Wind blies Elliott gnadenlos ins Gesicht. Ein endloser Strom von Menschen floss aus den Häusern und angrenzenden Straßen. Bald war die Menge so dicht wie bei der Weihnachtsparade und drängte auf die Zelte zu, die im Centennial Park aufragten. Metallzäune leiteten alle zu Pavillons, unter denen Soldaten neben Leuten in Schutzwesten mit dem Aufdruck FEMA Wache standen.

Als Elliott zu einer der FEMA-Angestellten kam, warf sie einen Blick auf Rose, sagte: »Reihe eins!« und reichte ihm eine rote Karte. Die Soldaten winkten ihn weiter. Wie sich herausstellte, gab es fünf Warteschlangen – aufgeteilt nach Dringlichkeit. Reihe eins war für die Patienten im kritischsten Zustand. Es war die einzige Schlange, in der es vorwärtsging. Elliott sah sich zu Ryan um, der noch immer Adam auf dem Arm hielt. Ryan nickte nur und bedeutete ihm weiterzugehen.

Ein anderer FEMA-Angestellter führte die Leute aus Reihe eins zu Kabinen, in denen medizinisches Personal mit Injektionspistolen wartete. Neben ihnen lagen Ampullen und silberne CO2-Kartuschen.

Elliott versuchte, einen Blick auf die Beschriftung der Ampullen oder der Injektoren zu werfen, aber es gab keine. Er fragte sich, ob er jemals die ganze Wahrheit darüber erfahren würde, wie dieses lebensrettende Heilmittel, das seiner Frau soeben injiziert worden war, so schnell herbeigeschafft worden war. Aus irgendeinem Grund musste er an Peyton denken. Er hoffte, dass sie in Sicherheit war.

Auf der anderen Seite der Behandlungskabine leitete ein weiterer FEMA-Angestellter sie aus dem Park.

Jemand fragte: »Was sollen wir jetzt machen?«

»Halten Sie sich warm und sorgen Sie für genug Flüssigkeitsaufnahme. Und jetzt gehen Sie weiter, damit die Nächsten Platz haben.«

Im Wohnmobil legte Elliott sich wieder zu Rose ins Bett und schmiegte sich an sie. Er hatte etwas, woran es ihm vor einer Stunde noch gemangelt hatte: Hoffnung. Zum ersten Mal seit zwei Tagen schlief er ein.

132

Peyton war noch betäubt vom Anblick ihres toten Vaters. Trotzdem ging sie durch die verkohlten Ruinen des Gebäudes zu dem Mann, den die Soldaten aus den Trümmern zogen.

Sie blieb stehen, als sie die lockige braune Perücke sah – die Perücke, die Desmond getragen hatte. Sie war halb verbrannt und mit Blut verschmiert.

Ein massiger Navy SEAL zog einen Holzbalken von dem Mann herunter. Er rührte sich nicht. Der linke Arm war abgetrennt, die Beine verbrannt. Es gab keine Hoffnung für ihn; er war eindeutig tot.

Peytons Hände begannen zu zittern. Sie verschränkte sie und trat näher.

Das Sicherheitspersonal von Kition, das die Suche durchführte, trat zur Seite.

Sie stieß den Atem aus. *Er ist es nicht.*

Peyton betrachtete das Gesicht genauer. Der Mann gehörte nicht zu den SEALs oder Marines ihrer Teams. »Es ist keiner von uns.«

Wieder liefen ihr Tränen über die Wangen, doch dieses Mal waren es Tränen der Erleichterung.

Sie verließ das Gebäude, ging zurück zu Avery und hielt ihre Hand. Avery verlor immer wieder das Bewusstsein, während sie auf den Rettungshubschrauber warteten und Peyton ihren Puls überwachte.

Ein Sicherheitsmann von Kition kam zögerlich zu ihnen.

»Wir haben die Suche beendet«, sagte er. »Wir haben

niemanden mehr gefunden, der ... nicht bei Kition angestellt war.«

Peyton nickte. »Danke, dass Sie es mir gesagt haben.«

Der Mann löste das Funkgerät von seinem Gürtel und reichte es ihr zusammen mit dem Ohrhörer.

»Ihre Mutter.«

Nachdem sie den Stöpsel ins Ohr gesteckt hatte, hörte Peyton, wie ihre Mutter den Soldaten um sich herum maschinengewehrartig Befehle zurief.

»Mom?«

»Peyton. Dein Bruder und Charlotte haben es raus geschafft.«

»Sind sie ...«

»Wir haben sie stabilisiert, aber sie brauchen medizinische Hilfe.«

»Werden sie ...«

»Ja. Ich glaube, sie kommen durch, Schatz, aber wir müssen uns beeilen.«

»Ich komm so schnell wie möglich mit dem Rettungshubschrauber zu euch.«

Als der Hubschrauber landete, um Avery abzuholen, half Peyton, sie auf die Trage zu hieven und einzuladen. Dann sprang sie selbst in den Hubschrauber und dirigierte den Piloten zu den Labors.

Sobald sie gelandet waren, rannte sie zu ihrem Bruder. Seine Prothese war stark verbrannt. Er musste sie als Schild benutzt haben. Die Prothese konnte man ersetzen, aber sein gesunder Arm war mit einem Tapeverband am Oberkörper befestigt und ein langer Schnitt zog sich über seine Stirn. Sowohl er als auch Charlotte waren bewusstlos. Charlotte trug einen Verband um die Brust.

Peyton trat zur Seite, als die Soldaten die beiden in den Hubschrauber luden. Sie hatte in dieser Nacht ihren Vater verloren. Sie hatte schreckliche Angst, auch ihren Bruder zu verlieren.

Als der Rettungshubschrauber außer Sicht war, ging Lin los. »Komm mit, Peyton, wir müssen reden. Das Leben deines Bruders hängt davon ab, was wir als Nächstes tun.«

133

Millen saß auf einer Liege und öffnete gerade eine EPa, als die Tür zum Labor entriegelt wurde.

Er stand schnell auf, um die kenianischen Dorfbewohner zu verteidigen, aber dann sah er, dass Phil hereinkam, und entspannte sich.

»Es ist vorbei, Millen.«

»Wir ...«

»Ein Heilmittel. Komm mit nach oben. Es gibt Arbeit für uns.«

Im Auditorium stellte Millen sich in die Schlange, krempelte den Ärmel hoch und bekam seine Injektion. In dem Raum ging es zu wie an der New Yorker Börse vor dem elektronischen Handel; alle riefen durcheinander und stellten Fragen nach dem geheimnisvollen Heilmittel. Es schien keine Antworten zu geben.

Millen kehrte an seinen Schreibtisch im EOC zurück und las die neuen Verfahrensvorschriften. Dr. Stevens hatte sie offenbar eilig verfasst; Millen musste mehrere Abschnitte zweimal lesen. Als er fertig war, setzte er sein Headset auf.

»Centennial-Park-Behandlungsstation, hier ist die BioShield-Zentrale. Wir brauchen neue Zahlen über den Bestand an Ampullen und Mitarbeitern.«

Kurz vor dem Ende seiner Schicht wurde ein Anruf auf dem Festnetz des CDC zu Millen durchgestellt.

Millen hätte nicht geglaubt, die Stimme am anderen Ende noch einmal zu hören. Sie gehörte Elim Kibet.

Sein Tonfall war ernst. »Ich habe Neuigkeiten, Millen.«

Als Elim zu Ende geredet hatte, sagte Millen nur: »Ich komme so schnell ich kann.«

Millen wartete vor Phils Bürotür, bis er sein Telefonat beendet hatte, dann trat er ein.

Der leitende CDC-Mitarbeiter sah nicht von seinem Laptop auf. »Wie kann ich Ihnen helfen, Millen?«

»Sie müssen mir einen Gefallen tun. Einen großen.«

Millen wusste nicht, wer angerufen oder welche Gegenleistungen erbracht worden waren, aber wenige Stunden später wurde er informiert, dass man sich geeinigt hatte.

Im BSL-4-Labor traf er Halima und Tian vor dem Fernseher an.

»Packt eure Sachen.«

Halima zog besorgt die Brauen hoch.

»Ihr fahrt nach Hause.«

Sie kamen zu ihm gerannt, und Millen schloss sie beide in die Arme.

»Ich weiß nicht …«, begann Halima.

»Als ihr euch einverstanden erklärt habt mitzukommen, habe ich versprochen, euch zurück nach Hause zu bringen, wenn die Sache vorbei ist. Ich halte meine Versprechen.«

Sie flogen zuerst nach Washington DC, dann zur Luftwaffenbasis in Ramstein. Das Flugzeug war voller Personal, das sich wenig gesprächig zeigte. Das erregte Millens Neugier. Ungefähr die Hälfte der wortkargen Leute stieg in Ramstein aus und wurde von an der Basis stationiertem Personal und Beschäftigten des Landstuhl Medical Center ersetzt. Sie flogen durch die Nacht zur türkischen Luftwaffenbasis in Incirlik, und ein kleineres Flugzeug brachte Millen und die Dorfbewohner zum Kenyatta National Airport.

Elim und Dhamiria erwarteten sie dort. Sie hatten

Geschenke für die beiden Kinder mitgebracht: einen Fußball für den Jungen und eine Perlenkette der Massai für das Mädchen. Die beiden waren überglücklich wegen der Geschenke – und weil Elim und Dhamiria in ihrer Abwesenheit an sie gedacht hatten.

Millen wusste instinktiv, dass sie die Kinder adoptieren würden. Diese Vorstellung machte ihn sehr froh. Er glaubte, dass die vier trotz der Tragödie, die sie zusammengeführt hatte, eine wunderbare Familie abgeben würden.

Millen ging mit Elim durch die Flure des Krankenhauses. Es war überfüllt, ein echtes Tollhaus, aber die Menschen wurden behandelt, dafür sorgte Elim. Der Kenianer schien von allen zu wissen, was sie taten und wie sie hießen. Das war seine Leidenschaft. In Mandera, als er krank gewesen war, hatte Elim Millen erzählt, sein eigenes Krankenhaus stehe vor dem Untergang; dieser Verfall hatte ihm die Energie geraubt. Aber jetzt war sie zurück. In gewisser Weise hatte die Pandemie, die ihn fast das Leben gekostet hatte, ihm neue Vitalität und Motivation verliehen. Millen empfand es als seltsame Wendung des Schicksals, aber er freute sich sehr für ihn.

Elim ging langsamer, als sie das Krankenzimmer erreichten, in dem Hannah lag. Ihr erdbeerblondes Haar ergoss sich über das Kissen. Die Geräte neben ihrem Bett waren abgeschaltet.

Millen trat ein. Er hörte, wie Elim sich hinter ihm entfernte und dem Personal Anweisungen gab.

Er griff nach dem weißen Laken und zog es hoch, um Hannah noch weiter zuzudecken, dann setzte er sich auf den Stuhl am Fenster. Innerhalb von Minuten schlief er ein.

Millen wachte vom Rascheln der Laken auf. Er sah aus blutunterlaufenen Augen zum Bett.

»Millen.« Hannah setzte sich auf und sah ihn erstaunt an.

»Hallo.«

»Selber hallo. Was machst du denn hier?«

»Ich war gerade in der Gegend.«

»Im Ernst.«

»Ich habe dem CDC gesagt, wir hätten jemanden zurückgelassen – in der Nähe des Ortes, wo alles anfing.«

Seine Antwort dämpfte ihre Begeisterung ein wenig. »Ach so.«

»Und wir haben unser Buch noch nicht zu Ende angehört.«

Sie zog die Brauen hoch.

»Du weißt ja, wie ich mit meiner LL bin.«

Sie lachte. »Du hast keine Leseliste.«

»Stimmt. Ich habe eine Anhörliste. Eine AHL.« Er tat, als wäre er tief in Gedanken versunken. »Das klingt vielleicht nicht so gut.«

»Nein. Stimmt.«

»Egal.« Er hielt das Handy mit der Audible-App hoch. »Sollen wir?«

»Ja.« Sie rutschte zur Seite, um ihm Platz zu machen. »Du weißt ja, wie es läuft.«

Wie zuvor legte er sich neben Hannah, steckte erst sich, dann ihr einen Stöpsel ins Ohr und legte den Arm um sie. Als er beim letzten Mal auf Wiedergabe geklickt hatte, war die Pandemie noch ein Buschfeuer in einem abgelegenen Winkel der Welt gewesen. Sie beide waren nur zwei Wochen jünger gewesen, aber es fühlte sich an, als läge ein ganzes Leben dazwischen. Millen war in der kurzen Zeit sehr erwachsen geworden. Er war Risiken eingegangen und hatte Verantwortung übernommen und gelernt, was wirklich wichtig war. Er würde sie nicht mehr aus den Augen lassen. Zumindest eine Weile nicht.

»Weiß du«, sagte er mit gespielter Überheblichkeit, »ich habe den ersten Patienten betreut, der sich jemals von X1-Mandera erholt hat.«

Hannah drehte sich zu ihm. »Ach, wirklich?«

»Ja. Der Patient hat sich gut entwickelt. Letztlich hat er dich gerettet.«

»Aha«, sagte Hannah. Sie merkte offenbar, dass er auf etwas Bestimmtes hinauswollte.

»Ich könnte dir dieselbe Betreuung zukommen lassen.«

»Ach ja?«

»Ja.« In ernsterem Ton fügte er hinzu: »Würde dir das gefallen? Möchtest du, dass ich bleibe?«

»Mehr als alles andere.«

134

Die Sonne ging über der Insel auf, als Lin und Peyton die verbrannten Überreste des Verwaltungsgebäudes erreichten. Die Suchteams von Kition hatten ihre gefallenen Kameraden geborgen und in Leichensäcke gesteckt, die über den Gesichtern durchsichtig waren.

Peyton und Lin schritten die Reihe ab und sahen durch die Sichtfenster. Kurz vor dem Ende entdeckte Peyton das Gesicht ihres Vaters. Sie hatten ihm die Augen geschlossen.

Lin Shaw kniete nieder, öffnete den Reißverschluss und berührte die Wange ihres Manns.

Peyton konnte sich nicht erinnern, ihre Mutter schon einmal weinen gesehen zu haben. Aber jetzt, während die ersten Sonnenstrahlen durch die Kronen des tropischen Regenwalds fielen, schluchzte Lin Shaw. Da begriff Peyton: Auf gewisse Weise hatte ihre Mutter immer erwartet, dass ihr Vater zurückkehren werde. Sie hatte nur diese eine große Liebe in ihrem Leben gehabt und nie die Hoffnung aufgegeben, wieder mit ihm vereint zu sein.

Peyton verstand sie. Desmond war der einzige Mann, in den sie je richtig verliebt gewesen war. Zum ersten Mal wurde ihr klar, dass sie die ganze Zeit auf seine Rückkehr gewartet hatte. Deshalb hatte sie sich nie auf eine neue Beziehung eingelassen. Genau wie ihre Mutter sich nicht mit Männern getroffen hatte, nachdem ihnen ihr Vater genommen worden war.

Mit den Händen auf Williams Gesicht sagte Lin: »Vor langer

Zeit haben wir Grabstätten in London gekauft. Ich würde ihn gern dort beisetzen lassen. Und ich möchte, dass ihr alle kommt, du, deine Schwester und dein Bruder.«

Peyton nickte. Sie fand es angemessen. Sie wusste, dass ihre Eltern sich nicht in London ineinander verliebt hatten, sondern auf der *Beagle*. Aber in London waren sie eine Familie geworden. Und dort war ihr Vater auch adoptiert, aufgenommen und zu dem Menschen gemacht worden, der er war.

Lin verschloss den Leichensack, nahm sich zusammen und wandte sich zu Peyton um. »Diese Krise ist bald vorbei. Danach wird die Angst der Wut weichen. Die Menschen werden sich nicht mehr aufs Überleben konzentrieren müssen. Sie wollen Schuldige finden – Verbrecher, die man hängen kann.«

Peyton begriff sofort, was ihre Mutter ihr sagen wollte: Andrew war in Gefahr. Sie empfand widersprüchliche Gefühle. Ihr Bruder hatte den Erreger geschaffen, der Millionen Menschen getötet hatte, aber nur weil man ihn einer Gehirnwäsche unterzogen hatte.

»Ich weiß, was du denkst«, sagte ihre Mutter. »Du solltest Folgendes wissen: Yuri Pachenko lässt sich nicht so leicht unterkriegen. Er war als Junge in Stalingrad, als die Deutschen kamen. Durch seine innere Stärke hat er überlebt. Während alle um ihn herum gestorben sind, hat er gelernt, die Menschen zu manipulieren. Jeder hat einen wunden Punkt – eine Schwachstelle.«

»Was war es bei Andrew?«

»Yuri hat gedroht, dir etwas anzutun.«

Peyton stieß den Atem aus.

»Und deine?«

»Andrew – und du. Und Madison.« Lin zögerte. »Wenn wir Andrew ausliefern, wird er vor Gericht gestellt und hingerichtet. Oder ins Gefängnis gesperrt. Er ist nicht ganz unschuldig, aber er ist auch nicht richtig schuldig. Wenn er begreift, was er getan hat, ist das eine grausamere Strafe als alles, was die Welt ihm antun kann. Er muss jetzt einen Weg zurück finden, wieder lernen zu leben und zu lieben.«

Charlotte, dachte Peyton. Lin schilderte Peyton ihr Vorhaben, dann sah sie ihr in die Augen und wartete auf ihre Reaktion.

Peyton nickte. »Okay. Ich tue es.«

Sie standen auf und entfernten sich von den Leichen. Lin sprach leise.

»Da ist noch was. Vor einem Monat hat jemand die *Beagle* geortet. Ich weiß nicht wie; aber ich vermute, dass ihre Lage irgendwo in den geheimsten Kition-Akten verzeichnet war. Vielleicht hat Desmond es entdeckt und Avery informiert. Oder sie hat es selbst rausgefunden.«

»Woher weißt du es?«

»Rubicon hat einen Eisbrecher der US-Küstenwache zu dem U-Boot geschickt, die *Healy*. Conner hat sie versenken lassen. Ich weiß immer noch nicht, wo das U-Boot liegt. Du musst Avery für mich danach fragen.«

»Warum?«

»Wegen dem, was an Bord ist.«

»Und das wäre?«

»Darüber reden wir ein anderes Mal, Peyton.«

Sie gingen schweigend weiter. Peyton war tief in Gedanken versunken. Wie eine Kompassnadel, die sich nach Norden ausrichtet, kehrte sie im Geiste immer wieder zu Desmond zurück. Sie fürchtete sich vor der Antwort auf ihre nächste Frage, aber sie musste es wissen.

»Was werden sie mit Desmond machen?«

»Sie werden versuchen, ihm zu helfen, sein Gedächtnis wiederzuerlangen.«

Diese Vorstellung machte Peyton Angst. »Ich will zu ihm.«

Lin drehte sich zu ihrer Tochter. »Da sind höhere Mächte am Werk.«

»Ist mir egal. Du willst die Koordinaten der *Beagle*? Ich will

Desmond zurück. Du musst mir helfen. Und du wirst mir sagen, was hier genau vor sich geht.«

Ihre Mutter lächelte. »Das ist die junge Frau, die ich großgezogen habe.«

135

Als Desmond aufwachte, saß Conner auf der Koje gegenüber. Er wusste sofort, dass er auf einem Schiff war. Einem U-Boot, vermutete er.

Conner neigte den Kopf zur Seite, sagte jedoch nichts.

Desmonds Haare an den Armen und Beinen waren versengt, aber bis auf ein paar kleinere Brandwunden ging es ihm gut. Er sah seinem Bruder in die Augen.

»Du hast mich rausgeholt, oder?«

»Ich habe getan, was du nicht für mich tun wolltest.«

»Ich habe es versucht, Conner. Ich war fünf.«

»Ich war drei Monate.«

Desmond saß schweigend da und hoffte, die Wut seines Bruders würde abflauen. »Wohin fahren wir?«

Conner grinste. Die schrecklichen Narben verzerrten sein Gesicht. »Wir bringen es zu Ende. Und du wirst uns helfen.« Er stand auf und ging zur Luke. »Ruh dich aus. Du wirst es brauchen.«

Im Gang wartete Yuri auf ihn.

»Mach dir keine Sorgen, wir kommen an ihn ran. Vor dreizehn Jahren habe ich ihm geholfen, dich wieder einzugliedern. Du warst von deinem Weg abgekommen, so wie er von seinem abgekommen ist. Zusammen werden wir ihn retten. Und wir stellen das Spiegel-Projekt fertig.«

136

Peyton saß in dem winzigen Krankenzimmer, als Avery aufwachte.

Sie stand auf und ging zum Bett. »Hallo.«

»Hallo.«

Zum ersten Mal, seit die beiden Frauen sich kennengelernt hatten, lag kein angespannter Unterton in ihren Stimmen.

Trotzdem hatte Peyton das Gefühl, reinen Tisch machen zu müssen. »Hör zu, ich weiß, dass wir beide nicht immer ... einer Meinung waren.«

»Du bist eine Meisterin der Untertreibungen.«

Peyton lachte. »Danke.« Sie setzte sich auf die Bettkante. »Ich wollte damit sagen, wir sollten noch mal von vorn anfangen.«

Avery nickte, sagte jedoch nichts.

»Wie geht's dir?«

Avery sah zur Decke und öffnete den Mund, schloss ihn aber sofort wieder. *Sie verkneift sich eine spitze Bemerkung*, dachte Peyton. Vielleicht fingen sie wirklich noch einmal von vorn an. Ohne ihr in die Augen zu sehen, murmelte Avery: »Mir geht es gut.« Nach einem Moment blickte sie Peyton an. »Und Desmond?«

»Wir suchen die Insel ab. Bis jetzt haben wir ihn nicht gefunden.«

»Das wird auch nicht passieren«, sagte Avery bestimmt.

»Wir gehen davon aus, dass Yuri und Conner mit ihm als Gefangenem entkommen sind.«

»Ihr werdet sie verfolgen.«

»Ja. Meine Mutter kennt Kition – und Yuri – besser als jeder andere. Sie wird mir helfen. Und ich möchte, dass du mir hilfst. Nein, ich möchte …«

»Du möchtest, dass wir Partner sind?«

»Ich glaube, es gibt keine zwei Menschen auf der Welt, die härter daran arbeiten werden, ihn zu finden.«

»Da liegst du richtig.«

»Also, was meinst du, Avery?«

»Ja. Ich bin dabei, Doc.«

Peyton grinste. »Du darfst mich Peyton nennen. Da ist noch eine Sache. Du musst einen Anruf für mich machen.«

»Was für einen Anruf?«

»Einen wichtigen. Wir brauchen die Koordinaten des Wracks der *Beagle.*«

Zehn Minuten später öffnete Peyton die Luke zur Kabine ihrer Mutter.

Lin Shaw sah von ihrem Notebook auf. »Hast du sie?«

Peyton legte den Zettel auf den Schreibtisch.

Lin betrachtete die handgeschriebenen Koordinaten, als wären sie ein uralter Schatz, der für immer verloren geglaubt war.

»Du hast sehr lang danach gesucht«, sagte Peyton.

»Ja.«

»Warum?«

Ihre Mutter schnaufte. Peyton kannte die Reaktion gut. Sie ging in Abwehrhaltung.

»Mom.«

Lin sagte immer noch nichts.

»Wir haben eine Abmachung.«

»Also gut. Wenn du es wissen willst, muss ich es dir zeigen.«

TAG 20

Gesamtzahl der Todesopfer:
31.000.000

137

Auf dem Deck des Eisbrechers der US-Küstenwache atmete Peyton die kühle Morgenluft ein. Sie hörte Schritte hinter sich, drehte sich um und sah ihre Mutter.

»Es ist so weit.«

Wenige Minuten später saßen sie mit zwei Forschungsassistenten in einem Tauchboot und steuerten auf den Grund des Nordpolarmeers zu. Alle vier legten Schutzanzüge an, bevor sie am Wrack der *Beagle* andockten und ausstiegen.

In der dunklen kalten Gruft bekam Peyton eine Gänsehaut. Sie war umgeben von der Vergangenheit. Hier hatten ihre Eltern sich kennengelernt und ineinander verliebt und – laut ihrem Vater – ihren Bruder gezeugt.

Die LED-Lampen an ihren Helmen schnitten durch die Dunkelheit und zerteilten das Schiff in sichtbare Streifen. Gefrorene Leichen lagen auf dem Deck. Andere waren in ihren Kojen gestorben, mit einem Buch neben sich, und zugedeckt worden.

In den Laboren fanden sie frischere Leichen: Angehörige des Rubicon-Teams, das die *Beagle* gefunden hatte. Sie waren verhungert. Nachdem Conner die *Healy* hatte versenken lassen, um die Geheimnisse von Kition zu bewahren, hatten sie in der Falle gesessen. Peyton wollte wissen, was so wertvoll war, dass diese mutigen Männer ihr Leben dafür lassen mussten.

In einer Wand des Labors befand sich eine Reihe von Türen. Sie erinnerten Peyton an die Kühlfächer eines Leichenhauses, nur dass sie kleine verschließbare Gucklöcher hatten.

Peytons Mutter ging zu einem Tresor an der Wand und drehte die Einstellscheibe. Mit einem Klicken öffnete sich die Tür, und sie nahm einen Schlüsselbund heraus. Sie wandte sich an die beiden Forschungsassistenten, die mehrere luftdichte Behälter mitgebracht hatten.

»Wenn ich die Exemplare reinlege, verschließen Sie sie schnell.«

Sie bestätigten die Befehle, und Lin ging zur ersten Klappe, öffnete sie und zog ein Schubfach heraus, in dem ein Skelett lag. Es gehörte einem Menschen. Nein – der Schädel und die Hüfte sahen anders aus.

Lin nahm vorsichtig den Schädel heraus und legte ihn in den ersten Behälter. Zu den beiden Assistenten sagte sie: »Jetzt, schnell.«

Als das Fach leer war, schloss Lin es wieder und öffnete das nächste.

Noch mehr Knochen. Menschlich, aber nicht von *Homo sapiens sapiens.* Ein prähistorischer Vorfahre, bis heute vergessen.

Immer wieder brachten die beiden Assistenten die vollen Behälter zu dem Schiff an der Oberfläche, leerten sie aus und kehrten zurück. Peyton beobachtete verwundert, wie die Kammern geleert wurden. Sie zählte insgesamt fünf verschiedene Spezies. Die anderen Kammern enthielten Tierarten: eine große Katze, eine Robbe, einen Schweinswal und viele andere.

Peyton schaltete das Funkgerät ein. »Mom, was ist das hier?«

»Lass uns darüber reden, wenn wir fertig sind. Wir müssen die Proben erhalten.«

Als die letzte Kältekammer leer war, sagte Lin den Forschungsassistenten, sie sollten im Tauchboot warten. Sie bedeutete Peyton, ihr zu folgen.

Sie schlängelten sich durch die dunklen Gänge zu einer Reihe von beengten Büros. Lin zog eine Schublade auf und blätterte durch die Akten. Sie schlug eine davon auf, die eine handschriftliche deutsche Bezeichnung trug, und begann, die Seiten zu lesen.

»Mom.«

Lin sah auf, als hätte sie vergessen, dass ihre Tochter noch da war. Sie wirkte fast besessen.

»Wessen Forschung ist das?«, fragte Peyton.

Lin antwortete nicht.

»Es ist deine, oder? Du hast die Knochen gesammelt. Warum?«

Lin zog die Ordner aus der Schublade und stapelte sie auf dem Schreibtisch. Schließlich sah sie Peyton an. »Schalte auf Kanal sieben.«

»Unsere Kition-Zelle war das Original«, sagte Lin, sobald sie auf ihrer eigenen Frequenz waren. »Wir waren dem Kern des Glaubens verpflichtet. Die Gründungsfrage, so nannten wir es.«

»Was für eine Frage?«

»Die Frage, die sich jedes empfindsame Wesen eines Tages stellt: Warum existiere ich?«

»Und die Antwort ist hier auf der *Beagle*?«

»Ja und nein. Wir haben das U-Boot zu Ehren eines anderen berühmten Schiffs benannt.«

»Das Schiff, mit dem Charles Darwin um die Welt gesegelt ist, als er die Erkenntnisse gesammelt hat, aus denen er später die Evolutionstheorie entwickelte.«

»Genau. Wir glaubten, dass Darwins Theorie nur die halbe Wahrheit über die Natur der Menschheit ans Licht gebracht hat – dass die ganze Wahrheit noch viel schockierender ist.«

»Und ihr habt Beweise für eure Theorie gefunden?«

»Ja. Wir nannten unsere Arbeit ›die Aussterbe-Akte‹. Wir glaubten, durch die Erforschung der Genome ausgestorbener und lebender Spezies irgendwann das größte Rätsel der Menschheit lösen zu können. Was wir gefunden haben, war etwas ... das keiner von uns je erwartet hätte.« Lin schien zu überlegen, was sie als Nächstes sagen sollte. »Aber wir brauchten mehr Daten, um unsere Theorie zu bestätigen.«

Mehr Daten, dachte Peyton. »In den Sperrzonen wurden DNS-Proben von jedem Patienten genommen.«

»Mir wurde nur gesagt, dass die Daten gesammelt würden, aber nicht wie. Trotzdem werden gerade irgendwo in einem Kition-Labor diese Milliarden von Genproben sequenziert. Wenn wir diese Daten bekommen und sie mit den Proben hier unten kombinieren, wissen wir endlich die Wahrheit.«

»Was willst du damit sagen, Mom?«

»Es gibt einen Code – verborgen im menschlichen Genom. Und wenn unsere Theorie richtig ist, wird er uns zu etwas führen, das unsere Sicht auf die menschliche Existenz verändert.«

Epilog

In den Tagen, nachdem die X1-Mandera-Pandemie geendet hatte, erlebte die australische Hilfsorganisation SARA einen Ansturm von Flüchtlingen. Glücklicherweise hatte sie einen neuen Mitarbeiter.

Andrew war froh über die Arbeit. Sie hielt ihn davon ab, über das nachzudenken, was geschehen war und was er getan hatte. Er würde sich nie vergeben, egal wie viele Patienten er behandelte und wie viele Menschenleben er rettete. Den Rest seines Lebens würde er die Schuld ertragen müssen.

Charlotte hatte versucht, ihn dazu zu bringen, einen Schlussstrich zu ziehen, aber er konnte es nicht. Sie bestand darauf, dass die Zeit alle Wunden heilte. Er wusste nicht, ob er das glauben sollte. Aber er wünschte es sich.

Er trat in ein Patientenzimmer und schloss die Tür. An seiner Armprothese war ein einfacher Greifer befestigt, und in der anderen Hand hielt er ein Klemmbrett, auf dem der Name des Patienten stand. Sein eigener Name hingegen war ein Problem. Andrew Shaw war offiziell tot. Und falls jemals jemand nach ihm suchen sollte, wollte er nicht gefunden werden. Deshalb war das Hilfslager im Outback der perfekte Ort für ihn. Er hatte nichts zu tun, außer zu arbeiten und Zeit mit Charlotte zu verbringen. Sie hatten eine Menge nachzuholen.

»Hallo«, sagte er. »Ich heiße William Moore. Ich bin heute der behandelnde Arzt. Wie geht es Ihnen?«

Avery saß in dem Flachbau im Research Triangle Park in demselben Besprechungsraum, in dem sie vor so vielen Jahren das Vorstellungsgespräch bei Rubicon Ventures gehabt hatte. David Ward, der Mann, der sie damals befragt hatte, saß ihr gegenüber.

»Ich bin stolz auf Sie«, sagte er.

»Ich bin auch stolz auf mich.«

»Im Ernst, Avery. Hören Sie mir kurz zu. Sie haben mehr getan, als Ihre Pflicht zu erfüllen. Dieses Land hat keine Auszeichnung zu verleihen, die auch nur ansatzweise dem Risiko gerecht wird, das Sie eingegangen sind, oder Ihre Fähigkeiten würdigt. Aber ich und alle weiter oben in der Befehlskette von Rubicon wissen, was Sie getan haben. Und wir schätzen Sie sehr.«

Avery zappelte auf ihrem Stuhl herum und wusste nicht, was sie sagen sollte. Nach einem Moment stellte sie die Frage, wegen der sie gekommen war. »Mein Vater?«

David nickte. »Er wurde sehr gut versorgt. Wir haben ihn in den Dean Dome bringen lassen. Er ist noch dort. Ich rufe an und sage Bescheid, dass Sie kommen.«

»Danke.«

David lehnte sich mit seinem Stuhl zurück. »Können wir ihnen trauen?«

Avery wusste, dass er Peyton und Lin Shaw meinte. Aber sie wusste nicht, was sie antworten sollte. »Das wird sich rausstellen.«

»Es wäre aber schön, es vorher zu wissen.«

»Ich wüsste nicht, wie wir das anstellen sollen.«

David setzte sanft die Stuhlbeine ab. »Viele Leute sind unglücklich über Lin Shaws Immunitätsvereinbarung.«

»Ich kann's ihnen nicht verübeln. Aber sie müssen darüber wegkommen. Wir brauchen sie.«

»Sind Sie sicher?«

»Es ist noch nicht vorbei. Wir wissen nicht, was als Nächstes passiert. Es könnte noch schlimmer sein als die Pandemie. Wir müssen Kition zerschlagen. Dazu brauchen wir einen Insider. Um alles andere können wir uns kümmern, wenn wir das erledigt haben.«

»Gut. Ich kann damit leben.«

Avery stand auf, und David brachte sie hinaus. An der Tür sagte er in sanfterem Tonfall: »Machen Sie sich keine Sorgen, okay?«

»Worüber?«

»Das wissen Sie genau, Avery. Wir tun alles, um ihn zu finden. All unsere Mittel stehen Ihnen zur Verfügung. Ich weiß, wie viel Ihnen Desmond bedeutet.«

Im Dean Dome schlängelte sich Avery durch die Reihen von improvisierten Kabinen. Sie hatte gewartet, bis ihre Verletzungen so weit verheilt waren, dass man ihr die Schmerzen nicht anmerkte. Sie wollte nicht, dass ihr Vater es erfuhr – falls er sie erkennen sollte.

Vor seiner Kabine wartete sie, bis er sie sah. Seine Reaktion verriet ihr immer, in welcher Verfassung er sich befand. In den letzten Jahren war die Alzheimer-Erkrankung stark fortgeschritten. Die guten Tage wurden immer seltener.

»Kann ich Ihnen helfen?«, fragte er.

»Nein«, sagte sie leise. »Ich wollte dich nur besuchen. Sehen, ob du was brauchst.«

Er sah sich um. »Nein. Ich glaube, ich habe alles.« Er musterte ihr Gesicht. »Sie sehen ... Kennen wir uns?«

Avery trat ein, ließ den Blick durch die Kabine schweifen und fand, was sie suchte. Sie nahm den Metallklappstuhl, setzte sich an den kleinen Tisch und legte das Kartenspiel in die Mitte. »Wie wär's mit einer Partie Gin Rommé?«

Er zog die Brauen hoch, während er sich ihr gegenübersetzte. »Klar. Warum nicht? Das ist mein Lieblingsspiel.«

Nach der zweiten Runde fragte er: »Und, was hast du während der Pandemie gemacht?«

»Ach, nichts Besonderes.«

Peyton saß vor dem stattlichen Haus im Auto und wartete, dass die Verbindung hergestellt wurde.

Millen Thomas lachte, als er abhob. »Ja, hallo?« Er wirkte abgelenkt – und amüsiert.

»Millen. Hier ist Peyton Shaw.«

Sie hörte, wie er das Zimmer verließ, in dem sich Leute miteinander unterhielten. »Dr. Shaw. Wie geht es Ihnen?«

»Ganz gut, Millen. Hören Sie, ich habe nicht viel Zeit, deshalb komme ich sofort zum Punkt. Ich stelle ein Team für eine neue Untersuchung zusammen. Es ist nicht für das CDC, sondern für eine branchenübergreifende Gruppe. Wären Sie interessiert?«

»Hm. Vielleicht. Ich weiß nicht. Was für eine Untersuchung?«

»Eine wissenschaftliche. Mit großen Auswirkungen.« Peyton wartete, aber Millen reagierte nicht. »Es geht auch um Tiere.«

»Was für Tiere?«, fragte er langsam.

»Ausgestorbene.«

Peyton hätte eine Stecknadel fallen hören können.

»Millen, sind Sie noch dran?«

»Ja – ja, ich bin noch dran. Wann bräuchten Sie mich?«

»Morgen.«

Wieder trat Stille ein. Millen schnaufte. »Hören Sie, ich wäre gern dabei, aber es gibt etwas – jemanden, um den ich mich kümmern muss.«

Peyton lächelte. »Das verstehe ich, Millen. Eine gute Wahl. Eine sehr gute Wahl. Grüßen Sie Hannah von mir.«

Sie stieg aus dem Auto und ging zum Haus. Als Elliott die Tür öffnete, sagte er kein Wort. Er kam einfach nach draußen und nahm sie in die Arme. Eine Viertelstunde später saß Peyton mit Elliott, Rose, Ryan, Sam und Adam beim Abendessen.

Elliott ließ den Blick über die Versammelten schweifen und sagte: »Also, ich dachte mir, da wir an Thanksgiving gestört wurden, wäre eine Wiederholung angesagt.«

Er sah Peyton in die Augen. »Eine Feier mit der *ganzen* Familie. Wenn uns dieses Jahr irgendwas gezeigt hat, dann, wie dankbar wir dafür sein müssen.«

Anmerkungen des Autors

Danke fürs Lesen.

Pandemie ist das längste Buch, das ich je geschrieben habe, und es war viel schwieriger, als ich gedacht hatte. Die Komplexität und der Umfang der Recherche für die *Extinction-Serie* übertreffen die Arbeit, die ich für die *Atlantis*-Romane geleistet habe. Und all das fand statt, während ich im Privatleben sehr beschäftigt war. Ich begann mit der Arbeit an *Pandemie* vor zweieinhalb Jahren. Während ich recherchierte und den Roman schrieb und überarbeitete, zogen Anna und ich von Florida zurück nach North Carolina, bekamen unser erstes Kind, ein Mädchen, und stellten die Pläne für unser neues Haus fertig. Ich kann mich nicht erinnern, wann ich zum letzten Mal eine Nacht durchgeschlafen habe. Aber ich würde es gegen nichts auf der Welt eintauschen. Um zwei Uhr nachts aufstehen, um eine Windel zu wechseln, ein Fläschchen zuzubereiten, ein Kapitel zu überarbeiten, eine Kiste auszupacken oder einen neuen Grundriss zu überprüfen war Alltag, während ich *Pandemie* schrieb. Das alles waren Herzensangelegenheiten, nur deshalb bin ich gesund geblieben (und der Kaffee hielt mich wach).

Ich habe von so vielen Lesern gehört, dass sie sich freuen würden, wenn ich öfter etwas veröffentlichen würde. Ich versuche, ein Gleichgewicht zwischen diesem Wunsch und dem Bestreben, ein möglichst gutes Buch abzuliefern, zu finden. Im Zweifelsfall entscheide ich mich für die Qualität. Ich hoffe, das Warten hat sich gelohnt.

Wenn Sie wissen möchten, was in diesem Roman Fiktion ist und was den Tatsachen entspricht, besuchen Sie bitte meine Internetseite: agriddle.com/pandemic.

Viele von Ihnen waren so freundlich, eine Rezension zu meinen letzten Romanen zu schreiben, und dafür bin ich Ihnen auf ewig dankbar. Diese Rezensionen haben geholfen, mein Werk ins Rampenlicht zu holen, und ich habe mir große Mühe gegeben, dieser Aufmerksamkeit gerecht zu werden. Ich habe auch eine Menge aus diesen Rezensionen gelernt, und die vielen Ermunterungen haben mich beim Schreiben dieses Romans inspiriert.

Wenn Sie Zeit haben, eine Rezension zu schreiben, würde ich mich sehr freuen. Da *Pandemie* das erste Buch einer neuen Reihe ist, helfen Rezensionen anderen Lesern, das Buch zu finden.

Noch mal vielen Dank fürs Lesen und machen Sie es gut,

Gerry
A. G. Riddle

PS: Wenn Sie Fragen oder Anmerkungen haben, können Sie mir gern mailen: ag@agriddle.com. Manchmal dauert es ein paar Tage, aber ich beantworte jede Zuschrift.

Danksagung

Ich hatte bei diesem Buch viel Hilfe, für die ich mich bedanken möchte.

Anna: Zuerst und vor allem danke, dass du so eine tolle Mutter für unsere Tochter bist. Und dass du mir bei allem hilfst, was das Leben uns bringt.

David Gatewood: Danke für das hervorragende Lektorat. Deine Vorschläge haben den Roman viel besser gemacht, und dein Blick für Details hat mich davor gerettet, im Internet gelyncht zu werden (oder zumindest die Anzahl der Peitschenhiebe verringert). Besuchen Sie www.lonetrout.com, um mehr über Davids Arbeit zu erfahren.

Einige frühe Leser und Experten haben Vorschläge gemacht und Hinweise gegeben, die *Pandemie* deutlich verbessert haben. Es sind: Sylvie Delézay, Carole Duebbert, Kathleen Harvey, Fran Mason und Lisa Weinberg.

Ich bedanke mich bei Hannah Siebern, einer Freundin und großartigen deutschen Autorin, die mich bei den deutschsprachigen Passagen beraten hat.

Ich bin meinen fantastischen Testlesern, die Dinge bemerkt haben, die mir nie aufgefallen wären, zu Dank verpflichtet. Es sind: Lee Ames, Judy Angsten, Jeff Baker, Jen Bengtson, Kari Biermann, Paul Bowen, Jacob Bulicek, Robin Collins, Sue Davis, Michelle Duff, Skip Folden, Kay Forbes, Marnie Gelbart, Lisa Gulli Popkins, Mike Gullion, Aimee Hess, Justin Irick, Ajit Iyer, Kris Kelly, Karin Kostyzak, Matt Lacey, Cameron Lewis, Kelly Mahoney, Nick Mathews, Kristen Miller, Kim Myers,

Amber O'Conner, Cindy Prendergast, Katie Regan, Dave Renison, Teodora Retegan, Lionel Riem, Chris Rowson, Andy Royl, John Schmiedt, Andrea Sinclair, Christine Smith, Duane Spellecacy, Phillip Stevens, Paula Thomas, Gareth Thurston, Tom Vogel, Ron Watts, Sylvia Webb und Lew Wuest.

Ich bin ständig inspiriert von dem Intellekt und der Neugier dieser Leser: Michael Alaniz, Shannon Barker, Roe Benjamin, Matthew Blaquiere, Emily Bristol, Tom Buckner, James Burge, Jim Burns, Sarah Cartwright, Stephania Cheng, Jim Critchfield, Dan Davis, Kevin Davis, Robert Defibaugh, Norma Fritz, Tim Gallagher, Kelley Green, Corey Guidry, Michael »mooP« Haymore, Jonathan Henson, Brandon Holt, Rodney Keith Impey, Alex Jones, Josh Kling, Louis Laeger, Mark Lalumondier, Logan Lykins, Timothy Mak, Stephen Maxwell, Carrie McNair, Steve McNaull, Henry A. Mitchell III, Elias Nasser, Najar Ramsada, Joshua Ramsdell, Gabriele Ratto, Ryan D. Reid, Ignaty Romanov-Chernigovsky, Mandie Russell Clem, Alfred Sadaka III, John Schulz, Nicolò Sgnaolin, Jack Silverstein, Vojtěch Šimonka, Antonio Sonzini, Josh Sutton, Matt Tobin, Joshlyne Villano, Maegan Washburn, Ryan White und Raymond Yep, Jr.

Steve Alten

Der Roman zur Blockbuster-Verfilmung

978-3-453-43901-6